鲁迅全集

第 五 卷

伪 自 由 书

准 风 月 谈

花 边 文 学

人民文学出版社

图书在版编目（CIP）数据

鲁迅全集. 5/鲁迅著. —北京：人民文学出版社，2005. 11（2022.11 重印）
ISBN 978－7－02－005033－8

Ⅰ. ①鲁… Ⅱ. ①鲁… Ⅲ. ①鲁迅著作—全集②鲁迅杂文 Ⅳ. ①I210.1

中国版本图书馆 CIP 数据核字（2005）第 070010 号

责任编辑　刘　伟
装帧设计　李吉庆
责任校对　郑南勋
责任印制　王重艺

一九三三年 九月十三日

五十三岁寿辰全家合影（1933）

与萧伯纳、宋庆龄、蔡元培、林语堂、伊罗生、史沫特莱合影（1933）

人生得一知己足矣

斯世當以同懷視之

疑父通先屬

洛父錄何瓦琴句

书赠瞿秋白联语手迹

在《自由谈》、《动向》发表的部分文章

目　　录

准风月谈

花边文学

一 九 三 四 年

伪 自 由 书

本书收作者 1933 年 1 月至 5 月间所作杂文四十三篇，1933 年 10 月由上海北新书局以"青光书局"名义出版，作者设计封面，在"伪自由书"下手书"一名《不三不四集》"。次年 2 月被当局查禁。作者生前只印行一版次。1936 年 11 月曾由上海联华书局以《不三不四集》书名印行一版。

前　　记

　　这一本小书里的，是从本年一月底起至五月中旬为止的寄给《申报》[1]上的《自由谈》的杂感。

　　我到上海以后，日报是看的，却从来没有投过稿，也没有想到过，并且也没有注意过日报的文艺栏，所以也不知道《申报》在什么时候开始有了《自由谈》，《自由谈》里是怎样的文字。大约是去年的年底罢，偶然遇见郁达夫[2]先生，他告诉我说，《自由谈》的编辑新换了黎烈文[3]先生了，但他才从法国回来，人地生疏，怕一时集不起稿子，要我去投几回稿。我就漫应之曰：那是可以的。

　　对于达夫先生的嘱咐，我是常常"漫应之曰：那是可以的"的。直白的说罢，我一向很回避创造社[4]里的人物。这也不只因为历来特别的攻击我，甚而至于施行人身攻击的缘故，大半倒在他们的一副"创造"脸。虽然他们之中，后来有的化为隐士，有的化为富翁，有的化为实践的革命者，有的也化为奸细，而在"创造"这一面大纛之下的时候，却总是神气十足，好像连出汗打嚏，也全是"创造"似的。我和达夫先生见面得最早，脸上也看不出那么一种创造气，所以相遇之际，就随便谈谈；对于文学的意见，我们恐怕是不能一致的罢，然而所谈的大抵是空话。但这样的就熟识了，我有时要求他写一篇文章，他一定如约寄来,则他希望我做一点东西,我当然应该漫应曰可以。但应而至于"漫",我已经懒散得多了。

但从此我就看看《自由谈》,不过仍然没有投稿。不久,听到了一个传闻,说《自由谈》的编辑者为了忙于事务,连他夫人的临蓐也不暇照管,送在医院里,她独自死掉了。几天之后,我偶然在《自由谈》里看见一篇文章[5],其中说的是每日使婴儿看看遗照,给他知道曾有这样一个孕育了他的母亲。我立刻省悟了这就是黎烈文先生的作品,拿起笔,想做一篇反对的文章,因为我向来的意见,是以为倘有慈母,或是幸福,然若生而失母,却也并非完全的不幸,他也许倒成为更加勇猛,更无挂碍的男儿的。但是也没有竟做,改为给《自由谈》的投稿了,这就是这本书里的第一篇《崇实》[6];又因为我旧日的笔名有时不能通用,便改题了"何家干",有时也用"干"或"丁萌"。

这些短评,有的由于个人的感触,有的则出于时事的刺戟,但意思都极平常,说话也往往很晦涩,我知道《自由谈》并非同人杂志,"自由"更当然不过是一句反话,我决不想在这上面去驰骋的。我之所以投稿,一是为了朋友的交情,一则在给寂寞者以呐喊,也还是由于自己的老脾气。然而我的坏处,是在论时事不留面子,砭锢弊常取类型,而后者尤与时宜不合。盖写类型者,于坏处,恰如病理学上的图,假如是疮疽,则这图便是一切某疮某疽的标本,或和某甲的疮有些相像,或和某乙的疽有点相同。而见者不察,以为所画的只是他某甲的疮,无端侮辱,于是就必欲制你画者的死命了。例如我先前的论叭儿狗,原也泛无实指,都是自觉其有叭儿性的人们自来承认的。这要制死命的方法，是不论文章的是非，而先问作者是那一个；也就是别的不管，只要向作者施行人身攻击了。自然，其中也并不全是含愤的病人，有的倒是代打不平的侠客。总之，这种战术，是陈源[7]教授的"鲁迅即教育部佥事周树人"开其端，事隔十年，大家早经忘却了，这回是王平陵[8]先生告发于前，周木斋[9]先生揭露于后，都是做着关于作者本身的文章，或则牵连而至于左翼文学者。此外为我所看见的还有好几篇，也都附在我的本文之后，以见上海有些所谓文学家的笔战，是怎样的东西，和我的短评本身，有什么关系。但另有几篇，是因为我的感想由此而起，特地并存以便读者的参考的。

我的投稿，平均每月八九篇，但到五月初，竟接连的不能发表了，我想，这是因为其时讳言时事而我的文字却常不免涉及时事的缘故。这禁止的是官方检查员，还是报馆总编辑呢，我不知道，也无须知道。现在便将那些都归在这一本里，其实是我所指摘，现在都已由事实来证明的了，我那时不过说得略早几天而已。是为序。

一九三三年七月十九夜，于上海寓庐，鲁迅记。

＊　　　＊　　　＊

〔1〕　《申报》　旧中国出版时间最久的日报。1872年4月30日（清同治十一年三月二十三日）由英商在上海创办，1909年为买办席裕福所收买，1912年转让给史量才，次年由史接办。九一八事变以后，曾反映民众抗日要求。1934年11月史量才遭国民党暗杀后，该报重趋保

5

守。1949 年 5 月 26 日上海解放时停刊。《自由谈》是该报副刊之一,始办于 1911 年 8 月 24 日,原以刊载鸳鸯蝴蝶派作品为主,1932 年 12 月起,一度革新内容,常刊载进步作家写的杂文、短评。

〔2〕 郁达夫(1896—1945) 浙江富阳人,作家。创造社主要成员之一。1928 年曾与鲁迅合编《奔流》月刊。著有短篇小说集《沉沦》、中篇小说《她是一个弱女子》、游记散文集《屐痕处处》等。

〔3〕 黎烈文(1904—1972) 湖南湘潭人,翻译家。1932 年 12 月起任《申报·自由谈》编辑,1934 年 5 月去职。

〔4〕 创造社 文学社团,1921 年 6 月成立于日本东京,主要成员有郭沫若、郁达夫、成仿吾、张资平等。主要活动在上海。初期的文学倾向是浪漫主义、带有反帝、反封建的色彩。第一次国内革命战争期间,郭沫若、成仿吾等先后参加革命实际工作。1927 年倡导无产阶级革命文学运动,同时增加了冯乃超、彭康、李初梨等从日本回来的新成员。1928 年,该社和另一提倡无产阶级文学的太阳社对鲁迅的批评和鲁迅对他们的反驳,形成了一次以革命文学问题为中心的论争。1929 年 2 月,该社被国民党当局封闭。它曾先后编辑出版《创造》(季刊)、《创造周报》、《创造日》、《洪水》、《创造月刊》、《文化批判》等刊物,以及《创造社丛书》、《社会科学丛书》等。

〔5〕 指黎烈文的《写给一个在另一世界的人》。是一篇缅怀亡妻的文章,载于 1933 年 1 月 25 日《自由谈》,后收入他的散文集《崇高的母性》。

〔6〕 作者第一篇刊于《自由谈》上的文章,是《"逃"的合理化》,收入本书时改题《逃的辩护》。

〔7〕 陈源(1896—1970) 字通伯,笔名西滢,江苏无锡人,作家。现代评论派主要成员。曾任北京大学、武汉大学教授。"鲁迅即教育部金事周树人",是陈源在 1926 年 1 月 30 日《晨报副刊》发表的《致志摩》

中说的话。

〔8〕　王平陵（1898—1964）　江苏溧阳人,曾任《时事新报》、国民党《中央日报》副刊主编,提倡所谓"民族主义文学"。这里说的"告发",见本书《不通两种》附录《"最通的"文艺》。

〔9〕　周木斋（1910—1941）　江苏武进人,当时在上海从事编辑和写作。这里说的"揭露",见本书《文人无文》附录《第四种人》。

一 九 三 三 年

观　斗[1]

我们中国人总喜欢说自己爱和平，但其实，是爱斗争的，爱看别的东西斗争，也爱看自己们斗争。

最普通的是斗鸡，斗蟋蟀，南方有斗黄头鸟，斗画眉鸟，北方有斗鹌鹑，一群闲人们围着呆看，还因此赌输赢。古时候有斗鱼，现在变把戏的会使跳蚤打架。看今年的《东方杂志》[2]，才知道金华又有斗牛，不过和西班牙却两样的，西班牙是人和牛斗，我们是使牛和牛斗。

任他们斗争着，自己不与斗，只是看。

军阀们只管自己斗争着，人民不与闻，只是看。

然而军阀们也不是自己亲身在斗争，是使兵士们相斗争，所以频年恶战，而头儿个个终于是好好的，忽而误会消释了，忽而杯酒言欢了，忽而共同御侮了，忽而立誓报国了，忽而……。不消说，忽而自然不免又打起来了。

然而人民一任他们玩把戏，只是看。

但我们的斗士，只有对于外敌却是两样的：近的，是"不抵抗"，远的，是"负弩前驱"[3]云。

"不抵抗"在字面上已经说得明明白白。"负弩前驱"呢，弩机的制度早已失传了,必须待考古学家研究出来,制造起来,然后能够负,然后能够前驱。

还是留着国产的兵士和现买的军火,自己斗争下去罢。中国的人口多得很,暂时总有一些孑遗在看着的。但自然,倘要这样,则对于外敌,就一定非"爱和平"〔4〕不可。

一月二十四日。

*　　　*　　　*

〔1〕　本篇最初发表于1933年1月31日上海《申报·自由谈》,署名何家干。

〔2〕　《东方杂志》　综合性刊物,1904年3月在上海创刊,1948年12月停刊,商务印书馆出版。1933年1月16日该刊第三十卷第二号,曾刊载浙江婺州(今金华)斗牛照片数帧,题为《中国之斗牛》。

〔3〕　"负弩前驱"　语出《逸周书》:"武王伐纣,散宜生、闳夭负弩前驱。"当时国民党政府对日本侵略采取不抵抗政策,每当日军进攻,中国驻守军队大多奉命后退,如1933年1月3日日军进攻山海关时,当地驻军在四小时后即放弃要塞,不战而退。而远离前线的大小军阀却常故作姿态,扬言"抗日",如山海关沦陷后,在四川参加军阀混战和"剿匪"反共的田颂尧于1月20日发通电说:"准备为国效命,候中央明令,即负弩前驱。"

〔4〕　"爱和平"　当时国民党当局经常以"爱和平"这类论调掩盖其不抵抗政策,如1931年九一八事变后,蒋介石9月22日在南京市国民党党员大会上演讲时称:"此刻必须上下一致,先以公理对强权,以和平对野蛮,忍痛含愤,暂取逆来顺受态度,以待国际公理之判断。"

逃 的 辩 护 [1]

古时候,做女人大晦气,一举一动,都是错的,这个也骂,那个也骂。现在这晦气落在学生头上了,进也挨骂,退也挨骂。

我们还记得,自前年冬天以来,学生是怎么闹的,有的要南来,有的要北上,南来北上,都不给开车。待到到得首都,顿首请愿,却不料"为反动派所利用",许多头都恰巧"碰"在刺刀和枪柄上,有的竟"自行失足落水"而死了。[2]

验尸之后,报告书上说道,"身上五色"。我实在不懂。

谁发一句质问,谁提一句抗议呢?有些人还笑骂他们。

还要开除,还要告诉家长,还要劝进研究室。一年以来,好了,总算安静了。但不料榆关[3]失了守,上海还远,北平却不行了,因为连研究室也有了危险。住在上海的人们想必记得的,去年二月的暨南大学,劳动大学,同济大学……,研究室里还坐得住么?[4]

北平的大学生是知道的,并且有记性,这回不再用头来"碰"刺刀和枪柄了,也不再想"自行失足落水",弄得"身上五色"了,却发明了一种新方法,是:大家走散,各自回家。

这正是这几年来的教育显了成效。

然而又有人来骂了[5]。童子军[6]还在烈士们的挽联上,说他们"遗臭万年"[7]。

但我们想一想罢：不是连语言历史研究所[8]里的没有性命的古董都在搬家了么？不是学生都不能每人有一架自备的飞机么？能用本国的刺刀和枪柄"碰"得瘟头瘟脑，躲进研究室里去的，倒能并不瘟头瘟脑，不被外国的飞机大炮，炸出研究室外去么？

阿弥陀佛！

一月二十四日。

*　　　*　　　*

〔1〕 本篇最初发表于 1933 年 1 月 30 日《申报·自由谈》，原题为《"逃"的合理化》，署名何家干。

〔2〕 指学生到南京请愿一事。九一八事变后，全国学生奋起抗议蒋介石的不抵抗政策。12 月初，各地学生纷纷到南京请愿。国民党政府于 12 月 5 日通令全国，加以禁止；17 日出动军警，逮捕和屠杀在南京请愿示威的各地学生，有的学生遭刺伤后，又被扔进河里。事后国民党当局为掩盖真相，诬称学生"为反动分子所利用"、被害学生是"失足落水"等，并发表验尸报告，说被害者"腿有青紫白黑四色，上身为黑白二色"。

〔3〕 榆关 即山海关，1933 年 1 月 3 日为日军攻陷。

〔4〕 1932 年 1 月 28 日日本侵略军进攻上海时，处于战区的暨南大学、劳动大学、同济大学等，校舍或毁于炮火，或被日军夺占，学生流散。

〔5〕 山海关失守后，北平形势危急，各大、中学学生有请求展缓考期、提前放假或请假离校的事。当时曾有自称"血魂除奸团"者，为此

责骂学生"贪生怕死"、"无耻而懦弱"。周木斋在《涛声》第二卷第四期（1933 年 1 月 21 日）发表的《骂人与自骂》一文中，也说学生是"敌人未到，闻风远逸"，"即使不能赴难，最低最低的限度也不应逃难"。

〔6〕 童子军　1908 年英国最早创设的一种使少年儿童接受军事化训练并从事社会公益活动的组织。不久流行于许多国家。中国的童子军于 1912 年成立，首创于武昌文华书院，后发展到各地。南京国民政府时期，组建为全国性组织，定名为"中国童子军"，其总部隶属于国民党中央执行委员会。

〔7〕 "遗臭万年"　1933 年 1 月 22 日，国民党当局为掩饰其自动放弃山海关等长城要隘的罪行，在北平中山公园中山堂举行追悼阵亡将士大会。会上有国民党操纵的童子军组织送的挽联，上写："将士饮弹杀敌，烈于千古；学生罢考潜逃，臭及万年。"

〔8〕 语言历史研究所　应作历史语言研究所，是国民党政府中央研究院的一个机构，当时设在北平。许多珍贵的古代文物归它保管。该所于 1933 年 1 月 21 日将首批古物三十箱、古书九十箱运至南京。

崇　实[1]

事实常没有字面这么好看。

例如这《自由谈》，其实是不自由的，现在叫作《自由谈》，总算我们是这么自由地在这里谈着。

又例如这回北平的迁移古物[2]和不准大学生逃难[3]，发令的有道理，批评的也有道理，不过这都是些字面，并不是精髓。

倘说，因为古物古得很，有一无二，所以是宝贝，应该赶快搬走的罢。这诚然也说得通的。但我们也没有两个北平，而且那地方也比一切现存的古物还要古。禹是一条虫[4]，那时的话我们且不谈罢，至于商周时代，这地方却确是已经有了的。为什么倒撇下不管，单搬古物呢？说一句老实话，那就是并非因为古物的"古"，倒是为了它在失掉北平之后，还可以随身带着，随时卖出铜钱来。

大学生虽然是"中坚分子"，然而没有市价，假使欧美的市场上值到五百美金一名口，也一定会装了箱子，用专车和古物一同运出北平，在租界上外国银行的保险柜子里藏起来的。

但大学生却多而新，惜哉！

费话不如少说，只剥崔颢[5]《黄鹤楼》诗以吊之，曰——
　　阔人已骑文化去，此地空余文化城。[6]

14

文化一去不复返，古城千载冷清清。

专车队队前门站，晦气重重大学生。

日薄榆关何处抗，烟花场上没人惊。

　　　　　　　　　　　一月三十一日。

＊　　　＊　　　＊

〔１〕　本篇最初发表于 1933 年 2 月 6 日《申报·自由谈》，署名何家干。

〔２〕　北平的迁移古物　1933 年 1 月 3 日日本侵占山海关后，国民党中央常务会议于 1 月 17 日决定将故宫博物院、历史语言研究所等收藏的古物分批从北平运至南京、上海。

〔３〕　不准大学生逃难　1933 年 1 月 28 日，国民党政府教育部电令北平各大学："据各报载榆关告紧之际，北平各大学中颇有逃考及提前放假等情，……查大学生为国民中坚分子，讵容妄自惊扰，败坏校规；学校当局迄无呈报，迹近宽纵，亦属非是。"

〔４〕　禹是一条虫　这是顾颉刚在 1923 年讨论古史的文章中提出的看法。他在对禹作考证时，曾以《说文解字》训"禹"为"虫"作根据，提出禹是"蜥蜴之类"的"虫"的推断。（见《古史辨》第一册第六十三页）

〔５〕　崔颢（？—754）　汴州（今河南开封）人，唐代诗人。他的《黄鹤楼》诗原文为："昔人已乘黄鹤去，此地空余黄鹤楼。黄鹤一去不复返，白云千载空悠悠。晴川历历汉阳树，芳草萋萋鹦鹉洲。日暮乡关何处是，烟波江上使人愁。"

〔６〕　文化城　1932 年 10 月初，北平文教界江瀚、刘复等三十多人，在日军进逼关内，华北危急时，向国民党政府呈送意见书，以北平保

15

存有"寄付着国家命脉,国民精神的文化品物"和"全国各种学问的专门学者,大多荟萃在北平"为由,建议"明定北平为文化城",将"北平的军事设备挪开",用不设防来求得北平免遭日军炮火。该意见书曾刊载于10月6日《世界日报》。

电 的 利 弊[1]

日本幕府时代[2]，曾大杀基督教徒，刑罚很凶，但不准发表，世无知者。到近几年，乃出版当时的文献不少。曾见《切利支丹殉教记》[3]，其中记有拷问教徒的情形，或牵到温泉旁边，用热汤浇身；或周围生火，慢慢的烤炙，这本是"火刑"，但主管者却将火移远，改死刑为虐杀了。

中国还有更残酷的。唐人说部中曾有记载，一县官拷问犯人，四周用火遥焙，口渴，就给他喝酱醋，[4]这是比日本更进一步的办法。现在官厅拷问嫌疑犯，有用辣椒煎汁灌入鼻孔去的，似乎就是唐朝遗下的方法，或则是古今英雄，所见略同。曾见一个因在反省院里的青年的信，说先前身受此刑，苦痛不堪，辣汁流入肺脏及心，已成不治之症，即释放亦不免于死云云。此人是陆军学生，不明内脏构造，其实倒挂灌鼻，可以由气管流入肺中，引起致死之病，却不能进入心中，大约当时因在苦楚中，知觉瞀乱，遂疑为已到心脏了。

但现在之所谓文明人所造的刑具，残酷又超出于此种方法万万。上海有电刑，一上，即遍身痛楚欲裂，遂昏去，少顷又醒，则又受刑。闻曾有连受七八次者，即幸而免死，亦从此牙齿皆摇动，神经亦变钝，不能复原。前年纪念爱迪生[5]，许多人赞颂电报电话之有利于人，却没有想到同是一电，而有人得到这样的大害,福人用电气疗病,美容,而被压迫者却以此受苦,丧命也。

外国用火药制造子弹御敌,中国却用它做爆竹敬神;外国用罗盘针航海,中国却用它看风水;外国用雅片医病,中国却拿来当饭吃。同是一种东西,而中外用法之不同有如此,盖不但电气而已。

一月三十一日。

＊　　　＊　　　＊

〔1〕　本篇最初发表于1933年2月16日《申报·自由谈》,署名何家干。

〔2〕　幕府时代　1192年源赖朝开创镰仓幕府,至1867年德川庆喜的江户幕府还政于天皇,在日本历史上称为幕府时代。幕府时代是武家执政,大权全归幕府,天皇形同虚设。

〔3〕　《切利支丹殉教记》　原名《切支丹の殉教者》,日本松崎实作,1922年出版。1925年修订再版时改名为《切支丹殉教记》。书中记述十六世纪以来天主教在日本的流传,以及日本江户幕府时代封建统治者对天主教徒的迫害和屠杀的情况。"切支丹"(也称"切利支丹"),是基督教(及基督教徒)的日本译名。

〔4〕　《太平广记》卷二六八引《神异经》佚文中有类似记载:唐代武则天时酷吏来俊臣逼供,"每鞫囚,无轻重,先以醋灌鼻,禁地牢中,以火围绕。"

〔5〕　爱迪生(T.A.Edison,1847—1931)　美国发明家。精研电学,有很多发明创制,如电灯、电报、电话、电影机、留声机等。1931年10月18日逝世后,世界各地曾举行悼念活动。

航空救国三愿[1]

现在各色的人们大喊着各种的救国,好像大家突然爱国了似的。其实不然,本来就是这样,在这样地救国的,不过现在喊了出来罢了。

所以银行家说贮蓄救国,卖稿子的说文学救国,画画儿的说艺术救国,爱跳舞的说寓救国于娱乐之中,还有,据烟草公司说,则就是吸吸马占山[2]将军牌香烟,也未始非救国之一道云。

这各种救国,是像先前原已实行过来一样,此后也要实行下去的,决不至于五分钟。

只有航空救国[3]较为别致,是应该刮目相看的,那将来也很难预测,原因是在主张的人们自己大概不是飞行家。

那么,我们不妨预先说出一点愿望来。

看过去年此时的上海报的人们恐怕还记得,苏州不是有一队飞机来打仗的么?后来别的都在中途"迷失"了,只剩下领队的洋烈士[4]的那一架,双拳不敌四手,终于给日本飞机打落,累得他母亲从美洲路远迢迢的跑来,痛哭一场,带几个花圈而去。听说广州也有一队出发的,闺秀们还将诗词绣在小衫上,赠战士以壮行色。然而,可惜得很,好像至今还没有到。

所以我们应该在防空队成立之前,陈明两种愿望——

一,路要认清;

二,飞得快些。

还有更要紧的一层,是我们正由"不抵抗"以至"长期抵抗"而入于"心理抵抗"〔5〕的时候,实际上恐怕一时未必和外国打仗,那时战士技痒了,而又苦于英雄无用武之地,不知道会不会炸弹倒落到手无寸铁的人民头上来的?

所以还得战战兢兢的陈明一种愿望,是——

三,莫杀人民!

二月三日。

*　　　　*　　　　*

〔1〕 本篇最初发表于1933年2月5日《申报·自由谈》,署名何家干。

〔2〕 马占山(1885—1950) 辽宁怀德(今属吉林)人,国民党东北军将领。九一八事变后,他任黑龙江省代理主席。日本侵略军由辽宁向黑龙江进犯时,他曾率部抵抗,当时舆论界一度称他为"民族英雄"。上海福昌烟公司曾以他的名字做香烟的牌号,并在报上登广告说:"凡我大中华爱国同胞应一致改吸马占山将军牌香烟"。

〔3〕 航空救国 1933年1月,国民党政府决定举办航空救国飞机捐,组织中华航空救国会(后更名为中国航空协会),宣称要"集合全国民众力量,辅助政府,努力航空事业",在全国各地发行航空奖券,进行募捐。

〔4〕 洋烈士 1932年2月,有替国民党政府航空署试验新购飞机性能的美国飞行员萧特(B.Short),由沪驾机飞南京,途经苏州上空时

与六架日机相遇,被击落身死,国民党的通讯社和报纸曾借此进行宣传。萧特的母亲闻讯后,于 4 月曾来中国。

〔5〕 九一八事变时,蒋介石命令东北军"不予抵抗,力避冲突"。一·二八战争爆发后,国民党在洛阳召开的四届二中全会宣言中曾声称"中央既定长期抵抗之决心",此外又有"心理抵抗"之类的说法。

不　通　两　种[1]

　　人们每当批评文章的时候,凡是国文教员式的人,大概是着眼于"通"或"不通",《中学生》[2]杂志上还为此设立了病院。然而做中国文其实是很不容易"通"的,高手如太史公司马迁[3],倘将他的文章推敲起来,无论从文字,文法,修辞的任何一种立场去看,都可以发见"不通"的处所。

　　不过现在不说这些;要说的只是在笼统的一句"不通"之中,还可由原因而分为几种。大概的说,就是:有作者本来还没有通的,也有本可以通,而因了种种关系,不敢通,或不愿通的。

　　例如去年十月三十一日《大晚报》[4]的记载"江都清赋风潮",在《乡民二度兴波作浪》这一个巧妙的题目之下,述陈友亮之死云:

　　　　"陈友亮见官方军警中,有携手枪之刘金发,竟欲夺刘之手枪,当被子弹出膛,饮弹而毙,警察队亦开空枪一排,乡民始后退。……"

　　"军警"上面不必加上"官方"二字之类的费话,这里也且不说。最古怪的是子弹竟被写得好像活物,会自己飞出膛来似的。但因此而累得下文的"亦"字不通了。必须将上文改作"当被击毙",才妥。倘要保存上文,则将末两句改为"警察队空枪亦一齐发声,乡民始后退",这才铢两悉称,和军警都毫无关系。——虽然文理总未免有点希奇。

现在,这样的希奇文章,常常在刊物上出现。不过其实也并非作者的不通,大抵倒是恐怕"不准通",因而先就"不敢通"了的缘故。头等聪明人不谈这些,就成了"为艺术的艺术"[5]家;次等聪明人竭力用种种法,来粉饰这不通,就成了"民族主义文学"[6]者,但两者是都属于自己"不愿通",即"不肯通"这一类里的。

二月三日。

【因此引起的通论】:

"最通的"文艺　　　　王平陵

鲁迅先生最近常常用何家干的笔名,在黎烈文主编的《申报》的《自由谈》,发表不到五百字长的短文。好久不看见他老先生的文了,那种富于幽默性的讽刺的味儿,在中国的作家之林,当然还没有人能超过鲁迅先生。不过,听说现在的鲁迅先生已跑到十字街头,站在革命的队伍里去了。那么,像他这种有闲阶级的幽默的作风,严格言之,实在不革命。我以为也应该转变一下才是!譬如:鲁迅先生不喜欢第三种人,讨厌民族主义的文艺,他尽可痛快地直说,何必装腔做势,吞吞吐吐,打这么许多湾儿。在他最近所处的环境,自然是除了那些恭颂苏联德政的献词以外,便没有更通的文艺的。他认为第三种人不谈这些,是比较最聪明的人;民族主义文艺者故意找出理由来文饰自己的不通,是比较次聪明的人。其言可谓尽深刻恶毒之能事。不过,现在最通的文艺,是不是仅有那些对苏联当局摇尾求媚的献词,不免还是疑问。如果先生们真是为着解放劳苦大众而呐喊,犹可说也;假使,仅仅是为着个人的出路,故意制造一块容易招摇的金字商标,以资号召而已。那么,我就看不出先生们的苦心孤行,比到被你们所不齿的第三种人,以及民族主义文艺者,究竟是高多少。

其实,先生们个人的生活,由我看来,并不比到被你们痛骂的小资作家更穷苦些。当然,鲁迅先生是例外,大多数的所谓革命的作家,听说,常常在上海的大跳舞场,拉斐花园里,可以遇见他们伴着娇美的爱侣,一面喝香槟,一面吃朱古力,兴高采烈地跳着狐步舞,倦舞意懒,乘着雪亮的汽车,奔赴预定的香巢,度他们真个消魂的生活。明天起来,写工人呵!斗争呵!之类的东西,拿去向书贾们所办的刊物换取稿费,到晚上,照样是生活在红绿的灯光下,沉醉着,欢唱着,热爱着。像这种优裕的生活,我不懂先生们还要叫什么苦,喊什么冤,你们的猫哭耗子的仁慈,是不是能博得劳苦大众的同情,也许,在先生们自己都不免是绝大的疑问吧!

如果中国人不能从文化的本身上做一点基础的工夫,就这样大家空喊一阵口号,糊闹一阵,我想,把世界上无论那种最新颖最时髦的东西拿到中国来,都是毫无用处。我们承认现在的苏俄,确实是有了他相当的成功,但,这不是偶然。他们从前所遗留下来的一部分文化的遗产,是多么丰富,我们回溯到十月革命以前的俄国文学,音乐,美术,哲学,科学,那一件不是已经到达国际文化的水准。他们有了这些充实的根基,才能产生现在这些学有根蒂的领袖。我们仅仅渴慕人家的成功而不知道努力文化的根本的建树,再等十年百年,乃至千年万年,中国还是这样,也许比现在更坏。

不错,中国的文化运动,也已有二十年的历史了。但是,在这二十年中,在文化上究竟收获到什么。欧美的名著,在中国是否能有一册比较可靠的译本,文艺上的各种派别,各种主义,我们是否都拿得出一种代表作,其他如科学上的发明,思想上的创造,是否能有一种值得我们记忆。唉! 中国的文化低落到这步田地,还谈得到什么呢!

要是中国的文艺工作者,如不能从今天起,大家立誓做一番基本的工夫,多多地转运一些文艺的粮食,多多地树艺一些文艺的种子,我敢断言:在现代的中国,决不会产生"最通的"文艺的。

二月二十日《武汉日报》的《文艺周刊》。

【通论的拆通】:

官 话 而 已　　　　家 干

这位王平陵先生我不知道是真名还是笔名? 但看他投稿的地方,立论的腔调,就明白是属于"官方"的。一提起笔,就向上司下属,控告了两个人,真是十足的官家派势。

说话弯曲不得,也是十足的官话。植物被压在石头底下,只好弯曲的生长,这时俨然自傲的是石头。什么"听说",什么"如果",说得好不自在。听了谁说?如果不"如果"呢?"对苏联当局摇尾求媚的献词"是那些篇,"倦舞意懒,乘着雪亮的汽车,奔赴预定的香巢"的"所谓革命作家"是那些人呀?是的,曾经有人[7]当开学之际,命大学生全体起立,向着鲍罗廷[8]一鞠躬,拜得他莫名其妙;也曾经有人[9]做过《孙中山与列宁》,说得他们俩真好像没有什么两样;至于聚敛享乐的人们之多,更是社会上大家周知的事实,但可惜那都并不是我们。平陵先生的"听说"和"如果",都成了无的放矢,含血喷人了。

于是乎还要说到"文化的本身"上。试想就是几个弄弄笔墨的青年,就要遇到监禁,枪毙,失踪的灾殃,我做了六篇"不到五百字"的短评,便立刻招来了"听说"和"如果"的官话,叫作"先生们",大有一网打尽之概。则做"基本的工夫"者,现在舍官许的"第三种人"[10]和"民族主义文艺者"之外还能靠谁呢?"唉!"

然而他们是做不出来的。现在只有我的"装腔作势,吞吞吐吐"的文章,倒正是这社会的产物。而平陵先生又责为"不革命",好像他乃是真正老牌革命党,这可真是奇怪了。——但真正老牌的官话也正是这样的。

七月十九日。

＊　　　＊　　　＊

〔１〕　本篇最初发表于 1933 年 2 月 11 日《申报·自由谈》，署名何家干。

〔２〕　《中学生》　以中学生为对象的综合性刊物，夏丏尊、叶圣陶等编辑，1930 年 1 月在上海创刊，开明书店出版。1932 年 2 月起，该刊辟有"文章病院"一栏，从当时书籍报刊中选取有文法错误或文义不合逻辑的文章，加以批改。

〔３〕　司马迁（约前 145—约前 86）　字子长，夏阳（今陕西韩城南）人，西汉史学家、文学家，曾任太史令。所著《史记》是我国第一部纪传体史书。

〔４〕　《大晚报》　1932 年 2 月 12 日在上海创刊。创办人张竹平任社长，曾虚白任主笔。1935 年该报为国民党财阀孔祥熙收买，由孔令侃主持社务。1949 年 5 月 25 日停刊。

〔５〕　"为艺术的艺术"　最早由法国作家戈蒂叶（1811—1872）提出的一种文艺观点（见小说《莫班小姐》序）。它认为艺术应超越一切功利而存在，创作的目的在于艺术本身，与社会政治无关。三十年代初，新月派的梁实秋、自称"第三种人"的苏汶等，都曾宣扬这种观点。

〔６〕　"民族主义文学"　1930 年 6 月由国民党当局策划的文学运动，发起人是潘公展、范争波、朱应鹏、傅彦长、王平陵、黄震遐等国民党官员和文人。曾出版《前锋周报》、《前锋月刊》等，借"民族主义"的名义，反对无产阶级革命文学。九一八事变后，又为蒋介石的媚日反共政策效劳。

〔７〕　指戴季陶。1926 年 10 月 17 日，他在出任广州中山大学委员会委员长的就职典礼上，曾发表赞成国共合作的演说，并引导与会学生向参加典礼的鲍罗廷行一鞠躬礼，以示"敬意"。戴季陶（1890—1949），浙江吴兴人，早年参加同盟会，后任国民党中央政治会议委员、

国民党政府考试院院长等职。

〔8〕 鲍罗廷（М.М.Бородин，1884—1951） 苏联政治活动家。1919年至1923年在共产国际远东部工作。1923年至1927年来中国，受孙中山聘为国民党特别顾问，在国民党改组工作中起过积极的作用。

〔9〕 指甘乃光。《孙中山与列宁》是他的讲演稿，1926年由广州中山大学政治训育部出版。甘乃光（1897—1956），广西岑溪人，曾任国民党中央执行委员、国民党政府内政部次长等职。1926年时任中山大学政治训育部副主任。

〔10〕 "第三种人" 1931年至1933年，在左翼文艺界批评"民族主义文学"时，胡秋原、苏汶（杜衡）自称"自由人"、"第三种人"，宣传"文艺自由"论，指责左翼文艺运动"霸占"文坛，阻碍创作的"自由"。参看《南腔北调集·论"第三种人"》和同书《又论"第三种人"》。

赌　咒[1]

"天诛地灭，男盗女娼"——是中国人赌咒的经典，几乎像诗云子曰一样。现在的宣誓，"誓杀敌，誓死抵抗，誓……"似乎不用这种成语了。

但是，赌咒的实质还是一样，总之是信不得。他明知道天不见得来诛他，地也不见得来灭他，现在连人参都"科学化地"含起电气来了，[2] 难道"天地"还不科学化么！至于男盗和女娼，那是非但无害，而且有益：男盗——可以多刮几层地皮，女娼——可以多弄几个"裙带官儿"[3]的位置。

我的老朋友说：你这个"盗"和"娼"的解释都不是古义。我回答说——你知道现在是什么时代！现在是盗也摩登，娼也摩登，所以赌咒也摩登，变成宣誓了。

二月九日。

*　　　*　　　*

〔1〕　本篇最初发表于 1933 年 2 月 14 日《申报·自由谈》，署名干。

〔2〕　1932 年底，上海佛慈大药厂在报上刊登广告，宣传所谓"长生防老新药"——"含电人参胶"，说这种药是"科学"发明，能"补充电气于体内"，供给"人生命原动力之活电子"。

〔3〕 "裙带官儿" 原来是指因妻子的关系而得官的人。语出宋代赵升《朝野类要》卷三："亲王南班之婿,号曰西官,即所谓郡马也;俗谓裙带头官。"后来即用以指因妻女姊妹等女人关系而获官职的人。

战 略 关 系^[1]

首都《救国日报》^[2]上有句名言：

"浸使为战略关系，须暂时放弃北平，以便引敌深入……应严厉责成张学良^[3]，以武力制止反对运动，虽流血亦所不辞。"（见《上海日报》二月九日转载。）

虽流血亦所不辞！勇敢哉战略大家也！

血的确流过不少，正在流的更不少，将要流的还不知道有多多少少。这都是反对运动者的血。为着什么？为着战略关系。

战略家^[4]在去年上海打仗的时候，曾经说："为战略关系，退守第二道防线"，这样就退兵；过了两天又说，为战略关系，"如日军不向我军射击，则我军不得开枪，着士兵一体遵照"，这样就停战。此后，"第二道防线"消失，上海和议^[5]开始，谈判，签字，完结。那时候，大概为着战略关系也曾经见过血；这是军机大事，小民不得而知，——至于亲自流过血的虽然知道，他们又已经没有了舌头。究竟那时候的敌人为什么没有"被诱深入"？

现在我们知道了：那次敌人所以没有"被诱深入"者，决不是当时战略家的手段太不高明，也不是完全由于反对运动者的血流得"太少"，而另外还有个原因：原来英国从中调停——暗地里和日本有了谅解，说是日本呀，你们的军队暂时退出上海,我们英国更进一步来帮你的忙,使满洲国[6]不至于被国联[7]否认,——这就是现在国联的什么什么草案[8],什么什么委员[9]的态度。这其实是说,你不要在这里深入,——这里是有赃大家分,——你先到北方去深入再说。深入还是要深入,不过地点暂时不同。

因此,"诱敌深入北平"的战略目前就需要了。流血自然又要多流几次。

其实,现在一切准备停当,行都陪都[10]色色俱全,文化古物,和大学生,也已经各自乔迁。无论是黄面孔,白面孔,新大陆[11],旧大陆的敌人,无论这些敌人要深入到什么地方,都请深入罢。至于怕有什么反对运动,那我们的战略家:"虽流血亦所不辞"!放心,放心。

二月九日。

【备考】:

奇 文 共 赏　　　　周敬侪

大人先生们把"故宫古物"看得和命(当然不是小百姓的命)一般坚决南迁,无非因为"古物"价值不止"连城",并且容易搬动,容易变钱的原故,这也值得你们大惊小怪,冷嘲热讽!我正这样想着的时候,居然从首都一家报纸上见到赞成"古物南迁"的社论;并且建议"武力制止反对","流血在所不辞",请求政府"保持威信","贯彻政策"!这样的宏词高论,我实在不忍使它湮没无闻,因特

不辞辛苦,抄录出来,献给大众:

"……北平各团体之反对古物南迁,为有害北平将来之繁荣,此种自私自利完全蔑视国家利益之理由,北平各团体竟敢说出,吾人殊服其厚颜无耻,彼等只为北平之繁荣,必须以数千年古物冒全被敌人劫夺而去之大危险,所见未免太小,使政府为战略关系,须暂时放弃北平,以便引敌深入,聚而歼之,则古物必被敌人劫夺而去,试问将来北平之繁荣何由维持,故不如先行迁移,俟打倒日本,北平安如泰山后,再行迁回,北平各团体自私自利,固可恶可耻,其无远虑,亦可怜也,其反对迁移之又一理由,则谓政府应先顾全土地,此言似是而实非,盖放弃一部分土地供敌人一时之占领,以歼灭敌人,然后再行恢复,古今中外,其例甚多,如一八一二年之役,俄人不但放弃莫斯科,且将莫斯科烧毁,以困拿破仑,欧战时,比利时,塞尔维亚,皆放弃全部领土,供敌人蹂躏,卒将强德击破,盖领土被占,只须不与敌人媾和,签字于割让条约,则敌人固无如该土何,至于故宫古物,若不迁移,设不幸北平被敌人占领,将古物劫夺而去,试问中国将何法以恢复之,行见中国文明结晶,供敌人战利品,可耻孰甚,……最后吾人奉告政府,政府迁移古物之政策,既已决定,则不论遇如何阻碍,应求其贯彻,若一经无见识无远虑之群愚反对,即行中止,政府威信何在,故吾主张严责张学良,使以武力制止反对运动,若不得已,虽流血亦所不辞……"

二月十三日,《申报》《自由谈》。

＊　　　＊　　　＊

〔1〕　本篇最初发表于 1933 年 2 月 13 日《申报·自由谈》,署名何家干。

〔2〕　《救国日报》　1932 年 8 月在南京创刊,龚德柏主办,1949 年 4 月停刊。文中所引的话,见于 1933 年 2 月 6 日该报社论《为迁移故宫古物告政府》。

〔3〕　张学良(1901—2001)　字汉卿,辽宁海城人。原为奉军司令。九一八事变时任国民党政府陆海空军副司令兼东北边防军司令长官,奉蒋介石不抵抗的命令,放弃东北三省。九一八事变后曾任国民政府军事委员会北平军分会代理委员长等职。

〔4〕　战略家　指国民党军事当局。1932 年一·二八上海战事发生后,他们屡令中国军队后撤,声称是“变更战略”,“引敌深入”,“并非战败”。

〔5〕　上海和议　一·二八战事发生后,国民党政府不顾全国人民的抗日要求,坚持“不抵抗”政策,使坚持抗战的十九路军孤立无援,并在英、美、法等帝国主义参预下,同日本侵略者进行屈膝投降的谈判,于 1932 年 5 月 5 日签订《淞沪停战协定》,将十九路军调离上海,去福建“剿共”。

〔6〕　满洲国　日本侵占东北后建立的傀儡政权。1932 年 3 月在长春成立,以清废帝溥仪为“执政”;1934 年 3 月改称“满洲帝国”,溥仪改为“皇帝”。

〔7〕　国联　“国际联盟”的简称。第一次世界大战后于 1920 年成立的国际政府间组织。它标榜以“促进国际合作、维持国际和平与安全”为宗旨,实际上是英、法等帝国主义国家控制并为其利益服务的工具。第二次世界大战爆发后无形瓦解,1946 年 4 月正式宣告解散。九一八事变后,它袒护日本帝国主义对中国的侵略。

〔8〕 什么什么草案 指1932年12月15日国联十九国委员会特别会议通过的关于调解中日争端的"决议草案"。1933年1月又据此草案修改为"德鲁蒙新草案"。这些草案袒护日本的侵略,默认"满洲国"伪政权。

〔9〕 什么什么委员 指参加国联十九国委员会的英国代表、外交大臣约翰·西蒙。他在国联会议的发言中屡次为日本侵略中国辩护,曾受到当时中国舆论界的谴责。

〔10〕 行都 在必要时政府暂时迁驻的地方;陪都,在首都以外另建的都城。国民党政府以南京为首都。1932年一·二八战事时于1月30日仓皇决定"移驻洛阳办公";3月5日国民党四届二中全会第二次会议又通过决议,正式定洛阳为行都,西安为陪都。同年12月1日由洛阳迁回南京。

〔11〕 新大陆 十五世纪末,意大利探险家亚美利哥到达南美洲北部,因称以前欧洲人不知道的这块美洲陆地为"新大陆"。与此相对,亚、欧、非三洲被称为"旧大陆"。

颂　萧[1]

萧伯纳[2]未到中国之前,《大晚报》希望日本在华北的军事行动会因此而暂行停止,呼之曰"和平老翁"[3]。

萧伯纳既到香港之后,各报由"路透电"[4]译出他对青年们的谈话,题之曰"宣传共产"。

萧伯纳"语路透访员曰,君甚不像华人,萧并以中国报界中人全无一人访之为异,问曰,彼等其幼稚至于未识余乎?"(十一日路透电)

我们其实是老练的,我们很知道香港总督[5]的德政,上海工部局[6]的章程,要人的谁和谁是亲友,谁和谁是仇雠,谁的太太的生日是那一天,爱吃的是什么。但对于萧,——惜哉,就是作品的译本也只有三四种。

所以我们不能识他在欧洲大战以前和以后的思想,也不能深识他游历苏联以后的思想。但只就十四日香港"路透电"所传,在香港大学对学生说的"如汝在二十岁时不为赤色革命家,则在五十岁时将成不可能之僵石,汝欲在二十岁时成一赤色革命家,则汝可得在四十岁时不致落伍之机会"的话,就知道他的伟大。

但我所谓伟大的,并不在他要令人成为赤色革命家,因为我们有"特别国情"[7],不必赤色,只要汝今天成为革命家,明天汝就失掉了性命，无从到四十岁。我所谓伟大的，是他竟替我们二十岁的青年，想到了四五十岁的时候，而且并不离开了现在。

阔人们会搬财产进外国银行，坐飞机离开中国地面，或者是想到明天的罢；"政如飘风，民如野鹿"[8]，穷人们可简直连明天也不能想了，况且也不准想，不敢想。

又何况二十年，三十年之后呢？这问题极平常，然而是伟大的。

此之所以为萧伯纳！

二月十五日。

【又招恼了大主笔】：

萧伯纳究竟不凡　　《大晚报》社论

"你们批评英国人做事，觉得没有一件事怎样的好，也没有一件事怎样的坏；可是你们总找不出那一件事给英国人做坏了。他做事多有主义的。他要打你，他提倡爱国主义来；他要抢你，他提出公事公办的主义；他要奴役你，他提出帝国主义大道理；他要欺侮你，他又有英雄主义的大道理；他拥护国王，有忠君爱国的主义，可是他要斫掉国王的头，又有共和主义的道理。他的格言是责任；可是他总不忘记一个国家的责任与利益发生了冲突就要不得了。"

这是萧伯纳老先生在《命运之人》中批评英国人的尖

刻语。我们举这一个例来介绍萧先生，要读者认识大伟人之所以伟大，也自有其秘诀在。这样子的冷箭，充满在萧氏的作品中，令受者难堪，听者痛快，于是萧先生的名言警句，家传户诵，而一代文豪也确定了他的伟大。

借主义，成大名，这是现代学者一时的风尚，萧先生有嘴说英国人，可惜没有眼估量自己。我们知道萧先生是泛平主义的先进，终身拥护这渐进社会主义，他的戏剧，小说，批评，散文中充塞着这种主义的宣传品，萧先生之于社会主义，可说是个彻头彻尾的忠实信徒。然而，我们又知道，萧先生是铢锱必较的积产专家，是反对慈善事业最力的理论家，结果，他坐拥着百万巨资面团团早成了个富家翁。萧先生唱着平均资产的高调，为被压迫的劳工鸣不平，向寄生物性质的资产家冷嘲热讽，因此而赢得全民众的同情，一书出版，大家抢着买，一剧登场，一百多场做下去，不愁没有人看，于是萧先生坐在提倡共产主义的安乐椅里，笑嘻嘻地自鸣得意，借主义以成名，挂羊头卖狗肉的戏法，究竟巧妙无穷。

现在，萧先生功成名就，到我们穷苦的中国来玩玩了。多谢他提携后进的热诚，在香港告诉我们学生道："二十岁不为赤色革命家，五十岁要成僵石；二十岁做了赤色革命家，四十岁可不致落伍。"原来做赤色革命家的原因，只为自己怕做僵石，怕落伍而已；主义本身的价值如何，本来与个人的前途没有多大关系；我们要在社会里混出头，只求不僵，只求不落伍，这是现代人立身处世的名言,萧先生坦白言之,安得不叫我们五体投地,真不愧"圣之时者也"的现代孔子了。

然而,萧先生可别小看了这老大的中国,像你老先生这样时髦的学者,我们何尝没有。坐在安乐椅里发着尖刺的冷箭来宣传什么主义的,不须先生指教,戏法已耍得十分纯熟了。我想先生知道了,一定要莞尔而笑曰:"我道不孤!"

然而,据我们愚蠢的见解,伟大人格的素质,重要的是个诚字。你信仰什么主义,就该诚挚地力行,不该张大了嘴唱着好听。若说,萧先生和他的同志,真信仰共产主义的,就请他散尽了家产再说话。可是,话也得说回来,萧先生散尽了家产,真穿着无产同志的褴褛装束,坐着三等舱来到中国,又有谁去睬他呢? 这样一想:萧先生究竟不凡。

二月十七日。

【也不佩服大主笔】:

前 文 的 案 语　　　乐　雯[9]

这种"不凡"的议论的要点是:(一)尖刻的冷箭,"令受者难堪,听者痛快",不过是取得"伟大"的秘诀;(二)这秘诀还在于"借主义,成大名,挂羊头,卖狗肉的戏法";(三)照《大晚报》的意见,似乎应当为着自己的"主义"——高唱"神武的大文","张开血盆似的大口"去吃人,虽在二十岁就落伍,就变为僵石,亦所不惜;(四)如果萧伯纳不赞成这种"主义",就不应当坐安乐椅,不应当有家财,赞成了那种主义,当然又当别论。

可惜,这世界的崩溃,偏偏已经到了这步田地:——小资产的知识阶层分化出一些爱光明不肯落伍的人,他们向着革命的道路上开步走。他们利用自己的种种可能,诚恳的赞助革命的前进。他们在以前,也许客观上是资本主义社会关系的拥护者。但是,他们偏要变成资产阶级的"叛徒"。而叛徒常常比敌人更可恶。

卑劣的资产阶级心理,以为给了你"百万家财",给了你世界的大名,你还要背叛,你还有什么不满意,"实属可恶之至"。这自然是"借主义,成大名"了。对于这种卑劣的市侩,每一件事情一定有一种物质上的荣华富贵的目的。这是道地的"唯物主义"——名利主义。萧伯纳不在这种卑劣心理的意料之中,所以可恶之至。

而《大晚报》还推论到一般的时代风尚,推论到中国也有"坐在安乐椅里发着尖刺的冷箭来宣传什么什么主义的,不须先生指教"。这当然中外相同的道理,不必重新解释了。可惜的是:独有那吃人的"主义",虽然借用了好久,然而还是不能够"成大名",呜呼!

至于可恶可怪的萧,——他的伟大,却没有因为这些人"受着难堪",就缩小了些。所以像中国历代的离经叛道的文人似的,活该被皇帝判决"抄没家财"。

《萧伯纳在上海》。

＊　　　＊　　　＊

〔1〕　本篇最初发表于 1933 年 2 月 17 日《申报·自由谈》，原题为《萧伯纳颂》，署名何家干。

〔2〕　萧伯纳（G.B.Shaw, 1856—1950）　英国剧作家、批评家。出生于爱尔兰都柏林。早年参加过英国改良主义的政治组织"费边社"。第一次世界大战爆发后，他谴责帝国主义战争，同情俄国十月社会主义革命。1931 年曾访问苏联。主要作品有剧本《华伦夫人的职业》、《巴巴拉少校》、《真相毕露》等，大都揭露和讽刺资本主义社会的伪善和罪恶。1933 年他乘船周游世界，于 2 月 12 日到香港，17 日到上海。

〔3〕　"和平老翁"　1933 年 1 月 6 日《大晚报》曾载萧伯纳将到北平的消息，题为《和平老翁萧伯纳，鼙鼓声中游北平》，其中有希望萧伯纳"能于其飞渡长城来游北平时，暂使战争停顿"的话。

〔4〕　"路透电"　即路透通讯社的电讯。路透社由犹太人路透（P.J.Reuter）1850 年创办于德国亚琛，1851 年迁英国伦敦，后来成为英国最大的通讯社。它在中国的活动，始于 1871 年前后。这里所说的"路透电"，指 1933 年 2 月 14 日该社由香港发的关于萧伯纳发表演说的电讯，曾刊登于 15 日《申报》，题为《对香港大学生演说——萧伯纳宣传共产》。

〔5〕　香港总督　旧时英国在香港殖民统治的总代表，由英王任命。

〔6〕　工部局　旧时英、美、日等国在上海、天津等地租界内设立的统治机关，是帝国主义在中国推行殖民主义政策的工具。

〔7〕　"特别国情"　最初是袁世凯阴谋复辟帝制时散布的一种论调。1914 年至 1915 年间，袁世凯的宪法顾问、美国人古德诺（F.J.Goodnow）鼓吹中国有"特别国情"，应行"君主制"，不宜实行民主共和政治。后来国民党当局及一些右翼文人也常称中国有"特别国

情",马列主义和社会主义制度不适合于中国。

〔8〕 "政如飘风,民如野鹿" 上句出《老子》第二十章:"飘风不终朝,骤雨不终日。"下句出《庄子·天地》:"上如标枝,民如野鹿。"

〔9〕 乐雯 原是鲁迅的笔名。1933 年 2 月,瞿秋白在上海养病期间,经鲁迅提议和协助,把当时上海出版的中外报刊上围绕萧伯纳到中国而发表的各种文章,辑成《萧伯纳在上海》一书,署为"乐雯剪贴翻译并编校",由鲁迅作序,1933 年 3 月野草书屋出版。

对于战争的祈祷[1]

——读 书 心 得

热河的战争[2]开始了。

三月一日——上海战争的结束的"纪念日",也快到了。"民族英雄"的肖像[3]一次又一次的印刷着,出卖着;而小兵们的血,伤痕,热烈的心,还要被人糟蹋多少时候? 回忆里的炮声和几千里外的炮声,都使得我们带着无可如何的苦笑,去翻开一本无聊的,但是,倒也很有几句"警句"的闲书。这警句是:

"喂,排长,我们到底上那里去哟?"——其中的一个问。

"走吧。我也不晓得。"

"丢那妈,死光就算了,走什么!"

"不要吵,服从命令!"

"丢那妈的命令!"

然而丢那妈归丢那妈,命令还是命令,走也当然还是走。四点钟的时候,中山路复归于沉寂,风和叶儿沙沙的响,月亮躲在青灰色的云海里,睡着,依旧不管人类的事。

这样,十九路军就向西退去。

（黄震遐:《大上海的毁灭》。[4]）

什么时候"丢那妈"和"命令"不是这样各归各，那就得救了。

不然呢？还有"警句"可以回答这个问题：

十九路军打，是告诉我们说，除掉空说以外，还有些事好做！

十九路军胜利，只能增加我们苟且，偷安与骄傲的迷梦！

十九路军死，是警告我们活得可怜，无趣！

十九路军失败，才告诉我们非努力，还是做奴隶的好！

（见同书。）

这是警告我们，非革命，则一切战争，命里注定的必然要失败。现在，主战是人人都会的了——这是一二八的十九路军[5]的经验：打是一定要打的，然而切不可打胜，而打死也不好，不多不少刚刚适宜的办法是失败。"民族英雄"对于战争的祈祷是这样的。而战争又的确是他们在指挥着，这指挥权是不肯让给别人的。战争，禁得起主持的人预定着打败仗的计画么？好像戏台上的花脸和白脸打仗，谁输谁赢是早就在后台约定了的。呜呼，我们的"民族英雄"！

二月二十五日。

＊　　＊　　＊

〔1〕　本篇最初发表于 1933 年 2 月 28 日《申报·自由谈》，署名何家干。

〔2〕 热河的战争 1933年2月,日本侵略军继攻陷山海关后,又进攻热河(旧省名,辖今河北省东北部、辽宁省西南部、内蒙古自治区东南部),于3月4日攻占省会承德。

〔3〕 "民族英雄"的肖像 指当时上海印售的马占山、蒋光鼐、蔡廷锴等抵抗过日本侵略军的国民党将领的像片。

〔4〕 黄震遐(1907—1974) 广东南海人,曾任《大晚报》记者、杭州笕桥空军学校教官。"民族主义文学"的骨干。《大上海的毁灭》,一部取材于一·二八上海战争,夸张日本武力,宣扬失败主义的小说;1932年5月28日起连载于上海《大晚报》,同年11月由大晚报社出版单行本。

〔5〕 十九路军 国民党军队。原为国民革命军第十一军,1930年改编为第十九路军。总指挥蒋光鼐,副总指挥兼军长蔡廷锴。九一八事变后调驻上海。1932年1月28日日军进攻上海,该军曾自动进行抵抗。国民党当局与日本签订《淞沪停战协定》后,被调往福建"剿共"。1933年11月,该军领导人联合国民党内李济深等,在福建成立"中华共和国人民革命政府",与红军订立抗日反蒋协定。不久,在蒋军进攻下失败。1934年1月被撤消番号。

从讽刺到幽默[1]

讽刺家,是危险的。

假使他所讽刺的是不识字者,被杀戮者,被囚禁者,被压迫者罢,那很好,正可给读他文章的所谓有教育的智识者嘻嘻一笑,更觉得自己的勇敢和高明。然而现今的讽刺家之所以为讽刺家,却正在讽刺这一流所谓有教育的智识者社会。

因为所讽刺的是这一流社会,其中的各分子便各各觉得好像刺着了自己,就一个个的暗暗的迎出来,又用了他们的讽刺,想来刺死这讽刺者。

最先是说他冷嘲,渐渐的又七嘴八舌的说他谩骂,俏皮话,刻毒,可恶,学匪,绍兴师爷,等等,等等。然而讽刺社会的讽刺,却往往仍然会"悠久得惊人"的,即使捧出了做过和尚的洋人或专办了小报来打击,也还是没有效,这怎不气死人也么哥[2]呢!

枢纽是在这里:他所讽刺的是社会,社会不变,这讽刺就跟着存在,而你所刺的是他个人,他的讽刺倘存在,你的讽刺就落空了。

所以,要打倒这样的可恶的讽刺家,只好来改变社会。

然而社会讽刺家究竟是危险的,尤其是在有些"文学家"明明暗暗的成了"王之爪牙"[3]的时代。人们谁高兴做"文字狱"中的主角呢,但倘不死绝,肚子里总还有半口闷气,要借着笑的幌子,哈哈的吐他出来。笑笑既不至于得罪别人,现在的法律上也尚无国民必须哭丧着脸的规定,并非"非法",盖可断言的。

我想:这便是去年以来,文字上流行了"幽默"的原因,但其中单是"为笑笑而笑笑"的自然也不少。

然而这情形恐怕是过不长久的,"幽默"既非国产[4],中国人也不是长于"幽默"的人民,而现在又实在是难以幽默的时候。于是虽幽默也就免不了改变样子了,非倾于对社会的讽刺,即堕入传统的"说笑话"和"讨便宜"。

三月二日。

*　　　*　　　*

〔1〕 本篇最初发表于 1933 年 3 月 7 日《申报·自由谈》,署名何家干。

〔2〕 也么哥 元曲中常用的衬词,无实义;也有写作也波哥、也末哥的。

〔3〕 "王之爪牙" 语出《诗经·小雅·祈父》:"予王之爪牙,胡转予于恤,靡所止居?"据唐孔颖达疏,爪牙,即"爪牙之士",指王的"守卫者"。这里引指统治者的帮凶。

〔4〕 "幽默"既非国产 "幽默"为英文 humour 的音译。林语堂在 1924 年 5 月发表《征译散文并提倡"幽默"》一文中,最早将 humour 译为"幽默"。

从幽默到正经 [1]

"幽默"一倾于讽刺,失了它的本领且不说,最可怕的是有些人又要来"讽刺",来陷害了,倘若堕于"说笑话",则寿命是可以较为长远,流年也大致顺利的,但愈堕愈近于国货,终将成为洋式徐文长 [2]。当提倡国货声中,广告上已有中国的"自造舶来品",便是一个证据。

而况我实在恐怕法律上不久也就要有规定国民必须哭丧着脸的明文了。笑笑,原也不能算"非法"的。但不幸东省沦陷,举国骚然,爱国之士竭力搜索失地的原因,结果发见了其一是在青年的爱玩乐,学跳舞。当北海上正在嘻嘻哈哈的溜冰的时候,一个大炸弹抛下来 [3],虽然没有伤人,冰却已经炸了一个大窟窿,不能溜之大吉了。

又不幸而榆关失守,热河吃紧了,有名的文人学士,也就更加吃紧起来,做挽歌的也有,做战歌的也有,讲文德 [4] 的也有,骂人固然可恶,俏皮也不文明,要大家做正经文章,装正经脸孔,以补"不抵抗主义"之不足。

但人类究竟不能这么沉静,当大敌压境之际,手无寸铁,杀不得敌人,而心里却总是愤怒的,于是他就不免寻求敌人的替代。这时候,笑嘻嘻的可就遭殃了,因为他这时便被叫作:"陈叔宝全无心肝" [5]。所以知机的人,必须也和大家一样哭丧着脸,以免于难。"聪明人不吃眼前亏",亦古贤之遗教也,然而这时也就"幽默"归天,"正经"统一了剩下的全中国。

明白这一节,我们就知道先前为什么无论贞女与淫女,见人时都得不笑不言;现在为什么送葬的女人,无论悲哀与否,在路上定要放声大叫。

这就是"正经"。说出来么,那就是"刻毒"。

三月二日。

*　　　*　　　*

〔1〕 本篇最初发表于1933年3月8日《申报·自由谈》,署名何家干。

〔2〕 徐文长(1521—1593) 名渭,号青藤道士,浙江山阴(今绍兴)人,明末文学家、书画家。著有《徐文长集》、戏曲《四声猿》等。浙东一带流传许多关于他的故事,有的把他描写成诙谐、尖刻的人物。这些故事大部分是民间的创造。

〔3〕 一个大炸弹抛下来 1933年元旦,当北平学生在中南海公园举行化装溜冰大会时,有人当场掷炸弹一枚。在此之前,曾有人以"锄奸救国团"名义,警告男女学生不要只顾玩乐,忘记国难。

〔4〕 讲文德 戴季陶曾在南京《新亚细亚月刊》第五卷第一、二期合刊(1933年1月)发表《文德与文品》一文,其中说:"开口骂人说俏皮话……都非文明人之所应有。"

〔5〕 "陈叔宝全无心肝" 陈叔宝即南朝陈后主。《南史·陈本纪》:"(陈叔宝)既见宥,隋文帝给赐甚厚,数得引见,班同三品;每预宴,恐致伤心,为不奏吴音。后监守者奏言:'叔宝云,既无秩位,每预朝集,愿得一官号。'隋文帝曰:'叔宝全无心肝。'"

王 道 诗 话 [1]

　　"人权论"[2]是从鹦鹉开头的。据说古时候有一只高飞远走的鹦哥儿，偶然又经过自己的山林，看见那里大火，它就用翅膀蘸着些水洒在这山上；人家说它那一点儿水怎么救得熄这样的大火，它说："我总算在这里住过的，现在不得不尽点儿心。"（事出《栎园书影》[3]，见胡适[4]《人权论集》序所引。）鹦鹉会救火，人权可以粉饰一下反动的统治。这是不会没有报酬的。胡博士到长沙去演讲一次，何将军[5]就送了五千元程仪。价钱不算小，这"叫做"实验主义[6]。

　　但是，这火怎么救，在"人权论"时期（一九二九——三〇年），还不十分明白，五千元一次的零卖价格做出来之后，就不同了。最近（今年二月二十一日）《字林西报》[7]登载胡博士的谈话说：

> "任何一个政府都应当有保护自己而镇压那些危害自己的运动的权利，固然，政治犯也和其他罪犯一样，应当得着法律的保障和合法的审判……"

　　这就清楚得多了！这不是在说"政府权"了么？自然，博士的头脑并不简单，他不至于只说："一只手拿着宝剑，一只手拿着经典！"如什么主义之类。他是说还应当拿着法律。

　　中国的帮忙文人，总有这一套秘诀，说什么王道，仁政。

你看孟夫子多么幽默,他教你离得杀猪的地方远远的,嘴里吃得着肉,心里还保持着不忍人之心[8],又有了仁义道德的名目。不但骗人,还骗了自己,真所谓心安理得,实惠无穷。

诗曰:

文化班头博士衔,人权抛却说王权,

朝廷自古多屠戮,此理今凭实验传。

人权王道两翻新,为感君恩奏圣明,

虐政何妨援律例,杀人如草不闻声。

先生熟读圣贤书,君子由来道不孤,

千古同心有孟子,也教肉食远庖厨。

能言鹦鹉毒于蛇,滴水微功漫自夸,

好向侯门卖廉耻,五千一掷未为奢。

三月五日。

*　　　*　　　*

〔1〕　本篇最初发表于 1933 年 3 月 6 日《申报·自由谈》,署名干。

按本篇和下面的《伸冤》、《曲的解放》、《迎头经》、《出卖灵魂的秘诀》、《最艺术的国家》、《内外》、《透底》、《大观园的人才》,以及《南腔北调集》中的《关于女人》、《真假堂吉诃德》,《准风月谈》中的《中国文与中国人》等十二篇文章,都是 1933 年瞿秋白在上海时所作,其中有的是根据鲁迅的意见或与鲁迅交换意见后写成的。鲁迅对这些文章曾做过字句上的改动(个别篇改换了题目),并请人誊抄后,以自己使用的笔名寄给《申报·自由谈》等报刊发表,后来又分别将它们收入自己的杂文集。

〔2〕 "人权论" 指《人权论集》。该书主要汇集胡适、罗隆基、梁实秋等人1929年间在《新月》杂志上发表的谈人权问题的文章,1930年2月上海新月书店出版,胡适作序。

〔3〕 《栎园书影》 即《因树屋书影》。明末清初周栎园著。该书卷二中说:"昔有鹦鹉飞集陀山,因山中大火,鹦鹉遥见,入水濡羽,飞而洒之。天神言:'尔虽有志意,何足云也?'对曰:'尝侨居是山,不忍见耳。'天神嘉感,即为灭火。"这原是一个印度寓言,屡见于汉译佛经中。按周栎园(1612—1672),名亮工,河南祥符(今开封)人。

〔4〕 胡适(1891—1962) 字适之,安徽绩溪人。1927年曾得美国哥伦比亚大学博士学位。他早年留学美国,1917年回国任北京大学教授。"五四"时期,他是新文化运动的代表人物之一。后曾任国民党政府驻美国大使等职。1949年4月去美国,后病死于台湾。

〔5〕 何将军 指何键(1887—1956),湖南醴陵人,国民党军阀。当时任湖南省政府主席。1932年12月胡适应何键之邀到长沙作《我们应走的路》等讲演,据传胡适日记载,何送他"路费"四百元。

〔6〕 实验主义 又称实用主义、工具主义,近代美国的一个哲学派别。认为思想、意识不是客观世界的反映,而是人根据自身的需要提出的"假设"和使用的"工具",能"兑现价值"和"有用"就是真理,强调通过个人的活动实验自己的"假设"和"工具"的价值和效用。主要代表人物有杜威等。胡适是杜威的学生,1919年在北京连续讲演宣传实验主义。在1921年写的《杜威先生与中国》一文中,说杜威的哲学方法"总名叫做'实验主义'"。

〔7〕 《字林西报》("North China Dairy News") 英国人在上海办的英文日报,由字林洋行出版。1864年7月1日创刊,1951年3月31

日停刊。

〔8〕　离得杀猪的地方远远的　见《孟子·梁惠王（上）》：“君子之于禽兽也，见其生，不忍见其死；闻其声，不忍食其肉，是以君子远庖厨也。”不忍人之心，见《孟子·公孙丑（上）》：“人皆有不忍人之心。先王有不忍人之心，斯有不忍人之政矣。”

伸　　冤[1]

李顿报告书[2]采用了中国人自己发明的"国际合作以开发中国的计划",这是值得感谢的,——最近南京市各界的电报已经"谨代表京市七十万民众敬致慰念之忱",称他"不仅为中国好友,且为世界和平及人道正义之保障者"(三月一日南京中央社[3]电)了。

然而李顿也应当感谢中国才好:第一,假使中国没有"国际合作学说",李顿爵士就很难找着适当的措辞来表示他的意思。岂非共管没有了学理上的根据? 第二,李顿爵士自己说的:"南京本可欢迎日本之扶助以拒共产潮流",他就更应当对于中国当局的这种苦心孤诣表示诚恳的敬意。

但是,李顿爵士最近在巴黎的演说(路透社二月二十日巴黎电),却提出了两个问题,一个是:"中国前途,似系于如何,何时及何人对于如此伟大人力予以国家意识的统一力量,日内瓦[4]乎,莫斯科乎?"还有一个是:"中国现在倾向日内瓦,但若日本坚持其现行政策,而日内瓦失败,则中国纵非所愿,亦将变更其倾向矣。"这两个问题都有点儿侮辱中国的国家人格。国家者政府也。李顿说中国还没有"国家意识的统一力量",甚至于还会变更其对于日内瓦之倾向! 这岂不是不相信中国国家对于国联的忠心,对于日本的苦心?

　　为着中国国家的尊严和民族的光荣起见，我们要想答复李顿爵士已经好多天了，只是没有相当的文件。这使人苦闷得很。今天突然在报纸上发见了一件宝贝，可以拿来答复李大人：这就是"汉口警部三月一日的布告"。这里可以找着"铁一样的事实"，来反驳李大人的怀疑。

　　例如这布告（原文见《申报》三月一日汉口专电）说："在外资下劳力之劳工，如劳资间有未解决之正当问题，应禀请我主管机关代为交涉或救济，绝对不得直接交涉，违者拿办，或受人利用，故意以此种手段，构成严重事态者，处死刑。"这是说外国资本家遇见"劳资间有未解决之正当问题"，可以直接任意办理，而劳工方面如此这般者……就要处死刑。这样一来，我们中国就只剩得"用国家意识统一了的"劳工了。因为凡是违背这"意识"的，都要请他离开中国的"国家"——到阴间去。李大人难道还能够说中国当局不是"国家意识的统一力量"么？

　　再则统一这个"统一力量"的，当然是日内瓦，而不是莫斯科。"中国现在倾向日内瓦"，——这是李顿大人自己说的。我们这种倾向十二万分的坚定，例如那布告上也说："如有奸民流痞受人诱买勾串，或直受驱使，或假托名义，以图破坏秩序安宁，与构成其他不利于我国家社会之重大犯行者，杀无赦。"这是保障"日内瓦倾向"的坚决手段，所谓"虽流血亦所不辞"。而且"日内瓦"是讲世界和平的，因此，中国两年以来都没有抵抗，因为抵抗就要破坏和平；直到一二八，中国也不过装出挡挡炸弹枪炮的姿势；最近的热河事变，中国方面也同样的尽在"缩短阵线"〔5〕。不但如此，中国方面埋头剿匪，已经宣誓在一两个月内肃清匪共，"暂时"不管热河。这一切都是要证明"日本……见中国南方共产潮流渐起，为之焦虑"〔6〕是不必的，日本很可以无须亲自出马。中国方面这样辛苦的忍耐的工作着，无非是为着要感动日本，使它悔悟，达到远东永久和平的目的，国际资本可以在这里分工合作。而李顿爵士要还怀疑中国会"变更其倾向"，这就未免太冤枉了。

总之，"处死刑，杀无赦"，是回答李顿爵士的怀疑的历史文件。请放心罢，请扶助罢。

三月七日。

*　　　*　　　*

〔1〕　本篇最初发表于1933年3月9日《申报·自由谈》，署名干。

〔2〕　李顿报告书　李顿（V. Lytton, 1876—1947），英国贵族。1932年3月，国际联盟派他率领调查团，到我国东北调查九一八事件，同年10月2日发表《国联调查团报告书》（也称《李顿报告书》），虽然确认"东三省为中国之一部"，日本发动九一八事件并非"合法之自卫手段"；但又说日本在中国东北有"不容漠视"的"权利"及"利益"，日本侵占东北是因为中国社会内部"紊乱"和中国人民"排外"使日本遭受"损害"，是由于苏联之"扩张"及"中国共产党之发展"使日本"忧虑"。《报告书》提出在东三省成立"满洲自治政府"，由以日本为主、英美等多国参加的"顾问会议"共同管理，企图达到瓜分中国的目的。当时国民党政府竟称这一报告"明白公允"，对《报告书》原则表示接受。

〔3〕　中央社　国民党中央通讯社的简称。1924年4月1日创办于广州，1927年国民党政府成立后迁至南京。

〔4〕　日内瓦　瑞士西部日内瓦州的首府,国际联盟总部所在地。这里的意思是指英、法等国家集团。

〔5〕　"缩短阵线"　这是国民党宣传机构掩饰其作战部队溃退的用语。如《申报》1933年3月3日所载一则新闻标题为:"敌军深入热河省境,赤峰方面消息混沌,凌原我军缩短防线。"

〔6〕　这也是李顿在巴黎演说中的话。

曲 的 解 放[1]

"词的解放"[2]已经有过专号,词里可以骂娘,还可以"打打麻将"。

曲为什么不能解放,也来混账混账?不过,"曲"一解放,自然要"直",——后台戏搬到前台——未免有失诗人温柔敦厚[3]之旨,至于平仄不调,声律乖谬,还在其次。

《平津会》杂剧

(生上):连台好戏不寻常:攘外期间安内忙。只恨热汤[4]滚得快,未敲锣鼓已收场。(唱):

〔短柱天净纱〕[5]　　热汤混账——逃亡!

装腔抵抗——何妨?

(旦上唱):　　　模仿中央榜样:

——整装西望,

商量奔向咸阳。

(生):你你你……低声!你看咱们那汤儿呀,他那里无心串演,我这里有口难分,一出好戏,就此糟糕,好不麻烦人也!

(旦):那有什么:再来一出"查办"[6]好了。咱们一夫一妇,一正一副,也还够唱的。

(生):好罢!(唱):

〔颠倒阳春曲〕[7]　　人前指定可憎张[8]，

　　　　　　　　　骂一声,不抵抗!

　　（旦背人唱）：百忙里算甚糊涂账?

　　　　　　　　　只不过假装腔,

　　　　　　　　　便骂骂又何妨?

　　（丑携包裹急上）：阿呀呀,唦唦不得了了!

　　（旦抱丑介）：我儿呀,你这么心慌! 你应当在前面多挡

　　　　　　　　这么几挡,让我们好收拾收拾。（唱）：

〔颠倒阳春曲〕　　背人搂定可怜汤,

　　　　　　　　　骂一声,枉抵抗。

　　　　　　　　　戏台上露甚慌张相?

　　　　　　　　　只不过理行装,

　　　　　　　　　便等等又何妨?

　　（丑哭介）：你们倒要理行装! 我的行装先就不全了,你

　　　　　　　　瞧。（指包裹介。）

　　（旦）：我儿快快走扶桑[9],

　　（生）：雷厉风行查办忙。

　　（丑）：如此牺牲还值得,堂堂大汉有风光。（同下。）

　　　　　　　　　　　　　　　　　　　三月九日。

　※　　　　※　　　　※

　　〔1〕　本篇最初发表于 1933 年 3 月 12 日《申报·自由谈》,署名何
家干。

　　〔2〕　"词的解放"　1933 年曾今可在他主编的《新时代》月刊上

提倡所谓"解放词",该刊第四卷第一期(1933年2月)出版"词的解放运动专号",其中载有他作的《画堂春》:"一年开始日初长,客来慰我凄凉;偶然消遣本无妨,打打麻将。都喝干杯中酒,国家事管他娘;樽前犹幸有红妆,但不能狂。"

〔3〕 温柔敦厚 语出《礼记·经解》:"孔子曰:'……温柔敦厚,诗教也。'"

〔4〕 热汤 双关语,指当时热河省主席汤玉麟。汤玉麟(1871—1937),辽宁阜新人。土匪出身,曾参加张勋复辟活动。1928年任热河省政府主席兼三十六师师长。1933年2月21日日军进攻热河时他仓皇逃跑。日军于3月4日仅以一百余人的兵力就占领了当时的省会承德。

〔5〕 短柱天净纱 短柱,词曲中一种翻新出奇的调式,通篇一句两韵或两字一韵。《天净纱》是"越调"中的曲牌名。

〔6〕 "查办" 热河失陷后,为了逃避国人的谴责,1933年3月7日,国民党政府行政院决议将汤玉麟"免职查办",8日又下令"彻查严缉究办"汤玉麟。

〔7〕 颠倒阳春曲 《阳春曲》一名《喜春来》,是"中吕调"中的曲牌名。作者在《阳春曲》前用"颠倒"二字,含有诙谐、讽刺的意味。

〔8〕 张 指张学良。热河失陷后,蒋介石曾把失地责任委罪于张学良。参看本卷第158页注〔1〕。

〔9〕 扶桑 本为中国古代传说中的神木,在太阳所出之处;后转为东方大海中远方国名,《南史·东夷传》:"扶桑在大汉国东二万余里。"从唐时起,我国诗文中常以"扶桑"指称日本。

文学上的折扣^{〔1〕}

有一种无聊小报,以登载诬蔑一部分人的小说自鸣得意,连姓名也都给以影射的,忽然对于投稿,说是"如含攻讦个人或团体性质者恕不揭载"^{〔2〕}了,便不禁想到了一些事——

凡我所遇见的研究中国文学的外国人中,往往不满于中国文章之夸大。这真是虽然研究中国文学,恐怕到死也还不会懂得中国文学的外国人。倘是我们中国人,则只要看过几百篇文章,见过十来个所谓"文学家"的行径,又不是刚刚"从民间来"的老实青年,就决不会上当。因为我们惯熟了,恰如钱店伙计的看见钞票一般,知道什么是通行的,什么是该打折扣的,什么是废票,简直要不得。

譬如说罢,称赞贵相是"两耳垂肩"^{〔3〕},这时我们便至少将他打一个对折,觉得比通常也许大一点,可是决不相信他的耳朵像猪猡一样。说愁是"白发三千丈"^{〔4〕},这时我们便至少将他打一个二万扣,以为也许有七八尺,但决不相信它会盘在顶上像一个大草囤。这种尺寸,虽然有些模胡,不过总不至于相差太远。反之,我们也能将少的增多,无的化有,例如戏台上走出四个拿刀的瘦伶仃的小戏子,我们就知道这是十万精兵;刊物上登载一篇俨乎其然的像煞有介事的文章,我们就知道字里行间还有看不见的鬼把戏。

又反之，我们并且能将有的化无，例如什么"枕戈待旦"呀，"卧薪尝胆"呀，"尽忠报国"呀，[5]我们也就即刻会看成白纸，恰如还未定影的照片，遇到了日光一般。

但这些文章，我们有时也还看。苏东坡贬黄州时，无聊之至，有客来，便要他谈鬼。客说没有。东坡道："你姑且胡说一通罢。"[6]我们的看，也不过这意思。但又可知道社会上有这样的东西，是费去了多少无聊的眼力。人们往往以为打牌，跳舞有害，实则这种文章的害还要大，因为一不小心，就会给它教成后天的低能儿的。

《颂》诗[7]早已拍马，《春秋》[8]已经隐瞒，战国时谈士蜂起，不是以危言耸听，就是以美词动听，于是夸大，装腔，撒谎，层出不穷。现在的文人虽然改著了洋服，而骨髓里却还埋着老祖宗，所以必须取消或折扣，这才显出几分真实。

"文学家"倘不用事实来证明他已经改变了他的夸大，装腔，撒谎……的老牌气，则即使对天立誓，说是从此要十分正经，否则天诛地灭，也还是徒劳的。因为我们也早已看惯了许多家都钉着"假冒王麻子[9]灭门三代"的金漆牌子的了，又何况他连小尾巴也还在摇摇摇呢。

三月十二日。

＊　　　＊　　　＊

〔1〕　本篇最初发表于 1933 年 3 月 15 日《申报·自由谈》，署名何家干。

〔2〕　见 1933 年 3 月《大晚报》副刊《辣椒与橄榄》的征稿启事。

《大晚报》连载的张若谷的"儒林新史"《婆汉迷》,是一部恶意编造的影射文化界人士的长篇小说,如以"罗无心"影射鲁迅,"郭得富"影射郁达夫等。

〔3〕 "两耳垂肩" 旧时野史、小说等形容非凡人物的相貌,如《三国演义》第一回:"(刘备)生得身长八尺,两耳垂肩,双手过膝"。

〔4〕 "白发三千丈" 语出唐代李白《秋浦歌》第十五首:"白发三千丈,缘愁似箇长。"

〔5〕 "枕戈待旦" 晋代刘琨的故事,见《晋书·刘琨传》:"(琨)与亲故书曰:'吾枕戈待旦,志枭逆虏,常恐祖生先吾著鞭。'""卧薪尝胆","尝胆"是春秋时越王勾践的故事,见《史记·越王勾践世家》:"(勾践)苦身焦思,置胆于坐,坐卧即仰胆,饮食亦尝胆也";"卧薪"见宋代苏轼的《拟孙权答曹操书》:"仆受遗以来,卧薪尝胆。"后来讲到越王勾践故事时,习惯用"卧薪尝胆"一语。"尽忠报国",宋代岳飞的故事,见《宋史·岳飞传》:"飞裂裳以背示,铸有'尽忠报国'四大字,深入肤理。"当时国民党军政"要人"在谈话或通电中常引用这类话。

〔6〕 苏东坡要客谈鬼的故事,见宋代叶梦得《石林避暑录话》卷一:"子瞻(苏东坡)在黄州及岭表,每旦起,不招客相与语,则必出而访客。所与游者亦不尽择,各随其人高下,谈谐放荡,不复为畛畦。有不能谈者,则强之使说鬼,或辞无有,则曰'姑妄言之',于是闻者无不绝倒,皆尽欢而去。"

〔7〕 《颂》诗 指《诗经》中的《周颂》、《鲁颂》、《商颂》,它们多是统治阶级祭祖酬神用的作品。

〔8〕 《春秋》 相传为孔子根据鲁国史官记事而编纂的一部鲁国史书。据《春秋穀梁传》成公九年:孔子编《春秋》时,"为尊者讳耻,为贤者讳过,为亲者讳疾。"

〔9〕 王麻子 是北京有长久历史的著名刀剪铺,旧时冒它的牌

号的铺子很多;有的冒牌者还在招牌上注明"假冒王麻子灭门三代"字
样。

迎 头 经[1]

中国现代圣经[2]——迎头经曰:"我们……要迎头赶上去,不要向后跟着。"

传[3]曰:追赶总只有向后跟着,普通是无所谓迎头追赶的。然而圣经决不会错,更不会不通,何况这个年头一切都是反常的呢。所以赶上偏偏说迎头,向后跟着,那就说不行!

现在通行的说法是:"日军所至,抵抗随之",至于收复失地与否,那么,当然"既非军事专家,详细计画,不得而知"。[4]不错呀,"日军所至,抵抗随之",这不是迎头赶上是什么!日军一到,迎头而"赶":日军到沈阳,迎头赶上北平;日军到闸北,迎头赶上真茹;日军到山海关,迎头赶上塘沽;日军到承德,迎头赶上古北口……以前有过行都洛阳,现在有了陪都西安,将来还有"汉族发源地"昆仑山——西方极乐世界。至于收复失地云云,则虽非军事专家亦得而知焉,于经有之,曰"不要向后跟着"也。证之已往的上海战事,每到日军退守租界的时候,就要"严饬所部切勿越界一步"[5]。这样,所谓迎头赶上和勿向后跟,都是不但见于经典而且证诸实验的真理了。右传之一章。

传又曰:迎头赶和勿后跟,还有第二种的微言大义——

报载热河实况曰:"义军[6]皆极勇敢,认扰乱及杀戮日军为兴奋之事……唯张作相[7]接收义军之消息发表后,张作相既不亲往抚慰,热汤又停止供给义军汽油,运输中断,义军大都失望,甚至有认替张作相立功为无谓者。""日军既至凌源,其时张作相已不在,吾人闻讯出走,热汤扣车运物已成目击之事实,证以日军从未派飞机至承德轰炸……可知承德实为妥协之放弃。"(张慧冲[8]君在上海东北难民救济会席上所谈。)虽然据张慧冲君所说,"享名最盛之义军领袖,其忠勇之精神,未能悉如吾人之意想",然而义军的兵士的确是极勇敢的小百姓。正因为这些小百姓不懂得圣经,所以也不知道迎头式的策略。于是小百姓自己,就自然要碰见迎头的抵抗了:热汤放弃承德之后,北平军委分会下令"固守古北口,如义军有欲入口者,即开枪迎击之"。这是说,我的"抵抗"只是随日军之所至,你要换个样子去抵抗,我就抵抗你;何况我的退后是预先约好了的,你既不肯妥协,那就只有"不要你向后跟着"而要把你"迎头赶上"梁山了。右传之二章。

诗云:"惶惶"大军,迎头而奔,"嗤嗤"小民,勿向后跟!赋[9]也。

三月十四日。

这篇文章被检查员所指摘,经过改正,这才能在十九日的报上登出来了。

原文是这样的——

第三段"现在通行的说法"至"当然既",原文为"民国廿二年春×三月某日[10],当局谈话曰:'日军所至,抵抗随之……至收复失地及反攻承德,须视军事进展如何而定,余'"。又"不得而知"下有注云:(《申报》三月十二日第三张)。

第五段"报载热河……"上有"民国廿二年春×三月"九字。

三月十九夜记。

*　　　*　　　*

〔1〕 本篇最初发表于1933年3月19日《申报·自由谈》,署名何家干。

〔2〕 中国现代圣经 指孙中山的《三民主义》。"迎头赶上去"等语,见该书《民族主义》第六讲,原文为:"我们要学外国,是要迎头赶上去,不要向后跟着他。譬如学科学,迎头赶上去,便可以减少两百多年的光阴。"

〔3〕 传 阐释经义的文字。

〔4〕 "日军所至"等语,见1933年3月12日《申报》载国民党代理行政院长宋子文答记者问:"我无论如何抵抗到底。日军所至,抵抗随之";"至于收复失地及反攻承德,须视军事进展如何而定,余非军事专家,详细计划,不得而知。"

〔5〕 "严饬所部切勿越界一步" 一·二八上海战事后,国民党政府为向日本侵略者求和,曾同意侵入中国国土的日军暂撤至上海公共租界,并"严饬"中国军队不得越界前进。

〔6〕 义军 指九一八事变后活动在东北三省、热河一带的抗日义勇军。

〔7〕 张作相(1887—1949) 辽宁义县人,九一八事变时任吉林

省政府主席、东北边防军副司令长官。

〔8〕 张慧冲（1898—1962） 广东中山人，电影演员、电影摄影师。曾于 1933 年初赴热河前线拍摄义勇军抗日纪录影片《热河血泪史》。这里引用的是他自热河回上海后于 3 月 11 日的谈话，载 3 月 12 日《申报》。

〔9〕 赋 《诗经》的表现手法之一，据唐代孔颖达《毛诗注疏》解释，是"直陈其事"的意思。

〔10〕 春×三月某日 这里的"×"，是从《春秋》第一句"元年、春、王正月"套来的。据《春秋公羊传》隐公元年解释："何言乎'王正月'？大一统也。"这里用"×三月"，含有讽刺国民党独裁统治的意味。

"光明所到……"〔1〕

中国监狱里的拷打,是公然的秘密。上月里,民权保障同盟〔2〕曾经提起了这问题。

但外国人办的《字林西报》就揭载了二月十五日的《北京通信》,详述胡适博士曾经亲自看过几个监狱,"很亲爱的"告诉这位记者,说"据他的慎重调查,实在不能得最轻微的证据,……他们很容易和犯人谈话,有一次胡适博士还能够用英国话和他们会谈。监狱的情形,他(胡适博士——干注)说,是不能满意的,但是,虽然他们很自由的(哦,很自由的——干注)诉说待遇的恶劣侮辱,然而关于严刑拷打,他们却连一点儿暗示也没有。……"

我虽然没有随从这回的"慎重调查"的光荣,但在十年以前,是参观过北京的模范监狱的。虽是模范监狱,而访问犯人,谈话却很不"自由",中隔一窗,彼此相距约三尺,旁边站一狱卒,时间既有限制,谈话也不准用暗号,更何况外国话。

而这回胡适博士却"能够用英国话和他们会谈",真是特别之极了。莫非中国的监狱竟已经改良到这地步,"自由"到这地步;还是狱卒给"英国话"吓倒了,以为胡适博士是李顿爵士的同乡,很有来历的缘故呢?

幸而我这回看见了《招商局三大案》〔3〕上的胡适博士的

69

题辞：

　　"公开检举,是打倒黑暗政治的唯一武器,光明所到,黑暗自消。"(原无新式标点,这是我僭加的——干注。)

　　我于是大彻大悟。监狱里是不准用外国话和犯人会谈的,但胡适博士一到,就开了特例,因为他能够"公开检举",他能够和外国人"很亲爱的"谈话,他就是"光明",所以"光明"所到,"黑暗"就"自消"了。他于是向外国人"公开检举"了民权保障同盟,"黑暗"倒在这一面。

　　但不知这位"光明"回府以后,监狱里可从此也永远允许别人用"英国话"和犯人会谈否?

　　如果不准,那就是"光明一去,黑暗又来"了也。

　　而这位"光明"又因为大学和庚款委员会〔4〕的事务忙,不能常跑到"黑暗"里面去,在第二次"慎重调查"监狱之前,犯人们恐怕未必有"很自由的"再说"英国话"的幸福了罢。呜呼,光明只跟着"光明"走,监狱里的光明世界真是暂时得很!

　　但是,这是怨不了谁的,他们千不该万不该是自己犯了"法"。"好人"〔5〕就决不至于犯"法"。倘有不信,看这"光明"!

三月十五日。

*　　　　*　　　　*

　　〔1〕　本篇最初发表于 1933 年 3 月 22 日《申报·自由谈》,署名何家干。

　　〔2〕　民权保障同盟　全称"中国民权保障同盟"。1932 年 12 月

由宋庆龄、蔡元培、鲁迅、杨铨等发起组织的进步团体;总会设在上海,继而又在上海、北平成立分会。该组织反对国民党的独裁统治,积极援助政治犯,争取集会、结社、言论、出版等自由。它曾对国民党监狱中的黑暗实况进行调查并向社会揭露,因此遭受国民党当局的忌恨和迫害。1933年杨铨被暗杀后,该盟被迫停止活动。

〔3〕 《招商局三大案》 李孤帆著,1933年2月上海现代书局出版。李孤帆曾任招商局监督处秘书、总管理处赴外稽核;1928年参加稽查天津、汉口招商局分局舞弊案,1930年参加调查招商局附设的积余公司独立案,后将三案内容编成此书。招商局,即轮船招商局,旧中国最大的航运公司,清同治十一年(1872)十一月由李鸿章创办的名为官督商办的企业。1932年后成为国民党官僚资本产业。

〔4〕 庚款委员会 1900年(庚子)八国联军侵入中国,强迫清政府于次年订立《辛丑条约》。其中规定付给各国"偿款"海关银四亿五千万两,分三十九年还清,年息四厘(本息总额为九亿八千万两),通称"庚子赔款"。后来,美、英、法、日等帝国主义先后将部分赔款"退还",用以"资助"中国教育事业等,并分别成立了管理这项款务的机构。胡适曾任中英庚款顾问委员会的中国委员及管理美国庚款的中华教育文化基金董事会董事兼秘书,握有该会实权。

〔5〕 "好人" 1922年5月,胡适曾在他主持的《努力周报》第二期上提出"好政府"的主张,宣传由几个"好人"、"社会上的优秀分子""加入政治运动",组成"好政府",中国就可得救。1930年前后,胡适、罗隆基、梁实秋等又在《新月》月刊上重提这个主张。

止 哭 文 学 [1]

前三年,"民族主义文学"家敲着大锣大鼓的时候,曾经有一篇《黄人之血》[2]说明了最高的愿望是在追随成吉思皇帝的孙子拔都元帅[3]之后,去剿灭"斡罗斯"。斡罗斯者,今之苏俄也。那时就有人指出,说是现在的拔都的大军,就是日本的军马,而在"西征"之前,尚须先将中国征服,给变成从军的奴才。

当自己们被征服时,除了极少数人以外,是很苦痛的。这实例,就如东三省的沦亡,上海的爆击[4],凡是活着的人们,毫无悲愤的怕是很少很少罢。但这悲愤,于将来的"西征"是大有妨碍的。于是来了一部《大上海的毁灭》,用数目字告诉读者以中国的武力,决定不如日本,给大家平平心;而且以为活着不如死亡("十九路军死,是警告我们活得可怜,无趣!"),但胜利又不如败退("十九路军胜利,只能增加我们苟且,偷安与骄傲的迷梦!")。总之,战死是好的,但战败尤其好,上海之役,正是中国的完全的成功。

现在第二步开始了。据中央社消息,则日本已有与满洲国签订一种"中华联邦帝国密约"之阴谋。那方案的第一条是:"现在世界只有两种国家,一种系资本主义,英,美,日,意,法,一种系共产主义,苏俄。现在要抵制苏俄,非中日联合起来……不能成功"云(详见三月十九日《申报》)。

要"联合起来"了。这回是中日两国的完全的成功,是从"大上海的毁灭"走到"黄人之血"路上去的第二步。

固然,有些地方正在爆击,上海却自从遭到爆击之后,已经有了一年多,但有些人民不悟"西征"的必然的步法,竟似乎还没有完全忘掉前年的悲愤。这悲愤,和目前的"联合"就大有妨碍的。在这景况中,应运而生的是给人们一点爽利和慰安,好像"辣椒和橄榄"的文学。这也许正是一服苦闷的对症药罢。为什么呢? 就因为是"辣椒虽辣,辣不死人,橄榄虽苦,苦中有味"〔5〕的。明乎此,也就知道苦力为什么吸鸦片。

而且不独无声的苦闷而已,还据说辣椒是连"讨厌的哭声"也可以停止的。王慈先生在《提倡辣椒救国》这一篇名文里告诉我们说:

> "……还有北方人自小在母亲怀里,大哭的时候,倘使母亲拿一只辣茄子给小儿咬,很灵验的可以立止大哭……

> "现在的中国,仿佛是一个在大哭时的北方婴孩,倘使要制止他讨厌的哭声,只要多多的给辣茄子他咬。"
> (《大晚报》副刊第十二号)

辣椒可以止小儿的大哭,真是空前绝后的奇闻,倘是真的,中国人可实在是一种与众不同的特别"民族"了。然而也很分明的看见了这种"文学"的企图,是在给人一辣而不死,"制止他讨厌的哭声",静候着拔都元帅。

不过,这是无效的,远不如哭则"格杀勿论"的灵验。此后要防的是"道路以目"〔6〕了，我们等待着遮眼文学罢。

三月二十日。

【备考】：

提 倡 辣 椒 救 国　　　　王　慈

记得有一次跟着一位北方朋友上天津点心馆子里去，坐定了以后，堂倌跑过来问道：

"老乡！吃些什么东西？"

"两盘锅贴儿！"那位北方朋友用纯粹的北方口音说。

随着锅贴儿端来的，是一盆辣椒。

我看见那位北方朋友把锅贴和着多量的辣椒津津有味的送进嘴里去，触起了我的好奇心，探险般的把一个锅贴悄悄的蘸上一点儿辣椒，送下肚去，只觉得舌尖顿时麻木得失了知觉，喉间痒辣得怪难受，眼眶里不自主涌着泪水，这时，我大大的感觉到痛苦。

那位北方朋友看见了我这个样子，大笑了起来，接着他告诉我，北方人的善吃辣椒是出于天性，他们是抱着"饭菜可以不要，辣椒不能不吃"的主义的；他们对于辣椒已经是仿佛吸鸦片似的上了瘾！还有北方人自小在母亲怀里，大哭的时候，倘使母亲拿一只辣茄子给小儿咬，很灵验的可以立止大哭……

＊　　　　＊　　　　＊

现在的中国，仿佛是一个大哭时的北方婴孩，倘使要制止他讨厌的哭声,只要多多的给辣茄子他咬。

中国的人们,等于我的那位北方朋友,不吃辣椒是不会兴奋的!

三月十二日,《大晚报》副刊《辣椒与橄榄》。

【硬要用辣椒止哭】:

不要乱咬人　　　　王　慈

当心咬着辣椒

上海近来多了赵大爷赵秀才一批的人,握了尺棒,拚命想找到"阿Q相"的人来出气。还好,这一批文人从有色的近视眼镜里望出来认为"阿Q相"的,偏偏不是真正的阿Q。

不知道是什么来历的何家干,看了我的《提倡辣椒救国》(见本刊十二号),认北方小孩的爱嗜辣椒,为"空前绝后"的"奇闻"。倘使我那位北方朋友告诉我,是吹的牛皮,那末,的确可以说空前。而何家干既不是数千年前的刘伯温,在某报上做文章,却是像在造《推背图》。北方小孩子爱嗜辣椒,若使可以算是"奇闻",那么吸鸦片的父母,生育出来的婴孩,为什么也有烟瘾呢?

何家干既抓不到可以出气的对象,他在扑了一个空之后,却还要振振有词,说什么:"倘使是真的,中国人可实在是一种与众不同的特别民族了。"

敢问何家干,戴了有色近视眼镜捧读《提倡辣椒救

国》的时候,有没有看见"北方"两个字?(何家干既把有
这两个字的句子,录在他的谈话里,显然的是看到了。)既
已看到了,那末,请问斯德丁是不是可以代表整个的日耳
曼?亚伯丁是不是可以代表整个的不列颠群岛?

在这里我真怀疑,何家干的脑筋,怎的是这么简单?
会前后矛盾到这个地步!

赵大爷和赵秀才一类的人,想结党来乱咬人。我可
以先告诉他们:我和《辣椒与橄榄》的编者是素不相识的,
我也从没有写过《黄人之血》,请何家干若使一定要咬我
一口,我劝他再架一副可以透视的眼镜,认清了目标再
咬。否则咬着了辣椒,哭笑不得的时候,我不能负责。

三月二十八日,《大晚报》副刊《辣椒与橄榄》。

【但到底是不行的】:

这叫作愈出愈奇　　　　　家　干

斯德丁[7]实在不可以代表整个的日耳曼的,北方也
实在不可以代表全中国。然而北方的孩子不能用辣椒止
哭,却是事实,也实在没有法子想。

吸鸦片的父母生育出来的婴孩,也有烟瘾,是的确
的。然而嗜辣椒的父母生育出来的婴孩,却没有辣椒瘾,
和嗜醋者的孩子,没有醋瘾相同。这也是事实,无论谁都
没有法子想。

凡事实,靠发少爷脾气是还是改不过来的。格里莱

阿^[8]说地球在回旋,教徒要烧死他,他怕死,将主张取消了。但地球仍然在回旋。为什么呢?就因为地球是实在在回旋的缘故。

所以,即使我不反对,倘将辣椒塞在哭着的北方(!)孩子的嘴里,他不但不止,还要哭得更加厉害的。

七月十九日。

* * *

〔1〕 本篇最初发表于 1933 年 3 月 24 日《申报·自由谈》,署名何家干。

〔2〕 《黄人之血》 黄震遐作的诗剧,发表于《前锋月刊》第一卷第七期(1931 年 4 月)。鲁迅在《二心集·"民族主义文学"的任务和运命》一文中,曾给予揭露和批判。

〔3〕 成吉思皇帝(1162—1227) 名铁木真,古代蒙古族的领袖。十三世纪初统一蒙古族各部落,建立蒙古汗国,被拥戴为王,称成吉思汗;1279 年忽必烈灭南宋建立元朝后,被追尊为元太祖。他的孙子拔都(1209—1256),于 1235 年至 1244 年先后率军西征,侵入俄罗斯和欧洲一些国家。

〔4〕 爆击 日语词,轰炸的意思。

〔5〕 这是 1933 年 3 月 12 日《大晚报·辣椒与橄榄》上编者的话,题为《我们的格言》。

〔6〕 "道路以目" 语出《国语·周语》:周厉王暴虐无道,"国人莫敢言,道路以目"。据三国时吴国韦昭注,即"不敢发言,以目相眄而已"。

〔7〕 斯德丁(Stettin) 欧洲中部奥德河口的城市,古属波兰,曾

为普鲁士占有，1933 年时属德国，1945 年归还波兰人民共和国，今名什切青（Szczecin）。

〔8〕 格里莱阿（G. Galileo，1564—1642） 通译伽俐略，意大利物理学家、天文学家。1632 年他发表《关于两种世界体系对话》，反对教会信奉的托勒密地球中心说，证实和发展了哥白尼的地球围绕太阳旋转的"日心说"，因此于 1633 年被罗马教廷宗教裁判所判罪，软禁终身。

"人　话"[1]

　　记得荷兰的作家望蔼覃(F. Van Eeden)[2]——可惜他去年死掉了——所做的童话《小约翰》里,记着小约翰听两种菌类相争论,从旁批评了一句"你们俩都是有毒的",菌们便惊喊道:"你是人么? 这是人话呵!"

　　从菌类的立场看起来,的确应该惊喊的。人类因为要吃它们,才首先注意于有毒或无毒,但在菌们自己,这却完全没有关系,完全不成问题。

　　虽是意在给人科学知识的书籍或文章,为要讲得有趣,也往往太说些"人话"。这毛病,是连法布耳(J. H. Fabre)[3]做的大名鼎鼎的《昆虫记》(Souvenirs Entomologiques),也是在所不免的。随手抄撮的东西不必说了。近来在杂志上偶然看见一篇教青年以生物学上的知识的文章[4],内有这样的叙述——

　　　　"鸟粪蜘蛛……形体既似鸟粪,又能伏着不动,自己假做鸟粪的样子。"

　　　　"动物界中,要残食自己亲丈夫的很多,但最有名的,要算前面所说的蜘蛛和现今要说的螳螂了。……"

　　这也未免太说了"人话"。鸟粪蜘蛛只是形体原像鸟粪,性又不大走动罢了,并非它故意装作鸟粪模样,意在欺骗小虫豸。螳螂界中也尚无五伦[5]之说，它在交尾中吃掉雄的，只是肚子饿了，在吃东西，何尝知道这东西就是自己的家主公。但经用"人话"一写，一个就成了阴谋害命的凶犯，一个是谋死亲夫的毒妇了。实则都是冤枉的。

"人话"之中，又有各种的"人话"：有英人话，有华人话。华人话中又有各种：有"高等华人话"，有"下等华人话"。浙西有一个讥笑乡下女人之无知的笑话——

"是大热天的正午，一个农妇做事做得正苦，忽而叹道：'皇后娘娘真不知道多么快活。这时还不是在床上睡午觉，醒过来的时候，就叫道：太监，拿个柿饼来！'"

然而这并不是"下等华人话"，倒是高等华人意中的"下等华人话"，所以其实是"高等华人话"。在下等华人自己，那时也许未必这么说，即使这么说，也并不以为笑话的。

再说下去，就要引起阶级文学的麻烦来了，"带住"。

现在很有些人做书，格式是写给青年或少年的信。自然，说的一定是"人话"了。但不知道是那一种"人话"？为什么不写给年龄更大的人们？年龄大了就不屑教诲么？还是青年和少年比较的纯厚，容易诓骗呢？

三月二十一日。

*　　　*　　　*

〔1〕　本篇最初发表于1933年3月28日《申报·自由谈》，署名何家干。

〔2〕　望·蔼覃(1860—1932)　荷兰作家、医生。《小约翰》发表于

1885 年,1927 年曾由鲁迅译成中文,1928 年北平未名社出版。菌类的争论见于该书第五章。

〔3〕　法布耳(1823—1915)　法国昆虫学家。他的《昆虫记》共十卷,第一卷于 1879 年出版,第十卷于 1910 年出版,是一部介绍昆虫生活情态的书。

〔4〕　指 1933 年 3 月号《中学生》刊载的王历农《动物的本能》一文。

〔5〕　五伦　我国封建社会称君臣、父子、夫妇、兄弟、朋友五种关系为"五伦",《孟子·滕文公(上)》说这五种关系的准则是"父子有亲,君臣有义,夫妇有别,长幼有叙,朋友有信"。

出卖灵魂的秘诀[1]

几年前,胡适博士曾经玩过一套"五鬼闹中华"[2]的把戏,那是说:这世界上并无所谓帝国主义之类在侵略中国,倒是中国自己该着"贫穷","愚昧"……等五个鬼,闹得大家不安宁。现在,胡适博士又发见了第六个鬼,叫做仇恨。这个鬼不但闹中华,而且祸延友邦,闹到东京去了。因此,胡适博士对症发药,预备向"日本朋友"上条陈。

据博士说:"日本军阀在中国暴行所造成之仇恨,到今日已颇难消除","而日本决不能用暴力征服中国"(见报载胡适之的最近谈话,下同)。这是值得忧虑的:难道真的没有方法征服中国么? 不,法子是有的。"九世之仇,百年之友,均在觉悟不觉悟之关头上,"——"日本只有一个方法可以征服中国,即悬崖勒马,彻底停止侵略中国,反过来征服中国民族的心。"

这据说是"征服中国的唯一方法"。不错,古代的儒教军师,总说"以德服人者王,其心诚服也"[3]。胡适博士不愧为日本帝国主义的军师。但是,从中国小百姓方面说来,这却是出卖灵魂的唯一秘诀。中国小百姓实在"愚昧",原不懂得自己的"民族性",所以他们一向会仇恨,如果日本陛下大发慈悲,居然采用胡博士的条陈,那么,所谓"忠孝仁爱信义和平"的中国固有文化,就可以恢复:——因为日本不用暴力而用软功的王道,中国民族就不至于再生仇恨,因为没有仇恨,自然更不抵抗,因为更不抵抗,自然就更和平,更忠孝……中国的肉体固然买到了,中国的灵魂也被征服了。

可惜的是这"唯一方法"的实行,完全要靠日本陛下的觉悟。如果不觉悟,那又怎么办?胡博士回答道:"到无可奈何之时,真的接受一种耻辱的城下之盟"好了。那真是无可奈何的呵——因为那时候"仇恨鬼"是不肯走的,这始终是中国民族性的污点,即为日本计,也非万全之道。

因此,胡博士准备出席太平洋会议[4],再去"忠告"一次他的日本朋友:征服中国并不是没有法子的,请接受我们出卖的灵魂罢,何况这并不难,所谓"彻底停止侵略",原只要执行"公平的"李顿报告——仇恨自然就消除了!

　　　　　　　　　　　　　　三月二十二日。

※　　　　※　　　　※

〔1〕　本篇最初发表于 1933 年 3 月 26 日《申报·自由谈》,署名何家干。

〔2〕　"五鬼闹中华"　胡适在《新月》月刊第二卷第十期(1930 年4 月)发表《我们走那条路》一文,认为危害中国的是"五个大仇敌:第一大敌是贫穷。第二大敌是疾病。第三大敌是愚昧。第四大敌是贪污。第五大敌是扰乱。这五大仇敌之中,资本主义不在内,……封建势力也不在内,因为封建制度早已在二千年前崩坏了。帝国主义也不在内,因为帝国主义不能侵害那五鬼不入之国"。

〔3〕　"以德服人者王,其心诚服也"　语出《孟子·公孙丑(上)》:"以德行仁者王。……以力服人者,非心服也,力不赡也。以德服人者,

中心悦而诚服也,如七十子之服孔子也。"

〔4〕 太平洋会议　指太平洋学术会议,又称泛太平洋学术会议,自 1920 年在美国檀香山首次召开后,每隔数年举行一次。这里所指胡适准备出席的是 1933 年 8 月在加拿大温哥华举行的第五次会议。上面文中所引胡适关于"日本决不能用暴力征服中国"等语,都是他就这次会议的任务等问题,于 3 月 18 日在北平对新闻记者发表谈话时所说,见 1933 年 3 月 22 日《申报》。

文人无文^[1]

在一种姓"大"的报的副刊上，有一位"姓张的"在"要求中国有为的青年，切勿借了'文人无行'的幌子，犯着可诟病的恶癖。"^[2]这实在是对透了的。但那"无行"的界说，可又严紧透顶了。据说："所谓无行，并不一定是指不规则或不道德的行为，凡一切不近人情的恶劣行为，也都包括在内。"

接着就举了一些日本文人的"恶癖"的例子，来作中国的有为的青年的殷鉴，一条是"宫地嘉六^[3]爱用指爪搔头发"，还有一条是"金子洋文^[4]喜舐嘴唇"。

自然，嘴唇干和头皮痒，古今的圣贤都不称它为美德，但好像也没有斥为恶德的。不料一到中国上海的现在，爱搔喜舐，即使是自己的嘴唇和头发罢，也成了"不近人情的恶劣行为"了。如果不舒服，也只好熬着。要做有为的青年或文人，真是一天一天的艰难起来了。

但中国文人的"恶癖"，其实并不在这些，只要他写得出文章来，或搔或舐，都不关紧要，"不近人情"的并不是"文人无行"，而是"文人无文"。

我们在两三年前，就看见刊物上说某诗人到西湖吟诗去了，某文豪在做五十万字的小说了，但直到现在，除了并未预告的一部《子夜》^[5]而外，别的大作都没有出现。

拾些琐事,做本随笔的是有的;改首古文,算是自作的是有的。讲一通昏话,称为评论;编几张期刊,暗捧自己的是有的。收罗猥谈,写成下作;聚集旧文,印作评传的是有的。甚至于翻些外国文坛消息,就成为世界文学史家;凑一本文学家辞典,连自己也塞在里面,就成为世界的文人的也有。然而,现在到底也都是中国的金字招牌的"文人"。

文人不免无文,武人也一样不武。说是"枕戈待旦"的,到夜还没有动身,说是"誓死抵抗"的,看见一百多个敌兵就逃走了。只是通电宣言之类,却大做其骈体,"文"得异乎寻常。"偃武修文"[6],古有明训,文星[7]全照到营子里去了。于是我们的"文人",就只好不舐嘴唇,不搔头发,揣摩人情,单落得一个"有行"完事。

三月二十八日。

【备考】:

恶　癖　　　　　　若　谷

"文人无行"久为一般人所诟病。

所谓"无行",并不一定是不规则或不道德的行为,凡一切不近人情的恶劣行为,也都包括在内。

只要是人,谁都容易沾染不良的习惯,特别是文人,因为专心文字著作的缘故,在日常生活方面,自然免不了有怪异的举动,而且,或者也因为工作劳苦的缘故,十人中九人是染着不良嗜好,最普通的,是喜欢服用刺激神经的兴奋剂,卷烟与咖啡,是成为现代文人流行的嗜好品了。

现代的日本文人,除了抽烟喝咖啡之外,各人都犯着各样的怪奇恶癖。前田河广一郎爱酒若命,醉后呶鸣不休;谷崎润一郎爱闻女人的体臭和尝女人的痰涕;今东光喜欢自炫学问宣传自己;金子洋文喜舐嘴唇;细田源吉喜作猥谈,朝食后熟睡二小时;宫地嘉六爱用指爪搔头发;宇野浩二醺醉后侮慢侍妓;林房雄有奸通癖;山本有三乘电车时喜横膝斜坐;胜本清一郎谈话时喜用拇指挖鼻孔。形形色色,不胜枚举。

日本现代文人所犯的恶癖,正和中国旧时文人辜鸿鸣喜闻女人金莲同样的可厌,我要求现代中国有为的青年,不但是文人,都要保持着健全的精神,切勿借了"文人无行"的幌子,再犯着和日本文人同样可诟病的恶癖。

三月九日,《大晚报》副刊《辣椒与橄榄》。

【风凉话?】:

第 四 种 人　　　　周木斋

四月四日《申报》《自由谈》,载有何家干先生《文人无文》一文,论中国的文人,有云:

"'不近人情'的并不是'文人无行',而是'文人无文'。拾些琐事,做本随笔的是有的;改首古文,算是自作是有的。进一通昏话,称为评论;编几张期刊,暗捧自己的是有的。收罗猥谈,写成下作;聚集旧文,印作评传的是有的。甚至于翻些外国文坛消息,就成为世界文学史专家;凑一本文学家辞典,连自己也塞在里面,就成为世界的文人的也有。然而,现在到底也都是中国的金字招牌的文人。"

诚如这文所说,"这实在是对透了的"。

然而例外的是:

"直到现在,除了并未预告的一部《子夜》而外,别的大作却没有出现。"

"文"的"界说",也可借用同文的话,"可又严紧透顶了"。

这文的动机,从开首的几句,可以知道直接是因"一种姓'大'的副刊上一位'姓×的'"关于"文人无行"的话而起的。此外,听说"何家干"就是鲁迅先生的笔名。

可是议论虽"对透","文"的"界说"虽"严紧透顶",但正惟因为这样,却不提防也把自己套在里面了;纵然鲁迅先生是以"第四种人"自居的。

中国文坛的充实而又空虚,无可讳言也不必讳言。不过在矮子中间找长人,比较还是有的。我们企望先进比企图谁某总要深切些,正因熟田比荒地总要容易收获些。以鲁迅先生的素养及过去的造就,总还不失为中国的金钢钻招牌的文人吧?但近年来又是怎样?单就他个人的发展而言,却中画了,现在不下一道罪己诏,顶倒置身事外,说些风凉话,这是"第四种人"了。名的成人!

"不近人情"的固是"文人无文",最要紧的还是"文人不行"（"行"为动词）。"进，吾往也！"

四月十五日，《涛声》二卷十四期。

【乘凉】：

两误一不同　　　家　干

这位木斋先生对我有两种误解，和我的意见有一点不同。

第一是关于"文"的界说。我的这篇杂感，是由《大晚报》副刊上的《恶癖》而来的，而那篇中所举的文人，都是小说作者。这事木斋先生明明知道，现在混而言之者，大约因为作文要紧，顾不及这些了罢，《第四种人》这题目，也实在时新得很。

第二是要我下"罪己诏"。我现在作一个无聊的声明：何家干诚然就是鲁迅，但并没有做皇帝。不过好在这样误解的人们也并不多。

意见不同之点，是：凡有所指责时，木斋先生以自己包括在内为"风凉话"；我以自己不包括在内为"风凉话"，如身居上海，而责北平的学生应该赴难，至少是不逃难之类〔8〕。

但由这一篇文章，我可实在得了很大的益处。就是：凡有指摘社会全体的症结的文字，论者往往谓之"骂人"。先前我是很以为奇的。至今才知道一部分人们的意见，是认为这类文章，决不含自己在内，因为如果兼包自己，是应该自下罪己诏的,现在没有诏书而有攻击,足见所指责的全是别人了,于是乎谓之"骂"。且从而群起而骂之,使其人背着一切所指摘的症结,沉入深渊,而天下于是乎太平。

> 七月十九日。

*　　　*　　　*

〔1〕 本篇最初发表于1933年4月4日《申报·自由谈》,署名何家干。

〔2〕 指《大晚报·辣椒与橄榄》上张若谷的《恶癖》一文,原文见本篇"备考"。张若谷(1905—1960),江苏南汇(今属上海)人,常为《大晚报》、《申报》的副刊撰稿。

〔3〕 宫地嘉六(1884—1958) 日本小说家。工人出身,曾从事工人运动。作品有《煤烟的臭味》、《一个工人的笔记》等。

〔4〕 金子洋文(1894—?) 日本小说家、剧作家。早期曾参加日本无产阶级文学运动。作品有小说《地狱》、剧本《枪火》等。

〔5〕 《子夜》 长篇小说,茅盾著。1933年1月上海开明书店出版。

〔6〕 "偃武修文" 语出《尚书·武成》,周武王灭商后,"王来自商,至于丰,乃偃武修文。"

〔7〕 文星 即文曲星,又称文昌星,旧时传说中主宰文运的星宿。

〔8〕 周木斋指责学生逃难的话,参看本卷第12页注〔5〕。

最艺术的国家^[1]

　　我们中国的最伟大最永久,而且最普遍的"艺术"是男人扮女人。这艺术的可贵,是在于两面光,或谓之"中庸"——男人看见"扮女人",女人看见"男人扮"。表面上是中性,骨子里当然还是男的。然而如果不扮,还成艺术么?譬如说,中国的固有文化是科举制度,外加捐班^[2]之类。当初说这太不像民权,不合时代潮流,于是扮成了中华民国。然而这民国年久失修,连招牌都已经剥落殆尽,仿佛花旦脸上的脂粉。同时,老实的民众真个要起政权来了,竟想革掉科甲出身和捐班出身的参政权。这对于民族是不忠,对于祖宗是不孝,实属反动之至。现在早已回到恢复固有文化的"时代潮流",那能放任这种不忠不孝。因此,更不能不重新扮过一次^[3],草案^[4]如下:第一,谁有代表国民的资格,须由考试决定。第二,考出了举人之后,再来挑选一次,此之谓选(动词)举人;而被挑选的举人,自然是被选举人了。照文法而论,这样的国民大会的选举人,应称为"选举人者",而被选举人,应称为"被选之举人"。但是,如果不扮,还成艺术么?因此,他们得扮成宪政国家^[5]的选举的人和被选举人,虽则实质上还是秀才和举人。这草案的深意就在这里:叫民众看见是民权,而民族祖宗看见是忠孝——忠于固有科举的民族,孝于制定科举的祖宗。此外,像

91

上海已经实现的民权,是纳税的方有权选举和被选,使偌大上海只剩四千四百六十五个大市民。[6]这虽是捐班——有钱的为主,然而他们一定会考中举人,甚至不补考也会赐同进士出身[7]的,因为洋大人膝下的榜样,理应遵照,何况这也并不是一面违背固有文化,一面又扮得很像宪政民权呢?此其一。

其二,一面交涉,一面抵抗[8]:从这一方面看过去是抵抗,从那一面看过来其实是交涉。其三,一面做实业家,银行家,一面自称"小贫[9]而已"。其四,一面日货销路复旺,一面对人说是"国货年"[10]……诸如此类,不胜枚举,而大都是扮演得十分巧妙,两面光滑的。

呵,中国真是个最艺术的国家,最中庸的民族。

然而小百姓还要不满意,呜呼,君子之中庸,小人之反中庸也[11]!

三月三十日。

* * *

〔1〕 本篇最初发表于 1933 年 4 月 2 日《申报·自由谈》,署名何家干。

〔2〕 捐班 指不经科举考试,而用钱财换得官职或做官的资格。清代曾明定价格,实行直接用银钱捐官的制度,京官自郎中以下,外官自道府以下,均可捐得。

〔3〕 重新扮过一次 指 1933 年春蒋介石提出"制定宪法草案"和"召开国民大会"。1931 年 5 月国民党政府曾开过一次"国民会议",公布过所谓"训政时期约法",所以这里说"重新扮过一次"。

〔4〕 草案　指1933年3月24日国民党政府宪法草案起草委员会拟定的关于"国民大会组织"的草案。其中第三条规定:"中华民国之国民,年满二十岁者,有选举代表权,年满三十岁经考试及格者,有被选举代表权。"

〔5〕 宪政国家　孙中山在所著《建国大纲》中,划分"建国"程序为"军政"、"训政"、"宪政"三个时期。主张到宪政时期召开国民大会,颁布宪法,成立民选政府。以蒋介石为首的国民党当局曾长期利用"军政"、"训政"的说法,作为实行专制独裁和剥夺人民自由的借口;1933年,他们宣称要"结束训政"、准备实施宪政,但实际上仍实行国民党的独裁统治。

〔6〕 上海只剩四千四百六十五个大市民　这里说的上海,指当时的上海公共租界。上海公共租界自1928年起,准许由"高等华人"组织的"纳税华人会"选举华人董事三人(1930年起增至五人)、华人委员六人参加租界的行政机关工部局。"纳税华人会"章程规定有下列资格的可为会员并有选举权:一、所执产业地价在五百两(按指银两)以上者;二、每年纳房捐或地捐十两以上者;三、每年付房租在五百两以上而付捐者(按上海公共租界规定出租房产的房捐,由租用者负担)。有下列资格并住公共租界五年以上者,可以被选为"纳税华人会"代表大会代表及被推选为工部局的华人董事、华人委员:一、年付房地各捐在五十两以上;二、年付房租一千二百两以上而付捐者。本文所说的"四千四百六十五个大市民",是指1933年3月27日"纳税华人会"市民组举行第十二届选举时,按上述条件统计的会员数,其中有选举权者二千一百七十五人,有被选举权者二千二百九十人。

〔7〕 赐同进士出身　明、清科举制度规定,举人经会试考中后又经殿试考中的,分为三甲:一甲赐进士及第,二甲赐进士出身,三甲赐同进士出身。

〔8〕 一面交涉,一面抵抗　1932年一·二八战事爆发后,国民党政府行政院长汪精卫于2月13日发表对日方针的讲话,说要"一面抵抗,一面交涉",并解释说"因为不能战,所以抵抗;因为不能和,所以交涉,是以抵抗和交涉并行。"

〔9〕 "小贫"　这个词见于孙中山所著《三民主义》一书中《民生主义》第二讲:"中国人所谓贫富不均,不过在贫的阶级之中,分出大贫与小贫。其实中国的顶大资本家,和外国资本家比较,不过是一个小贫。"孙中山的意思在于说明中国民族资本主义受着外国资本主义的排斥和打击,因而难以发展;但后来中国一些资本家曾利用这句话来否认无产阶级和资产阶级的区别。

〔10〕 "国货年"　上海工商界曾把1933年定为"国货年",并于该年元旦举行游行大会,进行宣传。

〔11〕 "君子之中庸"二句,语出《礼记·中庸》:"仲尼曰:'君子中庸,小人反中庸。'"

现　代　史[1]

　　从我有记忆的时候起，直到现在，凡我所曾经到过的地方，在空地上，常常看见有"变把戏"的，也叫作"变戏法"的。

　　这变戏法的，大概只有两种——

　　一种，是教一个猴子戴起假面，穿上衣服，耍一通刀枪；骑了羊跑几圈。还有一匹用稀粥养活，已经瘦得皮包骨头的狗熊玩一些把戏。末后是向大家要钱。

　　一种，是将一块石头放在空盒子里，用手巾左盖右盖，变出一只白鸽来；还有将纸塞在嘴巴里，点上火，从嘴角鼻孔里冒出烟焰。其次是向大家要钱。要了钱之后，一个人嫌少，装腔作势的不肯变了，一个人来劝他，对大家说再五个。果然有人抛钱了，于是再四个，三个……

　　抛足之后，戏法就又开了场。这回是将一个孩子装进小口的坛子里面去，只见一条小辫子，要他再出来，又要钱。收足之后，不知怎么一来，大人用尖刀将孩子刺死了，盖上被单，直挺挺躺着，要他活过来，又要钱。

　　"在家靠父母，出家靠朋友……Huazaa！Huazaa！[2]"变戏法的装出撒钱的手势，严肃而悲哀的说。

　　别的孩子，如果走近去想仔细的看，他是要骂的；再不听，他就会打。

果然有许多人 Huazaa 了。待到数目和预料的差不多，他们就检起钱来，收拾家伙，死孩子也自己爬起来，一同走掉了。

看客们也就呆头呆脑的走散。

这空地上，暂时是沉寂了。过了些时，就又来这一套。俗语说，"戏法人人会变，各有巧妙不同。"其实是许多年间，总是这一套，也总有人看，总有人 Huazaa，不过其间必须经过沉寂的几日。

我的话说完了，意思也浅得很，不过说大家 Huazaa Huazaa 一通之后，又要静几天了，然后再来这一套。

到这里我才记得写错了题目，这真是成了"不死不活"的东西。

四月一日。

＊　　　　＊　　　　＊

〔1〕　本篇最初发表于 1933 年 4 月 8 日《申报·自由谈》，署名何家干。

〔2〕　Huazaa　用拉丁字母拼写的象声词，译音似"哗嚓"，形容撒钱的声音。

推　背　图[1]

我这里所用的"推背"的意思,是说:从反面来推测未来的情形。

上月的《自由谈》里,就有一篇《正面文章反看法》[2],这是令人毛骨悚然的文字。因为得到这一个结论的时候,先前一定经过许多苦楚的经验,见过许多可怜的牺牲。本草家[3]提起笔来,写道:砒霜,大毒。字不过四个,但他却确切知道了这东西曾经毒死过若干性命的了。

里巷间有一个笑话:某甲将银子三十两埋在地里面,怕人知道,就在上面竖一块木板,写道"此地无银三十两"。隔壁的阿二因此却将这掘去了,也怕人发觉,就在木板的那一面添上一句道,"隔壁阿二勿曾偷。"这就是在教人"正面文章反看法"。

但我们日日所见的文章,却不能这么简单。有明说要做,其实不做的;有明说不做,其实要做的;有明说做这样,其实做那样的;有其实自己要这么做,倒说别人要这么做的;有一声不响,而其实倒做了的。然而也有说这样,竟这样的。难就在这地方。

例如近几天报章上记载着的要闻罢:

一,××军在××血战,杀敌××××人。

二，××谈话：决不与日本直接交涉，仍然不改初衷，抵抗到底。

三，芳泽来华[4]，据云系私人事件。

四，共党联日，该伪中央已派干部××赴日接洽。[5]

五，××××……

倘使都当反面文章看，可就太骇人了。但报上也有"莫干山路草棚船百余只大火"，"××××廉价只有四天了"等大概无须"推背"的记载，于是乎我们就又胡涂起来。

听说，《推背图》[6]本是灵验的，某朝某帝怕他淆惑人心，就添了些假造的在里面，因此弄得不能预知了，必待事实证明之后，人们这才恍然大悟。

我们也只好等着看事实，幸而大概是不很久的，总出不了今年。

四月二日。

* * *

〔1〕 本篇最初发表于 1933 年 4 月 6 日《申报·自由谈》，署名何家干。

〔2〕 《正面文章反看法》 陈子展作，发表于 1933 年 3 月 13 日《申报·自由谈》。其中说当时的喊"航空救国"，其实是不敢炸日本军而只是炸"匪"（红军）；"长期抵抗"等于长期不抵抗；"收回失地"等于不收回失地，等等。

〔3〕 本草家 指中药药物学家。汉代有托名神农作的药物学书《本草》，载药三百六十五味，后即以本草为中药的统称。北宋日华子

《日华诸家本草》和徐承《本草别说》、明代李时珍《本草纲目》等书都记载砒霜"有毒"或"有大毒"。

〔4〕 芳泽来华 1933 年 3 月 31 日,曾经做过日本驻华公使、外务大臣的芳泽谦吉(1874—1965)从日本到上海,对外宣称是私人"漫游","并无含有外交及政治等使命"(4 月 1 日《申报》载中央社消息),以掩饰其来华活动的目的。

〔5〕 这是国民党当局散布的谣言,载于 1933 年 4 月 2 日《申报》"国内电讯"。

〔6〕《推背图》 一种谶纬图册。《宋史·艺文志》列为五行家的著作,不题撰人,南宋岳珂《桯史》以为唐代李淳风撰。现存传本一卷共六十图,前五十九图预测以后历代兴亡变乱,第六十图画的是唐代袁天纲要李淳风停止继续预测而推李的背脊的动作,故后来又被认作李袁二人同撰。《桯史》卷一《艺祖禁谶书》说:"唐李淳风作《推背图》。五季之乱,王侯崛起,人有幸心,故其学益炽,闭口张弓之谶,吴越至以遍名其子,……宋兴,受命之符尤为著明。艺祖(按历代称太祖或高祖为"艺祖",此处指宋太祖)即位,始诏禁谶书,惧其惑民志,以繁刑辟。然图传已数百年,民间多有藏本,不复可收拾,有司患之。一日,赵韩王以开封具狱奏,因言'犯者至众,不可胜诛'。上曰:'不必多禁,正当混之耳。'乃命取旧本,自已验之外,皆紊其次而杂书之,凡为百本,使与存者并行。于是传者懵其先后,莫知其孰讹;间有存者,不复验,亦弃弗藏矣。"

《杀错了人》异议^[1]

看了曹聚仁^[2]先生的一篇《杀错了人》，觉得很痛快，但往回一想，又觉得有些还不免是愤激之谈了，所以想提出几句异议——

袁世凯^[3]在辛亥革命之后，大杀党人，从袁世凯那方面看来，是一点没有杀错的，因为他正是一个假革命的反革命者。

错的是革命者受了骗，以为他真是一个筋斗，从北洋大臣变了革命家了，于是引为同调，流了大家的血，将他浮上总统的宝位去。到二次革命^[4]时，表面上好像他又是一个筋斗，从"国民公仆"^[5]变了吸血魔王似的。其实不然，他不过又显了本相。

于是杀，杀，杀。北京城里，连饭店客栈中，都满布了侦探；还有"军政执法处"^[6]，只见受了嫌疑而被捕的青年送进去，却从不见他们活着走出来；还有，《政府公报》上，是天天看见党人脱党的广告，说是先前为友人所拉，误入该党，现在自知迷谬，从此脱离，要洗心革面的做好人了。

不久就证明了袁世凯杀人的没有杀错，他要做皇帝了。

这事情，一转眼竟已经是二十年，现在二十来岁的青年，那时还在吸奶，时光是多么飞快呵。

但是,袁世凯自己要做皇帝,为什么留下他真正对头的旧皇帝[7]呢?这无须多议论,只要看现在的军阀混战就知道。他们打得你死我活,好像不共戴天似的,但到后来,只要一个"下野"了,也就会客客气气的,然而对于革命者呢,即使没有打过仗,也决不肯放过一个。他们知道得很清楚。

所以我想,中国革命的闹成这模样,并不是因为他们"杀错了人",倒是因为我们看错了人。

临末,对于"多杀中年以上的人"的主张,我也有一点异议,但因为自己早在"中年以上"了,为避免嫌疑起见,只将眼睛看着地面罢。

四月十日。

记得原稿在"客客气气的"之下,尚有"说不定在出洋的时候,还要大开欢送会"这类意思的句子,后被删去了。

四月十二日记。

【备考】:

杀 错 了 人　　　　曹聚仁

前日某报载某君述长春归客的谈话,说:日人在伪国已经完成"专卖鸦片"和"统一币制"的两大政策。这两件事,从前在老张小张时代,大家认为无法整理,现在他们一举手之间,办得有头有绪。所以某君叹息道:"愚尝与东北人士论币制紊乱之害,咸以积重难返,诿为难办;何以日人一刹那间,即毕乃事?'是不为也,非不能也。'此为国人一大病根！"

岂独"病根"而已哉！中华民族的灭亡和中华民国的颠覆，也就在这肺痨病上。一个社会，一个民族，到了衰老期，什么都"积重难返"，所以非"革命"不可。革命是社会的突变过程；在过程中，好人，坏人，与不好不坏的人，总要杀了一些。杀了一些人，并不是没有代价的：于社会起了隔离作用，旧的社会和新的社会截然分成两段，恶的势力不会传染到新的组织中来。所以革命杀人应该有标准，应该多杀中年以上的人，多杀代表旧势力的人。法国大革命的成功，即在大恐慌时期的扫荡旧势力。

可是中国每一回的革命，总是反了常态。许多青年因为参加革命运动，做了牺牲；革命进程中，旧势力一时躲开去，一些也不曾铲除掉；革命成功以后，旧势力重复涌了出来，又把青年来做牺牲品，杀了一大批。孙中山先生辛辛苦苦做了十来年革命工作，辛亥革命成功了，袁世凯拿大权，天天杀党人，甚至连十五六岁的孩子都要杀；这样的革命，不但不起隔离作用，简直替旧势力作保镖；因此民国以来，只有暮气，没有朝气，任何事业，都不必谈改革，一谈改革，必"积重难返，诿为难办"。其恶势力一直注到现在。

这种反常状态，我名之曰"杀错了人"。我常和朋友说："不流血的革命是没有的，但'流血'不可流错了人。早杀溥仪，多杀郑孝胥之流，方是邦国之大幸。若乱杀二十五岁以下的青年，倒行逆施，斫丧社会元气，就可以得

'亡国灭种'的'眼前报'。"

《自由谈》，四月十日。

*　　　*　　　*

〔1〕　本篇最初发表于1933年4月12日《申报·自由谈》，署名何家干。

〔2〕　曹聚仁（1900—1972）　浙江浦江人，当时任暨南大学教授和《涛声》周刊主编。

〔3〕　袁世凯（1859—1916）　字慰亭，河南项城人。原是清王朝的直隶总督兼北洋大臣、内阁总理大臣；辛亥革命后，于1912、1913年先后攫取了中华民国临时大总统、正式大总统职位。1916年1月复辟帝制，称"洪宪"皇帝，同年3月在国人的声讨中被迫取消帝制，6月病死。

〔4〕　二次革命　袁世凯篡夺辛亥革命的果实后，蓄谋复辟，破坏《中华民国临时约法》，杀害国民党代理理事长宋教仁等革命党人。1913年7月，孙中山发动讨袁战争，称为"二次革命"。至9月中旬，各地讨袁军均被袁世凯所打败。二次革命失败后，袁世凯更加疯狂地捕杀革命党人，并颁布"附乱自首"特赦令等，分化革命力量。

〔5〕　"国民公仆"　袁世凯在出任中华民国总统职位时，曾自称是"国民一分子"，并说过"总统向称公仆"等话。

〔6〕　"军政执法处"　袁世凯于1913年5月设立的专事捕杀革命者和爱国人士的特务机关。

〔7〕　旧皇帝　指清朝宣统皇帝溥仪（1906—1967）。辛亥革命后，南京临时政府与清廷谈判议决，对退位后的清帝给以优待，仍保留其皇帝称号。袁世凯复辟帝制时，曾"申令清室优待条件永不变更"。

中国人的生命圈[1]

"蝼蚁尚知贪生"[2]，中国百姓向来自称"蚁民"，我为暂时保全自己的生命计，时常留心着比较安全的处所，除英雄豪杰之外，想必不至于讥笑我的罢。

不过，我对于正面的记载，是不大相信的，往往用一种另外的看法。例如罢，报上说，北平正在设备防空，我见了并不觉得可靠；但一看见载着古物的南运[3]，却立刻感到古城的危机，并且由这古物的行踪，推测中国乐土的所在。

现在，一批一批的古物，都集中到上海来了，可见最安全的地方，到底也还是上海的租界上。

然而，房租是一定要贵起来的了。

这在"蚁民"，也是一个大打击，所以还得想想另外的地方。

想来想去，想到了一个"生命圈"。这就是说，既非"腹地"，也非"边疆"[4]，是介乎两者之间，正如一个环子，一个圈子的所在，在这里倒或者也可以"苟延性命于×世"[5]的。

"边疆"上是飞机抛炸弹。据日本报，说是在剿灭"兵匪"；据中国报，说是屠戮了人民，村落市廛，一片瓦砾。"腹地"里也是飞机抛炸弹。据上海报，说是在剿灭"共匪"，他们被炸得一塌胡涂；"共匪"的报上怎么说呢，我们可不知道。但总而言之，边疆上是炸，炸，炸；腹地里也是炸，炸，炸。虽然一面是别人炸，一面是自己炸，炸手不同，而被炸则一。只有在这两者之间的，只要炸弹不要误行落下来，倒还有可免"血肉横飞"的希望，所以我名之曰"中国人的生命圈"。

再从外面炸进来，这"生命圈"便收缩而为"生命线"；再炸进来，大家便都逃进那炸好了的"腹地"里面去，这"生命圈"便完结而为"生命〇"。

其实，这预感是大家都有的，只要看这一年来，文章上不大见有"我中国地大物博，人口众多"的套话了，便是一个证据。而有一位先生，还在演说上自己说中国人是"弱小民族"哩。

但这一番话，阔人们是不以为然的，因为他们不但有飞机，还有他们的"外国"！

四月十日。

*　　　　*　　　　*

〔1〕　本篇最初发表于 1933 年 4 月 14 日《申报·自由谈》，署名何家干。

〔2〕　"蝼蚁尚知贪生"　元代马致远《荐神碑》第三折："蝼蚁尚且贪生，为人何不惜命？"

〔3〕　古物的南运　据 1933 年 2 月至 4 月间报载，国民党政府已将北平故宫博物院、历史语言研究所等所存古物近二万箱，分批南运到上海，存放于租界的仓库中。

〔4〕　"腹地"　指江西等地区的工农红军根据地。1933 年 2 月至 4 月，蒋介石在第四次反革命"围剿"的后期，调集五十万兵力进攻中

央革命根据地,并出动飞机滥肆轰炸。"边疆",指当时热河一带。1933
年3月日军占领承德后,又向冷口、古北口、喜峰口等地进迫,出动飞机
狂炸,人民死伤惨重。

〔5〕 "苟延性命于×世" 语出诸葛亮《前出师表》:"苟全性命于
乱世,不求闻达于诸侯。"

内　　外[1]

古人说内外有别,道理各各不同。丈夫叫"外子",妻叫"贱内"。伤兵在医院之内,而慰劳品在医院之外,非经查明,不准接收。对外要安,对内就要攘,或者嚷。

何香凝[2]先生叹气:"当年唯恐其不起者,今日唯恐其不死。"然而死的道理也是内外不同的。

庄子曰,"哀莫大于心死,而身死次之。"[3]次之者,两害取其轻也。所以,外面的身体要它死,而内心要它活;或者正因为要那心活,所以把身体治死。此之谓治心。

治心的道理很玄妙:心固然要活,但不可过于活。

心死了,就明明白白地不抵抗,结果,反而弄得大家不镇静。心过于活了,就胡思乱想,当真要闹抵抗:这种人,"绝对不能言抗日"[4]。

为要镇静大家,心死的应该出洋[5],留学是到外国去治心的方法。

而心过于活的,是有罪,应该严厉处置,这才是在国内治心的方法。

何香凝先生以为"谁为罪犯是很成问题的",——这就因为她不懂得内外有别的道理。

四月十一日。

*   *   *

〔1〕 本篇最初发表于 1933 年 4 月 17 日《申报·自由谈》,署名何家干。

〔2〕 何香凝(1878—1972) 广东南海人,廖仲恺的夫人。早年参加孙中山领导的同盟会,从事革命活动。曾任国民党中央执行委员。1927 年蒋介石叛变革命后,她坚持进步立场,进行了不妥协的斗争。1933 年 3 月她曾致书国民党中央各委员,建议大赦全国政治犯,由她率领北上,从事抗日军的救护工作,但国民党当局置之不理。本文所引用的,是她在 3 月 18 日就此事对日日社记者的谈话,曾刊载于次日上海各报。

〔3〕 "哀莫大于心死,而身死次之。" 语出《庄子·田子方》:"仲尼曰:'恶,可不察与! 夫哀莫大于心死,而人死亦次之。'"

〔4〕 "绝对不能言抗日" 1933 年春,蒋介石在第四次"围剿"被粉碎后,于 4 月 10 日在南昌对国民党将领演讲说:"抗日必先剿匪。征之历代兴亡,安内始能攘外,在匪未剿清之先,绝对不能言抗日,违者即予最严厉处罚。……剿匪要领,首须治心,王阳明在赣剿匪,致功之道,即由于此。哀莫大于心死,内忧外患,均不足惧,惟国人不幸心死,斯可忧耳。救国须从治心做起,吾人当三致意焉。"

〔5〕 心死的应该出洋 指张学良。参看本卷第 158 页注〔1〕。

透　底^{〔1〕}

凡事彻底是好的,而"透底"就不见得高明。因为连续的向左转,结果碰见了向右转的朋友,那时候彼此点头会意,脸上会要辣辣的。要自由的人,忽然要保障复辟的自由,或者屠杀大众的自由,——透底是透底的了,却连自由的本身也漏掉了,原来只剩得一个无底洞。

譬如反对八股^{〔2〕}是极应该的。八股原是蠢笨的产物。一来是考官嫌麻烦——他们的头脑大半是阴沉木^{〔3〕}做的,——甚么代圣贤立言,甚么起承转合,文章气韵,都没有一定的标准,难以捉摸,因此,一股一股地定出来,算是合于功令^{〔4〕}的格式,用这格式来"衡文",一眼就看得出多少轻重。二来,连应试的人也觉得又省力,又不费事了。这样的八股,无论新旧,都应当扫荡。但是,这是为着要聪明,不是要更蠢笨些。

不过要保存蠢笨的人,却有一种策略。他们说:"我不行,而他和我一样。"——大家活不成,拉倒大吉! 而等"他"拉倒之后,旧的蠢笨的"我"却总是偷偷地又站起来,实惠是属于蠢笨的。好比要打倒偶像,偶像急了,就指着一切活人说,"他们都像我",于是你跑去把貌似偶像的活人,统统打倒;回来,偶像会赞赏一番,说打倒偶像而打倒"打倒"者,确是透底之至。

其实,这时候更大的蠢笨,笼罩了全世界。

开口诗云子曰,这是老八股;而有人把"达尔文说,蒲力汗诺夫曰"也算做新八股。[5]于是要知道地球是圆的,人人都要自己去环游地球一周;要制造汽机的,也要先坐在开水壶前格物[6]……。这自然透底之极。其实,从前反对卫道文学,原是说那样吃人的"道"不应该卫,而有人要透底,就说什么道也不卫;这"什么道也不卫"难道不也是一种"道"么?所以,真正最透底的,还是下列的一个故事:

古时候一个国度里革命了,旧的政府倒下去,新的站上来。旁人说,"你这革命党,原先是反对有政府主义的,怎么自己又来做政府?"那革命党立刻拔出剑来,割下了自己的头;但是,他的身体并不倒,而变成了僵尸,直立着,喉管里吞吞吐吐地似乎是说:这主义的实现原本要等三千年之后呢[7]。

四月十一日。

【来信】:

家干先生:

昨阅及大作《透底》一文,有引及晚前发表《论新八股》之处,至为欣幸。惟所"譬"云云,实出误会。鄙意所谓新八股者,系指有一等文,本无充实内容,只有时髦幌子,或利用新时装包裹旧皮囊而言。因为是换汤不换药,所以"这个空虚的宇宙",仍与"且夫天地之间"同为八股。因为是挂羊头卖狗肉,所以"达尔文说""蒲力汗诺夫说",仍与"子曰诗云"毫无二致。故攻击不在"达尔文说","蒲力汗诺夫说",与"这个宇宙"本身(其实"子曰","诗云",

如做起一本中国文学史来，仍旧要引用，断无所谓八股之理），而在利用此而成为新八股之形式。先生所举"地球""机器"之例，"透底""卫道"之理，三尺之童，亦知其非，以此作比，殊觉曲解。

今日文坛，虽有蓬勃新气，然一切狐鼠魑魅，仍有改头换面，衣锦逍遥，如礼拜六礼拜五派等以旧货新装出现者，此种新皮毛旧骨髓之八股，未审先生是否认为应在扫除之列？

又有借时代招牌，歪曲革命学说，口念阿弥，心存罔想者，此种借他人边幅，盖自己臭脚之新八股，未审先生亦是否认为应在扫除之列？

"透底"言之，"譬如"古之皇帝，今之主席，在实质上固知大有区别，但仍有今之主席与古之皇帝一模一样者，则在某一意义上非难主席，其意自明，苟非志在捉虱，未必不能两目了然也。

予生也晚，不学无术，但虽无"彻底"之聪明，亦不致如"透底"之蠢笨，容或言而未"透"，致招误会耳。尚望赐教到"底"，感"透"感"透"！

祝秀侠上。

【回信】：

秀侠[8]先生：

接到你的来信，知道你所谓新八股是礼拜五六派[9]等流。其实礼拜五六派的病根并不全在他们的八股性。

八股无论新旧，都在扫荡之列，我是已经说过了；礼拜五六派有新八股性,其余的人也会有新八股性。例如只会"辱骂""恐吓"甚至于"判决"〔10〕,而不肯具体地切实地运用科学所求得的公式,去解释每天的新的事实,新的现象,而只抄一通公式,往一切事实上乱凑,这也是一种八股。即使明明是你理直,也会弄得读者疑心你空虚,疑心你已经不能答辩,只剩得"国骂"了。

至于"歪曲革命学说"的人,用些"蒲力汗诺夫曰"等来掩盖自己的臭脚,那他们的错误难道就在他写了"蒲……曰"等等么?我们要具体的证明这些人是怎样错误,为什么错误。假使简单地把"蒲力汗诺夫曰"等等和"诗云子曰"等量齐观起来,那就一定必然的要引起误会。先生来信似乎也承认这一点。这就是我那《透底》里所以要指出的原因。

最后,我那篇文章是反对一种虚无主义的一般倾向的,你的《论新八股》之中的那一句,不过是许多例子之中的一个,这是必须解除的一个"误会"。而那文章却并不是专为这一个例子写的。

家　干。

＊　　　＊　　　＊

〔1〕 本篇最初发表于 1933 年 4 月 19 日《申报·自由谈》,署名何家干。

〔2〕 八股 明、清科举考试制度所规定的一种公式化文体,每篇分破题、承题、起讲、入手、起股、中股、后股、束股八部分,后四部分是主

体,每部分有两股相比偶的文字,合共八股,所以叫八股文。

〔3〕　阴沉木　一称阴桫,指某些久埋土中而质地坚硬的木材,旧时认为是制棺木的贵重材料。这里借喻思想的顽固僵化。

〔4〕　功令　旧时指考核、录用学者的法令或规程,也泛指政府法令。

〔5〕　指祝秀侠发表于1933年4月4日《申报·自由谈》的《论“新八股”》,其中列举“新旧八股的对比”:“(旧)孔子曰……孟子曰……《诗》不云乎……诚哉是言也。(新)康德说……蒲力哈诺夫说……《三民主义》里面不是说过吗? ……这是很对的。”

〔6〕　格物　推究事物的道理。《礼记·大学》:“致知在格物。”

〔7〕　这里是讽刺国民党政要吴稚晖,他在1926年2月4日写的《所谓赤化问题》(致邵飘萍)中说:“赤化就所谓共产,这实在是三百年以后的事,犹之乎还有比他再进步的,叫做无政府。他更是三千年以后的事。”

〔8〕　秀侠　祝秀侠(1907—1986),广东番禺人。曾参加“左联”,时任《现代文化》月刊编辑。后投靠国民党,曾任国民党候补中央监察委员等职。

〔9〕　礼拜五六派　礼拜六派,又称鸳鸯蝴蝶派,兴起于清末民初,多用文言文描写迎合小市民趣味的才子佳人故事,因在1914年至1923年间出版《礼拜六》周刊,故称礼拜六派。礼拜五派是当时进步文艺界对一些更为低级庸俗的作家、作品的讽刺说法。1933年3月9日,鲁迅、茅盾、郁达夫、洪深等人聚会,茅盾提到“一批所谓文人,有礼拜六派的无耻,文章却还没有礼拜六派的好,无以名其派,暂名为‘礼拜五’”,大家大笑一致通过。(见1933年3月11日《艺术新闻》周刊)

〔10〕　“辱骂”“恐吓”甚至于“判决”　作者在1932年12月曾发表《辱骂与恐吓决不是战斗》一文(后收入《南腔北调集》),对当时左翼文

艺界一些人在斗争中表现的这种错误倾向进行了批评。文章发表后，祝秀侠曾化名"首甲"，与别人联合在《现代文化》第一卷第二期（1933年2月）发表文章，为被批评的错误倾向辩解。

"以夷制夷"[1]

我还记得,当去年中国有许多人,一味哭诉国联的时候,日本的报纸上往往加以讥笑,说这是中国祖传的"以夷制夷"[2]的老手段。粗粗一看,也仿佛有些像的,但是,其实不然。那时的中国的许多人,的确将国联看作"青天大老爷",心里何尝还有一点儿"夷"字的影子。

倒相反,"青天大老爷"们却常常用着"以华制华"的方法的。

例如罢,他们所深恶的反帝国主义的"犯人",他们自己倒是不做恶人的,只是松松爽爽的送给华人,叫你自己去杀去。他们所痛恨的腹地的"共匪",他们自己是并不明白表示意见的,只将飞机炸弹卖给华人,叫你自己去炸去。对付下等华人的有黄帝子孙的巡捕和西崽,对付智识阶级的有"高等华人"的学者和博士。

我们自夸了许多日子的"大刀队"[3],好像是无法制伏的了,然而四月十五日的《××报》上,有一个用头号字印的《我斩敌二百》的题目。粗粗一看,是要令人觉得胜利的,但我们再来看一看本文罢——

"(本报今日北平电)昨日喜峰口右翼,仍在滦阳城以东各地,演争夺战。敌出现大刀队千名,系新开到者,与

115

我大刀队对抗。其刀特长,敌使用不灵活。我军挥刀砍抹,敌招架不及,连刀带臂,被我砍落者纵横满地,我军伤亡亦达二百余。……"

那么,这其实是"敌斩我军二百"了,中国的文字,真是像"国步"〔4〕一样,正在一天一天的艰难起来。但我要指出来的却并不在此。

我要指出来的是"大刀队"乃中国人自夸已久的特长,日本人虽有击剑,大刀却非素习。现在可是"出现"了,这不必迟疑,就可决定是满洲的军队。满洲从明末以来,每年即大有直隶山东人迁居,数代之后,成为土著,则虽是满洲军队,而大多数实为华人,也决无疑义。现在已经各用了特长的大刀,在滦东相杀起来,一面是"连刀带臂,纵横满地",一面是"伤亡亦达二百余",开演了极显著的"以华制华"的一幕了。

至于中国的所谓手段,由我看来,有是也应该说有的,但决非"以夷制夷",倒是想"以夷制华"。然而"夷"又那有这么愚笨呢,却先来一套"以华制华"给你看。

这例子常见于中国的历史上,后来的史官为新朝作颂,称此辈的行为曰:"为王前驱"〔5〕!

近来的战报是极可诧异的,如同日同报记冷口失守云:"十日以后,冷口方面之战,非常激烈,华军……顽强抵抗,故继续未曾有之大激战",但由宫崎部队以十余兵士,作成人梯,前仆后继,"卒越过长城,因此宫崎部队牺牲二十三名之多云"。越过一个险要,而日军只死了二十三人,但已云"之多",又称为"未曾有之大激战",也未免有些费解。所以大刀队之战,也许并不如我所猜测。但既经写出,就姑且留下以备一说罢。

四月十七日。

【跳踉】:

"以华制华" 李家作

报纸不可不看。在报上不但可以看到虔修功德如念念阿弥陀佛,选拔国士如征求飞檐走壁之类的"善"文,还可以随时长许多见识。譬如说杀人,以前只知道有斫头绞颈子,现在却知道还有吃人肉,而且还有"以夷制夷","以华制华"等等的分别。经明眼人一说,是越想越觉得不错的。

尤其是"以华制华",那样的手段真是越想越觉得多的。原因是人太多了,华对华并不会亲热;而且为了自身的利害要坐大交椅,当然非解决别人不可。所以那"制"是,无论如何要"制"的。假如因为制人而能得到好处,或是因为制人而能讨得上头的欢心,那自然更其起劲。这心理,夷人就很善于利用,从侵略土地到卖卖肥皂,都是用的这"华人"善于"制华"的美点。然而,华人对华人,其实也很会利用这种方法,而且非常巧妙。双方不必明言,彼此心照,各得其所;旁人看来,不露痕迹。据说那被利用的人便是哈吧狗,即走狗。但细细甄别起来,倒并不只是哈吧狗一种，另外还有一种是警犬。

做哈吧狗与做警犬，当然都是"以华制华"，但其中也不无分别。哈吧狗只能听主人吩咐，向仇人摇摇尾，狂吠几声。他知道他是什么样的身分。警犬则不然：老于世故者往往如此。他只认定自己是一个好汉，是一个权威，是一个执大义以绳天下者。在那门庭间的方寸之地上，只有他可以彷徨彷徨，呐喊呐喊。他的威风没有人敢冒犯，和哈吧狗比较起来，哈吧狗真是浅薄得可怜。但何以也是"以华制华"呢？那是因为虽然老于世故，也不免露出破绽。破绽是：他俨若嫉恶如仇，平时蹲在地上冷眼旁观，一看到有类乎"可杀"的情形时，就踪身向前，猛咬一口；可是，他决不是乱咬，他早已看得分明，凡在他寄身的地段上的（他当然不能不有一个寄身的地方），他决不伤害，有了也只当不看见，以免引起"不便"。他咬，是咬圈子外头的，尤其是，圈子外头最碍眼的仇人。这便是勇，这便是执大义，同时，既可显出自己的权威，又可博得主人底欢心：因为，他所咬的，往往会是他和他东家的共同的敌人。主人对于他所痛恨，自己是并不明白表示意见的，只给你一些供养和地位，叫你自己去咬去。因此有接二连三的奋勇，和吹毛求疵的找机会。旁观者不免有点不明白，觉得这仇太深，却不知道这正是老于世故者的做人之道，所谓向恶社会"搏战""周旋"是也。那样的用心，真是很苦！

所可哀者，为了要挣扎在替天行道的大旗之下，竟然不惜受员外府君之类的供奉,把那旗子斜插在庄院的门楼边,暂且作个"江湖一应水碗不得骚扰"的招贴纸儿。也可见得做中国人的不容易,和"以华制华"的效劳,虽贤者亦不免焉。

　　　　　　　　　　——二二,四,二一。

四月二十二日,《大晚报》副刊《火炬》。

【摇摆】:

过 而 能 改　　　　傅红蓼

　　孔老夫子,在从前教训着那么许多门生说:"过而能改,善莫大焉!"意思是错误人人都有,只要能够回头。我觉得孔老夫子这句话尚有未尽意处,譬如说:"过而能改,善莫大焉"之后,再加上一句:"知过不改,罪孽深重",那便觉得天衣无缝了。

　　譬如说现在前线打得落花流水的时候,而有人觉得这种为国牺牲是残酷,是无聊,便主张不要打,而且更主张不要讲和,只说索性藏起头来,等个五十年。俗谚常有"十年生聚,十年教训",看起来五十年的教训,大概什么都够了。凡事有了错误,才有教训,可见中国人尚还有些救药,国事弄得乌烟瘴气到如此,居然大家都恍然大觉大悟自己内部组织的三大不健全,更而发现武器的不充足。眼前须要几十个年头,来作准备。言至此,吾人对于热河一直到滦东的失守,似乎应当有些感到失得不大冤枉。因为吾党(借用)

建基以至于今日，由军事而至于宪政，尚还没有人肯认过错，则现在失掉几个国土，使一些负有自信天才的国家栋梁学贯中西的名儒，居然都肯认错，所谓"过而能改，善莫大焉"，塞翁失马，又安知非福的聊以自慰，也只得闭着眼睛喊两声了，不过假使今后"知过尚不能改，罪孽的深重"，比写在讣文上，大概也更要来得使人注目了。

譬如再说，四月二十二日本刊上李家作的"以华制华"里说的警犬。警犬咬人，是蹲在地上冷眼傍观，等到有可杀的时候，便一跃上前，猛咬一口，不过，有的时候那警犬被人们提起棍子，向着当头一棒，也会把专门咬人的警犬，打得藏起头来，伸出舌头在暗地里发急。这种发急，大概便又是所谓"过"了。因为警犬虽然野性，但有时被棍子当头一击，也会被打出自己的错误来的，于是"过而能改"的警犬，在暗地里发急时，自又便会想忏悔，假使是不大晓得改过的警犬，在暗地发急之余，还想乘机再试，这种犬，大概是"罪孽深重"的了。

中国人只晓得说过而能改，善莫大焉，可惜都忘记了底下那一句。

四月二十六日，《大晚报》副刊《火炬》。

【只要几句】：

案　　语　　　　家　干

以上两篇，是一星期之内，登在《大晚报》附刊《火炬》

上的文章,为了我的那篇《"以夷制夷"》而发的,揭开了"以华制华"的黑幕,他们竟有如此的深恶痛嫉,莫非真是太伤了此辈的心么?

但是,不尽然的。大半倒因为我引以为例的《××报》其实是《大晚报》,所以使他们有这样的跳踉和摇摆。然而无论怎样的跳踉和摇摆,所引的记事具在,旧的《大晚报》也具在,终究挣不脱这一个本已扣得紧紧的笼头。

此外也无须多话了,只要转载了这两篇,就已经由他们自己十足的说明了《火炬》的光明,露出了他们真实的嘴脸。

七月十九日。

＊　　　＊　　　＊

〔1〕 本篇最初发表于1933年4月21日《申报·自由谈》,署名何家干。

〔2〕 "以夷制夷" 我国历代封建统治者对待国内少数民族常用的策略,即让某些少数民族同另一些少数民族冲突,以此来削弱并制服他们。《明史·张祐传》:"以夷治夷,可不烦兵而下。"鸦片战争后,清政府对外也曾采用这种策略,企图利用某些外国力量来牵制另一些外国,借以保护自己,但这种对外策略都遭失败。

〔3〕 "大刀队" 指宋哲元所部第二十九军的大刀队,1933年3月日军进攻喜峰口时,该部大刀队曾与日军反复争夺、激战。

〔4〕 "国步" 语出《诗经·大雅·桑柔》:"於乎有哀,国步斯频。"国步,国家前途和发展的意思。

〔5〕 "为王前驱" 语出《诗经·卫风·伯兮》:"伯兮朅兮,邦之桀兮。伯也执殳,为王前驱。"为周王室征战充当先锋的意思。

121

言论自由的界限^[1]

看《红楼梦》^[2]，觉得贾府上是言论颇不自由的地方。焦大以奴才的身分，仗着酒醉，从主子骂起，直到别的一切奴才，说只有两个石狮子干净。结果怎样呢？结果是主子深恶，奴才痛嫉，给他塞了一嘴马粪。

其实是，焦大的骂，并非要打倒贾府，倒是要贾府好，不过说主奴如此，贾府就要弄不下去罢了。然而得到的报酬是马粪。所以这焦大，实在是贾府的屈原^[3]，假使他能做文章，我想，恐怕也会有一篇《离骚》之类。

三年前的新月社^[4]诸君子，不幸和焦大有了相类的境遇。他们引经据典，对于党国有了一点微词，虽然引的大抵是英国经典，但何尝有丝毫不利于党国的恶意，不过说："老爷，人家的衣服多么干净，您老人家的可有些儿脏，应该洗它一洗"罢了。不料"荃不察余之中情兮"^[5]，来了一嘴的马粪：国报同声致讨，连《新月》杂志也遭殃。但新月社究竟是文人学士的团体，这时就也来了一大堆引据三民主义，辨明心迹的"离骚经"。现在好了，吐出马粪，换塞甜头，有的顾问，有的教授，有的秘书，有的大学院长，言论自由，《新月》也满是所谓"为文艺的文艺"了。

这就是文人学士究竟比不识字的奴才聪明，党国究竟比贾府高明,现在究竟比乾隆时候光明:三明主义。

然而竟还有人在嚷着要求言论自由。世界上没有这许多甜头,我想,该是明白的罢,这误解,大约是在没有悟到现在的言论自由,只以能够表示主人的宽宏大度的说些"老爷,你的衣服……"为限,而还想说开去。

这是断乎不行的。前一种,是和《新月》受难时代不同,现在好像已有的了,这《自由谈》也就是一个证据,虽然有时还有几位拿着马粪,前来探头探脑的英雄。至于想说开去,那就足以破坏言论自由的保障。要知道现在虽比先前光明,但也比先前利害,一说开去,是连性命都要送掉的。即使有了言论自由的明令,也千万大意不得。这我是亲眼见过好几回的,非"卖老"也,不自觉其做奴才之君子,幸想一想而垂鉴焉。

四月十七日。

*　　　*　　　*

〔1〕 本篇最初发表于 1933 年 4 月 22 日《申报·自由谈》,署名何家干。

〔2〕 《红楼梦》 长篇小说。清代曹雪芹著。通行本为一百二十回,后四十回一般认为是高鹗续作。焦大是小说中贾家的一个忠实的老仆,他酒醉骂人被塞马粪事见该书第七回。只有两个石狮子干净的话,见第六十六回,系另一人物柳湘莲所说。

〔3〕 屈原(约前 340—约前 278) 名平,字原,又字灵均,楚国郢(在今湖北江陵)人,战国后期楚国诗人。楚怀王时官至左徒,由于他的政治主张不见容于贵族集团而屡遭迫害,后被顷襄王放逐到沅、湘流域,愤而作长诗《离骚》,以抒发其愤激心情和追求理想的决心。

〔4〕 新月社 文学和政治性团体,约于 1923 年 3 月在北京成立,主要成员有胡适、徐志摩、陈源、梁实秋、罗隆基等。该社取名于印度诗人泰戈尔的《新月集》,曾以诗社名义于 1926 年夏在北京《晨报副刊》出过《诗刊》(周刊)。1927 年在上海创办新月书店,1928 年 3 月出版综合性的《新月》月刊。1929 年他们曾在《新月》上发表谈人权、约法等问题的文章,批评国民党"独裁",引证英、美各国法规,提出解决中国政治问题的意见。但文章发表后,国民党报刊纷纷著文攻击,说他们"言论实属反动",国民党中央议决由教育部对胡适加以"警诫",《新月》月刊第二卷第四期曾遭扣留。他们继而研读"国民党的经典",著文引据"党义"以辨明心迹,终于得到蒋介石的赏识。

〔5〕 "荃不察余之中情兮" 语出屈原《离骚》:"荃不察余之中情兮,反信谗而齎怒。"

大观园的人才^[1]

早些年,大观园里的压轴戏是刘老老骂山门。^[2]那是要老旦出场的,老气横秋地大"放"一通,直到裤子后穿^[3]而后止。当时指着手无寸铁或者已被缴械的人大喊"杀,杀,杀!"^[4]那呼声是多么雄壮。所以它——男角扮的老婆子,也可以算得一个人才。

而今时世大不同了,手里拿刀,而嘴里却需要"自由,自由,自由","开放××"^[5]云云。压轴戏要换了。

于是人才辈出,各有巧妙不同,出场的不是老旦,却是花旦了,而且这不是平常的花旦,而是海派戏广告上所说的"玩笑旦"。这是一种特殊的人物,他(她)要会媚笑,又要会撒泼,要会打情骂俏,又要会油腔滑调。总之,这是花旦而兼小丑的角色。不知道是时世造英雄(说"美人"要妥当些),还是美人儿多年阅历的结果?

美人儿而说"多年",自然是阅人多矣的徐娘^[6]了,她早已从窑姐儿升任了老鸨婆;然而她丰韵犹存,虽在卖人,还兼自卖。自卖容易,而卖人就难些。现在不但有手无寸铁的人,而且有了……况且又遇见了太露骨的强奸。要会应付这种非常之变,就非有非常之才不可。你想想:现在的压轴戏是要似战似和,又战又和,不降不守,亦降亦守!^[7]这是多么难做的

125

戏。没有半推半就假作娇痴的手段是做不好的。孟夫子说，
"以天下与人易。"〔8〕其实，能够简单地双手捧着"天下"去"与
人"，倒也不为难了。问题就在于不能如此。所以要一把眼泪
一把鼻涕，哭哭啼啼，而又刁声浪气的诉苦说：我不入火
坑〔9〕，谁入火坑。

然而娼妓说她自己落在火坑里，还是想人家去救她出来；
而老鸨婆哭火坑，却未必有人相信她，何况她已经申明：她是
敞开了怀抱，准备把一切人都拖进火坑的。虽然，这新鲜压轴
戏的玩笑却开得不差，不是非常之才，就是挖空了心思也想不
出的。

老旦进场，玩笑旦出场，大观园的人才着实不少！

四月二十四日。

＊　　　＊　　　＊

〔1〕 本篇最初发表于 1933 年 4 月 26 日《申报·自由谈》，署名
干。

〔2〕 大观园 《红楼梦》中贾府的花园，这里比喻国民党政府。
刘老老是《红楼梦》中的人物，这里指国民党中以"元老"自居的吴稚晖
（他曾被人称作"吴老老"）。吴稚晖，参看本卷第133页注〔2〕。

〔3〕 大"放"一通 吴稚晖的言论中，常出现"放屁"一类字眼，如
他在《弱者之结语》中说："总而言之，统而言之，止能提提案，放放屁，
……我今天再放这一次，把肚子泻空了，就告完结。"裤子后穿，是章太
炎在《再复吴敬恒书》中痛斥吴稚晖的话："善箝而口，勿令舐痈；善补而
裤，勿令后穿。"（载 1908 年《民报》二十二号）

〔4〕 指 1927 年 4 月，吴稚晖充当蒋介石"清党"的帮凶，叫嚣"打

倒"、"严办"共产党人和革命群众。

〔5〕 "开放××" 原稿作"开放政权"。1933 年 2 月 23 日国民党中央常务会议通过《国民参政会组织法》,一些政府官员鼓吹为"开放政权"。

〔6〕 徐娘 《南史·后妃传》有关于梁元帝妃徐昭佩的记载:"徐娘虽老,犹尚多情。"后来因有"徐娘半老,风韵犹存"的成语。这里是指汪精卫。

〔7〕 "似战似和"等语,是讽刺汪精卫等人。1933 年 4 月 14 日汪精卫在上海答记者问时曾说:"国难如此严重,言战则有丧师失地之虞,言和则有丧权辱国之虞,言不和不战则两俱可虞。"

〔8〕 "以天下与人易" 语出《孟子·滕文公(上)》:"以天下与人易,为天下得人难。"

〔9〕 入火坑 汪精卫 1933 年 4 月 14 日在上海答记者问时曾说:"现时置身南京政府中人,其中心焦灼,无异投身火坑一样。我们抱着共赴国难的决心,涌身跳入火坑,同时……,竭诚招邀同志们一齐跳入火坑。"

文章与题目[1]

一个题目,做来做去,文章是要做完的,如果再要出新花样,那就使人会觉得不是人话。然而只要一步一步的做下去,每天又有帮闲的敲边鼓,给人们听惯了,就不但做得出,而且也行得通。

譬如近来最主要的题目,是"安内与攘外"[2]罢,做的也着实不少了。有说安内必先攘外的,有说安内同时攘外的,有说不攘外无以安内的,有说攘外即所以安内的,有说安内即所以攘外的,有说安内急于攘外的。

做到这里,文章似乎已经无可翻腾了,看起来,大约总可以算是做到了绝顶。

所以再要出新花样,就使人会觉得不是人话,用现在最流行的谥法来说,就是大有"汉奸"的嫌疑。为什么呢?就因为新花样的文章,只剩了"安内而不必攘外","不如迎外以安内","外就是内,本无可攘"这三种了。

这三种意思,做起文章来,虽然实在希奇,但事实却有的,而且不必远征晋宋,只要看看明朝就够。满洲人早在窥伺了,国内却是草菅民命,杀戮清流[3],做了第一种。李自成[4]进北京了,阔人们不甘给奴子做皇帝,索性请"大清兵"来打掉他,做了第二种。至于第三种,我没有看过《清史》[5],不得而知,但据老例,则应说是爱新觉罗^[6]氏之先,原是轩辕^[7]黄帝第几子之苗裔,遁于朔方,厚泽深仁,遂有天下,总而言之,咱们原是一家子云。

后来的史论家,自然是力斥其非的,就是现在的名人,也正痛恨流寇。但这是后来和现在的话,当时可不然,鹰犬塞途,干儿当道,魏忠贤^[8]不是活着就配享了孔庙么?他们那种办法,那时都有人来说得头头是道的。

前清末年,满人出死力以镇压革命,有"宁赠友邦,不给家奴"^[9]的口号,汉人一知道,更恨得切齿。其实汉人何尝不如此?吴三桂^[10]之请清兵入关,便是一想到自身的利害,即"人同此心"的实例了。……

四月二十九日。

附记:

原题是《安内与攘外》。

五月五日。

*　　　*　　　*

〔1〕 本篇最初发表于1933年5月5日《申报·自由谈》,署名何家干。

〔2〕 "安内与攘外" 1931年11月30日蒋介石在国民党外长顾维钧宣誓就职会的"亲书训词"中,提出"攘外必先安内"的方针。1933年4月10日,蒋介石在南昌对国民党将领演讲时,又提出:"抗日必先剿共,安内始能攘外,在匪未剿清前,绝对不准言抗日,违者即予严厉处罚。"这时一些报刊也纷纷发表谈"安内攘外"问题的文章。

〔3〕 草菅民命,杀戮清流 指明末天启年间熹宗任用宦官魏忠贤等,通过特务机构东厂、锦衣卫、镇抚司残酷压榨和杀戮人民;魏忠贤的阉党把大批反对他们的正直的士大夫,如东林党人,编成"天鉴录"、"点将录"等名册,按名杀害。这时,在我国东北统一了满族各部的努尔哈赤(即清太祖),已于明万历四十四年(1616)登可汗位,正率军攻明。

〔4〕 李自成(1606—1645) 陕西米脂人,明末农民起义领袖。崇祯二年(1629)起义。崇祯十七年一月在西安称帝,国号大顺,同年三月攻克北京,推翻明朝。后镇守山海关的明将吴三桂引清兵入关,镇压起义军;李自成兵败退出北京,清顺治二年(1645)九月在湖北通山县九宫山被地主武装所害。

〔5〕 《清史》 民国成立后,于1914年开始编纂《清史》,由赵尔巽主编,至1927年大体完成。编纂者多为前清旧人,在论述中常与民国立场不合,编纂体例及某些史实记载也时有不妥,当时只少量印行。因未正式定稿,改称《清史稿》。

〔6〕 爱新觉罗 清朝皇室的姓。满语称金为"爱新",族为"觉罗"。

〔7〕 轩辕 传说中汉民族的始祖。《史记·五帝本纪》:"黄帝者,少典之子,姓公孙,名曰轩辕。"

〔8〕 魏忠贤(1568—1627) 河间肃宁(今属河北)人,明末天启时专权的宦官。官至司礼秉笔太监,曾掌管特务机关东厂,凶残跋扈,杀人甚多。当时,趋炎附势之徒对他竞相谄媚,《明史·魏忠贤传》记载:"群小益求媚","相率归忠贤,称义儿","监生陆万龄至请以忠贤配孔子。"

〔9〕 "宁赠友邦,不给家奴" 这是刚毅的话。刚毅(1834—1900),满洲镶蓝旗人。清朝王公大臣中的顽固分子,曾任军机大臣等职;在清末维新变法运动时期,他常对人说:"我家之产业,宁可以赠之

于朋友,而必不畀诸家奴。"(见梁启超《戊戌政变记》卷四)他所说的朋友,指帝国主义国家。

〔10〕　吴三桂(1612—1678)　明代高邮(今属江苏)人。崇祯时任辽东总兵,驻防山海关。崇祯十七年(1644)李自成攻克北京后,他引清兵入关,受封为平西王。

新　药[1]

　　说起来就记得，诚然，自从九一八以后，再没有听到吴稚老[2]的妙语了，相传是生了病。现在刚从南昌专电中，飞出一点声音来[3]，却连改头换面的，也是自从九一八以后，就再没有一丝声息的民族主义文学者们，也来加以冷冷的讪笑。

　　为什么呢？为了九一八。

　　想起来就记得，吴稚老的笔和舌，是尽过很大的任务的，清末的时候，五四的时候，北伐的时候，清党的时候，清党以后的还是闹不清白的时候。然而他现在一开口，却连躲躲闪闪的人物儿也来冷笑了。九一八以来的飞机，真也炸着了这党国的元老吴先生，或者是，炸大了一些躲躲闪闪的人物儿的小胆子。

　　九一八以后，情形就有这么不同了。

　　旧书里有过这么一个寓言，某朝某帝的时候，宫女们多数生了病，总是医不好。最后来了一个名医，开出神方道：壮汉若干名。皇帝没有法，只得照他办。若干天之后，自去察看时，宫女们果然个个神采焕发了，却另有许多瘦得不像人样的男人，拜伏在地上。皇帝吃了一惊，问这是什么呢？宫女们就嗫嚅的答道：是药渣[4]。

　　照前几天报上的情形看起来，吴先生仿佛就如药渣一样，

132

也许连狗子都要加以践踏了。然而他是聪明的，又很恬淡，决不至于不顾自己，给人家熬尽了汁水。不过因为九一八以后，情形已经不同，要有一种新药出卖是真的，对于他的冷笑，其实也就是新药的作用。

这种新药的性味，是要很激烈，而和平。譬之文章，则须先讲烈士的殉国，再叙美人的殉情；一面赞希特勒的组阁，一面颂苏联的成功；军歌唱后，来了恋歌；道德谈完，就讲妓院；因国耻日而悲杨柳，逢五一节而忆蔷薇；攻击主人的敌手，也似乎不满于它自己的主人……总而言之，先前所用的是单方，此后出卖的却是复药了。

复药虽然好像万应，但也常无一效的，医不好病，即毒不死人。不过对于误服这药的病人，却能够使他不再寻求良药，拖重了病症而至于胡里胡涂的死亡。

四月二十九日。

＊　　　＊　　　＊

〔1〕　本篇最初发表于1933年5月7日《申报·自由谈》，署名丁萌。

〔2〕　吴稚老　指吴稚晖(1865—1953)，名敬恒，江苏武进人。早年留学日本、英国。1905年参加同盟会。曾出卖过章太炎、邹容。1924年后，历任国民党中央监察委员、中央执行委员会常委、中央政治会委员等职。1927年春他向国民党中央提出《纠察共产党员谋叛党国案》、《请查办共产分子谋叛案》，是蒋介石"清党"、屠杀共产党人的帮凶。

〔3〕　指吴稚晖在南昌对新闻界的谈话，见1933年4月29日《申报》"南昌专电"："吴稚晖谈，暴日侵华，为全国预定计划，不因我退让而

软化,或抵抗而强硬,我惟不计生死,拚死抵抗。"由于国民党政府实行不抵抗政策,此时正酝酿派亲日分子黄郛北上,与进犯华北的日本侵略者妥协,因此《大晚报》"星期谈屑"曾载《吴稚晖抗日》一文,对吴的谈话加以嘲笑,文中说:"自九一八以后,一二八以后,我们久已不闻吴稚晖先生的解颐快论了,最近,申报的南昌电,记着吴老先生的一段谈话","便是吴老先生的一张嘴巴,也是无从可以救国了","吴老先生的解颐快论",只不过是"'皓首匹夫'的随便谈谈而已!"

〔4〕 药渣 见清代褚人获《坚瓠丙集·药渣》:"明吾郡陆天池博学能文,精于音律。有寓言曰:某帝时,宫人多怀春疾,医者曰:'须敕数十少年药之。'帝如言。后数日,宫人皆颜舒体胖,拜帝曰:'赐药疾愈,谨谢恩!'诸少年俯伏于后,枯瘠蹒跚,无复人状。帝问是何物?对曰:'药渣!'"

"多难之月"[1]

前月底的报章上，多说五月是"多难之月"。这名目，以前是没有见过的。现在这"多难之月"已经临头了。从经过了的日子来想一想，不错，五一是"劳动节"，可以说很有些"多难"；五三是济南惨案[2]纪念日，也当然属于"多难"之一的。但五四是新文化运动的发扬，五五是革命政府成立[3]的佳日，为什么都包括在"难"字堆里的呢？这可真有点儿希奇古怪！

不过只要将这"难"字，不作国民"受难"的"难"字解，而作令人"为难"的"难"字解，则一切困难，可就涣然冰释了。

时势也真改变得飞快，古之佳节，后来自不免化为难关。先前的开会，是听大众在空地上开的，现在却要防人"乘机捣乱"了，所以只得函请代表，齐集洋楼，还要由军警维持秩序。[4]先前的要人，虽然出来要"清道"（俗名"净街"），但还是走在地上的，现在却更要防人"谋为不轨"了，必得坐着飞机，须到出洋的时候，才能放心送给朋友。[5]名人逛一趟古董店，先前也不算奇事情的，现在却"微服"[6]"微服"的嚷得人耳聋，只好或登名山，或入古庙，比较的免掉大惊小怪。总而言之，可靠的国之柱石，已经多在半空中，最低限度也上了高楼峻岭了，地上就只留着些可疑的百姓，实做了"下民"，且又民匪难分，一有庆吊，总不免"假名滋扰"。向来虽靠"华洋两方当局,先事严防",没有闹过什么大乱子,然而总比平时费力的,这就令人为难,而五月也成了"多难之月",纪念的是好是坏,日子的为戚为喜,都不在话下。

但愿世界上大事件不要增加起来;但愿中国里惨案不要再有;但愿也不再有什么政府成立;但愿也不再有伟人的生日和忌日增添。否则,日积月累,不久就会成个"多难之年",不但华洋当局,老是为难,连我们走在地面上的小百姓,也只好永远身带"嫌疑",奉陪戒严,呜呼哀哉,不能喘气了。

五月五日。

*　　　*　　　*

〔1〕 本篇最初发表于 1933 年 5 月 8 日《申报·自由谈》,署名丁萌。

〔2〕 济南惨案 指 1928 年 5 月 3 日,日本帝国主义派兵侵占济南,打死打伤中国军民五千余人的五三惨案。

〔3〕 革命政府成立 指 1921 年孙中山为对抗北京的北洋军阀政府,取消了原广州军政府,于 5 月 5 日在广州正式成立中华民国政府,并就任非常大总统。

〔4〕 1933 年 5 月 5 日,国民党上海市党部举行"革命政府成立十二周年纪念"大会,事前通知各界"于是日上午九时,在本党部三楼大礼堂,召集各界代表举行纪念大会",并规定纪念办法九条,末条是"函请警备司令部暨市公安局,严防反动分子,乘机捣乱;酌派军警若干,维持会场秩序"。

〔5〕 要人送飞机给朋友的事,指张学良在 1933 年 2 月将一架自备的福特机送给宋子文,又在 4 月辞职出国时,将另一架福特机送给蒋

介石。

　　〔6〕　旧时"要人"在外出时,改换常服以免被人认识,叫做"微服"。1933 年 4 月 4 日,国民党政府主席林森到南京夫子庙文物店购买古玩,报纸纷纷宣传,次日《申报》"南京专电"说:"林主席今日微服到旧书店购古籍数本,骨董数件。"

不负责任的坦克车^[1]

新近报上说,江西人第一次看了坦克车。自然,江西人的眼福很好。然而也有人惴惴然,唯恐又要掏腰包,报效坦克捐。我倒记起了另外一件事:

有一个自称姓"张"的^[2]说过,"我是拥护言论不自由者……唯其言论不自由,才有好文章做出来,所谓冷嘲,讽刺,幽默和其他形形色色,不敢负言论责任的文体,在压迫钳制之下,都应运产生出来了。"这所谓不负责任的文体,不知道比坦克车怎样?

讽刺等类为什么是不负责任,我可不知道。然而听人议论"风凉话"怎么不行,"冷箭"怎么射死了天才,倒也多年了。既然多年,似乎就很有道理。大致是骂人不敢充好汉,胆小。其实,躲在厚厚的铁板——坦克车里面,砰砰碰碰的轰炸,是着实痛快得多,虽然也似乎并不胆大。

高等人向来就善于躲在厚厚的东西后面来杀人的。古时候有厚厚的城墙,为的要防备盗匪和流寇。现在就有钢马甲,铁甲车,坦克车。就是保障"民国"和私产的法律,也总是厚厚的一大本。甚至于自天子以至卿大夫的棺材,也比庶民的要厚些。至于脸皮的厚,也是合于古礼的。

独有下等人要这么自卫一下,就要受到"不负责任"等类的嘲笑：

"你敢出来！出来！躲在背后说风凉话不算好汉！"

但是，如果你上了他的当，真的赤膊奔上前阵，像许褚[3]似的充好汉，那他那边立刻就会给你一枪，老实不客气，然后，再学着金圣叹批《三国演义》[4]的笔法，骂一声"谁叫你赤膊的"——活该。总之，死活都有罪。足见做人实在很难，而做坦克车要容易得多。

五月六日。

＊　　　＊　　　＊

〔1〕　本篇最初发表于 1933 年 5 月 9 日《申报·自由谈》，署名何家干。

〔2〕　自称姓"张"的　指张若谷。参看本卷第 90 页注〔2〕。这段话见于他在 1933 年 3 月 3 日《大晚报·辣椒与橄榄》上发表的《拥护》一文。

〔3〕　许褚　三国时曹操部下名将。他赤膊上阵的故事见小说《三国演义》第五十九回《许褚裸衣斗马超》。

〔4〕　金圣叹批《三国演义》　金圣叹（1608—1661），吴县（今属江苏）人，明末清初文人。他曾批注《水浒》、《西厢记》等书，把所加的序文、读法和评语等称为"圣叹外书"。《三国演义》是元末明初罗贯中所著，后经清代毛宗岗改编，卷首有假托金圣叹所作的序，并有"圣叹外书"字样，每回前均附加评语，通常就都将这评语认为金圣叹所作。

从盛宣怀说到有理的压迫[1]

盛氏的祖宗积德很厚,他们的子孙就举行了两次"收复失地"的盛典:一次还是在袁世凯的民国政府治下,一次就在当今国民政府治下了。

民元的时候,说盛宣怀[2]是第一名的卖国贼,将他的家产没收了。不久,似乎是二次革命之后,就发还了。那是没有什么奇怪的,因为袁世凯是"物伤其类",他自己也是卖国贼。不是年年都在纪念五七和五九[3]么?袁世凯签订过二十一条,卖国是有真凭实据的。

最近又在报上发见这么一段消息,大致是说:"盛氏家产早已奉命归还,如苏州之留园,江阴无锡之典当等,正在办理发还手续。"这却叫我吃了一惊。打听起来,说是民国十六年国民革命军初到沪宁的时候,又没收了一次盛氏家产:那次的罪名大概是"土豪劣绅",绅而至于"劣",再加上卖国的旧罪,自然又该没收了。可是为什么又发还了呢?

第一,不应当疑心现在有卖国贼,因为并无真凭实据——现在的人早就誓不签订辱国条约[4],他们不比盛宣怀和袁世凯。第二,现在正在募航空捐[5],足见政府财政并不宽裕。那末,为什么呢?

学理上研究的结果是——压迫本来有两种:一种是有理

的,而且永久有理的,一种是无理的。有理的,就像逼小百姓还高利贷,交田租之类;这种压迫的"理"写在布告上:"借债还钱本中外所同之定理,租田纳税乃千古不易之成规。"无理的,就是没收盛宣怀的家产等等了;这种"压迫"巨绅的手法,在当时也许有理,现在早已变成无理的了。

初初看见报上登载的《五一告工友书》[6]上说:"反抗本国资本家无理的压迫",我也是吃了一惊的。这不是提倡阶级斗争么?后来想想也就明白了。这是说,无理的压迫要反对,有理的不在此例。至于怎样有理,看下去就懂得了,下文是说:"必须克苦耐劳,加紧生产……尤应共体时艰,力谋劳资间之真诚合作,消弭劳资间之一切纠纷。"还有说"中国工人没有外国工人那么苦"[7]等等的。

我心上想,幸而没有大惊小怪地叫起来,天下的事情总是有道理的,一切压迫也是如此。何况对付盛宣怀等的理由虽然很少,而对付工人总不会没有的。

五月六日。

＊　　　＊　　　＊

〔1〕　本篇最初发表于 1933 年 5 月 10 日《申报·自由谈》,署名丁萌。

〔2〕　盛宣怀(1844—1916)　字杏荪,江苏武进人,清末大官僚资本家。曾经办轮船招商局、电报局、上海机器织布局、汉冶萍公司等,是当时中国有数的富豪。1911 年任邮传部大臣,曾向帝国主义出卖中国铁路和矿山等权利,滥借外债,以支持清朝政府垂危的统治。辛亥革命

后,他的财产曾两次被查封,第一次是民国初年,但随即于1912年12月由当时江苏都督程德全下令发还。第二次在1928、1929年间,国民党政府行政院命令苏州、常州、杭州、无锡、江阴、常熟等地县政府全部查封盛氏产业,1933年4月又命令清理发还。

〔3〕　五七和五九　1915年1月18日,日本政府向袁世凯政府提出企图变中国为其独占殖民地的"二十一条"要求,并在5月7日发出最后通牒,限在四十八小时内作出"满足之答复"。袁世凯政府不顾国人反对,于5月9日悍然接受丧权辱国的"二十一条"。后舆论界曾以每年5月7日和9日为国耻纪念日。

〔4〕　誓不签订辱国条约　1931年9月29日蒋介石在接见各地来南京请愿学生代表时说:"国民政府决非军阀时代之卖国政府,⋯⋯决不签订任何辱国丧权条约";1932年4月4日行政院长汪精卫在上海发表谈话时也说:"国民政府坚决不肯签字于丧权辱国条约。"

〔5〕　航空捐　参看本卷第20页注〔3〕。

〔6〕　《五一告工友书》　指国民党操纵的上海市总工会于1933年五一节发的《告全市工友书》。

〔7〕　在1933年国民党主持的上海五一节纪念会上,所谓上海市总工会代表李永祥曾说:"中国资本主义之势力,尚极幼稚,中国工人,目前所受资本家之压迫,当不如当时欧美工人所受压迫之严重。"

王　　化 [1]

中国的王化现在真是"光被四表格于上下" [2] 的了。

溥仪的弟媳妇跟着一位厨司务，卷了三万多元逃走了。 [3] 于是中国的法庭把她缉获归案，判定"交还夫家管束"。满洲国虽然"伪"，夫权是不"伪"的。

新疆的回民闹乱子 [4]，于是派出宣慰使。

蒙古的王公流离失所了，于是特别组织"蒙古王公救济委员会" [5]。

对于西藏的怀柔 [6]，是请班禅喇嘛诵经念咒。

而最宽仁的王化政策，要算广西对付瑶民的办法 [7]。据《大晚报》载，这种"宽仁政策"是在三万瑶民之中杀死三千人，派了三架飞机到瑶洞里去"下蛋"，使他们"惊诧为天神天将而不战自降"。事后，还要挑选瑶民代表到外埠来观光，叫他们看看上国 [8] 的文化，例如马路上，红头阿三 [9] 的威武之类。

而红头阿三说的是：勿要哗啦哗啦！

这些久已归化的"夷狄"，近来总是"哗啦哗啦"，原因是都有些怨了。王化盛行的时候，"东面而征西夷怨，南面而征北狄怨。" [10] 这原是当然的道理。

不过我们还是东奔西走，南征北剿，决不偷懒。虽然劳苦些，但"精神上的胜利"是属于我们的。

等到"伪"满的夫权保障了,蒙古的王公救济了,喇嘛的经咒念完了,回民真的安慰了,瑶民"不战自降"了,还有什么事可以做呢?自然只有修文德以服"远人"〔11〕的日本了。这时候,我们印度阿三式的责任算是尽到了。

呜呼,草野小民,生逢盛世,唯有逖听欢呼,闻风鼓舞而已!〔12〕

五月七日。

这篇被新闻检查处抽掉了,没有登出。幸而既非瑶民,又居租界,得免于国货的飞机来"下蛋",然而"勿要哗啦哗啦"却是一律的,所以连"欢呼"也不许,——然则惟有一声不响,装死救国而已!〔13〕

十五夜记。

*   *   *

〔1〕 本篇最初投给《申报·自由谈》,被国民党新闻检查处查禁。后发表于 1933 年 6 月 1 日《论语》半月刊第十八期,署名何干。

〔2〕 "光被四表格于上下" 语出《尚书·尧典》,是记叙尧的功德的颂词,意思是遍及上下四方,无所不至。

〔3〕 1933 年 5 月 1 日《申报》曾载"溥仪弟妇恋奸案"的新闻,说溥仪弟弟弟妇和厨工携款从长春逃到烟台,被烟台公安局发觉后,将厨工处徒刑一年,女方由夫家领回管束。

〔4〕 新疆的回民闹乱子 指 1933 年初新疆维吾尔族(当时报纸称"回民")的反抗行动。1931 年 4 月,维族人曾因反抗新疆省主席军阀金树仁的暴政,遭到残酷镇压。1933 年初,维族人继续开展大规模的反抗行动,金树仁被迫弃守哈密等地,省会迪化(今乌鲁木齐)也遭包围;4

月,金树仁垮台逃走,他的参谋长盛世才乘机攫取新疆的统治权。4 月底,南京国民党政府宣布派参谋本部次长黄慕松为"宣慰使",前往处理此事。

〔5〕 "蒙古王公救济委员会" 九一八事变后,日本帝国主义侵占我国内蒙东部地区,国民党政府曾指令军事委员会北平分会拨款救济流落在北平等地的东蒙王公官民学生和逃来内蒙的原外蒙王公等,并于 1933 年 4 月在北平设立"蒙古救济委员会"。

〔6〕 对于西藏的怀柔 九一八事变前后,西藏的达赖喇嘛等亲英势力受英帝国主义唆使,在青海玉树、西康甘孜一带,不断挑起同地方军阀的武装冲突;1933 年 4 月,他们曾企图以武力强渡金沙江进入当时西康的巴安,以实现所谓"康藏合一"的计划。国民党政府当时对此一筹莫展,曾竭力拉拢被达赖喇嘛赶出西藏的班禅喇嘛(当时班禅在南京设有办事处),举办祈祷法会,通过这种宗教形式的联系以示怀柔。

〔7〕 对付瑶民的办法 广西北部、湖南南部等地区,是少数民族瑶族的聚居地。国民党政府一贯实行大汉族政策,地方政府对瑶民的剥削侮辱尤为严重,因而激起瑶族人民的多次反抗。1933 年 2 月,广西北部全县、灌阳等地瑶民,以打醮的迷信方式聚众起义,提出"杀财主佬,杀官兵"的口号,声势颇大。当时的广西省政府以一旅左右的兵力"进剿",并派飞机前往轰炸,瑶民伤亡甚重。事后,国民党当局又用"剿抚并施"的策略,"拟领导瑶民乡村长到全省各埠去参观"。

〔8〕 上国 春秋时称中原齐、晋等国为上国,是对吴、楚诸国而言。这里是讽刺国民党当局在少数民族面前以"上国"自居。

〔9〕 红头阿三 旧时上海对公共租界内印度巡捕的俗称。因其服饰以红布裹头,衣袖缀有三道倒人字形标志,故称。

〔10〕 "东面而征西夷怨"二句,原出《尚书·仲虺之诰》:"东征西夷怨,南征北狄怨。"这里引用的是孟子的话,见《孟子》中的《梁惠王(下)》

和《滕文公(下)》。原意是说,商汤行仁政,邻国百姓都盼望他早日征服自己的国家,晚被征的就不高兴。

〔11〕 "远人" 指异族人或外国人,见《论语·季氏》:"故远人不服,则修文德以来之。"

〔12〕 "草野小民"等四句,见孙中山 1894 年 6 月写的《上李鸿章书》。

〔13〕 这段附记,未随本文在《论语》刊出。

天　上　地　下[1]

中国现在有两种炸，一种是炸进去，一种是炸进来。

炸进去之一例曰："日内除飞机往匪区轰炸外，无战事，三四两队，七日晨迄申，更番成队飞宜黄以西崇仁以南[2]掷百二十磅弹两三百枚，凡匪足资屏蔽处炸毁几平，使匪无从休养。……"（五月十日《申报》南昌专电）

炸进来之一例曰："今晨六时，敌机炸蓟县，死民十余，又密云今遭敌轰四次[3]，每次二架，投弹盈百，损害正详查中。……"（同日《大晚报》北平电）

应了这运会而生的，是上海小学生的买飞机，和北平小学生的挖地洞。[4]

这也是对于"非安内无以攘外"或"安内急于攘外"的题目，做出来的两股好文章。[5]

住在租界里的人们是有福的。但试闭目一想，想得广大一些，就会觉得内是官兵在天上，"共匪"和"匪化"了的百姓在地下，外是敌军在天上，没有"匪化"了的百姓在地下。"损害正详查中"，而太平之区，却造起了宝塔[6]。释迦[7]出世，一手指天，一手指地曰："天上地下，惟我独尊！"此之谓也。

但又试闭目一想，想得久远一些，可就遇着难题目了。假如炸进去慢，炸进来快，两种飞机遇着了，又怎么办呢？停止了"安内",回转头来"迎头痛击"呢,还是仍然只管自己炸进去,一任他跟着炸进来,一前一后,同炸"匪区",待到炸清了,然后再"攘"他们出去呢?……

不过这只是讲笑话,事实是决不会弄到这地步的。即使弄到这地步,也没有什么难解决:外洋养病,名山拜佛[8],这就完结了。

五月十六日。

记得末尾的三句,原稿是:"外洋养病,背脊生疮,名山上拜佛,小便里有糖,这就完结了。"

十九夜补记。

*   *   *

〔1〕 本篇最初发表于1933年5月19日《申报·自由谈》,署名干。

〔2〕 宜黄、崇仁,江西省的县名。宜黄以西崇仁以南是当时中央苏区军民反"围剿"斗争的前沿地区。

〔3〕 蓟县、密云,当时为河北省的县名。蓟县今属天津,密云今属北京。1933年4月,日军进袭冀东滦河一带时,曾派机轰炸这些地方。

〔4〕 上海小学生的买飞机 1933年初,国民党政府举办航空救国飞机捐,上海市预定征募二百万元。至5月初仅得半数,遂发动全市童子军于12日起,在各交通要道及娱乐场所劝募购买"童子军号飞机"捐款三天。北平小学生的挖地洞,指1933年5月,北平各小学校长因日机时临上空,曾于11日派代表赴社会局要求各校每日上午停课,挖防空洞。

〔5〕 据手稿,这里还有下面一段:"买飞机,将以'安内'也,挖地

洞,'无以攘外'也。因为'安内急于攘外',故还须买飞机,而'非安内无以攘外',故必得挖地洞。"

〔6〕 造起了宝塔 1933年,国民党政府考试院长戴季陶邀广东中山大学在南京的师生七十余人,合抄孙中山的著作,盛铜盒中,外镶石匣,在中山陵附近建筑宝塔收藏。

〔7〕 释迦 即释迦牟尼(约前565—前486),佛教创始人。《瑞应本起经》卷上有关于他出生的记载:"四月八日夜,明星出时,化从右胁生。堕地即行七步,举右手住而言曰:'天上天下,唯我为尊。'"(据三国时吴国支谦汉文译本)

〔8〕 外洋养病,名山拜佛 这是国民党政要因内讧下野或处境困难时惯用的脱身借口,如汪精卫曾以生背痛、患糖尿病等为由,"卧床休息"或"出国养病";黄郛退居莫干山"读书学佛";戴季陶自称信奉佛教,报上屡载他到南京附近的宝华山隆昌寺诵经拜佛的消息。

保　　留

　　这几天的报章告诉我们:新任政务整理委员会委员长黄郛[1]的专车一到天津,即有十七岁的青年刘庚生掷一炸弹,犯人当场捕获,据供系受日人指使,遂于次日绑赴新站外枭首示众[2]云。

　　清朝的变成民国,虽然已经二十二年,但宪法草案的民族民权两篇,日前这才草成,尚未颁布。上月杭州曾将西湖抢犯当众斩决,据说奔往赏鉴者有"万人空巷"之概[3]。可见这虽与"民权篇"第一项的"提高民族地位"稍有出入,却很合于"民族篇"第二项的"发扬民族精神"。南北统一,业已八年,天津也来挂一颗小小的头颅,以示全国一致,原也不必大惊小怪的。

　　其次,是中国虽说"惟女子与小人为难养也"[4],但一有事故,除三老通电,二老宣言,九四老人题字[5]之外,总有许多"童子爱国","佳人从军"的美谈,使壮年男儿索然无色。我们的民族,好像往往是"小时了了,大未必佳"[6],到得老年,才又脱尽暮气,据讣文,死的就更其了不得。则十七岁的少年而来投掷炸弹,也不是出于情理之外的。

　　但我要保留的,是"据供系受日人指使"这一节,因为这就是所谓卖国。二十年来,国难不息,而被大众公认为卖国者,一向全是三十以上的人,虽然他们后来依然逍遥自在。至于少年和儿童,则拚命的使尽他们稚弱的心力和体力,携着竹筒或扑满[7],奔走于风沙泥泞中,想于中国有些微的裨益者,真不知有若干次数了。虽然因为他们无先见之明,这些用汗血求来的金钱,大抵反以供虎狼的一舐,然而爱国之心是真诚的,卖国的事是向来没有的。

不料这一次却破例了,但我希望我们将加给他的罪名暂时保留,再来看一看事实,这事实不必待至三年,也不必待至五十年,在那挂着的头颅还未烂掉之前,就要明白了:谁是卖国者。[8]

从我们的儿童和少年的头颅上,洗去喷来的狗血罢!

五月十七日。

这一篇和以后的三篇,都没有能够登出。

七月十九日。

＊　　　＊　　　＊

〔1〕　黄郛(1880—1936)　浙江绍兴人。早年参加同盟会,曾任北洋政府外交总长等职。1928年任国民党政府外交部长,因媚外辱国,遭到各界的谴责,不久下台。1933年5月又被蒋介石起用,任行政院驻北平政务整理委员会委员长。

〔2〕　刘庚生"投弹"炸黄郛案,发生于1933年5月。这年4月,日军向滦东及长城沿线发动总攻,唐山、遵化、密云等地相继沦陷,平津形势危急。国民党政府为了向日本谋求妥协停战,于5月上旬任命黄郛为新设立的行政院驻北平政务整理委员会委员长;15日黄由南京北上,17日晨专车刚进天津站台,即有人投掷炸弹。据报载,投弹者当即被

捕,送第一军部审讯,名叫刘魁生(刘庚生是"路透电"的音译),年十七岁,山东曹州人,在陈家沟刘三粪厂作工。当天中午刘被诬为"受日人指使",在新站外枭首示众。事实上刘只是当时路过铁道,审讯时他坚不承认投弹。

〔3〕 西湖抢案,见 1933 年 4 月 24 日《申报》载新闻《西湖有盗》:"二十三日下午二时,西湖三潭印月有沪来游客骆王氏遇匪谭景轩,出手枪劫其金镯,女呼救,匪开枪,将事主击毙,得赃而逸。旋在苏堤为警捕获,讯供不讳,当晚押赴湖滨运动场斩决,观者万人。匪曾任四四军连长。"

〔4〕 "惟女子与小人为难养也" 语出《论语·阳货》:"子曰:'惟女子与小人为难养也,近之则不孙(逊),远之则怨。'"

〔5〕 三老通电 指马良、章炳麟、沈恩孚于 1933 年 4 月 1 日向全国通电,指斥国民党政府对日本侵略"阳示抵抗,阴作妥协"。二老宣言,指马良、章炳麟于 1933 年 2 月初发表的联合宣言,内容是依据历史证明东三省是中国领土。他们两人还在同年 2 月 18 日发表宣言,驳斥日本侵略者捏造的热河不属中国领土的谰言;4 月下旬又联名通电,劝勉国人坚决抗日,收回失地。九四老人,即马良(1840—1939),字相伯,江苏丹徒人。当年虚龄九十四岁,他常自署"九四老人"为各界题字。

〔6〕 "小时了了,大未必佳" 语出《世说新语·言语》,是汉代陈韪戏谑孔融的话。

〔7〕 扑满 陶制的储钱罐。晋代葛洪《西京杂记》卷五:"扑满者,以土为器,以蓄钱。具有入窍,而无出窍,满则扑之。"

〔8〕 作者撰此文后十四天,即 5 月 31 日,黄郛就遵照蒋介石的指示,派熊斌同日本关东军代表冈村宁次签订出卖国家利益的《塘沽协定》。根据这项协定,国民党政府实际上承认日本侵占长城及山海关以

北的地区为合法,并把长城以南的察北、冀东的二十余县划为不设防地区,为日本帝国主义进军华北提供通道。

再 谈 保 留

因为讲过刘庚生的罪名,就想到开口和动笔,在现在的中国,实在也很难的,要稳当,还是不响的好。要不然,就常不免反弄到自己的头上来。

举几个例在这里——

十二年前,鲁迅作的一篇《阿 Q 正传》,大约是想暴露国民的弱点的,虽然没有说明自己是否也包含在里面。然而到得今年,有几个人就用"阿 Q"来称他自己[1]了,这就是现世的恶报。

八九年前,正人君子们办了一种报[2],说反对者是拿了卢布的,所以在学界捣乱。然而过了四五年,正人又是教授,君子化为主任[3],靠俄款[4]享福,听到停付,就要力争了。这虽然是现世的善报,但也总是弄到自己的头上来。

不过用笔的人,即使小心,也总不免略欠周到的。最近的例,则如各报章上,"敌"呀,"逆"呀,"伪"呀,"傀儡国"呀,用得沸反盈天。不这样写,实在也不足以表示其爱国,且将为读者所不满。谁料得到"某机关通知[5]:御侮要重实际,逆敌一类过度刺激字面,无裨实际,后宜屏用",而且黄委员长[6]抵平,发表政见,竟说是"中国和战皆处被动,办法难言,国难不止一端,亟谋最后挽救"(并见十八日《大晚报》北平电)的呢?……

幸而还好，报上果然只看见"日机威胁北平"之类的题目，没有"过度刺激字面"了，只是"汉奸"的字样却还有。日既非敌，汉何云奸，这似乎不能不说是一个大漏洞。好在汉人是不怕"过度刺激字面"的，就是砍下头来，挂在街头，给中外士女欣赏，也从来不会有人来说一句话。

这些处所，我们是知道说话之难的。

从清朝的文字狱[7]以后，文人不敢做野史了，如果有谁能忘了三百年前的恐怖，只要撮取报章，存其精英，就是一部不朽的大作。但自然，也不必神经过敏，预先改称为"上国"或"天机"的。

五月十七日。

*　　　*　　　*

〔1〕 用"阿Q"来称他自己 1933年5月9日《社会新闻》刊登的粹公的《张资平挤出〈自由谈〉》一文中，称鲁迅为阿Q。参看本书《后记》。

〔2〕 正人君子们办了一种报 指胡适、陈西滢等1924年12月在北京创办的《现代评论》周刊。陈西滢曾在该刊第七十四期（1926年5月8日）发表《闲话》一则，诬称进步人士是"直接或间接用苏俄金钱的人"。"正人君子"，是当时拥护北洋政府的北京《大同晚报》一篇报导中对现代评论派的称赞，见1925年8月7日该报。

〔3〕 正人又是教授，君子化为主任 陈西滢曾任北京大学英文学系主任兼教授、武汉大学文学院院长兼教授。胡适曾任北京大学哲学系教授，并于1931年任北京大学文学院院长。

〔4〕 俄款 俄国十月革命后，苏俄政府于1919年7月25日发

表《告中国人民和南北政府宣言》,宣布放弃帝俄时代在中国取得的土地和一切特权,包括退还庚子赔款中尚未付给的部分。1924 年 5 月中苏复交,两国签订《中俄协定》,其中规定退款除偿付中国政府业经以俄款为抵押品的各项债务外,余数全用于中国教育事业。1926 年初,《现代评论》曾连续刊载谈论"俄款用途"的文章,为"北京教育界"力争俄款。九一八事变后,国民党政府以"应付国难"为名,一再停付充作教育费用的庚子赔款,曾引起教育界有关人士的恐慌和抗议。

〔5〕 某机关通知 指黄郛就任北平政务整理委员会委员长后,为讨好日本而发布的特别通知。

〔6〕 黄委员长 即黄郛。

〔7〕 清朝的文字狱 清朝统治者厉行民族压迫政策,曾多次大兴文字狱,企图用严刑峻法来消除汉族人的反抗和民族思想,著名大狱有康熙年间庄廷钺《明书》狱,雍正年间吕留良、曾静狱,乾隆年间胡中藻《坚磨生诗钞》狱等。

"有名无实"的反驳

新近的《战区见闻记》有这么一段记载：

"记者适遇一排长，甫由前线调防于此，彼云，我军前在石门寨，海阳镇，秦皇岛，牛头关，柳江等处所做阵地及掩蔽部……化洋三四十万元，木材重价尚不在内……艰难缔造，原期死守，不幸冷口失陷，一令传出，即行后退，血汗金钱所合并成立之阵地，多未重用，弃若敝屣，至堪痛心；不抵抗将军下台，上峰易人，我士兵莫不额手相庆……结果心与愿背。不幸生为中国人！尤不幸生为有名无实之抗日军人！"（五月十七日《申报》特约通信。）

这排长的天真，正好证明未经"教训"的愚劣人民，不足与言政治。第一，他以为不抵抗将军[1]下台，"不抵抗"就一定跟着下台了。这是不懂逻辑：将军是一个人，而不抵抗是一种主义，人可以下台，主义却可以仍旧留在台上的。第二，他以为化了三四十万大洋建筑了防御工程，就一定要死守的了（总算还好，他没有想到进攻）。这是不懂策略：防御工程原是建筑给老百姓看看的，并不是教你死守的阵地，真正的策略却是"诱敌深入"。第三，他虽然奉令后退，却敢于"痛心"。这是不懂哲学：他的心非得治一治不可！第四，他"额手称庆"，实在高兴得太快了。这是不懂命理：中国人生成是苦命的。如此痴呆的排长,难怪他连叫两个"不幸",居然自己承认是"有名无实的抗日军人"。其实究竟是谁"有名无实",他是始终没有懂得的。

至于比排长更下等的小兵,那不用说,他们只会"打开天窗说亮话,咱们弟兄,处于今日局势,若非对外,鲜有不哗变者"(同上通信)。这还成话么?古人说,"无敌国外患者,国恒亡"[2]。以前我总不大懂得这是什么意思:既然连敌国都没有了,我们的国还会亡给谁呢?现在照这兵士的话就明白了,国是可以亡给"哗变者"的。

结论:要不亡国,必须多找些"敌国外患"来,更必须多多"教训"那些痛心的愚劣人民,使他们变成"有名有实"。

五月十八日。

*　　　*　　　*

〔1〕　不抵抗将军　当时舆论对张学良的称呼。九一八事变时,张学良奉蒋介石"绝对抱不抵抗主义"的命令,放弃东北。1933 年 3 月日军侵占热河,蒋介石为推卸责任,平抑民愤,又迫令张"引咎辞职",派何应钦继张学良任军事委员会北平分会代理委员长。张辞职后,于 4 月 11 日出国。

〔2〕　"无敌国外患者,国恒亡"　孟子的话,见《孟子·告子(下)》:"入则无法家拂士,出则无敌国外患者,国恒亡。然后知生于忧患而死于安乐也。"

不 求 甚 解

文章一定要有注解,尤其是世界要人的文章。有些文学家自己做的文章还要自己来注释,觉得很麻烦。至于世界要人就不然,他们有的是秘书,或是私淑弟子,替他们来做注释的工作。然而另外有一种文章,却是注释不得的。

譬如说,世界第一要人美国总统发表了"和平"宣言[1],据说是要禁止各国军队越出国境。但是,注释家立刻就说:"至于美国之驻兵于中国,则为条约所许,故不在罗斯福总统所提议之禁止内"[2](十六日路透社华盛顿电)。再看罗氏的原文:"世界各国应参加一庄严而确切之不侵犯公约,及重行庄严声明其限制及减少军备之义务,并在签约各国能忠实履行其义务时,各自承允不派遣任何性质之武装军队越出国境。"要是认真注解起来,这其实是说:凡是不"确切",不"庄严",并不"自己承允"的国家,尽可以派遣任何性质的军队越出国境。至少,中国人且慢高兴,照这样解释,日本军队的越出国境,理由还是十足的;何况连美国自己驻在中国的军队,也早已声明是"不在此例"了。可是,这种认真的注释是叫人扫兴的。

再则,像"誓不签订辱国条约"一句经文,也早已有了不少传注。传曰:"对日妥协,现在无人敢言,亦无人敢行。"[3]这里,主要的是一个"敢"字。但是:签订条约有敢与不敢的分别,这是拿笔杆的人的事,而拿枪杆的人却用不着研究敢与不敢的为难问题——缩短防线,诱敌深入之类的策略是用不着签订的。就是拿笔杆的人也不至于只会签字,假使这样,未免太低能。所以又有一说,谓之"一面交涉"。于是乎注疏就来了:"以不承认为责任者之第三者,用不合理之方法,以口头交涉……清算无益之抗日。"这是日本电通社的消息[4]。这种泄漏天机的注解也是十分讨厌的,因此,这不会不是日本人的"造谣"。

总之,这类文章浑沌一体,最妙是不用注解,尤其是那种使人扫兴或讨厌的注解。

小时候读书讲到陶渊明的"好读书不求甚解"[5],先生就给我讲了,他说:"不求甚解"者,就是不去看注解,而只读本文的意思。注解虽有,确有人不愿意我们去看的。

五月十八日。

*　　　　*　　　　*

〔1〕 "和平"宣言　指1933年5月16日美国总统罗斯福对世界四十四国元首发表的《吁请世界和平保障宣言书》,它的主要内容是向各国呼吁缩减军备并制止武装军队的逾越国境。

〔2〕 "至于美国之驻兵于中国"等语,是罗斯福发表宣言时,美国官方为自己驻兵中国、违反这一宣言的行径辩解时所说的话。

〔3〕 "誓不签订辱国条约"　参看本卷第142页注〔4〕。"对日妥协,现在无人敢言,亦无人敢行",是1933年5月17日黄郛在天津对记

者的谈话。

〔4〕　电通社的消息　电通社,即日本电报通信社,1901年在东京创办。1936年与日本新闻连合社合并为同盟通信社。电通社于1920年在中国上海设分社。此则消息的原文是:"东京十七日电通电:关于中国方面之停战交涉问题,日军中央部意向如下,虽有停战交涉之情报,然其诚意可疑。中国第一线军队,尚执拗继续挑战,华北军政当局,且发抵抗乃至决战之命令。停战须由军事责任者,以确实之方法堂堂交涉,若由不承认为责任者之第三者,用不合理之方法,以口头交涉,此不过谋一时和缓日军之锋锐而已。中国当局,达观东亚大势,清算无益之抗日,乃其急务,因此须先实际表示诚意。"(据1933年5月17日《大晚报》)

〔5〕　"好读书不求甚解"　语出陶渊明《五柳先生传》:"好读书不求甚解,每有会意,便欣然忘食。"

后　记

　　我向《自由谈》投稿的由来，《前记》里已经说过了。到这里，本文已完，而电灯尚明，蚊子暂静，便用剪刀和笔，再来保存些因为《自由谈》和我而起的琐闻，算是一点余兴。

　　只要一看就知道，在我的发表短评时中，攻击得最烈的是《大晚报》。这也并非和我前生有仇，是因为我引用了它的文字。但我也并非和它前生有仇，是因为我所看的只有《申报》和《大晚报》两种，而后者的文字往往颇觉新奇，值得引用，以消愁释闷。即如我的眼前，现在就有一张包了香烟来的三月三十日的旧《大晚报》在，其中有着这样的一段——

　　　　"浦东人杨江生，年已四十有一，貌既丑陋，人复贫穷，向为泥水匠，曾佣于苏州人盛宝山之泥水作场。盛有女名金弟，今方十五龄，而矮小异常，人亦猥琐。昨晚八时，杨在虹口天潼路与盛相遇，杨奸其女。经捕头向杨询问，杨毫不抵赖，承认自去年一二八以后，连续行奸十余次，当派探员将盛金弟送往医院，由医生验明确非处女，今晨解送第一特区地方法院，经刘毓桂推事提审，捕房律师王耀堂以被告诱未满十六岁之女子，虽其后数次皆系该女自往被告家相就，但按法亦应强奸罪论，应请讯究。旋传女父盛宝山讯问，据称初不知有此事，前晚因事责女

162

后，女忽失踪，直至昨晨才归，严诘之下，女始谓留住被告家，并将被告诱奸经过说明，我方得悉，故将被告扭入捕房云。继由盛金弟陈述，与被告行奸，自去年二月至今，已有十余次，每次均系被告将我唤去，并着我不可对父母说知云。质之杨江生供，盛女向呼我为叔，纵欲奸犹不忍下手，故绝对无此事，所谓十余次者，系将盛女带出游玩之次数等语。刘推事以本案尚须调查，谕被告收押，改期再讯。”

在记事里分明可见，盛对于杨，并未说有“伦常”关系，杨供女称之为“叔”，是中国的习惯，年长十年左右，往往称为叔伯的。然而《大晚报》用了怎样的题目呢？是四号和头号字的——

　　拦途扭往捕房控诉

　　　干叔奸侄女

　　女自称被奸过十余次

　　男指系游玩并非风流

它在“叔”上添一“干”字，于是“女”就化为“侄女”，杨江生也因此成了“逆伦”或准“逆伦”的重犯了。中国之君子，叹人心之不古，憎匪人之逆伦，而惟恐人间没有逆伦的故事，偏要用笔铺张扬厉起来，以耸动低级趣味读者的眼目。杨江生是泥水匠，无从看见，见了也无从抗辩，只得一任他们的编排，然而社会批评者是有指斥的任务的。但还不到指斥，单单引用了几句奇文，他们便什么“员外”什么“警犬”[1]的狂嗥起来，好像他们的一群倒是吸风饮露，带了自己的家私来给社会服务的志士。是的，社长我们是知道的，然而终于不知道谁是东家，就是究竟谁是"员外"，倘说既非商办，又非官办，则在报界里是很难得的。但这秘密，在这里不再研究它也好。

和《大晚报》不相上下，注意于《自由谈》的还有《社会新闻》[2]。但手段巧妙得远了，它不用不能通或不愿通的文章，而只驱使着真伪杂糅的记事。即如《自由谈》的改革的原因，虽然断不定所说是真是假，我倒还是从它那第二卷第十三期（二月七日出版）上看来的——

从《春秋》与《自由谈》说起

中国文坛，本无新旧之分，但到了五四运动那年，陈独秀在《新青年》上一声号炮，别树一帜，提倡文学革命，胡适之钱玄同刘半农等，在后摇旗呐喊。这时中国青年外感外侮的压迫，内受政治的刺激，失望与烦闷，为了要求光明的出路，各种新思潮，遂受青年热烈的拥护，使文学革命建了伟大的成功。从此之后，中国文坛新旧的界限，判若鸿沟；但旧文坛势力在社会上有悠久的历史，根深蒂固，一时不易动摇。那时旧文坛的机关杂志，是著名的《礼拜六》，几乎集了天下摇头摆尾的文人，于《礼拜六》一炉！至《礼拜六》所刊的文字，十九是卿卿我我，哀哀唧唧的小说，把民族性陶醉萎靡到极点了！此即所谓鸳鸯蝴蝶派的文字。其中如徐枕亚吴双热周瘦鹃等，尤以善谈鸳鸯蝴蝶著名，周瘦鹃且为礼拜六派之健将。这时新文坛对于旧势力的大本营《礼拜六》，攻击颇力，卒以新兴势力，实力单薄，旧派有封建社会为背景，有恃无恐，两不相让，各行其是。此后新派如文学研究会，创造社等，陆续成立，人材渐众，势力渐厚，《礼拜六》应时势之推移，终至"寿终正寝"！惟礼拜六派之残余分子，迄今犹四出活动，无肃清之望，上海各大报中之文艺编辑，至今大都仍是所谓鸳鸯蝴蝶派所把持。可是只要放眼在最近的出版界中，新兴文艺出版数量的可惊，已有使旧势力不能抬头之势！礼拜六派文人之在今日，已不敢复以《礼拜六》的头衔以相召号，盖已至强弩之末的时期了！最近守旧的《申报》，忽将《自由谈》编辑礼拜六派的巨子周瘦鹃撤职，换了一个新派作家黎烈文，这对于旧势力当然是件非常的变动，遂形成了今日新旧文坛剧烈的冲突。周瘦鹃一方面策动各小报，对黎烈文作总攻击，我们只要看郑逸梅主编的《金刚钻》，主张周瘦鹃仍返《自由谈》原位，让黎烈文主编《春秋》，也足见旧派文人终不能忘情于已失的地盘。而另一方面周瘦鹃在自己编的《春秋》内说：各种副刊有各种副刊的特性，作河水不犯井水之论，也足见周瘦鹃犹惴惴于他现有地位的危殆。周同时还硬拉非苏州人的严独鹤加入周所主持的纯苏州人的文艺团体"星社"，以为拉拢而固地位之计。不图旧派势力的失败，竟以周启其端。据我所闻：周的不能安于其位，也有原因：他平日对于选稿方面，太刻薄而私心，只要是认识的人投去的稿，不看内容，见篇即登；同时无名小卒或为周所陌生的投稿者,则也不看内容,整堆的作为字纸篓的虏俘。因周所编的刊物,总是几个夹袋里的人物,私心自用,以致内容糟不可言！外界对他的攻击日甚,如许啸天主编之《红叶》,也对周有数次剧烈的抨击,史量才为了外界对他的不满,所以才把他撤去。那知这次史量才的一动,周竟作了导火线,造成了今日新旧两派短兵相接战斗愈烈的境界！以后想好戏还多,读者请拭目俟之。〔微 知〕

但到二卷廿一期(三月三日)上,就已大惊小怪起来,为"守旧文化的堡垒"的动摇惋惜——

左翼文化运动的抬头　　　　水 手

关于左翼文化运动,虽然受过各方面严厉的压迫,及其内部的分裂,但近来又似乎渐渐抬起头了。在上海,左翼文化在共产党"联络同路人"的路线之下,的确是较前稍有起色。在杂志方面,甚至连那些第一块老牌杂志,也左倾起来。胡愈之主编的《东方杂志》,原是中国历史最久的杂志,也是最稳健不过的杂志,可是据王云五老板的意见,胡愈之近来太左倾了,所以在愈之看过的样子,他必须再看一遍。但虽然是经过王老板大刀阔斧的删段以后,《东方杂志》依然还嫌太左倾,于是胡愈之的饭碗不能不打破,而由李某来接他的手了。又如《申报》的《自由谈》在礼拜六派的周某主编之时,陈腐到太不像样,但现在也在"左联"手中了。鲁迅与沈雁冰,现在已成了《自由谈》的两大台柱了。《东方杂志》是属于商务印书馆的,

《自由谈》是属于《申报》的，商务印书馆与申报馆，是两个守旧文化的堡垒，可是这两个堡垒，现在似乎是开始动摇了，其余自然是可想而知。此外，还有几个中级的新的书局，也完全在左翼作家手中，如郭沫若高语罕丁晓先与沈雁冰等，都各自抓着了一个书局，而做其台柱，这些都是著名的红色人物，而书局老板现在竟靠他们吃饭了。

…………

过了三星期，便确指鲁迅与沈雁冰[3]为《自由谈》的"台柱"（三月廿四日第二卷第廿八期）——

黎烈文未入文总

《申报·自由谈》编辑黎烈文，系留法学生，为一名不见于经传之新进作家。自彼接办《自由谈》后，《自由谈》之论调，为之一变，而执笔为文者，亦由星社《礼拜六》之旧式文人，易为左翼普罗作家。现《自由谈》资为台柱者，为鲁迅与沈雁冰两氏，鲁迅在《自由谈》上发表文稿尤多，署名为"何家干"。除鲁迅与沈雁冰外，其他作品，亦什九系左翼作家之作，如施蛰存曹聚仁李辉英辈是。一般人以《自由谈》作文者均系中国左翼文化总同盟（简称文总），故疑黎氏本人，亦系文总中人，但黎氏对此，加以否认，谓彼并未加入文总，与以上诸人仅友谊关系云。　　　　　　　　　　　　　　〔逸〕

又过了一个多月，则发见这两人的"雄图"（五月六日第三卷第十二期）了——

鲁迅沈雁冰的雄图

　　自从鲁迅沈雁冰等以《申报·自由谈》为地盘,发抒阴阳怪气的论调后,居然又能吸引群众,取得满意的收获了。在鲁(?)沈的初衷,当然这是一种有作用的尝试,想复兴他们的文化运动。现在,听说已到组织团体的火候了。

　　参加这个运动的台柱,除他们二人外有郁达夫,郑振铎等,交换意见的结果,认为中国最早的文化运动,是以语丝社创造社及文学研究会为中心,而消散之后,语丝创造的人分化太大了,惟有文学研究会的人大部分都还一致,——如王统照叶绍钧徐雉之类。而沈雁冰及郑振铎,一向是文学研究派的主角,于是决定循此路线进行。最近,连田汉都愿意率众归附,大概组会一事,已在必成,而且可以在这红五月中实现了。　　　　　〔农〕

这些记载,于编辑者黎烈文是并无损害的,但另有一种小报式的期刊所谓《微言》[4],却在《文坛进行曲》里刊了这样的记事——

　　"曹聚仁经黎烈文等绍介,已加入左联。"(七月十五日,九期。)

这两种刊物立说的差异,由于私怨之有无,是可不言而喻的。但《微言》却更为巧妙:只要用寥寥十五字,便并陷两者,使都成为必被压迫或受难的人们。

　　到五月初,对于《自由谈》的压迫,逐日严紧起来了,我的投稿,后来就接连的不能发表。但我以为这并非因了《社会新闻》之类的告状,倒是因为这时正值禁谈时事,而我的短评却时有对于时局的愤言;也并非仅在压迫《自由谈》,这时的压迫,凡非官办的刊物,所受之度大概是一样的。但这时候,最适宜的文章是鸳鸯蝴蝶的游泳和飞舞,而《自由谈》可就难了,到五月廿五日,终于刊出了这样的启事——

编　辑　室

这年头,说话难,摇笔杆尤难。这并不是说:"祸福无门,惟人自召",实在是"天下有道","庶人"相应"不议"。编者谨掬一瓣心香,吁请海内文豪,从兹多谈风月,少发牢骚,庶作者编者,两蒙其休。若必论长议短,妄谈大事,则塞之字簏既有所不忍,布之报端又有所不能,陷编者于两难之境,未免有失恕道。语云:识时务者为俊杰,编者敢以此为海内文豪告。区区苦衷,伏乞矜鉴!　编　者

这现象,好像很得了《社会新闻》群的满足了,在第三卷廿一期(六月三日)里的"文化秘闻"栏内,就有了如下的记载——

《自由谈》态度转变

《申报·自由谈》自黎烈文主编后,即吸收左翼作家鲁迅沈雁冰及乌鸦主义者曹聚仁等为基本人员,一时论调不三不四,大为读者所不满。且因嘲骂"礼拜五派",而得罪张若谷等;抨击"取消式"之社会主义理论,而与严灵峰

等结怨;腰斩《时代与爱的歧途》,又招张资平派之反感,计黎主编《自由谈》数月之结果,已形成一种壁垒,而此种壁垒,乃营业主义之《申报》所最忌者。又史老板在外间亦耳闻有种种不满之论调,乃特下警告,否则为此则惟有解约。最后结果伙计当然屈伏于老板,于是"老话","小旦收场"之类之文字,已不复见于近日矣。　〔闻〕

而以前的五月十四日午后一时,还有了丁玲和潘梓年的失踪的事[5],大家多猜测为遭了暗算,而这猜测也日益证实了。谣言也因此非常多,传说某某也将同遭暗算的也有,接到警告或恐吓信的也有。我没有接到什么信,只有一连五六日,有人打电话到内山书店[6]的支店去询问我的住址。我以为这些信件和电话,都不是实行暗算者们所做的,只不过几个所谓文人的鬼把戏,就是"文坛"上,自然也会有这样的人的。但倘有人怕麻烦,这小玩意是也能发生些效力,六月九日《自由谈》上《蓬庐絮语》[7]之后有一条下列的文章,我看便是那些鬼把戏的见效的证据了——

编者附告:昨得子展先生来信,现以全力从事某项著作,无暇旁骛,《蓬庐絮语》,就此完结。

终于,《大晚报》静观了月余,在六月十一的傍晚,从它那文艺附刊的《火炬》上发出毫光来了,它愤慨得很——

到底要不要自由　　　法鲁

久不曾提起的"自由"这问题,近来又有人在那里大论特谈,因为国事总是热辣辣的不好惹,索性莫谈,死心再来谈"风月"，可是"风月"又谈得不称心，不免喉底里喃喃地漏出几声要"自由"，又觉得问题严重，喃喃几句倒是可以，明言直语似有不便，于是正面问题不敢直接提起来论，大刀阔斧不好当面幌起来，却弯弯曲曲，兜着圈子，叫人摸不着棱角，摸着正面，却要把它当做反面看，这原是看"幽默"文字的方法也。

　　心要自由，口又不明言，口不能代表心，可见这只口本身已经是不自由的了。因为不自由，所以才讽讽刺刺，一回儿"要自由"，一回儿又"不要自由"，过一回儿再"要不自由的自由"和"自由的不自由"，翻来复去，总叫头脑简单的人弄得"神经衰弱"，把捉不住中心。到底要不要自由呢？说清了，大家也好顺风转舵，免得闷在葫芦里，失掉听懂的自由。照我这个不是"雅人"的意思，还是粗粗直直地说："咱们要自由，不自由就来拚个你死我活！"

　　本来"自由"并不是个非常问题，给大家一谈，倒严重起来了。——问题到底是自己弄严重的，如再不使用大刀阔斧，将何以冲破这黑漆一团？细针短刺毕竟是雕虫小技，无助于大题，讥刺嘲讽更已属另一年代的老人所发的呓语。我们聪明的智识份子又何尝不知道讽刺在这时代已失去效力，但是要想弄起刀斧，却又觉左右掣肘，在这一年代，科学发明，刀斧自然不及枪炮；生贱于蚁，本不足惜，无奈我们无能的智识份子偏吝惜他的生命何！

这就是说，自由原不是什么稀罕的东西，给你一谈，倒谈得难能可贵起来了。你对于时局，本不该弯弯曲曲的讽刺。

现在他对于讽刺者,是"粗粗直直地"要求你去死亡。作者是一位心直口快的人,现在被别人累得"要不要自由"也摸不着头脑了。

然而六月十八日晨八时十五分,是中国民权保障同盟的副会长杨杏佛[8](铨)遭了暗杀。

这总算拚了个"你死我活",法鲁先生不再在《火炬》上说亮话了。只有《社会新闻》,却在第四卷第一期(七月三日出)里,还描出左翼作家的懦怯来——

左翼作家纷纷离沪

在五月,上海的左翼作家曾喧闹一时,好像什么都要染上红色,文艺界全归左翼。但在六月下旬,情势显然不同了,非左翼作家的反攻阵线布置完成,左翼的内部也起了分化,最近上海暗杀之风甚盛,文人的脑筋最敏锐,胆子最小而脚步最快,他们都以避暑为名离开了上海。据确讯,鲁迅赴青岛,沈雁冰在浦东乡间,郁达夫杭州,陈望道回家乡,连蓬子,白薇之类的踪迹都看不见了。　　　　　　〔道〕

西湖是诗人避暑之地,牯岭乃阔老消夏之区,神往尚且不敢,而况身游。杨杏佛一死,别人也不会突然怕热起来的。听说青岛也是好地方,但这是梁实秋[9]教授传道的圣境,我连遥望一下的眼福也没有过。"道"先生有道,代我设想的恐怖,其实是不确的。否则,一群流氓,几枝手枪,真可以治国平天下了。

但是,嗅觉好像特别灵敏的《微言》,却在第九期(七月十五日出）上载着另一种消息——

自 由 的 风 月　　　　顽 石

　　黎烈文主编之《自由谈》，自宣布"只谈风月，少发牢骚"以后，而新进作家所投真正谈风月之稿，仍拒登载，最近所载者非老作家化名之讽刺文章，即其刺探们无聊之考古。闻此次辩论旧剧中的锣鼓问题，署名"罗复"者，即陈子展，"何如"者，即曾经被捕之黄素。此一笔糊涂官司，颇骗得稿费不少。

　　这虽然也是一种"牢骚"，但"真正谈风月"和"曾经被捕"等字样，我觉得是用得很有趣的。惜"化名"为"顽石"，灵气之不钟于鼻子若我辈者，竟莫辨其为"新进作家"抑"老作家"也。

　　《后记》本来也可以完结了，但还有应该提一下的，是所谓"腰斩张资平"〔10〕案。

　　《自由谈》上原登着这位作者的小说，没有做完，就被停止了，有些小报上，便轰传为"腰斩张资平"。当时也许有和编辑者往复驳难的文章的，但我没有留心，因此就没有收集。现在手头的只有《社会新闻》，第三卷十三期（五月九日出）里有一篇文章，据说是罪魁祸首又是我，如下——

张资平挤出《自由谈》　　　粹 公

　　今日的《自由谈》，是一块有为而为的地盘，是"乌鸦""阿Q"的播音台，当然用不着"三角四角恋爱"的张资平混迹其间，以至不得清一。

然而有人要问：为什么那个色欲狂的"迷羊"——郁达夫却能例外？他不是同张资平一样发源于创造吗？一样唱着"妹妹我爱你"吗？我可以告诉你，这的确是例外。因为郁达夫虽则是个色欲狂，但他能流入"左联"，认识"民权保障"的大人物，与今日《自由谈》的后台老板鲁（？）老夫子是同志，成为"乌鸦""阿Q"的伙伴了。

据《自由谈》主编人黎烈文开革张资平的理由，是读者对于《时代与爱的歧路》一文，发生了不满之感，因此中途腰斩，这当然是一种遁词。在肥胖得走油的申报馆老板，固然可以不惜几千块钱，买了十洋一千字的稿子去塞纸篓，但在靠卖文为活的张资平，却比宣布了死刑都可惨，他还得见见人呢！

而且《自由谈》的写稿，是在去年十一月，黎烈文请客席上，请他担任的，即使鲁（？）先生要扫清地盘，似乎也应当客气一些，而不能用此辣手。问题是这样的，鲁先生为了要复兴文艺（？）运动，当然第一步先须将一切的不同道者打倒，于是乃有批评曾今可张若谷章衣萍等为"礼拜五派"之举；张资平如若识相，自不难感觉到自己正酣卧在他们榻旁，而立刻滚蛋！无如十洋一千使他眷恋着，致触了这个大霉头。当然，打倒人是愈毒愈好，管他是死刑还是徒刑呢！

在张资平被挤出《自由谈》之后，以常情论，谁都咽不下这口冷水，不过张资平的阃懦是著名的，他为了老婆小孩子之故，是不能同他们斗争，而且也不敢同他们摆好了阵营的集团去斗争，于是，仅仅在《中华日报》的《小贡献》上，发了一条软弱无力的冷箭，以作遮羞。

现在什么事都没有了，《红萝卜须》已代了他的位置，而沈雁冰新组成的文艺观摹团，将大批的移殖到《自由谈》来。

还有，是《自由谈》上曾经攻击过曾今可[11]的"解放词"，据《社会新闻》第三卷廿二期（六月六日出）说，原来却又是我在闹的了，如下——

曾今可准备反攻

曾今可之为鲁迅等攻击也，实至体无完肤，固无时不想反攻，特以力薄能鲜，难于如愿耳！且知鲁迅等有"左联"作背景，人多手众，此呼彼应，非孤军抗战所能抵御，因亦着手拉拢，凡曾受鲁等侮辱者更所欢迎。近已拉得张资平，胡怀琛，张凤，龙榆生等十余人，组织一文艺漫谈会，假新时代书店为地盘，计划一专门对付左翼作家之半月刊，本月中旬即能出版。　　　　　〔如〕

那时我想，关于曾今可，我虽然没有写过专文，但在《曲的解放》（本书第十五篇）里确曾涉及，也许可以称为"侮辱"罢；胡怀琛[12]虽然和我不相干，《自由谈》上是嘲笑过他的"墨翟为印度人说"的。但张，龙两位是怎么的呢？彼此的关涉，在我的记忆上竟一点也没有。这事直到我看见二卷二十六期的《涛声》[13]（七月八日出），疑团这才冰释了——

"文艺座谈"遥领记　　　　聚　仁

《文艺座谈》者,曾词人之反攻机关报也,遥者远也,领者领情也,记者记不曾与座谈而遥领盛情之经过也。

解题既毕,乃述本事。

有一天,我到暨南去上课,休息室的台子上赫然一个请帖;展而恭读之,则《新时代月刊》之请帖也,小子何幸,乃得此请帖! 折而藏之,以为传家之宝。

《新时代》请客而《文艺座谈》生焉,而反攻之阵线成焉。报章煌煌记载,有名将在焉。我前天碰到张凤老师,带便问一个口讯;他说:"谁知道什么座谈不座谈呢? 他早又没说,签了名,第二天,报上都说是发起人啦。"昨天遇到龙榆生先生,龙先生说:"上海地方真不容易做人,他们再三叫我去谈谈,只吃了一些茶点,就算数了;我又出不起广告费。"我说:"吃了他家的茶,自然是他家人啦!"

我幸而没有去吃茶,免于被强奸,遥领盛情,志此谢谢!

但这"文艺漫谈会"的机关杂志《文艺座谈》[14]第一期,却已经罗列了十多位作家的名字,于七月一日出版了。其中的一篇是专为我而作的——

内山书店小坐记　　　　白羽遐

某天的下午,我同一个朋友在上海北四川路散步。

走着走着,就走到北四川路底了。我提议到虹口公园去看看，我的朋友却说先到内山书店去看看有没有什么新书。我们就进了内山书店。

内山书店是日本浪人内山完造开的，他表面是开书店，实在差不多是替日本政府做侦探。他每次和中国人谈了点什么话，马上就报告日本领事馆。这也已经成了"公开的秘密"了，只要是略微和内山书店接近的人都知道。

我和我的朋友随便翻看着书报。内山看见我们就连忙跑过来和我们招呼，请我们坐下来，照例地闲谈。因为到内山书店来的中国人大多数是文人，内山也就知道点中国的文化。他常和中国人谈中国文化及中国社会的情形，却不大谈到中国的政治，自然是怕中国人对他怀疑。

"中国的事都要打折扣，文字也是一样。'白发三千丈'这就是一个天大的诳！这就得大打其折扣。中国的别的问题，也可以以此类推……哈哈！哈！"

内山的话我们听了并不觉得一点难为情，诗是不能用科学方法去批评的。内山不过是一个九州角落里的小商人，一个暗探，我们除了用微笑去回答之外，自然不会拿什么话语去向他声辩了。不久以前，在《自由谈》上看到何家干先生的一篇文字，就是内山所说的那些话。原来所谓"思想界的权威"，所谓"文坛老将"，连一点这样的文章都非"出自心裁"！

内山还和我们谈了好些，"航空救国"等问题都谈到，也有些是已由何家干先生抄去在《自由谈》发表过的。我们除了勉强敷衍他之外，不大讲什么话，不想理他。因为我们知道内山是个什么东西，而我们又没有请他救过命，保过险，以后也决不预备请他救命或保险。

我同我的朋友出了内山书店，又散步散到虹口公园去了。

不到一礼拜（七月六日），《社会新闻》（第四卷二期）就加以应援，并且廓大到"左联"〔15〕去了。其中的"茅盾"，是本该写作"鲁迅"的故意的错误，为的是令人不疑为出于同一人的手笔——

内山书店与"左联"

《文艺座谈》第一期上说，日本浪人内山完造在上海开书店，是侦探作用，这是确属的，而尤其与"左联"有缘。记得郭沫若由汉逃沪，即匿内山书店楼上，后又代为买船票渡日。茅盾在风声紧急时，亦以内山书店为惟一避难所。然则该书店之作用究何在者？盖中国之有共匪，日本之利也，所以日本杂志所载调查中国匪情文字，比中国自身所知者为多，而此类材料之获得，半由受过救命之恩之共党文艺份子所供给；半由共党自行送去，为张扬势力之用，而无聊文人为其收买甘愿为其刺探者亦大有人在。闻此种侦探机关，除内山以外，尚有日日新闻社，满铁调查所等，而著名侦探除内山完造外，亦有田中，小岛，中村等。

〔新　皖〕

这两篇文章中，有两种新花样：一，先前的诬蔑者，都说左翼作家是受苏联的卢布的,现在则变了日本的间接侦探;二,先前的揭发者,说人抄袭是一定根据书本的,现在却可以从别人的嘴里听来,专凭他的耳朵了。至于内山书店,三年以来,我确是常去坐,检书谈话,比和上海的有些所谓文人相对还安心,因为我确信他做生意,是要赚钱的,却不做侦探;他卖书,是要赚钱的,却不卖人血:这一点,倒是凡有自以为人,而其实是狗也不如的文人们应该竭力学学的!

　　但也有人来抱不平了,七月五日的《自由谈》上,竟揭载了这样的一篇文字——

谈 “文 人 无 行”　　　　　谷春帆

　　虽说自己也忝列于所谓“文人”之“林”,但近来对于“文人无行”这句话,却颇表示几分同意,而对于“人心不古”,“世风日下”的感喟,也不完全视为“道学先生”的偏激之言。实在,今日“人心”险毒得太令人可怕了,尤其是所谓“文人”,想得出,做得到,种种卑劣行为如阴谋中伤,造谣诬蔑,公开告密,卖友求荣,卖身投靠的勾当,举不胜举。而在另一方面自吹自擂,觑然以“天才”与“作家”自命,偷窃他人唾余,还沾沾自喜的种种怪象,也是“无丑不备有恶皆臻”,对着这些痛心的事实,我们还能够否认“文人无行”这句话的相当真实吗?(自然,我也并不是说凡文人皆无行。)我们能不兴起“世道人心”的感喟吗?

　　自然,我这样的感触并不是毫没来由的。举实事来说,过去有曾某其人者,硬以“管他娘”与“打打麻将”等屁话来实行其所谓"词的解放",被人斥为"轻薄少年"与"色情狂的急色儿",曾某却唠唠叨叨辩个不休,现在呢,新的事实又证明了曾某不仅是一个轻薄少年,而且是阴毒可憎的蛇蝎,他可以借崔万秋的名字为自己吹牛(见二月崔在本报所登广告),甚至硬把日本一个打字女和一个中学教员派做"女诗人"和"大学教授",把自己吹捧得无微不至;他可以用最卑劣的手段投稿于小报,指他的朋友为××,并公布其住址,把朋友公开出卖(见第五号《中外书报新闻》)。这样的大胆,这样的阴毒,这样的无聊,实在使我不能相信这是一个有廉耻有人格的"人"——尤其是"文人",所能做出。然而曾某却真想得到,真做得出,我想任何人当不能不佩服曾某的大无畏的精神。

听说曾某年纪还不大,也并不是没有读书的机会,我想假如曾某能把那种吹牛拍马的精力和那种阴毒机巧的心思用到求实学一点上,所得不是要更多些吗?然而曾某却偏要日以吹拍为事,日以造谣中伤为事,这,一方面固愈足以显曾某之可怕,另一方面亦正见青年自误之可惜。

不过,话说回头,就是受过高等教育的也未必一定能束身自好,比如以专写三角恋爱小说出名,并发了财的张××,彼固动辄以日本某校出身自炫者,然而他最近也会在一些小报上泼辣叫嚣,完全一副满怀毒恨的"弃妇"的脸孔,他会阴谋中伤,造谣挑拨,他会硬派人像布哈林或列宁,简直想要置你于死地,其人格之卑污,手段之恶辣,可说空前绝后,这样看来,高等教育又有何用? 还有新出版之某无聊刊物上有署名"白羽遐"者作《内山书店小坐记》一文,公然说某人常到内山书店,曾请内山书店救过命保过险。我想,这种公开告密的勾当,大概也就是一流人化名玩出的花样。

然而无论他们怎样造谣中伤,怎样阴谋陷害,明眼人一见便知,害人不着,不过徒然暴露他们自己的卑污与无人格而已。

但,我想,"有行"的"文人",对于这班丑类,实在不应当像现在一样,始终置之不理,而应当振臂奋起,把它们驱逐于文坛以外,应当在污秽不堪的中国文坛,做一番扫除的工作!

于是祸水就又引到《自由谈》上去,在次日的《时事新报》[16]上,便看见一则启事,是方寸大字的标名——

张 资 平 启 事

五日《申报·自由谈》之《谈"文人无行"》,后段大概是指我而说的。我是坐不改名,行不改姓的人,纵令有时用其他笔名,但所发表文字,均自负责,此须申明者一;白羽遐另有其人,至《内山小坐记》亦不见是怎样坏的作品,但非出我笔,我未便承认,此须申明者二;我所写文章均出自信,而发见关于政治上主张及国际情势之研究有错觉及乱视者,均不惜加以纠正。至于"造谣伪造信件及对于意见不同之人,任意加以诬毁"皆为我生平所反对,此须申明者三；我不单无资本家的出版者为我后援，又无姊妹嫁作大商人为妾，以谋得一编辑以自豪，更进而行其"诬毁造谣假造信件"等卑劣的行动。我连想发表些关于对政治对国际情势之见解，都无从发表，故凡容纳我的这类文章之刊物，我均愿意投稿。但对于该刊物之其他文字则不能负责，此须申明者四。今后凡有利用以资本家为背景之刊物对我诬毁者，我只视作狗吠，不再答复，特此申明。

这很明白，除我而外，大部分是对于《自由谈》编辑者黎烈文的。所以又次日的《时事新报》上，也登出相对的启事来——

黎烈文启事

烈文去岁游欧归来，客居沪上，因《申报》总理史量才先生系世交长辈，故常往访候，史先生以烈文未曾入过任何党派，且留欧时专治文学，故令加入申报馆编辑《自由谈》。不料近两月来，有三角恋爱小说商张资平，因烈文停登其长篇小说，怀恨入骨，常在各大小刊物，造谣诬蔑，挑拨陷害，无所不至，烈文因其手段与目的过于卑劣，明眼人一见自知，不值一辩，故至今绝未置答，但张氏昨日又在《青光》栏上登一启事，含沙射影，肆意诬毁，其中有"又无姊妹嫁作大商人为妾"一语，不知何指。张氏启事既系对《自由谈》而发，而烈文现为《自由谈》编辑人，自不得不有所表白，以释群疑。烈文只胞妹两人，长应元未嫁早死,次友元现在长沙某校读书,亦未嫁人,均未出过湖南一步。且据烈文所知,湘潭黎氏同族姊妹中不论亲疏远近,既无一人嫁人为妾,亦无一人得与"大商人"结婚,张某之言,或系一种由衷的遗憾(没有姊妹嫁作大商人为妾的遗憾),或另有所指,或系一种病的发作,有如疯犬之狂吠,则非烈文所知耳。

此后还有几个启事,避烦不再剪贴了。总之:较关紧要的问题,是"姊妹嫁作大商人为妾"者是谁?但这事须问"行不改名,坐不改姓"的好汉张资平本人才知道。

可是中国真也还有好事之徒,竟有人不怕中暑的跑到真茹的"望岁小农居"这洋楼底下去请教他了。《访问记》登在《中外书报新闻》[17]的第七号(七月十五日出)上,下面是关于"为妾"问题等的一段——

（四）启事中的疑问

以上这些话还只是讲刊登及停载的经过,接着,我便请他解答启事中的几个疑问。

"对于你的启事中,有许多话,外人看了不明白,能不能让我问一问?"

"是那几句?"

"'姊妹嫁作商人妾',这不知道有没有什么影射?"

"这是黎烈文他自己多心,我不过顺便在启事中,另外指一个人。"

"那个人是谁呢?"

"那不能公开。"自然他既然说了不能公开的话,也就不便追问了。

"还有一点,你所谓'想发表些关于对政治对国际情势之见解都无从发表',这又何所指?"

"那是讲我在文艺以外的政治见解的东西,随笔一类的东西。"

"是不是像《新时代》上的《望岁小农居日记》一样的东西呢?"(参看《新时代》七月号)我插问。

"那是对于鲁迅的批评,我所说的是对政治的见解,《文艺座谈》上面有。"(参看《文艺座谈》一卷一期《从早上到下午》。)

"对于鲁迅的什么批评?"

"这是题外的事情了,我看关于这个,请你还是不发表好了。"

这真是"胸中不正,则眸子眊焉"〔18〕,寥寥几笔,就画出了这位文学家的嘴脸。《社会新闻》说他"阘懦",固然意在博得社会上"济弱扶倾"的同情,不足置信,但启事上的自白,却也须照中国文学上的例子,大打折扣的(倘白羽遐先生在"某天"又到"内山书店小坐",一定又会从老板口头听到),因为他自己在"行不改姓"之后,也就说"纵令有时用其他笔名",虽然"但所发表文字,均自负责",而无奈"还是不发表好了"何?但既然"还是不发表好了",则关于我的一笔,我也就不再深论了。

一枝笔不能兼写两件事，以前我实在闲却了《文艺座谈》的座主，"解放词人"曾今可先生了。但写起来却又很简单，他除了"准备反攻"之外，只在玩"告密"的玩艺。

崔万秋[19]先生和这位词人，原先是相识的，只为了一点小纠葛，他便匿名向小报投稿，诬陷老朋友去了。不幸原稿偏落在崔万秋先生的手里，制成铜版，在《中外书报新闻》（五号）上精印了出来——

崔万秋加入国家主义派

《大晚报》屁股编辑崔万秋自日回国，即住在愚园坊六十八号左舜生家，旋即由左与王造时介绍于《大晚报》工作。近为国家主义及广东方面宣传极力，夜则留连于舞场或八仙桥庄上云。

有罪案，有住址，逮捕起来是很容易的。而同时又诊出了一点小毛病，是这位词人曾经用了崔万秋的名字，自己大做了一通自己的诗的序，而在自己所做的序里又大称赞了一通自己的诗。[20]轻恙重症，同时夹攻，渐使这柔嫩的诗人兼词人站不住，他要下野了，而在《时事新报》（七月九日）上却又是一个启事，好像这时的文坛是入了"启事时代"似的——

曾今可启事

鄙人不日离沪旅行，且将脱离文字生活。以后对于别人对我造谣诬蔑，一概置之不理。这年头，只许强者打，不许弱者叫，我自然没有什么话可说。我承认我是一个弱者,我无力反抗,我将在英雄们胜利的笑声中悄悄地离开这文坛。如果有人笑我是"懦夫",我只当他是尊我为"英雄"。此启。

这就完了。但我以为文字是有趣的,结末两句,尤为出色。

我剪贴在上面的《谈"文人无行"》,其实就是这曾张两案的合论。但由我看来,这事件却还要坏一点,便也做了一点短评,投给《自由谈》。久而久之,不见登出,索回原稿,油墨手印满纸,这便是曾经排过,又被谁抽掉了的证据,可见纵"无姊妹嫁作大商人为妾","资本家的出版者"也还是为这一类名公"后援"的。但也许因为恐怕得罪名公,就会立刻给你戴上一顶红帽子,为性命计,不如不登的也难说。现在就抄在这里罢——

驳"文人无行"

"文人"这一块大招牌,是极容易骗人的。虽在现在,社会上的轻贱文人,实在还不如所谓"文人"的自轻自贱之甚。看见只要是"人",就决不肯做的事情,论者还不过说他"无行",解为"疯人",想其"可怜"。其实他们却原是贩子,也一向聪明绝顶,以前的种种,无非"生意经",现在的种种,也并不是"无行",倒是他要"改行"了。

生意的衰微使他要"改行"。虽是极低劣的三角恋爱小说,也可以卖掉一批的。我们在夜里走过马路边,常常会遇见小瘪三从暗中来,鬼鬼祟祟的问道:"阿要春宫?

阿要春宫？中国的,东洋的,西洋的,都有。阿要勿?"生
意也并不清淡。上当的是初到上海的青年和乡下人。然
而这至多也不过四五回,他们看过几套,就觉得讨厌,甚
且要作呕了,无论你"中国的,东洋的,西洋的,都有"也无
效。而且因时势的迁移,读书界也起了变化,一部份是不
再要看这样的东西了;一部份是简直去跳舞,去嫖妓,因
为所化的钱,比买手淫小说全集还便宜。这就使三角家
之类觉得没落。我们不要以为造成了洋房,人就会满足
的,每一个儿子,至少还得给他赚下十万块钱呢。

　　于是乎暴躁起来。然而三角上面,是没有出路了的。
于是勾结一批同类,开茶会,办小报,造谣言,其甚者还竟
至于卖朋友,好像他们的鸿篇巨制的不再有人赏识,只是
因为有几个人用一手掩尽了天下人的眼目似的。但不要
误解,以为他真在这样想。他是聪明绝顶,其实并不在这
样想的,现在这副嘴脸,也还是一种"生意经",用三角钻
出来的活路。总而言之,就是现在只好经营这一种卖买,
才又可以赚些钱。

　　譬如说罢,有些"第三种人"也曾做过"革命文学家",
借此开张书店,吞过郭沫若的许多版税,现在所住的洋
房,有一部份怕还是郭沫若的血汗所装饰的。此刻那里
还能做这样的生意呢？此刻要合伙攻击左翼,并且造谣
陷害了知道他们的行为的人,自己才是一个干净刚直的
作者,而况告密式的投稿,还可以大赚一注钱呢。

　　先前的手淫小说,还是下部的勾当,但此路已经不

通，必须上进才是，而人们——尤其是他的旧相识——的头颅就危险了。这那里是单单的"无行"文人所能做得出来的？

上文所说，有几处自然好像带着了曾今可张资平这一流，但以前的"腰斩张资平"，却的确不是我的意见。这位作家的大作，我自己是不要看的，理由很简单：我脑子里不要三角四角的这许多角。倘有青年来问我可看与否，我是劝他不必看的，理由也很简单：他脑子里也不必有三角四角的那许多角。若夫他自在投稿取费，出版卖钱，即使他无须养活老婆儿子，我也满不管，理由也很简单：我是从不想到他那些三角四角的角不完的许多角的。

然而多角之辈，竟谓我策动"腰斩张资平"。既谓矣，我乃简直以 X 光照其五脏六腑了。

《后记》这回本来也真可以完结了，但且住，还有一点余兴的余兴。因为剪下的材料中，还留着一篇妙文，倘使任其散失，是极为可惜的，所以特地将它保存在这里。

这篇文章载在六月十七日《大晚报》的《火炬》里——

新 儒 林 外 史　　　　　　柳　丝

第一回　揭旗扎空营　兴师布迷阵

却说卡尔和伊理基两人这日正在天堂以上讨论中国革命问题，忽见下界中国文坛的大戈壁上面，杀气腾腾，尘沙弥漫，左翼防区里面，一位老将紧追一位小将，战鼓震天,喊声四起,忽然那位老将牙缝开处,吐出一道白雾,卡尔闻到气味立刻晕倒,伊理基拍案大怒道,"毒瓦斯,毒瓦斯!"扶着卡尔赶快走开去了。原来下界中国文坛的大戈壁上面,左翼防区里头,近来新扎一座空营,揭起小资产阶级革命文学之旗,无产阶级文艺营垒受了奸人挑拨,大兴问罪之师。这日大军压境,新扎空营的主将兼官佐又兼士兵杨邨人提起笔枪,跃马相迎,只见得战鼓震天,喊声四起,为首先锋扬刀跃马而来,乃老将鲁迅是也。那杨邨人打拱,叫声"老将军别来无恙?"老将鲁迅并不答话,跃马直冲扬刀便刺,那杨邨人笔枪挡住又道:"老将有话好讲,何必动起干戈? 小将别树一帜,自扎空营,只因事起仓卒,未及呈请指挥,并非倒戈相向,实则独当一面,此心此志,天人共鉴。老将军试思左翼诸将,空言克服,骄盈自满,战术既不研究,武器又不制造。临阵则军容不整,出马则拖枪而逃,如果长此以往,何以维持威信? 老将军整顿纪纲之不暇,劳师远征,窃以为大大对不起革命群众的呵!"老将鲁迅又不答话,圆睁环眼,倒竖虎须,只见得从他的牙缝里头嘘出一道白雾,那小将杨邨人知道老将放出毒瓦斯,说的迟那时快,已经将防毒面具戴好了,正是:情感作用无理讲,是非不明只天知! 欲知老将究竟能不能将毒瓦斯闷死那小将,且待下回分解。

第二天就收到一封编辑者的信,大意说:兹署名有柳丝者("先生读其文之内容或不难想像其为何人"),投一滑稽文稿,题为《新儒林外史》,但并无伤及个人名誉之事,业已决定为之

发表,倘有反驳文章,亦可登载云云。使刊物暂时化为战场,
热闹一通,是办报人的一种极普通办法,近来我更加"世故",
天气又这么热,当然不会去流汗同翻筋斗的。况且"反驳"滑
稽文章,也是一种少有的奇事,即使"伤及个人名誉事",我也
没有办法,除非我也作一部《旧儒林外史》,来辩明"卡尔和伊
理基"[21]的话的真假。但我并不是巫师,又怎么看得见"天
堂"?"柳丝"是杨邨人[22]先生还在做"无产阶级革命文学者"
时候已经用起的笔名,这无须看内容就知道,而曾几何时,就
在"小资产阶级革命文学"的旗子下做着这样的幻梦,将自己
写成了这么一副形容了。时代的巨轮,真是能够这么冷酷地
将人们辗碎的。但也幸而有这一辗,因为韩侍桁[23]先生倒因
此从这位"小将"的腔子里看见了"良心"了。

这作品只是第一回,当然没有完,我虽然毫不想"反驳",
却也愿意看看这有"良心"的文学,不料从此就不见了,迄今已
有月余,听不到"卡尔和伊理基"在"天堂"上和"老将""小将"
在地狱里的消息。但据《社会新闻》(七月九日,四卷三期)说,
则又是"左联"阻止的——

杨邨人转入ＡＢ团

　　叛"左联"而写揭小资产战斗之旗的杨邨人,近已由
汉来沪,闻寄居于ＡＢ团小卒徐翔之家,并已加入该团活
动矣。前在《大晚报》署名柳丝所发表的《新封神榜》一
文,即杨手笔,内对鲁迅大加讽刺,但未完即止,闻因受
"左联"警告云。　　　　　　　　　　　　　　　〔预〕

　　"左联"会这么看重一篇"讽刺"的东西，而且仍会给"叛"左联"而写揭小资产战斗之旗的杨邨人"以"警告"，这才真是一件奇事。据有些人说，"第三种人"的"忠实于自己的艺术"，是已经因了左翼理论家的凶恶的批评而写不出来了[24]，现在这"小资产战斗"的英雄，又因了"左联"的警告而不再"战斗"，我想，再过几时，则一切割地吞款，兵祸水灾，古物失踪，阔人生病，也要都成为"左联"之罪，尤其是鲁迅之罪了。

　　现在使我记起了蒋光慈[25]先生。

　　事情是早已过去，恐怕有四五年了，当蒋光慈先生组织太阳社[26]，和创造社联盟，率领"小将"来围剿我的时候，他曾经做过一篇文章，其中有几句，大意是说，鲁迅向来未曾受人攻击，自以为不可一世，现在要给他知道知道了。其实这是错误的，我自作评论以来，即无时不受攻击，即如这三四月中，仅仅关于《自由谈》的，就已有这许多篇，而且我所收录的，还不过一部份。先前何尝不如此呢，但它们都与如驶的流光一同消逝，无踪无影，不再为别人所觉察罢了。这回趁几种刊物还在手头，便转载一部份到《后记》里，这其实也并非专为我自己，战斗正未有穷期，老谱将不断的袭用，对于别人的攻击，想来也还要用这一类的方法，但自然要改变了所攻击的人名。将来的战斗的青年，倘在类似的境遇中，能偶然看见这记录，我想是必能开颜一笑，更明白所谓敌人者是怎样的东西的。

　　所引的文字中，我以为很有些篇，倒是出于先前的"革命文学者"。但他们现在是另一个笔名，另一副嘴脸了。这也是必然的。革命文学者若不想以他的文学,助革命更加深化,展开,却借革命来推销他自己的"文学",则革命高扬的时候,他正是狮子身中的害虫[27],而革命一受难,就一定要发现以前的"良心",或以"孝子"[28]之名,或以"人道"之名,或以"比正在受难的革命更加革命"之名,走出阵线之外,好则沉默,坏就成为叭儿的。这不是我的"毒瓦斯",这是彼此看见的事实!

一九三三年七月二十日午,记。

*　　　*　　　*

〔1〕 什么"员外"什么"警犬" 《大晚报》副刊《火炬》曾发表李家作的文章,诬蔑作者是受"员外"供奉的"警犬"。参看本书《以夷制夷》附录《"以华制华"》。

〔2〕 《社会新闻》 1932年10月在上海创刊,曾先后出版三日刊、旬刊、半月刊等,新光书局出版。1935年10月起改名《中外问题》,1937年10月停刊。

〔3〕 沈雁冰(1896—1981) 笔名茅盾,浙江桐乡人,作家、文学评论家、社会活动家,文学研究会主要成员,曾主编《小说月报》。著有长篇小说《蚀》、《子夜》及《茅盾短篇小说集》、《茅盾散文集》等。

〔4〕 《微言》 综合性刊物。1933年5月在上海创刊。初为半周刊,1934年4月改为周刊。抗日战争爆发前停刊。

〔5〕 丁玲(1904—1986) 湖南临澧人,作家。著有短篇小说集《在黑暗中》、中篇小说《水》等。潘梓年(1893—1972),江苏宜兴人,哲学家。他们同于1933年5月14日在上海被捕。

〔6〕 内山书店 日本人内山完造在上海所开的书店。内山完造

(1885—1959),1913 年来沪,1927 年 10 月与鲁迅结识,以后常有交往,鲁迅曾借他的书店作通讯处。

〔7〕　《蓬庐絮语》　札记,陈子展作。1933 年 2 月 11 日至 6 月 9 日陆续刊载于《申报·自由谈》,计四十篇。

〔8〕　杨杏佛(1893—1933)　名铨,字杏佛,江西清江人。早年曾赴美留学,回国后任东南大学教授、中央研究院总干事等职。1932 年 12 月,他协同宋庆龄、蔡元培、鲁迅等组织中国民权保障同盟,任执行委员兼总干事。1933 年 6 月 18 日被国民党特务暗杀于上海。

〔9〕　梁实秋(1902—1987)　浙江杭县(今余杭)人,新月派主要成员之一。当时任青岛大学教授兼外文系主任。

〔10〕　"腰斩张资平"　张资平(1893—1959),广东梅县人,创造社早期成员。1928 年在上海创办乐群书店,主编《乐群》月刊,写有大量三角恋爱小说。抗日战争时期任日伪"兴亚建国运动"本部常务委员兼文委会主席、汪伪政府农矿部技正等职。他的长篇小说《时代与爱的歧路》自 1932 年 12 月 1 日起在《申报·自由谈》连载,次年 4 月 22 日《自由谈》刊出编辑室启事说:"本刊登载张资平先生之长篇创作《时代与爱的歧路》业已数月,近来时接读者来信,表示倦意。本刊为尊重读者意见起见,自明日起将《时代与爱的歧路》停止刊载。"当时上海的小报对这件事多有传播,除文中所引《社会新闻》外,同年 4 月 27 日《晶报》曾载有《自由谈腰斩张资平》的短文。

〔11〕　曾今可(1901—1971)　江西泰和人。曾留学日本,1931 年在上海创办新时代书局,主编《新时代》月刊。关于他的"解放词",参看本卷第 59 页注〔2〕。

〔12〕　胡怀琛(1886—1938)　安徽泾县人。曾任上海沪江大学等校教授。他在《东方杂志》第二十五卷第八号(1928 年 4 月 25 日)、第十六号(同年 8 月 25 日)先后发表《墨翟为印度人辨》和《墨翟续辨》,武断

说墨翟是印度人,墨学是佛学的旁支。1933 年 3 月 10 日《自由谈》发表署名玄(茅盾)的《何必解放》一文,其中有"前几年有一位先生'发见'了墨翟是印度人,像煞有介事做了许多'考证'"的话,胡怀琛认为这是"任意讥笑","有损个人的名誉",写信向《自由谈》编者提出责问。

〔13〕 《涛声》 文艺性周刊,曹聚仁编辑。1931 年 8 月在上海创刊,1933 年 11 月停刊。该刊自第一卷第二十一期起,封面上印有乌鸦搏浪的图案并题辞:"老年人看了摇头,青年人看了头痛,中年人看了短气,这便是我们的乌鸦主义。"前面引文中关于"乌鸦主义"的话即指此。

〔14〕 《文艺座谈》 半月刊,曾今可、张资平主编。1933 年 7 月在上海创刊,共出四期,新时代书局发行。

〔15〕 "左联" 即中国左翼作家联盟,中国共产党领导下的革命文学团体。1930 年 3 月在上海成立,1935 年底自行解散。领导成员有鲁迅、茅盾、夏衍、冯雪峰、冯乃超、周扬等。

〔16〕 《时事新报》 1907 年 12 月在上海创刊,初名《时事报》,后合并于《舆论日报》,改名为《舆论时事报》,1911 年 5 月 18 日起改名《时事新报》。初办时为改良派报纸,辛亥革命后,曾经是拥护北洋军阀段祺瑞的政客集团研究系的报纸。1927 年后由史量才等接办。1935 年后为国民党财阀孔祥熙收买。1949 年 5 月上海解放时停刊。下面的启事载于 1933 年 7 月 6 日该报副刊《青光》上。

〔17〕 《中外书报新闻》 周刊,1933 年 6 月在上海创刊,包可华编辑。内容以书刊广告为主,兼载文坛消息,中外出版公司印行。同年 8 月改名《中外文化新闻》。

〔18〕 "胸中不正,则眸子眊焉" 孟子的话,见《孟子·离娄(上)》:"存乎人者,莫良于眸子,眸子不能掩其恶。胸中正,则眸子瞭焉;胸中不正,则眸子眊焉。"眊,眼睛失神。

〔19〕 崔万秋(1905—?) 山东观城(今并入河南范县)人,曾留学

日本,当时是《大晚报》文艺副刊《火炬》主编。

〔20〕　曾今可用崔万秋的名字为自己的诗作序事,指 1933 年 2 月曾今可出版他的诗集《两颗星》时,书前印有崔万秋为之吹捧的"代序"。同年 7 月 2、3 日,崔万秋分别在《大晚报·火炬》和《申报》刊登启事,否认"代序"为他所作;曾今可也在 7 月 4 日《申报》刊登启事进行辩解,说"代序""乃摘录崔君的来信"。

〔21〕　"卡尔和伊理基"　卡尔,马克思的名字。伊理基,通译伊里奇,指列宁;列宁的姓名是弗拉基米尔·伊里奇·列宁(乌里扬诺夫),伊里奇是其父称,意为伊里亚之子。

〔22〕　杨邨人(1901—1955)　广东潮安人。1925 年加入中国共产党,1928 年曾参加太阳社,1930 年参加"左联",1932 年叛变革命。1933 年 2 月他在《读书杂志》第三卷第一期发表《离开政党生活的战壕》,诋毁革命。同月又在《现代》第二卷第四期发表《揭起小资产阶级革命文学之旗》,宣扬"第三种文艺"。

〔23〕　韩侍桁(1908—1987)　天津人。曾参加"左联",后转向"第三种人"。当杨邨人发表《离开政党生活的战壕》和《揭起小资产阶级革命文学之旗》后,他在《读书杂志》第三卷第六期(1933 年 6 月)发表《文艺时评·揭起小资产阶级革命文学之旗》,其中说杨邨人是"一个忠实者,一个不欺骗自己,不欺骗团体的忠实者";他的言论是"纯粹求真理的智识者的文学上的讲话"。

〔24〕　苏汶在《现代》第一卷第六号(1932 年 10 月)发表的《"第三种人"的出路》一文中,曾说:"作家,假使他是忠实于自己的话,……他不能够向自己要他所没有的东西。然而理论家们还是大唱高调,尽向作者要他所没有的东西呢!不勇于欺骗的作家,既不敢拿出他们所有的东西,而别人所要的却又拿不出,于是怎么办?——搁笔。"

〔25〕　蒋光慈(1901—1931)　又名蒋光赤,安徽六安人,作家,太

阳社主要成员。著有诗集《新梦》、中篇小说《短裤党》、长篇小说《田野的风》等。

〔26〕 太阳社　文学社团，1927年下半年成立于上海，主要成员有蒋光慈、钱杏邨（阿英）、孟超、杨邨人等。1928年1月出版《太阳月刊》，提倡革命文学。1930年"左联"成立，该社自行解散。

〔27〕 狮子身中的害虫　原为佛家的譬喻，指比丘（佛教名词，俗称和尚）中破坏佛法的坏分子，见《莲华面经》上卷："阿难，譬如师（狮）子命绝身死，若空、若地、若水、若陆所有众生，不敢食彼师子身肉，唯师子身自生诸虫，还自啖食师子之肉。阿难，我之佛法非余能坏，是我法中诸恶比丘，犹如毒刺，破我三阿僧祇劫积行勤苦所集佛法。"（据隋代那连提黎耶舍汉文译本）这里指混入革命阵营的投机分子。

〔28〕 "孝子"　指杨邨人。他在《离开政党生活的战壕》中说："回过头来看我自己，父老家贫弟幼，漂泊半生，一事无成，革命何时才成功，我的家人现在在作饿殍不能过日，将来革命就是成功，以湘鄂西苏区的情形来推测，我的家人也不免作饿殍作叫化子的。还是：留得青山在，且顾自家人吧了！病中，千思万想，终于由理智来判定，我脱离中国共产党了。"

准 风 月 谈

本书收作者1933年6月至11月间所作杂文六十四篇。1934年12月上海联华书局以"兴中书局"名义出版,次年1月再版,1936年5月改由联华书局出版。作者生前共印行三版次。

前　记

　　自从中华民国建国二十有二年五月二十五日《自由谈》的编者刊出了"吁请海内文豪,从兹多谈风月"的启事[1]以来,很使老牌风月文豪摇头晃脑的高兴了一大阵,讲冷话的也有,说俏皮话的也有,连只会做"文探"的叭儿们也翘起了它尊贵的尾巴。但有趣的是谈风云的人,风月也谈得,谈风月就谈风月罢,虽然仍旧不能正如尊意。

　　想从一个题目限制了作家,其实是不能够的。假如出一个"学而时习之"[2]的试题,叫遗少和车夫来做八股,那做法就决定不一样。自然,车夫做的文章可以说是不通,是胡说,但这不通或胡说,就打破了遗少们的一统天下。古话里也有过:柳下惠看见糖水,说"可以养老",盗跖见了,却道可以粘门闩[3]。他们是弟兄,所见的又是同一的东西,想到的用法却有这么天差地远。"月白风清,如此良夜何?"[4]好的,风雅之至,举手赞成。但同是涉及风月的"月黑杀人夜,风高放火天"[5]呢,这不明明是一联古诗么?

　　我的谈风月也终于谈出了乱子来,不过也并非为了主张"杀人放火"。其实,以为"多谈风月",就是"莫谈国事"的意思,是误解的。"漫谈国事"倒并不要紧,只是要"漫",发出去的箭石,不要正中了有些人物的鼻梁,因为这是他的武器,也是他的幌子。

从六月起的投稿，我就用种种的笔名了，一面固然为了省事，一面也省得有人骂读者们不管文字，只看作者的署名。然而这么一来，却又使一些看文字不用视觉，专靠嗅觉的"文学家"疑神疑鬼，而他们的嗅觉又没有和全体一同进化，至于看见一个新的作家的名字，就疑心是我的化名，对我呜呜不已，有时简直连读者都被他们闹得莫名其妙了。现在就将当时所用的笔名，仍旧留在每篇之下，算是负着应负的责任。

还有一点和先前的编法不同的，是将刊登时被删改的文字大概补上去了，而且旁加黑点，以清眉目。这删改，是出于编辑或总编辑，还是出于官派的检查员的呢，现在已经无从辨别，但推想起来，改点句子，去些讳忌，文章却还能连接的处所，大约是出于编辑的，而胡乱删削，不管文气的接不接，语意的完不完的，便是钦定的文章。

日本的刊物，也有禁忌，但被删之处，是留着空白，或加虚线，使读者能够知道的。中国的检查官却不许留空白，必须接起来，于是读者就看不见检查删削的痕迹，一切含胡和恍忽之点，都归在作者身上了。这一种办法，是比日本大有进步的，我现在提出来，以存中国文网史上极有价值的故实。

去年的整半年中，随时写一点，居然在不知不觉中又成一本了。当然，这不过是一些拉杂的文章，为"文学家"所不屑道。然而这样的文字，现在却也并不多，而且"拾荒"的人们，也还能从中检出东西来，我因此相信这书的暂时的生存，并且作为集印的缘故。

一九三四年三月十日,于上海记。

＊　　　　＊　　　　＊

〔1〕 《自由谈》 参看本卷第5页注〔1〕。由于受国民党当局的压迫,《自由谈》编者于1933年5月25日发表启事,说:"这年头,说话难,摇笔杆尤难","吁请海内文豪,从兹多谈风月,少发牢骚,庶作者编者,两蒙其休。"

〔2〕 "学而时习之" 语出《论语·学而》:"子曰:'学而时习之,不亦说乎!'"

〔3〕 柳下惠与盗跖见糖水的事,见《淮南子·说林训》:"柳下惠见饴曰:'可以养老。'盗跖见饴曰:'可以粘牡。'见物同而用之异。"东汉高诱注:"牡,门户籥牡也。"按柳下惠,春秋时鲁国大夫,《孟子·万章(下)》称他为"圣之和者";盗跖,相传是柳下惠之弟,《史记·伯夷列传》说他是一个"日杀不辜,肝人之肉,暴戾恣睢,聚党数千人,横行天下"的大盗。

〔4〕 "月白风清,如此良夜何?" 语出宋代苏轼《后赤壁赋》。

〔5〕 "月黑杀人夜,风高放火天" 语出元代鞭然子《拊掌录》:"欧阳公(欧阳修)与人行令,各作诗两句,须犯徒(徒刑)以上罪者。一云:'持刀哄寡妇,下海劫人船。'一云:'月黑杀人夜,风高放火天。'欧云:'酒粘衫袖重,花压帽檐偏。'或问之,答云:'当此时,徒以上罪亦做了。'"

一九三三年

夜　颂[1]

游　光

爱夜的人,也不但是孤独者,有闲者,不能战斗者,怕光明者。

人的言行,在白天和在深夜,在日下和在灯前,常常显得两样。夜是造化所织的幽玄的天衣,普覆一切人,使他们温暖,安心,不知不觉的自己渐渐脱去人造的面具和衣裳,赤条条地裹在这无边际的黑絮似的大块里。

虽然是夜,但也有明暗。有微明,有昏暗,有伸手不见掌,有漆黑一团糟。爱夜的人要有听夜的耳朵和看夜的眼睛,自在暗中,看一切暗。君子们从电灯下走入暗室中,伸开了他的懒腰;爱侣们从月光下走进树阴里,突变了他的眼色。夜的降临,抹杀了一切文人学士们当光天化日之下,写在耀眼的白纸上的超然,混然,恍然,勃然,粲然的文章,只剩下乞怜,讨好,撒谎,骗人,吹牛,捣鬼的夜气,形成一个灿烂的金色的光圈,像见于佛画上面似的,笼罩在学识不凡的头脑上。

爱夜的人于是领受了夜所给与的光明。

高跟鞋的摩登女郎在马路边的电光灯下,阁阁的走得很起劲,但鼻尖也闪烁着一点油汗,在证明她是初学的时髦,假如长在明晃晃的照耀中,将使她碰着"没落"〔2〕的命运。一大排关着的店铺的昏暗助她一臂之力,使她放缓开足的马力,吐一口气,这时才觉得沁人心脾的夜里的拂拂的凉风。

爱夜的人和摩登女郎,于是同时领受了夜所给与的恩惠。

一夜已尽,人们又小心翼翼的起来,出来了;便是夫妇们,面目和五六点钟之前也何其两样。从此就是热闹,喧嚣。而高墙后面,大厦中间,深闺里,黑狱里,客室里,秘密机关里,却依然弥漫着惊人的真的大黑暗。

现在的光天化日,熙来攘往,就是这黑暗的装饰,是人肉酱缸上的金盖,是鬼脸上的雪花膏。只有夜还算是诚实的。我爱夜,在夜间作《夜颂》。

六月八日。

※   ※   ※

〔1〕 本篇最初发表于 1933 年 6 月 10 日《申报·自由谈》。

〔2〕 "没落" 在"革命文学"论争中,创造社成员曾讥讽作者"没落"(见 1928 年 5 月《创造月刊》第一卷第十一期成仿吾的《毕竟是"醉眼陶然"罢了》),这里借引此语。

推^[1]

丰 之 余

　　两三月前，报上好像登过一条新闻，说有一个卖报的孩子，踏上电车的踏脚去取报钱，误踹住了一个下来的客人的衣角，那人大怒，用力一推，孩子跌入车下，电车又刚刚走动，一时停不住，把孩子碾死了。

　　推倒孩子的人，却早已不知所往。但衣角会被踹住，可见穿的是长衫，即使不是"高等华人"，总该是属于上等的。

　　我们在上海路上走，时常会遇见两种横冲直撞，对于对面或前面的行人，决不稍让的人物。一种是不用两手，却只将直直的长脚，如入无人之境似的踏过来，倘不让开，他就会踏在你的肚子或肩膀上。这是洋大人，都是"高等"的，没有华人那样上下的区别。一种就是弯上他两条臂膊，手掌向外，像蝎子的两个钳一样，一路推过去，不管被推的人是跌在泥塘或火坑里。这就是我们的同胞，然而"上等"的，他坐电车，要坐二等所改的三等车，他看报，要看专登黑幕的小报，他坐着看得咽唾沫，但一走动，又是推。

　　上车，进门，买票，寄信，他推；出门，下车，避祸，逃难，他又推。推得女人孩子都跟跟跄跄，跌倒了，他就从活人上踏过，跌死了，他就从死尸上踏过，走出外面，用舌头舐舐自己的厚嘴唇,什么也不觉得。旧历端午,在一家戏场里,因为一句失火的谣言,就又是推,把十多个力量未足的少年踏死了。死尸摆在空地上,据说去看的又有万余人,人山人海,又是推。

推了的结果,是嘻开嘴巴,说道:"阿唷,好白相来希〔2〕呀!"

住在上海,想不遇到推与踏,是不能的,而且这推与踏也还要廓大开去。要推倒一切下等华人中的幼弱者,要踏倒一切下等华人。这时就只剩了高等华人颂祝着——

"阿唷,真好白相来希呀。为保全文化起见,是虽然牺牲任何物质,也不应该顾惜的——这些物质有什么重要性呢!"

六月八日。

*　　　*　　　*

〔1〕　本篇最初发表于 1933 年 6 月 11 日《申报·自由谈》。

〔2〕　好白相来希　上海话,好玩得很的意思。

二 丑 艺 术 [1]

丰 之 余

浙东的有一处的戏班中,有一种脚色叫作"二花脸",译得雅一点,那么,"二丑"就是。他和小丑的不同,是不扮横行无忌的花花公子,也不扮一味仗势的宰相家丁,他所扮演的是保护公子的拳师,或是趋奉公子的清客。总之:身分比小丑高,而性格却比小丑坏。

义仆是老生扮的,先以谏诤,终以殉主;恶仆是小丑扮的,只会作恶,到底灭亡。而二丑的本领却不同,他有点上等人模样,也懂些琴棋书画,也来得行令猜谜,但倚靠的是权门,凌蔑的是百姓,有谁被压迫了,他就来冷笑几声,畅快一下,有谁被陷害了,他又去吓唬一下,吆喝几声。不过他的态度又并不常常如此的,大抵一面又回过脸来,向台下的看客指出他公子的缺点,摇着头装起鬼脸道:你看这家伙,这回可要倒楣哩!

这最末的一手,是二丑的特色。因为他没有义仆的愚笨,也没有恶仆的简单,他是智识阶级。他明知道自己所靠的是冰山,一定不能长久,他将来还要到别家帮闲,所以当受着豢养,分着余炎的时候,也得装着和这贵公子并非一伙。

二丑们编出来的戏本上,当然没有这一种脚色的,他那里肯;小丑,即花花公子们编出来的戏本,也不会有,因为他们只

207

看见一面,想不到的。这二花脸,乃是小百姓看透了这一种人,提出精华来,制定了的脚色。

世间只要有权门,一定有恶势力,有恶势力,就一定有二花脸,而且有二花脸艺术。我们只要取一种刊物,看他一个星期,就会发见他忽而怨恨春天,忽而颂扬战争,忽而译萧伯纳演说,忽而讲婚姻问题;但其间一定有时要慷慨激昂的表示对于国事的不满:这就是用出末一手来了。

这最末的一手,一面也在遮掩他并不是帮闲,然而小百姓是明白的,早已使他的类型在戏台上出现了。

六月十五日。

* * *

〔1〕 本篇最初发表于 1933 年 6 月 18 日《申报·自由谈》。

偶　成[1]

　　善于治国平天下的人物，真能随处看出治国平天下的方法来，四川正有人以为长衣消耗布匹，派队剪除[2]；上海又有名公要来整顿茶馆[3]了，据说整顿之处，大略有三：一是注意卫生，二是制定时间，三是施行教育。

　　第一条当然是很好的；第二条，虽然上馆下馆，一一摇铃，好像学校里的上课，未免有些麻烦，但为了要喝茶，没有法，也不算坏。

　　最不容易是第三条。"愚民"的到茶馆来，是打听新闻，闲谈心曲之外，也来听听《包公案》[4]一类东西的，时代已远，真伪难明，那边妄言，这边妄听，所以他坐得下去。现在倘若改为"某公案"，就恐怕不相信，不要听；专讲敌人的秘史，黑幕罢，这边之所谓敌人，未必就是他们的敌人，所以也难免听得不大起劲。结果是茶馆主人遭殃，生意清淡了。

　　前清光绪初年，我乡有一班戏班，叫作"群玉班"，然而名实不符，戏做得非常坏，竟弄得没有人要看了。乡民的本领并不亚于大文豪，曾给他编过一支歌：

　　　　"台上群玉班，

　　　　台下都走散。

连忙关庙门，

两边墙壁都爬塌（平声），

连忙扯得牢，

只剩下一担馄饨担。"

看客的取舍，是没法强制的，他若不要看，连拖也无益。即如有几种刊物，有钱有势，本可以风行天下的了，然而不但看客有限，连投稿也寥寥，总要隔两月才出一本。讽刺已是前世纪的老人的梦呓[5]，非讽刺的好文艺，好像也将是后世纪的青年的出产了。

六月十五日。

*   *   *

〔1〕 本篇最初发表于1933年6月22日《申报·自由谈》。

〔2〕 派队剪除长衣的事，指当时四川军阀杨森的所谓"短衣运动"。《论语》半月刊第十八期（1933年6月1日）"古香斋"栏曾转载"杨森治下营山县长罗象翥禁穿长衫令"，其中说："查自本军接防以来，业经军长通令戍区民众，齐着短服在案。……着自4月16日起，由公安局派队，随带剪刀，于城厢内外梭巡，遇有玩视禁令，仍着长服者，立即执行剪衣，勿稍瞻徇。"参看本书《"滑稽"例解》。

〔3〕 整顿茶馆 1933年6月11日上海《大晚报》"星期谈屑"刊载署名"蓼"的《改良坐茶馆》一文，其中说对群众聚集的茶馆"不能淡然置之"，建议国民党当局把茶馆变为对群众"输以教育"的场所，并提出"改良茶馆的设备"、"规定坐茶馆的时间"、"加以民众教育的设备"等办法。

〔4〕 《包公案》 又名《龙图公案》，明代公案小说，写宋代清官包

拯断案的故事。

　　〔5〕　讽刺已是前世纪的老人的梦呓　1933 年 6 月 11 日《大晚报·火炬》登载法鲁的《到底要不要自由》一文,攻击鲁迅等写的杂文说:"讥刺嘲讽更已属另一年代的老人所发的呓语。"

谈 蝙 蝠[1]

游 光

人们对于夜里出来的动物,总不免有些讨厌他,大约因为他偏不睡觉,和自己的习惯不同,而且在昏夜的沉睡或"微行"[2]中,怕他会窥见什么秘密罢。

蝙蝠虽然也是夜飞的动物,但在中国的名誉却还算好的。这也并非因为他吞食蚊虻,于人们有益,大半倒在他的名目,和"福"字同音。以这么一副尊容而能写入画图,实在就靠着名字起得好。还有,是中国人本来愿意自己能飞的,也设想过别的东西都能飞。道士要羽化,皇帝想飞升,有情的愿作比翼鸟[3]儿,受苦的恨不得插翅飞去。想到老虎添翼,便毛骨耸然,然而青蚨[4]飞来,则眉眼莞尔。至于墨子的飞鸢[5]终于失传,飞机非募款到外国去购买不可[6],则是因为太重了精神文明的缘故,势所必至,理有固然,毫不足怪的。但虽然不能够做,却能够想,所以见了老鼠似的东西生着翅子,倒也并不诧异,有名的文人还要收为诗料,诌出什么"黄昏到寺蝙蝠飞"[7]那样的佳句来。

西洋人可就没有这么高情雅量,他们不喜欢蝙蝠。推源祸始,我想,恐怕是应该归罪于伊索[8]的。他的寓言里,说过鸟兽各开大会,蝙蝠到兽类里去,因为他有翅子,兽类不收,到鸟类里去,又因为他是四足,鸟类不纳,弄得他毫无立场,于是大家就讨厌这作为骑墙的象征的蝙蝠了。

中国近来拾一点洋古典,有时也奚落起蝙蝠来。但这种寓言,出于伊索,是可喜的,因为他的时代,动物学还幼稚得很。现在可不同了,鲸鱼属于什么类,蝙蝠属于什么类,就是小学生也都知道得清清楚楚。倘若还拾一些希腊古典,来作正经话讲,那就只足表示他的知识,还和伊索时候,各开大会的两类绅士淑女们相同。

大学教授梁实秋先生以为橡皮鞋是草鞋和皮鞋之间的东西,[9]那知识也相仿,假使他生在希腊,位置是说不定会在伊索之下的,现在真可惜得很,生得太晚一点了。

六月十六日。

*　　　*　　　*

〔1〕 本篇最初发表于 1933 年 6 月 25 日《申报·自由谈》。

〔2〕 "微行" 旧时帝王、大臣隐藏自己身分改装出行。

〔3〕 比翼鸟 传说中的鸟名,《尔雅·释地》晋代郭璞注说它"青赤色,一目一翼,相得乃飞"。旧时常用以比喻情侣。

〔4〕 青蚨 传说中的虫名,过去诗文中曾用作钱的代称。晋代干宝《搜神记》卷十三载:"南方有虫,……名青蚨,形似蝉而稍大,……生子必依草叶,大如蚕子。取其子,母即飞来。……以母血涂钱八十一文,以子血涂钱八十一文,每市物,或先用母钱,或先用子钱,皆复飞归,轮转无已。"

〔5〕 墨子的飞鸢 墨子(约前 468—前 376),名翟,春秋战国之际鲁国人,墨家学派创始人。墨子制飞鸢事,见《韩非子·外储说》(左

上):"墨子为木鸢,三年而成,蜚(飞)一日而败。"又见《淮南子·齐俗训》:"鲁般、墨子以木为鸢而飞之,三日不集。"在《墨子》一书中,则仅有公输般(一说即鲁般)"削竹木以为鹊"的记载(见《鲁问》篇)。

〔6〕 募款买飞机,参看本卷第 20 页注〔3〕。

〔7〕 "黄昏到寺蝙蝠飞" 语出唐代韩愈《山石》诗:"山石荦确行径微,黄昏到寺蝙蝠飞。"

〔8〕 伊索(Aesop,约前六世纪) 相传是古希腊寓言作家,奴隶出身,因机智博学获释为自由民。所编寓言经后人加工和补充,集成现在流传的《伊索寓言》。该书《蝙蝠与黄鼠狼》一篇,说一只蝙蝠被与鸟类为敌的黄鼠狼捉住时,自称是老鼠,后来被另一只仇恨鼠类的黄鼠狼捉住时,又自称是蝙蝠,因而两次都被放了。鲁迅文中所说的情节与这一篇相近。

〔9〕 梁实秋在《论第三种人》一文中曾说:"鲁迅先生最近到北平,做过数次演讲,有一次讲题是《第三种人》。……这一回他举了一个譬喻说,胡适之先生等所倡导的新文学运动,是穿着皮鞋踏入文坛,现在的普罗运动,是赤脚的也要闯入文坛。随后报纸上就有人批评说,鲁迅先生演讲的那天既未穿皮鞋亦未赤脚,而登着一双帆布胶皮鞋,正是'第三种人。'"(据《偏见集》)按鲁迅曾于 1932 年 11 月 27 日在北京师范大学讲演,讲题为《再论"第三种人"》。

“抄 靶 子”[1]

中国究竟是文明最古的地方，也是素重人道的国度，对于人，是一向非常重视的。至于偶有凌辱诛戮，那是因为这些东西并不是人的缘故。皇帝所诛者，“逆”也，官军所剿者，“匪”也，刽子手所杀者，“犯”也。满洲人“入主中夏”，不久也就染了这样的淳风，雍正皇帝要除掉他的弟兄，就先行御赐改称为“阿其那”与“塞思黑”[2]，我不懂满洲话，译不明白，大约是“猪”和“狗”罢。黄巢[3]造反，以人为粮，但若说他吃人，是不对的，他所吃的物事，叫作“两脚羊”。

时候是二十世纪，地方是上海，虽然骨子里永是“素重人道”，但表面上当然会有些不同的。对于中国的有一部分并不是“人”的生物，洋大人如何赐谥，我不得而知，我仅知道洋大人的下属们所给与的名目。

假如你常在租界的路上走，有时总会遇见几个穿制服的同胞和一位异胞（也往往没有这一位），用手枪指住你，搜查全身和所拿的物件。倘是白种，是不会指住的；黄种呢，如果被指的说是日本人，就放下手枪，请他走过去；独有文明最古的黄帝子孙，可就“则不得免焉”[4]了。这在香港，叫作“搜身”，倒也还不算很失了体统，然而上海则竟谓之“抄靶子”。

抄者,搜也,靶子是该用枪打的东西,我从前年九月以来[5],才知道这名目的的确。四万万靶子,都排在文明最古的地方,私心在侥幸的只是还没有被打着。洋大人的下属,实在给他的同胞们定了绝好的名称了。

然而我们这些"靶子"们,自己互相推举起来的时候却还要客气些。我不是"老上海",不知道上海滩上先前的相骂,彼此是怎样赐谥的了。但看看记载,还不过是"曲辫子","阿木林"[6]。"寿头码子"虽然已经是"猪"的隐语,然而究竟还是隐语,含有宁"雅"而不"达"[7]的高谊。若夫现在,则只要被他认为对于他不大恭顺,他便圆睁了绽着红筋的两眼,挤尖喉咙,和口角的白沫同时喷出两个字来道:猪猡!

六月十六日。

*　　　*　　　*

〔1〕　本篇最初发表于 1933 年 6 月 20 日《申报·自由谈》。

〔2〕　清朝雍正皇帝(胤禛,康熙第四子)未即位前,和他的兄弟争谋皇位;即位以后,于雍正四年(1726)命削去他的弟弟胤禩(康熙第八子)和胤禟(康熙第九子)二人宗籍,并改胤禩名为"阿其那",改胤禟名为"塞思黑"。在满语中,前者是狗的意思,后者是猪的意思。

〔3〕　黄巢(?—884)　曹州冤句(今山东曹县)人,唐末农民起义领袖。旧史书、笔记中多有言其残暴的记载。《旧唐书·黄巢传》说他起义时"俘人而食",但无"两脚羊"的名称。鲁迅引用此语,当出自南宋庄季裕《鸡肋编》中:"自靖康丙午岁(1126),金狄乱华,六七年间,山东、京西、淮南等路,荆榛千里,斗米至数十千,且不可得。盗贼官兵以至居民,更互相食,人肉之价,贱于犬豕,肥壮者一枚不过十五千,全躯暴以

为腊。登州范温率忠义之人,绍兴癸丑岁(1133)泛海到钱塘,有持至行在(杭州)犹食者。老瘦男子谓之饶把火,妇人少艾者名之不羡羊,小儿呼为和骨烂;又通目为两脚羊。"

〔4〕 "则不得免焉" 语出《孟子·梁惠王(下)》:"滕,小国也。竭力以事大国,则不得免焉。"免,指免受欺凌。

〔5〕 前年九月以来 指1931年九一八事变以来。

〔6〕 "曲辫子" 汪仲贤《上海俗语图说》:"上海人目初到上海者为'曲辫子'。"骂人话,意为猪,因猪尾巴短如辫,常卷曲。"阿木林",即傻子,也是上海话。

〔7〕 宁"雅"而不"达" 清末严复在《天演论·译例言》中曾说"译事三难:信、达、雅"。一般认为"信"指忠实于原作;"达"指语言通顺明白;"雅"指文雅。

"吃白相饭"[1]

要将上海的所谓"白相",改作普通话,只好是"玩耍";至于"吃白相饭",那恐怕还是用文言译作"不务正业,游荡为生",对于外乡人可以比较的明白些。

游荡可以为生,是很奇怪的。然而在上海问一个男人,或向一个女人问她的丈夫的职业的时候,有时会遇到极直截的回答道:"吃白相饭的。"

听的也并不觉得奇怪,如同听到了说"教书","做工"一样。倘说是"没有什么职业",他倒会有些不放心了。

"吃白相饭"在上海是这么一种光明正大的职业。

我们在上海的报章上所看见的,几乎常是这些人物的功绩;没有他们,本埠新闻是决不会热闹的。但功绩虽多,归纳起来也不过是三段,只因为未必全用在一件事情上,所以看起来好像五花八门了。

第一段是欺骗。见贪人就用利诱,见孤愤的就装同情,见倒霉的则装慷慨,但见慷慨的却又会装悲苦,结果是席卷了对手的东西。

第二段是威压。如果欺骗无效,或者被人看穿了,就脸孔一翻,化为威吓,或者说人无礼,或者诬人不端,或者赖人欠

218

钱,或者并不说什么缘故,而这也谓之"讲道理",结果还是席卷了对手的东西。

第三段是溜走。用了上面的一段或兼用了两段而成功了,就一溜烟走掉,再也寻不出踪迹来。失败了,也是一溜烟走掉,再也寻不出踪迹来。事情闹得大一点,则离开本埠,避过了风头再出现。

有这样的职业,明明白白,然而人们是不以为奇的。

"白相"可以吃饭,劳动的自然就要饿肚,明明白白,然而人们也不以为奇。

但"吃白相饭"朋友倒自有其可敬的地方,因为他还直直落落的告诉人们说,"吃白相饭的"!

六月二十六日。

*　　　*　　　*

〔1〕　本篇最初发表于 1933 年 6 月 29 日《申报·自由谈》。

华德保粹优劣论〔1〕

孺　牛

希特拉〔2〕先生不许德国境内有别的党，连屈服了的国权党〔3〕也难以幸存，这似乎颇感动了我们的有些英雄们，已在称赞其"大刀阔斧"〔4〕。但其实这不过是他老先生及其之流的一面。别一面，他们是也很细针密缕的。有歌为证：

> 跳蚤做了大官了，
>
> 带着一伙各处走。
>
> 皇后宫嫔都害怕，
>
> 谁也不敢来动手。
>
> 即使咬得发了痒罢，
>
> 要挤烂它也怎么能够。
>
> 嗳哈哈，嗳哈哈，哈哈，嗳哈哈！

这是大家知道的世界名曲《跳蚤歌》〔5〕的一节，可是在德国已被禁止了。当然，这决不是为了尊敬跳蚤，乃是因为它讽刺大官；但也不是为了讽刺是"前世纪的老人的呓语"，却是为着这歌曲是"非德意志的"。华德大小英雄们，总不免偶有隔膜之处。

中华也是诞生细针密缕人物的所在，有时真能够想得入微，例如今年北平社会局呈请市政府查禁女人养雄犬文〔6〕云：

"……查雌女雄犬相处，非仅有碍健康，更易发生无耻秽闻，揆之我国礼义之邦，亦为习俗所不许，谨特通令严禁，除门犬猎犬外，凡妇女带养之雄犬，斩之无赦，以为取缔。"

两国的立脚点，是都在"国粹"的，但中华的气魄却较为宏大，因为德国不过大家不能唱那一出歌而已，而中华则不但"雌女"难以蓄犬，连"雄犬"也将砍头。这影响于叭儿狗，是很大的。由保存自己的本能，和应时势之需要，它必将变成"门犬猎犬"模样。

六月二十六日。

*   *   *

〔1〕 本篇最初发表于 1933 年 7 月 2 日《申报·自由谈》。

〔2〕 希特拉（A. Hitler，1889—1945） 通译希特勒，德国法西斯首领。1933 年 1 月出任内阁总理，1934 年 8 月总统兴登堡死后，自称元首。对内实行法西斯恐怖统治，对外大肆扩张侵略。1939 年 9 月他挑起第二次世界大战，1941 年 6 月进攻苏联，1945 年 5 月苏军攻克柏林时自杀。

〔3〕 国权党 一译民族党。在希特勒取得政权前后，与法西斯的国社党密切合作，其党魁休根堡曾任希特勒内阁的经济与农业部长。1933 年 6 月，希特勒取缔除国社党以外的一切政党，民族党被迫解散，休根堡辞去部长职务。

〔4〕 "大刀阔斧" 见 1933 年 6 月 23 日《大晚报》所载未署名的《希特勒的大刀阔斧》一文："大刀阔斧，言行相符的手段，是希特勒从政的特色"。

〔5〕 《跳蚤歌》 德国歌德的诗剧《浮士德》中的一首政治讽刺诗,1879年俄国作曲家穆索尔斯基为此诗谱曲。

〔6〕 查禁女人养雄犬文 这段呈文转引自《论语》半月刊第十八期"古香斋"栏。参看本书《"滑稽"例解》。

华德焚书异同论[1]

孺　牛

德国的希特拉先生们一烧书[2]，中国和日本的论者们都比之于秦始皇[3]。然而秦始皇实在冤枉得很，他的吃亏是在二世而亡，一班帮闲们都替新主子去讲他的坏话了。

不错，秦始皇烧过书，烧书是为了统一思想。但他没有烧掉农书和医书；他收罗许多别国的"客卿"[4]，并不专重"秦的思想"，倒是博采各种的思想的。秦人重小儿；始皇之母，赵女也，赵重妇人[5]，所以我们从"剧秦"[6]的遗文中，也看不见轻贱女人的痕迹。

希特拉先生们却不同了，他所烧的首先是"非德国思想"的书，没有容纳客卿的魄力；其次是关于性的书，这就是毁灭以科学来研究性道德的解放，结果必将使妇人和小儿沉沦在往古的地位，见不到光明。而可比于秦始皇的车同轨，书同文[7]……之类的大事业，他们一点也做不到。

阿剌伯人攻陷亚历山德府[8]的时候，就烧掉了那里的图书馆，那理论是：如果那些书籍所讲的道理，和《可兰经》[9]相同，则已有《可兰经》，无须留了；倘使不同，则是异端，不该留了。这才是希特拉先生们的嫡派祖师——虽然阿剌伯人也是"非德国的"——和秦的烧书，是不能比较的。

　　但是结果往往和英雄们的预算不同。始皇想皇帝传至万世,而偏偏二世而亡,赦免了农书和医书,而秦以前的这一类书,现在却偏偏一部也不剩。希特拉先生一上台,烧书,打犹太人,不可一世,连这里的黄脸干儿们,也听得兴高彩烈,向被压迫者大加嘲笑,对讽刺文字放出讽刺的冷箭〔10〕来——到底还明白的冷冷的讯问道:你们究竟要自由不要?不自由,无宁死。现在你们为什么不去拚死呢?

　　这回是不必二世,只有半年,希特拉先生的门徒们在奥国一被禁止,连党徽也改成三色玫瑰了。最有趣的是因为不准叫口号,大家就以手遮嘴,用了"掩口式"。〔11〕

　　这真是一个大讽刺。刺的是谁,不问也罢,但可见讽刺也还不是"梦呓",质之黄脸干儿们,不知以为何如?

六月二十八日。

＊　　　　＊　　　　＊

　　〔1〕　本篇最初发表于 1933 年 7 月 11 日《申报·自由谈》。

　　〔2〕　1933 年希特勒执政后,实行文化专制政策,禁止所谓"非德意志"(即不符合纳粹思想)的书籍出版和流通。1933 年 5 月起曾在柏林和其它城市焚烧书籍。

　　〔3〕　秦始皇　嬴政(前 259—前 210),战国时秦国国君,于公元前 221 年建立我国第一个中央集权的封建王朝。据《史记·秦始皇本纪》载,始皇三十四年(前 213 年),丞相李斯因当时博士中有人怀疑郡县制,以古非今,遂向秦始皇建议:"史官非秦记,皆烧之。非博士官所职,天下敢有藏《诗》、《书》、百家语者,悉诣守尉杂烧之。有敢偶语

《诗》、《书》者,弃市。以古非今者,族。吏见知不举者,与同罪。令下三十日,不烧,黥为城旦。所不去者,医药、卜筮、种树之书。若欲有学法令,以吏为师。"秦始皇采纳了李斯的建议,下令将秦以前除农书和医书之外的古籍烧毁。

〔4〕 "客卿" 战国时代,某一诸侯国任用他国人担任官职,称之为"客卿"。如秦始皇的丞相李斯就是楚国人。

〔5〕 关于秦人重小儿,赵重妇人,见《史记·扁鹊列传》:"扁鹊名闻天下。过邯郸,闻(赵人)贵妇人,即为带下医;……来入咸阳,闻秦人爱小儿,即为小儿医:随俗为变。"又同书《秦始皇本纪》和《吕不韦列传》载,秦始皇的母亲,是赵国邯郸的一个"豪家女"。

〔6〕 "剧秦" 意思是很短促的秦朝。语出汉代扬雄《剧秦美新》:"二世而亡,何其剧与(欤)!"《文选·剧秦美新》唐代李善注:"剧,甚也,言促甚也。"

〔7〕 车同轨,书同文 语出《史记·秦始皇本纪》:"一法度衡石丈尺,车同轨,书同文字。"战国时诸侯割据一方,各国制度不同,秦始皇统一六国后,规定车轨一致;又规定以秦国的小篆作为标准字体推行全国;同时,还统一了货币和度量衡。

〔8〕 亚历山德府 即亚历山大,埃及最大的海港城市,在埃及托勒密王朝时期(前305—前30)是地中海东部政治、经济和文化的中心。该城图书馆藏书甚丰,公元前48年罗马人入侵时被焚烧过半;残存部分,传说公元641年阿拉伯人攻陷该城时被毁。

〔9〕 《可兰经》 又译《古兰经》,伊斯兰教经典。共三十卷,为该教创立人穆罕默德的言行录,经后人整理成册传世。

〔10〕 对讽刺文字放出讽刺的冷箭 1933年6月11日《大晚报·火炬》登载法鲁的《到底要不要自由》一文,对得不到写作自由而被迫用"弯弯曲曲"笔法的作者进行嘲讽。参看《伪自由书·后记》。

〔11〕 1933 年 1 月希特勒执政后,极力策划德奥合并运动。奥地利的法西斯政党国社党也希望奥国能早日合并于德国。当时奥总理陶尔斐斯反对法西斯党的合并运动,他在 5 月间下令除国旗外禁止悬挂一切政党旗帜;随着德奥关系的紧张,奥政府又于 6 月解散奥国国社党,禁止佩带该党党徽,禁呼该党口号。有的国社党员因而用黑红白三色玫瑰花代替该党的卐字标志;或直立举右手,以左手掩口,作为呼口号的表示。

我 谈 "堕 民"[1]

越　客

六月二十九日的《自由谈》里，唐弢[2]先生曾经讲到浙东的堕民，并且据《堕民猥谈》[3]之说，以为是宋将焦光瓒的部属，因为降金，为时人所不齿，至明太祖[4]，乃榜其门曰"丐户"，此后他们遂在悲苦和被人轻蔑的环境下过着日子。

我生于绍兴，堕民是幼小时候所常见的人，也从父老的口头，听到过同样的他们所以成为堕民的缘起。但后来我怀疑了。因为我想，明太祖对于元朝，尚且不肯放肆[5]，他是决不会来管隔一朝代的降金的宋将的；况且看他们的职业，分明还有"教坊"或"乐户"[6]的余痕，所以他们的祖先，倒是明初的反抗洪武和永乐皇帝的忠臣义士[7]也说不定。还有一层，是好人的子孙会吃苦，卖国者的子孙却未必变成堕民的，举出最近便的例子来，则岳飞[8]的后裔还在杭州看守岳王坟，可是过着很穷苦悲惨的生活，然而秦桧，严嵩[9]……的后人呢？……

不过我现在并不想翻这样的陈年账。我只要说，在绍兴的堕民，是一种已经解放了的奴才，这解放就在雍正年间罢[10]，也说不定。所以他们是已经都有别的职业的了，自然是贱业。男人们是收旧货，卖鸡毛，捉青蛙，做戏；女的则每逢

227

过年过节,到她所认为主人的家里去道喜,有庆吊事情就帮忙,在这里还留着奴才的皮毛,但事毕便走,而且有颇多的犒赏,就可见是曾经解放过的了。

每一家堕民所走的主人家是有一定的,不能随便走;婆婆死了,就使儿媳妇去,传给后代,恰如遗产的一般;必须非常贫穷,将走动的权利卖给了别人,这才和旧主人断绝了关系。假使你无端叫她不要来了,那就是等于给与她重大的侮辱。我还记得民国革命之后,我的母亲曾对一个堕民的女人说,"以后我们都一样了,你们可以不要来了。"不料她却勃然变色,愤愤的回答道:"你说的是什么话?……我们是千年万代,要走下去的!"

就是为了一点点犒赏,不但安于做奴才,而且还要做更广泛的奴才,还得出钱去买做奴才的权利,这是堕民以外的自由人所万想不到的罢。

七月三日。

*　　　*　　　*

〔1〕　本篇最初发表于 1933 年 7 月 6 日《申报·自由谈》。

〔2〕　唐弢(1913—1992)　浙江镇海人,作家。著有杂文集《推背集》、《短长书》等。他曾在 1933 年 6 月 29 日《申报·自由谈》发表《堕民》一文,其中有"辱国者的子孙作堕民,卖国的汉奸如果有子孙的话,至少也将是一种堕民"的话。

〔3〕　《堕民猥谈》　应作《堕民猥编》,作者不详。清代钱大昕编纂的《鄞县志》中,曾引录该书关于堕民的记载:"堕民,谓之丐户,……

相传为宋罪俘之遗,故摈之。丐自言则云宋将焦光赞部落,以叛宋投金故被斥。……元人名为怯怜户,明太祖定户籍,扁其门曰丐。……男子则捕蛙,卖饧……立冬打鬼,胡花帽鬼脸,钟鼓戏剧,种种沿门需索。其妇人则为人家捯发髻,剃妇面毛,习媒妁,伴良家新娶妇,梳发为髻。"(卷一《风俗》)

〔4〕 明太祖 即朱元璋(1328—1398),濠州钟离(今安徽凤阳)人,元末农民起义领袖之一。1368 年推翻元朝统治,建立明王朝,改元洪武,庙号太祖。

〔5〕 明太祖对于元朝,尚且不肯放肆 明初对待元朝残余势力实行剿抚兼施政策,据《明史·太祖本纪》载:洪武三年(1370)五月,武将李文忠攻克应昌(今内蒙古自治区克什克腾旗),生擒元帝之子买的里八剌。六月,买的里八剌至京师,群臣请"献俘",明太祖不许,并封买的里八剌为崇礼侯。同时又因为李文忠的捷报过于夸耀,对宰相说:"元主中国百年,朕与卿等父母,皆赖其生养,奈何为此浮薄之言,亟改之。"洪武七年九月,又把买的里八剌放回;十一年四月,元主爱猷识理达腊死,明太祖于六月遣使致祭。鲁迅所说明太祖对元朝"不肯放肆",大概指的这类事情。

〔6〕 "教坊" 唐代开始设立的掌管教练女乐的机构。"乐户",封建时代罪人妻女被编入乐籍者,其名称最早见于《魏书·刑罚志》。两者实际都是官妓,相沿到清代雍正年间才废止。

〔7〕 反抗永乐皇帝的忠臣义士,有齐泰、景清、铁弦、方孝孺等人。朱元璋死后,由皇太孙朱允炆继位,即建文帝;不久,他的叔父燕王朱棣起兵夺取帝位,即永乐帝。当时齐泰、景清等人效忠建文反抗永乐,他们的妻子儿女及族人多同遭杀戮或被贬为奴(但未见到贬为堕民的明确记载)。反抗洪武(明太祖)的忠臣义士,未知何指。

〔8〕 岳飞(1103—1142) 字鹏举,相州汤阴(今属河南)人,南宋

名将。因坚持抗击金兵而被主降派宋高宗、秦桧杀害。岳飞被害后,初被偷偷草葬于杭州钱塘门外荒塚中,宋孝宗时改葬于杭州西湖西北岸。

〔9〕 秦桧(1090—1155) 字会之,江宁(今南京)人,北宋钦宗时任御史中丞,靖康间被金兵俘房,得金主信任,不久纵归;南宋高宗时任宰相,是主张降金的内奸,杀害岳飞的主谋。严嵩(1480—1567),字惟中,江西分宜人。明弘治进士,世宗时官至华盖殿大学士、太子太师、内阁首辅,横行济恶,构杀朝臣,是专权祸国的权奸。

〔10〕 据清代蒋良骐《东华录》载:雍正元年(1723)九月"除浙江绍兴府堕民丐籍"。

序 的 解 放[1]

桃 椎

一个人做一部书,"藏之名山,传之其人"[2],是封建时代的事,早已过去了。现在是二十世纪过了三十三年,地方是上海的租界上,做买办立刻享荣华,当文学家怎不马上要名利,于是乎有术存焉。

那术,是自己先决定自己是文学家,并且有点儿遗产或津贴。接着就自开书店,自办杂志,自登文章,自做广告,自报消息,自想花样……然而不成,诗的解放[3],先已有人,词的解放[4],只好骗鸟,于是乎"序的解放"起矣。

夫序,原是古已有之,有别人做的,也有自己做的。但这未免太迂,不合于"新时代"的"文学家"[5]的胃口。因为自序难于吹牛,而别人来做,也不见得定规拍马,那自然只好解放解放,即自己替别人来给自己的东西作序[6],术语曰"摘录来信",真说得好像锦上添花。"好评一束"还须附在后头,代序却一开卷就看见一大番颂扬,仿佛名角一登场,满场就大喝一声采,何等有趣。倘是戏子,就得先买许多留声机,自己将"好"叫进去,待到上台时候,一面一齐开起来。

可是这样的玩意儿给人戳穿了又怎么办呢?也有术的。立刻装出"可怜"相,说自己既无党派,也不借主义,又没有帮口,"向来不敢狂妄"[7],毫没有"座谈"[8]时候的摇头摆尾的得意忘形的气味儿了,倒好像别人乃是反动派,杀人放火主义,青帮红帮,来欺侮了这位文弱而有天才的公子哥儿似的。

更有效的是说,他的被攻击,实乃因为"能力薄弱,无法满足朋友们之要求"。我们倘不知道这位"文学家"的性别,就会疑心到有许多有党派或帮口的人们,向他屡次的借钱,或向她使劲的求婚或什么,"无法满足",遂受了冤枉的报复的。

但我希望我的话仍然无损于"新时代"的"文学家",也"摘"出一条"好评"来,作为"代跋"罢:

"'藏之名山,传之其人',早已过去了。二十世纪,有术存焉,词的解放,解放解放,锦上添花,何等有趣?可是别人乃是反动派,来欺侮这位文弱而有天才的公子,实乃因为'能力薄弱,无法满足朋友们的要求',遂受了冤枉的报复的,无损于'新时代'的'文学家'也。"

七月五日。

*   *

〔1〕 本篇最初发表于1933年7月7日《申报·自由谈》。

〔2〕 "藏之名山,传之其人" 语出西汉司马迁《报任少卿书》:"仆诚以著此书(按指《史记》),藏诸名山,传之其人。"《文选》卷四十一选此文,唐代刘良注:"当时无圣人可以示之,故深藏之名山。"

〔3〕 诗的解放 指"五四"时期的白话诗运动。

〔4〕 词的解放 参看本卷第59页注〔2〕。

〔5〕 "新时代"的"文学家" 指曾今可,他当时主持的书局和刊

物,都用"新时代"的名称。

〔6〕 自己替别人来给自己的东西作序 指曾今可用崔万秋的名字为自己的诗集《两颗星》作序一事,参看本卷第 195 页注〔20〕。下文的"好评一束",指曾今可在《两颗星·自序》中罗列的"读者的好评"。

〔7〕 "向来不敢狂妄" 这是曾今可在 1933 年 7 月 4 日《申报》刊登的答复崔万秋的启事中的话:"鄙人既未有党派作护符,也不借主义为工具,更无集团的背景,向来不敢狂妄。惟能力薄弱,无法满足朋友们之要求,遂不免获罪于知己。……(虽自幸未尝出卖灵魂,亦足见没有'帮口'的人的可怜了!)"

〔8〕 "座谈" 指曾今可邀集一些人举办"文艺漫谈会"和他主办《文艺座谈》杂志(1933 年 7 月 1 日出版)。

别一个窃火者[1]

丁　萌

火的来源，希腊人以为是普洛美修斯[2]从天上偷来的，因此触了大神宙斯之怒，将他锁在高山上，命一只大鹰天天来啄他的肉。

非洲的土人瓦仰安提族[3]也已经用火，但并不是由希腊人传授给他们的。他们另有一个窃火者。

这窃火者，人们不能知道他的姓名，或者早被忘却了。他从天上偷了火来，传给瓦仰安提族的祖先，因此触了大神大拉斯之怒，这一段，是和希腊古传相像的。但大拉斯的办法却两样了，并不是锁他在山巅，却秘密的将他锁在暗黑的地窖子里，不给一个人知道。派来的也不是大鹰，而是蚊子，跳蚤，臭虫，一面吸他的血，一面使他皮肤肿起来。这时还有蝇子们，是最善于寻觅创伤的脚色，嗡嗡的叫，拚命的吸吮，一面又拉许多蝇粪在他的皮肤上，来证明他是怎样地一个不干净的东西。

然而瓦仰安提族的人们，并不知道这一个故事。他们单知道火乃酋长的祖先所发明，给酋长作烧死异端和烧掉房屋之用的。

幸而现在交通发达了，非洲的蝇子也有些飞到中国来，我从它们的嗡嗡营营声中,听出了这一点点。

七月八日。

＊　　　＊　　　＊

〔1〕　本篇最初发表于 1933 年 7 月 9 日《申报·自由谈》。

〔2〕　普洛美修斯　希腊神话中造福人类的神。相传他从主神宙斯那里偷了火种给予人类,受到宙斯的惩罚。

〔3〕　瓦仰安提族　即瓦尼亚姆威齐(Wanyamwezi)人,意思是"月亮之民"。东非坦桑尼亚的主要民族之一,属班图语系。原信祖先崇拜,现多已为基督教和伊斯兰教所取代。

智 识 过 剩[1]

虞 明

世界因为生产过剩,所以闹经济恐慌。虽然同时有三千万以上的工人挨饿,但是粮食过剩仍旧是"客观现实",否则美国不会赊借麦粉[2]给我们,我们也不会"丰收成灾"[3]。

然而智识也会过剩的,智识过剩,恐慌就更大了。据说中国现行教育在乡间提倡愈甚,则农村之破产愈速[4]。这大概是智识的丰收成灾了。美国因为棉花贱,所以在铲棉田了。中国却应当铲智识。这是西洋传来的妙法。

西洋人是能干的。五六年前,德国就嚷着大学生太多了,一些政治家和教育家,大声疾呼的劝告青年不要进大学。现在德国是不但劝告,而且实行铲除智识了:例如放火烧毁一些书籍,叫作家把自己的文稿吞进肚子去[5],还有,就是把一群群的大学生关在营房里做苦工,这叫做"解决失业问题"。中国不是也嚷着文法科的大学生过剩[6]吗?其实何止文法科。就是中学生也太多了。要用"严厉的"会考制度[7],像铁扫帚似的——刷,刷,刷,把大多数的智识青年刷回"民间"去。

智识过剩何以会闹恐慌?中国不是百分之八九十的人还不识字吗?然而智识过剩始终是"客观现实",而由此而来的恐慌,也是"客观现实"。智识太多了,不是心活,就是心软。

心活就会胡思乱想,心软就不肯下辣手。结果,不是自己不镇静,就是妨害别人的镇静。于是灾祸就来了。所以智识非铲除不可。

然而单是铲除还是不够的。必须予以适合实用之教育,第一,是命理学——要乐天知命,命虽然苦,但还是应当乐。第二,是识相学——要"识相点",知道点近代武器的利害。至少,这两种适合实用的学问是要赶快提倡的。提倡的方法很简单:——古代一个哲学家反驳唯心论,他说,你要是怀疑这碗麦饭的物质是否存在,那最好请你吃下去,看饱不饱。现在譬如说罢,要叫人懂得电学,最好是使他触电,看痛不痛;要叫人知道飞机等类的效用,最好是在他头上驾起飞机,掷下炸弹,看死不死……

有了这样的实用教育,智识就不过剩了。亚门〔8〕!

七月十二日。

*　　　*　　　*

〔1〕 本篇最初发表于 1933 年 7 月 16 日《申报·自由谈》。

〔2〕 赊借麦粉 1933 年 5 月,国民党政府财政部长宋子文在华盛顿与美国复兴金融公司签定"棉麦借款"合同,借款五千万美元,规定以五分之四购买美棉,五分之一购买美麦。

〔3〕 "丰收成灾" 1932 年长江流域各省丰收,但由于帝国主义和国民党政府以及地主和商人的操纵,谷价大跌,造成了丰收地区农民的灾难。

〔4〕 见 1933 年 7 月 11 日《申报》载上海市市长吴铁城的谈话,他

把当时农村破产的主要原因荒谬地归之于"现行教育制度不适合农村环境之需要",说"现行教育制度在乡间提倡愈甚,则农村之破产愈速。故欲求农村之发达,必须予以适合实用之教育。"

〔5〕 文稿吞进肚子去 宋庆龄在 1933 年 5 月 13 日发表的《抗议希特勒暴行》中提到:"小说家汉斯·鲍尔被迫吞下他自己的原稿。"

〔6〕 文法科的大学生过剩 1933 年 5 月国民党政府教育部命令各大学限制招收文法科学生,令文中说:"吾国数千年来尚文积习,相沿既深,求学者因以是为趋向,而文法等科又设备较简,办学者亦往往避难就易,遂致侧重人文,忽视生产,形成人才过剩与缺乏之矛盾现象。"(据 1933 年 5 月 22 日《申报》)

〔7〕 会考制度 国民党政府自 1933 年度开始,规定全国各中小学学生届毕业时,除校内毕业考试以外,还须会同他校毕业生参加当地教育行政机关所主持的一次考试,称为会考,及格者才得毕业。

〔8〕 亚门 希伯来文 āmēn 的音译,一译"阿门"。犹太教徒和基督教徒祈祷结束时的用语,表示"诚心所愿"。

诗 和 预 言[1]

虞 明

预言总是诗,而诗人大半是预言家。然而预言不过诗而已,诗却往往比预言还灵。

例如辛亥革命的时候,忽然发现了:

"手执钢刀九十九,杀尽胡儿方罢手。"

这几句《推背图》[2]里的预言,就不过是"诗"罢了。那时候,何尝只有九十九把钢刀?还是洋枪大炮来得厉害:该着洋枪大炮的后来毕竟占了上风,而只有钢刀的却吃了大亏。况且当时的"胡儿",不但并未"杀尽",而且还受了优待[3],以至于现在还有"伪"溥仪出风头[4]的日子。所以当做预言看,这几句歌诀其实并没有应验。——死板的照着这类预言去干,往往要碰壁,好比前些时候,有人特别打了九十九把钢刀[5],去送给前线的战士,结果,只不过在古北口等处流流血,给人证明国难的不可抗性。——倒不如把这种预言歌诀当做"诗"看,还可以"以意逆志,自谓得之"[6]。

至于诗里面,却的确有着极深刻的预言。我们要找预言,与其读《推背图》,不如读诗人的诗集。也许这个年头又是应当发现什么的时候了罢,居然找着了这么几句:

"此辈封狼从瘦狗,生平猎人如猎兽,

239

万人一怒不可回,会看太白悬其首。"

汪精卫[7]著《双照楼诗词稿》:译嚣俄[8]之《共和二年之战士》

这怎么叫人不"拍案叫绝"呢？这里"封狼从瘼狗",自己明明是畜生,却偏偏把人当做畜生看待:畜生打猎,而人反而被猎!"万人"的愤怒的确是不可挽回的了。嚣俄这诗,是说的一七九三年(法国第一共和二年)的帝制党,他没有料到一百四十年之后还会有这样的应验。

汪先生译这几首诗的时候,不见得会想到二三十年之后中国已经是白话的世界。现在,懂得这种文言诗的人越发少了,这很可惜。然而预言的妙处,正在似懂非懂之间,叫人在事情完全应验之后,方才"恍然大悟"。这所谓"天机不可泄漏也"。

七月二十日。

＊　　　＊　　　＊

〔1〕　本篇最初发表于1933年7月23日《申报·自由谈》。

〔2〕　《推背图》　参看本卷第99页注〔6〕。"手执钢刀九十九,杀尽胡儿方罢手",是《烧饼歌》中的两句。辛亥革命时,革命党人中常流传着这两句话,表示对满族统治者的仇恨。《烧饼歌》相传是明代刘基(伯温)所撰,旧时常附刊于《推背图》书后。

〔3〕　指清皇室受优待,参看本卷第103页注〔7〕。

〔4〕　溥仪出风头　参看本卷第34页注〔6〕。

〔5〕　打了九十九把钢刀　1933年4月12日《申报》载,当时上海有个叫王述的人,与亲友捐资特制大刀九十九柄,赠给防守喜峰口等处

的宋哲元部队。

〔6〕 "以意逆志,自谓得之" 语出《孟子·万章(上)》:"说《诗》者,不以文害辞,不以辞害志;以意逆志,是为得之。"

〔7〕 汪精卫(1883—1944) 名兆铭,原籍浙江绍兴,生于广东番禺。早年参加同盟会,历任国民党政府行政院长等要职及该党副总裁。自九一八事变后,他一直主张对日本侵略者妥协,1938 年 12 月公开投敌,1940 年 3 月在南京组织伪国民政府,任主席。1944 年 11 月死于日本。他的《双照楼诗词稿》,1930 年 12 月由民信公司出版。

〔8〕 嚣俄(V.Hugo,1802—1885) 通译雨果,法国作家。著有长篇小说《巴黎圣母院》、《悲惨世界》等。他在 1853 年写作长诗《斥盲从》(收入政治讽刺诗集《惩罚集》),歌颂 1793 年(即共和二年)法国大革命时期共和国士兵奋起抗击欧洲封建联盟国家武装干涉的英雄业绩,谴责 1851 年拿破仑三世发动政变时的追随者。汪精卫译的《共和二年之战士》,系该诗第一节。

"推"的余谈^{〔1〕}

丰 之 余

看过了《第三种人的"推"》^{〔2〕}，使我有所感：的确，现在"推"的工作已经加紧，范围也扩大了。三十年前，我也常坐长江轮船的统舱，却还没有这样的"推"得起劲。

那时候，船票自然是要买的，但无所谓"买铺位"，买的时候也有，然而是另外一回事。假如你怕占不到铺位，一早带着行李下船去罢，统舱里全是空铺，只有三五个人们。但要将行李搁下空铺去，可就窒碍难行了，这里一条扁担，那里一束绳子，这边一卷破席，那边一件背心，人们中就跑出一个人来说，这位置是他所占有的。但其时可以开会议，崇和平，买他下来，最高的价值大抵是八角。假如你是一位战斗的英雄，可就容易对付了，只要一声不响，坐在左近，待到铜锣一响，轮船将开，这些地盘主义者便抓了扁担破席之类，一溜烟都逃到岸上去，抛下了卖剩的空铺，一任你悠悠然搁上行李，打开睡觉了。倘或人浮于铺，没法容纳，我们就睡在铺旁，船尾，"第三种人"是不来"推"你的。只有歇在房舱门外的人们，当账房查票时却须到统舱里去避一避。

至于没有买票的人物，那是要被"推"无疑的。手续是没收物品之后，吊在桅杆或什么柱子上，作要打之状，但据我的

242

目击,真打的时候是极少的,这样的到了最近的码头,便把他"推"上去。据茶房说,也可以"推"入货舱,运回他下船的原处,但他们不想这么做,因为"推"上最近的码头,他究竟走了一个码头,一个一个的"推"过去,虽然吃些苦,后来也就到了目的地了。

古之"第三种人",好像比现在的仁善一些似的。

生活的压迫,令人烦冤,胡涂中看不清冤家,便以为家人路人,在阻碍了他的路,于是乎"推"。这不但是保存自己,而且是憎恶别人了,这类人物一阔气,出来的时候是要"清道"的。

我并非眷恋过去,不过说,现在"推"的工作已经加紧,范围也扩大了罢了。但愿未来的阔人,不至于把我"推"上"反动"的码头去——则幸甚矣。

七月二十四日。

*　　　*　　　*

〔1〕　本篇最初发表于 1933 年 7 月 27 日《申报·自由谈》。

〔2〕　《第三种人的"推"》　载 1933 年 7 月 24 日《申报·自由谈》,作者署名达伍(即廖沫沙)。他所说的"第三种人",是指鲁迅在《推》中所说的"洋大人"和"上等"华人以外的另一种人。达伍的文中说:"这种人,既非'上等',亦不便列作下等。然而他要帮闲'上等'的来推'下等'的。"又举长江轮船上的情形为例说:"买了统舱票的要被房舱里的人推,单单买了船票,而不买床位的要被无论那一舱的人推,推得你无容身之地。至于连船票也买不起的人,就直率了当,推上岸或推下水去。

万一船开了,才被发现,就先在你身上穷搜一遍,在衣角上或裤腰带里搜出一毛两毛,或十几枚铜元,尽数取去,充作船费,然后把你推下船底的货舱了事。……这些事,都由船上的'帮闲'者们来干,使用的是'第三种推'法。"

查 旧 帐[1]

旅 隼

这几天,听涛社出了一本《肉食者言》[2],是现在的在朝者,先前还是在野时候的言论,给大家"听其言而观其行"[3],知道先后有怎样的不同。那同社出版的周刊《涛声》[4]里,也常有同一意思的文字。

这是查旧帐,翻开帐簿,打起算盘,给一个结算,问一问前后不符,是怎么的,确也是一种切实分明,最令人腾挪不得的办法。然而这办法之在现在,可未免太"古道"了。

古人是怕查这种旧帐的,蜀的韦庄[5]穷困时,做过一篇慷慨激昂,文字较为通俗的《秦妇吟》,真弄得大家传诵,待到他显达之后,却不但不肯编入集中,连人家的钞本也想设法消灭了。当时不知道成绩如何,但看清朝末年,又从敦煌的山洞中掘出了这诗的钞本,就可见是白用心机了的,然而那苦心却也还可以想见。

不过这是古之名人。常人就不同了,他要抹杀旧帐,必须砍下脑袋,再行投胎。斩犯绑赴法场的时候,大叫道,"过了二十年,又是一条好汉!"为了另起炉灶,从新做人,非经过二十年不可,真是麻烦得很。

不过这是古今之常人。今之名人就又不同了,他要抹杀旧帐,从新做人,比起常人的方法来,迟速真有邮信和电报之别。不怕迂缓一点的,就出一回洋,造一个寺,生一场病,游几天山;要快,则开一次会,念一卷经,演说一通,宣言一下,或者睡一夜觉,做一首诗也可以;要更快,那就自打两个嘴巴,淌几滴眼泪,也照样能够另变一人,和"以前之我"绝无关系。净坛将军[6]摇身一变,化为鲫鱼,在女妖们的大腿间钻来钻去,作者或自以为写得出神入化,但从现在看起来,是连新奇气息也没有的。

如果这样变法,还觉得麻烦,那就白一白眼,反问道:"这是我的帐?"如果还嫌麻烦,那就眼也不白,问也不问,而现在所流行的却大抵是后一法。

"古道"怎么能再行于今之世呢?竟还有人主张读经,真不知是什么意思?然而过了一夜,说不定会主张大家去当兵的,所以我现在经也没有买,恐怕明天兵也未必当。

　　　　　　　　　　　　　　　　　七月二十五日。

※　　　　※　　　　※

〔1〕　本篇最初发表于 1933 年 7 月 29 日《申报·自由谈》。

〔2〕　《肉食者言》　原书作《食肉者言》,马成章编,1933 年 7 月上海听涛社出版。内收吴稚晖和现代评论派唐有壬、高一涵、周鲠生等人数年前所写的攻击北洋政府的文章十数篇。这书出版的用意,是在显示吴稚晖等当时的行为和以前的言论完全不符,因为当时吴稚晖已成为蒋介石的帮凶,唐有壬等也大都出任国民党政府的高官。"肉食者",指居高位、享厚禄的人,语出《左传》庄公十年:"肉食者鄙,未能

远谋。"

〔3〕 "听其言而观其行" 语出《论语·公冶长》:"子曰:'始吾于人也,听其言而信其行;今吾于人也,听其言而观其行。'"

〔4〕 《涛声》 参看本卷第194页注〔13〕。

〔5〕 韦庄(约836—910) 字端己,京兆杜陵(今陕西西安市)人,晚唐五代时的诗人与词人,五代前蜀主王建的宰相。唐僖宗广明元年(880)黄巢领导的农民起义军攻长安时,韦庄因应试正留在城中,三年后(中和三年,883)他将当时耳闻目见的种种乱离情形,写成长篇叙事诗《秦妇吟》。这首诗在当时很流行,许多人家都将诗句刺在幛子上,又称他为"《秦妇吟》秀才"。诗中写了黄巢入长安时一般公卿的狼狈以及官军骚扰人民的情状,因王建当时是官军杨复光部的将领之一,所以后来韦庄讳言此诗,竭力设法想使它消灭,在《家诫》内特别嘱咐家人"不许垂《秦妇吟》幛子"(见宋代孙光宪《北梦琐言》)。后来他的弟弟韦蔼为他编辑《浣花集》时也未将此诗收入。直到清光绪末年,英人斯坦因、法人伯希和先后在我国甘肃敦煌县千佛洞盗取古物,才发现了这诗的残抄本。1924年王国维据巴黎图书馆所藏天复五年(905)张龟写本和伦敦博物馆所藏贞明五年(919)安友盛写本,加以校订,恢复了原诗的完整面貌。

〔6〕 净坛将军 即小说《西游记》中的猪八戒(原作净坛使者),关于他化为鲫鱼(原作鲇鱼)在女妖们的大腿间钻来钻去的故事,见该书第七十二回。

晨 凉 漫 记[1]

孺　牛

关于张献忠[2]的传说，中国各处都有，可见是大家都很以他为奇特的，我先前也便是很以他为奇特的人们中的一个。

儿时见过一本书，叫作《无双谱》[3]，是清初人之作，取历史上极特别无二的人物，各画一像，一面题些诗，但坏人好像是没有的。因此我后来想到可以择历来极其特别，而其实是代表着中国人性质之一种的人物，作一部中国的"人史"，如英国嘉勒尔的《英雄及英雄崇拜》[4]，美国亚懋生的《伟人论》[5]那样。惟须好坏俱有，有啮雪苦节的苏武[6]，舍身求法的玄奘[7]，有"鞠躬尽瘁，死而后已"的孔明[8]，但也有呆信古法，"死而后已"的王莽[9]，有半当真半取笑的变法的王安石[10]；张献忠当然也在内。但现在是毫没有动笔的意思了。

《蜀碧》[11]一类的书，记张献忠杀人的事颇详细，但也颇散漫，令人看去仿佛他是像"为艺术而艺术"的一样，专在"为杀人而杀人"了。他其实是别有目的的。他开初并不很杀人，他何尝不想做皇帝。后来知道李自成进了北京，接着是清兵入关，自己只剩了没落这一条路，于是就开手杀，杀……他分明的感到，天下已没有自己的东西，现在是在毁坏别人的东西了，这和有些末代的风雅皇帝，在死前烧掉了祖宗或自己所搜

248

集的书籍古董宝贝之类的心情,完全一样。他还有兵,而没有古董之类,所以就杀,杀,杀人,杀……

但他还要维持兵,这实在不过是维持杀。他杀得没有平民了,就派许多较为心腹的人到兵们中间去,设法窃听,偶有怨言,即跃出执之,戮其全家(他的兵像是有家眷的,也许就是掳来的妇女)。以杀治兵,用兵来杀,自己是完了,但要这样的达到一同灭亡的末路。我们对于别人的或公共的东西,不是也不很爱惜的么?

所以张献忠的举动,一看虽然似乎古怪,其实是极平常的。古怪的倒是那些被杀的人们,怎么会总是束手伸颈的等他杀,一定要清朝的肃王[12]来射死他,这才作为奴才而得救,而还说这是前定,就是所谓"吹箫不用竹,一箭贯当胸"[13]。但我想,这豫言诗是后人造出来的,我们不知道那时的人们真是怎么想。

七月二十八日。

*　　　*　　　*

〔1〕　本篇最初发表于 1933 年 8 月 1 日《申报·自由谈》。

〔2〕　张献忠(1606—1646)　延安柳树涧(今陕西定边东)人,明末农民起义领袖之一。崇祯三年(1630)起义,转战河南、陕西等地。崇祯十七年入川,在成都称帝,国号大西。顺治三年(1646)出川,在川北盐亭界为清兵所害。旧史书、杂记中常有关于他杀人的记载。

〔3〕　《无双谱》　清代金古良编绘,内收从汉到宋四十个名人的画像,并各附一诗。

〔4〕 嘉勒尔(T.Carlyle,1795—1881) 通译卡莱尔,英国著作家及历史学家。著有《法国革命史》、《过去与现在》等。《英雄及英雄崇拜》是他的讲演稿,出版于1841年。

〔5〕 亚懋生(R.W.Emerson,1803—1882) 通译爱默生,美国著作家。著有《论文集》、《英国人的性格》等。《伟人论》(一译《代表人物》)是他于1847年访问英国时在英格兰和苏格兰的讲演稿,后经整理于1850年出版。

〔6〕 苏武(?—前60) 字子卿,京兆杜陵(今属陕西西安市)人。汉武帝天汉元年(前100)以中郎将出使匈奴,被单于扣留,幽禁在一个大窖中,断绝饮食。他啮雪吞毡,得以不死。后又被送到北海(今苏联贝加尔湖)无人处去牧羊,他仍坚苦卓绝,始终不屈。直到汉昭帝始元六年(前81),因匈奴与汉和好,才被遣回朝。

〔7〕 玄奘(602—664) 本姓陈,洛州缑氏(今河南偃师缑氏镇)人,唐代高僧,翻译家。隋末出家。他鉴于初期输入的佛典不够精确完全,佛教内部对教义阐发不一,立志亲赴佛教发源地天竺(古印度)求法,于贞观三年(629,一说贞观元年)自长安西行,取道甘肃、新疆,过沙漠,越葱岭,经阿富汗,历尽艰险到达印度,在中印度摩揭陀国那烂陀寺从戒贤法师钻研梵典,又遍游印度半岛的东部和西部,后于贞观十九年返抵长安。他带回经卷六五七部,与其弟子们共译七十五部,计一三三五卷。此外,他又口述所历诸国风土,由僧人辩机编录而成《大唐西域记》一书。

〔8〕 孔明(181—234) 姓诸葛名亮,字孔明,琅琊阳都(今山东沂南)人,三国时蜀汉丞相。"鞠躬尽瘁,死而后已",是他在建兴六年(228)十一月上蜀后主刘禅奏章中的话。"瘁"原作"力"。这篇奏章世称为《后出师表》,《三国志·蜀书·诸葛亮传》未载,见于南朝宋裴松之注引晋代习凿齿的《汉晋春秋》,据说出于三国时吴国张俨的《默记》。

〔**9**〕 王莽(前45—23) 字巨君,东平陵(今山东历城)人。西汉末年,他以外戚由大司马逐渐做到"摄皇帝",专断朝政。公元8年,他废孺子婴,自立为帝,国号新。即位后他模仿古法,改定一切制度,如收全国土地为国有,称为"王田",不得买卖;一家男口不满八人而有田一井(九百亩)以上的,将余田分给同族或乡里;奴婢称为"私属",禁止买卖等等。但后来一切新政又都先后废止,王莽本人则在对农民起义军作战失败后被杀。

〔**10**〕 王安石(1021—1086) 字介甫,抚州临川(今属江西)人,北宋政治家和文学家。他在宋神宗熙宁二年(1069)任宰相,实行改革,推行均输、青苗、免役、市易、方田均税、保甲、保马等新法。后来因受守旧派的反对和攻击而失败。

〔**11**〕 《蜀碧》 清代彭遵泗著,四卷。内容系记述张献忠在四川时的事迹,多有关于他杀人的记载。作者在康熙二十一年(1682)作的自序中说,该书系根据幼年所闻张献忠遗事及杂采他人记载而成。

〔**12**〕 肃王 即豪格(1609—1648),清太宗(皇太极)的长子,封和硕肃亲王。顺治三年(1646)率清兵进攻陕西、四川,镇压张献忠部起义军。

〔**13**〕 "吹箫不用竹,一箭贯当胸" 这是《蜀碧》卷三所载关于张献忠之死的预言诗:"初,成都东门外,沿江十里,有锁江桥,桥畔有回澜塔,万历中布政使余一龙所建,……(献忠)命毁之,就其地修筑将台,穿穴取砖,至四丈余,得一古碑,上有篆文云:'修塔余一龙,拆塔张献忠。岁逢甲乙丙,此地血流红。妖运终川北,毒气播川东。吹箫不用竹,一箭当胸。炎兴元年,诸葛孔明记。'至肃王督师攻献,于西充射杀之,乃知'吹箫不用竹',盖'肃'字也。"按张献忠之死,据《明史·张献忠传》载:"顺治三年,献忠尽焚成都宫殿庐舍,夷其城,率众出川北;……会我大清兵至汉中,……至盐亭界,大雾,献忠晓行,猝遇我兵于凤凰坡,中

矢坠马,蒲伏积薪下,于是我兵擒献忠出,斩之。"但清代谷应泰《明史记事本末》卷七十七则说张献忠是"以病死于蜀中",与清代官修的《明史》所记各异。

中国的奇想^[1]

游　光

外国人不知道中国,常说中国人是专重实际的。其实并不,我们中国人是最有奇想的人民。

无论古今,谁都知道,一个男人有许多女人,一味纵欲,后来是不但天天喝三鞭酒^[2]也无效,简直非"寿(?)终正寝"不可的。可是我们古人有一个大奇想,是靠了"御女",反可以成仙,例子是彭祖^[3]有多少女人而活到几百岁。这方法和炼金术一同流行过,古代书目上还剩着各种的书名。不过实际上大约还是到底不行罢,现在似乎再没有什么人们相信了,这对于喜欢渔色的英雄,真是不幸得很。

然而还有一种小奇想。那就是哼的一声,鼻孔里放出一道白光,无论路的远近,将仇人或敌人杀掉。白光可又回来了,摸不着是谁杀的,既然杀了人,又没有麻烦,多么舒适自在。这种本领,前年还有人想上武当山^[4]去寻求,直到去年,这才用大刀队来替代了这奇想的位置。现在是连大刀队的名声也寂寞了。对于爱国的英雄,也是十分不幸的。

然而我们新近又有了一个大奇想。那是一面救国,一面又可以发财,虽然各种彩票^[5],近似赌博,而发财也不过是"希望"。不过这两种已经关联起来了却是真的。固然,世界上也有靠聚赌抽头来维持的摩那科王国[6]，但就常理说，则赌博大概是小则败家，大则亡国；救国呢，却总不免有一点牺牲，至少，和发财之路总是相差很远的。然而发见了一致之点的是我们现在的中国，虽然还在试验的途中。

然而又还有一种小奇想。这回不用一道白光了，要用几回启事，几封匿名的信件，几篇化名的文章，使仇头落地，而血点一些也不会溅着自己的洋房和洋服[7]。并且映带之下，使自己成名获利。这也还在试验的途中，不知道结果怎么样，但翻翻现成的文艺史，看不见半个这样的人物，那恐怕也还是枉用心机的。

狂赌救国，纵欲成仙，袖手杀敌，造谣买田，倘有人要编续《龙文鞭影》[8]的，我以为不妨添上这四句。

八月四日。

＊　　　　＊　　　　＊

〔1〕　本篇最初发表于 1933 年 8 月 6 日《申报·自由谈》。

〔2〕　三鞭酒　用三种动物的雄性生殖器泡制的药酒。

〔3〕　彭祖　传说中人物。晋代葛洪《神仙传》卷一："彭祖者，姓籛讳铿，帝颛顼之玄孙也。殷末已七百六十七岁，而不衰老。"传内记彭祖曾说过这样的话："男女相成，犹天地相生也。……天地昼分而夜合，一岁三百六十交而精气和合，故能生产万物而不穷；人能则之，可以长存。"

〔4〕　武当山　在湖北均县北，山上有紫霄宫、玉虚宫等宫观，为我国著名的道教胜地。《太平御览》卷四十三引南朝宋郭仲产《南雍州

记》说:"武当山广三四百里,……学道者常百数,相继不绝。"在旧小说中常把武当山描写为剑侠修炼的神奇的地方。

〔5〕 彩票 又称奖券。这里指国民党政府自1933年起发行的"航空公路建设奖券",当时报纸宣传购买奖券是"既爱国,又获奖"。

〔6〕 摩那科王国(The Principality of Monaco) 通译摩纳哥公国,法国东南地中海滨的一个君主立宪国,境内蒙的卡罗(Monte Carlo)城有世界著名的大赌场,赌场收入为该国政府主要财政来源之一。

〔7〕 指当时《社会新闻》、《微言》一类刊物上发表的文章和张资平、曾今可等人的启事,参看《伪自由书·后记》。

〔8〕 《龙文鞭影》 明代萧良友编著,内容是从古书中摘取一些故事,四字一句,每两句自成一联,按韵谱列为长编。旧时书塾常采用为儿童课本。

豪语的折扣[1]

豪语的折扣其实也就是文学上的折扣，凡作者的自述，往往须打一个扣头，连自白其可怜和无用[2]也还是并非"不二价"的，更何况豪语。

仙才李太白[3]的善作豪语，可以不必说了；连留长了指甲，骨瘦如柴的鬼才李长吉[4]，也说"见买若耶溪水剑，明朝归去事猿公"起来，简直是毫不自量，想学刺客了。这应该折成零，证据是他到底并没有去。南宋时候，国步艰难，陆放翁[5]自然也是慷慨党中的一个，他有一回说："老子犹堪绝大漠，诸君何至泣新亭。"他其实是去不得的，也应该折成零。——但我手头无书，引诗或有错误，也先打一个折扣在这里。

其实，这故作豪语的脾气，正不独文人为然，常人或市侩，也非常发达。市上甲乙打架，输的大抵说："我认得你的！"这是说，他将如伍子胥[6]一般，誓必复仇的意思。不过总是不来的居多，倘是智识分子呢，也许另用一些阴谋，但在粗人，往往这就是斗争的结局，说的是有口无心，听的也不以为意，久成为打架收场的一种仪式了。

旧小说家也早已看穿了这局面，他写暗娼和别人相争，照例攻击过别人的偷汉之后,就自序道:"老娘是指头上站得人,臂膊上跑得马……"[7]底下怎样呢? 他任别人去打折扣。他知道别人是决不那么胡涂,会十足相信的,但仍得这么说,恰如卖假药的,包纸上一定印着"存心欺世,雷殛火焚"一样,成为一种仪式了。

但因时势的不同,也有立刻自打折扣的。例如在广告上,我们有时会看见自说"我是坐不改名,行不改姓的人"[8],真要蓦地发生一种好像见了《七侠五义》[9]中人物一般的敬意,但接着就是"纵令有时用其他笔名,但所发表文章,均自负责",却身子一扭,土行孙[10]似的不见了。予岂好"用其他笔名"哉? 予不得已也[11]。上海原是中国的一部分,当然受着孔子的教化的。便是商家,柜内的"不二价"的金字招牌也时时和屋外"大廉价"的大旗互相辉映,不过他总有一个缘故:不是提倡国货,就是纪念开张。

所以,自打折扣,也还是没有打足的,凡"老上海",必须再打它一下。

八月四日。

　　＊　　　　　＊　　　　　＊

〔1〕　本篇最初发表于 1933 年 8 月 8 日《申报·自由谈》。

〔2〕　自白其可怜和无用　指曾今可。参看本卷第 233 页注〔7〕。

〔3〕　李太白(701—762)　名白,字太白,祖籍陇西成纪(今甘肃秦安),后迁居绵州昌隆(今四川江油),唐代诗人。他的诗豪放飘逸,有"诗仙"之称。后代文人曾将他与下文提到的李长吉并论,如北宋宋祁

等人就有"太白仙才,长吉鬼才"的说法(见《文献通考·经籍六十九》)。

〔4〕 李长吉(790—816) 名贺,字长吉,昌谷(今河南宜阳)人,唐代诗人。《新唐书·文艺传》说他"为人纤瘦,通眉,长指爪"。他的诗想像丰富,诡异新奇。这里引用的两句,见他的《南园》十三首中的第七首,意思是说他要去学剑术。引诗中的"猿公"典出《吴越春秋》卷九:越有处女,善剑术,应聘往见勾践,途中遇一老翁,自称袁公,要求和她比剑,结果两力相敌,老翁飞上树枝,化为白猿而去。

〔5〕 陆放翁(1125—1210) 名游,字务观,自号放翁,山阴(今浙江绍兴)人,南宋诗人。他生活在金兵入侵、国势衰微的时代,他主张抗金,诗词慷慨激昂。这里所引两句,见他的《夜泊水村》一诗,意思是说他虽然年老,但也还可以到边塞去驱逐敌人,并鼓励他人对国事不要悲观。引诗中的"新亭",典出《世说新语·言语》:东晋初年,由北方逃到建康(今南京)的一批士大夫,有一天在新亭(在今南京市南)宴会,周顗(晋元帝时的尚书左仆射)想起西晋的首都洛阳,叹息说:"风景不殊,正自有河山之异!"于是大家"皆相视流泪"。

〔6〕 伍子胥(?—前484) 名员,春秋时楚国人。楚平王杀了他的父亲伍奢、哥哥伍尚,他出奔吴国,力谋复仇;后佐吴王阖庐(一作阖闾)伐楚,攻破楚国首都郢(在今湖北江陵),掘平王墓,鞭尸三百。

〔7〕 这两句是小说《水浒》中人物潘金莲所说的话,见该书第二十四回。原作"拳头上立得人,胳膊上走得马"。

〔8〕 此句与下文"纵令有时用其他笔名……"句,都是张资平在1933年7月6日上海《时事新报》刊登的启事中的话,参看《伪自由书·后记》。

〔9〕 《七侠五义》 原名《三侠五义》,清代侠义小说,共一二〇回,署"石玉昆述",1879年(同治五年)出版。十年后经俞樾改撰第一回并对全书作了修订,改名为《七侠五义》。书中所叙人物,口头常说"坐

不改名,行不改姓"这一句话。

〔**10**〕 土行孙　明代神魔小说《封神演义》中的人物,小说写他善"地行之术"——"身子一扭,即时不见"。

〔**11**〕 予不得已也　此处是套用《孟子·滕文公(下)》语:"予岂好辨哉? 予不得已也。"

踢 [1]

丰 之 余

两月以前,曾经说过"推",这回却又来了"踢"。

本月九日《申报》载六日晚间,有漆匠刘明山,杨阿坤,顾洪生三人在法租界黄浦滩太古码头纳凉,适另有数人在左近聚赌,由巡逻警察上前驱逐,而刘,顾两人,竟被俄捕 [2] 弄到水里去,刘明山竟淹死了。由俄捕说,自然是"自行失足落水" [3] 的。但据顾洪生供,却道:"我与刘,杨三人,同至太古码头乘凉,刘坐铁凳下地板上,……我立在旁边,……俄捕来先踢刘一脚,刘已立起要避开,又被踢一脚,以致跌入浦中,我要拉救,已经不及,乃转身拉住俄捕,亦被用手一推,我亦跌下浦中,经人救起的。"推事 [4] 问:"为什么要踢他?"答曰:"不知。"

"推"还要抬一抬手,对付下等人是犯不着如此费事的,于是乎有"踢"。而上海也真有"踢"的专家,有印度巡捕,有安南巡捕,现在还添了白俄巡捕,他们将沙皇时代对犹太人的手段,到我们这里来施展了。我们也真是善于"忍辱负重"的人民,只要不"落浦",就大抵用一句滑稽化的话道:"吃了一只外国火腿",一笑了之。

苗民大败之后,都往山里跑,这是我们的先帝轩辕氏赶他

260

的。南宋败残之余，就往海边跑，这据说也是我们的先帝成吉思汗赶他的，赶到临了，就是陆秀夫[5]背着小皇帝，跳进海里去。我们中国人，原是古来就要"自行失足落水"的。

有些慷慨家说，世界上只有水和空气给与穷人。此说其实是不确的，穷人在实际上，那里能够得到和大家一样的水和空气。即使在码头上乘乘凉，也会无端被"踢"，送掉性命的：落浦。要救朋友，或拉住凶手罢，"也被用手一推"：也落浦。如果大家来相帮，那就有"反帝"的嫌疑了，"反帝"原未为中国所禁止的，然而要预防"反动分子乘机捣乱"，所以结果还是免不了"踢"和"推"，也就是终于是落浦。

时代在进步，轮船飞机，随处皆是，假使南宋末代皇帝而生在今日，是决不至于落海的了，他可以跑到外国去，而小百姓以"落浦"代之。

这理由虽然简单，却也复杂，故漆匠顾洪生曰："不知。"

八月十日。

* * *

〔1〕 本篇最初发表于1933年8月13日《申报·自由谈》。

〔2〕 俄捕 旧时帝国主义者在上海公共租界内雇佣白俄充当的警察。

〔3〕 "自行失足落水" 这是国民党当局为掩饰自己屠杀爱国学生的罪行时所说的话，参看本卷第12页注〔2〕。

〔4〕 推事 旧法院中审理刑事、民事案件的官员。

〔5〕 陆秀夫(1236—1279) 字君实，盐城(今属江苏)人，南宋大

臣。1278 年拥立宋度宗八岁的儿子赵昺为帝,任左丞相。祥兴二年
(1279),元兵破厓山(在广东新会南),他背负赵昺投海而死。

"中国文坛的悲观"[1]

旅　隼

文雅书生中也真有特别善于下泪的人物,说是因为近来中国文坛的混乱[2],好像军阀割据,便不禁"呜呼"起来了,但尤其痛心诬陷。

其实是作文"藏之名山"的时代一去,而有一个"坛",便不免有斗争,甚而至于谩骂,诬陷的。明末太远,不必提了;清朝的章实斋和袁子才[3],李莼客和赵捣叔[4],就如水火之不可调和;再近些,则有《民报》和《新民丛报》之争[5],《新青年》派和某某派之争[6],也都非常猛烈。当初又何尝不使局外人摇头叹气呢,然而胜负一明,时代渐远,战血为雨露洗得干干净净,后人便以为先前的文坛是太平了。在外国也一样,我们现在大抵只知道器俄和霍普德曼[7]是卓卓的文人,但当时他们的剧本开演的时候,就在戏场里捉人,打架,较详的文学史上,还载着打架之类的图。

所以,无论中外古今,文坛上是总归有些混乱,使文雅书生看得要"悲观"的。但也总归有许多所谓文人和文章也者一定灭亡,只有配存在者终于存在,以证明文坛也总归还是干净的处所。增加混乱的倒是有些悲观论者,不施考察,不加批判,但用"彼亦一是非,此亦一是非"[8]的论调,将一切作者,诋为"一丘之貉"。这样子,扰乱是永远不会收场的。然而世间却并不都这样,一定会有明明白白的是非之别,我们试想一想,林琴南[9]攻击文学革命的小说,为时并不久,现在那里去了?

只有近来的诬陷,倒像是颇为出色的花样,但其实也并不比古时候更厉害,证据是清初大兴文字之狱的遗闻。况且闹这样玩意的,其实并不完全是文人,十中之九,乃是挂了招牌,而无货色,只好化为黑店,出卖人肉馒头的小盗;即使其中偶然有曾经弄过笔墨的人,然而这时却正是露出原形,在告白他自己的没落,文坛决不因此混乱,倒是反而越加清楚,越加分明起来了。

历史决不倒退,文坛是无须悲观的。悲观的由来,是在置身事外不辨是非,而偏要关心于文坛,或者竟是自己坐在没落的营盘里。

八月十日。

*　　*　　*

〔1〕 本篇最初发表于 1933 年 8 月 14 日《申报·自由谈》,原题《悲观无用论》。

〔2〕 **中国文坛的混乱** 1933 年 8 月 9 日《大晚报·火炬》载小仲的《中国文坛的悲观》一文,其中说:"中国近几年来的文坛,处处都呈现着混乱,处处都是政治军阀割据式的小缩影","文雅的书生,都变成狰狞面目的凶手","把不相干的帽子硬套在你的头上,……直冤屈到你死!"并慨叹道:"呜呼! 中国的文坛!"

〔3〕 章实斋(1738—1801) 名学诚,字实斋,浙江会稽(今绍兴)人,清代史学家。袁子才(1716—1798),名枚,字子才,浙江钱塘(今杭县)人,清代诗人。袁枚死后,章学诚在《丁巳札记》内针对袁枚论诗主张性灵及收纳女弟子的事,攻击袁枚为"无耻妄人,以风流自命,蛊惑士女"。此外,他又著有《妇学》、《妇学篇书后》、《书坊刻诗话后》等文,也都是攻击袁枚的。

〔4〕 李莼客(1830—1894) 名慈铭,字炁伯,号莼客,浙江会稽人,清末文学家。赵㧑叔(1829—1884),名之谦,字㧑叔,浙江会稽人,清末书画篆刻家。李慈铭在所著《越缦堂日记》中常称赵之谦为"妄人",攻击赵之谦"亡赖险诈,素不知书","是鬼蜮之面而狗彘之心"。(见光绪五年十一月廿九日日记)

〔5〕 《民报》和《新民丛报》之争 指清末同盟会机关报《民报》同梁启超主办的《新民丛报》关于民主革命和君主立宪的论争。《民报》,月刊,1905年11月在日本东京创刊,1908年冬被日本政府查禁,1910年初在日本秘密印行两期后停刊。《新民丛报》,半月刊,1902年2月在日本横滨创刊,1907年冬停刊。

〔6〕 《新青年》派和某某派之争 指《新青年》派和当时反对新文化运动的封建复古派进行的论争。《新青年》,"五四"时期倡导新文化运动、传播马克思主义的综合性月刊。1915年9月创刊于上海,由陈独秀主编,第一卷名《青年杂志》,第二卷起改名《新青年》。1918年1月起李大钊、胡适等参加该刊编辑工作,1922年7月休刊。

〔7〕 嚣俄 通译雨果。1830年2月25日,雨果的浪漫主义剧作《欧那尼》在巴黎法兰西剧院上演时,拥护浪漫主义文学的人们同拥护古典主义文学的人们在剧院发生尖锐冲突,喝彩声和反对声混成一片。霍普德曼(G.Hauptmann,1862—1946),通译霍普特曼,德国剧作家,著有剧本《织工》等。1889年10月20日,霍普特曼的自然主义剧作《日出

265

之前》在柏林自由剧院上演时,拥护者和反对者也在剧院发生尖锐冲突,欢呼声和嘲笑声相杂,一幕甚于一幕。

〔8〕 "彼亦一是非,此亦一是非" 语出《庄子·齐物论》。

〔9〕 林琴南(1852—1924) 名纾,字琴南,福建闽侯(今属福州)人,翻译家。他曾据别人口述,以文言翻译欧美文学作品一百多种,在当时影响很大,后集为《林译小说》。他晚年是反对"五四"新文化运动的守旧派代表人物之一。他攻击文学革命的小说,有《荆生》与《妖梦》(分别载于1919年2月17日至18日、3月19日至23日上海《新申报》),前篇写一个所谓"伟丈夫"荆生,将大骂孔子、提倡白话者打骂了一顿;后篇写一个所谓"罗睺罗阿修罗王"将"白话学堂"(影射北京大学)的校长、教务长吃掉等事。

秋 夜 纪 游[1]

游　光

秋已经来了，炎热也不比夏天小，当电灯替代了太阳的时候，我还是在马路上漫游。

危险？危险令人紧张，紧张令人觉到自己生命的力。在危险中漫游，是很好的。

租界也还有悠闲的处所，是住宅区。但中等华人的窟穴却是炎热的，吃食担，胡琴，麻将，留声机，垃圾桶，光着的身子和腿。相宜的是高等华人或无等洋人住处的门外，宽大的马路，碧绿的树，淡色的窗幔，凉风，月光，然而也有狗子叫。

我生长农村中，爱听狗子叫，深夜远吠，闻之神怡，古人之所谓"犬声如豹"[2]者就是。倘或偶经生疏的村外，一声狂噑，巨獒跃出，也给人一种紧张，如临战斗，非常有趣的。

但可惜在这里听到的是吧儿狗。它躲躲闪闪，叫得很脆：汪汪！

我不爱听这一种叫。

我一面漫步，一面发出冷笑，因为我明白了使它闭口的方法，是只要去和它主子的管门人说几句话，或者抛给它一根肉骨头。这两件我还能的，但是我不做。

它常常要汪汪。

我不爱听这一种叫。

我一面漫步，一面发出恶笑了，因为我手里拿着一粒石子，恶笑刚敛，就举手一掷，正中了它的鼻梁。

呜的一声，它不见了。我漫步着，漫步着，在少有的寂寞里。

秋已经来了，我还是漫步着。叫呢，也还是有的，然而更加躲躲闪闪了，声音也和先前不同，距离也隔得远了，连鼻子都看不见。

我不再冷笑，不再恶笑了，我漫步着，一面舒服的听着它那很脆的声音。

八月十四日。

＊　　　＊　　　＊

〔1〕　本篇最初发表于1933年8月16日《申报·自由谈》。

〔2〕　"犬声如豹"　语出唐代王维《山中与裴秀才迪书》，原作"深巷寒犬，吠声如豹"。

"揩　油"[1]

"揩油",是说明着奴才的品行全部的。

这不是"取回扣"或"取佣钱",因为这是一种秘密;但也不是偷窃,因为在原则上,所取的实在是微乎其微。因此也不能说是"分肥";至多,或者可以谓之"舞弊"罢。然而这又是光明正大的"舞弊",因为所取的是豪家,富翁,阔人,洋商的东西,而且所取又不过一点点,恰如从油水汪汪的处所,揩了一下,于人无损,于揩者却有益的,并且也不失为损富济贫的正道。设法向妇女调笑几句,或乘机摸一下,也谓之"揩油",这虽然不及对于金钱的名正言顺,但无大损于被揩者则一也。

表现得最分明的是电车上的卖票人。纯熟之后,他一面留心着可揩的客人,一面留心着突来的查票,眼光都练得像老鼠和老鹰的混合物一样。付钱而不给票,客人本该索取的,然而很难索取,也很少见有人索取,因为他所揩的是洋商的油[2],同是中国人,当然有帮忙的义务,一索取,就变成帮助洋商了。这时候,不但卖票人要报你憎恶的眼光,连同车的客人也往往不免显出以为你不识时务的脸色。

然而彼一时,此一时,如果三等客中有时偶缺一个铜元,你却只好在目的地以前下车,这时他就不肯通融,变成洋商的忠仆了。

在上海,如果同巡捕,门丁,西崽之类闲谈起来,他们大抵是憎恶洋鬼子的,他们多是爱国主义者。然而他们也像洋鬼子一样,看不起中国人,棍棒和拳头和轻蔑的眼光,专注在中国人的身上。

"揩油"的生活有福了。这手段将更加展开,这品格将变成高尚,这行为将认为正当,这将算是国民的本领,和对于帝国主义的复仇。打开天窗说亮话,其实,所谓"高等华人"也者,也何尝逃得出这模子。

但是,也如"吃白相饭"朋友那样,卖票人是还有他的道德的。倘被查票人查出他收钱而不给票来了,他就默然认罚,决不说没有收过钱,将罪案推到客人身上去。

八月十四日。

*　　　*　　　*

〔1〕　本篇最初发表于 1933 年 8 月 17 日《申报·自由谈》。

〔2〕　揩的是洋商的油　当时上海租界内的电车分别由英商和法商投资的两个电车公司经营。

我们怎样教育儿童的？[1]

旅　隼

　　看见了讲到"孔乙己"[2]，就想起中国一向怎样教育儿童来。

　　现在自然是各式各样的教科书，但在村塾里也还有《三字经》和《百家姓》[3]。清朝末年，有些人读的是"天子重英豪，文章教尔曹，万般皆下品，惟有读书高"的《神童诗》[4]，夸着"读书人"的光荣；有些人读的是"混沌初开，乾坤始奠，轻清者上浮而为天，重浊者下凝而为地"的《幼学琼林》[5]，教着做古文的滥调。再上去我可不知道了，但听说，唐末宋初用过《太公家教》[6]，久已失传，后来才从敦煌石窟中发现，而在汉朝，是读《急就篇》[7]之类的。

　　就是所谓"教科书"，在近三十年中，真不知变化了多少。忽而这么说，忽而那么说，今天是这样的宗旨，明天又是那样的主张，不加"教育"则已，一加"教育"，就从学校里造成了许多矛盾冲突的人，而且因为旧的社会关系，一面也还是"混沌初开，乾坤始奠"的老古董。

　　中国要作家，要"文豪"，但也要真正的学究。倘有人作一部历史，将中国历来教育儿童的方法，用书，作一个明确的记录，给人明白我们的古人以至我们，是怎样的被熏陶下来的，则其功德,当不在禹(虽然他也许不过是一条虫)下[8]。

《自由谈》的投稿者,常有博古通今的人,我以为对于这工作,是很有胜任者在的。不知亦有有意于此者乎?现在提出这问题,盖亦知易行难,遂只得空口说白话,而望垦辟于健者也。

八月十四日。

* * *

〔1〕 本篇最初发表于 1933 年 8 月 18 日《申报·自由谈》。

〔2〕 指陈子展所作《再谈孔乙己》一文,内容是关于旧时书塾中教学生习字用的描红语诀"上大人,丘(孔)乙己……"的考证和解释,载 1933 年 8 月 14 日《申报·自由谈》。

〔3〕 《三字经》 相传为南宋王应麟(一说宋末元初人区适子)作。《百家姓》,相传为宋代初年人作。都是旧时书塾中所用的识字课本。

〔4〕 《神童诗》 旧时书塾中初级读物的一种,相传为北宋汪洙作。这里所引的是该书开头几句。

〔5〕 《幼学琼林》 旧时学童初级读物,明末程允升编著。内容系杂集关于天文、人伦、器用、技艺等多种成语典故而成,全都是骈文。这里所引的第三四句,原文作:"气之轻清,上浮者为天;气之重浊,下凝者为地。"

〔6〕 《太公家教》 旧时学童初级读物,作者不详。太公即曾祖或高祖。此书在唐宋时颇流行,后失传,清光绪末年在敦煌鸣沙山石室中发现写本一卷,有罗振玉《鸣沙石室古佚书》影印本。

〔7〕 《急就篇》 一名《急就章》,旧时学童识字读物,西汉史游

撰。有唐代颜师古及王应麟注。内容大抵按姓名、衣服、饮食、器用等分类编成韵语,多数为七字一句。

〔8〕 **其功德,当不在禹下** 是唐代韩愈在《与孟尚书书》中称赞孟子的话:"然向无孟氏,则皆服左衽而言侏离矣。故愈尝推尊孟氏,以为功不在禹下者为此也。"禹是一条虫,是顾颉刚在1923年讨论古史的文章中提出的看法,参看本卷第15页注〔4〕。

为翻译辩护[1]

洛　文

今年是围剿翻译的年头。

或曰"硬译",或曰"乱译",或曰"听说现在有许多翻译家……翻开第一行就译,对于原作的理解,更无从谈起",所以令人看得"不知所云"[2]。

这种现象,在翻译界确是不少的,那病根就在"抢先"。中国人原是喜欢"抢先"的人民,上落电车,买火车票,寄挂号信,都愿意是一到便是第一个。翻译者当然也逃不出这例子的。而书店和读者,实在也没有容纳同一原本的两种译本的雅量和物力,只要已有一种译稿,别一译本就没有书店肯接收出版了,据说是已经有了,怕再没有人要买。

举一个例在这里:现在已经成了古典的达尔文[3]的《物种由来》,日本有两种翻译本[4],先出的一种颇多错误,后出的一本是好的。中国只有一种马君武[5]博士的翻译,而他所根据的却是日本的坏译本,实有另译的必要。然而那里还会有书店肯出版呢?除非译者同时是富翁,他来自己印。不过如果是富翁,他就去打算盘,再也不来弄什么翻译了。

还有一层,是中国的流行,实在也过去得太快,一种学问或文艺介绍进中国来,多则一年,少则半年,大抵就烟消火灭。靠翻译为生的翻译家,如果精心作意,推敲起来,则到他脱稿时,社会上早已无人过问。中国大嚷过托尔斯泰,屠格纳夫,后来又大嚷过辛克莱[6],但他们的选集却一部也没有。去年虽然还有以郭沫若[7]先生的盛名,幸而出版的《战争与和平》,但恐怕仍不足以挽回读书和出版界的惰气,势必至于读者也厌倦,译者也厌倦,出版者也厌倦,归根结蒂是不会完结的。

翻译的不行,大半的责任固然该在翻译家,但读书界和出版界,尤其是批评家,也应该分负若干的责任。要救治这颓运,必须有正确的批评,指出坏的,奖励好的,倘没有,则较好的也可以。然而这怎么能呢;指摘坏翻译,对于无拳无勇的译者是不要紧的,倘若触犯了别有来历的人,他就会给你带上一顶红帽子,简直要你的性命。这现象,就使批评家也不得不含胡了。

此外,现在最普通的对于翻译的不满,是说看了几十行也还是不能懂。但这是应该加以区别的。倘是康德[8]的《纯粹理性批判》那样的书,则即使德国人来看原文,他如果并非一个专家,也还是一时不能看懂。自然,"翻开第一行就译"的译者,是太不负责任了,然而漫无区别,要无论什么译本都翻开第一行就懂的读者,却也未免太不负责任了。

八月十四日。

*　　　*　　　　*

〔 1 〕　本篇最初发表于 1933 年 8 月 20 日《申报·自由谈》。

〔 2 〕　见 1933 年 7 月 31 日《申报·自由谈》载林翼之《"翻译"与"编

述"》,文中说:"许多在那儿干硬译乱译工作的人,如果改行来做改头换面的编述工作,是否胜任得了? ……听说现在有许多翻译家,连把原作从头到尾瞧一遍的工夫也没有,翻开第一行就译,对于原作的理解,更无从谈起。"又同年8月13日《自由谈》载有大圣《关于翻译的话》,文中说:"目前我们的出版界的大部分的译品太糟得令人不敢领教了,无论是那一类译品,往往看了三四页,还是不知所云。"

〔3〕 达尔文(C.R.Darwin,1809—1882) 英国生物学家,进化论的奠基人。他的《物种起源》(一译《物种由来》)一书,于1859年出版,是奠定生物进化理论基础的重要著作。

〔4〕 日本有两种翻译本 先出的一种为明治三十八年(1905)八月东京开成馆出版,开成馆翻译,丘浅次郎校订;后出的一种为大正三年(1914)四月东京新潮社出版,大杉荣翻译。

〔5〕 马君武(1882—1939) 名和,广西桂林人。初留学日本,参加同盟会,后去德国,获柏林大学工学博士学位。曾任孙中山临时政府实业部次长及上海中国公学、广西大学校长等职。他翻译的达尔文的《物种由来》,译名《物种原始》,1920年中华书局出版。

〔6〕 托尔斯泰(Л.Н.Толстой,1828—1910) 俄国作家,著有长篇小说《战争与和平》、《安娜·卡列尼娜》、《复活》等。屠格纳夫(И.С.Тургенев,1818—1883),通译屠格涅夫,俄国作家,著有长篇小说《罗亭》、《父与子》等。辛克莱(U.Sinclair,1878—1968),美国作家,著有长篇小说《屠场》、《石炭王》等。

〔7〕 郭沫若(1892—1978) 四川乐山人,文学家、历史学家和社会活动家。创造社主要成员。著有诗集《女神》、历史剧《屈原》、历史论文集《奴隶制时代》等。他译的托尔斯泰的《战争与和平》,于1931年至1933年间由上海文艺书局出版,共三册(未完)。

〔8〕 康德(I.Kant,1724—1804) 德国哲学家。他的《纯粹理性

批判》一书,出版于 1781 年。这是一部难懂的著作。德国作家海涅在
《论德国宗教和哲学的历史》中曾说:"《纯粹理性批判》是康德的主要著
作,……这部书之所以拖延了很久才为人公认,其原因可能在于它那不
寻常的形式和它那拙劣的文体"。他用"灰色、枯燥乏味的包装纸一般
的文体来写《纯粹理性批判》",又"赋予它一种僵硬的、抽象的形式,这
种形式冷漠地拒绝了较低智能阶层的人们来接近它。他想和当时那些
力求平易近人的通俗哲学家们严格地区别开来,并且给他的思想穿上
一种宫廷般冷淡的公文用语的外衣。"

爬　和　撞^{〔1〕}

筍　继

　　从前梁实秋教授曾经说过：穷人总是要爬，往上爬，爬到富翁的地位^{〔2〕}。不但穷人，奴隶也是要爬的，有了爬得上的机会，连奴隶也会觉得自己是神仙，天下自然太平了。

　　虽然爬得上的很少，然而个个以为这正是他自己。这样自然都安分的去耕田，种地，拣大粪或是坐冷板凳，克勤克俭，背着苦恼的命运，和自然奋斗着，拚命的爬，爬，爬。可是爬的人那么多，而路只有一条，十分拥挤。老实的照着章程规规矩矩的爬，大都是爬不上去的。聪明人就会推，把别人推开，推倒，踏在脚底下，踹着他们的肩膀和头顶，爬上去了。大多数人却还只是爬，认定自己的冤家并不在上面，而只在旁边——是那些一同在爬的人。他们大都忍耐着一切，两脚两手都着地，一步步的挨上去又挤下来，挤下来又挨上去，没有休止的。

　　然而爬的人太多，爬得上的太少，失望也会渐渐的侵蚀善良的人心，至少，也会发生跪着的革命。于是爬之外，又发明了撞。

　　这是明知道你太辛苦了，想从地上站起来，所以在你的背后猛然的叫一声：撞罢。一个个发麻的腿还在抖着，就撞过去。这比爬要轻松得多，手也不必用力，膝盖也不必移动，只

278

要横着身子，晃一晃，就撞过去。撞得好就是五十万元大洋[3]，妻，财，子，禄都有了。撞不好，至多不过跌一交，倒在地下。那又算得什么呢，——他原本是伏在地上的，他仍旧可以爬。何况有些人不过撞着玩罢了，根本就不怕跌交的。

爬是自古有之。例如从童生到状元，从小瘪三到康白度[4]。撞却似乎是近代的发明。要考据起来，恐怕只有古时候"小姐抛彩球"[5]有点像给人撞的办法。小姐的彩球将要抛下来的时候，——一个个想吃天鹅肉的男子汉仰着头，张着嘴，馋涎拖得几尺长……可惜，古人究竟呆笨，没有要这些男子汉拿出几个本钱来，否则，也一定可以收着几万万的。

爬得上的机会越少，愿意撞的人就越多，那些早已爬在上面的人们，就天天替你们制造撞的机会，叫你们化些小本钱，而预约着你们名利双收的神仙生活。所以撞得好的机会，虽然比爬得上的还要少得多，而大家都愿意来试试的。这样，爬了来撞，撞不着再爬……鞠躬尽瘁，死而后已。

八月十六日。

＊　　　＊　　　＊

〔1〕　本篇最初发表于 1933 年 8 月 23 日《申报·自由谈》。

〔2〕　梁实秋在 1929 年 9 月《新月》月刊第二卷第六、七号合刊发表《文学是有阶级性的吗？》一文，其中有这样的话："一个无产者假如他是有出息的，只消辛辛苦苦诚诚实实的工作一生，多少必定可以得到相当的资产。"参看《二心集·"硬译"与"文学的阶级性"》。

〔3〕　五十万元大洋　当时国民党政府发行的"航空公路建设奖

券”,头等奖为五十万元。

〔4〕 康白度 英语 Comprador 的音译,即买办。

〔5〕 “小姐抛彩球” 旧小说戏曲中描述的官僚贵族小姐招亲的一种方式,小姐抛出彩球,落在哪个男子身上,就嫁给他为妻。

各 种 捐 班[1]

洛　文

　　清朝的中叶,要做官可以捐,叫做"捐班"的便是这一伙。财主少爷吃得油头光脸,忽而忙了几天,头上就有一粒水晶顶,有时还加上一枝蓝翎[2],满口官话,说是"今天天气好"了。

　　到得民国,官总算说是没有了捐班,然而捐班之途,实际上倒是开展了起来,连"学士文人"也可以由此弄得到顶戴。开宗明义第一章,自然是要有钱。只要有钱,就什么都容易办了。譬如,要捐学者罢,那就收买一批古董,结识几个清客,并且雇几个工人,拓出古董上面的花纹和文字,用玻璃板印成一部书,名之曰"什么集古录"或"什么考古录"。李富孙[3]做过一部《金石学录》,是专载研究金石[4]的人们的,然而这倒成了"作俑"[5],使清客们可以一续再续,并且推而广之,连收藏古董,贩卖古董的少爷和商人,也都一榻括子[6]的收进去了,这就叫作"金石家"。

　　捐做"文学家"也用不着什么新花样。只要开一只书店,拉几个作家,雇一些帮闲,出一种小报,"今天天气好"是也须会说的,就写了出来,印了上去,交给报贩,不消一年半载,包管成功。但是,古董的花纹和文字的拓片是不能用的了,应该代以电影明星和摩登女子的照片,因为这才是新时代的美术。

"爱美"的人物在中国还多得很,而"文学家"或"艺术家"也就这样的起来了。

捐官可以希望刮地皮,但捐学者文人也不会折本。印刷品固然可以卖现钱,古董将来也会有洋鬼子肯出大价的。

这又叫作"名利双收"。不过先要能"投资",所以平常人做不到,要不然,文人学士也就不大值钱了。

而现在还值钱,所以也还会有人忙着做人名辞典,造文艺史,出作家论,编自传。我想,倘作历史的著作,是应该像将文人分为罗曼派,古典派一样,另外分出一种"捐班"派来的,历史要"真",招些忌恨也只好硬挺,是不是?

八月二十四日。

＊　　　＊　　　＊

〔1〕 本篇最初发表于 1933 年 8 月 26 日《申报·自由谈》。

〔2〕 水晶顶、蓝翎 都是清代用以区别官员等级的帽饰。五品官礼帽上用亮白色水晶顶。帽后又分别垂戴孔雀翎(五品以上)或鹘羽蓝翎(六品以下)。富家子弟也可以因捐官而得到这种"顶戴"。

〔3〕 李富孙(1764—1843) 字芗沚,清代嘉兴人。著有《金石学录》、《汉魏六朝墓铭纂例》等书。

〔4〕 金石 这里金指铜器,石指石碑等,古代常在这些东西上面铸字或刻字以记事,故称这类历史文物为金石。

〔5〕 "作俑" 《孟子·梁惠王(上)》:"仲尼曰:'始作俑者,其无后乎!'"俑,古代殉葬用的木偶或泥人。孔子反对活人殉葬,也不赞成用人形俑作替代品。后来称开头做坏事为"作俑"。

〔6〕 一榻括子 上海话,统统、全盘的意思。

四库全书珍本[1]

丰 之 余

　　现在除兵争，政争等类之外，还有一种倘非闲人，就不大注意的影印《四库全书》中的"珍本"之争[2]。官商要照原式，及早印成，学界却以为库本有删改，有错误，如果有别本可得，就应该用别的"善本"来替代。

　　但是，学界的主张，是不会通过的，结果总非依照《钦定四库全书》不可。这理由很分明，就因为要赶快。四省不见，九岛出脱[3]，不说也罢，单是黄河的出轨[4]举动，也就令人觉得岌岌乎不可终日，要做生意就得赶快。况且"钦定"二字，至今也还有一点威光，"御医""贡缎"，就是与众不同的意思。便是早已共和了的法国，拿破仑[5]的藏书在拍卖场上还是比平民的藏书值钱；欧洲的有些著名的"支那学者"，讲中国就会引用《钦定图书集成》[6]，这是中国的考据家所不肯玩的玩艺。但是，也可见印了"钦定"过的"珍本"，在外国，生意总可以比"善本"好一些。

　　即使在中国，恐怕生意也还是"珍本"好。因为这可以做摆饰，而"善本"却不过能合于实用。能买这样的书的，决非穷措大也可想，则买去之后，必将供在客厅上也亦可知。这类的买主，会买一个商周的古鼎，摆起来；不得已时，也许买一个假古鼎,摆起来;但他决不肯买一个沙锅或铁镬,摆在紫檀桌子上。因为他的目的是在"珍"而并不在"善",更不在是否能合于实用的。

明末人好名,刻古书也是一种风气,然而往往自己看不懂,以为错字,随手乱改。不改尚可,一改,可就反而改错了,所以使后来的考据家为之摇头叹气,说是"明人好刻古书而古书亡"〔7〕。这回的《四库全书》中的"珍本"是影印的,决无改错的弊病,然而那原本就有无意的错字,有故意的删改,并且因为新本的流布,更能使善本湮没下去,将来的认真的读者如果偶尔得到这样的本子,恐怕总免不了要有摇头叹气第二回。

然而结果总非依照《钦定四库全书》不可。因为"将来"的事,和现在的官商是不相干了。

八月二十四日。

＊　　　＊　　　＊

〔1〕 本篇最初发表于 1933 年 8 月 31 日《申报·自由谈》。

〔2〕 影印《四库全书》中的"珍本"之争 《四库全书》是清乾隆下令编纂的一部丛书,分经、史、子、集四部,收书三千余种。为了维护清政权的封建统治,有些书曾被抽毁或窜改。1933 年 6 月,国民党政府教育部令当时中央图书馆筹备处和商务印书馆订立合同,影印北京故宫博物院所藏原存文渊阁的《四库全书》缮写本;北京图书馆馆长蔡元培则主张采用旧刻或旧抄本,以代替经四库全书馆馆臣窜改过的库本,藏书家傅增湘、李盛铎和学术界陈垣、刘复等人,也与蔡元培主张相同,但为教育部长王世杰所反对,当时商务印书馆编译所所长张元济,也主张照印库本。结果商务印书馆仍依官方意见,于 1934 年至 1935 年刊行

《四库全书珍本初集》,选书二百三十一种。

〔3〕 四省不见 1931 年九一八事变后,日本帝国主义先后侵占我国东北辽宁、吉林、黑龙江、热河四省。九岛出脱,九一八事变后,法国殖民主义者趁机提出吞并我国领土西沙群岛和南沙群岛的无理要求,并于 1933 年 7 月侵占了中国南沙群岛的九个岛屿。对此,中国各界民众群起抗议,当时中国政府也通过外交途径向法国当局提出过严正交涉。

〔4〕 黄河的出轨 指 1933 年 8 月黄河决口,河北、河南、山东、陕西、安徽以至江苏北部,都泛滥成灾。

〔5〕 拿破仑(Napoléon Bonaparte,1769—1821) 即拿破仑·波拿巴,法国资产阶级革命时期军事家、政治家、法兰西第一帝国皇帝。拿破仑藏书很多,死后其藏书辗转易主,1932 年曾有一部分被人运往柏林,准备拍卖,后由法国政府设法运回巴黎。

〔6〕 《钦定图书集成》 即《古今图书集成》,我国大型类书之一。清康熙四十五年(1706)陈梦雷编成,初名《图书汇编》。雍正初年,复命蒋廷锡略加编校,抹去陈梦雷之名,加上"钦定"二字,于雍正三年(1725)完成。全书共分历象、方舆、明伦、博物、理学、经济六编,总计凡一万卷。

〔7〕 "明人好刻古书而古书亡" 清代陆心源在《仪顾堂题跋》卷一《六经雅言图辨跋》中,对明人妄改乱刻古书,说过这样的话:"明人书帕本,大抵如是,所谓刻书而书亡者也。"

新 秋 杂 识^{〔1〕}

旅 隼

门外的有限的一方泥地上，有两队蚂蚁在打仗。

童话作家爱罗先珂^{〔2〕}的名字，现在是已经从读者的记忆上渐渐淡下去了，此时我却记起了他的一种奇异的忧愁。他在北京时，曾经认真的告诉我说：我害怕，不知道将来会不会有人发明一种方法，只要怎么一来，就能使人们都成为打仗的机器的。

其实是这方法早经发明了，不过较为烦难，不能"怎么一来"就完事。我们只要看外国为儿童而作的书籍，玩具，常常以指教武器为大宗，就知道这正是制造打仗机器的设备，制造是必须从天真烂漫的孩子们入手的。

不但人们，连昆虫也知道。蚂蚁中有一种武士蚁，自己不造窠，不求食，一生的事业，是专在攻击别种蚂蚁，掠取幼虫，使成奴隶，给它服役的。但奇怪的是它决不掠取成虫，因为已经难施教化。它所掠取的一定只限于幼虫和蛹，使在盗窟里长大，毫不记得先前，永远是愚忠的奴隶，不但服役，每当武士蚁出去劫掠的时候，它还跟在一起，帮着搬运那些被侵略的同族的幼虫和蛹去了。

但在人类，却不能这么简单的造成一律。这就是人之所以为"万物之灵"。

然而制造者也决不放手。孩子长大,不但失掉天真,还变得呆头呆脑,是我们时时看见的。经济的雕敝,使出版界不肯印行大部的学术文艺书籍,不是教科书,便是儿童书,黄河决口似的向孩子们滚过去。但那里面讲的是什么呢?要将我们的孩子们造成什么东西呢?却还没有看见战斗的批评家论及,似乎已经不大有人注意将来了。

反战会议〔3〕的消息不很在日报上看到,可见打仗也还是中国人的嗜好,给它一个冷淡,正是违反了我们的嗜好的证明。自然,仗是要打的,跟着武士蚁去搬运败者的幼虫,也还不失为一种为奴的胜利。但是,人究竟是"万物之灵",这样那里能就够。仗自然是要打的,要打掉制造打仗机器的蚁冢,打掉毒害小儿的药饵,打掉陷没将来的阴谋:这才是人的战士的任务。

八月二十八日。

*　　*　　*

〔1〕　本篇最初发表于 1933 年 9 月 2 日《申报·自由谈》。

〔2〕　爱罗先珂(В.Я.Ерошенко,1889—1952)　俄国诗人和童话作家。童年时因病双目失明。1921 年至 1923 年曾来中国,与鲁迅结识,鲁迅译过他的作品《桃色的云》、《爱罗先珂童话集》等。

〔3〕　反战会议　指世界反对帝国主义战争委员会于 1933 年 9 月在上海召开的远东会议。这次会议讨论反对日本帝国主义侵略中国和争取国际和平等问题。开会前,国民党政府和法租界、公共租界当局

对会议进行种种诽谤和阻挠,不许在华界或租界内召开。但在当时中共上海地下党的支持下终于秘密举行。英国马莱爵士、法国作家和《人道报》主笔伐扬－古久里、中国宋庆龄等都出席了这次会议;鲁迅被推为主席团名誉主席。在会议筹备期间,鲁迅曾尽力支持和给以经济上的帮助。鲁迅在 1934 年 12 月 6 日复萧军信中曾说:"会是开成的,费了许多力;各种消息,报上都不肯登,所以在中国很少人知道。结果并不算坏,各代表回国后都有报告,使世界上更明了了中国的实情。我加入的。"

帮闲法发隐[1]

桃 椎

吉开迦尔[2]是丹麦的忧郁的人，他的作品，总是带着悲愤。不过其中也有很有趣味的，我看见了这样的几句——

"戏场里失了火。丑角站在戏台前，来通知了看客。大家以为这是丑角的笑话，喝采了。丑角又通知说是火灾。但大家越加哄笑，喝采了。我想，人世是要完结在当作笑话的开心的人们的大家欢迎之中的罢。"

不过我的所以觉得有趣的，并不专在本文，是在由此想到了帮闲们的伎俩。帮闲，在忙的时候就是帮忙，倘若主子忙于行凶作恶，那自然也就是帮凶。但他的帮法，是在血案中而没有血迹，也没有血腥气的。

譬如罢，有一件事，是要紧的，大家原也觉得要紧，他就以丑角身份而出现了，将这件事变为滑稽，或者特别张扬了不关紧要之点，将人们的注意拉开去，这就是所谓"打诨"。如果是杀人，他就来讲当场的情形，侦探的努力；死的是女人呢，那就更好了，名之曰"艳尸"，或介绍她的日记。如果是暗杀，他就来讲死者的生前的故事，恋爱呀，遗闻呀……人们的热情原不是永不弛缓的，但加上些冷水，或者美其名曰清茶，自然就冷得更加迅速了，而这位打诨的脚色，却变成了文学者。

假如有一个人,认真的在告警,于凶手当然是有害的,只要大家还没有僵死。但这时他就又以丑角身份而出现了,仍用打诨,从旁装着鬼脸,使告警者在大家的眼里也化为丑角,使他的警告在大家的耳边都化为笑话。耸肩装穷,以表现对方之阔,卑躬叹气,以暗示对方之傲;使大家心里想:这告警者原来都是虚伪的。幸而帮闲们还多是男人,否则它简直会说告警者曾经怎样调戏它,当众罗列淫辞,然后作自杀以明耻之状也说不定。周围捣着鬼,无论如何严肃的说法也要减少力量的,而不利于凶手的事情却就在这疑心和笑声中完结了。它呢?这回它倒是道德家。

当没有这样的事件时,那就七日一报,十日一谈,收罗废料,装进读者的脑子里去,看过一年半载,就满脑都是某阔人如何摸牌,某明星如何打嚏的典故。开心是自然也开心的。但是,人世却也要完结在这些欢迎开心的开心的人们之中的罢。

八月二十八日。

*　　　*　　　*

〔1〕　本篇最初发表于 1933 年 9 月 5 日《申报·自由谈》。

〔2〕　吉开迦尔(S. A. Kierkegaard, 1813—1855)　通译克尔凯郭尔,丹麦哲学家。下面引文见于他的《非此即彼》一书的《序幕》。原书注解说,1836 年 2 月 14 日在彼得堡确实发生过这样的事。(按鲁迅这段引文是根据日本宫原晃一郎译克尔凯郭尔《忧愁的哲理》一书。)

登 龙 术 拾 遗 [1]

苇　索

章克标 [2] 先生做过一部《文坛登龙术》，因为是预约的，而自己总是悠悠忽忽，竟失去了拜诵的幸运，只在《论语》[3] 上见过广告，解题和后记。但是，这真不知是那里来的"烟士披里纯"[4]，解题的开头第一段，就有了绝妙的名文——

"登龙是可以当作乘龙解的，于是登龙术便成了乘龙的技术，那是和骑马驾车相类似的东西了。但平常乘龙就是女婿的意思，文坛似非女性，也不致于会要招女婿，那么这样解释似乎也有引起别人误会的危险。……"

确实，查看广告上的目录，并没有"做女婿"这一门，然而这却不能不说是"智者千虑"[5] 的一失，似乎该有一点增补才好，因为文坛虽然"不致于会要招女婿"，但女婿却是会要上文坛的。

术曰：要登文坛，须阔太太 [6]，遗产必需，官司莫怕。穷小子想爬上文坛去，有时虽然会侥幸，终究是很费力气的；做些随笔或茶话之类，或者也能够捞几文钱，但究竟随人俯仰。最好是有富岳家，有阔太太，用赔嫁钱，作文学资本，笑骂随他笑骂，恶作我自印之。"作品"一出，头衔自来，赘婿虽能被妇家所轻，但一登文坛，即声价十倍，太太也就高兴，不至于自打麻将,连眼梢也一动不动了,这就是"交相为用"。但其为文人也,又必须是唯美派,试看王尔德[7]遗照,盘花钮扣,镶牙手杖,何等漂亮,人见犹怜,而况令阃[8]。可惜他的太太不行,以至滥交顽童,穷死异国,假如有钱,何至于此。所以倘欲登龙,也要乘龙,"书中自有黄金屋"[9],早成古话,现在是"金中自有文学家"当令了。

但也可以从文坛上去做女婿。其术是时时留心,寻一个家里有些钱,而自己能写几句"阿呀呀,我悲哀呀"的女士,做文章登报,尊之为"女诗人"[10]。待到看得她有了"知己之感",就照电影上那样的屈一膝跪下,说道"我的生命呵,阿呀呀,我悲哀呀!"——则由登龙而乘龙,又由乘龙而更登龙,十分美满。然而富女诗人未必一定爱穷男文士,所以要有把握也很难,这一法,在这里只算是《登龙术拾遗》的附录,请勿轻用为幸。

八月二十八日。

*　　*　　*

〔1〕　本篇最初发表于1933年9月1日《申报·自由谈》。

〔2〕　章克标　浙江海宁人。曾留学日本,当时在上海与邵洵美合作,主编《十日谈》旬刊。他的《文坛登龙术》,是一部叙述和嘲讽当时部分文人种种投机取巧手段的书,1933年5月在上海以"绿杨堂"的名义自费出版。

〔3〕　《论语》　文艺性半月刊,林语堂等编,1932年9月在上海创刊,以提倡"幽默闲适"、抒写"性灵"的小品文为宗旨。1937年8月停

刊。该刊第十九期（1933 年 6 月 16 日）曾刊载《文坛登龙术》的《解题》和《后记》，第二十三期（1933 年 8 月 16 日）又刊载该书的广告及目录。

〔4〕 "烟士披里纯" 英语 Inspiration 的音译，意为灵感。

〔5〕 "智者千虑" 语出《史记·淮阴侯列传》："智者千虑必有一失，愚者千虑必有一得"。

〔6〕 要登文坛，须阔太太 这是对邵洵美等人的讽刺。邵娶清末大买办官僚、百万富豪盛宣怀之孙女为妻，曾自办书店和编印刊物。

〔7〕 王尔德（O.Wilde，1854—1900） 英国唯美派作家。著有童话《快乐王子集》、剧本《莎乐美》、《温德米尔夫人的扇子》等。1895 年被控以不道德罪（同性恋，即文中说的"滥交顽童"）入狱，判服苦役二年，后流落巴黎，穷困而死。

〔8〕 人见犹怜，而况令闻 南朝宋虞通之《妒记》记晋代桓温以李势女为妾，桓妻性凶妒，知此事后，拔刀率领婢女数十人前往杀李，但在会见之后，却为李的容貌言辞所动，乃掷刀曰："我见汝亦怜，何况老奴！"（见《世说新语·贤媛》刘孝标注引）这两句即从此改变而来。闺，门槛，古代妇女居住的内室也称为闺，所以又用作妇女的代称。

〔9〕 "书中自有黄金屋" 语出《劝学文》（相传为宋真宗赵恒作）："读读读，书中自有黄金屋；读读读，书中自有千锺粟；读读读，书中自有颜如玉。"

〔10〕 "女诗人" 指当时上海大买办虞洽卿的孙女虞岫云，她在 1930 年 1 月以虞琰的笔名出版诗集《湖风》（上海现代书局初版），内容充满"痛啊"、"悲愁"之类词语。一些人曾加以吹捧，如汤增敭、曾今可曾写过《虞琰的〈湖风〉——介绍一位我们的女诗人》、《女诗人虞岫云访问记》等。

由 聋 而 哑[1]

洛　文

医生告诉我们：有许多哑子，是并非喉舌不能说话的，只因为从小就耳朵聋，听不见大人的言语，无可师法，就以为谁也不过张着口呜呜哑哑，他自然也只好呜呜哑哑了。所以勃兰兑斯[2]叹丹麦文学的衰微时，曾经说：文学的创作，几乎完全死灭了。人间的或社会的无论怎样的问题，都不能提起感兴，或则除在新闻和杂志之外，绝不能惹起一点论争。我们看不见强烈的独创的创作。加以对于获得外国的精神生活的事，现在几乎绝对的不加顾及。于是精神上的"聋"，那结果，就也招致了"哑"来。（《十九世纪文学的主潮》第一卷自序）

这几句话，也可以移来批评中国的文艺界，这现象，并不能全归罪于压迫者的压迫，五四运动时代的启蒙运动者和以后的反对者，都应该分负责任的。前者急于事功，竟没有译出什么有价值的书籍来，后者则故意迁怒，至骂翻译者为媒婆[3]，有些青年更推波助澜，有一时期，还至于连人地名下注一原文，以便读者参考时，也就诋之曰"衒学"。

今竟何如？三开间店面的书铺，四马路上还不算少，但那里面满架是薄薄的小本子，倘要寻一部巨册，真如披沙拣金之难。自然，生得又高又胖并不就是伟人，做得多而且繁也决不就是名著,而况还有"剪贴"。但是,小小的一本"什么ABC[4]"里,却也决不能包罗一切学术文艺的。一道浊流,固然不如一杯清水的干净而澄明,但蒸溜了浊流的一部分,却就有许多杯净水在。

因为多年买空卖空的结果,文界就荒凉了,文章的形式虽然比较的整齐起来,但战斗的精神却较前有退无进。文人虽因捐班或互捧,很快的成名,但为了出力的吹,壳子大了,里面反显得更加空洞。于是误认这空虚为寂寞,像煞有介事的说给读者们;其甚者还至于摆出他心的腐烂来,算是一种内面的宝贝。散文,在文苑中算是成功的,但试看今年的选本,便是前三名,也即令人有"貂不足,狗尾续"[5]之感。用秕谷来养青年,是决不会壮大的,将来的成就,且要更渺小,那模样,可看尼采所描写的"末人"[6]。

但绍介国外思潮,翻译世界名作,凡是运输精神的粮食的航路,现在几乎都被聋哑的制造者们堵塞了,连洋人走狗,富户赘郎,也会来哼哼的冷笑一下。他们要掩住青年的耳朵,使之由聋而哑,枯涸渺小,成为"末人",非弄到大家只能看富家儿和小瘪三所卖的春宫,不肯罢手。甘为泥土的作者和译者的奋斗,是已经到了万不可缓的时候了,这就是竭力运输些切实的精神的粮食,放在青年们的周围,一面将那些聋哑的制造者送回黑洞和朱门里面去。

八月二十九日。

＊　　　＊　　　＊

〔1〕　本篇最初发表于 1933 年 9 月 8 日《申报·自由谈》。

〔2〕　勃兰兑斯（G.Brandes，1842—1927）　丹麦文学批评家。他的主要著作《十九世纪文学的主潮》，共六卷，出版于 1872 年至 1890年。鲁迅曾购该书日译本。

〔3〕　1921 年 2 月郭沫若在《民铎》杂志第二卷第五号发表致李石岑函，其中有这样的话："我觉得国内人士只注重媒婆，而不注重处子；只注重翻译，而不注重产生。"

〔4〕　ABC　入门、初步的意思。当时上海世界书局出版过一套"ABC 丛书"，内收各方面的入门书多种。

〔5〕　"貂不足，狗尾续"　语出《晋书·赵王伦传》，原意是讽刺司马懿第九子司马伦封爵过滥，连家中奴仆差役都受封，"每朝会，貂蝉盈座，时人为之谚曰：'貂不足，狗尾续'。"

〔6〕　尼采（F.Nietzsche，1844—1900）　德国哲学家，唯意志论者。主张"超人"哲学。"末人"（Der Letzte Mensch），见尼采所著《扎拉图斯特拉如是说》的《序言》，意思是指一种无希望、无创造、平庸畏葸、浅陋渺小的人。鲁迅曾经把这篇《序言》译成中文，发表于 1920 年 6 月《新潮》杂志第二卷第五号。

新 秋 杂 识 (二)[1]

旅 隼

八月三十日的夜里,远远近近,都突然劈劈拍拍起来,一时来不及细想,以为"抵抗"又开头了,不久就明白了那是放爆竹,这才定了心。接着又想:大约又是什么节气了罢?……待到第二天看报纸,才知道原来昨夜是月蚀,那些劈劈拍拍,就是我们的同胞,异胞(我们虽然大家自称为黄帝子孙,但蚩尤[2]的子孙想必也未尝死绝,所以谓之"异胞")在示威,要将月亮从天狗嘴里救出。

再前几天,夜里也很热闹。街头巷尾,处处摆着桌子,上面有面食,西瓜;西瓜上面叮着苍蝇,青虫,蚊子之类,还有一桌和尚,口中念念有词:"回猪猡普米呀吽![3]唵呀吽! 吽!!"这是在放焰口,施饿鬼。到了盂兰盆节[4]了,饿鬼和非饿鬼,都从阴间跑出,来看上海这大世面,善男信女们就在这时尽地主之谊,托和尚"唵呀吽"的弹出几粒白米去,请它们都饱饱的吃一通。

我是一个俗人,向来不大注意什么天上和阴间的,但每当这些时候,却也不能不感到我们的还在人间的同胞们和异胞们的思虑之高超和妥帖。别的不必说,就在这不到两整年中,大则四省,小则九岛,都已变了旗色了,不久还有八岛。不但救不胜救，即使想要救罢，一开口，说不定自己就危险（这两句，印后成了"于势也有所未能"）。所以最妥当是救月亮，那怕爆竹放得震天价响，天狗决不至于来咬，月亮里的酋长（假如有酋长的话）也不会出来禁止，目为反动的。救人也一样，兵灾，旱灾，蝗灾，水灾……灾民们不计其数，幸而暂免于灾殃的小民，又怎么能有一个救法？那自然远不如救魂灵，事省功多，和大人先生的打醮造塔[5]同其功德。这就是所谓"人无远虑，必有近忧"[6]；而"君子务其大者远者"[7]，亦此之谓也。

而况"庖人虽不治庖，尸祝不越尊俎而代之"[8]，也是古圣贤的明训，国事有治国者在，小民是用不着吵闹的。不过历来的圣帝明王，可又并不卑视小民，倒给与了更高超的自由和权利，就是听你专门去救宇宙和魂灵。这是太平的根基，从古至今，相沿不废，将来想必也不至先便废。记得那是去年的事了，沪战初停，日兵渐渐的走上兵船和退进营房里面去，有一夜也是这么劈劈拍拍起来，时候还在"长期抵抗"[9]中，日本人又不明白我们的国粹，以为又是第几路军前来收复失地了，立刻放哨，出兵……乱烘烘的闹了一通，才知道我们是在救月亮，他们是在见鬼。"哦哦！成程（Naruhodo＝原来如此）！"惊叹和佩服之余，于是恢复了平和的原状。今年呢，连哨也没有放，大约是已被中国的精神文明感化了。

现在的侵略者和压制者，还有像古代的暴君一样，竟连奴才们的发昏和做梦也不准的么？……

八月三十一日。

＊　　　＊　　　＊

〔1〕　本篇最初发表于1933年9月13日《申报·自由谈》,题为《秋夜漫谈》,署名虞明。

〔2〕　蚩尤　古代传说中我国九黎族的首领,相传他在涿鹿与黄帝作战,兵败被杀。

〔3〕　"回猪猡普米呀哞!"　梵语音译,《瑜伽集要焰口施食仪》中的咒文,"猪猡"原作"资啰"。

〔4〕　盂兰盆节　"盂兰盆"是梵语 Ullambana 的音译,意为解倒悬。旧俗以夏历七月十五日为佛教盂兰盆节(同日也是道教中元节),在这一天夜里请和尚诵经施食,追荐死者,称为放焰口。焰口,饿鬼名。

〔5〕　打醮　旧时僧道设坛念经做法事。九一八事变前后,国民党官员戴季陶等拉拢当时的班禅喇嘛,以超荐天灾兵祸死去的鬼魂等名义,迭次发起在南京附近的宝华山隆昌寺举办"普利法会"、"仁王护国法会"等,诵经礼佛。造塔,指戴季陶于1933年5月在南京筑塔收藏孙中山的遗著抄本,参看本卷第149页注〔6〕。

〔6〕　"人无远虑,必有近忧"　孔子的话,语出《论语·卫灵公》。

〔7〕　"君子务其大者远者"　语出《左传》襄公三十一年:"君子务知大者远者,小人务知小者近者",是春秋时郑国子皮对子产所说的话。

〔8〕　"庖人虽不治庖,尸祝不越尊俎而代之"　语出《庄子·逍遥游》,意思是各人办理自己分内的事。庖人,厨子;尸祝,主持祝祷的人;尊俎,盛酒载牲的器具。

〔9〕　"长期抵抗"　参看本卷第21页注〔5〕。

男人的进化[1]

虞　明

　　说禽兽交合是恋爱未免有点亵渎。但是,禽兽也有性生活,那是不能否认的。它们在春情发动期,雌的和雄的碰在一起,难免"卿卿我我"的来一阵。固然,雌的有时候也会装腔做势,逃几步又回头看,还要叫几声,直到实行"同居之爱"为止。禽兽的种类虽然多,它们的"恋爱"方式虽然复杂,可是有一件事是没有疑问的:就是雄的不见得有什么特权。

　　人为万物之灵,首先就是男人的本领大。最初原是马马虎虎的,可是因为"知有母不知有父"[2]的缘故,娘儿们曾经"统治"过一个时期,那时的祖老太太大概比后来的族长还要威风。后来不知怎的,女人就倒了霉:项颈上,手上,脚上,全都锁上了链条,扣上了圈儿,环儿,——虽则过了几千年这些圈儿环儿大都已经变成了金的银的,镶上了珍珠宝钻,然而这些项圈,镯子,戒指等等,到现在还是女奴的象征。既然女人成了奴隶,那就男人不必征求她的同意再去"爱"她了。古代部落之间的战争,结果俘虏会变成奴隶,女俘虏就会被强奸。那时候,大概春情发动期早就"取消"了,随时随地男主人都可以强奸女俘虏,女奴隶。现代强盗恶棍之流的不把女人当人,其实是大有酋长式武士道的遗风的。

但是,强奸的本领虽然已经是人比禽兽"进化"的一步,究竟还只是半开化。你想,女的哭哭啼啼,扭手扭脚,能有多大兴趣?自从金钱这宝贝出现之后,男人的进化就真的了不得了。天下的一切都可以买卖,性欲自然并非例外。男人化几个臭钱,就可以得到他在女人身上所要得到的东西。而且他可以给她说:我并非强奸你,这是你自愿的,你愿意拿几个钱,你就得如此这般,百依百顺,咱们是公平交易!蹂躏了她,还要她说一声"谢谢你,大少"。这是禽兽干得来的么?所以嫖妓是男人进化的颇高的阶段了。

同时,父母之命媒妁之言的旧式婚姻,却要比嫖妓更高明。这制度之下,男人得到永久的终身的活财产。当新妇被人放到新郎的床上的时候,她只有义务,她连讲价钱的自由也没有,何况恋爱。不管你爱不爱,在周公〔3〕孔圣人的名义之下,你得从一而终,你得守贞操。男人可以随时使用她,而她却要遵守圣贤的礼教,即使"只在心里动了恶念,也要算犯奸淫"〔4〕的。如果雄狗对雌狗用起这样巧妙而严厉的手段来,雌的一定要急得"跳墙"。然而人却只会跳井,当节妇,贞女,烈女去。礼教婚姻的进化意义,也就可想而知了。

至于男人会用"最科学的"学说,使得女人虽无礼教,也能心甘情愿地从一而终,而且深信性欲是"兽欲",不应当作为恋爱的基本条件;因此发明"科学的贞操",——那当然是文明进化的顶点了。

呜呼,人——男人——之所以异于禽兽者!

　　自注:这篇文章是卫道的文章。

九月三日。

　　　＊　　　　＊　　　　＊

　　〔1〕　本篇最初发表于 1933 年 9 月 16 日《申报·自由谈》,署名旅隼。

　　〔2〕　"知有母不知有父"　指原始社会杂婚制下的现象。《吕氏春秋·恃君览》中有关于这种现象的记载:"昔太古尝无君矣,其民聚生群处,知母不知父。"

　　〔3〕　周公　姓姬,名旦,周武王之弟。他曾助武王灭商,并辅成王执政,对周代典章制度的建立起了很大作用。旧传"六经"中的《礼经》(《仪礼》)为周公所作,或说是孔子所定;其中关于婚礼的详细规定,长期影响着封建社会的婚姻制度。

　　〔4〕　"只在心里动了恶念,也要算犯奸淫"　语出基督教的《新约全书·马太福音》第五章:"凡看见妇女就动淫念的,这人心里已经与他犯奸淫了。"

同 意 和 解 释 [1]

虞 明

上司的行动不必征求下属的同意,这是天经地义。但是,有时候上司会对下属解释。

新进的世界闻人说:"原人时代就有威权,例如人对动物,一定强迫它们服从人的意志,而使它们抛弃自由生活,不必征求动物的同意。"[2]这话说得透彻。不然,我们那里有牛肉吃,有马骑呢?人对人也是这样。

日本耶教会[3]主教最近宣言日本是圣经上说的天使:"上帝要用日本征服向来屠杀犹太人的白人……以武力解放犹太人,实现《旧约》上的豫言。"这也显然不征求白人的同意的,正和屠杀犹太人的白人并未征求过犹太人的同意一样。日本的大人老爷在中国制造"国难",也没有征求中国人民的同意。——至于有些地方的绅董,却去征求日本大人的同意,请他们来维持地方治安,那却又当别论。总之,要自由自在的吃牛肉,骑马等等,就必须宣布自己是上司,别人是下属;或是把人比做动物,或是把自己作为天使。

但是,这里最要紧的还是"武力",并非理论。不论是社会学或是基督教的理论,都不能够产生什么威权。原人对于动物的威权,是产生于弓箭等类的发明的。至于理论,那不过是随后想出来的解释。这种解释的作用,在于制造自己威权的宗教上,哲学上,科学上,世界潮流上的根据,使得奴隶和牛马恍然大悟这世界的公律,而抛弃一切翻案的梦想。

当上司对于下属解释的时候,你做下属的切不可误解这是在征求你的同意,因为即使你绝对的不同意,他还是干他的。他自有他的梦想,只要金银财宝和飞机大炮的力量还在他手里,他的梦想就会实现;而你的梦想却终于只是梦想,——万一实现了,他还说你抄袭他的动物主义的老文章呢。

据说现在的世界潮流,正是庞大权力的政府的出现,这是十九世纪人士所梦想不到的。意大利和德意志不用说了;就是英国的国民政府,"它的实权也完全属于保守党一党"。"美国新总统所取得的措置经济复兴的权力,比战争和戒严时期还要大得多"。[4]大家做动物,使上司不必征求什么同意,这正是世界的潮流。懿欤盛哉,这样的好榜样,那能不学?

不过,我这种解释还有点美中不足:中国自己的秦始皇帝焚书坑儒,中国自己的韩退之[5]等说:"民不出米粟麻丝以事其上则诛"。这原是国货,何苦违背着民族主义,引用外国的学说和事实——长他人威风,灭自己志气呢?

> 九月三日。

*   *   *

〔1〕 本篇最初发表于 1933 年 9 月 20 日《申报·自由谈》。

〔2〕 这是希特勒 1933 年 9 月初在纽伦堡国社党大会闭幕时发

表演说中的话。

〔3〕 日本耶教会　即日本耶稣教会。据1933年9月3日《大晚报》载路透社东京讯说,该会负责人中田宣称:"《以色亚》章(按指《旧约全书·以赛亚书》第五十五章)中一汝所不知之国,与亦不知汝之国,及《启示录》第七篇(按指《新约全书·启示录》第七章)一天使降自东方,执上帝之玺,皆指日本而言。"又说:"上帝将以日本征服向来屠杀犹太人之白人,……日本以武力解放犹太人,实现《旧约》预言"。

〔4〕 这是当时国民党政府财政部长宋子文出席世界经济会议归国后,1933年9月3日在南京说的话。他宣传西方各国政府的"权力之大","为十九世纪人士所梦想不到",要中国效法这种"好榜样"。美国新总统,指1933年3月就职的第三十二任总统罗斯福。

〔5〕 韩退之(768—824)　名愈,字退之,河阳(今河南孟县)人,唐代文学家。自述郡望昌黎。著有《韩昌黎集》。这里所引的话见他所作的《原道》,原文为:"民不出粟、米、麻、丝,作器皿,通货财,以事其上,则诛!"

文 床 秋 梦[1]

游 光

春梦是颠颠倒倒的。"夏夜梦"呢？看沙士比亚[2]的剧本，也还是颠颠倒倒。中国的秋梦，照例却应该"肃杀"，民国以前的死囚，就都是"秋后处决"的，这是顺天时。天教人这么着，人就不能不这么着。所谓"文人"当然也不至于例外，吃得饱饱的睡在床上，食物不能消化完，就做梦；而现在又是秋天，天就教他的梦威严起来了。

二卷三十一期(八月十二日出版)的《涛声》上，有一封自名为"林丁"先生的给编者的信，其中有一段说——

"……之争，孰是孰非，殊非外人所能详道。然而彼此摧残，则在傍观人看来，却不能不承是整个文坛的不幸。……我以为各人均应先打屁股百下，以儆效尤，余事可一概不提。……"

前两天，还有某小报上的不署名的社谈，它对于早些日子余赵的剪窃问题之争[3]，也非常气愤——

"……假使我一朝大权在握，我一定把这般东西捉了来，判他们罚作苦工，读书十年；中国文坛，或尚有干净之一日。"

张献忠自己要没落了，他的行动就不问"孰是孰非"，只是杀。清朝的官员,对于原被两造〔4〕,不问青红皂白,各打屁股一百或五十的事,确也偶尔会有的,这是因为满洲还想要奴才,供搜刮,就是"林丁"先生的旧梦。某小报上的无名子先生可还要比较的文明,至少,它是已经知道了上海工部局"判罚"下等华人的方法的了。

但第一个问题是在怎样才能够"一朝大权在握"?文弱书生死样活气,怎么做得到权臣?先前,还可以希望招驸马,一下子就飞黄腾达,现在皇帝没有了,即使满脸涂着雪花膏,也永远遇不到公主的青睐;至多,只可以希图做一个富家的姑爷而已。而捐官的办法,又早经取消,对于"大权",还是只能像狐狸的遇着高处的葡萄一样,仰着白鼻子看看。文坛的完整和干净,恐怕实在也到底很渺茫。

五四时候,曾经在出版界上发现了"文丐",接着又发现了"文氓",但这种威风凛凛的人物,却是我今年秋天在上海新发见的,无以名之,姑且称为"文官"罢。看文学史,文坛是常会有完整而干净的时候的,但谁曾见过这文坛的澄清,会和这类的"文官"们有丝毫关系的呢。

不过,梦是总可以做的,好在没有什么关系,而写出来也有趣。请安息罢,候补的少大人们!

九月五日。

* * *

〔1〕 本篇最初发表于 1933 年 9 月 11 日《申报·自由谈》。

〔2〕 沙士比亚(W.Shakespeare,1564—1616) 欧洲文艺复兴时

期的英国戏剧家。他的喜剧《仲夏夜之梦》,出版于 1600 年。

〔3〕 余赵的剪窃问题之争 余赵指余慕陶和赵景深。1933 年余慕陶在乐华书局出版《世界文学史》上中两册,内容大都从赵景深的《中国文学小史》及他人所著中外文学史、革命史中剪窃而来,经赵景深等人在《自由谈》上指出以后,余慕陶一再作文强辩,说他的书是"整理"而非剪窃。

〔4〕 原被两造 原告与被告两方。《尚书·吕刑》:"两造具备,师听五辞。"意为原告和被告到齐,法官依据五刑条律处理。

电影的教训[1]

孺　牛

当我在家乡的村子里看中国旧戏的时候，是还未被教育成"读书人"的时候，小朋友大抵是农民。爱看的是翻筋斗，跳老虎，一把烟焰，现出一个妖精来；对于剧情，似乎都不大和我们有关系。大面和老生的争城夺地，小生和正旦的离合悲欢，全是他们的事，捏锄头柄人家的孩子，自己知道是决不会登坛拜将，或上京赴考的。但还记得有一出给了感动的戏，好像是叫作《斩木诚》[2]。一个大官蒙了不白之冤，非被杀不可了，他家里有一个老家丁，面貌非常相像，便代他去"伏法"。那悲壮的动作和歌声，真打动了看客的心，使他们发见了自己的好模范。因为我的家乡的农人，农忙一过，有些是给大户去帮忙的。为要做得像，临刑时候，主母照例的必须去"抱头大哭"，然而被他踢开了，虽在此时，名分也得严守，这是忠仆，义士，好人。

但到我在上海看电影的时候，却早是成为"下等华人"的了，看楼上坐着白人和阔人，楼下排着中等和下等的"华胄"，银幕上现出白色兵们打仗，白色老爷发财，白色小姐结婚，白色英雄探险，令看客佩服，羡慕，恐怖，自己觉得做不到。但当白色英雄探险非洲时，却常有黑色的忠仆来给他开路，服役，拚命,替死,使主子安然的回家;待到他豫备第二次探险时,忠仆不可再得,便又记起了死者,脸色一沉,银幕上就现出一个他记忆上的黑色的面貌。黄脸的看客也大抵在微光中把脸色一沉:他们被感动了。

幸而国产电影也在挣扎起来,耸身一跳,上了高墙,举手一扬,掷出飞剑,不过这也和十九路军[3]一同退出上海,现在是正在准备开映屠格纳夫的《春潮》[4]和茅盾的《春蚕》[5]了。当然,这是进步的。但这时候,却先来了一部竭力宣传的《瑶山艳史》[6]。

这部片子,主题是"开化瑶民",机键是"招驸马[7]",令人记起《四郎探母》[8]以及《双阳公主追狄》[9]这些戏本来。中国的精神文明主宰全世界的伟论,近来不大听到了,要想去开化,自然只好退到苗瑶之类的里面去,而要成这种大事业,却首先须"结亲",黄帝子孙,也和黑人一样,不能和欧亚大国的公主结亲,所以精神文明就无法传播。这是大家可以由此明白的。

九月七日。

*   *   *

〔1〕 本篇最初发表于1933年9月11日《申报·自由谈》。

〔2〕 《斩木诚》 根据下文所述情节,此剧出自清代李玉著传奇《一捧雪》。木诚应作莫诚,为剧中人莫怀古之仆。

〔3〕 十九路军 即国民党第十九路军,1932年一·二八事变时驻守上海。参见本卷第45页注〔5〕。

〔4〕 《春潮》 屠格涅夫的中篇小说,1933 年上海亨生影片公司曾据以拍摄为同名影片。

〔5〕 《春蚕》 茅盾的短篇小说,1933 年由上海明星影片公司改编拍摄为同名影片。

〔6〕 《瑶山艳史》 上海艺联影业公司出品的影片。片中有在瑶区从事"开化"工作的男主角向瑶王女儿求爱,决心不再"出山"的情节。1933 年 9 月初在上海公映时,影片公司在各报大登广告。该片曾获国民党中央党部嘉奖,"开化瑶民"一语,见于嘉奖函中。

〔7〕 驸马 汉朝设有"驸马都尉",掌管御马;魏晋开始,公主的配偶授与"驸马都尉"的职位,此后驸马成为公主配偶的专称。

〔8〕 《四郎探母》 京剧,内容是北宋与辽交战,宋将杨四郎(延辉)被俘,当了驸马。后四郎母余太君统兵征辽,四郎思母,潜回宋营探望,然后重返辽邦。

〔9〕 《双阳公主追狄》 京剧,内容是北宋大将狄青西征途中误走单单国,被诱与单单王之女双阳公主成亲。后来狄青逃出,继续西行,至风火关,公主追来,斥他负义;狄青以实情相告,公主感动,将他放走。

关 于 翻 译(上)^[1]

洛 文

因为我的一篇短文,引出了穆木天^[2]先生的《从〈为翻译辩护〉谈到楼译〈二十世纪之欧洲文学〉》(九日《自由谈》所载),这在我,是很以为荣幸的,并且觉得凡所指摘,也恐怕都是实在的错误。但从那作者的案语里,我却又想起一个随便讲讲,也许并不是毫无意义的问题来了。那是这样的一段——

"在一百九十九页,有'在这种小说之中,最近由学术院(译者:当系指著者所属的俄国共产主义学院)所选的鲁易倍尔德兰的不朽的诸作,为最优秀'。在我以为此地所谓'Academie'者,当指法国翰林院。苏联虽称学艺发达之邦,但不会为帝国主义作家作选集罢?我不知为什么楼先生那样地滥下注解?"

究竟是那一国的 Academia^[3]呢?我不知道。自然,看作法国的翰林院,是万分近理的,但我们也不能决定苏联的大学院就"不会为帝国主义作家作选集"。倘在十年以前,是决定不会的,这不但为物力所限,也为了要保护革命的婴儿,不能将滋养的,无益的,有害的食品都漫无区别的乱放在他前面。现在却可以了,婴儿已经长大,而且强壮,聪明起来,即使将鸦片或吗啡给他看,也没有什么大危险,但不消说,一面也必须有先觉者来指示,说吸了就会上瘾,而上瘾之后,就成一个废物,或者还是社会上的害虫。

在事实上,我曾经见过苏联的 Academia 新译新印的阿剌伯的《一千一夜》,意大利的《十日谈》,还有西班牙的《吉诃德先生》,英国的《鲁滨孙漂流记》[4];在报章上,则记载过在为托尔斯泰印选集,为歌德[5]编全集——更完全的全集。倍尔德兰[6]不但是加特力教[7]的宣传者,而且是王朝主义的代言人,但比起十九世纪初德意志布尔乔亚[8]的文豪歌德来,那作品也不至于更加有害。所以我想,苏联来给他出一本选集,实在是很可能的。不过在这些书籍之前,想来一定有详序,加以仔细的分析和正确的批评。

凡作者,和读者因缘愈远的,那作品就于读者愈无害。古典的,反动的,观念形态已经很不相同的作品,大抵即不能打动新的青年的心(但自然也要有正确的指示),倒反可以从中学学描写的本领,作者的努力。恰如大块的砒霜,欣赏之余,所得的是知道它杀人的力量和结晶的模样:药物学和矿物学上的知识了。可怕的倒在用有限的砒霜,和在食物中间,使青年不知不觉的吞下去,例如似是而非的所谓"革命文学",故作激烈的所谓"唯物史观的批评",就是这一类。这倒是应该防备的。

我是主张青年也可以看看"帝国主义者"的作品的,这就是古语的所谓"知己知彼"。青年为了要看虎狼,赤手空拳的跑到深山里去固然是呆子,但因为虎狼可怕,连用铁栅围起来了的动物园里也不敢去,却也不能不说是一位可笑的愚人。有害的文学的铁栅是什么呢?批评家就是。

九月十一日。

补记:这一篇没有能够刊出。

九月十五日。

＊　　　＊　　　＊

〔1〕 本篇在当时未能刊出,原文前三行(自"因为我的一篇短文"至"也恐怕都是实在的错误")被移至下篇之首,并为一篇发表。

〔2〕 穆木天(1900—1971) 吉林伊通人,诗人、翻译家,曾参加创造社,后加入"左联"。他这篇文章所谈的《二十世纪之欧洲文学》,系指苏联弗里契原著、楼建南(适夷)翻译的中文本,1933 年上海新生命书局出版。

〔3〕 Academia 拉丁文:科学院(旧时曾译作大学院、翰林院)。法文作 Académie。下文所说法国翰林院,指法兰西学院(Académie Française)。苏联的大学院,指苏联科学院(Академия Наук CCCP)。

〔4〕 《一千一夜》 即《一千零一夜》,又名《天方夜谈》,阿拉伯古代民间故事集。《十日谈》,意大利薄伽丘著的故事集。《吉诃德先生》,即《堂吉诃德》,西班牙塞万提斯著的长篇小说。《鲁滨孙漂流记》,英国笛福著的长篇小说。

〔5〕 歌德(J.W.von Goethe,1749—1832) 德国诗人、学者。主要作品有诗剧《浮士德》和小说《少年维特之烦恼》等。

〔6〕 倍尔德兰(L.Bertrand,1866—1941) 通译路易·贝特朗,法国作家。1925 年为法兰西学院院士。著有小说《种族之血》等及多种历

史传记。

〔7〕 加特力教　即天主教。加特力为拉丁文 Catholiga 的音译。

〔8〕 布尔乔亚　即资产阶级,法文 Bourgeoisie 的音译。

关于翻译（下）〔1〕

洛　文

　　但我在那《为翻译辩护》中，所希望于批评家的，实在有三点：一，指出坏的；二，奖励好的；三，倘没有，则较好的也可以。而穆木天先生所实做的是第一句。以后呢，可能有别的批评家来做其次的文章，想起来真是一个大疑问。

　　所以我要再来补充几句：倘连较好的也没有，则指出坏的译本之后，并且指明其中的那些地方还可以于读者有益处。

　　此后的译作界，恐怕是还要退步下去的。姑不论民穷财尽，即看地面和人口，四省是给日本拿去了，一大块在水淹，一大块在旱，一大块在打仗，只要略略一想，就知道读者是减少了许许多了。因为销路的少，出版界就要更投机，欺骗，而拿笔的人也因此只好更投机，欺骗。即有不愿意欺骗的人，为生计所压迫，也总不免比较的粗制滥造，增出些先前所没有的缺点来。走过租界的住宅区邻近的马路，三间门面的水果店，晶莹的玻璃窗里是鲜红的苹果，通黄的香蕉，还有不知名的热带的果物。但略站一下就知道：这地方，中国人是很少进去的，买不起。我们大抵只好到同胞摆的水果摊上去，化几文钱买一个烂苹果。

　　苹果一烂，比别的水果更不好吃，但是也有人买的，不过我们另外还有一种相反的脾气：首饰要"足赤"，人物要"完人"。一有缺点，有时就全部都不要了。爱人身上生几个疮，固然不至于就请律师离婚，但对于作者，作品，译品，却总归比较的严紧，萧伯纳坐了大船[2]，不好；巴比塞[3]不算第一个作家，也不好；译者是"大学教授，下职官员"[4]，更不好。好的又不出来，怎么办呢？我想，还是请批评家用吃烂苹果的方法，来救一救急罢。

我们先前的批评法，是说，这苹果有烂疤了，要不得，一下子抛掉。然而买者的金钱有限，岂不是大冤枉，而况此后还要穷下去。所以，此后似乎最好还是添几句，倘不是穿心烂，就说：这苹果有着烂疤了，然而这几处没有烂，还可以吃得。这么一办，译品的好坏是明白了，而读者的损失也可以小一点。

但这一类的批评，在中国还不大有，即以《自由谈》所登的批评为例，对于《二十世纪之欧洲文学》，就是专指烂疤的；记得先前有一篇批评邹韬奋先生所编的《高尔基》[5]的短文，除掉指出几个缺点之外，也没有别的话。前者我没有看过，说不出另外可有什么可取的地方，但后者却曾经翻过一遍，觉得除批评者所指摘的缺点之外，另有许多记载作者的勇敢的奋斗，胥吏的卑劣的阴谋，是很有益于青年作家的，但也因为有了烂疤，就被抛在筐子外面了。

所以，我又希望刻苦的批评家来做剜烂苹果的工作，这正如"拾荒"一样，是很辛苦的，但也必要，而且大家有益的。

九月十一日。

＊　　　　＊　　　　＊

〔1〕　本篇最初发表于 1933 年 9 月 14 日《申报·自由谈》。

〔2〕　萧伯纳于 1933 年乘英国"皇后号"轮船周游世界,2 月 17 日途经上海。

〔3〕　巴比塞(H. Barbusse,1873—1935)　法国作家。著有长篇小说《火线》、《光明》及《斯大林传》等。

〔4〕　"大学教授,下职官员"　这是邵洵美在《十日谈》杂志第二期(1933 年 8 月 20 日)发表的《文人无行》一文中的话:"大学教授,下职官员,当局欠薪,家有儿女老少,于是在公余之暇,只得把平时借以消遣的外国小说,译一两篇来换些稿费……。"

〔5〕　邹韬奋(1895—1944)　江西余江人,政论家、出版家。曾主编《生活》周刊,创办生活书店,著有《萍踪寄语》等书。《高尔基》(原书名《革命文豪高尔基》)是他根据美国康恩所著的《高尔基和他的俄国》一书编译而成,1933 年 7 月上海生活书店出版。这里所说批评的短文,是指林翼之的《读〈高尔基〉》一文,发表于 1933 年 7 月 17 日《申报·自由谈》。

新 秋 杂 识（三）[1]

旅 隼

"秋来了！"

秋真是来了，晴的白天还好，夜里穿着洋布衫就觉得凉飕飕。报章上满是关于"秋"的大小文章：迎秋，悲秋，哀秋，责秋……等等。为了趋时，也想这么的做一点，然而总是做不出。我想，就是想要"悲秋"之类，恐怕也要福气的，实在令人羡慕得很。

记得幼小时，有父母爱护着我的时候，最有趣的是生点小毛病，大病却生不得，既痛苦，又危险的。生了小病，懒懒的躺在床上，有些悲凉，又有些娇气，小苦而微甜，实在好像秋的诗境。呜呼哀哉，自从流落江湖以来，灵感卷逃，连小病也不生了。偶然看看文学家的名文，说是秋花为之惨容，大海为之沉默云云，只是愈加感到自己的麻木。我就从来没有见过秋花为了我在悲哀，忽然变了颜色；只要有风，大海是总在呼啸的，不管我爱闹还是爱静。

冰莹[2]女士的佳作告诉我们："晨是学科学的，但在这一刹那，完全忘掉了他的志趣，存在他脑海中的只有一个尽量地享受自然美景的目的。……"这也是一种福气。科学我学的很浅，只读过一本生物学教科书，但是，它那些教训，花是植物的生殖机关呀，虫鸣鸟啭，是在求偶呀之类，就完全忘不掉了。昨夜闲逛荒场，听到蟋蟀在野菊花下鸣叫，觉得好像是美景，诗兴勃发，就做了两句新诗——

> 野菊的生殖器下面，

> 蟋蟀在吊膀子。

写出来一看，虽然比粗人们所唱的俚歌要高雅一些，而对于新诗人的由"烟士披离纯"而来的诗，还是"相形见绌"。写得太科学，太真实，就不雅了，如果改作旧诗，也许不至于这样。生殖机关，用严又陵[3]先生译法，可以谓之"性官"；"吊膀子"呢，我自己就不懂那语源，但据老于上海者说，这是因西洋人的男女挽臂同行而来的，引伸为诱惑或追求异性的意思。吊者，挂也，亦即相挟持。那么，我的诗就译出来了——

> 野菊性官下，

> 鸣蛩在悬肘。

虽然很有些费解，但似乎也雅得多，也就是好得多。人们不懂，所以雅，也就是所以好，现在也还是一个做文豪的秘诀呀。质之"新诗人"邵洵美[4]先生之流，不知以为何如？

九月十四日。

*　　　*　　　*

〔1〕　本篇最初发表于 1933 年 9 月 17 日《申报·自由谈》。

〔2〕　冰莹　谢冰莹（1906—2000），湖南新化人，作家。下文引自她在 1933 年 9 月 8 日《申报·自由谈》上发表的《海滨之夜》一文。

〔3〕　严又陵（1854—1921）　名复，字又陵，又字几道，福建闽侯

(今属福州)人,清代启蒙思想家、翻译家。他在关于自然科学的译文中,把人体和动植物的各种器官,都简译为"官"。

〔4〕 邵洵美(1906—1968) 浙江余姚人。曾留学英国,1928年在上海创办金屋书店,主编《金屋月刊》,提倡唯美主义文学。著有诗集《花一般的罪恶》等。

礼^{〔1〕}

苇　　索

看报,是有益的,虽然有时也沉闷。例如罢,中国是世界上国耻纪念最多的国家,到这一天,报上照例得有几块记载,几篇文章。但这事真也闹得太重叠,太长久了,就很容易千篇一律,这一回可用,下一回也可用,去年用过了,明年也许还可用,只要没有新事情。即使有了,成文恐怕也仍然可以用,因为反正总只能说这几句话。所以倘不是健忘的人,就会觉得沉闷,看不出新的启示来。

然而我还是看。今天偶然看见北京追悼抗日英雄邓文^{〔2〕}的记事,首先是报告,其次是演讲,最末,是"礼成,奏乐散会"。

我于是得了新的启示:凡纪念,"礼"而已矣。

中国原是"礼义之邦",关于礼的书,就有三大部^{〔3〕},连在外国也译出了,我真特别佩服《仪礼》的翻译者。事君,现在可以不谈了;事亲,当然要尽孝,但殁后的办法,则已归入祭礼中,各有仪:就是现在的拜忌日,做阴寿之类。新的忌日添出来,旧的忌日就淡一点,"新鬼大,故鬼小"^{〔4〕}也。我们的纪念日也是对于旧的几个比较的不起劲,而新的几个之归于淡漠,则只好以俟将来,和人家的拜忌辰是一样的。有人说,中国的国家以家族为基础,真是有识见。

中国又原是"礼让为国"〔5〕的,既有礼,就必能让,而愈能让,礼也就愈繁了。总之,这一节不说也罢。

古时候,或以黄老治天下,或以孝治天下〔6〕。现在呢,恐怕是入于以礼治天下的时期了,明乎此,就知道责备民众的对于纪念日的淡漠是错的,《礼》曰:"礼不下庶人"〔7〕;舍不得物质上的什么东西也是错的,孔子不云乎:"赐也尔爱其羊,我爱其礼!"〔8〕

"非礼勿视,非礼勿听,非礼勿言,非礼勿动"〔9〕,静静的等着别人的"多行不义,必自毙"〔10〕,礼也。

九月二十日。

*   *   *

〔1〕 本篇最初发表于1933年9月22日《申报·自由谈》。

〔2〕 邓文(1893—1933) 辽宁梨树(今属吉林)人。曾任东北军马占山部骑兵旅长,九一八事变后积极抗战。1932年任抗日救国军第一军军长,参加热河保卫战,1933年5月任抗日同盟军第五路军总指挥、左路军副总指挥。同年7月31日在张家口被国民党特务暗杀。1933年9月20日报纸曾载"京各界昨日追悼邓文"的消息。京,指南京。

〔3〕 三部关于礼的书,指《周礼》、《仪礼》、《礼记》。《仪礼》有英国斯蒂尔(J.Steel)的英译本,1917年伦敦出版。

〔4〕 "新鬼大,故鬼小" 语出《左传》文公二年:春秋时鲁闵公死后,由他的异母兄僖公继立;僖公死,他的儿子文公继立,依照世序,在宗庙里的位次,应该是闵先僖后;但文公二年八月祭太庙时,将他的父

亲僖公置于闵公之前,说是"新鬼大,故鬼小"。意思是说死去不久的僖公是哥哥,死时年纪又大;而死了多年的闵公是弟弟,死时年纪又小,所以要"先大后小"。

〔5〕 "礼让为国" 语出《论语·里仁》:"子曰:'能以礼让为国乎,何有? 不能以礼让为国,如礼何?'"

〔6〕 以黄老治天下 指以导源于道家而大成于法家的刑名法术治理国家。黄老,指道家奉为宗祖的黄帝和老子。以孝治天下,指用儒家的"君君,臣臣,父父,子子"的伦理思想治理国家。

〔7〕 "礼不下庶人" 语出《礼记·曲礼》:"礼不下庶人,刑不上大夫"。

〔8〕 "赐也尔爱其羊,我爱其礼!" 语出《论语·八佾》:"子贡欲去告朔之饩羊。子曰:'赐也,尔爱其羊,我爱其礼!'"据宋代朱熹注:饩羊,即活羊。诸侯每月朔日(初一)告庙听政,叫做告朔。子贡(端木赐)因见当时鲁国的国君已废去告朔之礼,想把为行礼而准备的羊也一并去掉;但孔子以为有羊还可以保留一点礼的形式,所以这样说。

〔9〕 "非礼勿视,非礼勿听,非礼勿言,非礼勿动" 孔子的话,语出《论语·颜渊》。

〔10〕 "多行不义,必自毙" 语出《左传》隐公元年,原语为春秋时郑庄公说他弟弟共叔段的话。

打 听 印 象[1]

桃 椎

五四运动以后,好像中国人就发生了一种新脾气,是:倘有外国的名人或阔人新到,就喜欢打听他对于中国的印象。

罗素[2]到中国讲学,急进的青年们开会欢宴,打听印象。罗素道:"你们待我这么好,就是要说坏话,也不好说了。"急进的青年愤愤然,以为他滑头。

萧伯纳周游过中国,上海的记者群集访问,又打听印象。萧道:"我有什么意见,与你们都不相干。假如我是个武人,杀死个十万条人命,你们才会尊重我的意见。"[3]革命家和非革命家都愤愤然,以为他刻薄。

这回是瑞典的卡尔亲王[4]到上海了,记者先生也发表了他的印象:"……足迹所经,均蒙当地官民殷勤招待,感激之余,异常愉快。今次游览观感所得,对于贵国政府及国民,有极度良好之印象,而永远不能磨灭者也。"这最稳妥,我想,是不至于招出什么是非来的。

其实是,罗萧两位,也还不算滑头和刻薄的,假如有这么一个外国人,遇见有人问他印象时,他先反问道:"你先生对于自己中国的印象怎么样?"那可真是一篇难以下笔的文章。

我们是生长在中国的,倘有所感,自然不能算"印象";但意见也好;而意见又怎么说呢?说我们像浑水里的鱼,活得胡里胡涂,莫名其妙罢,不像意见。说中国好得很罢,恐怕也难。这就是爱国者所悲痛的所谓"失掉了国民的自信",然而实在也好像失掉了,向各人打听印象,就恰如求签问卜,自己心里先自狐疑着了的缘故。

我们里面,发表意见的固然也有的,但常见的是无拳无勇,未曾"杀死十万条人命",倒是自称"小百姓"的人,所以那意见也无人"尊重",也就是和大家"不相干"。至于有位有势的大人物,则在野时候,也许是很急进的罢,但现在呢,一声不响,中国"待我这么好,就是要说坏话,也不好说了"。看当时欢宴罗素,而愤愤于他那答话的由新潮社〔5〕而发迹的诸公的现在,实在令人觉得罗素并非滑头,倒是一个先知的讽刺家,将十年后的心思豫先说去了。

这是我的印象,也算一篇拟答案,是从外国人的嘴上抄来的。〔6〕

九月二十日。

*　　　*　　　*

〔1〕　本篇最初发表于 1933 年 9 月 24 日《申报·自由谈》。

〔2〕　罗素(B.Russell,1872—1970)　英国哲学家。1920 年 10 月来中国,曾在北京大学讲学。

〔3〕　萧伯纳的话,见《论语》半月刊第十二期(1933 年 3 月 1 日)载镜涵的《萧伯纳过沪谈话记》:"问我这句话有什么用——到处人家问我对于中国的印象,对于寺塔的印象。老实说——我有什么意见与你

们都不相干——你们不会听我的指挥。假如我是个武人,杀死个十万条人命,你们才会尊重我的意见。"

〔4〕 卡尔亲王(Carl Gustav Oskar Fredrik Christian) 当时瑞典国王古斯塔夫五世的侄子,1933 年周游世界,8 月来中国。下引他对记者的谈话,见 1933 年 9 月 20 日《申报》所载《瑞典亲王访问记》。

〔5〕 新潮社 北京大学部分学生和教员组织的文学社团。1918 年底成立,主要成员有傅斯年、罗家伦、杨振声、周作人等。提倡"批评的精神"、"科学的主义"和"革新的文字"。曾出版《新潮》月刊(1919 年 1 月创刊)和《新潮丛书》。后来由于主要成员的变化,该社逐渐趋向右倾,无形解体;傅斯年、罗家伦等成为国民党政府在教育文化方面的骨干人物。

〔6〕 1933 年 7 月 1 日《文艺座谈》杂志刊载白羽遐的《内山书店小坐记》,说鲁迅的一些杂文的内容都是从日本人内山完造的谈话中"抄去在《自由谈》发表的"。(参看《伪自由书·后记》)此处顺笔反刺。

吃　教^[1]

丰 之 余

达一^[2]先生在《文统之梦》里，因刘勰^[3]自谓梦随孔子，乃始论文，而后来做了和尚，遂讥其"贻羞往圣"。其实是中国自南北朝以来，凡有文人学士，道士和尚，大抵以"无特操"为特色的。晋以来的名流，每一个人总有三种小玩意，一是《论语》和《孝经》^[4]，二是《老子》^[5]，三是《维摩诘经》^[6]，不但采作谈资，并且常常做一点注解。唐有三教辩论^[7]，后来变成大家打诨；所谓名儒，做几篇伽蓝碑文也不算什么大事。宋儒道貌岸然，而窃取禅师的语录。清呢，去今不远，我们还可以知道儒者的相信《太上感应篇》和《文昌帝君阴骘文》^[8]，并且会请和尚到家里来拜忏。

耶稣教传入中国，教徒自以为信教，而教外的小百姓却都叫他们是"吃教"的。这两个字，真是提出了教徒的"精神"，也可以包括大多数的儒释道教之流的信者，也可以移用于许多"吃革命饭"的老英雄。

清朝人称八股文为"敲门砖"，因为得到功名，就如打开了门，砖即无用。近年则有杂志上的所谓"主张"^[9]。《现代评论》^[10]之出盘，不是为了迫压，倒因为这派作者的飞腾；《新月》^[11]的冷落，是老社员都"爬"了上去，和月亮距离远起来了。

这种东西，我们为要和"敲门砖"区别，称之为"上天梯"罢。

"教"之在中国，何尝不如此。讲革命，彼一时也；讲忠孝，又一时也；跟大拉嘛打圈子，又一时也；造塔藏主义，又一时也。[12] 有宜于专吃的时代，则指归应定于一尊，有宜合吃的时代，则诸教亦本非异致，不过一碟是全鸭，一碟是杂拌儿而已。刘勰亦然，盖仅由"不撤姜食"[13]一变而为吃斋，于胃脏里的分量原无差别，何况以和尚而注《论语》《孝经》或《老子》，也还是不失为一种"天经地义"呢？

九月二十七日。

＊　　　　＊　　　　＊

〔1〕　本篇最初发表于 1933 年 9 月 29 日《申报·自由谈》。

〔2〕　达一　即陈子展（1898—1990），湖南长沙人，古典文学研究家。《文统之梦》一文，载于 1933 年 9 月 27 日《申报·自由谈》，其中说："文统之梦，盖南北朝文人恒有之。刘勰作《文心雕龙》，其序略云：予齿在逾立，尝夜梦执丹漆之礼器，随仲尼而南行，寤而喜曰，大哉圣人之难见也，迺小子之垂梦欤？敷赞圣旨，莫若注经，而马郑诸儒，弘之已精，就有深解，未足立家。唯文章之用，实经典枝条，五礼资之以成，六典因之致用。于是搦笔和墨，乃始论文。可知刘勰梦见孔子，隐然以文统自肩，而以道统让之经生腐儒。微惜其攻乎异端，皈依佛氏，正与今之妄以道统自肩者同病，贻羞往圣而不自知也。"

〔3〕　刘勰（约465—约532）　字彦和，南朝梁南东莞（今江苏镇江）人，文艺理论家。梁武帝时曾任东宫通事舍人，晚年出家为僧。

〔4〕　《论语》　儒家经典，孔子弟子记录孔子言行的书。《孝经》，儒家经典，记载孔子与其弟子曾参关于"孝道"问答的书。

〔5〕 《老子》 又名《道德经》,道家经典,相传为春秋时老子所作。

〔6〕 《维摩诘经》 全称《维摩诘所说经》,佛教经典,维摩诘是经中所写的大乘居士,相传是与释迦牟尼同时代的人。

〔7〕 三教辩论 始见于北周,盛于唐代。唐德宗每年生日,在麟德殿举行儒、释、道三教的辩论,形式很典重,但三方都以常识性的琐碎问题应付场面,并无实际上的问难,相反却强调三教"同源",并往往杂以谐谑。唐懿宗时,还有俳优在皇帝面前以"三教辩论"作为逗笑取乐的资料(见《太平广记》卷二五二引《唐阙史·俳优人》)。

〔8〕 《太上感应篇》 《道藏·太清部》著录三十卷,题"宋李昌龄传"。清代经学家惠栋曾为它作注。《文昌帝君阴骘文》,相传为晋代张亚子所作。《明史·礼志(四)》说张亚子死后成为掌管人间禄籍的神道,称文昌帝君。二者都是宣传道家因果报应迷信思想的书。

〔9〕 杂志上的所谓"主张" 指胡适在《努力周报》上提出的"好政府"主张,参看本卷第71页注〔5〕。

〔10〕 《现代评论》 综合性周刊,胡适、陈西滢、王世杰、徐志摩等留学英美的知识分子主办的同人杂志。1924年12月创刊于北京,1927年7月移至上海出版,1928年12月停刊。现代评论派主要成员后来多在教育界或政界充任要职。

〔11〕 《新月》 新月社主办的以文艺为主的综合性月刊,1928年3月创刊于上海,1933年6月停刊。参看本卷第124页注〔4〕。

〔12〕 这里是对戴季陶等国民党政要的言行的讽刺。戴季陶在大革命时期高谈"革命",后来又鼓吹忠孝等封建道德。关于他"跟大拉嘛打圈子"及"造塔藏主义",参看本卷第299页注〔5〕、第149页注〔6〕。

〔13〕 不撤姜食 语出《论语·乡党》,是孔子的饮食习惯。据朱熹注:"姜,通神明,去秽恶,故不撤。"

喝　茶[1]

丰 之 余

　　某公司又在廉价了,去买了二两好茶叶,每两洋二角。开首泡了一壶,怕它冷得快,用棉袄包起来,却不料郑重其事的来喝的时候,味道竟和我一向喝着的粗茶差不多,颜色也很重浊。

　　我知道这是自己错误了,喝好茶,是要用盖碗的,于是用盖碗。果然,泡了之后,色清而味甘,微香而小苦,确是好茶叶。但这是须在静坐无为的时候的,当我正写着《吃教》的中途,拉来一喝,那好味道竟又不知不觉的滑过去,像喝着粗茶一样了。

　　有好茶喝,会喝好茶,是一种"清福"。不过要享这"清福",首先就须有工夫,其次是练习出来的特别的感觉。由这一极琐屑的经验,我想,假使是一个使用筋力的工人,在喉干欲裂的时候,那么,即使给他龙井芽茶,珠兰窨片,恐怕他喝起来也未必觉得和热水有什么大区别罢。所谓"秋思",其实也是这样的,骚人墨客,会觉得什么"悲哉秋之为气也"[2],风雨阴晴,都给他一种刺戟,一方面也就是一种"清福",但在老农,却只知道每年的此际,就要割稻而已。

　　于是有人以为这种细腻锐敏的感觉,当然不属于粗人,这

是上等人的牌号。然而我恐怕也正是这牌号就要倒闭的先
声。我们有痛觉,一方面是使我们受苦的,而一方面也使我们
能够自卫。假如没有,则即使背上被人刺了一尖刀,也将茫无
知觉,直到血尽倒地,自己还不明白为什么倒地。但这痛觉如
果细腻锐敏起来呢,则不但衣服上有一根小刺就觉得,连衣服
上的接缝,线结,布毛都要觉得,倘不穿"无缝天衣",他便要终
日如芒刺在身,活不下去了。但假装锐敏的,自然不在此例。

　　感觉的细腻和锐敏,较之麻木,那当然算是进步的,然而
以有助于生命的进化为限。如果不相干,甚而至于有碍,那就
是进化中的病态,不久就要收梢。我们试将享清福,抱秋心的
雅人,和破衣粗食的粗人一比较,就明白究竟是谁活得下去。
喝过茶,望着秋天,我于是想:不识好茶,没有秋思,倒也罢了。

　　　　　　　　　　　　　　　　　　九月三十日。

＊　　　　　＊　　　　　＊

　〔1〕　　本篇最初发表于 1933 年 10 月 2 日《申报·自由谈》。

　〔2〕　　"悲哉秋之为气也"　语出战国时楚国诗人宋玉《九辩》。

禁 用 和 自 造[1]

孺 牛

据报上说,因为铅笔和墨水笔进口之多,有些地方已在禁用,改用毛笔了。[2]

我们且不说飞机大炮,美棉美麦,都非国货之类的迂谈,单来说纸笔。

我们也不说写大字,画国画的名人,单来说真实的办事者。在这类人,毛笔却是很不便当的。砚和墨可以不带,改用墨汁罢,墨汁也何尝有国货。而且据我的经验,墨汁也并非可以常用的东西,写过几千字,毛笔便被胶得不能施展。倘若安砚磨墨,展纸舔笔,则即以学生的抄讲义而论,速度恐怕总要比用墨水笔减少三分之一,他只好不抄,或者要教员讲得慢,也就是大家的时间,被白费了三分之一了。

所谓"便当",并不是偷懒,是说在同一时间内,可以由此做成较多的事情。这就是节省时间,也就是使一个人的有限的生命,更加有效,而也即等于延长了人的生命。古人说,"非人磨墨墨磨人"[3],就在悲愤人生之消磨于纸墨中,而墨水笔之制成,是正可以弥这缺憾的。

但它的存在,却必须在宝贵时间,宝贵生命的地方。中国不然,这当然不会是国货。进出口货,中国是有了帐簿的了,人民的数目却还没有一本帐簿。一个人的生养教育,父母化去的是多少物力和气力呢,而青年男女,每每不知所终,谁也不加注意。区区时间,当然更不成什么问题了,能活着弄弄毛笔的,或者倒是幸福也难说。

和我们中国一样,一向用毛笔的,还有一个日本。然而在日本,毛笔几乎绝迹了,代用的是铅笔和墨水笔,连用这些笔的习字帖也很多。为什么呢?就因为这便当,省时间。然而他们不怕"漏卮"〔4〕么?不,他们自己来制造,而且还要运到中国来。

优良而非国货的时候,中国禁用,日本仿造,这是两国截然不同的地方。

九月三十日。

*　　　*　　　*

〔1〕　本篇最初发表于1933年10月1日《申报·自由谈》。

〔2〕　禁用进口笔,改用毛笔的报道,见1933年9月22日《大晚报》载路透社广州电:广东、广西省当局为"挽回利权",禁止学生使用自来水笔、铅笔等进口文具,改用毛笔。

〔3〕　"非人磨墨墨磨人"　语出宋代苏轼诗《次韵答舒教授观余所藏墨》:"此墨足支三十年,但恐风霜侵发齿。非人磨墨墨磨人,瓶应未罄罍先耻。"

〔4〕　"漏卮"　卮是圆形的酒器,汉代桓宽《盐铁论·本议》有"川源不能实漏卮"的话;后人常用"漏卮"以比喻利权外泄。

看 变 戏 法[1]

我爱看"变戏法"。

他们是走江湖的,所以各处的戏法都一样。为了敛钱,一定有两种必要的东西:一只黑熊,一个小孩子。

黑熊饿得真瘦,几乎连动弹的力气也快没有了。自然,这是不能使它强壮的,因为一强壮,就不能驾驭。现在是半死不活,却还要用铁圈穿了鼻子,再用索子牵着做戏。有时给吃一点东西,是一小块水泡的馒头皮,但还将勺子擎得高高的,要它站起来,伸头张嘴,许多工夫才得落肚,而变戏法的则因此集了一些钱。

这熊的来源,中国没有人提到过。据西洋人的调查,说是从小时候,由山里捉来的;大的不能用,因为一大,就总改不了野性。但虽是小的,也还须"训练",这"训练"的方法,是"打"和"饿";而后来,则是因虐待而死亡。我以为这话是的确的,我们看它还在活着做戏的时候,就瘦得连熊气息也没有了,有些地方,竟称之为"狗熊",其被蔑视至于如此。

孩子在场面上也要吃苦,或者大人踏在他肚子上,或者将他的两手扭过来,他就显出很苦楚,很为难,很吃重的相貌,要看客解救。六个,五个,再四个,三个……而变戏法的就又集了一些钱。

他自然也曾经训练过,这苦痛是装出来的,和大人串通的勾当,不过也无碍于赚钱。

下午敲锣开场,这样的做到夜,收场,看客走散,有化了钱的,有终于不化钱的。

每当收场,我一面走,一面想:两种生财家伙,一种是要被虐待至死的,再寻幼小的来;一种是大了之后,另寻一个小孩子和一只小熊,仍旧来变照样的戏法。

事情真是简单得很,想一下,就好像令人索然无味。然而我还是常常看。此外叫我看什么呢,诸君?

十月一日。

*　　　*　　　*

〔1〕 本篇最初发表于 1933 年 10 月 4 日《申报·自由谈》。

双 十 怀 古[1]

——民国二二年看十九年秋

史　癖

小　引

要做"双十"[2]的循例的文章,首先必须找材料。找法有二,或从脑子里,或从书本中。我用的是后一法。但是,翻完《描写字典》,里面无之;觅遍《文章作法》,其中也没有。幸而"吉人自有天相",竟在破纸堆里寻出一卷东西来,是中华民国十九年十月三日到十日的上海各种大报小报的拔萃。去今已经整整的三个年头了,剪贴着做什么用的呢,自己已经记不清;莫非就给我今天做材料的么,一定未必是。但是,"废物利用"——既经检出,就抄些目录在这里罢。不过为节省篇幅计,不再注明广告,记事,电报之分,也略去了报纸的名目,因为那些文字,大抵是各报都有的。

看了什么用呢? 倒也说不出。倘若一定要我说,那就说是譬如看自己三年前的照相罢。

十 月 三 日

江湾赛马。

中国红十字会筹募湖南辽西各省急振。

中央军克陈留。

辽宁方面筹组副司令部。

礼县土匪屠城。

六岁女孩受孕。

辛博森伤势沉重。

汪精卫到太原。

卢兴邦接洽投诚。

加派师旅入赣剿共。

裁厘展至明年一月。

墨西哥拒侨胞,五十六名返国。

墨索里尼提倡艺术。

谭延闿轶事。

战士社代社员征婚。

十 月 四 日

齐天大舞台始创杰构积极改进《西游记》,准中秋节开幕。

前进的,民族主义的,唯一的,文艺刊物《前锋月刊》创刊号准双十节出版。

空军将再炸邕。

剿匪声中一趣史。

十 月 五 日

蒋主席电国府请大赦政治犯。

程艳秋登台盛况。

卫乐园之保证金。

十 月 六 日

樊迪文讲演小记。

诸君阅至此,请虔颂南无阿弥陀佛……

大家错了,中秋是本月六日。

查封赵戴文财产问题。

鄂省党部祝贺克复许汴。

取缔民间妄用党国旗。

十 月 七 日

响应政府之廉洁运动。

津浦全线将通车。

平津党部行将恢复。

法轮殴毙栈伙交涉。

王士珍举殡记。

冯阁部下全解体。

湖北来凤苗放双穗。

冤魂为厉,未婚夫索命。

鬼击人背。

十 月 八 日

闽省战事仍烈。

八路军封锁柳州交通。

安德思考古队自蒙古返北平。

国货时装展览。

哄动南洋之萧信庵案。

学校当注重国文论。

追记郑州飞机劫。

谭宅挽联择尤录。

汪精卫突然失踪。

十 月 九 日

西北军已解体。

外部发表英退庚款换文。

京卫戍部枪决人犯。

辛博森渐有起色。

国货时装展览。

上海空前未有之跳舞游艺大会。

十 月 十 日

举国欢腾庆祝双十。

叛逆削平，全国欢祝国庆，蒋主席昨凯旋参与盛典。

津浦路暂仍分段通车。

首都枪决共犯九名。

林埭被匪洗劫。

老陈圩匪祸惨酷。

海盗骚扰丰利。

程艳秋庆祝国庆。

蒋丽霞不忘双十。

南昌市取缔赤足。

伤兵怒斥孙祖基。

今年之双十节,可欣可贺,尤甚从前。

结　语

我也说"今年之双十节,可欣可贺,尤甚从前"罢。

十月一日。

附记:这一篇没有能够刊出,大约是被谁抽去了的,盖双十盛典,"伤今"固难,"怀古"也不易了。

十月十三日。

＊　　　＊　　　＊

〔1〕　本篇收入本书前未能在报刊发表。

〔2〕　"双十"　即双十节。1911 年 10 月 10 日武昌起义后,建立中华民国,1912 年 9 月 28 日临时参议院决定以 10 月 10 日为国庆节。国民党于 1927 年 4 月 18 日在南京成立的国民政府仍以"双十"为国庆节。

重 三 感 旧^[1]

— 一九三三年忆光绪朝末

丰 之 余

我想赞美几句一些过去的人,这恐怕并不是"骸骨的迷恋"^[2]。

所谓过去的人,是指光绪末年的所谓"新党"^[3],民国初年,就叫他们"老新党"。甲午战败^[4],他们自以为觉悟了,于是要"维新",便是三四十岁的中年人,也看《学算笔谈》^[5],看《化学鉴原》^[6];还要学英文,学日文,硬着舌头,怪声怪气的朗诵着,对人毫无愧色,那目的是要看"洋书",看洋书的缘故是要给中国图"富强",现在的旧书摊上,还偶有"富强丛书"^[7]出现,就如目下的"描写字典""基本英语"一样,正是那时应运而生的东西。连八股出身的张之洞^[8],他托缪荃孙代做的《书目答问》也竭力添进各种译本去,可见这"维新"风潮之烈了。

然而现在是别一种现象了。有些新青年,境遇正和"老新党"相反,八股毒是丝毫没有染过的,出身又是学校,也并非国学的专家,但是,学起篆字来了,填起词来了,劝人看《庄子》《文选》^[9]了,信封也有自刻的印板了,新诗也写成方块了,除

重 三 感 旧[1]

— 一九三三年忆光绪朝末

丰 之 余

我想赞美几句一些过去的人,这恐怕并不是"骸骨的迷恋"[2]。

所谓过去的人,是指光绪末年的所谓"新党"[3],民国初年,就叫他们"老新党"。甲午战败[4],他们自以为觉悟了,于是要"维新",便是三四十岁的中年人,也看《学算笔谈》[5],看《化学鉴原》[6];还要学英文,学日文,硬着舌头,怪声怪气的朗诵着,对人毫无愧色,那目的是要看"洋书",看洋书的缘故是要给中国图"富强",现在的旧书摊上,还偶有"富强丛书"[7]出现,就如目下的"描写字典""基本英语"一样,正是那时应运而生的东西。连八股出身的张之洞[8],他托缪荃孙代做的《书目答问》也竭力添进各种译本去,可见这"维新"风潮之烈了。

然而现在是别一种现象了。有些新青年,境遇正和"老新党"相反,八股毒是丝毫没有染过的,出身又是学校,也并非国学的专家,但是,学起篆字来了,填起词来了,劝人看《庄子》《文选》[9]了,信封也有自刻的印板了,新诗也写成方块了,除

掉做新诗的嗜好之外,简直就如光绪初年的雅人一样,所不同者,缺少辫子和有时穿穿洋服而已。

近来有一句常谈,是"旧瓶不能装新酒"〔10〕。这其实是不确的。旧瓶可以装新酒,新瓶也可以装旧酒,倘若不信,将一瓶五加皮和一瓶白兰地互换起来试试看,五加皮装在白兰地瓶子里,也还是五加皮。这一种简单的试验,不但明示着"五更调""攒十字"〔11〕的格调,也可以放进新的内容去,且又证实了新式青年的躯壳里,大可以埋伏下"桐城谬种"或"选学妖孽"〔12〕的喽罗。

"老新党"们的见识虽然浅陋,但是有一个目的:图富强。所以他们坚决,切实;学洋话虽然怪声怪气,但是有一个目的:求富强之术。所以他们认真,热心。待到排满学说播布开来,许多人就成为革命党了,还是因为要给中国图富强,而以为此事必自排满始。

排满久已成功,五四早经过去,于是篆字,词,《庄子》,《文选》,古式信封,方块新诗,现在是我们又有了新的企图,要以"古雅"立足于天地之间了。假使真能立足,那倒是给"生存竞争"添一条新例的。

十月一日。

*　　　*　　　*

〔1〕　本篇最初发表于 1933 年 10 月 6 日《申报·自由谈》时,题为《感旧》,无副题。

〔2〕　"骸骨的迷恋"　1921 年 11 月 11 日斯提(叶圣陶)在《时事

新报·文学旬刊》第十九号发表过一篇《骸骨之迷恋》，批评当时一些提倡白话文学的人有时还做文言文和旧诗词的现象，以后这句话便常被引用为形容守旧者不能忘情过去的贬辞。

〔3〕 "新党" 清末戊戌变法前后主张或倾向维新的人被称为新党；辛亥革命前后，由于出现主张彻底推翻清王朝的革命党人，因而前者被称为老新党。

〔4〕 甲午战败 1894 年（甲午）日本侵略朝鲜并对中国进行挑衅，发生中日战争。中国军队虽曾英勇作战，但因清廷的动摇妥协而终告失败，次年同日本订立了丧权辱国的《马关条约》。

〔5〕 《学算笔谈》 十二卷，华蘅芳著，1882 年（光绪八年）收入他的算学丛书《行素轩算稿》中，1885 年刻印单行本。

〔6〕 《化学鉴原》 六卷，英国韦而司撰，英国傅兰雅口译，无锡徐寿笔述。1871 年江南制造局翻译馆出版。

〔7〕 "富强丛书" 在清末洋务运动中，曾出现过"富强丛书"一类读物。如 1896 年（清光绪二十二年）由张荫桓编辑，鸿文书局石印的《西学富强丛书》，分算学、电学、化学、天文学等十二类，收书约七十种。

〔8〕 张之洞（1837—1909） 字孝达，直隶南皮（今属河北）人，清朝大臣。同治年间进士，曾任四川学政、湖广总督、军机大臣。清末提倡洋务运动的官僚之一。《书目答问》是他在 1875 年（光绪元年）任四川学政时所编（一说为缪荃孙代笔）。书中列有《新法算书》、《新译几何原本》等"西法"数学书多种。缪荃孙（1844—1919），字筱珊，江苏江阴人，清代藏书家、版本学家。

〔9〕 《庄子》 战国时庄子著，现存三十三篇，亦名《南华经》。《文选》，南朝梁昭明太子萧统编，内选秦汉至齐梁间的诗文，共三十卷，是我国现存最早的一部诗文总集。唐代李善为之作注，分为六十卷。

〔10〕 "旧瓶不能装新酒" 这原是欧洲流行的一句谚语，最初出

自基督教《新约全书·马太福音》第九章,耶稣说:"没有人把新酒装在旧皮袋里;若是这样,皮袋就裂开,酒漏出来,连皮袋也坏了。惟独把新酒装在新皮袋里,两样就都保全了。""五四"新文学运动兴起以后,提倡白话文学的人,认为文言和旧形式不能表现新的内容,常引用这话作为譬喻。

〔11〕 "五更调" 亦称"叹五更",民间曲调名。一般五叠,每叠十句四十八字,唐敦煌曲子中已见。"攒十字",民间曲调名,每句十字,大体按三三四排列。

〔12〕 "桐城谬种""选学妖孽" 原为"五四"新文学运动初期钱玄同攻击当时摹仿桐城派古文或《文选》所选骈体文的旧派文人的话,见《新青年》第三卷第五号(1917 年 7 月)刊载的致陈独秀信中,当时曾经成为反对旧文学的流行用语。桐城派是清代古文流派之一,主要作家有方苞、刘大櫆、姚鼐等,都是安徽桐城人,所以称他们和各地赞同他们文学主张的人为桐城派。

"感旧"以后(上)[1]

丰 之 余

又不小心,感了一下子旧,就引出了一篇施蛰存[2]先生的《〈庄子〉与〈文选〉》来,以为我那些话,是为他而发的,但又希望并不是为他而发的。

我愿意有几句声明:那篇《感旧》,是并非为施先生而作的,然而可以有施先生在里面。

倘使专对个人而发的话,照现在的摩登文例,应该调查了对手的籍贯,出身,相貌,甚而至于他家乡有什么出产,他老子开过什么铺子,影射他几句才算合式。我的那一篇里可是毫没有这些的。内中所指,是一大队遗少群的风气,并不指定着谁和谁;但也因为所指的是一群,所以被触着的当然也不会少,即使不是整个,也是那里的一肢一节,即使并不永远属于那一队,但有时是属于那一队的。现在施先生自说了劝过青年去读《庄子》与《文选》,"为文学修养之助",就自然和我所指摘的有点相关,但以为这文为他而作,却诚然是"神经过敏",我实在并没有这意思。

不过这是在施先生没有说明他的意见之前的话,现在却连这"相关"也有些疏远了,因为我所指摘的,倒是比较顽固的遗少群,标准还要高一点。

现在看了施先生自己的解释,(一)才知道他当时的情形,是因为稿纸太小了,"倘再宽阔一点的话",他"是想多写几部书进去的";(二)才知道他先前的履历,是"从国文教员转到编杂志",觉得"青年人的文章太拙直,字汇太少"了,所以推举了这两部古书,使他们去学文法,寻字汇,"虽然其中有许多字是已死了的",然而也只好去寻觅。我想,假如庄子生在今日,则被劈棺之后[3],恐怕要劝一切有志于结婚的女子,都去看《烈女传》[4]的罢。

还有一点另外的话——

(一)施先生说我用瓶和酒来比"文学修养"是不对的,但我并未这么比方过,我是说有些新青年可以有旧思想,有些旧形式也可以藏新内容。我也以为"新文学"和"旧文学"这中间不能有截然的分界,然而有蜕变,有比较的偏向,而且正因为不能以"何者为分界",所以也没有了"第三种人"[5]的立场。

(二)施先生说写篆字等类,都是个人的事情,只要不去勉强别人也做一样的事情就好,这似乎是很对的。然而中学生和投稿者,是他们自己个人的文章太拙直,字汇太少,却并没有勉强别人都去做字汇少而文法拙直的文章,施先生为什么竟大有所感,因此来劝"有志于文学的青年"该看《庄子》与《文选》了呢?做了考官,以词取士,施先生是不以为然的,但一做教员和编辑,却以《庄子》与《文选》劝青年,我真不懂这中间有怎样的分界。

(三)施先生还举出一个"鲁迅先生"来,好像他承接了庄子的新道统,一切文章,都是读《庄子》与《文选》读出来的一般。"我以为这也有点武断"的。他的文章中,诚然有许多字为《庄子》与《文选》中所有,例如"之乎者也"之类,但这些字眼,想来别的书上也不见得没有罢。再说得露骨一点,则从这样的书里去找活字汇,简直是胡涂虫,恐怕施先生自己也未必。

十月十二日。

【备考】:

《庄子》与《文选》   施蛰存

上个月《大晚报》的编辑寄了一张印着表格的邮片来,要我填注两项:(一)目下在读什么书,(二)要介绍给青年的书。

在第二项中,我写着:《庄子》,《文选》,并且附加了一句注脚:"为青年文学修养之助"。

今天看见《自由谈》上丰之余先生的《感旧》一文,不觉有点神经过敏起来,以为丰先生这篇文章是为我而作的了。

但是现在我并不想对于丰先生有什么辩难,我只想趁此机会替自己作一个解释。

第一,我应当说明我为什么希望青年人读《庄子》和《文选》。近数年来,我的生活,从国文教师转到编杂志,与青年人的文章接触的机会实在太多了。我总感觉到这些青年人的文章太拙直,字汇太少,所以在《大晚报》编辑寄来的狭狭的行格里推荐了这两部书。我以为从这两部书中可以参悟一点做文章的方法,同时也可以扩大一点字汇(虽然其中有许多字是已死了的)。但是我当然并不希望青年人都去做《庄子》,《文选》一类的"古文"。

第二,我应当说明我只是希望有志于文学的青年能够读一读这两部书。我以为每一个文学者必须要有所借助于他上代的文学,我不懂得"新文学"和"旧文学"这中间究竟是以何者为分界的。在文学上,我以为"旧瓶装新酒"与"新瓶装旧酒"这譬喻是不对的。倘若我们把一个人的文学修养比之为酒,那么我们可以这样说:酒瓶的新旧没有关系,但这酒必须是酿造出来的。

我劝文学青年读《庄子》与《文选》,目的在要他们"酿造",倘若《大晚报》编辑寄来的表格再宽阔一点的话,我是想再多写几部书进去的。

这里,我们不妨举鲁迅先生来说,像鲁迅先生那样的新文学家,似乎可以算是十足的新瓶了。但是他的酒呢?纯粹的白兰地吗?我就不能相信。没有经过古文学的修养,鲁迅先生的新文章决不会写到现在那样好。所以,我敢说:在鲁迅先生那样的瓶子里,也免不了有许多五加皮或绍兴老酒的成分。

至于丰之余先生以为写篆字,填词,用自刻印板的信封,都是不出身于学校,或国学专家们的事情,我以为这也有点武断。这些其实只是个人的事情,如果写篆字的人,不以篆字写信,如果填词的人做了官不以词取士,如果用自刻印板信封的人不勉强别人也去刻一个专用信封,那也无须丰先生口诛笔伐地去认为"谬种"和"妖孽"了。

新文学家中,也有玩木刻,考究版本,收罗藏书票,以骈体文为白话书信作序,甚至写字台上陈列了小摆设的,照丰先生的意见说来,难道他们是"要以'今雅'立足于天地之间"吗? 我想他们也未必有此企图。

临了,我希望丰先生那篇文章并不是为我而作的。

十月八日,《自由谈》。

*　　　　*　　　　*

〔1〕　本篇最初发表于 1933 年 10 月 15 日《申报·自由谈》。

〔2〕　施蛰存(1905—2003)　浙江杭州人,作家。1932 年至 1934 年曾主编《现代》杂志。

〔3〕　庄子死后被劈棺的故事,见明代冯梦龙辑《警世通言》第二卷《庄子休鼓盆成大道》,大意说:庄子死后不久,他的妻子田氏便再嫁楚国王孙;成婚时,王孙突然心痛,他的仆人说要吃人的脑髓才会好,于是田氏便拿斧头去劈棺,想取庄子的脑髓;不料棺盖刚劈开,庄子便从棺内叹一口气坐了起来。

〔4〕　《烈女传》　汉代刘向著有《列女传》,内分"贞顺"、"节义"等七类。这里可能即指此书。

〔5〕　"第三种人"　参看本卷第 28 页注〔10〕。

"感旧"以后(下)[1]

丰 之 余

还要写一点。但得声明在先,这是由施蛰存先生的话所引起,却并非为他而作的。对于个人,我原稿上常是举出名字来,然而一到印出,却往往化为"某"字,或是一切阔人姓名,危险字样,生殖机关的俗语的共同符号"××"了。我希望这一篇中的有几个字,没有这样变化,以免误解。

我现在要说的是:说话难,不说亦不易。弄笔的人们,总要写文章,一写文章,就难免惹灾祸,黄河的水向薄弱的堤上攻,于是露臂膊的女人和写错字的青年,就成了嘲笑的对象了,他们也真是无拳无勇,只好忍受,恰如乡下人到上海租界,除了拚出被称为"阿木林"之外,没有办法一样。

然而有些是冤枉的,随手举一个例,就是登在《论语》二十六期上的刘半农[2]先生"自注自批"的《桐花芝豆堂诗集》这打油诗。北京大学招考,他是阅卷官,从国文卷子上发见一个可笑的错字,就来做诗,那些人被挖苦得真是要钻地洞,那些刚毕业的中学生。自然,他是教授,凡所指摘,都不至于不对的,不过我以为有些却还可有磋商的余地。集中有一个"自注"道——

"有写'倡明文化'者,余曰:倡即'娼'字,凡文化发达

351

之处,娼妓必多,谓文化由娼妓而明,亦言之成理也。"

娼妓的娼,我们现在是不写作"倡"的,但先前两字通用,大约刘先生引据的是古书。不过要引古书,我记得《诗经》里有一句"倡予和女"[3],好像至今还没有人解作"自己也做了婊子来应和别人"的意思。所以那一个错字,错而已矣,可笑可鄙却不属于它的。还有一句是——

"幸'萌科学思想之芽'。"

"萌"字和"芽"字旁边都加着一个夹圈,大约是指明着可笑之处在这里的罢,但我以为"萌芽","萌蘖",固然是一个名词,而"萌动","萌发",就成了动词,将"萌"字作动词用,似乎也并无错误。

五四运动时候,提倡(刘先生或者会解作"提起婊子"来的罢)白话的人们,写错几个字,用错几个古典,是不以为奇的,但因为有些反对者说提倡白话者都是不知古书,信口胡说的人,所以往往也做几句古文,以塞他们的嘴。但自然,因为从旧垒中来,积习太深,一时不能摆脱,因此带着古文气息的作者,也不能说是没有的。

当时的白话运动是胜利了,有些战士,还因此爬了上去,但也因为爬了上去,就不但不再为白话战斗,并且将它踏在脚下,拿出古字来嘲笑后进的青年了。因为还正在用古书古字来笑人,有些青年便又以看古书为必不可省的工夫,以常用文言的作者为应该模仿的格式,不再从新的道路上去企图发展,打出新的局面来了。

现在有两个人在这里:一个是中学生,文中写"留学生"为

"流学生"，错了一个字；一个是大学教授，就得意洋洋的做了一首诗，曰："先生犯了弥天罪，罚往西洋把学流，应是九流加一等，面筋熬尽一锅油。"[4]我们看罢，可笑是在那一面呢？

十月十二日。

*   *   *

〔1〕　本篇最初发表于1933年10月16日《申报·自由谈》。

〔2〕　刘半农（1891—1934）　名复，号半农，江苏江阴人，历任北京大学教授、北平大学女子文理学院院长等。他曾参加《新青年》编辑工作，是新文学运动初期重要作家之一。后留学法国，研究语音学，思想渐趋保守。著有《扬鞭集》、《瓦釜集》和《半农杂文》等。他的《桐花芝豆堂诗集》在《论语》半月刊上连续发表，下文所引诗及注，都出自集中的《阅卷杂诗》六首（载1933年10月1日《论语》第二十六期）。"有写'倡明文化'者……"，系《杂诗》第一首的"自注"；"幸'萌科学思想之芽'"，系《杂诗》第六首中的一句；"先生犯了弥天罪……"系《杂诗》的第二首。

〔3〕　"倡予和女"　语出《诗经·郑风·萚兮》："叔兮伯兮，倡予和女。"女同汝。

〔4〕　"先生犯了弥天罪"四句，据刘半农在这首诗的"自注"中说："古时候九流，最远不出国境，今流往外洋，是加一等治罪矣。昔吴稚老言：外国为大油锅，留学生为油面筋，谓其去时小而归来大也。据此，流学生不特流而已也，且入油锅地狱焉，阿要痛煞！"

黄　祸[1]

尤　刚

现在的所谓"黄祸",我们自己是在指黄河决口了,但三十年之前,并不如此。

那时是解作黄色人种将要席卷欧洲的意思的,有些英雄听到了这句话,恰如听得被白人恭维为"睡狮"一样,得意了好几年,准备着去做欧洲的主子。

不过"黄祸"这故事的来源,却又和我们所幻想的不同,是出于德皇威廉[2]的。他还画了一幅图,是一个罗马装束的武士,在抵御着由东方西来的一个人,但那人并不是孔子,倒是佛陀[3],中国人实在是空欢喜。所以我们一面在做"黄祸"的梦,而有一个人在德国治下的青岛[4]所见的现实,却是一个苦孩子弄脏了电柱,就被白色巡捕提着脚,像中国人的对付鸭子一样,倒提而去了。

现在希特拉的排斥非日耳曼民族思想,方法是和德皇一样的。

德皇的所谓"黄祸",我们现在是不再梦想了,连"睡狮"也不再提起,"地大物博,人口众多",文章上也不很看见。倘是狮子,自夸怎样肥大是不妨事的,但如果是一口猪或一匹羊,肥大倒不是好兆头。我不知道我们自己觉得现在好像是什么了？

　　我们似乎不再想，也寻不出什么"象征"来，我们正在看海京伯〔5〕的猛兽戏，赏鉴狮虎吃牛肉，听说每天要吃一只牛。我们佩服国联〔6〕的制裁日本，我们也看不起国联的不能制裁日本；我们赞成军缩〔7〕的"保护和平"，我们也佩服希特拉的退出军缩；我们怕别国要以中国作战场，我们也憎恶非战大会。我们似乎依然是"睡狮"。

　　"黄祸"可以一转而为"福"，醒了的狮子也会做戏的。当欧洲大战时，我们有替人拚命的工人，青岛被占了，我们有可以倒提的孩子。

　　但倘说，二十世纪的舞台上没有我们的份，是不合理的。

十月十七日。

　　＊　　　　＊　　　　＊

　　〔1〕　　本篇最初发表于 1933 年 10 月 20 日《申报·自由谈》。

　　〔2〕　　德皇威廉　指德皇威廉二世(Wilhelm Ⅱ,1859—1941)。在位期间，于 1897 年派舰队强占中国胶州湾，1900 年又派兵参加八国联军侵略中国。他鼓吹"黄祸"论，并在 1895 年绘制了一幅题词为"欧洲各国人民，保卫你们最神圣的财富！"的画，画上以基督教《圣经》中所说的上帝的天使长、英勇善战的米迦勒(德国曾把他作为自己的保护神)象征西方；以浓烟卷成的巨龙、佛陀象征来自东方的威胁。按"黄祸"论兴起于十九世纪末，盛行于二十世纪初，它宣称中国、日本等东方黄种民族的国家是威胁欧洲的祸害，为西方帝国主义对东方的奴役、掠夺制造舆论。

　　〔3〕　　佛陀　梵文 Buddha 的音译，简称佛，是佛教对"觉行圆满"

者的称呼。

〔4〕 德国治下的青岛　青岛于1897年被德帝国主义强占,第一次世界大战期间又为日本帝国主义占领,1922年由我国收回。

〔5〕 海京伯(C.Hagenbeck,1844—1913)　德国驯兽家,1887年创办海京伯马戏团。该团于1933年10月来我国上海演出。

〔6〕 国联　参看本卷第34页注〔7〕。1931年九一八事变后,国民党政府对日本侵略采取不抵抗政策,声称要期待国联的"公理判决"。1932年3月国联派调查团来中国,10月发表名为调解中日争端实则偏袒日本的《国联调查团报告书》,主张在东北建立以日本为主、国际共管的"满洲自治政府"。国民党政府竟称《报告书》"明白公允",表示佩服赞赏。但日本帝国主义为达到独占中国的目的,拒绝国联意见书,于1933年3月27日通告退出国联。国民党政府又对国联无力约束日本表示过不满。

〔7〕 军缩　指国际军缩(即裁军)会议,1932年2月起在日内瓦召开。当时中国一些报刊曾赞扬军缩会议,散布和平幻想。1933年10月希特勒宣布德国退出军缩会议,一些报刊又为希特勒扩军备战进行辩护,如同年10月17日《申报》载《德国退出军缩会议后的动向》一文说:德国此举乃"为准备自己,原无不当,且亦适合于日尔曼民族之传统习惯"。

冲^[1]

旅　隼

"推"和"踢"只能死伤一两个,倘要多,就非"冲"不可。

十三日的新闻上载着贵阳通信^[2]说,九一八纪念,各校学生集合游行,教育厅长谭星阁临事张皇,乃派兵分据街口,另以汽车多辆,向行列冲去,于是发生惨剧,死学生二人,伤四十余,其中以正谊小学学生为最多,年仅十龄上下耳。……

我先前只知道武将大抵通文,当"枕戈待旦"的时候,就会做骈体电报,这回才明白虽是文官,也有深谙韬略的了。田单曾经用过火牛^[3],现在代以汽车,也确是二十世纪。

"冲"是最爽利的战法,一队汽车,横冲直撞,使敌人死伤在车轮下,多么简截;"冲"也是最威武的行为,机关一扳,风驰电掣,使对手想回避也来不及,多么英雄。各国的兵警,喜欢用水龙冲,俄皇^[4]曾用哥萨克马队冲,都是快举。各地租界上我们有时会看见外国兵的坦克车在出巡,这就是倘不恭顺,便要来冲的家伙。

汽车虽然并非冲锋的利器,但幸而敌人却是小学生,一匹疲驴,真上战场是万万不行的,不过在嫩草地上飞跑,骑士坐在上面喑呜叱咤,却还很能胜任愉快,虽然有些人见了,难免觉得滑稽。

十龄上下的孩子会造反,本来也难免觉得滑稽的。但我们中国是常出神童的地方,一岁能画,两岁能诗,七龄童做戏,十龄童从军,十几龄童做委员,原是常有的事实;连七八岁的女孩也会被凌辱,从别人看来,是等于"年方花信"〔5〕的了。

况且"冲"的时候,倘使对面是能够有些抵抗的人,那就汽车会弄得不爽利,冲者也就不英雄,所以敌人总须选得嫩弱。流氓欺乡下老,洋人打中国人,教育厅长冲小学生,都是善于克敌的豪杰。

"身当其冲",先前好像不过一句空话,现在却应验了,这应验不但在成人,而且到了小孩子。"婴儿杀戮"〔6〕算是一种罪恶,已经是过去的事,将乳儿抛上空中去,接以枪尖,不过看作一种玩把戏的日子,恐怕也就不远了罢。

十月十七日。

*　　　　*　　　　*

〔1〕　本篇最初发表于 1933 年 10 月 22 日《申报·自由谈》。

〔2〕　贵阳通信　见 1933 年 10 月 13 日《申报》载国闻社重庆通讯。按当时国民党贵州省政府主席为王家烈,他和教育厅长谭星阁等都是这次惨案的主谋;事后他们严密检查邮电,消息在惨案发生后二十余日才由重庆传出。

〔3〕　田单曾经用过火牛　田单,战国时齐国人。据《史记·田单列传》,燕伐齐,破齐七十余城,齐军退守莒和即墨;后来田单在即墨用火牛大破燕军,尽复失地。

〔4〕　俄皇　指旧俄最末的一个沙皇尼古拉二世(Николай Ⅱ,1868—1918)。1905 年 1 月 22 日(俄国旧历一月九日)他曾令哥萨克马

队在冬宫前冲击和屠杀请愿群众。

〔5〕 "年方花信" "花信"本为花开的信息之意,古有"二十四番花信"之说,见南朝梁宗懔《荆楚岁时记》、宋程大昌《演繁露》、宋王逵《蠡海集》等。"二十四番花信"指二十四种花的开花期,旧时借"花信"指女性正当青春成熟期。

〔6〕 "婴儿杀戮" 见基督教的《新约全书·马太福音》第二章,其中说:当犹太希律王的时候,耶稣生在犹太的伯利恒,希律王知道了,心里很不安。"有主的使者向约瑟(按约瑟是马利亚的丈夫,马利亚在婚前受圣灵感动怀孕,婚后生子耶稣)梦中显现,说:'起来,带着小孩子同他母亲,逃往埃及,……因为希律必寻找小孩子要除灭他。'"他们走后,希律"就大大发怒,差人将伯利恒城里,并四境所有的男孩,……凡两岁以里的,都杀尽了。"

"滑稽"例解[1]

丰　索

研究世界文学的人告诉我们：法人善于机锋，俄人善于讽刺，英美人善于幽默。这大概是真确的，就都为社会状态所制限。慨自语堂[2]大师振兴"幽默"以来，这名词是很通行了，但一普遍，也就伏着危机，正如军人自称佛子，高官忽挂念珠，而佛法就要涅槃一样。倘若油滑，轻薄，猥亵，都蒙"幽默"之号，则恰如"新戏"[3]之入"×世界"，必已成为"文明戏"也无疑。

这危险，就因为中国向来不大有幽默。只是滑稽是有的，但这和幽默还隔着一大段，日本人曾译"幽默"为"有情滑稽"，所以别于单单的"滑稽"，即为此。那么，在中国，只能寻得滑稽文章了？却又不。中国之自以为滑稽文章者，也还是油滑，轻薄，猥亵之谈，和真的滑稽有别。这"狸猫换太子"[4]的关键，是在历来的自以为正经的言论和事实，大抵滑稽者多，人们看惯，渐渐以为平常，便将油滑之类，误认为滑稽了。

在中国要寻求滑稽，不可看所谓滑稽文，倒要看所谓正经事，但必须想一想。

这些名文是俯拾即是的，譬如报章上正正经经的题目，什么"中日交涉渐入佳境"呀，"中国到那里去"呀，就都是的，咀嚼起来，真如橄榄一样，很有些回味。

见于报章上的广告的，也有的是。我们知道有一种刊物，自说是"舆论界的新权威"[5]，"说出一般人所想说而没有说的话"，而一面又在向别一种刊物"声明误会，表示歉意"，但又说是"按双方均为社会有声誉之刊物，自无互相攻讦之理"。"新权威"而善于"误会"，"误会"了而偏"有声誉"，"一般人所想说而没有说的话"却是误会和道歉：这要不笑，是必须不会思索的。

见于报章的短评上的，也有的是。例如九月间《自由谈》所载的《登龙术拾遗》上，以做富家女婿为"登龙"之一术，不久就招来了一篇反攻，那开首道："狐狸吃不到葡萄，说葡萄是酸的，自己娶不到富妻子，于是对于一切有富岳家的人发生了妒嫉，妒嫉的结果是攻击。"[6]这也不能想一下。一想"的结果"，便分明是这位作者在表明他知道"富妻子"的味道是甜的了。

诸如此类的妙文，我们也尝见于冠冕堂皇的公文上：而且并非将它漫画化了的，却是它本身原来是漫画。《论语》一年中，我最爱看"古香斋"[7]这一栏，如四川营山县长禁穿长衫令云："须知衣服蔽体已足，何必前拖后曳，消耗布匹？且国势衰弱，……顾念时艰，后患何堪设想？"又如北平社会局禁女人养雄犬文云："查雌女雄犬相处，非仅有碍健康，更易发生无耻秽闻，揆之我国礼义之邦，亦为习俗所不许。谨特通令严禁……凡妇女带养之雄犬，斩之无赦，以为取缔！"这那里是滑稽作家所能凭空写得出来的？

不过"古香斋"里所收的妙文，往往还倾于奇诡，滑稽却不如平淡，惟其平淡，也就更加滑稽，在这一标准上，我推选"甜葡萄"说。

十月十九日。

*　　　*　　　*

〔1〕　本篇最初发表于 1933 年 10 月 26 日《申报·自由谈》。

〔2〕　语堂　林语堂(1895—1976),福建龙溪人,作家。他在三十年代初主编《论语》半月刊,声称"以提倡幽默文字为主要目标"(见《论语》第三期《我们的态度》)。

〔3〕　"新戏"　我国话剧兴起于二十世纪初,最早称为"新剧"("新戏"),又称"文明戏",二十年代末"话剧"名称确立以后,一般仍称当时上海大世界、新世界等游艺场演出的比较通俗的话剧为文明戏。

〔4〕　"狸猫换太子"　从《宋史·李宸妃传》宋仁宗(赵祯)生母李宸妃不敢认子的记载演变而来的传说。清代石玉昆编述的公案小说《三侠五义》中写有这个故事,情节是:宋真宗无子,刘、李二妃皆怀孕,刘妃为争当皇后,与太监密谋,在李妃生子时,用一只剥皮的狸猫将小孩换下来。

〔5〕　"舆论界的新权威"等语,见邵洵美主办的《十日谈》创刊时的广告,载 1933 年 8 月 10 日《申报》。下面"声明误会"等语,见该刊向《晶报》"表示歉意"的广告,参看本书《后记》。

〔6〕　"狐狸吃不到葡萄,说葡萄是酸的"等语,见 1933 年 9 月 6 日国民党机关报《中央日报》所载圣闲《"女婿"的蔓延》一文,参看本书《后记》。

〔7〕　"古香斋"　是《论语》半月刊自第四期(1932 年 11 月 1 日)起增辟的一个栏目,刊载当时各地记述荒谬事件的新闻和文字。以下所举两令文,均见第十八期(1933 年 6 月 1 日)该栏内。

外 国 也 有 [1]

凡中国所有的,外国也都有。

外国人说中国多臭虫,但西洋也有臭虫;日本人笑中国人好弄文字,但日本人也一样的弄文字。不抵抗的有甘地 [2];禁打外人的有希特拉 [3];狄昆希 [4] 吸鸦片;陀思妥夫斯基 [5] 赌得发昏。斯惠夫德 [6] 带枷,马克斯反动。林白 [7] 大佐的儿子,就给绑匪绑去了。而裹脚和高跟鞋,相差也不见得有多么远。

只有外国人说我们不问公益,只知自利,爱金钱,却还是没法辩解。民国以来,有过许多总统和阔官了,下野之后,都是面团团的,或赋诗,或看戏,或念佛,吃着不尽,真也好像给批评者以证据。不料今天却被我发见了:外国也有的!

> "十七日哈伐那电——避居加拿大之古巴前总统麦查度……在古巴之产业,计值八百万美元,凡能对渠担保收回此项财产者,无论何人,渠愿与以援助。又一消息,谓古巴政府已对麦及其旧僚属三十八人下逮捕令,并扣押渠等之财产,其数达二千五百万美元。……"

以三十八人之多,而财产一共只有这区区二千五百万美元,手段虽不能谓之高,但有些近乎发财却总是确凿的,这已

363

足为我们的"上峰"雪耻。不过我还希望他们在外国买有地皮,在外国银行里另有存款,那么,我们和外人折冲樽俎[8]的时候,就更加振振有辞了。

假使世界上只有一家有臭虫,而遭别人指摘的时候,实在也不大舒服的,但捉起来却也真费事。况且北京有一种学说,说臭虫是捉不得的,越捉越多。即使捉尽了,又有什么价值呢,不过是一种消极的办法。最好还是希望别家也有臭虫,而竟发见了就更好。发见,这是积极的事业。哥仑布与爱迪生[9],也不过有了发见或发明而已。

与其劳心劳力,不如玩跳舞,喝咖啡。外国也有的,巴黎就有许多跳舞场和咖啡店。

即使连中国都不见了,也何必大惊小怪呢,君不闻迦勒底与马基顿乎[10]?——外国也有的!

十月十九日。

*　　　*　　　*

〔 1 〕　本篇最初发表于 1933 年 10 月 23 日《申报·自由谈》。

〔 2 〕　甘地(M. Gandhi, 1869—1948)　印度民族独立运动领袖。他提出"非暴力抵抗"口号,发起"不合作运动",领导印度人民反抗当时统治印度的英国殖民政府。

〔 3 〕　禁打外人的有希特拉　据 1933 年 8 月 21 日《申报》载:德国国社党冲锋队队员殴伤美国医生慕尔比希,希特勒出于外交需要,即派员赴美使馆道歉,并下令禁止冲锋队殴打外侨。

〔 4 〕　狄·昆希(T. De Quincey, 1785—1859)　英国散文家。曾服食鸦片;著有《一个吃鸦片的英国人的忏悔》,于 1822 年出版。

〔5〕 陀思妥夫斯基（Ф.М.Достоевский，1821—1881） 通译陀斯妥耶夫斯基，俄国作家。主要作品有长篇小说《穷人》、《被侮辱与被损害的》、《罪与罚》等。在他夫人的回忆录中曾谈到他赌博的事，并引有陀思妥耶夫斯基在 1871 年 4 月 28 日信中的话说："那个使我痛苦了十年的下流的幻想……消失了。我以前老是梦想赢钱，梦想得很厉害，很热烈，……赌博将我全身缚住了。……但是现在我要想到工作，我不再像以前那样夜夜梦想着赌博的结果了。"

〔6〕 斯惠夫德（J. Swift，1667—1745） 通译斯威夫特，英国作家。著有《格列佛游记》等。鲁迅这里所说，似系另一英国作家、《鲁滨孙飘流记》的著者笛福（D. Defoe，约 1660—1731）之误。1703 年笛福曾为了一本讽刺教会的小册子《惩治不从国教者的捷径》，被英国政府逮捕，同年 7 月 29 日至 31 日，被罚在闹市戴枷示众三天。

〔7〕 林白（C. A. Lindbergh，1902—1974） 美国飞行家，1927 年 5 月首次驾机横渡大西洋，完成由纽约到巴黎的不着陆飞行，获空军预备队上校衔。1932 年 3 月，他的儿子在纽约被绑匪绑去。

〔8〕 折冲樽俎 语出《晏子春秋·内篇杂上》。原指诸侯在会盟的宴席上制胜对方，后泛指外交谈判。

〔9〕 哥仑布（C. Columbus，约 1451—1506） 意大利探险家。他自 1492 年起四次率船横渡大西洋到达美洲沿岸地带，被称为美洲大陆的发现者。爱迪生，参看本卷第 18 页注〔5〕。

〔10〕 迦勒底（Chaldaea） 古代西亚经济繁盛的奴隶制国家，又称新巴比伦王国。公元前 626 年建立，前 538 年为波斯人所灭。马基顿（Macedonia），通译马其顿，古代巴尔干半岛中部的奴隶制军事强国，约形成于公元前六世纪，前二世纪被罗马帝国吞并。

扑　空[1]

自从《自由谈》上发表了我的《感旧》和施蛰存先生的《〈庄
子〉与〈文选〉》以后,《大晚报》[2]的《火炬》便在征求展开的讨
论。首先征到的是施先生的一封信,题目曰《推荐者的立场》,
注云"《庄子》与《文选》的论争"。

但施先生又并不愿意"论争",他以为两个人作战,正如弧
光灯下的拳击手,无非给看客好玩。这是很聪明的见解,我赞
成这一肢一节。不过更聪明的是施先生其实并非真没有动
手,他在未说退场白之前,早已挥了几拳了。挥了之后,飘然
远引,倒是最超脱的拳法。现在只剩下一个我了,却还得回一
手,但对面没人也不要紧,我算是在打"逍遥游"[3]。

施先生一开首就说我加以"训诲",而且派他为"遗少的一
肢一节"。上一句是诬赖的,我的文章中,并未对于他个人有
所劝告。至于指为"遗少的一肢一节",却诚然有这意思,不过
我的意思,是以为"遗少"也并非怎么很坏的人物。新文学和
旧文学中间难有截然的分界,施先生是承认的,辛亥革命去今
不过二十二年,则民国人中带些遗少气,遗老气,甚而至于封
建气,也还不算甚么大怪事,更何况如施先生自己所说,"虽然
不敢自认为遗少,但的确已消失了少年的活力"的呢,过去的

余气当然要有的。但是,只要自己知道,别人也知道,能少传授一点,那就好了。

我早经声明,先前的文字是并非专为他个人而作的,而且自看了《〈庄子〉与〈文选〉》之后,则连这"一肢一节"也已经疏远。为什么呢,因为在推荐给青年的几部书目上,还题出着别一个极有意味的问题:其中有一种是《颜氏家训》[4]。这《家训》的作者,生当乱世,由齐入隋,一直是胡势大张的时候,他在那书里,也谈古典,论文章,儒士似的,却又归心于佛,而对于子弟,则愿意他们学鲜卑语,弹琵琶,以服事贵人——胡人。这也是庚子义和拳[5]败后的达官,富翁,巨商,士人的思想,自己念佛,子弟却学些"洋务",使将来可以事人:便是现在,抱这样思想的人恐怕还不少。而这颜氏的渡世法,竟打动了施先生的心了,还推荐于青年,算是"道德修养"。他又举出自己在读的书籍,是一部英文书和一部佛经[6],正为"鲜卑语"和《归心篇》[7]写照。只是现代变化急速,没有前人的悠闲,新旧之争,又正剧烈,一下子看不出什么头绪,他就也只好将先前两代的"道德",并萃于一身了。假使青年,中年,老年,有着这颜氏式道德者多,则在中国社会上,实是一个严重的问题,有荡涤的必要。自然,这虽为书目所引起,问题是不专在个人的,这是时代思潮的一部。但因为连带提出,表面上似有太关涉了某一个人之观,我便不敢论及了,可以和他相关的只有"劝人看《庄子》《文选》了"八个字,对于个人,恐怕还不能算是不敬的。但待到看了《〈庄子〉与〈文选〉》,却实在生了一点不敬之心,因为他辩驳的话比我所豫料的还空虚,但仍给以正经的答复,那便是《感旧以后》(上)。

然而施先生的写在看了《感旧以后》(上)之后的那封信,却更加证明了他和我所谓"遗少"的疏远。他虽然口说不来拳击,那第一段却全是对我个人而发的。现在介绍一点在这里,并且加以注解。

施先生说:"据我想起来,劝青年看新书自然比劝他们看旧书能够多获得一些群众。"这是说,劝青年看新书的,并非为了青年,倒是为自己要多获些群众。

施先生说:"我想借贵报的一角篇幅,将……书目改一下:我想把《庄子》与《文选》改为鲁迅先生的《华盖集》正续编及《伪自由书》。我想,鲁迅先生为当代'文坛老将',他的著作里是有着很广大的活字汇的,而且据丰之余先生告诉我,鲁迅先生文章里的确也有一些从《庄子》与《文选》里出来的字眼,譬如'之乎者也'之类。这样,我想对于青年人的效果也是一样的。"这一大堆的话,是说,我之反对推荐《庄子》与《文选》,是因为恨他没有推荐《华盖集》正续编与《伪自由书》的缘故。

施先生说:"本来我还想推荐一二部丰之余先生的著作,可惜坊间只有丰子恺[8]先生的书,而没有丰之余先生的书,说不定他是像鲁迅先生印珂罗版木刻图一样的是私人精印本,属于罕见书之列,我很惭愧我的孤陋寡闻,未能推荐矣。"这一段话,有些语无伦次了,好像是说:我之反对推荐《庄子》与《文选》,是因为恨他没有推荐我的书,然而我又并无书,然而恨他不推荐,可笑之至矣。

这是"从国文教师转到编杂志",劝青年去看《庄子》与《文选》,《论语》,《孟子》[9],《颜氏家训》的施蛰存先生,看了我的《感旧以后》(上)一文后,"不想再写什么"而终于写出来了的文章,辞退做"拳击手",而先行拳击别人的拳法。但他竟毫不提主张看《庄子》与《文选》的较坚实的理由,毫不指出我那《感旧》与《感旧以后》(上)两篇中间的错误,他只有无端的诬赖,自己的猜测,撒娇,装傻。几部古书的名目一撕下,"遗少"的肢节也就跟着渺渺茫茫,到底是现出本相:明明白白的变了"洋场恶少"了。

十月二十日。

【备考】:

推　荐　者　的　立　场　　　　施蛰存

——《庄子》与《文选》之论争

万秋先生:

我在贵报向青年推荐了两部旧书,不幸引起了丰之余先生的训诲,把我派做"遗少中的一肢一节"。自从读了他老人家的《感旧以后》(上)一文后,我就不想再写什么,因为据我想起来,劝新青年看新书自然比劝他们看旧书能够多获得一些群众。丰之余先生毕竟是老当益壮,足为青年人的领导者。至于我呢,虽然不敢自认为遗少,但的确已消失了少年的活力,在这万象皆秋的环境中,即使丰之余先生那样的新精神,亦已不够振拔我的中年之感了。所以,我想借贵报一角篇幅,将我在九月二十九日

369

贵报上发表的推荐给青年的书目改一下：我想把《庄子》与《文选》改为鲁迅先生的《华盖集》正续编及《伪自由书》。我想，鲁迅先生为当代"文坛老将"，他的著作里是有着很广大的活字汇的，而且据丰之余先生告诉我，鲁迅先生文章里的确也有一些从《庄子》与《文选》里出来的字眼，譬如"之乎者也"之类。这样，我想对于青年人的效果也是一样的。本来我还想推荐一二部丰之余先生的著作，可惜坊间只有丰子恺先生的书，而没有丰之余先生的书，说不定他是像鲁迅先生印珂罗版木刻图一样的是私人精印本，属于罕见书之列，我很惭愧我的孤陋寡闻，未能推荐矣。

此外，我还想将丰之余先生介绍给贵报，以后贵报倘若有关于征求意见之类的计划，大可设法寄一份表格给丰之余先生，我想一定能够供给一点有价值的意见的。不过，如果那征求是与"遗少的一肢一节"有关系的话，那倒不妨寄给我。

看见昨天的贵报，知道你预备将这桩公案请贵报的读者来参加讨论。我不知能不能请求你取销这个计划。我常常想，两个人在报纸上作文字战，其情形正如弧光灯下的拳击手，而报纸编辑正如那赶来赶去的瘦裁判，读者呢，就是那些在黑暗里的无理智的看客。瘦裁判总希望拳击手一回合又一回合地打下去，直到其中的一个倒了下来，One，Two，Three……站不起来，于是跑到那喘着气的胜者身旁去，举起他的套大皮手套的膀子，高喊着

"Mr. X Win the Champion."你试想想看,这岂不是太滑稽吗?现在呢,我不幸而自己做了这两个拳击手中间的一个,但是我不想为了瘦裁判和看客而继续扮演这滑稽戏了。并且也希望你不要做那瘦裁判。你不看见今天《自由谈》上止水先生的文章中引着那几句俗语吗?"舌头是扁的,说话是圆的",难道你以为从读者的讨论中会得有真是非产生出来呢?

施蛰存。十月十八日。

十月十九日,《大晚报》《火炬》。

《扑空》正误　　　　　　丰之余

前几天写《扑空》的时候,手头没有书,涉及《颜氏家训》之处,仅凭记忆,后来怕有错误,设法觅得原书来查了一查,发现对于颜之推的记述,是我弄错了。其《教子篇》云:"齐朝有一士大夫,尝谓吾曰:我有一儿,年已十七,颇晓书疏,教其鲜卑语,及弹琵琶,稍欲通解,以此伏事公卿,无不宠爱,亦要事也。吾时俛而不答。异哉此人之教子也。若由此业,自致卿相,亦不愿汝曹为之。"

然则齐士的办法,是庚子以后官商士绅的办法,施蛰存先生却是合齐士与颜氏的两种典型为一体的,也是现在一部分的人们的办法,可改称为"北朝式道德",也还是社会上的严重的问题。

对于颜氏,本应该十分抱歉的,但他早经死去了,谢罪与否都不相干,现在只在这里对于施先生和读者订正我的错误。

十月二十五日。

突　　围　　　　　施蛰存

（八）对于丰之余先生，我的确曾经"打了几拳"，这也许会成为我毕生的遗憾。但是丰先生作《扑空》，其实并未"空"，还是扑的我，站在丰先生那一方面（或者说站在正邪说那方面）的文章却每天都在"剿"我，而我却真有"一个人的受难"之感了。

但是，从《扑空》一文中我发现了丰先生作文的逻辑，他说"我早经声明，先前的文字并非专为他个人而发的"。但下文却有"因为他辩驳的话比我所预料的还空虚"。不专为我而发，但已经预料我会辩驳，这又该作何解？

因为被人"指摘"了，我也觉得《庄子》与《文选》这两本书诚有不妥处，于是在给《大晚报》编辑的信里，要求他许我改两部新文学书，事实确是如此的。我并不说丰先生是恨我没有推荐这两部新文学书而"反对《庄子》与《文选》"的，而丰先生却说我存着这样的心思，这又岂是"有伦次"的话呢？

丰先生又把话题搭到《颜氏家训》，又搭到我自己正在读的两本书，并为一谈，说推荐《颜氏家训》是在教青年学鲜卑语，弹琵琶，以服事贵人，而且我还以身作则，在读一本洋书；说颜之推是"儒士似的，却又归心于佛"，因而我也看一本佛书；从丰先生的解释看起来，竟连我自己也失笑了，天下事真会这样巧！

我明明记得，《颜氏家训》中的确有一个故事，说有人教子弟学鲜卑语，学琵琶，但我还记得底下有一句："亦不愿汝曹为之"，可见颜之推并不劝子弟读外国书。今天丰先生有"正误"了，他把这故事更正了之后，却说："施蛰存先生却是合齐士与颜氏的两种典型为一体的。"这个，我倒不懂了，难道我另外还介绍过一本该"齐士"的著作给青年人吗？如果丰先生这逻辑是根据于"自己读外国书即劝人学鲜卑语"，那我也没话可说了。

丰先生似乎是个想为儒家争正统的人物，不然何以对于颜之推受佛教影响如此之鄙薄呢？何以对于我自己看一本《释迦传》如此之不满呢？这里，有两点可以题出来：（一）《颜氏家训》一书之价值是否因《归心篇》而完全可以抹杀？况且颜氏虽然为佛教张目，但他倒并不鼓吹出世，逃避现实，他也不过列举佛家与儒家有可以并行不悖之点，而采佛家报应之说，以补儒家道德教训之不足，这也可以说等于现在人引《圣经》或《可兰经》中的话一样。（二）我看一本《佛本行经》，其意义也等于看一本《谟罕默德传》或《基督传》，既无皈佛之心，更无劝人学佛之行，而丰先生的文章却说是我的"渡世法"，妙哉言乎，我不免取案头的一本某先生舍金上梓的《百喻经》而引为同志矣。

我以前对于丰先生，虽然文字上有点太闹意气，但的确还是表示尊敬的，但看到《扑空》这一篇，他竟骂我为

"洋场恶少"了,切齿之声俨若可闻,我虽"恶",却也不敢再恶到以相当的恶声相报了。我呢,套一句现成诗:"十年一觉文坛梦,赢得洋场恶少名",原是无足重轻,但对于丰先生,我想该是会得后悔的。今天读到《〈扑空〉正误》,则又觉得丰先生所谓"无端的诬赖,自己的猜测,撒娇,装傻",又正好留着给自己"写照"了。

(附注)《大晚报》上那两个标题并不是我自己加的,我并无"立场",也并不愿意因我之故而使《庄子》与《文选》这两部书争吵起来。

右答丰之余先生。(二十七日)。

十月三十一日,十一月一日,《自由谈》。

＊　　　＊　　　＊

〔1〕 本篇最初发表于 1933 年 10 月 23、24 日《申报·自由谈》。

〔2〕 《大晚报》 参看本卷第 27 页注〔4〕。该报自 1933 年 4 月起,增出《火炬》副刊,由崔万秋主编。

〔3〕 "逍遥游" 原为《庄子》书中的篇名,这里是借用。

〔4〕 《颜氏家训》 北齐颜之推著。颜本为南朝梁人,后投奔鲜卑族政权北齐。隋初,太子召为学士。他生活的时代,正是经过五胡之乱,鲜卑族居统治地位的时期。

〔5〕 义和拳 即义和团,清末我国北方农民、手工业者及城市游民自发的群众组织。他们以设拳坛、练拳棒及其他迷信方式组织民众,初以"反清灭洋"为口号,后又改为"扶清灭洋",被清朝统治者利用攻打外国使馆,焚烧教堂。1900 年(庚子)被八国联军和清政府共同镇压。

〔6〕 施蛰存在《大晚报》征求答案的表格"目下所读之书"栏内,

填了一部《文学批评之原理》(英国李却兹著)和一部《佛本行经》。

〔7〕　《归心篇》　是《颜氏家训》中的一篇。主旨在说明"内(佛)外(儒)两教,本为一体",而对一些人加于佛教的批评和怀疑作种种解释,篇末并举有因果报应的例子数条。参看本篇"备考"《突围》。

〔8〕　丰子恺(1898—1975)　浙江桐乡人,美术家、散文家。

〔9〕　《孟子》　儒家经典,是记载战国中期儒家代表人物孟子言行的书,由他的弟子纂辑而成。

答“兼 示”[1]

丰 之 余

前几天写了一篇《扑空》之后，对于什么“《庄子》与《文选》”之类，本也不想再说了。第二天看见了《自由谈》上的施蛰存先生《致黎烈文先生书》，也是“兼示”我的，就再来说几句。因为施先生驳复我的三项，我觉得都不中肯——

（一）施先生说，既然“有些新青年可以有旧思想，有些旧形式也可以藏新内容”，则像他似的“遗少之群中的一肢一节”的旧思想也可以存而不论，而且写《庄子》那样的古文也不妨了。自然，倘要这样写，也可以说“不妨”的，宇宙决不会因此破灭。但我总以为现在的青年，大可以不必舍白话不写，却另去熟读了《庄子》，学了它那样的文法来写文章。至于存而不论，那固然也可以，然而论及又有何妨呢？施先生对于青年之文法拙直，字汇少，和我的《感旧》，不是就不肯“存而不论”么？

（二）施先生以为“以词取士”，和劝青年看《庄子》与《文选》有“强迫”与“贡献”之分，我的比例并不对。但我不知道施先生做国文教员的时候，对于学生的作文，是否以富有《庄子》文法与《文选》字汇者为佳文，转为编辑之后，也以这样的作品为上选？假使如此，则倘作“考官”，我看是要以《庄子》与《文

376

选》取士的。

（三）施先生又举鲁迅的话，说他曾经说过：一，"少看中国书，其结果不过不能作文而已。"[2]可见是承认了要能作文，该多看中国书；二，"……我以为倘要弄旧的呢，倒不如姑且靠着张之洞的《书目答问》去摸门径去。"就知道没有反对青年读古书过。这是施先生忽略了时候和环境。他说一条的那几句的时候，正是许多人大叫要作白话文，也非读古书不可之际，所以那几句是针对他们而发的，犹言即使恰如他们所说，也不过不能作文，而去读古书，却比不能作文之害还大。至于二，则明明指定着研究旧文学的青年，和施先生的主张，涉及一般的大异。倘要弄中国上古文学史，我们不是还得看《易经》与《书经》[3]么？

其实，施先生说当他填写那书目的时候，并不如我所推测那样的严肃，我看这话倒是真实的。我们试想一想，假如真有这样的一个青年后学，奉命惟谨，下过一番苦功之后，用了《庄子》的文法，《文选》的语汇，来写发挥《论语》《孟子》和《颜氏家训》的道德的文章，"这岂不是太滑稽吗"？

然而我的那篇《怀旧》[4]是严肃的。我并非为要"多获群众"，也不是因为恨施先生没有推荐《华盖集》正续编及《伪自由书》；更不是别有"动机"，例如因为做学生时少得了分数，或投稿时被没收了稿子，现在就借此来报私怨。

十月二十一日。

【备考】：

致黎烈文先生书 　　　　施蛰存

——兼示丰之余先生

烈文兄：

那天电车上匆匆一晤，我因为要到民九社书铺去买一本看中意了的书，所以在王家沙下车了。但那本书终于因价钱不合，没有买到，徒然失去了一个与你多谈一刻的机会，甚怅怅。

关于"《庄子》与《文选》"问题，我决不再想说什么话。本来我当时填写《大晚报》编辑部寄来的那张表格的时候，并不含有如丰先生的意见所看出来的那样严肃。我并不说每一个青年必须看这两部书，也不是说每一个青年只要看这两部书，也并不是说我只有这两部书想推荐。大概报纸副刊的编辑，想借此添一点新花样，而填写者也大都是偶然觉得有什么书不妨看看，就随手写下了。早知这一写竟会闯出这样大的文字纠纷来，即使《大晚报》副刊编者崔万秋先生给我磕头我也不肯写的。今天看见《涛声》第四十期上有一封曹聚仁先生给我的信，最后一句是："没有比这两部书更有利于青年了吗？敢问。"这一问真问得我啼笑皆非了。（曹聚仁先生的信态度很真挚，我将有一封复信给他，也许他会得刊在《涛声》上，我希望你看一看。）

对于丰之余先生我也不愿再冒犯他，不过对于他在

《感旧》(上)那一篇文章里三点另外的话觉得还有一点意见——

(一)丰先生说:"有些新青年可以有旧思想,有些旧形式也可以藏新内容。"是的,新青年尚且可以有旧思想,那么像我这种"遗少之群中的一肢一节"之有旧思想似乎也可以存而不论的了。至于旧形式也可以藏新内容,则似乎写《庄子》那样的古文也不妨,只要看它的内容如何罢了。

(二)丰先生说不懂我劝青年看《庄子》与《文选》与做了考官以词取士有何分界,这其实是明明有着分界的。前者是以一己的意见供献给青年,接受不接受原在青年的自由;后者却是代表了整个阶级(注:做官的阶级也),几乎是强迫青年全体去填词了。(除非这青年不想做官。)

(三)说鲁迅先生的文章是从《庄子》与《文选》中来的,这确然是滑稽的,我记得我没有说过那样的话。我的文章里举出鲁迅先生来作例,其意只想请不反对青年从古书求得一点文学修养的鲁迅先生来帮帮忙。鲁迅先生虽然一向是劝青年多读外国书的,但这是他以为从外国书中可以训练出思想新锐的青年来;至于像我那样给青年从做文章(或说文学修养)上着想,则鲁迅先生就没有反对青年读古书过。举两个证据来罢:一,"少看中国书,其结果不过不能作文而已。"(见北新版《华盖集》第四页。)这可见鲁迅先生也承认要能作文,该多看中国书了。

而这所谓中国书，从上文看来，似乎并不是指的白话文书。二，"我常被询问，要弄文学，应该看什么书？……我以为倘要弄旧的呢，倒不如姑且靠着张之洞的《书目答问》去摸门径去。"（见北新版《而已集》第四十五页。）

现在，我想我应该在这里"带住"了，我曾有一封信给《大晚报》副刊的编者，为了尊重丰之余先生的好意，我曾请求允许我换两部书介绍给青年。除了我还写一封信给曹聚仁先生之外，对于这"《庄子》与《文选》"的问题我没有要说的话了。我曾经在《自由谈》的壁上，看过几次的文字争，觉得每次总是愈争愈闹意气，而离本题愈远，甚至到后来有些参加者的动机都是可以怀疑的，我不想使自己不由自主地被卷入漩涡，所以我不再说什么话了。昨晚套了一个现成偈语：

　　　　此亦一是非　彼亦一是非

　　　　唯无是非观　庶几免是非

倘有人能写篆字者乎？颇想一求法挥，张之素壁。

　　　　　　　　　　　施蛰存上（十九日）。

十月二十日，《申报》《自由谈》。

*　　　　*　　　　*

〔1〕　本篇最初发表于1933年10月26日《申报·自由谈》。

〔2〕　"少看中国书"二句见《华盖集·青年必读书》。下文"我以为倘要弄旧的呢"二句见《而已集·读书杂谈》。

〔3〕　《易经》　又名《周易》，儒家经典，古代记载占卜的书。其中

卦辞、爻辞部分,可能萌芽于殷周之际。《书经》,又名《尚书》,儒家经典,我国上古历史文件的汇编。

〔4〕 《怀旧》 当为《感旧》,即《重三感旧》。

中国文与中国人[1]

余　铭

最近出版了一本很好的翻译:高本汉著的《中国语和中国文》。高本汉[2]先生是个瑞典人,他的真姓是珂罗倔伦(Karlgren)。他为什么"贵姓"高呢? 那无疑的是因为中国化了。他的确对于中国语文学有很大的供献。

但是,他对于中国人似乎更有研究,因此,他很崇拜文言,崇拜中国字,以为对中国人是不可少的。

他说:"近来——按高氏这书是一九二三年在伦敦出版的——某几种报纸,曾经试用白话,可是并没有多大的成功;因此也许还要触怒多数定报人,以为这样,就是讽示着他们不能看懂文言报呢!"

"西洋各国里有许多伶人,在他们表演中,他们几乎随时可以插入许多'打诨',也有许多作者,滥引文书;但是大家都认这种是劣等的风味。这在中国恰好相反,正认为高妙的文雅而表示绝艺的地方。"

中国文的"含混的地方,中国人不但不因之感受了困难,反而愿意养成它。"

但高先生自己却因此受够了侮辱:"本书的著者和亲爱的中国人谈话,所说给他的,很能完全了解;但是,他们彼此谈话的时候,他几乎一句也不懂。"这自然是那些"亲爱的中国人"在"讽示"他不懂上流社会的话,因为"外国人到了中国来,只要注意一点,他就可以觉得:他自己虽然熟悉了普通人的语言,而对于上流社会的谈话,还是莫名其妙的。"

于是他就说:"中国文字好像一个美丽可爱的贵妇,西洋文字好像一个有用而不美的贱婢。"

美丽可爱而无用的贵妇的"绝艺",就在于"插诨"的含混。这使得西洋第一等的学者,至多也不过抵得上中国的普通人,休想爬进上流社会里来。这样,我们"精神上胜利了"。为要保持这种胜利,必须有高妙文雅的字汇,而且要丰富!五四白话运动的"没有多大成功",原因大抵就在上流社会怕人讽示他们不懂文言。

虽然,"此亦一是非,彼亦一是非"——我们还是含混些好了。否则,反而要感受困难的。

十月二十五日。

＊　　　＊　　　＊

〔1〕 本篇最初发表于 1933 年 10 月 28 日《申报·自由谈》。

按本篇为瞿秋白所作,参看本卷第 51 页注〔1〕。

〔2〕 高本汉(Bernhard Karlgren,1889—1978) 瑞典汉语学家。1909 年至 1912 年间旅居中国,研究汉语音韵学。他的《中国语和中国文》一书,1923 年在英国出版;后经张世禄译出,1931 年由商务印书馆出版。

野 兽 训 练 法[1]

余　铭

最近还有极有益的讲演，是海京伯马戏团的经理施威德在中华学艺社的三楼上给我们讲"如何训练动物？"[2]可惜我没福参加旁听，只在报上看见一点笔记。但在那里面，就已经够多着警辟的话了——

"有人以为野兽可以用武力拳头去对付它，压迫它，那便错了，因为这是从前野蛮人对付野兽的办法，现在训练的方法，便不是这样。"

"现在我们所用的方法，是用爱的力量，获取它们对于人的信任，用爱的力量，温和的心情去感动它们。……"

这一些话，虽然出自日耳曼人之口，但和我们圣贤的古训，也是十分相合的。用武力拳头去对付，就是所谓"霸道"。然而"以力服人者，非心服也"[3]，所以文明人就得用"王道"，以取得"信任"："民无信不立"[4]。

但是，有了"信任"以后，野兽可要变把戏了——

"教练者在取得它们的信任以后，然后可以从事教练它们了：第一步，可以使它们认清坐的，站的位置；再可以使它们跳浜，站起来……"

384

训兽之法,通于牧民,所以我们的古之人,也称治民的大人物曰"牧"[5]。然而所"牧"者,牛羊也,比野兽怯弱,因此也就无须乎专靠"信任",不妨兼用着拳头,这就是冠冕堂皇的"威信"。

由"威信"治成的动物,"跳浜,站起来"是不够的,结果非贡献毛角血肉不可,至少是天天挤出奶汁来,——如牛奶,羊奶之流。

然而这是古法,我不觉得也可以包括现代。

施威德讲演之后,听说还有余兴,如"东方大乐"及"踢毽子"[6]等,报上语焉不详,无从知道底细了,否则,我想,恐怕也很有意义。

十月二十七日。

＊　　　＊　　　＊

〔1〕　本篇最初发表于 1933 年 10 月 30 日《申报·自由谈》。

〔2〕　海京伯马戏团　德国驯兽家海京伯(C. Hagebeck, 1844—1913)创办的马戏团。施威德(R. Sawade, 1869—1947),德国驯兽家。据 1933 年 10 月 27 日《申报》报道:10 月 26 日下午在中华学艺社讲演者为海京伯马戏团的惠格纳,施因年老未讲。中华学艺社,一些中国留日学生组织的学术团体。1916 年成立于日本东京,原名丙辰学社,后迁上海,改名"中华学艺社"。曾发行《学艺》杂志。

〔3〕　"以力服人者,非心服也"　孟子的话,见《孟子·公孙丑(上)》:"以力服人者,非心服也,力不赡也。"

〔4〕　"民无信不立"　孔子的话,见《论语·颜渊》。宋代邢昺疏:"治国不可失信,失信则国不立也。"

〔5〕 "牧" 《礼记·曲礼》:"九州之长,入天子之国曰牧。"古代称"九州"的各州长官为牧。汉代起,有些朝代曾设置牧的官职。

〔6〕 "东方大乐"及"踢毽子" 据1933年10月27日《申报》报道:在惠格纳讲演后,放映电影助兴,其中有《东方大乐》及《褚民谊踢毽子》等短片。

反　刍 [1]

元　艮

关于"《庄子》与《文选》"的议论，有些刊物上早不直接提起应否大家研究这问题，却拉到别的事情上去了。他们是在嘲笑那些反对《文选》的人们自己却曾做古文，看古书。

这真利害。大约就是所谓"以子之矛，攻子之盾"[2]罢——对不起，"古书"又来了！

不进过牢狱的那里知道牢狱的真相。跟着阔人，或者自己原是阔人，先打电话，然后再去参观的，他只看见狱卒非常和气，犯人还可以用英语自由的谈话[3]。倘要知道得详细，那他一定是先前的狱卒，或者是释放的犯人。自然，他还有恶习，但他教人不要钻进牢狱去的忠告，却比什么名人说模范监狱的教育卫生，如何完备，比穷人的家里好得多等类的话，更其可信的。

然而自己沾了牢狱气，据说就不能说牢狱坏，狱卒或囚犯，都是坏人，坏人就不能有好话。只有好人说牢狱好，这才是好话。读过《文选》而说它无用，不如不读《文选》而说它有用的可听。反"反《文选》"的诸君子，自然多是读过的了，但未读的也有，举一个例在这里罢——"《庄子》我四年前虽曾读过，但那时还不能完全读懂……《文选》则我完全没有见过。"

然而他结末说，"为了浴盘的水糟了，就连小宝宝也要倒掉，这意思是我们不敢赞同的。"[4]（见《火炬》）他要保护水中的"小宝宝"，可是没有见过"浴盘的水"。

五四运动的时候，保护文言者是说凡做白话文的都会做文言文，所以古文也得读。现在保护古书者是说反对古书的也在看古书，做文言，——可见主张的可笑。永远反刍，自己却不会呕吐，大约真是读透了《庄子》了。

十一月四日。

＊　　　　＊　　　　＊

〔1〕　本篇最初发表于 1933 年 11 月 7 日《申报·自由谈》。

〔2〕　"以子之矛，攻子之盾"　语出《韩非子·难势》："人有鬻矛与盾者，誉其盾之坚，物莫能陷也；俄而又誉其矛，曰：'吾矛之利，物无不陷之。'人应之曰：'以子之矛，陷子之盾，何如？'其人弗能应也。"

〔3〕　犯人还可以用英语自由的谈话　这是胡适说的话，参看《伪自由书·"光明所到……"》。

〔4〕　"为了浴盘的水糟了，就连小宝宝也要倒掉"等语，见 1933 年 10 月 24 日《大晚报·火炬》载何人《我的意见》一文。

归　厚[1]

罗　怃

　　在洋场上，用一瓶强水[2]去洒他所恨的女人，这事早经绝迹了。用些秽物去洒他所恨的律师，这风气只继续了两个月。最长久的是造了谣言去中伤他们所恨的文人，说这事已有了好几年，我想，是只会少不会多的。

　　洋场上原不少闲人，"吃白相饭"尚且可以过活，更何况有时打几圈马将。小妇人的嘁嘁喳喳，又何尝不可以消闲。我就是常看造谣专门杂志之一人，但看的并不是谣言，而是谣言作家的手段，看他有怎样出奇的幻想，怎样别致的描写，怎样险恶的构陷，怎样躲闪的原形。造谣，也要才能的，如果他造得妙，即使造的是我自己的谣言，恐怕我也会爱他的本领。

　　但可惜大抵没有这样的才能，作者在谣言文学上，也还是"滥竽充数"[3]。这并非我个人的私见。讲什么文坛故事的小说不流行，什么外史也不再做下去，[4]可见是人们多已摇头了。讲来讲去总是这几套，纵使记性坏，多听了也会烦厌的。想继续，这时就得要才能；否则，台下走散，应该换一出戏来叫座。

　　譬如罢，先前演的是《杀子报》[5]罢，这回就须是《三娘教子》[6]，"老东人呀，唉，唉，唉！"

而文场实在也如戏场，果然已经渐渐的"民德归厚"[7]了，有的还至于自行声明，更换办事人，说是先前"揭载作家秘史，虽为文坛佳话，然亦有伤忠厚。以后本刊停登此项稿件。……以前言责，……概不负责。"（见《微言》[8]）为了"忠厚"而牺牲"佳话"，虽可惜，却也可敬的。

尤其可敬的是更换办事人。这并非敬他的"概不负责"，而是敬他的彻底。古时候虽有"放下屠刀，立地成佛"的人，但因为也有"放下官印，立地念佛"而终于又"放下念珠，立地做官"的人，这一种玩意儿，实在已不足以昭大信于天下：令人办事有点为难了。

不过，尤其为难的是忠厚文学远不如谣言文学之易于号召读者，所以须有才能更大的作家，如果一时不易搜求，那刊物就要减色。我想，还不如就用先前打诨的二丑挂了长须来唱老生戏，那么，暂时之间倒也特别而有趣的。

十一月四日。

附记：这一篇没有能够发表。

次年六月十九日记。

*　　　*　　　*

〔1〕　本篇当时未能在报刊发表。

〔2〕　强水　又作镪水，硝酸、硫酸等强腐蚀性液体的俗称。

〔3〕　"滥竽充数"　出自《韩非子·内储说》所载的一个故事："齐宣王使人吹竽，必三百人，南郭处士请为王吹竽，宣王说（悦）之，廪食以数百人。宣王死，湣王立，好一一听之，处士逃。"

〔4〕　这里说的"文坛故事的小说"、"外史",指当时一些文人编造的影射文化界人士的作品,如张若谷的《婆汉迷》、杨邨人的《新儒林外史》(只写了第一回)等。

〔5〕　《杀子报》　一出表现淫恶、凶杀的旧戏。写徐寡妇与僧人私通,杀子碎尸的故事。

〔6〕　《三娘教子》　一出宣传节义思想的旧戏。写讹传薛广为人所害,其妾三娘守节教养儿子,终得封诰的故事。"老东人"是戏中老仆人薛保对主人薛广的称呼。

〔7〕　"民德归厚"　语出《论语·学而》:"曾子曰:'慎终追远,民德归厚矣。'"

〔8〕　《微言》　参看本卷第192页注〔4〕。该刊第一卷第二十期(1933年10月15日)登载"改组启事",声明原创办人何大义等八人已与该刊脱离关系,自第二十期起,改由钱唯学等四人接办,同时又登有钱等四人的"启事";这里所引的几句,即出于后一"启事"中。

难 得 糊 涂[1]

子 明

因为有人谈起写篆字,我倒记起郑板桥[2]有一块图章,刻着"难得糊涂"。那四个篆字刻得叉手叉脚的,颇能表现一点名士的牢骚气。足见刻图章写篆字也还反映着一定的风格,正像"玩"木刻之类,未必"只是个人的事情"[3]:"谬种"和"妖孽"就是写起篆字来,也带着些"妖谬"的。

然而风格和情绪,倾向之类,不但因人而异,而且因事而异,因时而异。郑板桥说"难得糊涂",其实他还能够糊涂的。现在,到了"求仕不获无足悲,求隐而不得其地以窜者,毋亦天下之至哀欤"[4]的时代,却实在求糊涂而不可得了。

糊涂主义,唯无是非观等等——本来是中国的高尚道德。你说他是解脱,达观罢,也未必。他其实在固执着,坚持着什么,例如道德上的正统,文学上的正宗之类。这终于说出来了:——道德要孔孟加上"佛家报应之说"(老庄另帐登记),而说别人"鄙薄"佛教影响就是"想为儒家争正统"[5],原来同善社[6]的三教同源论早已是正统了。文学呢?要用生涩字,用词藻,秾纤的作品,而且是新文学的作品,虽则他"否认新文学和旧文学的分界";而大众文学"固然赞成","但那是文学中的一个旁支"[7]。正统和正宗,是明显的。

对于人生的倦怠并不糊涂！活的生活已经那么"穷乏"，要请青年在"佛家报应之说"，在《文选》,《庄子》,《论语》,《孟子》"里去求得修养。后来，修养又不见了，只剩得字汇。"自然景物，个人情感，宫室建筑，……之类，还不妨从《文选》之类的书中去找来用。"[8]从前严几道从甚么古书里——大概也是《庄子》罢——找着了"幺匿"[9]两个字来译 Unit，又古雅，又音义双关的。但是后来通行的却是"单位"。严老先生的这类"字汇"很多，大抵无法复活转来。现在却有人以为"汉以后的词，秦以前的字，西方文化所带来的字和词，可以拼成功我们的光芒的新文学"[10]。这光芒要是只在字和词，那大概像古墓里的贵妇人似的，满身都是珠光宝气了。人生却不在拼凑，而在创造，几千百万的活人在创造。可恨的是人生那么骚扰忙乱，使一些人"不得其地以窜"，想要逃进字和词里去，以求"庶免是非"，然而又不可得。真要写篆字刻图章了！

十一月六日。

*　　　*　　　*

〔1〕　本篇最初发表于 1933 年 11 月 24 日《申报·自由谈》。

〔2〕　郑板桥(1693—1765)　名燮，字克柔，号板桥，江苏兴化人，清代文学家、书画家。

〔3〕　"玩"木刻，"只是个人的事情"，都是施蛰存《〈庄子〉与〈文选〉》中的话。参看本书《"感旧"以后(上)》"备考"。

〔4〕　"求仕不获无足悲"等句，见章太炎为吴宗慈纂辑的《庐山志》所作《题辞》。这篇《题辞》作于 1933 年 9 月，曾发表于同年 10 月 12

日《申报·自由谈》。

〔5〕　"佛家报应之说"、"想为儒家争正统",是施蛰存《突围》中的话。参看本书《扑空》"备考"。

〔6〕　同善社　封建迷信的道门组织。以扶乩活动惑人。

〔7〕　这是施蛰存《突围》之四(答曹聚仁)中的话,见 1933 年 10 月 30 日《申报·自由谈》,原文为:"我赞成大众文学,尽可能地以浅显的文字供给大众阅读,但那是文学中的一个旁支。"

〔8〕　"自然景物"等语,是施蛰存《突围》之五(答致立)中的话,见 1933 年 10 月 30 日《申报·自由谈》,原文为:"我想至少还有许多自然景物,个人感情,宫室建筑,以及在某种情形之下专用的名词或形容词之类,还不妨从《文选》之类的书中去找来用。"

〔9〕　"幺匿"　英语 unit 的音译。严复译英国斯宾塞《群学肄言》第三章《喻术》中说:"群者,谓之拓都(原注:译言总会);一者,谓之幺匿(原注:译言单个)。"严复自己在《译余赘语》里举例解释说:"大抵万物莫不有总有分:总曰拓都,译言全体;分曰幺匿,译言单位。笔,拓都也;毫,幺匿也。饭,拓都也;粒,幺匿也。国,拓都也;民,幺匿也。"按"拓都",英语 total 的音译,意为全体、总计。

〔10〕　"汉以后的词"等句,也见施蛰存《突围》之四(答曹聚仁)。

古书中寻活字汇〔1〕

罗 怃

古书中寻活字汇,是说得出,做不到的,他在那古书中,寻不出一个活字汇。

假如有"可看《文选》的青年"在这里,就是高中学生中的几个罢,他翻开《文选》来,一心要寻活字汇,当然明知道那里面有些字是已经死了的。然而他怎样分别那些字的死活呢?大概只能以自己的懂不懂为标准。但是,看了六臣注〔2〕之后才懂的字不能算,因为这原是死尸,由六臣背进他脑里,这才算是活人的,在他脑里即使复活了,在未"可看《文选》的青年"的眼前却还是死家伙。所以他必须看白文。

诚然,不看注,也有懂得的,这就是活字汇。然而他怎会先就懂得的呢?这一定是曾经在别的书上看见过,或是到现在还在应用的字汇,所以他懂得。那么,从一部《文选》里,又寻到了什么?

然而施先生说,要描写宫殿之类的时候有用处。这很不错,《文选》里有许多赋是讲到宫殿的,并且有什么殿的专赋。倘有青年要做汉晋的历史小说,描写那时的宫殿,找《文选》是极应该的,还非看"四史"《晋书》〔3〕之类不可。然而所取的僻字也不过将死尸抬出来,说得神秘点便名之曰"复活"。如果要描写的是清故宫,那可和《文选》的瓜葛就极少了。

倘使连清故宫也不想描写,而豫备工夫却用得这么广泛,那实在是徒劳而仍不足。因为还有《易经》和《仪礼》[4],里面的字汇,在描写周朝的卜课和婚丧大事时候是有用处的,也得作为"文学修养之根基",这才更像"文学青年"的样子。

十一月六日。

＊　　　＊　　　＊

〔1〕 本篇最初发表于 1933 年 11 月 9 日《申报·自由谈》。

〔2〕 六臣注 《文选》在唐代先有李善注,后有吕延济、刘良、张铣、吕向、李周翰五人注,合称六臣注。

〔3〕 "四史" 《史记》、《汉书》、《后汉书》、《三国志》的合称。《晋书》,唐代房玄龄等撰,记述晋代历史的纪传体史书。

〔4〕 《仪礼》 又称《礼经》,儒家经典,春秋战国时代一部分礼制资料的汇编。

"商定"文豪[1]

白 在 宣

笔头也是尖的,也要钻。言路的窄,现在也正如活路一样,所以(以上十五字,刊出时作"别的地方钻不进,")只好对于文艺杂志广告的夸大,前去刺一下。

一看杂志的广告,作者就个个是文豪,中国文坛也真好像光焰万丈,但一面也招来了鼻孔里的哼哼声。然而,著作一世,藏之名山,以待考古团的掘出的作家,此刻早已没有了,连自作自刻,订成薄薄的一本,分送朋友的诗人,也已经不大遇得到。现在是前周作稿,次周登报,上月剪贴,下月出书,大抵仅仅为稿费。倘说,作者是饿着肚子,专心在为社会服务,恐怕说出来有点要脸红罢。就是笑人需要稿费的高士,他那一篇嘲笑的文章也还是不免要稿费。但自然,另有薪水,或者能靠女人奁资养活的文豪,都不属于这一类。

就大体而言,根子是在卖钱,所以上海的各式各样的文豪,由于"商定",是"久已夫,已非一日矣"[2]的了。

商家印好一种稿子后,倘那时封建得势,广告上就说作者是封建文豪,革命行时,便是革命文豪,于是封定了一批文豪们。别家的书也印出来了,另一种广告说那些作者并非真封建或真革命文豪,这边的才是真货色,于是又封定了一批文豪们。别一家又集印了各种广告的论战,一位作者加上些批评,另出了一位新文豪。

还有一法是结合一套脚色,要几个诗人,几个小说家,一个批评家,商量一下,立一个什么社,登起广告来,打倒彼文豪,抬出此文豪,结果也总可以封定一批文豪们,也是一种的"商定"。

就大体而言,根子是在卖钱,所以后来的书价,就不免指出文豪们的真价值,照价二折,五角一堆,也说不定的。不过有一种例外:虽然铺子出盘,作品贱卖,却并不是文豪们走了末路,那是他们已经"爬了上去",进大学,进衙门,不要这踏脚凳了。

十一月七日。

*　　　*　　　　　*

〔1〕　本篇最初发表于 1933 年 11 月 11 日《申报·自由谈》。

〔2〕　"久已夫,已非一日矣"　这是对叠床架屋的八股文滥调的模仿,清代梁章钜《制义丛话》卷二十四曾引有这样的句子:"久已夫,千百年来已非一日矣"。

青年与老子〔1〕

敬 一 尊

　　听说,"慨自欧风东渐以来"〔2〕,中国的道德就变坏了,尤其是近时的青年,往往看不起老子。这恐怕真是一个大错误,因为我看了几个例子,觉得老子的对于青年,有时确也很有用处,很有益处,不仅足为"文学修养"之助的。

　　有一篇旧文章——我忘记了出于什么书里的了——告诉我们,曾有一个道士,有长生不老之术,自说已经百余岁了,看去却"美如冠玉",像二十左右一样。有一天,这位活神仙正在大宴阔客,突然来了一个须发都白的老头子,向他要钱用,他把他骂出去了。大家正惊疑间,那活神仙慨然的说道,"那是我的小儿,他不听我的话,不肯修道,现在你们看,不到六十,就老得那么不成样子了。"大家自然是很感动的,但到后来,终于知道了那人其实倒是道士的老子。〔3〕

　　还有一篇新文章——杨某的自白〔4〕——却告诉我们,他是一个有志之士,学说是很正确的,不但讲空话,而且去实行,但待到看见有些地方的老头儿苦得不像样,就想起自己的老子来,即使他的理想实现了,也不能使他的父亲做老太爷,仍旧要吃苦。于是得到了更正确的学说,抛去原有的理想,改做孝子了。假使父母早死,学说那有这么圆满而堂皇呢? 这不也就是老子对于青年的益处么？

　　那么，早已死了老子的青年不是就没有法子么？我以为不然，也有法子想。这还是要查旧书。另有一篇文章——我也忘了出在什么书里的了——告诉我们，一个老女人在讨饭，忽然来了一位大阔人，说她是自己的久经失散了的母亲，她也将错就错，做了老太太。后来她的儿子要嫁女儿，和老太太同到首饰店去买金器，将老太太已经看中意的东西自己带去给太太看一看，一面请老太太还在拣，——可是，他从此就不见了。[5]

　　不过，这还是学那道士似的，必须实物时候的办法，如果单是做做自白之类，那是实在有无老子，倒并没有什么大关系的。先前有人提倡过"虚君共和"[6]，现在又何妨有"没亲孝子"？张宗昌[7]很尊孔，恐怕他府上也未必有"四书""五经"罢。

　　　　　　　　　　　　　　　　　十一月七日。

＊　　　＊　　　＊

　　〔1〕　本篇最初发表于1933年11月17日《申报·自由谈》。

　　〔2〕　"慨自欧风东渐以来"　这是清末文人笔下常常出现的滥调；"欧风东渐"指西方文化传入中国。

　　〔3〕　关于道士长生不老的故事，见《太平广记》卷二八九引五代汉王仁裕《玉堂闲话》："长安完盛之时，有一道术人，称得丹砂之妙，颜如弱冠，自言三百余岁，京都人甚慕之，至于输货求丹，横经请益者，门如市肆。时有朝士数人造其第，饮啜方酣，有阍者报曰：'郎君从庄上

来,欲参觐。'道士作色叱之。坐客闻之,或曰:'贤郎远来,何妨一见。'
道士颦蹙移时,乃曰:'但令入来。'俄见一老叟,鬓发如银,昏耄伛偻,趋
前而拜,拜讫,叱入中门,徐谓坐客曰:'小儿愚骏,不肯服食丹砂,以至
于是,都未及百岁,枯槁如斯,常已斥于村墅间耳。'坐客愈更神之。后
有人私诘道者亲知,乃云伛偻者即其父也。好道术者,受其诳惑,如欺
婴孩矣。"

〔4〕 杨某的自白 指杨邨人在《读书杂志》第三卷第一期(1933
年2月)发表的《离开政党生活的战壕》一文,参看本卷第196页注
〔28〕。

〔5〕 宋代陈世崇《随隐漫录》卷五"钱塘游手"条有与这里所述大
致相同的故事。鲁迅1927年日记所附《西牖书钞》引录过该书。

〔6〕 "虚君共和" 辛亥革命后,康有为曾在上海《不忍》杂志第
九、十两期合刊(1918年1月)发表《共和平议》、《与徐太傅(徐世昌)
书》,说中国不宜实行"民主共和",而应实行"虚君共和"(即君主立宪)。

〔7〕 张宗昌(1881—1932) 山东掖县人,北洋奉系军阀。1925
年他任山东督军时,曾提倡尊孔读经。

后　记

　　这六十多篇杂文，是受了压迫之后，从去年六月起，另用各种的笔名，障住了编辑先生和检查老爷的眼睛，陆续在《自由谈》上发表的。不久就又蒙一些很有"灵感"的"文学家"吹嘘，有无法隐瞒之势，虽然他们的根据嗅觉的判断，有时也并不和事实相符。但不善于改悔的人，究竟也躲闪不到那里去，于是不及半年，就得着更厉害的压迫了，敷衍到十一月初，只好停笔，证明了我的笔墨，实在敌不过那些带着假面，从指挥刀下挺身而出的英雄。

　　不做文章，就整理旧稿，在年底里，粘成了一本书，将那时被人删削或不能发表的，也都添进去了，看起分量来，倒比这以前的《伪自由书》要多一点。今年三月间，才想付印，做了一篇序，慢慢的排，校，不觉又过了半年，回想离停笔的时候，已是一年有余了，时光真是飞快，但我所怕的，倒是我的杂文还好像说着现在或甚而至于明年。

　　记得《伪自由书》出版的时候，《社会新闻》[1]曾经有过一篇批评，说我的所以印行那一本书的本意，完全是为了一条尾巴——《后记》。这其实是误解的。我的杂文，所写的常是一鼻，一嘴，一毛，但合起来，已几乎是或一形象的全体，不加什么原也过得去的了。但画上一条尾巴，却见得更加完全。所以我的要写后记，除了我是弄笔的人，总要动笔之外，只在要这一本书里所画的形象，更成为完全的一个具象，却不是"完全为了一条尾巴"。

内容也还和先前一样，批评些社会的现象，尤其是文坛的情形。因为笔名改得勤，开初倒还平安无事。然而"江山好改，秉性难移"，我知道自己终于不能安分守己。《序的解放》碰着了曾今可，《豪语的折扣》又触犯了张资平，此外在不知不觉之中得罪了一些别的什么伟人，我还自己不知道。但是，待到做了《各种捐班》和《登龙术拾遗》以后，这案件可就闹大了。

去年八月间，诗人邵洵美先生所经营的书店里，出了一种《十日谈》[2]，这位诗人在第二期（二十日出）上，飘飘然的论起"文人无行"来了，先分文人为五类，然后作结道——

除了上述五类外，当然还有许多其他的典型；但其所以为文人之故，总是因为没有饭吃，或是有了饭吃不饱。因为做文人不比做官或是做生意，究竟用不到多少本钱。一枝笔，一些墨，几张稿纸，便是你所要预备的一切。呒本钱生意，人人想做，所以文人便多了。此乃是没有职业才做文人的事实。

我们的文坛便是由这种文人组织成的。

因为他们是没有职业才做文人，因此他们的目的仍在职业而不在文人。他们借着文艺宴会的名义极力地拉拢大人物；借文艺杂志或是副刊的地盘，极力地为自己做广告:但求闻达,不顾羞耻。

谁知既为文人矣,便将被目为文人;既被目为文人矣,便再没有职业可得,这般东西便永远在文坛里胡闹。

文人的确穷的多,自从迫压言论和创作以来,有些作者也的确更没有饭吃了。而邵洵美先生是所谓"诗人",又是有名的巨富"盛宫保"[3]的孙婿,将污秽泼在"这般东西"的头上,原也十分平常的。但我以为作文人究竟和"大出丧"有些不同,即使雇得一大群帮闲,开锣喝道,过后仍是一条空街,还不及"大出丧"的虽在数十年后,有时还有几个市侩传颂。穷极,文是不能工的,可是金银又并非文章的根苗,它最好还是买长江沿岸的田地。然而富家儿总不免常常误解,以为钱可使鬼,就也可以通文。使鬼,大概是确的,也许还可以通神,但通文却不成,诗人邵洵美先生本身的诗便是证据。我那两篇中的有一段,便是说明官可捐,文人不可捐,有裙带官儿,却没有裙带文人的。

然而,帮手立刻出现了,还出在堂堂的《中央日报》[4](九月四日及六日)上——

女 婿 问 题　　　　如 是

最近的《自由谈》上,有两篇文章都是谈到女婿的,一篇是孙用的《满意和写不出》,一篇是苇索的《登龙术拾遗》。后一篇九月一日刊出,前一篇则不在手头,刊出日期大约在八月下旬。

苇索先生说:"文坛虽然不致于要招女婿,但女婿却是会要上文坛的。"后一句"女婿却是会要上文坛的"，立论十分牢靠，无瑕可击。我们的祖父是人家的女婿，我们的父亲也是人家的女婿，我们自己，也仍然不免是人家的女婿。比如今日在文坛上"北面"而坐的鲁迅茅盾之流，都是人家的女婿，所以"女婿会要上文坛的"是不成问题的，至于前一句"文坛虽然不致于要招女婿"，这句话就简直站不住了。我觉得文坛无时无刻不在招女婿，许多中国作家现在都变成了俄国的女婿了。

　　又说："有富岳家，有阔太太，用赔嫁钱，作文学资本，……"能用妻子的赔嫁钱来作文学资本，我觉得这种人应该佩服，因为用妻子的钱来作文学资本，总比用妻子的钱来作其他一切不正当的事情好一些。况且凡事必须有资本，文学也不能例外，如没有钱，便无从付印刷费，则杂志及集子都出不成，所以要办书店，出杂志，都得是大家拿一些私蓄出来，妻子的钱自然也是私蓄之一。况且做一个富家的女婿并非罪恶，正如做一个报馆老板的亲戚之并非罪恶为一样，如其一个报馆老板的亲戚，回国后游荡无事，可以依靠亲戚的牌头，夺一个副刊来编编，则一个富家的女婿，因为兴趣所近，用些妻子的赔嫁钱来作文学资本，当然也无不可。

"女婿"的蔓延　　　　圣　闲

　　狐狸吃不到葡萄，说葡萄是酸的，自己娶不到富妻子，于是对于一切有富岳家的人发生了妒忌，妒忌的结果

405

是攻击。

假如做了人家的女婿,是不是还可以做文人的呢?答案自然是属于正面的,正如前天如是先生在本园上他的一篇《女婿问题》里说过,今日在文坛上最有声色的鲁迅茅盾之流,一方面身为文人,一方面仍然不免是人家的女婿,不过既然做文人同时也可以做人家的女婿,则此女婿是应该属于穷岳家的呢,还是属于富岳家的呢?关于此层,似乎那些老牌作家,尚未出而主张,不知究竟应该"富倾"还是"穷倾"才对,可是《自由谈》之流的撰稿人,既经对于富岳家的女婿取攻击态度,则我们感到,好像至少做富岳家的女婿的似乎不该再跨上这个文坛了,"富岳家的女婿"和"文人"仿佛是冲突的,二者只可任择其一。

目下中国文坛似乎有这样一个现象,不必检查一个文人他本身在文坛上的努力的成绩,而唯斤斤于追究那个文人的家庭琐事,如是否有富妻子或穷妻子之类。要是你今天开了一家书店,则这家书店的本钱,是否出乎你妻子的赔嫁钱,也颇劳一些尖眼文人,来调查打听,以此或作攻击讥讽。

我想将来中国的文坛,一定还会进步到有下种情形:穿陈嘉庚橡皮鞋者,方得上文坛,如穿皮鞋,便属贵族阶级,而入于被攻击之列了。

现在外国回来的留学生失业的多得很。回国以后编一个副刊也并非一件羞耻事情,编那个副刊,是否因亲戚关系,更不成问题,亲戚的作用,本来就在这种地方。自命以扫除文坛为己任的人,如其人家偶而提到一两句自己的不愿意听的话,便要成群结队的来反攻,大可不必。如其常常骂人家为狂吠的,则自己切不可也落入于狂吠之列。

这两位作者都是富家女婿崇拜家,但如是先生是凡庸的,背出了他的祖父,父亲,鲁迅,茅盾之后,结果不过说着"鲁迅拿卢布"那样的滥调;打诨的高手要推圣闲先生,他竟拉到我万想不到的诗人太太的味道上去了。戏剧上的二丑帮忙,倒使花花公子格外出丑,用的便是这样的说法,我后来也引在《"滑稽"例解》中。

但邵府上也有恶辣的谋士的。今年二月,我给日本的《改造》[5]杂志做了三篇短论,是讥评中国,日本,满洲的。邵家将却以为"这回是得之矣"了。就在也是这甜葡萄棚里产生出来的《人言》[6](三月三日出)上,扮出一个译者和编者来,译者算是只译了其中的一篇《谈监狱》,投给了《人言》,并且前有"附白",后有"识"——

谈　监　狱　　　　　鲁　迅

(顷阅日文杂志《改造》三月号,见载有我们文坛老将鲁迅翁之杂文三篇,比较翁以中国文发表之短文,更见精彩,因迻译之,以寄《人言》。惜译者未知迅翁寓所,问内山书店主人丸造氏,亦言未详,不能先将译稿就正于氏为憾。但请仍用翁的署名发表,以示尊重原作之意。——译者井上附白。)

　　人的确是由事实的启发而获得新的觉醒,并且事情也是因此而变革的。从宋代到清朝末年,很久长的时间中,专以代圣贤立言的"制艺"文章,选拔及登用人才。到同法国打了败仗,才知这方法的错误,于是派遣留学生到西洋,设立武器制造局,作为改正的手段。同日本又打了败仗之后,知道这还不毂,这一回是大大地设立新式的学校。于是学生们每年大闹风潮。清朝覆亡,国民党把握了政权之后,又明白了错误,而作为改正手段,是大造监狱。

　　国粹式的监狱,我们从古以来,各处早就有的,清朝末年也稍造了些西洋式的,就是所谓文明监狱。那是特地造来给旅行到中国来的外人看的,该与为同外人讲交际而派出去学习文明人的礼节的留学生属于同一种类。囚人却托庇了得着较好的待遇,也得洗澡,有得一定分量的食品吃,所以是很幸福的地方。而且在二三星期之前,政府因为要行仁政,便发布了囚人口粮不得刻扣的命令。此后当是益加幸福了。

　　至于旧式的监狱,像是取法于佛教的地狱,所以不但禁锢人犯,而且有要给他吃苦的责任。有时还有榨取人犯亲属的金钱使他们成为赤贫的职责。而且谁都以为这是当然的。倘使有不以为然的人,那即是帮助人犯,非受犯罪的嫌疑不可。但是文明程度很进步了,去年有官吏提倡,说人犯每年放归家中一次,给予解决性欲的机会,是很人道主义的说法。老实说:他不是他对于人犯的性欲特别同情，因为决不会实行的望头，所以特别高声说话，以见自己的是官吏。但舆论甚为沸腾起来。某批评家说，这样之后，大家见监狱将无畏惧，乐而赴之，大为为世道人心愤慨。受了圣贤之教，如此悠久，尚不像那个官吏那么狡猾，是很使人心安，但对于人犯不可不虐待的信念，却由此可见。

从另一方面想来，监狱也确有些像以安全第一为标语的人的理想乡。火灾少，盗贼不进来，土匪也决不来掠夺。即使有了战事，也没有以监狱为目标而来爆击的傻瓜，起了革命，只有释放人犯的例，没有屠杀的事。这回福建独立的时候，说释人犯出外之后，那些意见不同的却有了行踪不明的谣传，但这种例子是前所未见的。总之，不像是很坏的地方。只要能容许带家眷，那么即使现在不是水灾，饥荒，战争，恐怖的时代，请求去转居的人，也决不会没有。所以虐待是必要了吧。

牛兰夫妻以宣传赤化之故，收容于南京的监狱，行了三四次的绝食，什么效力也没有。这是因为他不了解中国的监狱精神之故。某官吏说他自己不要吃，同别人有什么关系，很讶奇这事。不但不关系于仁政，且节省伙食，反是监狱方面有利。甘地的把戏，倘使不选择地方，就归于失败。

但是，这样近于完美的监狱，还留着一个缺点，以前对于思想上的事情，太不留意了。为补这个缺点，近来新发明有一种"反省院"的特种监狱，而施行教育。我不曾到其中去反省过,所以不详细其中的事情,总之对于人犯时时讲授三民主义,使反省他们自己的错误。而且还要做出排击共产主义的论文。倘使不愿写或写不出则当然非终生反省下去不行,但做得不好,也得反省到死。在目下,进去的有,出来的也有,反省院还有新造的,总是进去的人多些。试验完毕而出来的良民也偶有会到的,可是大抵总是萎缩枯槁的样子,恐怕是在反省和毕业论文上面把心力用尽了。那是属于前途无望的。

（此外尚有《王道》及《火》二篇,如编者先生认为可用,当再译寄。——译者识。）

姓虽然冒充了日本人,译文却实在不高明,学力不过如邵家帮闲专家章克标先生的程度,但文字也原是无须译得认真的,因为要紧的是后面的算是编者的回答——

编者注:鲁迅先生的文章,最近是在查禁之列。此文译自日文,当可逃避军事裁判。但我们刊登此稿目的,与其说为了文章本身精美或其议论透彻;不如说举一个被本国迫逐而托庇于外人威权之下的论调的例子。鲁迅先生本来文章极好,强辞夺理亦能说得头头是道,但统观此文,则意气多于议论,捏造多于实证,若非译笔错误,则此种态度实为我所不取也。登此一篇,以见文化统制治下之呼声一般。《王道》与《火》两篇,不拟再登,转言译者,可勿寄来。

这编者的"托庇于外人威权之下"的话,是和译者的"问内山书店主人丸造氏[7]"相应的;而且提出"军事裁判"来,也是作者极高的手笔,其中含着甚深的杀机。我见这富家儿的鹰犬,更深知明季的向权门卖身投靠之辈是怎样的阴险了。他们的主公邵诗人,在赞扬美国白诗人的文章中,贬落了黑诗人[8],"相信这种诗是走不出美国的,至少走不出英国语的圈子。"(《现代》五卷六期)我在中国的富贵人及其鹰犬的眼中,虽然也不下于黑奴,但我的声音却走出去了。这是最可痛恨的。但其实,黑人的诗也走出"英国语的圈子"去了。美国富翁和他的女婿及其鹰犬也是奈何它不得的。

但这种鹰犬的这面目,也不过以向"鲁迅先生的文章,最近是在查禁之列"的我而已,只要立刻能给一个嘴巴,他们就比吧儿狗还驯服。现在就引一个也曾在《"滑稽"例解》中提过,登在去年九月二十一日《申报》上的广告在这里罢——

十日谈向晶报声明误会表示歉意

　　敬启者十日谈第二期短评有朱霁青亦将公布捐款一文后段提及晶报系属误会本刊措词不善致使晶报对邵洵美君提起刑事自诉按双方均为社会有声誉之刊物自无互相攻讦之理兹经章士钊江容平衡诸君诠释已得晶报完全谅解除由晶报自行撤回诉讼外特此登报声明表示歉意
　　"双方均为社会有声誉之刊物,自无互相攻讦之理",此"理"极奇,大约是应该攻讦"最近是在查禁之列"的刊物的罢。金子做了骨髓,也还是站不直,在这里看见铁证了。

给"女婿问题"纸张费得太多了,跳到别一件,这就是"《庄子》和《文选》"。

这案件的往复的文字,已经收在本文里,不再多谈;别人的议论,也为了节省纸张,都不剪帖了。其时《十日谈》也大显手段,连漫画家都出了马,为了一幅陈静生先生的《鲁迅翁之笛》[9],还在《涛声》上和曹聚仁先生惹起过一点辩论的小风波。但是辩论还没有完,《涛声》已被禁止了,福人总永远有福星照命……

然而时光是不留情面的,所谓"第三种人",尤其是施蛰存和杜衡[10]即苏汶,到今年就各自露出他本来的嘴脸来了。

这回要提到末一篇,流弊是出在用新典。

听说,现在是连用古典有时也要被检查官禁止了,例如提起秦始皇,但去年还不妨,不过用新典总要闹些小乱子。我那最末的《青年与老子》,就因为碰着了杨邨人先生(虽然刊出的时候,那名字已给编辑先生删掉了),后来在《申报》本埠增刊的《谈言》(十一月二十四日)上引得一篇妙文的。不过颇难解,好像是在说我以孝子自居,却攻击他做孝子,既"投井",又"下石"了。因为这是一篇我们的"改悔的革命家"的标本作品,弃之可惜,谨录全文,一面以见杨先生倒是现代"语录体"[11]作家的先驱,也算是我的《后记》里的一点余兴罢——

聪 明 之 道 　　　　　邨 人

畴昔之夜,拜访世故老人于其庐:庐为三层之楼,面街而立,虽电车玲玲轧轧,汽车鸣鸣哑哑,市嚣扰人而不觉,俨然有如隐士,居处晏如,悟道深也。老人曰,"汝来何事？"对曰，"敢问聪明之道。"谈话有主题，遂成问答。

"难矣哉，聪明之道也！孔门贤人如颜回，举一隅以三隅反，孔子称其聪明过人，于今之世能举一隅以三隅反者尚非聪明之人，汝问聪明之道，其有意难余老瞆者耶？"

"不是不是，你老人家误会了我的问意了！我并非要请教关于思辨之术。我是生性拙直愚笨，处世无方，常常碰壁，敢问关于处世的聪明之道。"

"噫嘻，汝诚拙直愚笨也，又问处世之道！夫今之世，智者见智，仁者见仁，阶级不同，思想各异，父子兄弟夫妇姊妹因思想之各异，一家之内各有主张各有成见，虽属骨肉至亲，乖离冲突，背道而驰；古之所谓英雄豪杰，各事其君而为仇敌，今之所谓志士革命家，各为阶级反目无情，甚至只因立场之不同，骨肉至亲格杀无赦，投机取巧或能胜利于一时，终难立足于世界，聪明之道实则已穷，且唯既愚且鲁之徒方能享福无边也矣。……"

"老先生虽然说的头头是道，理由充足，可是，真的聪明之道就没有了吗？"

"然则仅有投机取巧之道也矣。试为汝言之：夫投机取巧之道要在乎滑头，而滑头已成为专门之学问，西欧学理分门别类有所谓科学哲学者，滑头之学问实可称为滑头学。滑头学如依大学教授之编讲义，大可分成若干章，每章分成若干节，每节分成若干项，引古据今，中西合璧，其理论之深奥有甚于哲学，其引证之广大举凡中外历史，物理化学，艺术文学，经商贸易之直，诱惑欺骗之术，概属必列，包罗万象，自大学预科以至大学四年级此一讲义仅能讲其千分之一，大学毕业各科及格，此滑头学则无论何种聪明绝顶之学生皆不能及格，且大学教授本人恐亦知其然不知其所以然，其难学也可想而知之矣。余处世数十年，头顶已秃，须发已白，阅历不为不广，教训不为不多，然而余着手编辑滑头学讲义，仅能编其第一章之第一节，第一节之第一项也。此第一章之第一节，第一节之第一项其纲目为'顺水行舟'，即人云亦云，亦即人之喜者喜之，人之恶者恶之是也，举一例言之，如人之恶者为孝子，所谓封建宗法社会之礼教遗孽之一，则汝虽曾经为父侍汤服药问医求卜出诸天性以事亲人，然论世之出诸天性以事亲人者则引'孝子'之名以责难之，惟求青年之鼓掌称快，勿管本心见解及自己行动之如何也。被责难者处于时势潮流之下，百辞莫辩，辩则反动更为证实，从此青年鸣鼓而攻，体无完肤，汝之胜利不但已操左券，且为青年奉为至圣大贤，小品之集有此一篇，风行海内洛阳纸贵，于是名利双收，富贵无边矣。其第一章之第一节，第一节之第二项为'投井下石'，余本亦知一二，然偶一忆及投井下石之人，殊觉头痛，实无心编之也。然而滑头学虽属聪明之道，实乃左道旁门，汝实不足学也。"

"老先生所言想亦很有道理，现在社会上将这种学问作敲门砖混饭吃的人实在不少，他们也实在到处逢源，名利双收，可是我是一个拙直愚笨的人，恐怕就要学也学不了吧？"

"呜呼汝求聪明之道,而不学之,虽属可取,然碰壁也宜矣!"

是夕问道于世故老人,归来依然故我,呜呼噫嘻!

但我们也不要一味赏鉴"呜呼噫嘻",因为这之前,有些地方演了"全武行"。

也还是剪报好,我在这里剪一点记的最为简单的——

艺华影片公司被"影界铲共同志会"捣毁

昨晨九时许,艺华公司在沪西康脑脱路金司徒庙附近新建之摄影场内,忽来行动突兀之青年三人,向该公司门房伪称访客,一人正在持笔签名之际,另一人遂大呼一声,则预伏于外之暴徒七八人,一律身穿蓝布短衫裤,蜂拥夺门冲入,分投各办事室,肆行捣毁写字台玻璃窗以及椅凳各器具,然后又至室外,打毁自备汽车两辆,晒片机一具,摄影机一具,并散发白纸印刷之小传单,上书"民众起来一致剿灭共产党","打倒出卖民众的共产党","扑灭杀人放火的共产党"等等字样,同时又散发一种油印宣言,最后署名为"中国电影界铲共同志会"。约逾七分钟时,由一人狂吹警笛一声,众暴徒即集合列队而去,迨该管六区闻警派警士侦缉员等赶至,均已远扬无踪。该会且宣称昨晨之行动,目的仅在予该公司一警告,如该公司及其他公司不改变方针,今后当准备更激烈手段应付,联华,明星,天一等公司,本会亦已有严密之调查矣云云。

据各报所载该宣言之内容称,艺华公司系共党宣传机关,普罗文化同盟为造成电影界之赤化,以该公司为大本营,如出品《民族生存》等片,其内容为描写阶级斗争者,但以向南京检委会行贿,故得通过发行。又称该会现向教育部,内政部,中央党部及本市政府发出呈文,要求当局命令该公司,立即销毁业已摄成各片,自行改组公司,清除所有赤色份子,并对受贿之电影检委会之责任人员,予以惩处等语。

事后,公司坚称,实系被劫,并称已向曹家渡六区公安局报告。记者得讯,前往调查时,亦仅见该公司内部布置被毁无余,桌椅东倒西歪,零乱不堪,内幕究竟如何,想不日定能水落石出也。

十一月十三日,《大美晚报》。

影界铲共会

警戒电影院

拒演田汉等之影片

自从艺华公司被击以后,上海电影界突然有了一番新的波动,从制片商已经牵涉到电影院,昨日本埠大小电影院同时接到署名上海影界铲共同志会之警告函件,请各院拒映田汉等编制导演主演之剧本,其原文云:

敝会激于爱护民族国家心切,并不忍电影界为共产党所利用,因有警告赤色电影大本营——艺华影片公司之行动,查贵院平日对于电影业,素所热心,为特严重警告,祈对于田汉(陈瑜),沈端先(即蔡叔声,丁谦之),卜万苍，胡萍，金焰等所导演，所编制，所主演之各项鼓吹阶级斗争贫富对立的反动电影，一律不予放映，否则必以暴力手段对付，如艺华公司一样，决不宽假，此告。上海影界铲共同志会。十一，十三。

　　　　　　　　　十一月十六日，《大美晚报》。

但"铲共"又并不限于"影界"，出版界也同时遭到覆面英雄们的袭击了。又剪报——

　　今晨良友图书公司

　　　突来一怪客

　　　手持铁锤击碎玻璃窗

　　　扬长而去捕房侦查中

　　▶……光华书局请求保护

　　沪西康脑脱路艺华影片公司，昨晨九时许，忽被状似工人等数十名，闯入摄影场中，并大发各种传单，署名"中国电影界铲共同志会"等字样，事后扬长而去。不料一波未平，一波又起，今日上午十一时许，北四川路八百五十一号良友图书印刷公司，忽有一男子手持铁锤，至该公司门口，将铁锤击入该店门市大玻璃窗内，击成一洞。该男子见目的已达，立即逃避。该管虹口捕房据报后，立即派员前往调查一过，查得良友公司经售各种思想左倾之书籍，与捣毁艺华公司一案，不无关联。今日上午四马路光华书局据报后，惊骇异常，即自投该管中央捕房，请求设法保护，而免意外，惟至记者截稿时尚未闻发生意外之事云。

　　　　　　　　　十一月十三日，《大晚报》。

捣毁中国论坛

印刷所已被捣毁

编辑间未受损失

承印美人伊罗生编辑之《中国论坛报》勒佛尔印刷所，在虹口天潼路，昨晚有暴徒潜入，将印刷间捣毁，其编辑间则未受损失。

十一月十五日，《大美晚报》。

袭击神州国光社

昨夕七时四人冲入总发行所

铁锤挥击打碎橱窗损失不大

河南路五马路口神州国光社总发行所，于昨晚七时，正欲打烊时，突有一身衣长袍之顾客入内，状欲购买书籍。不料在该客甫入门后，背后即有三人尾随而进。该长袍客回头见三人进来，遂即上前将该书局之左面走廊旁墙壁上所挂之电话机摘断。而同时三短衣者即实行捣毁，用铁锤乱挥，而长衣者亦加入动手，致将该店之左橱窗打碎，四人即扬长而逸。而该店时有三四伙友及学徒，亦惊不能作声。然长衣者方出门至相距不数十步之泗泾路口，为站岗巡捕所拘，盖此长衣客因打橱窗时玻璃倒下，伤及自己面部，流血不止，渠因痛而不能快行也。

该长衣者当即被拘入四马路中央巡捕房后，竭力否认参加捣毁，故巡捕已将此人释放矣。

十二月一日，《大美晚报》。

　　美国人办的报馆捣毁得最客气,武官们开的书店[12]捣毁得最迟。"扬长而逸",写得最有趣。

　　捣毁电影公司,是一面撒些宣言的,有几种报上登过全文;对于书店和报馆却好像并无议论,因为不见有什么记载。然而也有,是一种钢笔版蓝色印的警告,店名或馆名空着,各各填以墨笔,笔迹并不像读书人,下面是一长条紫色的木印。我幸而藏着原本,现在订定标点,照样的抄录在这里——

　　　　敝会激于爱护民族国家心切,并不忍文化界与思想界为共党所利用,因有警告赤色电影大本营——艺华公司之行动。现为贯彻此项任务计,拟对于文化界来一清算,除对于良友图书公司给予一初步的警告外,于所有各书局各刊物均已有精密之调查。素知
贵……对于文化事业,热心异人,为特严重警告,对于赤色作家所作文字,如鲁迅,茅盾,蓬子,沈端先,钱杏邨及其他赤色作家之作品,反动文字,以及反动剧评,苏联情况之介绍等,一律不得刊行,登载,发行。如有不遵,我们必以较对付艺华及良友公司更激烈更彻底的手段对付你们,决不宽假! 此告
…………
　　　　　　上海影界铲共同志会　十一,十三。

　　一个"志士",纵使"对于文化事业,热心异人",但若会在不知何时,飞来一个锤子,打破值银数百两的大玻璃;"如有不遵",更会在不知何时,飞来一顶红帽子,送掉他比大玻璃更值钱的脑袋,那他当然是也许要灰心的。然则书店和报馆之有

些为难,也就可想而知了。我既是被"扬长而去"的英雄们指定为"赤色作家",还是莫害他人,放下笔,静静的看一会把戏罢,所以这一本里面的杂文,以十一月七日止,因为从七日到恭逢警告的那时候——十一月十三日,我也并没有写些什么的。

但是,经验使我知道,我在受着武力征伐的时候,是同时一定要得到文力征伐的。文人原多"烟士披离纯",何况现在嗅觉又特别发达了,他们深知道要怎样"创作"才合式。这就到了我不批评社会,也不论人,而人论我的时期了,而我的工作是收材料。材料尽有,妙的却不多。纸墨更该爱惜,这里仅选了六篇。官办的《中央日报》讨伐得最早,真是得风气之先,不愧为"中央";《时事新报》正当"全武行"全盛之际,最合时宜,却不免非常昏愦;《大晚报》和《大美晚报》[13]起来得最晚,这是因为"商办"的缘故,聪明,所以小心,小心就不免迟钝,他刚才决计合伙来讨伐,却不料几天之后就要过年,明年是先行检查书报,以惠商民,另结新样的网,又是一个局面了。

现在算是还没有过年,先来《中央日报》的两篇罢——

杂　　感　　洲

近来有许多杂志上都在提倡小文章。《申报月刊》《东方杂志》以及《现代》上,都有杂感随笔这一栏。好像一九三三真要变成一个小文章年头了。目下中国杂感家之多,远胜于昔,大概此亦鲁迅先生一人之功也。中国杂感家老牌,自然要推鲁迅。他的师爷笔法,冷辣辣的,有他人所不及的地方。《热风》,《华盖集》,《华盖续集》,去年则还出了什么三心《二心》之类。照他最近一年来"干"的成绩而言大概五心六心也是不免的。鲁迅先生久无创作出版了,除了译一些俄国黑面包之外,其余便是写杂感文章了。杂感文章,短短千言,自然可以一挥而就。则于抽卷烟之际,略转脑子,结果就是十元千字。大概写杂感文章,有一个不二法门。不是热骂,便是冷嘲。如能热骂后再带一句冷嘲或冷嘲里夹两句热骂,则更佳矣。

不过普通一些杂感,自然是冷嘲的多。如对于某事物有所不满,自然就不满(迅案:此字似有误)有冷嘲的文章出来。鲁迅先生对于这样也看不上眼,对于那样也看不上眼,所以对于这样又有感想,对于那样又有感想了。

我们村上有个老女人,丑而多怪。一天到晚专门爱说人家的短处,到了东村头摇了一下头,跑到了西村头叹了一口气。好像一切总不合她的胃。但是,你真的问她倒底要怎样呢,她又说不出。我觉得她倒有些像鲁迅先生,一天到晚只是讽刺,只是冷嘲,只是不负责任的发一点杂感。当真你要问他究竟的主张,他又从来不给我们一个鲜明的回答。

十月三十一日,《中央日报》的《中央公园》。

文坛与擂台　　鸣　春

上海的文坛变成了擂台。鲁迅先生是这擂台上的霸王。鲁迅先生好像在自己的房间里带了一付透视一切的望远镜,如果发现文坛上那一个的言论与行为有些瑕疵,他马上横枪跃马,打得人家落花流水。因此,鲁迅先生就不得不花去可贵的时间,而去想如何锋利他的笔端,如何达到挖苦人的顶点,如何要打得人家永不得翻身。

关于这,我替鲁迅先生想想有些不大合算。鲁迅先生你先要认清了自己的地位,就是反对你的人,暗里总不敢否认你是中国顶出色的作家;既然你的言论,可以影响青年,那么你的言论就应该慎重。请你自己想想,在写《阿 Q 传》之后,有多少时间浪费在笔战上?而这种笔战,对一般青年发生了何种影响?

第一流的作家们既然常时混战,则一般文艺青年少不得在这战术上学许多乖,流弊所及,往往越淮北而变枳,批评人的人常离开被批评者的言论与思想,笔头一转而去骂人家的私事,说人家眼镜带得很难看,甚至说人家皮鞋前面破了个小洞;甚至血偾脉张要辱及人家的父母,甚至要丢下笔杆动拳头。我说,养成现在文坛上这种浮嚣,下流,粗暴等等的坏习气,像鲁迅先生这一般人多少总要负一点儿责任的。

其实,有许多笔战,是不需要的,譬如有人提倡词的解放,你就是不骂,不见得有人去跟他也填一首"管他娘"的词;有人提倡读《庄子》与《文选》,也不见得就是教青年去吃鸦片烟,你又何必咬紧牙根,横睁两眼,给人以难堪呢?

我记得一个精通中文的俄国文人 B. A. Vassiliev 对

鲁迅先生的《阿Q传》曾经下过这样的批评："鲁迅是反映中国大众的灵魂的作家,其幽默的风格,是使人流泪,故鲁迅不独为中国的作家,同时亦为世界的一员。"鲁迅先生,你现在亦垂垂老矣,你念起往日的光荣,当你现在阅历最多,观察最深,生活经验最丰富的时候,更应当如何去发奋多写几部比《阿Q传》更伟大的著作? 伟大的著作,虽不能传之千年不朽,但是笔战的文章,一星期后也许人就要遗忘。青年人佩服一个伟大的文学家,实在更胜于佩服一个擂台上的霸主。我们读的是莎士比亚,托尔斯泰,哥德,这般人的文章,而并没有看到他们的"骂人文选"。

　　　　十一月十六日,《中央日报》的《中央公园》。

　　这两位,一位比我为老丑的女人,一位愿我有"伟大的著作",说法不同,目的却一致的,就是讨厌我"对于这样又有感想,对于那样又有感想",于是而时时有"杂文"。这的确令人讨厌的,但因此也更见其要紧,因为"中国的大众的灵魂",现在是反映在我的杂文里了。

　　洲先生刺我不给他们一个鲜明的主张,这用意,我是懂得的;但颇诧异鸣春先生的引了莎士比亚之流一大串。不知道为什么,近一年来,竟常常有人诱我去学托尔斯泰了,也许就因为"并没有看到他们的'骂人文选'",给我一个好榜样。可是我看见过欧战时候他骂皇帝的信〔14〕,在中国,也要得到"养成现在文坛上这种浮嚣,下流,粗暴等等的坏习气"的罪名的。托尔斯泰学不到,学到了也难做人,他生存时,希腊教徒就年年诅咒他落地狱。

中间就夹两篇《时事新报》上的文章——

略 论 告 密　　　　陈　代

最怕而且最恨被告密的可说是鲁迅先生，就在《伪自由书》，"一名：《不三不四集》"的《前记》与《后记》里也常可看到他在注意到这一点。可是鲁迅先生所说的告密，并不是有人把他的住处，或者什么时候，他在什么地方，去密告巡捕房（或者什么要他的"密"的别的机关？）以致使他被捕的意思。他的意思，是有人把"因为"他"旧日的笔名有时不能通用，便改题了"的什么宣说出来，而使人知道"什么就是鲁迅"。

"这回，"鲁迅先生说，"是王平陵先生告发于前，周木斋先生揭露于后"；他却忘了说编者暗示于鲁迅先生尚未上场之先。因为在何家干先生和其他一位先生将上台的时候，编者先介绍说，这将上场的两位是文坛老将。于是人家便提起精神来等那两位文坛老将的上场。要是在异地，或者说换过一个局面，鲁迅先生是也许会说编者是在放冷箭的。

看到一个生疏的名字在什么附刊上出现，就想知道那个名字是真名呢，还是别的熟名字的又一笔名，想也是人情之常。即就鲁迅先生说，他看完了王平陵先生的《"最通的"文艺》，便禁不住问："这位王平陵先生我不知道是真名还是笔名？"要是他知道了那是谁的笔名的话，他也许会说出那就是谁来的。这不会是怎样的诬蔑，我相信，因为于他所知道的他不是在实说"柳丝是杨邨人先生……的笔名"，而表示着欺不了他？

还有，要是要告密，为什么一定要出之"公开的"形式？秘密的不是于告密者更为安全？我有些怀疑告密者的聪敏，要是真有这样的告密者的话。

而在那些用这个那个笔名零星发表的文章，剪贴成集子的时候，作者便把这许多名字紧缩成一个，看来好像作者自己是他的最后的告密者。

　　　　　　十一月二十一日，《时事新报》的《青光》。

略论放暗箭　　　　陈　代

前日读了鲁迅先生的《伪自由书》的《前记》与《后记》，略论了告密的，现在读了唐弢先生的《新脸谱》，止不住又要来略论放暗箭。

在《新脸谱》中，唐先生攻击的方面是很广的，而其一方是"放暗箭"。可是唐先生的文章又几乎全为"暗箭"所织成，虽然有许多箭标是看不大清楚的。

"说是受着潮流的影响，文舞台的戏儿一出出换了。脚色虽然依旧，而脸谱却是簇新的。"——是暗箭的第一条。虽说是暗箭，射倒射中了的。因为现在的确有许多文脚色，为要博看客的喝采起见，放着演惯的旧戏不演演新戏，嘴上还"说是受着潮流的影响"，以表示他的不落后。还有些甚至不要说脚色依旧，就是脸谱也并不簇新，只是换了一个新的题目,演的还是那旧的一套:如把《薛平贵西凉招亲》改题着《穆薛姻缘》之类,内容都一切依旧。

第二箭是——不,不能这样写下去,要这样写下去,是要有很广博的识见的,因为那文章一句一箭,或者甚至一句数箭,看得人眼花头眩,竟无从把它把捉住,比读硬性的翻译还难懂得多。

可是唐先生自己似乎又并不满意这样的态度,不然为什么要骂人家"怪声怪气地吆喝,妞妞妮妮的挑战"?然而,在事实上,他是在"怪声怪气地吆喝,妞妞妮妮的挑战"。

或者说,他并不是在挑战,只是放放暗箭,因为"鏖战",即使是"拉拉扯扯的",究竟吃力,而且"败了""再来"的时候还得去"重画"脸谱。放暗箭多省事,躲在隐暗处,看到了什么可射的,便轻展弓弦,而箭就向前舒散地直飞。可是他又在骂放暗箭。

要自己先能放暗箭,然后才能骂人放。

十一月二十二日,《时事新报》的《青光》。

这位陈先生是讨伐军中的最低能的一位,他连自己后来的说明和别人豫先的揭发的区别都不知道。倘使我被谋害而终于不死,后来竟得"寿终×寝",他是会说我自己乃是"最后的凶手"的。

他还问:要是要告密,为什么一定要出之"公开的"形式?答曰:这确是比较的难懂一点,但也就是因为要告得像个"文学家"的缘故呀,要不然,他就得下野,分明的排进探坛里去了。有意的和无意的的区别,我是知道的。我所谓告密,是指着叭儿们,我看这"陈代"先生就正是其中的一匹。你想,消息不灵,不是反而不便当么?

第二篇恐怕只有他自己懂。我只懂得一点:他这回嗅得不对,误以唐弢先生为就是我了。采在这里,只不过充充自以为我的论敌的标本的一种而已。

其次是要剪一篇《大晚报》上的东西——

钱基博之鲁迅论　　　　戚　施

近人有裒集关于批评鲁迅之文字而为《鲁迅论》一书者,其中所收,类皆称颂鲁迅之辞,其实论鲁迅之文者,有毁有誉,毁誉互见,乃得其真。顷见钱基博氏所著《现代中国文学史》,长至三十万言,其论白话文学,不过一万余字,仅以胡适入选,而以鲁迅徐志摩附焉。于此诸人,大肆訾謷。迩来旧作文家,品藻文字,裁量人物,未有若钱氏之大胆者,而新人未尝注意及之。兹特介绍其"鲁迅论"于此,是亦文坛上之趣闻也。

钱氏之言曰,有摹仿欧文而谥之曰欧化的国语文学者,始倡于浙江周树人之译西洋小说,以顺文直译之为尚,斥意译之不忠实,而摹欧文以国语,比鹦鹉之学舌,托于象胥,斯为作俑。效颦者乃至造述抒志,亦竞欧化,《小说月报》,盛扬其焰。然而诘屈聱牙,过于周诰,学士费解,何论民众?上海曹慕管笑之曰,吾侪生愿读欧文,不愿见此妙文也！比于时装妇人着高底西女式鞋，而跬步倾跌，益增丑态矣！崇效古人，斥曰奴性，摹仿外国，独非奴性耶。反唇之讥，或谑近虐！然始之创白话文以期言文一致，家喻户晓者，不以欧化的国语文学之兴而荒其志耶？斯则矛盾之说，无以自圆者矣，此于鲁迅之直译外国文学，及其文坛之影响，而加以訾謷者也。平心论之，鲁迅之译品，诚有难读之处，直译当否是一问题，欧化的国语文学又是一问题，借曰二者胥有未当，谁尸其咎，亦难言之也。钱先生而谓鄙言为不然耶？

钱先生又曰，自胡适之创白话文学也，所持以号于天下者，曰平民文学也！非贵族文学也。一时景附以有大名者，周树人以小说著。树人颓废，不适于奋斗。树人所著，只有过去回忆，而不知建设将来，只见小己愤慨，而不图福利民众，若而人者，彼其心目，何尝有民众耶！钱先生因此而断之曰，周树人徐志摩为新文艺之右倾者。是则于鲁迅之创作亦加以訾謷，兼及其思想矣。至目鲁迅为右倾，亦可谓独具只眼，别有鉴裁者也！既不满意于郭沫若蒋光赤之左倾，又不满意于鲁迅徐志摩之右倾，而惟倾慕于所谓"让清"遗老之流风余韵，低徊感喟而不能自已，钱先生之志，皎然可睹矣。当今之世，左右做人难，是非无定质，亦于钱先生之论鲁迅见之也！

钱氏此书出版于本年九月，尚有上年十二月之跋记云。

十二月二十九日，《大晚报》的《火炬》。

这篇大文,除用戚施先生的话,赞为"独具只眼"之外,是不能有第二句的。真"评"得连我自己也不想再说什么话,"颓废"了。然而我觉得它很有趣,所以特别的保存起来,也是以备"鲁迅论"之一格。

最后是《大美晚报》,出台的又是曾经有过文字上的交涉的王平陵先生——

骂　人　与　自　供　　　王平陵

学问之事,很不容易说,一般通材硕儒每不屑与后生小子道长论短,有所述作,无不讥为"浅薄无聊";同样,较有修养的年轻人,看着那般通材硕儒们言必称苏俄,文必宗普鲁,亦颇觉得如嚼青梅,齿颊间酸不可耐。

世界上无论什么纷争,都有停止的可能,惟有人类思想的冲突,因为多半是近于意气,断没有终止的时候的。有些人好像把毁谤人家故意找寻人家的错误当作是一种职业;而以直接否认一切就算是间接抬高自己的妙策了。至于自己究竟是什么东西,那只许他们自己知道,别人是不准过问的。其实,有时候这些人意在对人而发的阴险的暗示,倒并不适切;而正是他们自己的一篇不自觉的供状。

圣经里好像有这样一段传说:一群街头人捉着一个偷汉的淫妇,大家要把石块打死她。耶稣说:"你们反省着!只有没有犯过罪的人,才配打死这个淫妇。"群众都羞愧地走开了。今之文坛,可不是这样?自己偷了汉,偏要指说人家是淫妇。如同鲁迅先生惯用的一句刻毒的评语,就是骂人是代表官方说话;我不知道他老先生是代表什么"方"说话!

本来,不想说话的人,是无话可说;有话要说;有话要说的人谁也不会想到是代表那一方。鲁迅先生常常"以己之心,度人之心",未免"躬自薄而厚责于人"了。

像这样的情形,文坛有的是,何止是鲁迅先生。

十二月三十日,《大美晚报》的《火树》。

记得在《伪自由书》里,我曾指王先生的高论为属于"官方"〔15〕,这回就是对此而发的,但意义却不大明白。由"自己偷了汉,偏要指说人家是淫妇"的话看起来,好像是说我倒是"官方",而不知"有话要说的人谁也不会想到是代表那一方"的。所以如果想到了,那么,说人反动的,他自己正是反动,说人匪徒的,他自己正是匪徒……且住,又是"刻毒的评语"了,耶稣不说过"你们反省着"〔16〕吗?——为消灾计,再添一条小尾:这坏习气只以文坛为限,与官方无干。

王平陵先生是电影检查会〔17〕的委员,我应该谨守小民的规矩。

真的且住。写的和剪贴的,也就是自己的和别人的,化了大半夜工夫,恐怕又有八九千字了。这一条尾巴又并不小。

时光,是一天天的过去了,大大小小的事情,也跟着过去,不久就在我们的记忆上消亡;而且都是分散的,就我自己而论,没有感到和没有知道的事情真不知有多少。但即此写了下来的几十篇，加以排比，又用《后记》来补叙些因此而生的纠纷，同时也照见了时事，格局虽小，不也描出了或一形象了么？——而现在又很少有肯低下他仰视莎士比亚，托尔斯泰的尊脸来，看看暗中，写它几句的作者。因此更使我要保存我的杂感，而且它也因此更能够生存，虽然又因此更招人憎恶，但又在围剿中更加生长起来了。呜呼，"世无英雄，遂使竖子成名"〔18〕，这是为我自己和中国的文坛，都应该悲愤的。

　　文坛上的事件还多得很：献检查之秘计，施离析之奇策，起谣诼兮中权〔19〕，藏真实兮心曲，立降幡于往年，温故交于今日……然而都不是做这《准风月谈》时期以内的事，在这里也且不提及，或永不提及了。还是真的带住罢，写到我的背脊已经觉得有些痛楚的时候了！

　　一九三四年十月十六夜，鲁迅记于上海。

　　＊　　　　＊　　　　＊

　　〔1〕　《社会新闻》　参看本卷第192页注〔2〕。该刊第五卷第十三期（1933年11月9日）发表署名"莘"的《读〈伪自由书〉书后》一文，攻击鲁迅说："《伪自由书》，鲁迅著，北新出版，实价七角。书呢，不贵，鲁迅的作品，虽则已给《申报·自由谈》用过一道，但你要晓得，这里还有八千字的后记呢，就算单买后记，也值。并且你得明了鲁迅先生出此一书的本意，是为那些写在《自由谈》的杂感吗？决不是，他完全是为了这条尾巴，用来稳定他那文坛宝座的回马枪。"

　　〔2〕　《十日谈》　邵洵美、章克标办的一种文艺旬刊，1933年8月10日创刊，1934年12月停刊。上海第一出版社发行。

　　〔3〕　"盛宫保"　指盛宣怀，参看本卷第141页注〔2〕。清廷于

1901年授他"太子少保"衔。1916年4月盛死后,他的家属举办过轰动一时的"大出丧"。

〔4〕 《中央日报》 国民党中央的机关报。1928年1月在上海创刊,1929年2月迁至南京出版。

〔5〕 《改造》 日本综合性月刊,1919年4月创刊,改造社发行。1955年2月停刊。鲁迅应改造社之约写了《火》、《王道》、《监狱》三篇短论,发表于1934年3月出版的《改造》月刊。后收入《且介亭杂文》时,将三个短论组成一篇,题为《关于中国的两三件事》。

〔6〕 《人言》 周刊,郭明(邵洵美)、章克标主编,1934年2月创刊,上海第一出版社发行。1936年6月停刊。《谈监狱》载该刊第一卷第三期(1934年3月3日)。按章克标、邵洵美都是《人言》的"编辑同人",作者在1934年6月2日致郑振铎信中曾提到"章(克标)编《人言》"的事,说:"章颇恶劣,因我在外国发表文章,而以军事裁判暗示当局者,亦此人也。"

〔7〕 丸造氏 即内山完造,参看本卷第192页注〔6〕。

〔8〕 贬落了黑诗人 见邵洵美《现代美国诗坛概观》一文,载《现代》第五卷第六期(1934年10月1日)"现代美国文学专号"。黑诗人,指美国黑人作家休士(L. Hughes,1902—1967)。他于1933年7月访问苏联,回国时途经上海,上海的文学社、现代杂志社等联合为他举行招待会。

〔9〕 《鲁迅翁之笛》 刊于《十日谈》第八期(1933年10月20日),署名静(陈静生)。画中为鲁迅吹笛而行,群鼠举旗跟随。曹聚仁曾在《涛声》第二卷第四十三期(1933年11月4日)发表《鲁迅翁之笛》一文,批评这幅漫画;接着漫画作者在《十日谈》第十一期发表《以不打官话为原则而致复涛声》进行答辩。《涛声》于1933年11月因国民党政府吊销登记证而被迫停刊。

〔10〕　杜衡(1906—1964)　原名戴克崇,笔名苏汶、杜衡,浙江杭县(今余杭)人。三十年代以“第三种人”自居,指责左翼文艺运动,曾编辑《新文艺》、《现代》等刊物。

〔11〕　现代“语录体”　指当时林语堂等提倡的模仿宋人《语录》的文白夹杂的文字。参看《花边文学·玩笑只当它玩笑(下)》及其注〔3〕。

〔12〕　武官们开的书店　指上海神州国光社。该社在 1930 年后曾接受国民党十九路军将领陈铭枢等人的投资。

〔13〕　《大美晚报》　1929 年 4 月美国人在上海创办的英文报纸。1933 年 1 月起曾另出汉文版。1949 年 5 月上海解放后停刊。

〔14〕　列夫·托尔斯泰在 1904 年日俄战争时,写了一封给俄国皇帝和日本皇帝的信(载于 1904 年 6 月 27 日英国《泰晤士报》,两月后曾译载于日本《平民新闻》),指斥他们发动战争的罪恶。又托尔斯泰很不满意当时的教会(俄国人信奉的是希腊正教,即东正教),在著作中常常猛烈地加以攻击,他于 1901 年 2 月被教会正式除名。

〔15〕　见《伪自由书·不通两种》附录《官话而已》。

〔16〕　“你们反省着”　或译“你悔改吧”,是基督教《新约全书》中的话。

〔17〕　电影检查会　1933 年 3 月,国民党政府成立由中央宣传委员会领导的“中央电影检查委员会”,是压迫左翼文艺运动的机构之一。

〔18〕　“世无英雄,遂使竖子成名”　语出《晋书·阮籍传》:“(阮籍)尝登广武,观楚汉战处,叹曰:‘时无英雄,使竖子成名!’”竖子,对人的蔑称,与“小子”相近。

〔19〕　中权　本指古代军队中主将所在的中军。《左传》宣公十二年有:“中权后劲。”晋代杜预注:“中军制谋,后以精兵为殿。”这里引申为政治中枢。

花 边 文 学

本书收作者 1934 年 1 月至 11 月间所作杂文六十一篇,1936 年 6 月由上海联华书局出版。同年 8 月再版。作者生前共印行二版次。

序　言

　　我的常常写些短评,确是从投稿于《申报》的《自由谈》[1]上开头的;集一九三三年之所作,就有了《伪自由书》和《准风月谈》两本。后来编辑者黎烈文先生真被挤轧得苦,到第二年,终于被挤出了,我本也可以就此搁笔,但为了赌气,却还是改些作法,换些笔名,托人抄写了去投稿,新任者[2]不能细辨,依然常常登了出来。一面又扩大了范围,给《中华日报》的副刊《动向》[3],小品文半月刊《太白》[4]之类,也间或写几篇同样的文字。聚起一九三四年所写的这些东西来,就是这一本《花边文学》。

　　这一个名称,是和我在同一营垒里的青年战友[5],换掉姓名挂在暗箭上射给我的。那立意非常巧妙:一,因为这类短评,在报上登出来的时候往往围绕一圈花边以示重要,使我的战友看得头疼;二,因为“花边”[6]也是银元的别名,以见我的这些文章是为了稿费,其实并无足取。至于我们的意见不同之处,是我以为我们无须希望外国人待我们比鸡鸭优,他却以为应该待我们比鸡鸭优,我在替西洋人辩护,所以是“买办”。那文章就附在《倒提》之下,这里不必多说。此外,倒也并无什么可记之事。只为了一篇《玩笑只当它玩笑》,又曾引出过一封文公直[7]先生的来信,笔伐的更严重了,说我是“汉奸”,现在和我的复信都附在本文的下面。其余的一些鬼鬼祟祟，躲躲闪闪的攻击，离上举的两位还差得很远，这里都不转载了。

"花边文学"可也真不行。一九三四年不同一九三五年，今年是为了《闲话皇帝》事件[8]，官家的书报检查处[9]忽然不知所往，还革掉七位检查官，日报上被删之处，也好像可以留着空白（术语谓之"开天窗"）了。但那时可真厉害，这么说不可以，那么说又不成功，而且删掉的地方，还不许留下空隙，要接起来，使作者自己来负吞吞吐吐，不知所云的责任。在这种明诛暗杀之下，能够苟延残喘，和读者相见的，那么，非奴隶文章是什么呢？

我曾经和几个朋友闲谈。一个朋友说：现在的文章，是不会有骨气的了，譬如向一种日报上的副刊去投稿罢，副刊编辑先抽去几根骨头，总编辑又抽去几根骨头，检查官又抽去几根骨头，剩下来还有什么呢？我说：我是自己先抽去了几根骨头的，否则，连"剩下来"的也不剩。所以，那时发表出来的文字，有被抽四次的可能，——现在有些人不在拚命表彰文天祥方孝孺[10]么，幸而他们是宋明人，如果活在现在，他们的言行是谁也无从知道的。

因此除了官准的有骨气的文章之外，读者也只能看看没有骨气的文章。我生于清朝，原是奴隶出身，不同二十五岁以内的青年，一生下来就是中华民国的主子，然而他们不经世故，偶尔"忘其所以"也就大碰其钉子。我的投稿，目的是在发表的，当然不给它见得有骨气，所以被"花边"所装饰者，大约也确比青年作家的作品多，而且奇怪，被删掉的地方倒很少。

一年之中,只有三篇,现在补全,仍用黑点为记。我看《论秦理斋夫人事》的末尾,是申报馆的总编辑删的,别的两篇,却是检查官删的:这里都显着他们不同的心思。

今年一年中,我所投稿的《自由谈》和《动向》,都停刊了;《太白》也不出了。我曾经想过:凡是我寄文稿的,只寄开初的一两期还不妨,假使接连不断,它就总归活不久。于是从今年起,我就不大做这样的短文,因为对于同人,是回避他背后的闷棍,对于自己,是不愿做开路的呆子,对于刊物,是希望它尽可能的长生。所以有人要我投稿,我特别敷延推宕,非"摆架子"也,是带些好意——然而有时也是恶意——的"世故":这是要请索稿者原谅的。

一直到了今年下半年,这才看见了新闻记者的"保护正当舆论"的请愿和智识阶级的言论自由的要求〔11〕。要过年了,我不知道结果怎么样。然而,即使从此文章都成了民众的喉舌,那代价也可谓大极了:是北五省的自治〔12〕。这恰如先前的不敢恳请"保护正当舆论"和要求言论自由的代价之大一样:是东三省的沦亡。不过这一次,换来的东西是光明的。然而,倘使万一不幸,后来又复换回了我做"花边文学"一样的时代,大家试来猜一猜那代价该是什么罢……

一九三五年十二月二十九之夜,鲁迅记。

＊　　　＊　　　＊

〔1〕　《申报》的《自由谈》　参看本卷第5页注〔1〕。1935年10月31日后,《自由谈》一度停刊。

〔2〕 新任者 指继黎烈文后主编《申报·自由谈》的张梓生(1892—1967),浙江绍兴人,与鲁迅相识。

〔3〕 《中华日报》 国民党汪精卫改组派办的报纸,1932年4月11日在上海创刊。《动向》,该报副刊之一,1934年4月11日始办,聂绀弩主编,常发表一些进步作家的作品,同年12月18日停刊。

〔4〕 《太白》 小品文半月刊,陈望道编辑,上海生活书店发行。1934年9月20日创刊,1935年9月5日停刊。

〔5〕 青年战友 指廖沫沙(1907—1990),湖南长沙人,左翼作家联盟成员。曾以林默等笔名写文章。参看本书《倒提》一文的附录。

〔6〕 "花边" 旧时银元边缘铸有花纹,因此有"花边"的俗称。

〔7〕 文公直(1898—?) 江西萍乡人,当时是国民党政府立法院编译处股长。后从事武侠小说写作。

〔8〕 《闲话皇帝》事件 1935年5月,上海《新生》周刊第二卷第十五期发表易水(艾寒松)的《闲话皇帝》一文,泛论古今中外的君主制度,涉及日本天皇,当时日本驻上海总领事即以"侮辱天皇,妨害邦交"为名提出抗议。国民党政府屈从压力,并趁机压制进步舆论,将《新生》周刊查封,由法院判决该刊主编杜重远一年二个月徒刑。这件事也被称为《新生》事件。

〔9〕 书报检查处 即"国民党中央宣传委员会图书杂志审查委员会",1934年6月6日在上海设立。《新生》事件发生后,国民党以"失责"为由,于1935年7月8日将该会检查官项德言(中宣会文艺科总干事)等七人撤职。

〔10〕 文天祥(1236—1283) 吉州吉水(今属江西)人,南宋大臣。官至右丞相兼枢密使。他在南方坚持抗元斗争,兵败被俘,坚贞不屈,后被杀。方孝孺(1357—1402),浙江宁海人,明惠帝建文时任侍讲学士。建文四年(1402),惠帝的叔父燕王朱棣起兵攻入南京,自立为帝,

命方孝孺起草即位诏书,他坚决不从,遂遭杀害,被夷十族(他的学生也被算作一族)。

〔11〕　新闻记者的"保护正当舆论"的请愿　1935年底,北平、天津、南京、上海等地新闻界纷纷致电国民党中央,要求"开放舆论","凡不以武力或暴力为背景之言论,政府必当予以保障";同年12月,国民党五届一中全会通过所谓"请政府通令全国切实保障正当舆论"的决议。智识阶级的言论自由的要求,指1935年底,北平、上海等地文化教育界人士为开展抗日救国运动,纷纷举行集会,发表宣言,提出"保障集会、结社、言论、出版的绝对自由"的要求。

〔12〕　北五省的自治　1935年11月,日本帝国主义为达到并吞我国华北的目的,策动汉奸殷汝耕(国民党冀东行政督察专员)等进行所谓"华北五省自治运动",并于25日在通县成立"冀东防共自治委员会",宣布脱离国民政府。北五省指当时的河北、山东、山西、察哈尔(省会张家口)、绥远(省会归绥,即今呼和浩特)。

一 九 三 四 年

未 来 的 光 荣^[1]

张 承 禄

现在几乎每年总有外国的文学家到中国来,一到中国,总惹出一点小乱子。前有萧伯纳^[2],后有德哥派拉^[3];只有伐扬古久列^[4],大家不愿提,或者不能提。

德哥派拉不谈政治,本以为可以跳在是非圈外的了,不料因为恭维了食与色,又挣得"外国文氓"^[5]的恶谥,让我们的论客,在这里议论纷纷。他大约就要做小说去了。

鼻子生得平而小,没有欧洲人那么高峻,那是没有法子的,然而倘使我们身边有几角钱,却一样的可以看电影。侦探片子演厌了,爱情片子烂熟了,战争片子看腻了,滑稽片子无聊了,于是乎有《人猿泰山》,有《兽林怪人》,有《斐洲探险》等等,要野兽和野蛮登场。然而在蛮地中,也还一定要穿插一点蛮婆子的蛮曲线。如果我们也还爱看,那就可见无论怎样奚落,也还是有些恋恋不舍的了,"性"之于市侩,是很要紧的。

文学在西欧,其碰壁和电影也并不两样;有些所谓文学家也者,也得找寻些奇特的(grotesque),色情的(erotic)东西,去给他们的主顾满足,因此就有探险式的旅行,目的倒并不在地主的打拱或请酒。然而倘遇呆问，则以笑话了之，他其实也知道不了这些，他也不必知道。德哥派拉不过是这些人们中的一人。

　　但中国人，在这类文学家的作品里，是要和各种所谓"土人"一同登场的，只要看报上所载的德哥派拉先生的路由单就知道——中国，南洋，南美。英，德之类太平常了。我们要觉悟着被描写，还要觉悟着被描写的光荣还要多起来，还要觉悟着将来会有人以有这样的事为有趣。

　　　　　　　　　　　　　　　　　　　　　　　一月八日。

　　　*　　　　*　　　　*

〔1〕　本篇最初发表于 1934 年 1 月 11 日上海《申报·自由谈》。

〔2〕　萧伯纳 1933 年 2 月来中国旅行时，新闻界颇多报道和评论，有人曾攻击他"宣传共产"。

〔3〕　德哥派拉（M. Dekobra, 1885—1973）　法国小说家、记者。1933 年 11 月来中国旅行。鲁迅在 1933 年 12 月 28 日致王志之信中说：德哥派拉"盖法国礼拜六派，油头滑脑，其到中国来，大概确是搜集小说材料。"

〔4〕　伐扬古久列（P. Vaillant-Couturier, 1892—1937）　通译伐扬—古久里，法国作家、社会活动家。曾任法共中央委员、法共中央机关报《人道报》主笔。1933 年 9 月，他曾来上海出席世界反对帝国主义战争委员会召开的远东会议。

〔5〕　"外国文氓"　德哥派拉于 1933 年 11 月 29 日在上海参加中法文艺界、报界茶话会时，中国新闻记者曾问他"对日本侵略中国之感想如何"，他回答说："此问题过于严重，非小说家所可谈到。"又请他

谈"对中国之感想",他回答说:"来华后最使我注意的,(一)是中国菜很好,(二)是中国女子很美。"后来他从南京到北平,一路受国民党政府官员以及文人们的迎送,都是以这类话应付。当时曾有人在报上发表谈话说:"德氏来平,并未谈及文学,仅讥笑中国女子,中国女子认为德氏系一文氓而已。"(见 1933 年 12 月 11 日《申报·北平特讯》)

女人未必多说谎[1]

赵 令 仪

侍桁[2]先生在《谈说谎》里,以为说谎的原因之一是由于弱,那举证的事实,是:"因此为什么女人讲谎话要比男人来得多。"

那并不一定是谎话,可是也不一定是事实。我们确也常常从男人们的嘴里,听说是女人讲谎话要比男人多,不过却也并无实证,也没有统计。叔本华[3]先生痛骂女人,他死后,从他的书籍里发见了医梅毒的药方;还有一位奥国的青年学者[4],我忘记了他的姓氏,做了一大本书,说女人和谎话是分不开的,然而他后来自杀了。我恐怕他自己正有神经病。

我想,与其说"女人讲谎话要比男人来得多",不如说"女人被人指为'讲谎话要比男人来得多'的时候来得多",但是,数目字的统计自然也没有。

譬如罢,关于杨妃[5],禄山之乱以后的文人就都撒着大谎,玄宗逍遥事外,倒说是许多坏事情都由她,敢说"不闻夏殷衰,中自诛褒妲"[6]的有几个。就是妲己,褒姒,也还不是一样的事?女人的替自己和男人伏罪,真是太长远了。

今年是"妇女国货年"[7],振兴国货,也从妇女始。不久,是就要挨骂的,因为国货也未必因此有起色,然而一提倡,一责骂,男人们的责任也尽了。

记得某男士有为某女士鸣不平的诗道:"君王城上竖降旗,妾在深宫那得知?二十万人齐解甲,更无一个是男儿!"〔8〕快哉快哉!

一月八日。

* * *

〔1〕 本篇最初发表于 1934 年 1 月 12 日《申报·自由谈》。

〔2〕 侍桁 即韩侍桁。他的《谈说谎》一文发表于 1934 年 1 月 8 日《申报·自由谈》,其中说:"不管为自己的地位的坚固而说谎也吧,或为了拯救旁人的困难而说谎也吧,都是含着有弱者的欲望与现实的不合的原因在。虽是一个弱者,他也会想如果能这样,那就多么好,可是一信嘴说出来,那就成了大谎了。但也有非说谎便不能越过某种难关的场合,而这场合也是弱者遇到的时候较多,大概也就是因此为什么女人讲谎话要比男人来得多。"

〔3〕 叔本华(A. Schopenhauer,1788—1860) 德国哲学家,唯意志论者。他一生反对妇女解放,在所著的《妇女论》中诬蔑妇女虚伪、愚昧、无是非之心。

〔4〕 一位奥国的青年学者 指华宁该尔(O. Weininger,1880—1903),奥地利人,仇视女性主义者。他在 1903 年出版的《性和性格》一书中,说女性"能说谎","往往是虚伪的",并力图证明妇女的地位应该低于男子。

〔5〕 杨妃 即唐玄宗的妃子杨玉环(719—756),蒲州永乐(今山西永济)人。她的堂兄杨国忠因她得宠而骄奢跋扈,败坏朝政。天宝十四年(755),安禄山以诛国忠为名在范阳起兵反唐,进逼长安,唐玄宗仓

皇南逃四川,至马嵬驿,将士归罪杨家,杀国忠,唐玄宗为安定军心,令杨妃缢死。

〔6〕 "不闻夏殷衰,中自诛褒妲" 语出唐代杜甫《北征》诗。旧史传说夏桀宠幸妃子妹喜,殷纣宠幸妃子妲己,周幽王宠幸妃子褒姒,招致了三朝的灭亡。杜甫在此处合用了这些传说。

〔7〕 "妇女国货年" 1933年12月上海市商会等团体邀各界开会,决定1934年为"妇女国货年",要求妇女增强"爱国救国之观念",购买国货。

〔8〕 "君王城上竖降旗"一诗,相传是五代后蜀主孟昶的妃子花蕊夫人所作。北宋陈师道《后山诗话》说:"费氏,蜀之青城人。以才色入蜀宫,后主嬖之,号花蕊夫人,效王建作《宫词》百首。国亡,入备后宫,太祖闻之,召使陈诗,诵其《国亡诗》云:'君王城上竖降旗,妾在深宫那得知?十四万人齐解甲,更无一个是男儿。'太祖悦,盖蜀兵十四万,而王师数万尔。"又据后蜀何光远《鉴戒录》卷五载,前蜀后主王衍亡于后唐时,有后唐兴圣太子随军王承旨曾作过一首诗,嘲讽因耽于酒色嬉戏而亡国的王衍:"蜀朝昏主出降时,衔璧牵羊倒系旗,二十万军齐拱手,更无一个是男儿。"

批评家的批评家[1]

倪 朔 尔

情势也转变得真快，去年以前，是批评家和非批评家都批评文学，自然，不满的居多，但说好的也有。去年以来，却变了文学家和非文学家都翻了一个身，转过来来批评批评家了。

这一回可是不大有人说好，最彻底的是不承认近来有真的批评家。即使承认，也大大的笑他们胡涂。为什么呢？因为他们往往用一个一定的圈子向作品上面套[2]，合就好，不合就坏。

但是，我们曾经在文艺批评史上见过没有一定圈子的批评家吗？都有的，或者是美的圈，或者是真实的圈，或者是前进的圈。没有一定的圈子的批评家，那才是怪汉子呢。办杂志可以号称没有一定的圈子，而其实这正是圈子，是便于遮眼的变戏法的手巾。譬如一个编辑者是唯美主义者罢，他尽可以自说并无定见，单在书籍评论上，就足够玩把戏。倘是一种所谓"为艺术的艺术"的作品，合于自己的私意的，他就选登一篇赞成这种主义的批评，或读后感，捧着它上天；要不然，就用一篇假急进的好像非常革命的批评家的文章，捺它到地里去。读者这就被迷了眼。但在个人，如果还有一点记性，却不能这么两端的，他须有一定的圈子。我们不能责备他有圈子，我们只能批评他这圈子对不对。

　　然而批评家的批评家会引出张献忠考秀才的古典来：先在两柱之间横系一条绳子，叫应考的走过去，太高的杀，太矮的也杀，于是杀光了蜀中的英才。[3]这么一比，有定见的批评家即等于张献忠，真可以使读者发生满心的憎恨。但是，评文的圈，就是量人的绳吗？论文的合不合，就是量人的长短吗？引出这例子来的，是诬陷，更不是什么批评。

　　　　　　　　　　　　　　　　　一月十七日。

　　＊　　　　＊　　　　＊

　　〔1〕　本篇最初发表于1934年1月21日《申报·自由谈》。

　　〔2〕　用一个一定的圈子向作品上面套等论调，曾见于当时《现代》月刊所载的文章。如第四卷第三期（1934年1月）载刘莹姿《我所希望于新文坛上之批评家者》一文，说批评家"拿一套外国或本国的时髦圈子来套量作品的高低大小"，"这是充分地表明了我国新文坛尚无真挚伟大的批评家"。又第四卷第一期（1933年11月）载苏汶《新的公式主义》一文中说："友人张天翼君在他的短篇集《蜜蜂》的'自题'里，对于近来的一些批评家，曾经说了几句很有趣的话，他说：'他（指一位批评者——汶注）是不知从什么地方拿来了一个圈子，就拿这去套一切的文章。小了不合适，大了套不进：不行。恰恰套住：行。'"

　　〔3〕　关于张献忠考秀才的说法，见清代彭遵泗的《蜀碧》一书："贼诡称试士，于贡院前左右，设长绳离地四尺，按名序立，凡身过绳者，悉驱至西门外青羊宫杀之，前后近万人，笔砚委积如山。"

漫　骂 [1]

　　还有一种不满于批评家的批评，是说所谓批评家好"漫骂"[2]，所以他的文字并不是批评。

　　这"漫骂"，有人写作"嫚骂"，也有人写作"谩骂"，我不知道是否是一样的函义。但这姑且不管它也好。现在要问的是怎样的是"漫骂"。

　　假如指着一个人，说道：这是婊子！如果她是良家，那就是漫骂；倘使她实在是做卖笑生涯的，就并不是漫骂，倒是说了真实。诗人没有捐班，富翁只会计较，因为事实是这样的，所以这是真话，即使称之为漫骂，诗人也还是捐不来，这是幻想碰在现实上的小钉子。

　　有钱不能就有文才，比"儿女成行"并不一定明白儿童的性质更明白。"儿女成行"只能证明他两口子的善于生，还会养，却并无妄谈儿童的权利。要谈，只不过不识羞。这好像是漫骂，然而并不是。倘说是的，就得承认世界上的儿童心理学家，都是最会生孩子的父母。

　　说儿童为了一点食物就会打起来，是冤枉儿童的，其实是漫骂。儿童的行为，出于天性，也因环境而改变，所以孔融[3]会让梨。打起来的，是家庭的影响，便是成人，不也有争家私，夺遗产的吗？孩子学了样了。

漫骂固然冤屈了许多好人,但含含胡胡的扑灭"漫骂",却包庇了一切坏种。

一月十七日。

*　　　*　　　*

〔1〕　本篇最初发表于 1934 年 1 月 22 日《申报·自由谈》。

〔2〕　批评家好"漫骂"　1933 年 12 月 26 日《申报·自由谈》载侍桁《关于批评》一文说:"看过去批评的论争,我们不能不说愈是那属于无味的谩骂式的,而愈是有人喜欢来参加",这种"谩骂的批评","我们不认为是批评"。

〔3〕　孔融(153—208)　东汉鲁国(今山东曲阜)人,文学家。关于他让梨的故事,见《世说新语》南朝梁刘峻注引《融别传》:"融四岁与兄食梨,辄引小者。人问其故,答曰:'小儿法当取小者。'"

452

"京派"与"海派"[1]

栾　廷　石

　　自从北平某先生在某报上有扬"京派"而抑"海派"之言,颇引起了一番议论。最先是上海某先生在某杂志上的不平,且引别一某先生的陈言,以为作者的籍贯,与作品并无关系,要给北平某先生一个打击。[2]

　　其实,这是不足以服北平某先生之心的。所谓"京派"与"海派",本不指作者的本籍而言,所指的乃是一群人所聚的地域,故"京派"非皆北平人,"海派"亦非皆上海人。梅兰芳[3]博士,戏中之真正京派也,而其本贯,则为吴下。但是,籍贯之都鄙,固不能定本人之功罪,居处的文陋,却也影响于作家的神情,孟子曰:"居移气,养移体"[4],此之谓也。北京是明清的帝都,上海乃各国之租界,帝都多官,租界多商,所以文人之在京者近官,没海者近商,近官者在使官得名,近商者在使商获利,而自己也赖以糊口。要而言之,不过"京派"是官的帮闲,"海派"则是商的帮忙而已。但从官得食者其情状隐,对外尚能傲然,从商得食者其情状显,到处难于掩饰,于是忘其所以者,遂据以有清浊之分。而官之鄙商,固亦中国旧习,就更使"海派"在"京派"的眼中跌落了。

　　而北京学界,前此固亦有其光荣,这就是五四运动的策动。现在虽然还有历史上的光辉,但当时的战士,却"功成,名遂,身退"者有之,"身稳"者有之,"身升"者更有之,好好的一场恶斗,几乎令人有"若要官,杀人放火受招安"[5]之感。"昔人已乘黄鹤去,此地空余黄鹤楼"[6],前年大难临头,北平的学者们所想援以掩护自己的是古文化,而惟一大事,则是古物的南迁,[7]这不是自己彻底的说明了北平所有的是什么了吗?

但北平究竟还有古物,且有古书,且有古都的人民。在北平的学者文人们,又大抵有着讲师或教授的本业,论理,研究或创作的环境,实在是比"海派"来得优越的,我希望着能够看见学术上,或文艺上的大著作。

一月三十日。

*   *   *

〔1〕 本篇最初发表于 1934 年 2 月 3 日《申报·自由谈》。

〔2〕 北平某先生 指沈从文(1902—1988),湖南凤凰人,作家。他在 1933 年 10 月 18 日天津《大公报·文艺副刊》第九期发表《文学者的态度》一文,批评一些文人对文学创作缺乏"认真严肃"的作风,说这类人"在上海寄生于书店,报馆,官办的杂志,在北京则寄生于大学,中学,以及种种教育机关中";"或在北京教书,或在上海赋闲,教书的大约每月皆有三百元至五百元的固定收入,赋闲的则每礼拜必有三五次谈话会之类列席"。上海某先生,指苏汶(杜衡)。他在 1933 年 12 月上海《现代》月刊第四卷第二期发表《文人在上海》一文,为上海文人进行辩解,对"不问一切情由而用'海派文人'这名词把所有居留在上海的文人一笔抹杀"表示不满,文中还提到:"仿佛记得鲁迅先生说过,连个人的

极偶然而且往往不由自主的姓名和籍贯,都似乎也可以构成罪状而被人所讥笑,嘲讽。"此后,沈从文又发表《论"海派"》等文,曹聚仁等也参加这一争论。

〔3〕 梅兰芳(1894—1961) 名澜,字畹华,江苏泰州人,京剧表演艺术家。1930年梅兰芳在美国演出时,美国波摩那大学及南加州大学曾授与他文学博士的荣誉学位。

〔4〕 "居移气,养移体" 语出《孟子·尽心(上)》:"孟子自范之齐,望见齐王之子,喟然叹曰:'居移气,养移体,大哉居乎!'"

〔5〕 "若要官,杀人放火受招安" 语出宋代庄季裕《鸡肋编》:"建炎后俚语,有见当时之事者:如……欲得官,杀人放火受招安;欲得富,赶著行在卖酒醋。"

〔6〕 "昔人已乘黄鹤去,此地空余黄鹤楼" 唐代崔颢的诗句。参看本卷第15页注〔5〕。

〔7〕 关于北平学者以古文化掩护自己和古物南迁,参看本卷第15页注〔2〕、〔6〕。

北人与南人^[1]

栾　廷　石

这是看了"京派"与"海派"的议论之后，牵连想到的——

北人的卑视南人，已经是一种传统。这也并非因为风俗习惯的不同，我想，那大原因，是在历来的侵入者多从北方来，先征服中国之北部，又携了北人南征，所以南人在北人的眼中，也是被征服者。

二陆^[2]入晋，北方人士在欢欣之中，分明带着轻薄，举证太烦，姑且不谈罢。容易看的是，羊衒之的《洛阳伽蓝记》^[3]中，就常诋南人，并不视为同类。至于元，则人民截然分为四等^[4]，一蒙古人，二色目人，三汉人即北人，第四等才是南人，因为他是最后投降的一伙。最后投降，从这边说，是矢尽援绝，这才罢战的南方之强^[5]，从那边说，却是不识顺逆，久梗王师的贼。孑遗^[6]自然还是投降的，然而为奴隶的资格因此就最浅，因为浅，所以班次就最下，谁都不妨加以卑视了。到清朝，又重理了这一篇账，至今还流衍着余波；如果此后的历史是不再回旋的，那真不独是南人的如天之福。

当然，南人是有缺点的。权贵南迁^[7]，就带了腐败颓废的风气来，北方倒反而干净。性情也不同，有缺点，也有特长，正如北人的兼具二者一样。据我所见，北人的优点是厚重，南

456

人的优点是机灵。但厚重之弊也愚,机灵之弊也狡,所以某先生[8]曾经指出缺点道:北方人是"饱食终日,无所用心";南方人是"群居终日,言不及义"。就有闲阶级而言,我以为大体是的确的。

缺点可以改正,优点可以相师。相书上有一条说,北人南相,南人北相者贵。我看这并不是妄语。北人南相者,是厚重而又机灵,南人北相者,不消说是机灵而又能厚重。昔人之所谓"贵",不过是当时的成功,在现在,那就是做成有益的事业了。这是中国人的一种小小的自新之路。

不过做文章的是南人多,北方却受了影响。北京的报纸上,油嘴滑舌,吞吞吐吐,顾影自怜的文字不是比六七年前多了吗? 这倘和北方固有的"贫嘴"一结婚,产生出来的一定是一种不祥的新劣种!

一月三十日。

* * *

〔1〕 本篇最初发表于 1934 年 2 月 4 日《申报·自由谈》。

〔2〕 二陆 指陆机、陆云兄弟。陆机(261—303),字士衡;陆云(262—303),字士龙,吴郡华亭(今上海松江)人。二人都是西晋文学家,时并称"二陆"。祖父陆逊、父亲陆抗皆三国时吴国名将。晋灭吴后,机、云兄弟同至晋都洛阳,往见西晋大臣张华,《世说新语》南朝梁刘峻注引《晋阳秋》说:"司空张华见而说之,曰:'平吴之利,在获二俊。'"又《世说新语·方正》载,二陆入晋后,"卢志(按为北方士族)于众坐,问陆士衡:'陆逊陆抗,是君何物?'"《世说新语·简傲》载二陆拜访刘道真的情形说:"礼毕,初无他言,唯问:'东吴有长柄壶卢,卿得种来不?'陆

兄弟殊失望,乃悔往。"

〔3〕 羊衒之 一作杨衒之,北魏北平(今河北满城)人。曾官期城太守、抚军府司马。《洛阳伽蓝记》,五卷,作于东魏武定五年(547),其中时有轻视南人的话,如卷二记中原氏族杨元慎故意说能治陈庆之(南朝梁将领,当时在洛阳)的病时的情景:"元慎即含水噀庆之曰:'吴人之鬼,住居建康,小作冠帽,短制衣裳。自呼阿侬,语则阿傍。菰稗为饭,茗饮作浆。呷啜莼羹,唼嗍蟹黄。手把豆蔻,口嚼槟榔……'庆之伏枕曰:'杨君见辱深矣!'自此后,吴儿更不敢解语。"又卷三记南齐秘书丞王肃投奔北魏后的情形说:"(王肃)不食羊肉及酪浆等物,常饭鲫鱼羹,渴饮茗汁。京师士子道肃一饮一斗,号为漏卮。……时给事中刘缟慕肃之风,专习茗饮。彭城王谓缟曰:'卿不慕王侯八珍,好苍头水厄。海上有逐臭之夫,里内有学颦之妇,以卿言之,即是也。'其彭城王家有吴奴,以此言戏之。自是朝贵宴会虽设茗饮,皆耻不复食,惟江表残民远来降者好之。"

〔4〕 元代把所统治的人民划分为四等:前三等据元末明初陶宗仪《南村辍耕录·氏族》载为:一、蒙古人。二、色目人,包括钦察、唐兀、回回等族,是蒙古人侵入中原前已征服的西域人。三、汉人,包括契丹、高丽等族及在金人治下北中国的汉族人。又有第四等:南人,据钱大昕《十驾斋养新录》卷九说,"汉人南人之分,以宋金疆域为断,江浙湖广江西三行省为南人,河南省唯江北淮南诸路为南人。"

〔5〕 南方之强 语出《中庸》第十章:"南方之强也,君子居之。"

〔6〕 孑遗 这里指前朝的遗民。语出《诗经·大雅·云汉》:"周余黎民,靡有孑遗。"

〔7〕 权贵南迁 指汉族统治者不能抵御北方少数民族统治者的入侵,把政权转移到南方。如东晋为北方匈奴所迫,迁都建康(今南京);南宋为北方金人所迫,迁都临安(今杭州)。他们南迁后,仍过着荒

淫糜烂的生活。

〔**8**〕 **某先生** 指顾炎武(1613—1682),字宁人,号亭林,江苏昆山人,明末清初学者。他在《日知录》卷十三《南北学者之病》中说:"'饱食终日,无所用心,难矣哉'(按原语见《论语·阳货》),今日北方之学者是也。'群居终日,言不及义,好行小慧,难矣哉'(按原语见《论语·卫灵公》),今日南方之学者是也。"

《如此广州》读后感[1]

越　客

前几天,《自由谈》上有一篇《如此广州》[2],引据那边的报章,记店家做起玄坛和李逵[3]的大像来,眼睛里嵌上电灯,以镇压对面的老虎招牌,真写得有声有色。自然,那目的,是在对于广州人的迷信,加以讥刺的。

广东人的迷信似乎确也很不小,走过上海五方杂处的衖堂,只要看毕毕剥剥在那里放鞭炮的,大门外的地上点着香烛的,十之九总是广东人,这很可以使新党叹气。然而广东人的迷信却迷信得认真,有魄力,即如那玄坛和李逵大像,恐怕就非百来块钱不办。汉求明珠,吴征大象,中原人历来总到广东去刮宝贝,好像到现在也还没有被刮穷,为了对付假老虎,也能出这许多力。要不然,那就是拚命,这却又可见那迷信之认真。

其实,中国人谁没有迷信,只是那迷信迷得没出息了,所以别人倒不注意。譬如罢,对面有了老虎招牌,大抵的店家,是总要不舒服的。不过,倘在江浙,恐怕就不肯这样的出死力来斗争,他们会只化一个铜元买一条红纸,写上"姜太公[4]在此百无禁忌"或"泰山石敢当"[5],悄悄的贴起来,就如此的安身立命。迷信还是迷信,但迷得多少小家子相,毫无生气,奄

460

奄一息,他连做《自由谈》的材料也不给你。

与其迷信,模胡不如认真。倘若相信鬼还要用钱,我赞成北宋人似的索性将铜钱埋到地里去[6],现在那么的烧几个纸锭,却已经不但是骗别人,骗自己,而且简直是骗鬼了。中国有许多事情都只剩下一个空名和假样,就为了不认真的缘故。

广州人的迷信,是不足为法的,但那认真,是可以取法,值得佩服的。

二月四日。

＊　　　＊　　　＊

〔1〕　本篇最初发表于 1934 年 2 月 7 日《申报·自由谈》。

〔2〕　《如此广州》　刊载于 1934 年 1 月 29 日《申报·自由谈》,署名味荔。

〔3〕　玄坛　即道教尊为"正一玄坛元帅"的财神赵公明。其绘像身跨黑虎,故称"黑虎玄坛"。李逵,长篇小说《水浒》中人物,该书四十三回中有他杀死四只老虎的故事。

〔4〕　姜太公　即周朝太公望吕尚(姓姜,封于吕,因称吕尚)。《史记·封禅书》:"八神将自古而有之,或曰太公以来作之。"后来神话小说《封神演义》说他给神魔封号,民间也迷信他的名字能镇压"妖邪"。

〔5〕　"泰山石敢当"　西汉史游《急就篇》中已有"石敢当"一语,据唐代颜师古注:"敢当,言所当无敌也。"旧时人家正门或村口等处,如正对桥梁、通道,常树起一个石人或石片,上刻"泰山石敢当"字样,以作"镇邪"之用。前加"泰山",大概因旧时流传"泰山府君"能"制鬼驱邪"的缘故。

〔6〕　据唐代封演《封氏闻见记》卷六:"古者享祀鬼神,有圭璧币

帛,事毕则埋之……其纸钱,魏晋以来,始有其事。"用纸钱以后,也仍有以铜钱和金银埋在墓中的。

过　年[1]

张　承　禄

今年上海的过旧年，比去年热闹。

文字上和口头上的称呼，往往有些不同：或者谓之"废历"[2]，轻之也；或者谓之"古历"，爱之也。但对于这"历"的待遇是一样的：结账，祀神，祭祖，放鞭炮，打马将，拜年，"恭喜发财"！

虽过年而不停刊的报章上，也已经有了感慨；[3]但是，感慨而已，到底胜不过事实。有些英雄的作家，也曾经叫人终年奋发，悲愤，纪念。但是，叫而已矣，到底也胜不过事实。中国的可哀的纪念太多了，这照例至少应该沉默；可喜的纪念也不算少，然而又怕有"反动分子乘机捣乱"[4]，所以大家的高兴也不能发扬。几经防遏，几经淘汰，什么佳节都被绞死，于是就觉得只有这仅存残喘的"废历"或"古历"还是自家的东西，更加可爱了。那就格外的庆贺——这是不能以"封建的余意"一句话，轻轻了事的。

叫人整年的悲愤，劳作的英雄们，一定是自己毫不知道悲愤，劳作的人物。在实际上，悲愤者和劳作者，是时时需要休息和高兴的。古埃及的奴隶们，有时也会冷然一笑。这是蔑视一切的笑。不懂得这笑的意义者，只有主子和自安于奴才

463

生活,而劳作较少,并且失了悲愤的奴才。

　　我不过旧历年已经二十三年了,这回却连放了三夜的花爆[5],使隔壁的外国人也"嘘"了起来:这却和花爆都成了我一年中仅有的高兴。

二月十五日。

＊　　　＊　　　＊

　　〔1〕　本篇最初发表于 1934 年 2 月 17 日《申报·自由谈》。

　　〔2〕　"废历"　指阴历(或称夏历)。1912 年(民国元年)1 月 2 日,中华民国临时政府通令各省废除阴历,改用阳历。后来,国民党政府又再三下过这样的通令。

　　〔3〕　1934 年 2 月 13 日(夏历除夕),《申报号外·本埠增刊》临时增加的副刊《不自由谈》上有署名非人的《开场白》说:"编辑先生们辛苦了一年,在这几天寒假里头,本想可以还我自由自在的身,写写意意,享几天难得享到的幸福。不料突然地接到一道命令:说不但要出号外,并且要屁股两排,没有办法,只得再来放几个屁。"

　　〔4〕　"反动分子乘机捣乱"　参看《伪自由书·"多难之月"》及其注〔4〕。

　　〔5〕　花爆　即花炮、爆竹。1934 年旧历年将届时,国民党上海市政府曾以"惟恐宵小乘机滋事"为由,发布"市民不得燃放爆竹"的通令。

运　命[1]

倪　朔　尔

　　电影"《姊妹花》[2]中的穷老太婆对她的穷女儿说：'穷人终是穷人，你要忍耐些！'"宗汉[3]先生慨然指出，名之曰"穷人哲学"（见《大晚报》）。

　　自然，这是教人安贫的，那根据是"运命"。古今圣贤的主张此说者已经不在少数了，但是不安贫的穷人也"终是"很不少。"智者千虑，必有一失"，这里的"失"，是在非到盖棺之后，一个人的运命"终是"不可知。

　　豫言运命者也未尝没有人，看相的，排八字的，到处都是。然而他们对于主顾，肯断定他穷到底的是很少，即使有，大家的学说又不能相一致，甲说当穷，乙却说当富，这就使穷人不能确信他将来的一定的运命。

　　不信运命，就不能"安分"，穷人买奖券，便是一种"非分之想"。但这于国家，现在是不能说没有益处的。不过"有一利必有一弊"，运命既然不可知，穷人又何妨想做皇帝，这就使中国出现了《推背图》[4]。据宋人说，五代时候，许多人都看了这图给自己的儿子取名字，希望应着将来的吉兆，直到宋太宗（？）抽乱了一百本，与别本一同流通，读者见次序多不相同，莫衷一是，这才不再珍藏了。然而九一八那时，上海却还大卖着

《推背图》的新印本。

"安贫"诚然是天下太平的要道,但倘使无法指定究竟的运命,总不能令人死心塌地。现在的优生学[5],本可以说是科学的了,中国也正有人提倡着,冀以济运命说之穷,而历史又偏偏不挣气,汉高祖[6]的父亲并非皇帝,李白的儿子也不是诗人;还有立志传,絮絮叨叨的在对人讲西洋的谁以冒险成功,谁又以空手致富。

运命说之毫不足以治国平天下,是有明明白白的履历的。倘若还要用它来做工具,那中国的运命可真要"穷"极无聊了。

二月二十三日。

*　　　　*　　　　*

〔1〕　本篇最初发表于 1934 年 2 月 26 日《申报·自由谈》。

〔2〕　《姊妹花》　郑正秋根据自己编写的舞台剧《贵人与犯人》改编和导演的电影,1933 年由上海明星影片公司摄制。影片以 1924 年军阀内战为背景,描写了一对自幼离散的孪生姊妹,因处境不同,妹妹成了军阀的姨太太,姊姊成了囚犯。结局是姊妹相认,与父母阖家团圆。

〔3〕　宗汉　即邵宗汉(1907—1989),江苏武进人,新闻工作者。他的《穷人哲学》一文发表在 1934 年 2 月 20 日《大晚报》"日日谈"。

〔4〕　《推背图》　参看本卷第 99 页注〔6〕。

〔5〕　优生学　英国哥尔登创立的学说,他认为人或人种在生理和智力上的差别由遗传所决定,研究如何改进人类的遗传性。

〔6〕　汉高祖　即刘邦(前 247—前 195),字季,沛县(今属江苏)人,汉王朝的建立者。

大　小　骗[1]

邓　当　世

　　"文坛"上的丑事,这两年来真也揭发得不少了:剪贴,瞎抄,贩卖,假冒。不过不可究诘的事情还有,只因为我们看惯了,不再留心它。

　　名人的题签,虽然字不见得一定写的好,但只在表示这书的作者或出版者认识名人,和内容并无关系,是算不得骗人的。可疑的是"校阅"。校阅的脚色,自然是名人,学者,教授。然而这些先生们自己却并无关于这一门学问的著作。所以真的校阅了没有是一个问题;即使真的校阅了,那校阅是否真的可靠又是一个问题。但再加校阅,给以批评的文章,我们却很少见。

　　还有一种是"编辑"。这编辑者,也大抵是名人,因这名,就使读者觉得那书的可靠。但这是也很可疑的。如果那书上有些序跋,我们还可以由那文章,思想,断定它是否真是这人所编辑,但市上所陈列的书,常有翻开便是目录,叫你一点也摸不着头脑的。这怎么靠得住?至于大部的各门类的刊物的所谓"主编",那是这位名人竟上至天空,下至地底,无不通晓了,"无为而无不为"[2],倒使我们无须再加以揣测。

　　还有一种是"特约撰稿"。刊物初出,广告上往往开列一

467

大批特约撰稿的名人,有时还用凸版印出作者亲笔的签名,以显示其真实。这并不可疑。然而过了一年半载,可就渐有破绽了,许多所谓特约撰稿者的东西一个字也不见。是并没有约,还是约而不来呢,我们无从知道;但可见那些所谓亲笔签名,也许是从别处剪来,或者简直是假造的了。要是从投稿上取下来的,为什么见签名却不见稿呢?

这些名人在卖着他们的"名",不知道可是领着"干薪"的?倘使领的,自然是同意的自卖,否则,可以说是被"盗卖"。"欺世盗名"者有之,盗卖名以欺世者又有之,世事也真是五花八门。然而受损失的却只有读者。

三月七日。

*   *   *

〔1〕 本篇最初发表于 1934 年 3 月 28 日《申报·自由谈》。

〔2〕 "无为而无不为" 语出《老子》第四十八章:"为学日益,为道日损。损之又损,以至无为,无为而无不为。"原语的"益"和"损",指知识、欲望的增减。

"小童挡驾"〔1〕

宓 子 章

近五六年来的外国电影,是先给我们看了一通洋侠客的勇敢,于是而野蛮人的陋劣,又于是而洋小姐的曲线美。但是,眼界是要大起来的,终于几条腿不够了,于是一大丛;又不够了,于是赤条条。这就是"裸体运动大写真"〔2〕,虽然是正正堂堂的"人体美与健康美的表现",然而又是"小童挡驾"的,他们不配看这些"美"。

为什么呢? 宣传上有这样的文字——

"一个绝顶聪明的孩子说:她们怎不回过身子儿来呢?"

"一位十足严正的爸爸说:怪不得戏院对孩子们要挡驾了!"

这当然只是文学家虚拟的妙文,因为这影片是一开始就标榜着"小童挡驾"的,他们无从看见。但假使真给他们去看了,他们就会这样的质问吗? 我想,也许会的。然而这质问的意思,恐怕和张生唱的"哈,怎不回过脸儿来"〔3〕完全两样,其实倒在电影中人的态度的不自然,使他觉得奇怪。中国的儿童也许比较的早熟,也许性感比较的敏,但总不至于比成年的他的"爸爸",心地更不干净的。倘其如此,二十年后的中国社会,那可真真可怕了。但事实上大概决不至于此,所以那答话还不如改一下：

"因为要使我过不了瘾，可恶极了！"

不过肯这样说的"爸爸"恐怕也未必有。他总要"以己之心，度人之心"〔4〕，度了之后，便将这心硬塞在别人的腔子里，装作不是自己的，而说别人的心没有他的干净。裸体女人的都"不回过身子儿来"，其实是专为对付这一类人物的。她们难道是白痴，连"爸爸"的眼色，比他孩子的更不规矩都不知道吗？

但是，中国社会还是"爸爸"类的社会，所以做起戏来，是"妈妈"类献身，"儿子"类受谤。即使到了紧要关头，也还是什么"木兰从军"，"汪踦卫国"，〔5〕要推出"女子与小人"〔6〕去搪塞的。"吾国民其何以善其后欤？"

四月五日。

* * *

〔1〕 本篇最初发表于1934年4月7日《申报·自由谈》。

〔2〕 "裸体运动大写真" 1934年3月，上海的上海大戏院放映一部德、法、美等国裸体运动记录片《回到自然》。影院曾为此大肆宣传，此语及下面引文都是广告中的话。

〔3〕 张生 即张珙（君瑞），元代王实甫《西厢记》中的人物。这里引用的唱词见该剧第四本《草桥店梦莺莺》第一折："哈，怎不肯回过脸儿来？"

〔4〕 "以己之心，度人之心" 语出《中庸》十三章朱熹注。

〔5〕 "木兰从军" 见南北朝时北朝叙事长诗《木兰诗》，诗中写

木兰女扮男装,代父从军,出征十二年,立功还乡。"汪踦卫国",汪踦是春秋时鲁国的一个儿童,《礼记·檀弓(下)》:"(鲁与齐师)战于郎,公叔禺人……与其邻重(童)汪踦往,皆死焉。"

〔6〕 "女子与小人" 孔子语,参看本卷第152页注〔4〕。

古人并不纯厚[1]

翁 隼

老辈往往说:古人比今人纯厚,心好,寿长。我先前也有些相信,现在这信仰可是动摇了。达赖啦嘛总该比平常人心好,虽然"不幸短命死矣",[2]但广州开的耆英会[3],却明明收集过一大批寿翁寿媪,活了一百零六岁的老太太还能穿针,有照片为证。

古今的心的好坏,较为难以比较,只好求教于诗文。古之诗人,是有名的"温柔敦厚"的,而有的竟说:"时日曷丧,予及汝偕亡!"[4]你看够多么恶毒?更奇怪的是孔子"校阅"之后,竟没有删,还说什么"诗三百,一言以蔽之,曰:思无邪"[5]哩,好像圣人也并不以为可恶。

还有现存的最通行的《文选》[6],听说如果青年作家要丰富语汇,或描写建筑,是总得看它的,但我们倘一调查里面的作家,却至少有一半不得好死,当然,就因为心不好。经昭明太子一挑选,固然好像变成语汇祖师了,但在那时,恐怕还有个人的主张,偏激的文字。否则,这人是不传的,试翻唐以前的史上的文苑传,大抵是禀承意旨,草檄作颂的人,然而那些作者的文章,流传至今者偏偏少得很。

由此看来,翻印整部的古书,也就不无危险了。近来偶尔看见一部石印的《平斋文集》[7]，作者，宋人也，不可谓之不古，但其诗就不可为训。如咏《狐鼠》云："狐鼠擅一窟，虎蛇行九逵，不论天有眼，但管地无皮……"又咏《荆公》云："养就祸胎身始去，依然钟阜向人青"。[8]那指斥当路的口气，就为今人所看不惯。"八大家"[9]中的欧阳修[10]，是不能算作偏激的文学家的罢，然而那《读李翱文》中却有云："呜呼，在位而不肯自忧，又禁它人使皆不得忧，可叹也夫！"也就悻悻得很。

但是，经后人一番选择，却就纯厚起来了。后人能使古人纯厚，则比古人更为纯厚也可见。清朝曾有钦定的《唐宋文醇》和《唐宋诗醇》[11]，便是由皇帝将古人做得纯厚的好标本，不久也许会有人翻印，以"挽狂澜于既倒"[12]的。

四月十五日。

*　　　*　　　*

〔1〕　本篇最初发表于 1934 年 4 月 26 日上海《中华日报·动向》。

〔2〕　达赖啦嘛　这里指在 1933 年 12 月 17 日去世的达赖喇嘛第十三世阿旺罗桑土丹嘉措(1876—1933)。"不幸短命死矣"，语出《论语·雍也》，是孔子惋惜门徒颜渊早死的话。

〔3〕　广州开的耆英会　1934 年 2 月 15 日，国民党政府广州市长刘纪文为纪念新建市署落成，举行耆英会；到八十岁以上的老人二百余人，其中有据说一百零六岁的张苏氏，尚能穿针，她表演穿针的照片曾刊在 3 月 19 日《申报·图画特刊》第二号。

〔4〕　"时日曷丧，予及汝偕亡！"　语出《尚书·汤誓》。时日，原指夏桀。

〔5〕　"诗三百，一言以蔽之，曰：思无邪"　孔子的话，见《论语·

为政》。

〔6〕 《文选》 参看本卷第 344 页注〔9〕。1933 年 9 月,施蛰存曾向青年推荐《文选》,说读了"可以扩大一点字汇",可以从中采用描写"宫室建筑"等的词语。

〔7〕 《平斋文集》 宋代洪咨夔著,共三十二卷。洪咨夔(1176—1236),字舜俞,浙江於潜(今并入临安)人,嘉泰二年(1202)进士,官至刑部尚书、翰林学士。石印的本子指 1934 年商务印书馆影印的《四部丛刊续编》本。

〔8〕 荆公 即王安石,参看本卷第 251 页注〔10〕。他官至宰相,封荆国公,故称王荆公。祸胎,指王安石曾经重用后来转而排斥王安石的吕惠卿等人。钟阜,指南京钟山,王安石晚年退居钟山半山堂。

〔9〕 "八大家" 即唐宋八大家,指唐代韩愈、柳宗元,宋代欧阳修、苏洵、苏轼、苏辙、王安石、曾巩八个散文名家,明代茅坤曾选辑他们的作品为《唐宋八大家文钞》,因有此称。

〔10〕 欧阳修(1007—1072) 字永叔,庐陵(今江西吉安)人,北宋文学家。曾任枢密副使、参知政事。所作《读李翱文》,见《欧阳文忠集》卷七十三。李翱(772—841),字习之,陇西成纪(今甘肃秦安)人,唐代文学家。曾官中书舍人、山南东道节度使。

〔11〕 《唐宋文醇》 清代乾隆三年(1738)"御定",五十八卷,包括唐宋八大家及李翱、孙樵等十人的文章。《唐宋诗醇》,乾隆十五年(1750)"御定",四十七卷,包括唐代李白、杜甫、白居易、韩愈,宋代苏轼、陆游等六人的诗作。

〔12〕 "挽狂澜于既倒" 语出唐代韩愈《进学解》:"障百川而东之,回狂澜于既倒。"

法　会　和　歌　剧[1]

孟　弧

《时轮金刚法会募捐缘起》[2]中有这样的句子：“古人一遇灾祲，上者罪己，下者修身……今则人心浸以衰矣，非仗佛力之加被，末由消除此浩劫。”恐怕现在也还有人记得的罢。这真说得令人觉得自己和别人都半文不值，治水除蝗，完全无益，倘要“或消自业，或淡他灾”[3]，只好请班禅大师来求佛菩萨保佑了。

坚信的人们一定是有的，要不然，怎么能募集一笔巨款。

然而究竟好像是“人心浸以衰矣”了，中央社十七日杭州电云：“时轮金刚法会将于本月二十八日在杭州启建，并决定邀梅兰芳，徐来，胡蝶，在会期内表演歌剧五天。”[4]梵呗圆音，竟将为轻歌曼舞所“加被”，岂不出于意表也哉！

盖闻昔者我佛说法，曾有天女散花[5]，现在杭州启会，我佛大概未必亲临，则恭请梅郎权扮天女，自然尚无不可。但与摩登女郎们又有什么关系呢？莫非电影明星与标准美人[6]唱起歌来，也可以“消除此浩劫”的么？

大约，人心快要“浸衰”之前，拜佛的人，就已经喜欢兼看玩艺的了，款项有限，法会不大的时候，和尚们便自己来飞钹，唱歌，给善男子，善女人们满足，但也很使道学先生们摇头。

班禅大师只"印可"[7]开会而不唱《毛毛雨》[8],原是很合佛旨的,可不料同时也唱起歌剧来了。

原人和现代人的心,也许很有些不同,倘相去不过几百年,那恐怕即使有些差异,也微乎其微的。赛会做戏文,香市看娇娇,正是"古已有之"的把戏。既积无量之福,又极视听之娱,现在未来,都有好处,这是向来兴行佛事的号召的力量。否则,黄胖和尚念经,参加者就未必踊跃,浩劫一定没有消除的希望了。

但这种安排,虽然出于婆心,却仍是"人心浸以衰矣"的征候。这能够令人怀疑:我们自己是不配"消除此浩劫"的了,但此后该靠班禅大师呢,还是梅兰芳博士,或是密斯[9]徐来,密斯胡蝶呢?

四月二十日。

*　　　*　　　*

〔1〕　本篇最初发表于 1934 年 5 月 20 日《中华日报·动向》。

〔2〕　时轮金刚法会　佛教密宗的一种仪式。1934 年 3 月 11 日由国民党政府考试院院长戴季陶、行政院秘书长褚民谊等发起,推举下野军阀段祺瑞为理事长,请第九世班禅额尔德尼在杭州灵隐寺举行时轮金刚法会。此事得到各地军政要人黄郛、张群、马鸿逵、商震、韩复榘等赞同。蒋介石亦电嘱浙江省及杭州市当局予以协助。该会《募捐缘起》曾在《论语》半月刊第三十八期(1934 年 4 月 1 日)"古香斋"栏转载。

〔3〕　"或消自业,或淡他灾"　这是 1934 年 3、4 月间上海各报载《启建时轮金刚法会启事》中的话,它劝人捐助"法资",以"为已故宗亲拔苦,或为现存父母祈福,或消自业,或淡他灾"。

〔4〕 中央社这一电讯与事实有出入。徐来、胡蝶当时在杭州浙江大舞台为公益警卫募捐义务演出,她们和梅兰芳都未为法会表演。徐来(1909—1973),浙江绍兴人。胡蝶(1908—1989),原名胡瑞华,广东鹤山(今高鹤)人。她们都是三十年代电影女演员。

〔5〕 天女散花 见《维摩诘所说经·观众生品》:"时维摩诘室有一天女,见诸天人闻所说法,便现其身,即以天华散诸菩萨大弟子上。"(据后秦鸠摩罗什汉文译本)梅兰芳曾据此演出京剧《天女散花》。

〔6〕 标准美人 当时上海一些报纸上所称的徐来的诨名。

〔7〕 "印可" 佛家语,承认、许可。《维摩诘经·弟子品》:"若能如是坐者,佛所印可。"

〔8〕 《毛毛雨》 黎锦晖作的歌曲,曾流行于1930年前后。

〔9〕 密斯 英语 Miss 的音译,即小姐。

洋服的没落[1]

韦　士　繇

几十年来,我们常常恨着自己没有合意的衣服穿。清朝末年,带些革命色采的英雄不但恨辫子,也恨马褂和袍子,因为这是满洲服。一位老先生到日本去游历,看见那边的服装,高兴的了不得,做了一篇文章登在杂志上,叫作《不图今日重见汉官仪》[2]。他是赞成恢复古装的。

然而革命之后,采用的却是洋装,这是因为大家要维新,要便捷,要腰骨笔挺。少年英俊之徒,不但自己必洋装,还厌恶别人穿袍子。那时听说竟有人去责问樊山老人[3],问他为什么要穿满洲的衣裳。樊山回问道:"你穿的是那里的服饰呢?"少年答道:"我穿的是外国服。"樊山道:"我穿的也是外国服。"

这故事颇为传诵一时,给袍褂党扬眉吐气。不过其中是带一点反对革命的意味的,和近日的因为卫生,因为经济的大两样。后来,洋服终于和华人渐渐的反目了,不但袁世凯朝,就定袍子马褂为常礼服,[4]五四运动之后,北京大学要整饬校风,规定制服了,请学生们公议,那议决的也是:袍子和马褂!

这回的不取洋服的原因却正如林语堂先生所说,因其不合于卫生。[5]造化赋给我们的腰和脖子,本是可以弯曲的,弯腰曲背,在中国是一种常态,逆来尚须顺受,顺来自然更当顺受了。所以我们是最能研究人体,顺其自然而用之的人民。脖子最细,发明了砍头;膝关节能弯,发明了下跪;臀部多肉,又不致命,就发明了打屁股。违反自然的洋服,于是便渐渐的自然的没落了。

这洋服的遗迹,现在已只残留在摩登男女的身上,恰如辫子小脚,不过偶然还见于顽固男女的身上一般。不料竟又来了一道催命符,是镭水悄悄从背后洒过来了。[6]

这怎么办呢?

恢复古制罢,自黄帝以至宋明的衣裳,一时实难以明白;学戏台上的装束罢,蟒袍玉带,粉底皂靴,坐了摩托车吃番菜,实在也不免有些滑稽。所以改来改去,大约总还是袍子马褂牢稳。虽然也是外国服,但恐怕是不会脱下的了——这实在有些稀奇。

四月二十一日。

＊　　　＊　　　＊

〔1〕 本篇最初发表于 1934 年 4 月 25 日《申报·自由谈》,署名士繇。

〔2〕《不图今日重见汉官仪》 作者署名英伯,发表于 1903 年 9 月留日学生在东京办的《浙江潮》第七期。此题目原语出《后汉书·光武帝纪》:王莽被杀后,刘秀(即后来的汉光武帝)带了僚属到长安,当地吏士见到他们,"皆欢喜不自胜。老吏或垂涕曰:'不图今日复见汉官威

仪!'"按原语中"汉"指汉朝,英伯文中则指汉族。

〔3〕 樊山老人 即樊增祥(1846—1931),字嘉父,号樊山,湖北恩施人,近代文人。清光绪进士,曾任江苏布政使。著有《樊山诗集》、《樊山文集》。下文说的关于穿"外国服"的诘难,据易宗夔《新世说·言语》记载,这是清代文学家王闿运的故事:"王壬甫硕学耆老,性好诙谐。辛亥之冬,民国成立,士夫争剪发辫,改用西式衣冠。适公八十初度,贺者盈门,公仍用前清冠服,客笑问之。公曰:'予之冠服,固外国式;君辈衣服,讵中国式耶? 若能优孟衣冠,方为光复汉族矣。'客亦无以难之。"

〔4〕 1912 年 10 月,袁世凯政府曾下令定长袍马褂为男子的常礼服。

〔5〕 林语堂在 1934 年 4 月 16 日《论语》第三十九期发表的《论西装》一文中说:"西装之所以成为一时风气而为摩登士女所乐从者,唯一的理由是一般人士震于西洋文物之名而好为效颦,在伦理上,美感上,卫生上是决无立足根据的。"

〔6〕 据 1934 年 4 月 14 日《新生》周刊第一卷第十期载:"杭(州)市发见摩登破坏铁血团,以硝镪水毁人摩登衣服,并发警告服用洋货的摩登士女书"。当时北京、上海等地都出现过这类事。

朋　　友[1]

黄　凯　音

　　我在小学的时候,看同学们变小戏法,"耳中听字"呀,"纸人出血"呀,很以为有趣。庙会时就有传授这些戏法的人,几枚铜元一件,学得来时,倒从此索然无味了。进中学是在城里,于是兴致勃勃的看大戏法,但后来有人告诉了我戏法的秘密,我就不再高兴走近圈子的旁边。去年到上海来,才又得到消遣无聊的处所,那便是看电影。

　　但不久就在书上看到一点电影片子的制造法,知道了看去好像千丈悬崖者,其实离地不过几尺,奇禽怪兽,无非是纸做的。这使我从此不很觉得电影的神奇,倒往往只留心它的破绽,自己也无聊起来,第三回失掉了消遣无聊的处所。有时候,还自悔去看那一本书,甚至于恨到那作者不该写出制造法来了。

　　暴露者揭发种种隐秘,自以为有益于人们,然而无聊的人,为消遣无聊计,是甘于受欺,并且安于自欺的,否则就更无聊赖。因为这,所以使戏法长存于天地之间,也所以使暴露幽暗不但为欺人者所深恶,亦且为被欺者所深恶。

　　暴露者只在有为的人们中有益,在无聊的人们中便要灭亡。自救之道,只在虽知一切隐秘,却不动声色,帮同欺人,欺那自甘受欺的无聊的人们,任它无聊的戏法一套一套的,终于反反复复的变下去。周围是总有这些人会看的。

变戏法的时时拱手道:"……出家靠朋友!"有几分就是对着明白戏法的底细者而发的,为的是要他不来戳穿西洋镜。

"朋友,以义合者也"〔2〕,但我们向来常常不作如此解。

四月二十二日。

*   *   *

〔1〕 本篇最初发表于 1934 年 5 月 1 日《申报·自由谈》。

〔2〕 "朋友,以义合者也" 语出《论语·乡党》宋代朱熹注:"朋友以义合。"

清 明 时 节^[1]

孟 弧

清明时节,是扫墓的时节,有的要进关内来祭祖^[2],有的是到陕西去上坟^[3],或则激论沸天,或则欢声动地,真好像上坟可以亡国,也可以救国似的。

坟有这么大关系,那么,掘坟当然是要不得的了。^[4]

元朝的国师八合思巴^[5]罢,他就深相信掘坟的利害。他掘开宋陵,要把人骨和猪狗骨同埋在一起,以使宋室倒楣。后来幸而给一位义士盗走了,没有达到目的,然而宋朝还是亡。曹操^[6]设了"摸金校尉"之类的职员,专门盗墓,他的儿子却做了皇帝,自己竟被谥为"武帝",好不威风。这样看来,死人的安危,和生人的祸福,又仿佛没有关系似的。

相传曹操怕死后被人掘坟,造了七十二疑冢^[7],令人无从下手。于是后之诗人^[8]曰:"遍掘七十二疑冢,必有一冢葬君尸。"于是后之论者^[9]又曰:阿瞒老奸巨猾,安知其尸实不在此七十二冢之内乎。真是没有法子想。

阿瞒虽是老奸巨猾,我想,疑冢之流倒未必安排的,不过古来的冢墓,却大抵被发掘者居多,冢中人的主名,的确者也很少,洛阳邙山^[10],清末掘墓者极多,虽在名公巨卿的墓中,所得也大抵是一块志石^[11]和凌乱的陶器,大约并非原没有贵重的殉葬品，乃是早经有人掘过，拿走了，什么时候呢，无从知道。总之是葬后以至清末的偷掘那一天之间罢。

至于墓中人究竟是什么人，非掘后往往不知道。即使有相传的主名的，也大抵靠不住。中国人一向喜欢造些和大人物相关的名胜，石门有"子路止宿处"[12]，泰山上有"孔子小天下处"[13]；一个小山洞，是埋着大禹[14]，几堆大土堆，便葬着文武和周公[15]。

如果扫墓的确可以救国，那么，扫就要扫得真确，要扫文武周公的陵，不要扫着别人的土包子，还得查考自己是否周朝的子孙。于是乎要有考古的工作，就是掘开坟来，看看有无葬着文王武王周公旦的证据，如果有遗骨，还可照《洗冤录》[16]的方法来滴血。但是，这又和扫墓救国说相反，很伤孝子顺孙的心了。不得已，就只好闭了眼睛，硬着头皮，乱拜一阵。

"非其鬼而祭之，谄也！"[17]单是扫墓救国术没有灵验，还不过是一个小笑话而已。

四月二十六日。

*　　　*　　　*

〔1〕　本篇最初发表于 1934 年 5 月 24 日《中华日报·动向》。

〔2〕　进关内来祭祖　1934 年 4 月 4 日《大晚报》载：伪满洲国皇帝溥仪要求在清明节入关祭扫清代皇帝的坟墓。此事在当时曾引起人们的愤慨。

〔3〕　到陕西去上坟　1934 年 4 月 7 日《申报》载：清明节时，国民党政府考试院院长戴季陶等同西安军政要人及各界代表前往陕西咸阳、兴平祭扫周文王、汉武帝等陵墓，"民众参观者人山人海，道为之

塞,……诚可说是民族扫墓也。"

〔4〕 1934年4月11日戴季陶在西安致电中央研究院院长蔡元培、行政院院长汪精卫等,以"培植民德"为由,反对"研究国学科学诸家,……发掘古墓,寻取学术材料",要求政府"通令全国,凡一切公然发墓取物者,无论何种理由,一律依刑律专条严办。"当时曾遭到学术界的强烈反对。同月14日,蔡元培回电,认为对学术团体的发掘活动"不宜泛加禁止",因为这对"恢复千年古史其用大矣"。

〔5〕 八合思巴(1239—1279) 即八思巴,本名罗卓坚参,吐蕃萨斯迦(今西藏自治区日喀则专区萨迦)人。佛教高僧。元中统元年(1260)封为"国师"。按发掘宋陵的是元代江南释教总统(佛教首领)杨琏真迦,据陶宗仪《南村辍耕录·发宋陵寝》记:元至元十五年(1278)十二月,杨琏真伽率徒役在浙江绍兴等地发掘宋代诸皇陵墓,"至断残支体,攫珠襦玉柙,焚其胔,弃骨草莽间",并下令"哀陵骨,杂置牛马枯骼中,筑一塔压之,名曰镇南。"传说当时有儒生唐珏、林德阳分别秘密收拾埋藏宋帝遗骸,明代修复宋陵,并建唐、林祠,文征明作《双义祠记》,称二人为"千古之大义士"。

〔6〕 曹操(155—220) 字孟德,小字阿瞒,沛国谯(今安徽亳县)人,三国时政治家、军事家。他的儿子曹丕称帝后,追尊他为魏武帝。关于设"摸金校尉"事,见汉末陈琳《为袁绍檄豫州》:"又梁孝王,先帝母昆,坟陵尊显;桑梓松柏,犹宜肃恭,而操帅将吏士,亲临发掘,破棺裸尸,掠取金宝,至令圣朝流涕,士民伤怀。操又特置发丘中郎将,摸金校尉,所过隳突,无骸不露。"

〔7〕 曹操造七十二墓事,见宋代罗大经《鹤林玉露》卷十五:"漳河上有七十二冢,相传云曹操疑冢也。"

〔8〕 后之诗人 指宋代俞应符。他在咏曹操诗中说:"生前欺天绝汉统,死后欺人设疑冢;人生用智死即休,何有余机到丘垅。人言疑冢我不疑,我有一法君未知,直须尽发疑冢七十二,必有一冢藏君尸。"

（载《南村辍耕录·疑冢》）

〔9〕 后之论者 指明代王士性,他在《豫志》中说:"余谓以操之多智,即七十二冢中,操尸犹不在也。"

〔10〕 邙山 在河南洛阳城北,东汉至唐宋等朝的王侯公卿多葬在那里。这些坟墓历代被人屡次发掘,晋代张载《七哀诗》就说到:"北邙何垒垒,高陵有四五……季世丧乱起,贼盗如豺虎;毁壤过一抔,便房启幽户;珠柙离玉体,珍宝见剽虏。"

〔11〕 志石 古代放在墓中镌有死者事略的石刻。下底上盖,底石刻关于死者生平的铭文,盖石刻"某某之墓"字样,以便后人辨识。

〔12〕 "子路止宿处" 《论语·宪问》中载有"子路宿于石门"的话,后人就在山西平定附近石门的地方建立"子路止宿处"石碑;但据《论语》汉代郑玄注:"石门,鲁城外门也。"

〔13〕 "孔子小天下处" 《孟子·尽心(上)》有"孔子登东山而小鲁,登太山而小天下"的话,后人就在泰山顶上竖立"孔子小天下处"的石碑。

〔14〕 指浙江绍兴城南会稽山麓的禹穴。

〔15〕 文武周公墓,过去相传在陕西咸阳城西北。但唐代萧德言等撰写的《括地志》则说:周文王、武王墓都"在雍州万年县(今陕西临潼渭水北)西南二十八里原上"。并认为在咸阳西北一十四里的是秦惠文王陵,在咸阳西十里的是秦悼武王陵,"俗名周武王陵,非也。"

〔16〕 《洗冤录》 亦名《洗冤集录》,宋代宋慈著,共五卷,是一部关于检验尸体的书。滴血认亲见该书卷一《滴血》:"父母骸骨在他处,子女欲相认,令以身上刺出血滴骨上。亲生者,则血入骨,非则否。"这一说法不合乎科学。

〔17〕 "非其鬼而祭之,谄也!" 孔子的话,见《论语·为政》。宋代朱熹注:"非其鬼,谓非其所当祭之鬼。"

小 品 文 的 生 机 [1]

崇　巽

去年是"幽默"大走鸿运的时候,《论语》[2]以外,也是开口幽默,闭口幽默,这人是幽默家,那人也是幽默家。不料今年就大塌其台,这不对,那又不对,一切罪恶,全归幽默,甚至于比之文场的丑脚。骂幽默竟好像是洗澡,只要来一下,自己就会干净似的了。

倘若真的是"天地大戏场",那么,文场上当然也一定有丑脚——然而也一定有黑头。丑脚唱着丑脚戏,是很平常的,黑头改唱了丑脚戏,那就怪得很,但大戏场上却有时真会有这等事。这就使直心眼人跟着歪心眼人嘲骂,热情人愤怒,脆情人心酸。为的是唱得不内行,不招人笑吗?并不是的,他比真的丑脚还可笑。

那愤怒和心酸,为的是黑头改唱了丑脚之后,事情还没有完。串戏总得有几个脚色:生,旦,末,丑,净,还有黑头。要不然,这戏也唱不久。为了一种原因,黑头只得改唱丑脚的时候,照成例,是一定丑脚倒来改唱黑头的。不但唱工,单是黑头涎脸扮丑脚,丑脚挺胸学黑头,戏场上只见白鼻子的和黑脸孔的丑脚多起来,也就滑天下之大稽。然而,滑稽而已,并非幽默。或人曰:"中国无幽默。"[3]这正是一个注脚。

更可叹的是被谥为"幽默大师"的林先生,竟也在《自由谈》上引了古人之言,曰:"夫饮酒猖狂,或沉寂无闻,亦不过洁身自好耳。今世癫蚩,欲使洁身自好者负亡国之罪,若然则'今日乌合,明日鸟散,今日倒戈,明日凭轼,今日为君子,明日为小人,今日为小人,明日复为君子'之辈可无罪。"〔4〕虽引据仍不离乎小品,但去"幽默"或"闲适"之道远矣。这又是一个注脚。

但林先生以谓新近各报上之攻击《人间世》〔5〕,是系统的化名的把戏,却是错误的,证据是不同的论旨,不同的作风。其中固然有虽曾附骥,终未登龙的"名人",或扮作黑头,而实是真正的丑脚的打诨,但也有热心人的谠论。世态是这么的纠纷,可见虽是小品,也正有待于分析和攻战的了,这或者倒是《人间世》的一线生机罢。

四月二十六日。

*   *   *

〔1〕 本篇最初发表于 1934 年 4 月 30 日《申报·自由谈》。

〔2〕 《论语》 参看本卷第 292 页注〔3〕。该刊称以登载幽默文字为主。

〔3〕 "中国无幽默" 作者自己也持这种意见,他在《南腔北调集·"论语一年"》中曾说:"幽默在中国是不会有的。"

〔4〕 见林语堂在 1934 年 4 月 26 日《申报·自由谈》发表的《周作人诗读法》。其中所引古人的话,出于明代张萱《复刘冲倩书》(引语中"鸟散"原文作"兽散")。张萱,字孟奇,别号西园,广东博罗人,万历时官至平越知府。著有《西园存稿》等。

〔5〕 《人间世》 小品文半月刊,林语堂主编,1934 年 4 月在上海创刊,1935 年 12 月出至第四十二期停刊。良友图书印刷公司发行。该刊出版后不久,《申报·自由谈》等曾发表文章批评它的所谓"闲适"的作品,林语堂即发表《周作人诗读法》作答,其中说:"近日有人登龙未就,在《人言周刊》、《十日谈》、《矛盾月刊》、《中华日报》及《自由谈》化名投稿,系统的攻击《人间世》;如野狐谈佛,癞鳖谈仙,不欲致辩。"

刀"式"辩[1]

黄　棘

　　本月六日的《动向》上,登有一篇阿芷[2]先生指明杨昌溪[3]先生的大作《鸭绿江畔》,是和法捷耶夫[4]的《毁灭》相像的文章,其中还举着例证。这恐怕不能说是"英雄所见略同"罢。因为生吞活剥的模样,实在太明显了。

　　但是,生吞活剥也要有本领,杨先生似乎还差一点。例如《毁灭》的译本,开头是——

　　　　"在阶石上锵锵地响着有了损伤的日本指挥刀,莱奋生走到后院去了,……"

　　而《鸭绿江畔》的开头是——

　　　　"当金蕴声走进庭园的时候,他那损伤了的日本式的指挥刀在阶石上嚓啪地响着。……"

　　人名不同了,那是当然的;响声不同了,也没有什么关系,最特别的是他在"日本"之下,加了一个"式"字。这或者也难怪,不是日本人,怎么会挂"日本指挥刀"呢? 一定是照日本式样,自己打造的了。

　　但是,我们再来想一想:莱奋生所带的是袭击队,自然是袭击敌人,但也夺取武器。自己的军器是不完备的,一有所得,便用起来。所以他所挂的正是"日本的指挥刀",并不是

"日本式"。

　　文学家看小说，并且豫备抄袭的，可谓关系密切的了，而尚且如此粗心，岂不可叹也夫！

五月七日。

　　　*　　　　*　　　　*

　　〔**1**〕　本篇最初发表于 1934 年 5 月 10 日《中华日报·动向》。

　　〔**2**〕　阿芷　即叶紫(1910—1939)，湖南益阳人，作家，"左联"成员。他在 1934 年 5 月 6 日《中华日报·动向》上发表的文章是《洋形式的窃取与洋内容的借用》。

　　〔**3**〕　杨昌溪　"民族主义文学"的追随者，他的中篇小说《鸭绿江畔》发表于 1933 年 8 月《汗血月刊》第一卷第五期。

　　〔**4**〕　法捷耶夫(А. А. Фадеев，1901—1956)　苏联作家。作品有长篇小说《毁灭》、《青年近卫军》等。《毁灭》由鲁迅译成中文，1931 年先由大江书铺出版，译者署名隋洛文，继以"三闲书屋"名义自费重版，译者改署鲁迅。

化名新法[1]

白　道

杜衡和苏汶先生在今年揭破了文坛上的两种秘密,也是坏风气:一种是批评家的圈子,一种是文人的化名。[2]

但他还保留着没有说出的秘密——

圈子中还有一种书店编辑用的橡皮圈子,能大能小,能方能圆,只要是这一家书店出版的书籍,这边一套,"行",那边一套,也"行"。

化名则不但可以变成别一个人,还可以化为一个"社"。这个"社"还能够选文,作论,说道只有某人的作品,"行",某人的创作,也"行"。

例如"中国文艺年鉴社"所编的《中国文艺年鉴》[3]前面的"鸟瞰"。据它的"瞰"法,是:苏汶先生的议论,"行",杜衡先生的创作,也"行"。

但我们在实际上再也寻不着这一个"社"。

查查这"年鉴"的总发行所:现代书局;看看《现代》[4]杂志末一页上的编辑者:施蛰存,杜衡。

Oho!

孙行者神通广大,不单会变鸟兽虫鱼,也会变庙宇,眼睛变窗户,嘴巴变庙门,只有尾巴没处安放,就变了一枝旗竿,竖

在庙后面。[5]但那有只竖一枝旗竿的庙宇的呢？它的被二郎
神看出来的破绽就在此。

"除了万不得已之外"，"我希望"一个文人也不要化为
"社"，倘使只为了自吹自捧，那真是"就近又有点卑劣了"。[6]

五月十日。

*   *   *

〔1〕 本篇最初发表于1934年5月13日《中华日报·动向》。

〔2〕 杜衡即苏汶。他所说"批评家的圈子"，参看本卷第450页
注〔2〕。他所说"文人的化名"，见1934年5月《现代》月刊第五卷第一期
他所发表的《谈文人的假名》。

〔3〕 《中国文艺年鉴》 指1932年上海现代书局出版的《中国文
艺年鉴》，杜衡、施蛰存编辑。年鉴卷首的《一九三二年中国文坛鸟瞰》
一文，为苏汶鼓吹的"文艺自由论"辩护，同时吹捧杜衡在创作方面对现
实主义文学"给了最大的供献"。鲁迅在1934年4月11日致日本增田
涉信中曾说："所谓'文艺年鉴社'，实际并不存在，是现代书局的变名。
写那篇《鸟瞰》的人是杜衡，一名苏汶，……在那篇《鸟瞰》中，只要与现
代书局刊物有关的人，都写得很好，其他的人则多被抹杀。而且还假冒
别人文章来吹捧自己。"

〔4〕 《现代》 文艺月刊，施蛰存、杜衡编辑，上海现代书局出版，
1932年5月创刊，1935年3月改为综合性月刊，汪馥泉编辑，同年5月
出至第六卷第四期停刊。

〔5〕 孙行者和二郎神斗法，尾巴变成旗竿的故事，见明代吴承恩
《西游记》第六回。

〔6〕 苏汶在《谈文人的假名》中曾说："用笔名无可反对，但我希

望除了万不得已之外,每人是用着固定的笔名为妥……"又说:"有一种是为的逃避文责,就近又有点卑劣了。"

读 几 本 书[1]

邓 当 世

读死书会变成书呆子，甚至于成为书厨，早有人反对过了[2]，时光不绝的进行，反读书的思潮也愈加彻底，于是有人来反对读任何一种书。他的根据是叔本华的老话，说是倘读别人的著作，不过是在自己的脑里给作者跑马。[3]

这对于读死书的人们，确是一下当头棒，但为了与其探究，不如跳舞，或者空暴躁，瞎牢骚的天才起见，却也是一句值得绍介的金言。不过要明白：死抱住这句金言的天才，他的脑里却正被叔本华跑了一趟马，踏得一榻胡涂了。

现在是批评家在发牢骚，因为没有较好的作品；创作家也在发牢骚，因为没有正确的批评。张三说李四的作品是象征主义[4]，于是李四也自以为是象征主义，读者当然更以为是象征主义。然而怎样是象征主义呢？向来就没有弄分明，只好就用李四的作品为证。所以中国之所谓象征主义，和别国之所谓 Symbolism 是不一样的，虽然前者其实是后者的译语，然而听说梅特林[5]是象征派的作家，于是李四就成为中国的梅特林了。此外中国的法朗士[6]，中国的白璧德[7]，中国的吉尔波丁[8]，中国的高尔基[9]……还多得很。然而真的法朗士他们的作品的译本，在中国却少得很。莫非因为都有了"国

495

货"的缘故吗？

在中国的文坛上,有几个国货文人的寿命也真太长;而洋货文人的可也真太短,姓名刚刚记熟,据说是已经过去了。易卜生[10]大有出全集之意,但至今不见第三本;柴霍甫[11]和莫泊桑[12]的选集,也似乎走了虎头蛇尾运。但在我们所深恶痛疾的日本,《吉诃德先生》和《一千一夜》是有全译的;沙士比亚,歌德,……都有全集;托尔斯泰的有三种,陀思妥也夫斯基的有两种。

读死书是害己,一开口就害人;但不读书也并不见得好。至少,譬如要批评托尔斯泰,则他的作品是必得看几本的。自然,现在是国难时期,那有工夫译这些书,看这些书呢,但我所提议的是向着只在暴躁和牢骚的大人物,并非对于正在赴难或"卧薪尝胆"的英雄。因为有些人物,是即使不读书,也不过玩着,并不去赴难的。

五月十四日。

*　　　*　　　*

〔1〕　本篇最初发表于 1934 年 5 月 18 日《申报·自由谈》。

〔2〕　书厨　《南史·陆澄传》:"读《易》三年,不解文义,欲撰《宋书》,竟不成。王俭戏之曰:'陆公,书厨也。'"清代叶燮《原诗·内篇下》:"且夫胸中无识之人,即终日勤于学,而亦无益。俗谚谓为'两脚书厨'。记诵日多,多益为累。"

〔3〕　上海《人言》周刊第一卷第十期(1934 年 4 月 21 日)载有胡雁的《谈读书》一文,先引叔本华"脑子里给别人跑马"的话,然后说"看

过一本书,是让人跑过一次马,看的书越多,脑子便变成跑马场,处处是别人的马的跑道,……我想,书大可不必读。"按叔本华在《读书和书籍》等文中,反对读书,认为"读书时,我们的脑已非自己的活动地。这是别人的思想的战场了",主张"由自己思想得来真理"。

〔4〕 象征主义 十九世纪末叶在法国兴起的一种文艺思潮和流派。认为事物都有与之相对应的意念和含义,强调作家应发掘这些隐藏在事物背后的含意,用恍惚的语言和物象形成暗示性"意象"(即象征),使读者领悟其中的深意。其作品多有神秘感。

〔5〕 梅特林(M. Maeterlinck,1862—1949) 通译梅特林克,比利时剧作家,象征主义戏剧的代表。主要作品有剧本《青鸟》等。

〔6〕 法朗士(A. France,1844—1924) 法国作家。主要作品有长篇小说《波纳尔之罪》、《黛依丝》及《企鹅岛》等。

〔7〕 白璧德(I. Babbitt,1865—1933) 美国近代新人文主义运动的领导者之一。著有《新拉奥孔》、《卢梭与浪漫主义》、《民主和领导》等。

〔8〕 吉尔波丁(В. Я. Кирпотин) 苏联文艺批评家。著有《俄国马克思列宁主义的思想先驱》等。

〔9〕 高尔基(М. Горький,1868—1936) 苏联作家。主要作品有长篇小说《福玛·高尔捷耶夫》、《母亲》和自传体三部曲《童年》、《在人间》、《我的大学》等。

〔10〕 易卜生(H. Ibsen,1828—1906) 挪威剧作家。主要作品有《玩偶之家》、《国民公敌》、《群鬼》等。当时上海商务印书馆曾出版潘家洵译的《易卜生集》,只出两册。

〔11〕 柴霍甫(А. П. Чехов,1860—1904) 通译契诃夫,俄国作家。主要作品有《三姊妹》、《樱桃园》等剧本和《变色龙》、《套中人》等大量的短篇小说。当时开明书店曾出版赵景深译的《柴霍甫短篇杰作集》八册。

〔12〕 莫泊桑(G. de Maupassant, 1850—1893) 法国作家。主要作品有长篇小说《一生》、《漂亮的朋友》以及短篇小说《羊脂球》等。当时商务印书馆曾出版李青崖译的《莫泊桑短篇小说集》三册。

一思而行^[1]

曼　雪

只要并不是靠这来解决国政，布置战争，在朋友之间，说几句幽默，彼此莞尔而笑，我看是无关大体的。就是革命专家，有时也要负手散步；理学先生^[2]总不免有儿女，在证明着他并非日日夜夜，道貌永远的俨然。小品文大约在将来也还可以存在于文坛，只是以"闲适"为主^[3]，却稍嫌不够。

人间世事，恨和尚往往就恨袈裟。幽默和小品的开初，人们何尝有贰话。然而轰的一声，天下无不幽默和小品，幽默那有这许多，于是幽默就是滑稽，滑稽就是说笑话，说笑话就是讽刺，讽刺就是漫骂。油腔滑调，幽默也；"天朗气清"^[4]，小品也；看郑板桥《道情》一遍，谈幽默十天，买袁中郎尺牍半本，作小品一卷。^[5]有些人既有以此起家之势，势必有想反此以名世之人，于是轰然一声，天下又无不骂幽默和小品。其实，则趁队起哄之士，今年也和去年一样，数不在少的。

手拿黑漆皮灯笼，彼此都莫名其妙。总之，一个名词归化中国，不久就弄成一团糟。伟人，先前是算好称呼的，现在则受之者已等于被骂；学者和教授，前两三年还是干净的名称；自爱者闻文学家之称而逃，今年已经开始了第一步。但是，世界上真的没有实在的伟人，实在的学者和教授，实在的文学家吗？并不然，只有中国是例外。

假使有一个人，在路旁吐一口唾沫，自己蹲下去，看着，不久准可以围满一堆人；又假使又有一个人，无端大叫一声，拔步便跑，同时准可以大家都逃散。真不知是"何所闻而来，何所见而去"〔6〕，然而又心怀不满，骂他的莫名其妙的对象曰"妈的"！但是，那吐唾沫和大叫一声的人，归根结蒂还是大人物。当然，沉着切实的人们是有的。不过伟人等等之名之被尊视或鄙弃，大抵总只是做唾沫的替代品而已。

社会仗这添些热闹，是值得感谢的。但在乌合之前想一想，在云散之前也想一想，社会未必就冷静了，可是还要像样一点点。

五月十四日。

*   *   *

〔1〕 本篇最初发表于 1934 年 5 月 17 日《申报·自由谈》。

〔2〕 理学先生 理学又称道学，是宋代周敦颐、程颢、程颐、朱熹等人阐释儒家学说而形成的唯心主义思想体系。它认为"理"是宇宙的本体，把"三纲五常"等封建伦理道德说成是"天理"，提出"存天理，灭人欲"的主张。信奉和宣传这种学说的人被称为理学先生。

〔3〕 指林语堂关于小品文的主张，见《人间世》半月刊第一期（1934 年 4 月）的《发刊词》："盖小品文……以闲适为格调。"

〔4〕 "天朗气清" 语出东晋王羲之《兰亭集序》："是日也，天朗气清，惠风和畅。"

〔5〕 郑板桥作有近似游戏笔墨的道情《老渔翁》等十首。道情原是道士唱的歌曲，后来演变为一种民间曲调。袁中郎，即袁宏道

(1568—1610),字中郎,湖广公安(今属湖北)人,明代文学家。他和兄宗道、弟中道,反对文学上的复古倾向,主张"独抒性灵,不拘格套"。袁宏道的作品以小品散文著称。三十年代时,林语堂等在其所办刊物《论语》《人间世》上极力推崇袁中郎、郑板桥等人的文章。当时上海时代图书公司出版过林语堂校阅的《袁中郎全集》,上海南强书局出版过《袁中郎尺牍全稿》。

〔6〕"何所闻而来,何所见而去"　语出《世说新语·简傲》,是三国时魏文学家嵇康对来访的钟会表示简慢的话。又见《晋书·嵇康传》:钟会造访嵇康,康正在打铁,不予理睬,"良久会去,康谓曰:'何所闻而来,何所见而去。'会曰:'闻所闻而来,见所见而去。'"

推 己 及 人 [1]

梦　文

忘了几年以前了,有一位诗人开导我,说是愚众的舆论,能将天才骂死,例如英国的济慈[2]就是。我相信了。去年看见几位名作家的文章,说是批评家的漫骂,能将好作品骂得缩回去,使文坛荒凉冷落。[3]自然,我也相信了。

我也是一个想做作家的人,而且觉得自己也确是一个作家,但还没有获得挨骂的资格,因为我未曾写过创作。并非缩回去,是还没有钻出来。这钻不出来的原因,我想是一定为了我的女人和两个孩子的吵闹,她们也如漫骂批评家一样,职务是在毁灭真天才,吓退好作品的。

幸喜今年正月,我的丈母要见见她的女儿了,她们三个就都回到乡下去。我真是耳目清静,猗欤休哉,到了产生伟大作品的时代。可是不幸得很,现在已是废历四月初,足足静了三个月了,还是一点也写不出什么来。假使有朋友问起我的成绩,叫我怎么回答呢? 还能归罪于她们的吵闹吗?

于是乎我的信心有些动摇。

我疑心我本不会有什么好作品,和她们的吵闹与否无关。而且我又疑心到所谓名作家也未必会有什么好作品,和批评家的漫骂与否无涉。

　　不过，如果有人吵闹，有人漫骂，倒可以给作家的没有作品遮羞，说是本来是要有的，现在给他们闹坏了。他于是就像一个落难小生，纵使并无作品，也能从看客赢得一掬一掬的同情之泪。

　　假使世界上真有天才，那么，漫骂的批评，于他是有损的，能骂退他的作品，使他不成其为作家。然而所谓漫骂的批评，于庸才是有益的，能保持其为作家，不过据说是吓退了他的作品。

　　在这三足月里，我仅仅有了一点"烟士披离纯"，是套罗兰夫人〔4〕的腔调的："批评批评，世间多少作家，借汝之骂以存！"

　　　　　　　　　　　　　　　　　　　五月十四日。

　　※　　　　　※　　　　　※

　　〔1〕　本篇最初发表于 1934 年 5 月 18 日《中华日报·动向》。

　　〔2〕　济慈(J.Keats，1795—1821)　英国诗人。主要作品有长诗《恩底弥翁》，抒情诗《希腊古瓮颂》、《夜莺颂》等。他的《恩底弥翁》于 1818 年出版后，由于诗中的民主主义思想和反古典主义倾向，受到保守派批评家的攻击。1820 年，他因肺病恶化到意大利疗养，次年去世。他的朋友——英国诗人拜伦在长诗《唐璜》第十一歌中写道："济慈被一篇批评杀死了，正当他可望写出伟大的作品。"

　　〔3〕　苏汶在 1932 年 10 月《现代》第一卷第六期发表的《"第三种人"的出路》一文中说："左翼指导理论家们不管三七念一地把资产阶级这个恶名称加到他们头上去"，使得一部分作家"永远地沉默，长期地搁笔"。高明在 1933 年 12 月《现代》第四卷第二期发表的《关于批评》一

文,也攻击批评家是"荒僻地带惯常遇见的暴徒! 他们对文艺所做的,不是培植,而是压杀。"

〔4〕 罗兰夫人(Madame Roland,1754—1793) 十八世纪法国大革命时,攫取政权的吉伦特派政府内政部长罗兰的妻子。她曾参与决定吉伦特派的政策。1793 年 5 月雅各宾派掌权后,罗兰夫人于同年 11 月被处死刑。梁启超的《罗兰夫人传》中,曾记她临死时对断头台旁的自由神像说:"自由自由,天下古今几多之罪恶,假汝之名以行!"

偶　　感^[1]

公　汗

还记得东三省沦亡,上海打仗的时候,在只闻炮声,不愁炮弹的马路上,处处卖着《推背图》,这可见人们早想归失败之故于前定了。三年以后,华北华南,同濒危急,而上海却出现了"碟仙"^[2]。前者所关心的还是国运,后者却只在问试题,奖券,亡魂。着眼的大小,固已迥不相同,而名目则更加冠冕,因为这"灵乩"是中国的"留德学生白同君所发明",合于"科学"的。

"科学救国"已经叫了近十年,谁都知道这是很对的,并非"跳舞救国""拜佛救国"之比。青年出国去学科学者有之,博士学了科学回国者有之。不料中国究竟自有其文明,与日本是两样的,科学不但并不足以补中国文化之不足,却更加证明了中国文化之高深。风水,是合于地理学的,门阀,是合于优生学的,炼丹,是合于化学的,放风筝,是合于卫生学的。"灵乩"的合于"科学",亦不过其一而已。

五四时代,陈大齐^[3]先生曾作论揭发过扶乩的骗人,隔了十六年,白同先生却用碟子证明了扶乩的合理,这真叫人从那里说起。

而且科学不但更加证明了中国文化的高深,还帮助了中国文化的光大。马将桌边,电灯替代了蜡烛,法会坛上,镁光照出了喇嘛[4],无线电播音所日日传播的,不往往是《狸猫换太子》,《玉堂春》,《谢谢毛毛雨》[5]吗?

老子曰:"为之斗斛以量之,则并与斗斛而窃之。"[6]罗兰夫人曰:"自由自由,多少罪恶,假汝之名以行!"每一新制度,新学术,新名词,传入中国,便如落在黑色染缸,立刻乌黑一团,化为济私助焰之具,科学,亦不过其一而已。

此弊不去,中国是无药可救的。

五月二十日。

*　　　*　　　*

〔1〕　本篇最初发表于 1934 年 5 月 25 日《申报·自由谈》。

〔2〕　"碟仙"　当时出现的一种迷信扶乩活动,上海曾流传"香港科学游艺社"制造发售的"科学灵乩图",图上印有"留德白同经多年研究所发明,纯用科学方法构就,丝毫不带迷信作用"等字句。

〔3〕　陈大齐(1887—1983)　字百年,浙江海盐人,曾任北京大学哲学系教授。1918 年 5 月,他在《新青年》第四卷第五号发表《辟"灵学"》一文,对当时上海出现的以"灵学"为招牌的设坛扶乩迷信活动,进行过揭露和抨击。

〔4〕　当时举办的时轮金刚法会上,班禅喇嘛诵经作法时,有摄影师在佛殿内使用镁光灯照明。

〔5〕　《狸猫换太子》　据小说《三侠五义》有关李宸妃的情节改编的京剧,参看本卷第 362 页注〔4〕。《玉堂春》,据《警世通言·玉堂春落难逢夫》改编的京剧,说名妓苏三(玉堂春)受诬入狱,后与当了巡按的旧相好王金龙重逢的故事。《谢谢毛毛雨》,三十年代黎锦晖作的流行

歌曲。

〔6〕 "为之斗斛以量之,则并与斗斛而窃之。" 庄子的话,见《庄子·胠箧》。斗和斛都是量器,古代十斗为一斛。

论秦理斋夫人事[1]

公　汗

　　这几年来,报章上常见有因经济的压迫,礼教的制裁而自杀的记事,但为了这些,便来开口或动笔的人是很少的。只有新近秦理斋夫人[2]及其子女一家四口的自杀,却起过不少的回声,后来还出了一个怀着这一段新闻记事的自杀者[3],更可见其影响之大了。我想,这是因为人数多。单独的自杀,盖已不足以招大家的青睐了。

　　一切回声中,对于这自杀的主谋者——秦夫人,虽然也加以恕辞;但归结却无非是诛伐。因为——评论家说——社会虽然黑暗,但人生的第一责任是生存,倘自杀,便是失职,第二责任是受苦,倘自杀,便是偷安。进步的评论家则说人生是战斗,自杀者就是逃兵,虽死也不足以蔽其罪。这自然也说得下去的,然而未免太笼统。

　　人间有犯罪学者,一派说,由于环境;一派说,由于个人。现在盛行的是后一说,因为倘信前一派,则消灭罪犯,便得改造环境,事情就麻烦,可怕了。而秦夫人自杀的批判者,则是大抵属于后一派。

　　诚然,既然自杀了,这就证明了她是一个弱者。但是,怎么会弱的呢?要紧的是我们须看看她的尊翁的信札[4],为了

508

要她回去,既耸之以两家的名声,又动之以亡人的乩语。我们还得看看她的令弟的挽联:"妻殉夫,子殉母……"不是大有视为千古美谈之意吗?以生长及陶冶在这样的家庭中的人,又怎么能不成为弱者?我们固然未始不可责以奋斗,但黑暗的吞噬之力,往往胜于孤军,况且自杀的批判者未必就是战斗的应援者,当他人奋斗时,挣扎时,败绩时,也许倒是鸦雀无声了。穷乡僻壤或都会中,孤儿寡妇,贫女劳人之顺命而死,或虽然抗命,而终于不得不死者何限,但曾经上谁的口,动谁的心呢?真是"自经于沟渎而莫之知也"[5]!

人固然应该生存,但为的是进化;也不妨受苦,但为的是解除将来的一切苦;更应该战斗,但为的是改革。责别人的自杀者,一面责人,一面正也应该向驱人于自杀之途的环境挑战,进攻。倘使对于黑暗的主力,不置一辞,不发一矢,而但向"弱者"唠叨不已,则纵使他如何义形于色,我也不能不说——我真也忍不住了——他其实乃是杀人者的帮凶而已。

五月二十四日。

*　　　*　　　*

〔1〕　本篇最初发表于 1934 年 6 月 1 日《申报·自由谈》。

〔2〕　秦理斋夫人　姓龚名尹霞,《申报》馆英文译员秦理斋之妻。1934 年 2 月 25 日秦理斋在上海病逝后,住在无锡的秦的父亲要她回乡,她为了子女在沪读书等原因不能回去,在受到秦父多次严厉催迫后,5 月 5 日她和女儿希苏、儿子端、珏四人一同服毒自杀。

〔3〕　据《申报》1934 年 5 月 22 日载:上海福华药房店员陈同福于

5月20日因经济困难自杀,在他身边发现有从报纸上剪下的关于秦理斋夫人自杀的新闻一纸。

〔4〕 秦理斋的父亲秦平甫,在4月11日写给龚尹霞的信上说:"汝叔翁在申扶乩,理斋降临,要金钱要棉衣;并云眷属不必居沪,当立时回锡。"又说:"尊府家法之美,同里称颂……即令堂太夫人之德冠女宗,亦无非以含弘为宗旨:施诸己而不愿亦勿施于人。汝望善体此意,为贤妇为佳女;沪事及早收束,遵理斋之冥示,早日回锡。"

〔5〕 "自经于沟渎而莫之知也" 语出《论语·宪问》:"岂若匹夫匹妇之为谅也,自经于沟渎而莫之知也?"谅,固执成见;自经,即自缢。

"……""□□□□"论补^[1]

曼　雪

徐讦^[2]先生在《人间世》上，发表了这样的题目的论。对于此道，我没有那么深造，但"愚者千虑，必有一得"^[3]，所以想来补一点，自然，浅薄是浅薄得多了。

"……"是洋货，五四运动之后这才输入的。先前林琴南先生译小说时，夹注着"此语未完"的，便是这东西的翻译。在洋书上，普通用六点，吝啬的却只用三点。然而中国是"地大物博"的，同化之际，就渐渐的长起来，九点，十二点，以至几十点；有一种大作家，则简直至少点上三四行，以见其中的奥义，无穷无尽，实在不可以言语形容。读者也大抵这样想，有敢说觉不出其中的奥义的罢，那便是低能儿。

然而归根结蒂，也好像终于是安徒生^[4]童话里的"皇帝的新衣"，其实是一无所有；不过须是孩子，才会照实的大声说出来。孩子不会看文学家的"创作"，于是在中国就没有人来道破。但天气是要冷的，光着身子不能整年在路上走，到底也得躲进宫里去，连点几行的妙文，近来也不大看见了。

"□□"是国货，《穆天子传》^[5]上就有这玩意儿，先生教我说：是阙文。这阙文也闹过事，曾有人说"口生垢，口戕口"^[6]的三个口字，也是阙文，又给谁大骂了一顿。不过先前是只见于古人的著作里的,无法可补,现在却见于今人的著作上了,欲补不能。到目前,则渐有代以"××"的趋势。这是从日本输入的。这东西多,对于这著作的内容,我们便预觉其激烈。但是,其实有时也并不然。胡乱×它几行,印了出来,固可使读者佩服作家之激烈,恨检查员之峻严,但送检之际,却又可使检查员爱他的顺从,许多话都不敢说,只×得这么起劲。一举两得,比点它几行更加巧妙了。中国正在排日,这一条锦囊妙计,或者不至于模仿的罢。

现在是什么东西都要用钱买,自然也就都可以卖钱。但连"没有东西"也可以卖钱,却未免有些出乎意表。不过,知道了这事以后,便明白造谣为业,在现在也还要算是"货真价实,童叟无欺"的生活了。

五月二十四日。

＊　　　　＊　　　　＊

〔1〕　本篇最初发表于 1934 年 5 月 26 日《申报·自由谈》。

〔2〕　徐讦(1908—1980)　浙江慈溪人,作家。当时在上海编辑《人间世》、《论语》等刊物。他的《"……""□□□□"论》一文,发表于 1934 年 5 月 20 日《人间世》第四期。

〔3〕　"愚者千虑,必有一得"　参看本卷第 293 页注〔5〕。

〔4〕　安徒生(H.C.Andersen,1805—1875)　丹麦童话作家。《皇帝的新衣》是其名作之一,取材于西班牙民间故事,说有两个骗子,自称用他们织成的最美丽的布缝制的衣服,"任何不称职或愚蠢的人都看不见"。他们其实没有这种"布",却欺骗皇帝,让他脱下衣服,假装给他穿上这种不存在的"新衣"。皇帝及周围臣民怕别人说自己不称职或愚

蠢,都不敢说出真相。最后,一个小孩子天真地说穿了:"可是他什么衣服也没有呀!"

〔5〕 《穆天子传》 晋代从战国时魏襄王墓中发现的先秦古书之一,共六卷。原本是竹简,后因竹简文字剥落,从竹简古文改写楷书时有难辨之处,用□号代替缺文,所以书中多□,如卷二:"仍献白玉□只角之一□三,可以□沐,乃进食□酒姑劐九□。"

〔6〕 "□生垢,□戕□" 《大戴礼记·武王践阼》中的句子。"垢"当作"诟"。《大戴礼记》北周卢辩注:"诟,耻也。"清代周元亮、钱尔弢都说这几个"□":"乃古方空圈,盖缺文也;今作口字解,大误。"清代经学家王应奎持不同看法,在《柳南随笔》卷一中说:"近予见宋板《大戴礼》,乃秦景旸阅本,口字并非方空圈。景旸讳四麟,系前代邑中藏书家,校订颇精审可据,冯嗣宗《先贤事略》中称之。观此,则周、钱两公之言殆非也。"

谁 在 没 落？[1]

常　庚

五月二十八日的《大晚报》告诉了我们一件文艺上的重要的新闻：

> "我国美术名家刘海粟徐悲鸿[2]等，近在苏俄莫斯科举行中国书画展览会，深得彼邦人士极力赞美，揄扬我国之书画名作，切合苏俄正在盛行之象征主义作品。爰苏俄艺术界向分写实与象征两派，现写实主义已渐没落，而象征主义则经朝野一致提倡，引成欣欣向荣之概。自彼邦艺术家见我国之书画作品深合象征派后，即忆及中国戏剧亦必采取象征主义。因拟……邀中国戏曲名家梅兰芳等前往奏艺。此事已由俄方与中国驻俄大使馆接洽，同时苏俄驻华大使鲍格莫洛夫亦奉到训令，与我方商洽此事。……"

这是一个喜讯，值得我们高兴的。但我们当欣喜于"发扬国光"[3]之后，还应该沉静一下，想到以下的事实——

一，倘说：中国画和印象主义[4]有一脉相通，那倒还说得下去的，现在以为"切合苏俄正在盛行之象征主义"，却未免近于梦话。半枝紫藤，一株松树，一个老虎，几匹麻雀，有些确乎是不像真的，但那是因为画不像的缘故，何尝"象征"着别的什么呢?

二,苏俄的象征主义的没落,在十月革命时,以后便崛起了构成主义[5],而此后又渐为写实主义所排去。所以倘说:构成主义已渐没落,而写实主义"引成欣欣向荣之概",那是说得下去的。不然,便是梦话。苏俄文艺界上,象征主义的作品有些什么呀?

三,脸谱和手势,是代数,何尝是象征。它除了白鼻梁表丑脚,花脸表强人,执鞭表骑马,推手表开门之外,那里还有什么说不出,做不出的深意义?

欧洲离我们也真远,我们对于那边的文艺情形也真的不大分明,但是,现在二十世纪已经度过了三分之一,粗浅的事是知道一点的了,这样的新闻倒令人觉得是"象征主义作品",它象征着他们的艺术的消亡。

五月三十日。

* * *

〔1〕 本篇最初发表于 1934 年 6 月 2 日《中华日报·动向》。

〔2〕 刘海粟(1896—1994) 江苏武进人,画家。徐悲鸿(1895—1953),江苏宜兴人,画家。1934 年他们先后赴欧洲参加中国画展。

〔3〕 "发扬国光" 这也是上引《大晚报》题为《梅兰芳赴苏俄》新闻中的话。

〔4〕 印象主义 十九世纪后半期在欧洲(最早在法国)兴起的一种文艺思潮。主要表现在绘画上,强调表现艺术家瞬间的主观印象,注重色彩光线,不拘泥于对客观事物的忠实描绘。这种思潮后来影响到

文学、音乐、雕刻等各方面。

　　〔5〕　构成主义　也叫结构主义,现代西方艺术流派之一。源于立方主义,排斥艺术的思想性、形象性和民族传统,以长方形、圆形和直线等构成抽象的造型。十月革命后不久,一些苏联艺术家曾张扬"构成主义",1924 年组织"构成主义者文学中心",至 1930 年解体。

倒　　提[1]

公　汗

西洋的慈善家是怕看虐待动物的，倒提着鸡鸭走过租界就要办。[2]所谓办，虽然也不过是罚钱，只要舍得出钱，也还可以倒提一下，然而究竟是办了。于是有几位华人便大鸣不平，以为西洋人优待动物，虐待华人，至于比不上鸡鸭。

这其实是误解了西洋人。他们鄙夷我们，是的确的，但并未放在动物之下。自然，鸡鸭这东西，无论如何，总不过送进厨房，做成大菜而已，即顺提也何补于归根结蒂的运命。然而它不能言语，不会抵抗，又何必加以无益的虐待呢？西洋人是什么都讲有益的。我们的古人，人民的"倒悬"[3]之苦是想到的了，而且也实在形容得切帖，不过还没有察出鸡鸭的倒提之灾来，然而对于什么"生刲驴肉""活烤鹅掌"[4]这些无聊的残虐，却早经在文章里加以攻击了。这种心思，是东西之所同具的。

但对于人的心思，却似乎有些不同。人能组织，能反抗，能为奴，也能为主，不肯努力，固然可以永沦为舆台[5]，自由解放，便能够获得彼此的平等，那运命是并不一定终于送进厨房，做成大菜的。愈下劣者，愈得主人的爱怜，所以西崽[6]打叭儿，则西崽被斥，平人忤西崽，则平人获咎，租界上并无禁止

517

苟待华人的规律,正因为我们该自有力量,自有本领,和鸡鸭绝不相同的缘故。

然而我们从古典里,听熟了仁人义士,来解倒悬的胡说了,直到现在,还不免总在想从天上或什么高处远处掉下一点恩典来,其甚者竟以为"莫作乱离人,宁为太平犬"[7],不妨变狗,而合群改革是不肯的。自叹不如租界的鸡鸭者,也正有这气味。

这类的人物一多,倒是大家要被倒悬的,而且虽在送往厨房的时候,也无人暂时解救。这就因为我们究竟是人,然而是没出息的人的缘故。

六月三日。

【附录】:

论"花边文学" 林 默

近来有一种文章,四周围着花边,从一些副刊上出现。这文章,每天一段,雍容闲适,缜密整齐,看外形似乎是"杂感",但又像"格言",内容却不痛不痒,毫无着落。似乎是小品或语录一类的东西。今天一则"偶感",明天一段"据说",从作者看来,自然是好文章,因为翻来复去,都成了道理,颇尽了八股的能事的。但从读者看,虽然不痛不痒,却往往渗有毒汁,散布了妖言。譬如甘地被刺,就起来作一篇"偶感",颂扬一番"摩哈达麻",咒骂几通暴徒作乱,为圣雄出气禳灾,顺便也向读者宣讲一些"看定一切","勇武和平"的不抵抗说教之类。这种文章无以名之,且名之曰"花边体"或"花边文学"罢。

这花边体的来源,大抵是走入鸟道以后的小品文变种。据这种小品文的拥护者说是会要流传下去的(见《人间世》:《关于小品文》)。我们且来看看他们的流传之道罢。六月念八日《申报》《自由谈》载有这样一篇文章,题目叫《倒提》。大意说西洋人禁止倒提鸡鸭,华人颇有鸣不平的,因为西洋人虐待华人,至于比不上鸡鸭。

于是这位花边文学家发议论了,他说:"这其实是误解了西洋人。他们鄙夷我们是的确的,但并未放在动物之下。"

为什么"并未"呢? 据说是"人能组织,能反抗,……自有力量,自有本领,和鸡鸭绝不相同的缘故。"所以租界上没有禁止苛待华人的规律。不禁止虐待华人,当然就是把华人看在鸡鸭之上了。

倘要不平么,为什么不反抗呢?

而这些不平之士,据花边文学家从古典里得来的证明,断为"不妨变狗"之辈,没有出息的。

这意思极明白,第一是西洋人并未把华人放在鸡鸭之下,自叹不如鸡鸭的人,是误解了西洋人。第二是受了西洋人这种优待,不应该再鸣不平。第三是他虽也正面的承认人是能反抗的,叫人反抗,但他实在是说明西洋人为尊重华人起见,这虐待倒不可少,而且大可进一步。第四,倘有人要不平,他能从"古典"来证明这是华人没有出息。

上海的洋行,有一种帮洋人经营生意的华人,通称叫"买办",他们和同胞做起生意来,除开夸说洋货如何比国货好,外国人如何讲礼节信用,中国人是猪猡,该被淘汰以外,还有一个特点,是口称洋人曰:"我们的东家"。我想这一篇《倒提》的杰作,看他的口气,大抵不出于这般人为他们的东家而作的手笔。因为第一,这般人是常以了解西洋人自夸的,西洋人待他很客气;第二,他们往往赞成西洋人(也就是他们的东家)统治中国,虐待华人,因为中国人是猪猡;第三,他们最反对中国人怀恨西洋人。抱不平,从他们看来,更是危险思想。

从这般人或希望升为这般人的笔下产出来的就成了这篇"花边文学"的杰作。但所可惜是不论这种文人,或这种文字,代西洋人如何辩护说教,中国人的不平,是不可免的。因为西洋人虽然不曾把中国放在鸡鸭之下,但事实上也似乎并未放在鸡鸭之上。香港的差役把中国犯人倒提着从二楼摔下来,已是久远的事;近之如上海,去年的高丫头,今年的蔡洋其辈,他们的遭遇,并不胜过于鸡鸭,而死伤之惨烈有过而无不及。这些事实我辈华人是看得清清楚楚,不会转背就忘却的,花边文学家的嘴和笔怎能朦混过去呢?

抱不平的华人果真如花边文学家的"古典"证明,一律没有出息的么? 倒也不的。我们的古典里,不是有九年前的五卅运动,两年前的一二八战争,至今还在艰苦支持的东北义勇军么? 谁能说这些不是由于华人的不平之气聚集而成的勇敢的战斗和反抗呢？

"花边体"文章赖以流传的长处都在这里。如今虽然在流传着,为某些人们所拥护。但相去不远,就将有人来唾弃他的。现在是建设"大众语"文学的时候,我想"花边文学",不论这种形式或内容,在大众的眼中,将有流传不下去的一天罢。

这篇文章投了好几个地方,都被拒绝。莫非这文章又犯了要报私仇的嫌疑么？但这"授意"却没有的。就事论事,我觉得实有一吐的必要。文中过火之处,或者有之,但说我完全错了,却不能承认。倘得罪的是我的先辈或友人,那就请谅解这一点。

笔者附识。

七月三日《大晚报》《火炬》。

*　　　　*　　　　*

〔1〕　本篇最初发表于 1934 年 6 月 28 日《申报·自由谈》。

〔2〕　当时上海公共租界工部局有不许倒提鸡鸭在路上走,违者即拘入捕房罚款的规定。这里所说西洋的慈善家,指当时上海外侨中"西人救牲会"的组织。

〔3〕　"倒悬"　语出《孟子·公孙丑(上)》:"当今之时,万乘之国行仁政,民之悦之,犹解倒悬也。"

〔4〕　"生剐驴肉"　据清代钱泳《履园丛话》卷十七:"山西省城外,有晋祠地方……有酒馆……曰驴香馆。其法以草驴一头,养得极肥,先醉以酒,满身排打。欲割其肉,先钉四桩,将足捆住;而以木一根

横于背,系其头尾,使不得动。初以百滚汤沃其身,将毛刮尽,再以快刀零割。要食前后腿,或肚当,或背脊,或头尾肉,各随客便;当客下箸时,其驴尚未死绝也。"活烤鹅掌,据清代顾公燮《消夏闲记摘抄》卷上:"云间叶映榴好食鹅掌。以鹅置铁楞上,漫火烤炙;鹅跳唬不已,以酱油醋饮之。少焉鹅毙,仅存皮骨,掌大如扇,味美无伦。"又唐代张鹭《朝野金载》卷二也记载过活烤鹅鸭和活烤驴的残虐食法。

〔5〕 舆台 是古代奴隶中两个等级的名称,后泛指被奴役的人。

〔6〕 西崽 旧时对西洋人雇用的中国男仆的蔑称。

〔7〕 "莫作乱离人,宁为太平犬" 元代施惠《幽闺记》:"宁为太平犬,莫作乱离人。"

玩　具[1]

宓子章

今年是儿童年[2]。我记得的，所以时常看看造给儿童的玩具。

马路旁边的洋货店里挂着零星小物件，纸上标明，是从法国运来的，但我在日本的玩具店看见一样的货色，只是价钱更便宜。在担子上，在小摊上，都卖着渐吹渐大的橡皮泡，上面打着一个印子道："完全国货"，可见是中国自己制造的了。然而日本孩子玩着的橡皮泡上，也有同样的印子，那却应该是他们自己制造的。

大公司里则有武器的玩具：指挥刀，机关枪，坦克车……。然而，虽是有钱人家的小孩，拿着玩的也少见。公园里面，外国孩子聚沙成为圆堆，横插上两条短树干，这明明是在创造铁甲炮车了，而中国孩子是青白的，瘦瘦的脸，躲在大人的背后，羞怯的，惊异的看着，身上穿着一件斯文之极的长衫。

我们中国是大人用的玩具多：姨太太，雅片枪，麻雀牌，《毛毛雨》，科学灵乩，金刚法会，还有别的，忙个不了，没有工夫想到孩子身上去了。虽是儿童年，虽是前年身历了战祸，也没有因此给儿童创出一种纪念的小玩意，一切都是照样抄。然则明年不是儿童年了，那情形就可想。

但是,江北人却是制造玩具的天才。他们用两个长短不同的竹筒,染成红绿,连作一排,筒内藏一个弹簧,旁边有一个把手,摇起来就格格的响。这就是机关枪! 也是我所见的惟一的创作。我在租界边上买了一个,和孩子摇着在路上走,文明的西洋人和胜利的日本人看见了,大抵投给我们一个鄙夷或悲悯的苦笑。

然而我们摇着在路上走,毫不愧恶,因为这是创作。前年以来,很有些人骂着江北人[3],好像非此不足以自显其高洁,现在沉默了,那高洁也就渺渺然,茫茫然。而江北人却创造了粗笨的机枪玩具,以坚强的自信和质朴的才能与文明的玩具争。他们,我以为是比从外国买了极新式的武器回来的人物,更其值得赞颂的,虽然也许又有人会因此给我一个鄙夷或悲悯的冷笑。

六月十一日。

*   *   *

〔1〕 本篇最初发表于 1934 年 6 月 14 日《申报·自由谈》。

〔2〕 儿童年 1933 年 10 月,中华慈幼协会曾根据上海儿童幸福委员会的提议,呈请国民党政府定 1934 年为儿童年。后来国民党政府于 1934 年 3 月发出"训令",改定 1935 年为儿童年。但上海市儿童幸福委员会经上海市政府批准,仍单独定 1934 年为儿童年。

〔3〕 江北人 这里的江北指江苏境内长江以北,淮河以南一带。1932 年一·二八战争后,日军占领闸北,利用汉奸组织了"上海北市地方人民维持会",为非作歹。该会头目胡立夫等多为江北人,因此引起当时一般群众对江北人的恶感。

零　食[1]

莫　朕

出版界的现状，期刊多而专书少，使有心人发愁，小品多而大作少，又使有心人发愁。人而有心，真要"日坐愁城"了。

但是，这情形是由来已久的，现在不过略有变迁，更加显著而已。

上海的居民，原就喜欢吃零食。假使留心一听，则屋外叫卖零食者，总是"实繁有徒"[2]。桂花白糖伦教糕[3]，猪油白糖莲心粥，虾肉馄饨面，芝麻香蕉，南洋芒果，西路（暹罗）蜜橘，瓜子大王，还有蜜饯，橄榄，等等。只要胃口好，可以从早晨直吃到半夜，但胃口不好也不妨，因为这又不比肥鱼大肉，分量原是很少的。那功效，据说，是在消闲之中，得养生之益，而且味道好。

前几年的出版物，是有"养生之益"的零食，或曰"入门"，或曰"ABC"，或曰"概论"，总之是薄薄的一本，只要化钱数角，费时半点钟，便能明白一种科学，或全盘文学，或一种外国文。意思就是说，只要吃一包五香瓜子，便能使这人发荣滋长，抵得吃五年饭。试了几年，功效不显，于是很有些灰心了。一试验，如果有名无实，是往往不免灰心的，例如现在已经很少有人修仙或炼金，而代以洗温泉和买奖券，便是试验无效的结果。于是放松了"养生"这一面,偏到"味道好"那一面去了。自然,零食也还是零食。上海的居民,和零食是死也分拆不开的。

于是而出现了小品,但也并不是新花样。当老九章[4]生意兴隆的时候,就有过《笔记小说大观》[5]之流,这是零食一大箱;待到老九章关门之后,自然也跟着成了一小撮。分量少了,为什么倒弄得闹闹嚷嚷,满城风雨的呢? 我想,这是因为在担子上装起了篆字的和罗马字母合璧的年红电灯[6]的招牌。

然而,虽然仍旧是零食,上海居民的感应力却比先前敏捷了,否则又何至于闹嚷嚷。但这也许正因为神经衰弱的缘故。假使如此,那么,零食的前途倒是可虑的。

六月十一日。

＊　　　＊　　　＊

〔1〕 本篇最初发表于 1934 年 6 月 16 日《申报·自由谈》。

〔2〕 "实繁有徒" 语出《尚书·仲虺之诰》:"简贤附势,实繁有徒。"意思是这种人确实不少。

〔3〕 伦教糕 起源于广东顺德伦教镇的一种糕点。

〔4〕 老九章 指上海老九章绸缎庄,约在 1860 年间开设。1934年 2 月因绸业衰落,股东退伙,宣告清算结束。后来又曾重新组织开设老九章公记绸缎庄。

〔5〕 《笔记小说大观》 上海进步书局编印的一套丛书,汇辑自唐代至清代的杂史、笔记而成,共出九辑(包括外集),约六十册为一辑,最初四辑在 1918 年左右出版,后几辑于数年后出版。

〔6〕 年红电灯 即霓虹灯。

"此生或彼生"[1]

白　道

"此生或彼生"。

现在写出这样五个字来，问问读者：是什么意思？

倘使在《申报》[2]上，见过汪懋祖[2]先生的文章，"……例如说'这一个学生或是那一个学生'，文言只须'此生或彼生'即已明了，其省力为何如？……"的，那就也许能够想到，这就是"这一个学生或是那一个学生"的意思。

否则，那回答恐怕就要迟疑。因为这五个字，至少还可以有两种解释：一，这一个秀才或是那一个秀才（生员）；二，这一世或是未来的别一世。

文言比起白话来，有时的确字数少，然而那意义也比较的含胡。我们看文言文，往往不但不能增益我们的智识，并且须仗我们已有的智识，给它注解，补足。待到翻成精密的白话之后，这才算是懂得了。如果一径就用白话，即使多写了几个字，但对于读者，"其省力为何如"？

我就用主张文言的汪懋祖先生所举的文言的例子，证明了文言的不中用了。

六月二十三日。

＊　　　　＊　　　　＊

〔1〕　本篇最初发表于 1934 年 6 月 30 日《中华日报·动向》。

〔2〕　汪懋祖(1891—1949)　字典存,江苏吴县人。早年留学美国,曾任北京师范大学教授、北京女子师范大学哲教系主任、江苏省立苏州中学校长。当时是国民党中央政治学校教授。他主张中学和小学高年级教习文言。这里所引的话见他在 1934 年 6 月 21 日《申报》发表的《中小学文言运动》一文:"学习文言固较寻常语言稍难,⋯⋯而应用上之省力,则阅者作者以及印工皆较经济,若用耳不用目,固无须文言。若须用目则文言尚矣。因文言为语体之缩写,语言注重音义,而文言音义之外,尚有形可察。例如说:'这一个学生或是那一个学生',文言只须'此生或彼生'即已明了,其省力为何如。"

正 是 时 候^[1]

张 承 禄

"山梁雌雉,时哉时哉!"^[2]东西是自有其时候的。

圣经,佛典,受一部分人们的奚落已经十多年了,"觉今是而昨非"^[3],现在就是复兴的时候。关岳^[4],是清朝屡经封赠的神明,被民元革命所闲却;从新记得,是袁世凯的晚年,但又和袁世凯一同盖了棺;而第二次从新记得,则是在现在。

这时候,当然要重文言,掉文袋^[5],标雅致,看古书。

如果是小家子弟,则纵使外面怎样大风雨,也还要勇往直前,拚命挣扎的,因为他没有安稳的老巢可归,只得向前干。虽然成家立业之后,他也许修家谱,造祠堂,俨然以旧家子弟自居,但这究竟是后话。倘是旧家子弟呢,为了逞雄,好奇,趋时,吃饭,固然也未必不出门,然而只因为一点小成功,或者一点小挫折,都能够使他立刻退缩。这一缩而且缩得不小,简直退回家,更坏的是他的家乃是一所古老破烂的大宅子。

这大宅子里有仓中的旧货,有壁角的灰尘,一时实在搬不尽。倘有坐食的余闲,还可以东寻西觅,那就修破书,擦古瓶,读家谱,怀祖德,来消磨他若干岁月。如果是穷极无聊了,那就更要修破书,擦古瓶,读家谱,怀祖德,甚而至于翻肮脏的墙根,开空虚的抽屉,想发见连他自己也莫名其妙的宝贝,来救这无法可想的贫穷。这两种人,小康和穷乏,是不同的,悠闲和急迫,是不同的,因而收场的缓促,也不同的,但当这时候,却都正在古董中讨生活,所以那主张和行为,便无不同,而声势也好像见得浩大了。

于是就又影响了一部分的青年们,以为在古董中真可以寻出自己的救星。他看看小康者,是这么闲适,看看急迫者,是这么专精,这,就总应该有些道理。会有仿效的人,是当然的。然而,时光也绝不留情,他将终于得到一个空虚,急迫者是妄想,小康者是玩笑。主张者倘无特操,无灼见,则说古董应该供在香案上或掷在茅厕里,其实,都不过在尽一时的自欺欺人的任务,要寻前例,是随处皆是的。

六月二十三日。

*　　　*　　　*

〔1〕 本篇最初发表于1934年6月26日《申报·自由谈》。

〔2〕 "山梁雌雉,时哉时哉!" 孔子语,见《论语·乡党》。

〔3〕 "觉今是而昨非" 语出晋代陶渊明《归去来兮辞》。

〔4〕 关岳 指关羽和岳飞。万历四十二年(1614),明朝政府封关羽为"三界伏魔大帝",并在宫中设庙奉祀。清朝对关羽累加封号,称"忠义、神武、灵佑、仁勇、威显、护国、保民、精诚、绥靖、翊赞、宣德关圣大帝"。清末民初祭祀渐废。1914年袁世凯在称帝前重新下令合祀关岳。1934年广东军阀陈济棠又向国民党政府提议恢复孔丘及关岳祀典,并于该年3月28日举行"仲春上戊祀关岳典礼"。

〔5〕 掉文袋 又叫掉书袋。《南唐书·彭利用传》:"言必据书史,断章破句,以代常谈,俗谓之掉书袋。"

论　重　译[1]

史　贲

　　穆木天先生在二十一日的《火炬》上，反对作家的写无聊的游记之类，以为不如给中国介绍一点上起希腊罗马，下至现代的文学名作。[2]我以为这是很切实的忠告。但他在十九日的《自由谈》上，却又反对间接翻译，说"是一种滑头办法"，虽然还附有一些可恕的条件[3]。这是和他后来的所说冲突的，也容易启人误会，所以我想说几句。

　　重译确是比直接译容易。首先，是原文的能令译者自惭不及，怕敢动笔的好处，先由原译者消去若干部分了。译文是大抵比不上原文的，就是将中国的粤语译为京语，或京语译成沪语，也很难恰如其分。在重译，便减少了对于原文的好处的踌躇。其次，是难解之处，忠实的译者往往会有注解，可以一目了然，原书上倒未必有。但因此，也常有直接译错误，而间接译却不然的时候。

　　懂某一国文，最好是译某一国文学，这主张是断无错误的，但是，假使如此，中国也就难有上起希罗，下至现代的文学名作的译本了。中国人所懂的外国文，恐怕是英文最多，日文次之，倘不重译，我们将只能看见许多英美和日本的文学作品，不但没有伊卜生，没有伊本涅支[4]，连极通行的安徒生的童话,西万提司[5]的《吉诃德先生》,也无从看见了。这是何等可怜的眼界。自然,中国未必没有精通丹麦,诺威[6],西班牙文字的人们,然而他们至今没有译,我们现在的所有,都是从英文重译的。连苏联的作品,也大抵是从英法文重译的。

所以我想,对于翻译,现在似乎暂不必有严峻的堡垒。最要紧的是要看译文的佳良与否,直接译或间接译,是不必置重的;是否投机,也不必推问的。深通原译文的趋时者的重译本,有时会比不甚懂原文的忠实者的直接译本好,日本改造社[7]译的《高尔基全集》,曾被有一些革命者斥责为投机,但革命者的译本出,却反而显出前一本的优良了。不过也还要附一个条件,并不很懂原译文的趋时者的速成译本,可实在是不可恕的。

待到将来各种名作有了直接译本,则重译本便是应该淘汰的时候,然而必须那译本比旧译本好,不能但以"直接翻译"当作护身的挡牌。

六月二十四日。

＊　　　＊　　　＊

〔1〕　本篇最初发表于 1934 年 6 月 27 日《申报·自由谈》。

〔2〕　穆木天在 1934 年 6 月 21 日《大晚报·火炬》发表的文章,题为《谈游记之类》。

〔3〕　穆木天在 1934 年 6 月 19 日《申报·自由谈》发表的《各尽所能》一文中说:"有人英文很好,不译英美文学,而去投机取巧地去间接译法国的文学,这是不好的。因为间接翻译,是一种滑头办法。如果不

得已时,是可以许可的。但是,避难就易,是不可以的。"

〔4〕 伊本涅支(V. Blasco-Ibáñez,1867—1928) 通译勃拉斯可·伊巴涅思,西班牙作家。主要作品有长篇小说《启示录的四骑士》等。

〔5〕 西万提司(M. de Cervantes,1547—1616) 通译塞万提斯,西班牙作家。主要作品有长篇小说《堂吉诃德》(即《吉诃德先生》)等。

〔6〕 诺威 挪威。

〔7〕 改造社 日本的一个出版社,始办于 1919 年。该社于 1929 年至 1932 年出版中村白叶等译的《高尔基全集》,二十五卷。

再 论 重 译 [1]

史 贲

看到穆木天先生的《论重译及其他》下篇[2]的末尾，才知道是在释我的误会。我却觉得并无什么误会，不同之点，只在倒过了一个轻重，我主张首先要看成绩的好坏，而不管译文是直接或间接，以及译者是怎样的动机。

木天先生要译者"自知"，用自己的长处，译成"一劳永逸"的书。要不然，还是不动手的好。这就是说，与其来种荆棘，不如留下一片白地，让别的好园丁来种可以永久观赏的佳花。但是，"一劳永逸"的话，有是有的，而"一劳永逸"的事却极少，就文字而论，中国的这方块字便决非"一劳永逸"的符号。况且白地也决不能永久的保留，既有空地，便会生长荆棘或雀麦。最要紧的是有人来处理，或者培植，或者删除，使翻译界略免于芜杂。这就是批评。

然而我们向来看轻着翻译，尤其是重译。对于创作，批评家是总算时时开口的，一到翻译，则前几年还偶有专指误译的文章，近来就极其少见；对于重译的更其少。但在工作上，批评翻译却比批评创作难，不但看原文须有译者以上的工力，对作品也须有译者以上的理解。如木天先生所说，重译有数种译本作参考，这在译者是极为便利的，因为甲译本可疑时，能够参看乙译本。直接译就不然了,一有不懂的地方,便无法可想,因为世界上是没有用了不同的文章,来写两部意义句句相同的作品的作者的。重译的书之多,这也许是一种原因,说偷懒也行,但大约也还是语学的力量不足的缘故。遇到这种参酌各本而成的译本,批评就更为难了,至少也得能看各种原译本。如陈源译的《父与子》[3],鲁迅译的《毁灭》[4],就都属于这一类的。

我以为翻译的路要放宽,批评的工作要着重。倘只是立论极严,想使译者自己慎重,倒会得到相反的结果,要好的慎重了,乱译者却还是乱译,这时恶译本就会比稍好的译本多。

临末还有几句不大紧要的话。木天先生因为怀疑重译,见了德译本之后,连他自己所译的《塔什干》,也定为法文原译是删节本了。[5]其实是不然的。德译本虽然厚,但那是两部小说合订在一起的,后面的大半,就是绥拉菲摩维支的《铁流》[6]。所以我们所有的汉译《塔什干》,也并不是节本。

七月三日。

*   *   *

〔1〕 本篇最初发表于 1934 年 7 月 7 日《申报·自由谈》。

〔2〕 穆木天的《论重译及其它(下)》载 1934 年 7 月 2 日《申报·自由谈》,其中说:"我们作翻译时,须有权变的办法,但是,一劳永逸的办法,也是不能忽视的。我们在不得已的条件下自然是要容许,甚至要求间接翻译,但是,我们也要防止那些阻碍真实的直接翻译本的间接译出的劣货。而对作品之了解,是翻译时的先决条件。作品中的表现方

式也是要注意的。能'一劳永逸'时,最好是想'一劳永逸'的办法。无深解的买办式的翻译是不得许可的。"又说:"关于翻译文学可讨论的问题甚多,希望忠实的文学者多多发表些意见。看见史贲先生的《论重译》,使我不得不发表出来以上的意见,以释其误会。"

〔3〕 陈源译的俄国屠格涅夫的《父与子》,是根据英文译本和法文译本转译的,1930 年由商务印书馆出版。

〔4〕 鲁迅译的《毁灭》,根据日文译本,并参看德、英文译本。

〔5〕 穆木天在 1934 年 6 月 30 日《申报·自由谈》发表的《论重译及其他(上)》一文中说:"我是从法文本译过涅维洛夫的《塔什干》的,可是去年看见该书的德译本,比法译本分量多过几乎有一倍。"《塔什干》,原名《丰饶的城塔什干》,穆木天的译本 1930 年由上海北新书局出版。

〔6〕 绥拉菲摩维支(А. С. Серафимович, 1863—1949) 苏联作家。《铁流》是他所著的长篇小说。

"彻底"的底子[1]

公　汗

现在对于一个人的立论,如果说它是"高超",恐怕有些要招论者的反感了,但若说它是"彻底",是"非常前进",却似乎还没有什么。

现在也正是"彻底"的,"非常前进"的议论,替代了"高超"的时光。

文艺本来都有一个对象的界限。譬如文学,原是以懂得文字的读者为对象的,懂得文字的多少有不同,文章当然要有深浅。而主张用字要平常,作文要明白,自然也还是作者的本分。然而这时"彻底"论者站出来了,他却说中国有许多文盲,问你怎么办? 这实在是对于文学家的当头一棍,只好立刻闷死给他看。

不过还可以另外请一枝救兵来,也就是辩解。因为文盲是已经在文学作用的范围之外的了,这时只好请画家,演剧家,电影作家出马,给他看文字以外的形象的东西。然而这还不足以塞"彻底"论者的嘴的,他就说文盲中还有色盲,有瞎子,问你怎么办? 于是艺术家们也遭了当头一棍,只好立刻闷死给他看。

那么,作为最后的挣扎,说是对于色盲瞎子之类,须用讲演,唱歌,说书罢。说是也说得过去的。然而他就要问你:莫非你忘记了中国还有聋子吗?

又是当头一棍,闷死,都闷死了。

于是"彻底"论者就得到一个结论:现在的一切文艺,全都无用,非彻底改革不可!

他立定了这个结论之后,不知道到那里去了。谁来"彻底"改革呢?那自然是文艺家。然而文艺家又是不"彻底"的多,于是中国就永远没有对于文盲,色盲,瞎子,聋子,无不有效的——"彻底"的好的文艺。

但"彻底"论者却有时又会伸出头来责备一顿文艺家。

弄文艺的人,如果遇见这样的大人物而不能撕掉他的鬼脸,那么,文艺不但不会前进,并且只会萎缩,终于被他消灭的。切实的文艺家必须认清这一种"彻底"论者的真面目!

七月八日。

*   *   *

〔1〕 本篇最初发表于 1934 年 7 月 11 日《申报·自由谈》。

知 了 世 界 [1]

邓 当 世

中国的学者们,多以为各种智识,一定出于圣贤,或者至少是学者之口;连火和草药的发明应用,也和民众无缘,全由古圣王一手包办:燧人氏,神农氏 [2]。所以,有人 [3] 以为"一若各种智识,必出诸动物之口,斯亦奇矣",是毫不足奇的。

况且,"出诸动物之口"的智识,在我们中国,也常常不是真智识。天气热得要命,窗门都打开了,装着无线电播音机的人家,便都把音波放到街头,"与民同乐" [4]。咿咿唉唉,唱呀唱呀。外国我不知道,中国的播音,竟是从早到夜,都有戏唱的,它一会儿尖,一会儿沙,只要你愿意,简直能够使你耳根没有一刻清净。同时开了风扇,吃着冰淇淋,不但和"水位大涨""旱象已成"之处毫不相干,就是和窗外流着油汗,整天在挣扎过活的人们的地方,也完全是两个世界。

我在咿咿唉唉的曼声高唱中,忽然记得了法国诗人拉芳丁 [5] 的有名的寓言:《知了和蚂蚁》。也是这样的火一般的太阳的夏天,蚂蚁在地面上辛辛苦苦地作工,知了却在枝头高吟,一面还笑蚂蚁俗。然而秋风来了,凉森森的一天比一天凉,这时知了无衣无食,变了小瘪三,却给早有准备的蚂蚁教训了一顿。这是我在小学校"受教育"的时候,先生讲给我听的。我那时好像很感动，至今有时还记得。

但是，虽然记得，却又因了"毕业即失业"的教训，意见和蚂蚁已经很不同。秋风是不久就来的，也自然一天凉比一天，然而那时无衣无食的，恐怕倒正是现在的流着油汗的人们；洋房的周围固然静寂了，但那是关紧了窗门，连音波一同留住了火炉的暖气，遥想那里面，大约总依旧是咿咿唉唉，《谢谢毛毛雨》。

"出诸动物之口"的智识，在我们中国岂不是往往不适用的么？

中国自有中国的圣贤和学者。"劳心者治人，劳力者治于人；治于人者食（去声）人，治人者食于人"〔6〕，说得多么简截明白。如果先生早将这教给我，我也不至于有上面的那些感想，多费纸笔了。这也就是中国人非读中国古书不可的一个好证据罢。

七月八日。

*　　　*　　　*

〔1〕　本篇最初发表于 1934 年 7 月 12 日《申报·自由谈》。

〔2〕　燧人氏，神农氏　都是我国传说中的上古帝王。前者发明钻木取火，教人熟食；后者发明农具，教人耕种，又传说他尝百草，发明医药。

〔3〕　指汪懋祖，下面的话是他在《中小学文言运动》一文中，举当时小学《国语新读本》中的《三只小松鼠》课文作例时说的。

〔4〕　"与民同乐"　孟子语，见《孟子·梁惠王（下）》："今王鼓乐于

此,百姓闻王锺鼓之声,管籥之音,举欣欣然有喜色……。此无他,与民同乐也。"。

　　〔5〕　拉芳丁(La Fontaine,1621—1695)　通译拉·封丹,法国寓言诗人。《知了和蚂蚁》载于他的《寓言诗》第一卷。

　　〔6〕　"劳心者治人,劳力者治于人"四句,是孟子的话,见《孟子·滕文公(上)》:"或劳心,或劳力;劳心者治人,劳力者治于人;治于人者食人,治人者食于人,天下之通义也。"

算　账[1]

莫　朕

　　说起清代的学术来,有几位学者[2]总是眉飞色舞,说那发达是为前代所未有的。证据也真够十足:解经的大作,层出不穷,小学[3]也非常的进步;史论家虽然绝迹了,考史家却不少;尤其是考据之学,给我们明白了宋明人决没有看懂的古书……

　　但说起来可又有些踌躇,怕英雄也许会因此指定我是犹太人[4],其实,并不是的。我每遇到学者谈起清代的学术时,总不免同时想:"扬州十日","嘉定三屠"[5]这些小事情,不提也好罢,但失去全国的土地,大家十足做了二百五十年奴隶,却换得这几页光荣的学术史,这买卖,究竟是赚了利,还是折了本呢?

　　可惜我又不是数学家,到底没有弄清楚。但我直觉的感到,这恐怕是折了本,比用庚子赔款来养成几位有限的学者,亏累得多了。

　　但恐怕这又不过是俗见。学者的见解,是超然于得失之外的。虽然超然于得失之外,利害大小之辨却又似乎并非全没有。大莫大于尊孔,要莫要于崇儒,所以只要尊孔而崇儒,便不妨向任何新朝俯首。对新朝的说法,就叫作"反过来征服中国民族的心"[6]。

而这中国民族的有些心,真也被征服得彻底,到现在,还在用兵燹,疬疫,水旱,风蝗,换取着孔庙重修,雷峰塔再建,男女同行犯忌,四库珍本发行[7]这些大门面。

我也并非不知道灾害不过暂时,如果没有记录,到明年就会大家不提起,然而光荣的事业却是永久的。但是,不知怎地,我虽然并非犹太人,却总有些喜欢讲损益,想大家来算一算向来没有人提起过的这一笔账。——而且,现在也正是这时候了。

　　　　　　　　　　　　　　七月十七日。

　　　*　　　　　*　　　　　*

〔1〕　本篇最初发表于 1934 年 7 月 23 日《申报·自由谈》。

〔2〕　几位学者　指梁启超、胡适等人。梁启超著有《清代学者整理旧学之总成绩》、《清代学术概论》等;胡适推崇清代学术发展,说此时期"古学昌明"(《〈国学季刊〉发刊宣言》),"考订一切古文化","可算是中国的'文艺复兴'(Renaissance)时代。"(《几个反理学的思想家》)

〔3〕　小学　我国汉代对文字学的通称(因为儿童入学先学文字)。隋唐以后,范围扩大,成为文字学、训诂学、音韵学的总称。

〔4〕　犹太人　从前欧洲人的偏见,以为犹太人都善于经营,对人奇啬,因而常称精于计算的人为"犹太人"。

〔5〕　"扬州十日"　指顺治二年(1645)清军攻破扬州后进行的十天大屠杀。"嘉定三屠",指同年清军占领嘉定(今属上海市)后进行的多次屠杀。清代王秀楚著《扬州十日记》、朱子素著《嘉定屠城记略》,分别记载当时清兵在这两地屠杀的情况。

〔6〕 "反过来征服中国民族的心" 1933 年 3 月 18 日,胡适在北平对新闻记者的谈话中说:日本"只有一个方法可以征服中国,即彻底停止侵略,反过来征服中国民族的心。"(见 1933 年 3 月 22 日《申报·北平通讯》)

〔7〕 孔庙重修 1934 年 1 月,国民党山东省政府主席韩复榘提议修复孔庙,在济南设修复孔庙筹备委员会,5 月间由国民党政府拨款十万元,蒋介石捐款五万元,"以示提倡"。雷峰塔再建,同年 5 月,时轮金刚法会理事会发起重建杭州雷峰塔。男女同行犯忌,同年 7 月,广州省河督配局长郑日东根据《礼记·王制》中"道路,男子由右,妇人由左"的话,呈请国民党西南政务委员会,令男女分途而走,禁止同行。四库珍本发行,参看本卷第 284 页注〔2〕。

水　性〔1〕

公　汗

天气接连的大热了近二十天,看上海报,几乎每天都有下河洗浴,淹死了人的记载。这在水村里,是很少见的。

水村多水,对于水的知识多,能浮水的也多。倘若不会浮水,是轻易不下水去的。这一种能浮水的本领,俗语谓之"识水性"。

这"识水性",如果用了"买办"的白话文〔2〕,加以较详的说明,则:一,是知道火能烧死人,水也能淹死人,但水的模样柔和,好像容易亲近,因而也容易上当;二,知道水虽能淹死人,却也能浮起人,现在就设法操纵它,专来利用它浮起人的这一面;三,便是学得操纵法,此法一熟,"识水性"的事就完全了。

但在都会里的人们,却不但不能浮水,而且似乎连水能淹死人的事情也都忘却了。平时毫无准备,临时又不先一测水的深浅,遇到热不可耐时,便脱衣一跳,倘不幸而正值深处,那当然是要死的。而且我觉得,当这时候,肯设法救助的人,好像都会里也比乡下少。

但救都会人恐怕也较难,因为救者固然必须"识水性",被救者也得相当的"识水性"的。他应该毫不用力,一任救者托着他的下巴,往浅处浮。倘若过于性急,拚命的向救者的身上爬,则救者倘不是好手,便只好连自己也沉下去。

所以我想,要下河,最好是预先学一点浮水工夫,不必到什么公园的游泳场,只要在河滩边就行,但必须有内行人指导。其次,倘因了种种关系,不能学浮水,那就用竹竿先探一下河水的浅深,只在浅处敷衍敷衍;或者最稳当是舀起水来,只在河边冲一冲,而最要紧的是要知道水有能淹死不会游泳的人的性质,并且还要牢牢的记住!

现在还要主张宣传这样的常识,看起来好像发疯,或是志在"花边"〔3〕罢,但事实却证明着断断不如此。许多事是不能为了讨前进的批评家喜欢,一味闭了眼睛作豪语的。

七月十七日。

＊　　　＊　　　＊

〔1〕　本篇最初发表于 1934 年 7 月 20 日《申报·自由谈》。

〔2〕　"买办"的白话文　林默在《论"花边文学"》一文中,曾说鲁迅写的《倒提》是"买办"手笔,参看本书《倒提》附录。

〔3〕　志在"花边"　参看本书《序言》及其注〔6〕。

玩笑只当它玩笑(上)^[1]

康 伯 度

不料刘半农先生竟忽然病故了^[2],学术界上又短少了一个人。这是应该惋惜的。但我于音韵学一无所知,毁誉两面,都不配说一句话。我因此记起的是别一件事,是在现在的白话将被"扬弃"或"唾弃"^[3]之前,他早是一位对于那时的白话,尤其是欧化式的白话的伟大的"迎头痛击"者。

他曾经有过极不费力,但极有力的妙文:

"我现在只举一个简单的例:

子曰:'学而时习之,不亦悦乎?'^[4]

这太老式了,不好!

'学而时习之,'子曰,'不亦悦乎?'

这好!

'学而时习之,不亦悦乎?'子曰。

这更好! 为什么好? 欧化了。但'子曰'终没有能欧化到'曰子'!"

这段话见于《中国文法通论》^[5]中,那书是一本正经的书;作者又是《新青年》的同人,五四时代"文学革命"的战士,现在又成了古人了。中国老例,一死是常常能够增价的,所以我想从新提起,并且提出他终于也是《论语》社的同人,有时不

547

免发些"幽默";原先也有"幽默",而这些"幽默",又不免常常掉到"开玩笑"的阴沟里去的。

实例也就是上面所引的文章,其实是,那论法,和顽固先生,市井无赖,看见青年穿洋服,学外国话了,便冷笑道:"可惜鼻子还低,脸孔也不白"的那些话,并没有两样的。

自然,刘先生所反对的是"太欧化"。但"太"的范围是怎样的呢?他举出的前三法,古文上没有,谈话里却能有的,对人口谈,也都可以懂。只有将"子曰"改成"曰子"是决不能懂的了。然而他在他所反对的欧化文中也寻不出实例来,只好说是"'子曰'终没有能欧化到'曰子'!"那么,这不是"无的放矢"吗?

欧化文法的侵入中国白话中的大原因,并非因为好奇,乃是为了必要。国粹学家痛恨鬼子气,但他住在租界里,便会写些"霞飞路","麦特赫司脱路"[6]那样的怪地名;评论者何尝要好奇,但他要说得精密,固有的白话不够用,便只得采些外国的句法。比较的难懂,不像茶淘饭似的可以一口吞下去是真的,但补这缺点的是精密。胡适先生登在《新青年》上的《易卜生主义》[7],比起近时的有些文艺论文来,的确容易懂,但我们不觉得它却又粗浅,笼统吗?

如果嘲笑欧化式白话的人,除嘲笑之外,再去试一试绍介外国的精密的论著,又不随意改变,删削,我想,他一定还能够给我们更好的箴规。

用玩笑来应付敌人,自然也是一种好战法,但触着之处,须是对手的致命伤,否则,玩笑终不过是一种单单的玩笑而已。

七月十八日。

【附录】：

文公直给康伯度的信

　　伯度先生：今天读到先生在《自由谈》刊布的大作，知道为西人侵略张目的急先锋（汉奸）仍多，先生以为欧式文化的风行，原因是"必要"。这我真不知是从那里说起？中国人虽无用，但是话总是会说的。如果一定要把中国话取消，要乡下人也"密司忒"起来，这不见得是中国文化上的"必要"吧。譬如照华人的言语说：张甲说："今天下雨了。"李乙说："是的，天凉了。"若照尊论的主张，就应该改做："今天下雨了，"张甲说。"天凉了，——是的；"李乙说。这个算得是中华民国全族的"必要"吗？一般翻译大家的欧化文笔，已足阻尽中西文化的通路，使能读原文的人也不懂译文。再加上先生的"必要"，从此使中国更无可读的西书了。陈子展先生提倡的"大众语"，是天经地义的。中国人间应该说中国话，总是绝对的。而先生偏要说欧化文法是必要！毋怪大名是"康伯度"，真十足加二的表现"买办心理"了。刘半农先生说："翻译是要使不懂外国文的人得读"；这是确切不移的定理。而先生大骂其半农，认为非使全中国人都以欧化文法为"必要"的性命不可！先生，现在暑天，你歇歇吧！帝国主义的灭绝华人的毒气弹，已经制成无数了。先生要做买办尽管做，只

549

求不必将全个民族出卖。我是一个不懂颠倒式的欧化文式的愚人！对于先生的盛意提倡，几乎疑惑先生已不是敝国人了。今特负责请问先生为甚么投这文化的毒瓦斯？是否受了帝国主义者的指使？总之，四万万四千九百万（陈先生以外）以内的中国人对于先生的主张不敢领教的！幸先生注意。

　　　　　　　　文公直　七月二十五日。

八月七日《申报》《自由谈》。

康伯度答文公直

　　公直先生：中国语法里要加一点欧化，是我的一种主张，并不是"一定要把中国话取消"，也没有"受了帝国主义者的指使"，可是先生立刻加给我"汉奸"之类的重罪名，自己代表了"四万万四千九百万（陈先生以外）以内的中国人"，要杀我的头了。我的主张也许会错的，不过一来就判死罪，方法虽然很时髦，但也似乎过分了一点。况且我看"四万万四千九百万（陈先生以外）以内的中国人"，意见也未必都和先生相同，先生并没有征求过同意，你是冒充代表的。

　　中国语法的欧化并不就是改学外国话，但这些粗浅的道理不想和先生多谈了。我不怕热，倒是因为无聊。不过还要说一回：我主张中国语法上有加些欧化的必要。这主张，是由事实而来的。中国人"话总是会说的"，一点不错，但要前进，全照老样却不够。眼前的例，就如先生这几百个字的信里面，就用了两回"对于"，这和古文无关，是后来起于直译的欧化语法，而且连"欧化"这两个字也是欧化字；还用着一个"取消"，这是纯粹日本词；一个"瓦斯"，是德国字的原封不动的日本人的音译。都用得很惬当，而且是"必要"的。譬如"毒瓦斯"罢，倘用中国固有的话的"毒气"，就显得含混，未必一定是毒弹里面的东西了。所以写作"毒瓦斯"，的确是出乎"必要"的。

先生自己没有照镜子，无意中也证明了自己也正是用欧化语法，用鬼子名词的人，但我看先生决不是"为西人侵略张目的急先锋（汉奸）"，所以也想由此证明我也并非那一伙。否则，先生含狗血喷人，倒先污了你自己的尊口了。

我想，辩论事情，威吓和诬陷，是没有用处的。用笔的人，一来就发你的脾气，要我的性命，更其可笑得很。先生还是不要暴躁，静静的再看看自己的信，想想自己，何如？

专此布复，并请

热安。

弟康伯度〔8〕脱帽鞠躬。八月五日。

八月七日《申报》《自由谈》。

*　　　*　　　*

〔1〕　本篇最初发表于1934年7月25日《申报·自由谈》。

〔2〕　刘半农　参看本卷第353页注〔2〕。1934年6月，他赴平绥

线(今京包线)一带调查方言,不幸感染回归热,于 7 月 14 日病逝。

〔3〕 白话将被"扬弃"或"唾弃" 当时在"大众语"讨论中,有人主张"扬弃"白话文,如高荒在《由反对文言文到建设大众语》中说:"把白话文里面合乎大众需要的部分提高,不合乎大众需要的部分消灭,在实践中将白话文'扬弃'。"(见 1934 年 7 月 15 日《中华日报·星期专论》)"唾弃"一语见本书《倒提》附录。

〔4〕 "学而时习之,不亦悦乎?" 孔子的话,见《论语·学而》。

〔5〕 《中国文法通论》 刘半农著,1920 年上海求益书社出版。本文所引的一段,见该书 1924 年印行的《四版附言》中。

〔6〕 "霞飞路" 旧时上海法租界的路名;霞飞(J. J. C. Joffre,1852—1931),是第一次世界大战时法国的统帅。"麦特赫司脱路",旧时上海公共租界的路名;麦特赫司脱(W. H. Medhurst,1796—1857),英国传教士,清道光十五年(1835)来上海。道光二十八年(1848)年闯入青浦传教被殴伤,是酿成青浦教案的主要当事人。

〔7〕 胡适的《易卜生主义》一文发表于 1918 年 6 月 15 日《新青年》第四卷第六号。

〔8〕 康伯度 即"买办",参看本卷第 280 页注〔4〕。鲁迅因林默在《论"花边文学"》中说他写文章是"买办"手笔,故意用了这个名字。

玩笑只当它玩笑(下)[1]

康 伯 度

别一枝讨伐白话的生力军,是林语堂先生。他讨伐的不是白话的"反而难懂"[2],是白话的"鲁里鲁苏"[3],连刘先生似的想白话"返朴归真"的意思也全没有,要达意,只有"语录式"(白话的文言)。

林先生用白话武装了出现的时候,文言和白话的斗争早已过去了,不像刘先生那样,自己是混战中的过来人,因此也不免有感怀旧日,慨叹末流的情绪。他一闪而将宋明语录,摆在"幽默"的旗子下,原也极其自然的。

这"幽默"便是《论语》四十五期里的《一张字条的写法》,他因为要问木匠讨一点油灰,写好了一张语录体的字条,但怕别人说他"反对白话",便改写了白话的,选体[4]的,桐城派[5]的三种,然而都很可笑,结果是差"书僮"传话,向木匠讨了油灰来。

《论语》是风行的刊物,这里省烦不抄了。总之,是:不可笑的只有语录式的一张,别的三种,全都要不得。但这四个不同的脚色,其实是都是林先生自己一个人扮出来的,一个是正生,就是"语录式",别的三个都是小丑,自装鬼脸,自作怪相,将正生衬得一表非凡了。

但这已经并不是"幽默",乃是"顽笑",和市井间的在墙上画一乌龟,背上写上他的所讨厌的名字的战法,也并不两样的。不过看见的人,却往往不问是非,就嗤笑被画者。

"幽默"或"顽笑",也都要生出结果来的,除非你心知其意,只当它"顽笑"看。

因为事实会并不如文章,例如这语录式的条子,在中国其实也并未断绝过种子。假如有工夫,不妨到上海的弄口去看一看,有时就会看见一个摊,坐着一位文人,在替男女工人写信,他所用的文章,决不如林先生所拟的条子的容易懂,然而分明是"语录式"的。这就是现在从新提起的语录派的末流,却并没有谁去涂白过他的鼻子。

这是一个具体的"幽默"。

但是,要赏识"幽默"也真难。我曾经从生理学来证明过中国打屁股之合理:假使屁股是为了排泄或坐坐而生的罢,就不必这么大,脚底要小得远,不是足够支持全身了么?我们现在早不吃人了,肉也用不着这么多。那么,可见是专供打打之用的了。有时告诉人们,大抵以为是"幽默"。但假如有被打了的人,或自己遭了打,我想,恐怕那感应就不能这样了罢。

没有法子,在大家都不适意的时候,恐怕终于是"中国没有幽默"的了。

> 七月十八日。

*　　　*　　　*

〔**1**〕 本篇最初发表于 1934 年 7 月 26 日《申报·自由谈》。

〔2〕 当时有人在提倡大众语时指摘白话文"难懂"，如 1934 年 6 月 22 日《申报·读书问答》所载《怎样建设大众文学》一文，说白话脱离大众的生活、语言，"比古文更难懂"。

〔3〕 "鲁里鲁苏" 林语堂在 1933 年 10 月 1 日《论语》第二十六期发表的《论语录体之用》一文中反对白话说："吾恶白话之文，而喜文言之白，故提倡语录体。……白话文之病，噜哩噜哫。"

〔4〕 选体 指南朝梁萧统《文选》所选诗文的风格和体制。

〔5〕 桐城派 参看本卷第 345 页注〔12〕。

做　文　章[1]

沈括[2]的《梦溪笔谈》里,有云:"往岁士人,多尚对偶为文,穆修张景[3]辈始为平文,当时谓之'古文'。穆张尝同造朝,待旦于东华门外,方论文次,适见有奔马,践死一犬,二人各记其事以较工拙。穆修曰:'马逸,有黄犬,遇蹄而毙。'张景曰:'有犬,死奔马之下。'时文体新变,二人之语皆拙涩,当时已谓之工,传之至今。"

骈文后起,唐虞三代是不骈的,称"平文"为"古文"便是这意思。由此推开去,如果古者言文真是不分[4],则称"白话文"为"古文",似乎也无所不可,但和林语堂先生的指为"白话的文言"[5]的意思又不同。两人的大作,不但拙涩,主旨先就不一,穆说的是马踏死了犬,张说的是犬给马踏死了,究竟是着重在马,还是在犬呢?较明白稳当的还是沈括的毫不经意的文章:"有奔马,践死一犬。"

因为要推倒旧东西,就要着力,太着力,就要"做",太"做",便不但"生涩",有时简直是"格格不吐"了,比早经古人"做"得圆熟了的旧东西还要坏。而字数论旨,都有些限制的"花边文学"之类,尤其容易生这生涩病。

太做不行,但不做,却又不行。用一段大树和四枝小树做

556

一只凳,在现在,未免太毛糙,总得刨光它一下才好。但如全体雕花,中间挖空,却又坐不来,也不成其为凳子了。高尔基说,大众语是毛胚,加了工的是文学。[6]我想,这该是很中肯的指示了。

七月二十日。

＊　　　＊　　　＊

〔1〕　本篇最初发表于 1934 年 7 月 24 日《申报·自由谈》。

〔2〕　沈括(1031—1095)　字存中,钱塘(今浙江杭州)人,北宋文学家和科学家。精于数学、天文学,并擅长音乐、医学、土木工程。著有《长兴集》等。《梦溪笔谈》二十六卷、《补笔谈》三卷、《续笔谈》一卷,是记他平日与宾友的言论以及遗闻旧典、文学、技艺等,因他晚年退居润州(今江苏镇江)梦溪园而命名。这里所引见该书第十四卷。

〔3〕　穆修(979—1032)　字伯长,郓州(今山东东平)人。张景(970—1018),字晦之,公安(今湖北公安)人。他们都是北宋古文家。

〔4〕　古代言文不分是胡适等人的看法,胡适在 1928 年出版的《白话文学史》第一篇第一章中说:"我们研究古代文字,可以推知当战国的时候,中国的文体已不能与语体一致了。"按他的意思,战国以前文体与语体是合一的。鲁迅对此一向有不同看法,在《且介亭杂文·门外文谈》中曾说:"我的臆测,是以为中国的言文,一向就并不一致的,大原因便是字难写,只好节省些。当时的口语的摘要,是古人的文;古代的口语的摘要,是后人的古文。"

〔5〕　"白话的文言"　林语堂在 1934 年 7 月《论语》第四十五期发表的《一张字条的写法》一文中,以"语录式"为"白话的文言",说它是"天然写法",能够"达意"。

〔6〕 见高尔基《我的文学修养》一文:"不要忘记了言语是民众所创造,将言语分为文学的和民众的两种,只不过是毛坯的言语和艺术家加过工的言语的区别。"

看 书 琐 记^[1]

焉　于

高尔基很惊服巴尔札克^[2]小说里写对话的巧妙，以为并不描写人物的模样，却能使读者看了对话，便好像目睹了说话的那些人。（八月份《文学》内《我的文学修养》）

中国还没有那样好手段的小说家，但《水浒》和《红楼梦》^[3]的有些地方，是能使读者由说话看出人来的。其实，这也并非什么奇特的事情，在上海的弄堂里，租一间小房子住着的人，就时时可以体验到。他和周围的住户，是不一定见过面的，但只隔一层薄板壁，所以有些人家的眷属和客人的谈话，尤其是高声的谈话，都大略可以听到，久而久之，就知道那里有那些人，而且仿佛觉得那些人是怎样的人了。

如果删除了不必要之点，只摘出各人的有特色的谈话来，我想，就可以使别人从谈话里推见每个说话的人物。但我并不是说，这就成了中国的巴尔札克。

作者用对话表现人物的时候，恐怕在他自己的心目中，是存在着这人物的模样的，于是传给读者，使读者的心目中也形成了这人物的模样。但读者所推见的人物，却并不一定和作者所设想的相同，巴尔札克的小胡须的清瘦老人，到了高尔基的头里，也许变了粗蛮壮大的络腮胡子。不过那性格，言动，一定有些类似,大致不差,恰如将法文翻成了俄文一样。要不然,文学这东西便没有普遍性了。

文学虽然有普遍性,但因读者的体验的不同而有变化,读者倘没有类似的体验,它也就失去了效力。譬如我们看《红楼梦》,从文字上推见了林黛玉这一个人,但须排除了梅博士的"黛玉葬花"〔4〕照相的先入之见,另外想一个,那么,恐怕会想到剪头发,穿印度绸衫,清瘦,寂寞的摩登女郎;或者别的什么模样,我不能断定。但试去和三四十年前出版的《红楼梦图咏》〔5〕之类里面的画像比一比罢,一定是截然两样的,那上面所画的,是那时的读者的心目中的林黛玉。

文学有普遍性,但有界限;也有较为永久的,但因读者的社会体验而生变化。北极的遏斯吉摩人〔6〕和菲洲腹地的黑人,我以为是不会懂得"林黛玉型"的;健全而合理的好社会中人,也将不能懂得,他们大约要比我们的听讲始皇焚书,黄巢杀人更其隔膜。一有变化,即非永久,说文学独有仙骨,是做梦的人们的梦话。

八月六日。

* * *

〔1〕 本篇最初发表于1934年8月8日《申报·自由谈》。

〔2〕 巴尔扎克(H. de Balzac,1799—1850) 法国作家,他的作品总题为《人间喜剧》,包括长篇小说《欧也妮·葛朗台》、《高老头》、《幻灭》等九十余部。高尔基《我的文学修养》中谈到巴尔扎克小说时说:"在巴尔扎克的《鲛皮》(按通译《驴皮记》)里,看到银行家的邸宅中的晚餐会

那一段的时候,我完全惊服了。二十多个人们同时在喧嚷着谈天,但却以许多形态,写得好像我亲自听见。重要的是——我不但听见,还目睹了各人在怎样的谈天。来宾们的相貌,巴尔扎克是没有描写的。但我却看见了人们的眼睛,微笑和姿势。我总是叹服着从巴尔扎克起,以至一切法国人的用会话来描写人物的巧妙,把所描写的人物的会话,写得活泼泼地好像耳闻一般的手段,以及那对话的完全。"此文载 1934 年 8 月《文学》月刊第三卷第二号,鲁迅(署名许遐)译。

〔3〕 《水浒》 即《水浒传》,长篇小说。明初施耐庵作。

〔4〕 "黛玉葬花" 梅兰芳早年曾根据《红楼梦》第二十三回的情节编演京剧《黛玉葬花》。旧时照相馆常挂有他演此剧的照片。

〔5〕 《红楼梦图咏》 清代改琦画的《红楼梦》人物像,共五十幅,图后附有王希廉、周绮等题诗,1879 年(光绪五年)木刻本刊行。又有清代王墀画的《增刻红楼梦图咏》,共一百二十幅,图后附有姜祺(署名蟬生)题诗,光绪八年上海点石斋石印,后屡经翻版。

〔6〕 遏斯吉摩人 通译爱斯基摩人,居住北极圈一带,以渔猎为生的一个民族。

看 书 琐 记（二）^[1]

焉 于

就在同时代，同国度里，说话也会彼此说不通的。

巴比塞有一篇很有意思的短篇小说，叫作《本国话和外国话》^[2]，记的是法国的一个阔人家里招待了欧战中出死入生的三个兵，小姐出来招呼了，但无话可说，勉勉强强的说了几句，他们也无话可答，倒只觉坐在阔房间里，小心得骨头疼。直到溜回自己的"猪窠"里，他们这才遍身舒齐，有说有笑，并且在德国俘虏房里，由手势发见了说他们的"我们的话"的人。

因了这经验，有一个兵便模模胡胡的想："这世间有两个世界。一个是战争的世界。别一个是有着保险箱门一般的门，礼拜堂一般干净的厨房，漂亮的房子的世界。完全是另外的世界。另外的国度。那里面，住着古怪想头的外国人。"

那小姐后来就对一位绅士说的是："和他们是连话都谈不来的。好像他们和我们之间，是有着跳不过的深渊似的。"

其实，这也无须小姐和兵们是这样。就是我们——算作"封建余孽"^[3]或"买办"或别的什么而论都可以——和几乎同类的人，只要什么地方有些不同，又得心口如一，就往往免不了彼此无话可说。不过我们中国人是聪明的，有些人早已发明了一种万应灵药，就是"今天天气……哈哈哈！"倘是宴会,就只猜拳,不发议论。

这样看来,文学要普遍而且永久,恐怕实在有些艰难。"今天天气……哈哈哈!"虽然有些普遍,但能否永久,却很可疑,而且也不大像文学。于是高超的文学家[4]便自己定了一条规则,将不懂他的"文学"的人们,都推出"人类"之外,以保持其普遍性。文学还有别的性,他是不肯说破的,因此也只好用这手段。然而这么一来,"文学"存在,"人"却不多了。

于是而据说文学愈高超,懂得的人就愈少,高超之极,那普遍性和永久性便只汇集于作者一个人。然而文学家却又悲哀起来,说是吐血了,这真是没有法子想。

八月六日。

*　　　*　　　*

〔1〕　本篇最初发表于 1934 年 8 月 9 日《申报·自由谈》。

〔2〕　巴比塞的《外国话和本国话》,曾由沈端先译为中文,载于 1934 年 10 月《社会月报》第一卷第五期。

〔3〕　"封建余孽"　在 1928 年关于革命文学的论争中,《创造月刊》第二卷第一期(1928 年 8 月)载有杜荃(郭沫若)《文艺战线上的封建余孽》一文,说鲁迅是"资本主义以前的一个封建余孽"。

〔4〕　高超的文学家　指梁实秋等人。梁在《文学是有阶级性的吗?》(载 1929 年 9 月《新月》第二卷第六、七期)一文中宣扬超阶级的文学,说"文学是属于全人类的";但又宣称文学只能为少数人所享有,"好的作品永远是少数人的专利品。大多数永远是蠢的永远是与文学无缘的。"

趋时和复古[1]

康 伯 度

半农先生一去世，也如朱湘庐隐[2]两位作家一样，很使有些刊物热闹了一番。这情形，会延得多么长久呢，现在也无从推测。但这一死，作用却好像比那两位大得多：他已经快要被封为复古的先贤，可用他的神主来打"趋时"[3]的人们了。

这一打是有力的，因为他既是作古的名人，又是先前的新党，以新打新，就如以毒攻毒，胜于搬出生锈的古董来。然而笑话也就埋伏在这里面。为什么呢？就为了半农先生先就是一位以"趋时"而出名的人。

古之青年，心目中有了刘半农三个字，原因并不在他擅长音韵学，或是常做打油诗[4]，是在他跳出鸳蝴派[5]，骂倒王敬轩[6]，为一个"文学革命"阵中的战斗者。然而那时有一部分人，却毁之为"趋时"。时代到底好像有些前进，光阴流过去，渐渐将这谥号洗掉了，自己爬上了一点，也就随和一些，于是终于成为干干净净的名人。但是，"人怕出名猪怕壮"[7]，他这时也要成为包起来作为医治新的"趋时"病的药料了。

这并不是半农先生独个的苦境，旧例着实有。广东举人多得很，为什么康有为[8]独独那么有名呢，因为他是公车上书的头儿，戊戌政变的主角，趋时；留英学生也不希罕，严复[9]的姓名还没有消失,就在他先前认真的译过好几部鬼子书,趋时;清末,治朴学[10]的不止太炎[11]先生一个人,而他的声名,远在孙诒让[12]之上者,其实是为了他提倡种族革命,趋时,而且还"造反"。后来"时"也"趋"了过来,他们就成为活的纯正的先贤。但是,晦气也夹屁股跟到,康有为永定为复辟的祖师,袁皇帝要严复劝进,孙传芳[13]大帅也来请太炎先生投壶了。原是拉车前进的好身手,腿肚大,臂膊也粗,这回还是请他拉,拉还是拉,然而是拉车屁股向后,这里只好用古文,"呜呼哀哉,尚飨"[14]了。

我并不在讥刺半农先生曾经"趋时",我这里所用的是普通所谓"趋时"中的一部分:"前驱"的意思。他虽然自认"没落"[15],其实是战斗过来的,只要敬爱他的人,多发挥这一点,不要七手八脚,专门把他拖进自己所喜欢的油或泥里去做金字招牌就好了。

八月十三日。

* * *

〔1〕 本篇最初发表于1934年8月15日《申报·自由谈》。

〔2〕 朱湘(1904—1933) 安徽太湖人,诗人。曾任安徽大学英文文学系主任。1933年12月5日,因生活窘困投江自尽。著有诗集《草莽集》、《石门集》等。庐隐(1898—1934),本名黄英,福建闽侯人,女作家。1934年5月13日死于难产。著有短篇小说集《海滨故人》、《灵海潮汐》等。

〔3〕 "趋时" 这是林语堂讥讽进步人士的话,见1934年7月

20 日《人间世》第八期《时代与人》一文："所以趋时虽然要紧,保持人的本位也一样要紧。"

　〔4〕　刘半农从 1933 年 9 月《论语》第二十五期开始连续发表打油诗《桐花芝豆堂诗集》,在《自序》中称自己"喜为打油之诗"。

　〔5〕　鸳蝴派　即鸳鸯蝴蝶派,参看本卷第 113 页注〔9〕。刘半农早期曾以"半侬"笔名为这一派刊物写稿。

　〔6〕　骂倒王敬轩　1918 年初,《新青年》为了推动文学革命运动,开展对复古派的斗争,曾由编者之一钱玄同化名王敬轩,把当时社会上反对新文化运动的言论集中起来,摹仿封建复古派的口吻写信给《新青年》编辑部;又由刘半农写了一封回信痛加批驳。两信同时发表在当年 3 月《新青年》第四卷第三号。

　〔7〕　"人怕出名猪怕壮"　俗谚,小说《红楼梦》第八十三回王熙凤说:"俗语儿说的,'人怕出名猪怕壮',况且又是个虚名儿……"

　〔8〕　康有为(1858—1927)　字广厦,号长素,广东南海人,清末维新运动的领袖。1895 年,他联合在北京应试的各省举人一千三百余人向光绪皇帝上"万言书",要求"变法维新",改君主专制为君主立宪,史称"公车上书"(汉代用公家的车子递送应征进京的士人,后来就用"公车"作为举人入京应试的代称)。1898 年(戊戌)6 月,他和谭嗣同、梁启超等受光绪皇帝任用,参预政事,试行变法。同年 9 月,被以慈禧太后为代表的顽固派所镇压,维新运动遂告失败。以后康有为在海外组织保皇会,反对孙中山领导的民主革命运动;1917 年又联络军阀张勋扶植清废帝溥仪复辟。

　〔9〕　严复曾留学英国海军学校。1894 年中日战争后,他主张变法维新,致力于西方自然科学和资产阶级社会科学思想的介绍,翻译过赫胥黎《天演论》、亚当斯密《原富》、穆勒《名学》和孟德斯鸠《法意》等,对当时中国思想界影响很大。辛亥革命后,他思想逐渐倒退。1915 年

参加"筹安会",拥护袁世凯称帝。

〔10〕 朴学 语出《汉书·儒林传》:"(倪)宽有俊材,初见武帝,语经学。上曰:'吾始以《尚书》为朴学,弗好,及闻宽说,可观。'乃从宽问一篇。"后来称汉儒考据训诂之学为朴学,也称汉学。清代学者继承汉儒朴学,并有所发展。

〔11〕 太炎 章炳麟(1869—1936),号太炎,浙江余杭人,清末革命家和学者。早期积极参加反对清王朝的斗争,是"光复会"的重要成员之一。辛亥革命以后,逐渐脱离现实斗争,以治国学为业。著有《章氏丛书》、《章氏丛书续编》等。

〔12〕 孙诒让(1848—1908) 字仲容,浙江瑞安人,清末朴学家。著有《周礼正义》、《墨子闲诂》等。

〔13〕 孙传芳(1885—1935) 山东历城人,北洋直系军阀。他盘踞东南五省时,为了提倡复古,于1926年8月6日在南京举行投壶仪式,曾邀请章太炎主持,但章未去。投壶,古代宴会时的一种娱乐,宾主依次把箭投入壶中,负者饮酒。

〔14〕 "呜呼哀哉,尚飨" 这是旧时祭文中常用的结束语。用在这里表示完结的意思。

〔15〕 刘半农自认"没落"的话,见《半农杂文自序》(载1934年6月5日《人间世》第五期):"要是有人根据了我文章中的某某数点而斥我为'落伍',为'没落',我是乐于承受的。"

安贫乐道法[1]

孩子是要别人教的，毛病是要别人医的，即使自己是教员或医生。但做人处世的法子，却恐怕要自己斟酌，许多别人开来的良方，往往不过是废纸。

劝人安贫乐道是古今治国平天下的大经络，开过的方子也很多，但都没有十全大补的功效。因此新方子也开不完，新近就看见了两种，但我想：恐怕都不大妥当。

一种是教人对于职业要发生兴趣，一有兴趣，就无论什么事，都乐此不倦了。当然，言之成理的，但到底须是轻松一点的职业。且不说掘煤，挑粪那些事，就是上海工厂里做工至少每天十点的工人，到晚快边就一定筋疲力倦，受伤的事情是大抵出在那时候的。"健全的精神，宿于健全的身体之中"[2]，连自己的身体也顾不转了，怎么还会有兴趣？——除非他爱兴趣比性命还利害。倘若问他们自己罢，我想，一定说是减少工作的时间，做梦也想不到发生兴趣法的。

还有一种是极其彻底的：说是大热天气，阔人还忙于应酬，汗流浃背，穷人却挟了一条破席，铺在路上，脱衣服，浴凉风，其乐无穷，这叫作"席卷天下"[3]。这也是一张少见的富有诗趣的药方，不过也有煞风景在后面。快要秋凉了，一早到马路上去走走,看见手捧肚子,口吐黄水的就是那些"席卷天下"的前任活神仙。大约眼前有福,偏不去享的大愚人,世上究竟是不多的,如果精穷真是这么有趣,现在的阔人一定首先躺在马路上,而现在的穷人的席子也没有地方铺开来了。

上海中学会考的优良成绩发表了,有《衣取蔽寒食取充腹论》[4],其中有一段——

"……若德业已立,则虽饔飧不继,捉襟肘见,而其名德足传于后,精神生活,将充分发展,又何患物质生活之不足耶?人生真谛,固在彼而不在此也。……"(由《新语林》第三期转录)

这比题旨更进了一步,说是连不能"充腹"也不要紧的。但中学生所开的良方,对于大学生就不适用,同时还是出现了要求职业的一大群。

事实是毫无情面的东西,它能将空言打得粉碎。有这么的彰明较著,其实,据我的愚见,是大可以不必再玩"之乎者也"了——横竖永远是没有用的。

八月十三日。

＊　　　＊　　　＊

〔1〕 本篇最初发表于 1934 年 8 月 16 日《申报·自由谈》。

〔2〕 "健全的精神,宿于健全的身体之中" 西洋古格言,见罗马讽刺诗人朱味那尔的《讽刺诗》第十篇。

〔3〕 "席卷天下" 语出汉代贾谊《过秦论》:秦孝公"有席卷天下,包举宇内,囊括四海之意,并吞八荒之心。"

〔4〕 《衣取蔽寒食取充腹论》 是1934年上海中学会考的作文试题。《新语林》第三期(1934年8月5日)载堃容(廖沫沙)《拥护会考》一文中,曾根据《上海中学会考特刊》引录了试卷中的这段文字。《新语林》,文艺半月刊,原由徐懋庸主编,第五期起改为"新语林社"编辑,1934年7月在上海创刊,同年10月出至第六期停刊。

奇　怪[1]

白　道

世界上有许多事实，不看记载，是天才也想不到的。非洲有一种土人，男女的避忌严得很，连女婿遇见丈母娘，也得伏在地上，而且还不够，必须将脸埋进土里去。这真是虽是我们礼义之邦的"男女七岁不同席"[2]的古人，也万万比不上的。

这样看来，我们的古人对于分隔男女的设计，也还不免是低能儿；现在总跳不出古人的圈子，更是低能之至。不同泳，不同行，不同食，不同做电影，[3]都只是"不同席"的演义。低能透顶的是还没有想到男女同吸着相通的空气，从这个男人的鼻孔里呼出来，又被那个女人从鼻孔里吸进去，淆乱乾坤，实在比海水只触着皮肤更为严重。对于这一个严重问题倘没有办法，男女的界限就永远分不清。

我想，这只好用"西法"了。西法虽非国粹，有时却能够帮助国粹的。例如无线电播音，是摩登的东西，但早晨有和尚念经，却不坏；汽车固然是洋货，坐着去打麻将，却总比坐绿呢大轿，好半天才到的打得多几圈。以此类推，防止男女同吸空气就可以用防毒面具，各背一个箱，将养气由管子通到自己的鼻孔里，既免抛头露面，又兼防空演习，也就是"中学为体，西学为用"[4]。凯末尔[5]将军治国以前的土耳其女人的面幕，这回可也万万比不上了。

假使现在有一个英国的斯惠夫德似的人,做一部《格利佛游记》那样的讽刺的小说,[6]说在二十世纪中,到了一个文明的国度,看见一群人在烧香拜龙,作法求雨,[7]赏鉴"胖女",禁杀乌龟;[8]又一群人在正正经经的研究古代舞法,主张男女分途,以及女人的腿应该不许其露出。[9]那么,远处,或是将来的人,恐怕大抵要以为这是作者贫嘴薄舌,随意捏造,以挖苦他所不满的人们的罢。

然而这的确是事实。倘没有这样的事实,大约无论怎样刻薄的天才作家也想不到的。幻想总不能怎样的出奇,所以人们看见了有些事,就有叫作"奇怪"这一句话。

八月十四日。

* * *

〔1〕 本篇最初发表于1934年8月17日《中华日报·动向》。

〔2〕 "男女七岁不同席" 语出《礼记·内则》:"七年,男女不同席,不共食。"

〔3〕 1934年7月,国民党广东舰队司令张之英等向广东省政府提议禁止男女同场游泳,曾由广州市公安局通令实施。同时又有自称"蚁民"的黄维新,拟具了分别男女界限的五项办法,呈请国民党广东政治研究会采用:(一)禁止男女同车;(二)禁止酒楼茶肆男女同食;(三)禁止旅客男女同住;(四)禁止军民人等男女同行;(五)禁止男女同演影片,并分男女游乐场所。

〔4〕 "中学为体,西学为用" 这是清末洋务派大臣张之洞在《劝学篇》中提出的主张。

〔5〕　凯末尔（Kemal Atatürk，1881—1938）　通译基马尔，土耳其政治家，土耳其共和国第一任总统。在他执政期间，曾采取一些改革措施，如废除回教历，创新字母，撤去妇女的面罩，废除一夫多妻制等。

〔6〕　斯惠夫德在其长篇小说《格利佛游记》中，通过虚构的"小人国"、"大人国"等描写，讽刺英国上流社会。

〔7〕　烧香拜龙　当时求雨消旱的一种迷信活动，1934 年夏天，南方大旱，报上就有南通农民筑泥龙烧香祈雨、苏州举行小白龙出游等报道。作法求雨，国民党政府在当年 7 月请第九世班禅喇嘛、安钦活佛等在南京、汤山等处祈祷求雨。

〔8〕　赏鉴"胖女"　1934 年 8 月 1 日，上海先施公司联合各厂商聘请体重七百余磅的美国胖女人尼丽，在该公司二楼表演。禁杀乌龟，当时上海徐家汇沿河一带，有些人捕卖乌龟谋生，上海"中国保护动物会"认为"劈杀龟肉，……势甚惨酷"，于 1934 年 2 月呈请国民党上海市公安局通令禁止。

〔9〕　研究古代舞法　指 1934 年 8 月上海祭孔前演习佾舞。主张男女分途，参看本卷第 544 页注〔7〕。禁止女人露腿，是蒋介石在1934 年 6 月 7 日手令国民党江西省政府颁布的《取缔妇女奇装异服办法》中的一项："裤长最短须过膝四寸，不得露腿赤足。"

奇　怪 (二)[1]

尤墨君[2]先生以教师的资格参加着讨论大众语,那意见是极该看重的。他主张"使中学生练习大众语",还举出"中学生作文最喜用而又最误用的许多时髦字眼"来,说"最好叫他们不要用",待他们将来能够辨别时再说,因为是与其"食新不化,何如禁用于先"的。现在摘一点所举的"时髦字眼"在这里——

> 共鸣　对象　气压　温度　结晶　彻底　趋势　理智　现实　下意识　相对性　绝对性　纵剖面　横剖面　死亡率……(《新语林》三期)

但是我很奇怪。

那些字眼,几乎算不得"时髦字眼"了。如"对象""现实"等,只要看看书报的人,就时常遇见,一常见,就会比较而得其意义,恰如孩子懂话,并不依靠文法教科书一样;何况在学校中,还有教员的指点。至于"温度""结晶""纵剖面""横剖面"等,也是科学上的名词,中学的物理学矿物学植物学教科书里就有,和用于国文上的意义并无不同。现在竟"最误用",莫非自己既不思索,教师也未给指点,而且连别的科学也一样的模胡吗?

那么，单是中途学了大众语，也不过是一位中学出身的速成大众，于大众有什么用处呢？大众的需要中学生，是因为他教育程度比较的高，能够给大家开拓知识，增加语汇，能解明的就解明，该新添的就新添；他对于"对象"等等的界说，就先要弄明白，当必要时，有方言可以替代，就译换，倘没有，便教给这新名词，并且说明这意义。如果大众语既是半路出家，新名词也还不很明白，这"落伍"可真是"彻底"了。

我想，为大众而练习大众语，倒是不该禁用那些"时髦字眼"的，最要紧的是教给他定义，教师对于中学生，和将来中学生的对于大众一样。譬如"纵断面"和"横断面"，解作"直切面"和"横切面"，就容易懂；倘说就是"横锯面"和"直锯面"，那么，连木匠学徒也明白了，无须识字。禁，是不好的，他们中有些人将永远模胡，"因为中学生不一定个个能升入大学而实现其做文豪或学者的理想的"。

　　　　　　　　　　　　　　　　　　　　八月十四日。

＊　　　　＊　　　　＊

〔1〕　本篇最初发表于 1934 年 8 月 18 日《中华日报·动向》。

〔2〕　尤墨君(1888—1971)　江苏吴县人，当时杭州师范学校教员。本篇中所引的话见他发表于 1934 年 8 月 5 日《新语林》第三期《怎样使中学生练习大众语》一文：

迎 神 和 咬 人 [1]

越 侨

报载余姚的某乡,农民们因为旱荒,迎神求雨,看客有带帽的,便用刀棒乱打他一通。[2]

这是迷信,但是有根据的。汉先儒董仲舒[3]先生就有祈雨法,什么用寡妇,关城门,乌烟瘴气,其古怪与道士无异,而未尝为今儒所订正。虽在通都大邑,现在也还有天师作法[4],长官禁屠[5],闹得沸反盈天,何尝惹出一点口舌?至于打帽,那是因为恐怕神看见还很有人悠然自得,不垂哀怜;一面则也憎恶他的不与大家共患难。

迎神,农民们的本意是在救死的——但可惜是迷信,——但除此之外,他们也不知道别一样。

报又载有一个六十多岁的老党员,出而劝阻迎神,被大家一顿打,终于咬断了喉管,死掉了。[6]

这是妄信,但是也有根据的。《精忠说岳全传》说张俊陷害忠良,终被众人咬死,[7]人心为之大快。因此乡间就向来有一个传说,谓咬死了人,皇帝必赦,因为怨恨而至于咬,则被咬者之恶,也就可想而知了。我不知道法律,但大约民国以前的律文中,恐怕也未必有这样的规定罢。

咬人,农民们的本意是在逃死的——但可惜是妄信,——

576

但除此之外,他们也不知道别一样。

想救死,想逃死,适所以自速其死,哀哉!

自从由帝国成为民国以来,上层的改变是不少了,无教育的农民,却还未得到一点什么新的有益的东西,依然是旧日的迷信,旧日的讹传,在拚命的救死和逃死中自速其死。

这回他们要得到"天讨"〔8〕。他们要骇怕,但因为不解"天讨"的缘故,他们也要不平。待到这骇怕和不平忘记了,就只有迷信讹传剩着,待到下一次水旱灾荒的时候,依然是迎神,咬人。

这悲剧何时完结呢?

八月十九日。

附 记:

旁边加上黑点的三句,是印了出来的时候,全被删去了的。是总编辑,还是检查官的斧削,虽然不得而知,但在自己记得原稿的作者,却觉得非常有趣。他们的意思,大约是以为乡下人的意思——虽然是妄信——还不如不给大家知道,要不然,怕会发生流弊,有许多喉管也要危险的。

八月二十二日。

※ ※ ※

〔1〕 本篇最初发表于 1934 年 8 月 22 日《申报·自由谈》。

〔2〕 1934 年 8 月 19 日《大晚报·社会一周间》载:"(浙江)余姚各

乡,近因大旱,该区陡亹镇农民五百余,吾客乡农民千余,联合举办迎神赛会祈雨。路经各处,均不准乡民戴帽,否则即用刀枪猛砍!"

〔3〕 董仲舒(前179—前104) 广川(今河北枣强)人,西汉经学家。曾任江都相和胶西王相。在他所著《春秋繁露》第七十四篇中有这样的话:"令吏民夫妇皆偶处。凡求雨之大体,丈夫欲藏匿,女子欲和而乐。"又《汉书·董仲舒传》:"仲舒治国,以《春秋》灾异之变推阴阳所以错行,故求雨,闭诸阳,纵诸阴,其止雨反是。"唐代颜师古注:"谓若闭南门,禁举火,及开北门,水洒人之类是也。"

〔4〕 天师作法 1934年7月20日至22日,上海一些"慈善家"及僧人发起"全国各省市亢旱成灾区祈雨消灾大会",由"第六十三代天师张瑞龄"作法求雨。天师,道教对该教创始人东汉张道陵的尊称,他的后裔中承袭道法的人,也相沿称为天师。

〔5〕 长官禁屠 旧时每遇旱灾常有停宰牲畜以求雨的迷信活动。1934年7月上海一些团体联合呈请市政府及江浙两省府下令"断屠一周"。

〔6〕 1934年8月16日《申报》载:"余姚陡亹小学校长兼党部常委徐一清,因劝阻农民迎神祈雨,激动众怒。十二日晚五时,被千余农民殴毙,投入河中;嗣又打捞上岸,咬断喉管。"又同年8月19日《大晚报·社会一周间》载:"据传徐氏现年六十三岁,民国元年加入国民党","徐极爱金钱,时借故向乡人索诈,凡船只经过陡亹时,徐必向舟子索取现费若干。……徐之行为极为乡民所不满,此其惨死之远因云。"

〔7〕 《精忠说岳全传》 长篇小说,清代钱彩、金丰编订。张俊参与秦桧陷害岳飞被众人咬死的事,见该书第七十五回。

〔8〕 "天讨" 语出《尚书·皋陶谟》:"天讨有罪,五刑五用哉!"

看 书 琐 记 (三)[1]

焉　于

创作家大抵憎恶批评家的七嘴八舌。

记得有一位诗人说过这样的话:诗人要做诗,就如植物要开花,因为他非开不可的缘故。如果你摘去吃了,即使中了毒,也是你自己错。

这比喻很美,也仿佛很有道理的。但再一想,却也有错误。错的是诗人究竟不是一株草,还是社会里的一个人;况且诗集是卖钱的,何尝可以白摘。一卖钱,这就是商品,买主也有了说好说歹的权利了。

即使真是花罢,倘不是开在深山幽谷,人迹不到之处,如果有毒,那是园丁之流就要想法的。花的事实,也并不如诗人的空想。

现在可是换了一个说法了,连并非作者,也憎恶了批评家,他们里有的说道:你这么会说,那么,你倒来做一篇试试看!

这真要使批评家抱头鼠窜。因为批评家兼能创作的人,向来是很少的。

我想,作家和批评家的关系,颇有些像厨司和食客。厨司做出一味食品来,食客就要说话,或是好,或是歹。厨司如果觉得不公平,可以看看他是否神经病,是否厚舌苔,是否挟夙嫌,是否想赖账。或者他是否广东人,想吃蛇肉;是否四川人,还要辣椒。于是提出解说或抗议来——自然,一声不响也可以。但是,倘若他对着客人大叫道:"那么,你去做一碗来给我吃吃看!"那却未免有些可笑了。

诚然,四五年前,用笔的人以为一做批评家,便可以高踞文坛,所以速成和乱评的也不少,但要矫正这风气,是须用批评的批评的,只在批评家这名目上,涂上烂泥,并不是好办法。不过我们的读书界,是爱平和的多,一见笔战,便是什么"文坛的悲观"〔2〕呀,"文人相轻"〔3〕呀,甚至于不问是非,统谓之"互骂",指为"漆黑一团糟"。果然,现在是听不见说谁是批评家了。但文坛呢,依然如故,不过它不再露出来。

文艺必须有批评;批评如果不对了,就得用批评来抗争,这才能够使文艺和批评一同前进,如果一律掩住嘴,算是文坛已经干净,那所得的结果倒是要相反的。

八月二十二日。

*　　　*　　　*

〔1〕　本篇最初发表于 1934 年 8 月 23 日《申报·自由谈》。原题为《批评家与创作家》。

〔2〕　"文坛的悲观"　1933 年 8 月 9 日《大晚报·火炬》载小仲的《中国文坛的悲观》一文,把文艺界的思想斗争说成是"内战"、"骂人",使中国文坛"陷入中世纪的黑暗时代"。

〔3〕　"文人相轻"　语出三国魏曹丕《典论·论文》:"文人相轻,自古而然。"当时曾有人把文艺界思想斗争说成"文人相轻"。

“大雪纷飞”[1]

张　　沛

人们遇到要支持自己的主张的时候，有时会用一枝粉笔去搽对手的脸，想把他弄成丑角模样，来衬托自己是正生。但那结果，却常常适得其反。

章士钊[2]先生现在是在保障民权了，段政府时代，他还曾经保障文言。他造过一个实例，说倘将“二桃杀三士”用白话写作“两个桃子杀了三个读书人”，是多么的不行。这回李焰生[3]先生反对大众语文，也赞成“静珍君之所举，‘大雪纷飞’，总比那‘大雪一片一片纷纷的下着’来得简要而有神韵，酌量采用，是不能与提倡文言文相提并论”的。

我也赞成必不得已的时候，大众语文可以采用文言，白话，甚至于外国话，而且在事实上，现在也已经在采用。但是，两位先生代译的例子，却是很不对劲的。那时的“士”，并非一定是“读书人”，早经有人指出了；这回的“大雪纷飞”里，也没有“一片一片”的意思，这不过特地弄得累坠，掉着要大众语丢脸的枪花。

白话并非文言的直译，大众语也并非文言或白话的直译。在江浙，倘要说出“大雪纷飞”的意思来，是并不用“大雪一片一片纷纷的下着”的，大抵用“凶”，“猛”或“厉害”，来形容这下雪的样子。倘要"对证古本",则《水浒传》里的一句"那雪正下得紧",就是接近现代的大众语的说法,比"大雪纷飞"多两个字,但那"神韵"却好得远了。

一个人从学校跳到社会的上层,思想和言语,都一步一步的和大众离开,那当然是"势所不免"的事。不过他倘不是从小就是公子哥儿,曾经多少和"下等人"有些相关,那么,回心一想,一定可以记得他们有许多赛过文言文或白话文的好话。如果自造一点丑恶,来证明他的敌对的不行,那只是他从隐蔽之处挖出来的自己的丑恶,不能使大众羞,只能使大众笑。大众虽然智识没有读书人的高,但他们对于胡说的人们,却有一个谥法:绣花枕头。这意义,也许只有乡下人能懂的了,因为穷人塞在枕头里面的,不是鸭绒:是稻草。

八月二十二日。

＊　　　＊　　　＊

〔1〕 本篇最初发表于 1934 年 8 月 24 日《中华日报·动向》。

〔2〕 章士钊(1881—1973) 字行严,笔名孤桐,湖南善化(今属长沙)人。早年参加反清活动。1924 年至 1926 年任北洋军阀段祺瑞临时执政府的司法总长兼教育总长,提倡尊孔读经,反对新文化运动。1931 年起,他在上海执行律师业务,曾为陈独秀、彭述之等案担任辩护。1934 年 5 月 4 日《申报》刊载他的《国民党与国家》一文,谈及保障"民权"问题。关于"二桃杀三士",见他的《评新文化运动》(原载 1923 年 8 月 21、22 日上海《新闻报》,1925 年 9 月 12 日北京《甲寅》周刊第一卷第九号曾重载)一文:"二桃杀三士。谱之于诗。节奏甚美。今日此于白话无当也。必曰两个桃子杀了三个读书人。是亦不可以已乎。"按"二

桃杀三士"的典故出自《晏子春秋》,这里"士"应作武士讲,章士钊误解为读书人。鲁迅曾先后发表《"两个桃子杀了三个读书人"》(载 1923 年 9 月 14 日北京《晨报副刊》)、《再来一次》(载 1926 年 6 月 10 日北京《莽原》半月刊第十一期)两篇文章,指出他的错误。

〔3〕 李焰生(? —1973) 笔名马儿等,当时《新垒》月刊的主编。他提出所谓"国民语"以反对大众语,这里所引的话见他发表于《社会月报》第一卷第三期(1934 年 8 月)的《由大众语文文学到国民语文文学》一文。他所说的静珍的文章,指《新垒》第四卷第一期(1934 年 7 月)刊载的《文言白话及其繁简》一文,其中说:"文言文往往只有几个字而包涵很多意思,……譬如文言文的'大雪纷飞',这已经简化到一种成语了,见到这四个字马上会起一种严寒中凛然的感觉,而译作白话文'大雪纷纷的下着',那一种严寒中凛然的感觉无形中就淡漠了许多。"

汉字和拉丁化[1]

仲　度

反对大众语文的人,对主张者得意地命令道:"拿出货色来看!"[2]一面也真有这样的老实人,毫不问他是诚意,还是寻开心,立刻拚命的来做标本。

由读书人来提倡大众语,当然比提倡白话困难。因为提倡白话时,好好坏坏,用的总算是白话,现在提倡大众语的文章却大抵不是大众语。但是,反对者是没有发命令的权利的。虽是一个残废人,倘在主张健康运动,他绝对没有错;如果提倡缠足,则即使是天足的壮健的女性,她还是在有意的或无意的害人。美国的水果大王,只为改良一种水果,尚且要费十来年的工夫,何况是问题大得多多的大众语。倘若就用他的矛去攻他的盾,那么,反对者该是赞成文言或白话的了,文言有几千年的历史,白话有近二十年的历史,他也拿出他的"货色"来给大家看看罢。

但是,我们也不妨自己来试验,在《动向》上,就已经有过三篇纯用土话的文章[3],胡绳[4]先生看了之后,却以为还是非土话所写的句子来得清楚。其实,只要下一番工夫,是无论用什么土话写,都可以懂得的。据我个人的经验,我们那里的土话,和苏州很不同,但一部《海上花列传》[5],却教我"足不出户"的懂了苏白。先是不懂,硬着头皮看下去,参照记事,比较对话,后来就都懂了。自然,很困难。这困难的根,我以为就在汉字。每一个方块汉字,是都有它的意义的,现在用它来照样的写土话,有些是仍用本义的,有些却不过借音,于是我们看下去的时候,就得分析它那几个是用义,那几个是借音,惯了不打紧,开手却非常吃力了。

例如胡绳先生所举的例子,说"回到窝里向罢"也许会当作回到什么狗"窝"里去,反不如说"回到家里去"的清楚[6]。那一句的病根就在汉字的"窝"字,实际上,恐怕是不该这么写法的。我们那里的乡下人,也叫"家里"作 Uwao-li,读书人去抄,也极容易写成"窝里"的,但我想,这 Uwao 其实是"屋下"两音的拼合,而又讹了一点,决不能用"窝"字随便来替代,如果只记下没有别的意义的音,就什么误解也不会有了。

大众语文的音数比文言和白话繁,如果还是用方块字来写,不但费脑力,也很费工夫,连纸墨都不经济。为了这方块的带病的遗产,我们的最大多数人,已经几千年做了文盲来殉难了,中国也弄到这模样,到别国已在人工造雨的时候,我们却还是拜蛇,迎神。如果大家还要活下去,我想:是只好请汉字来做我们的牺牲了。

现在只还有"书法拉丁化"的一条路。这和大众语文是分不开的。也还是从读书人首先试验起,先绍介过字母,拼法,然后写文章。开手是,像日本文那样,只留一点名词之类的汉字,而助词,感叹词,后来连形容词,动词也都用拉丁拼音写,那么,不但顺眼,对于了解也容易得远了。至于改作横行,那是当然的事。

这就是现在马上来实验,我以为也并不难。

不错,汉字是古代传下来的宝贝,但我们的祖先,比汉字还要古,所以我们更是古代传下来的宝贝。为汉字而牺牲我们,还是为我们而牺牲汉字呢? 这是只要还没有丧心病狂的人,都能够马上回答的。

八月二十三日。

* * *

〔1〕 本篇最初发表于 1934 年 8 月 25 日《中华日报·动向》。

〔2〕 "拿出货色来看!" 是当时一些反对大众语的人所说的话。如 1934 年 6 月 26 日《申报》本埠增刊《谈言》发表的垢佛《文言和白话论战宣言》一文中说:"可否请几位提倡'大众语'的作家,发表几篇'大众语'的标准作品,使记者和读者,大家来欣赏欣赏,研究研究。"

〔3〕 三篇纯用土话的文章 指《中华日报·动向》1934 年 8 月 12 日所载何连的《狭路相逢》,16、19 日载高而的《一封上海话的信》和《吃官司格人个日记》等三篇文章。

〔4〕 胡绳(1918—2000) 江苏苏州人,哲学家。曾任生活书店编辑、《读书月刊》主编。他在 1934 年 8 月 23 日《中华日报·动向》发表《走上实践的路去——读了三篇用土话写的文章后》一文中说:"自然,何连高而二先生都是用汉字来写出土音的。然而单音的方块头汉字要拼出复杂的方言来,实是不可能的。我曾看见过一本苏州土语的圣经,读起来实在比读白话更难,因为单照字面的读音,你一定还得加一点推测工夫才能懂得。"

〔5〕 《海上花列传》 长篇小说,题云间花也怜侬著。六十四回。

是一部叙述上海妓女生活的作品,书中叙事用语体文,对话用苏州方言。按花也怜侬是韩邦庆(1856—1894)的笔名;韩字子云,江苏松江(今属上海)人。

〔6〕 胡绳在《走上实践的路去——读了三篇用土话写的文章后》一文中说:"并且倘然一个人已经懂得这些汉字了,老实说他更必须读这种用汉字写出的土话文。譬如:'回到窝里向罢,车(按应作身)浪向,又一点力气都没……'这一句话,让一个识字的工人看麻烦实在不小。他也许真会当作这人是回到什么狗'窝'里去? 实际上,反不如说:'回到家里去,身上,又一点力气都没'来得清楚明白了。"

"莎 士 比 亚"[1]

苗 挺

严复提起过"狭斯丕尔"[2]，一提便完；梁启超[3]说过"莎士比亚"，也不见有人注意；田汉[4]译了这人的一点作品，现在似乎不大流行了。到今年，可又有些"莎士比亚""莎士比亚"起来，不但杜衡先生由他的作品证明了群众的盲目[5]，连拜服约翰生博士的教授也来译马克斯"牛克斯"的断片[6]。为什么呢？将何为呢？

而且听说，连苏俄也要排演原本"莎士比亚"剧了。

不演还可，一要演，却就给施蛰存先生看出了"丑态"——

"……苏俄最初是'打倒莎士比亚'，后来是'改编莎士比亚'，现在呢，不是要在戏剧季中'排演原本莎士比亚'了吗？（而且还要梅兰芳去演《贵妃醉酒》呢！）这种以政治方策运用之于文学的丑态，岂不令人齿冷！"（《现代》五卷五期，施蛰存《我与文言文》。）

苏俄太远，演剧季的情形我还不了然，齿的冷暖，暂且听便罢。但梅兰芳和一个记者的谈话，登在《大晚报》的《火炬》上，却没有说要去演《贵妃醉酒》。

施先生自己说："我自有生以来三十年，除幼稚无知的时代以外，自信思想及言行都是一贯的。……"（同前）这当然非常之好。不过他所"言"的别人的"行",却未必一致,或者是偶然也会不一致的,如《贵妃醉酒》,便是目前的好例。

其实梅兰芳还没有动身,施蛰存先生却已经指定他要在"无产阶级"面前赤膊洗澡。这么一来,他们岂但"逐渐沾染了资产阶级的'余毒'"[7]而已呢,也要沾染中国的国粹了。他们的文学青年,将来要描写宫殿的时候,会在"《文选》与《庄子》"里寻"词汇"[8]也未可料的。

但是,做《贵妃醉酒》固然使施先生"齿冷",不做一下来凑趣,也使预言家倒霉。两面都要不舒服,所以施先生又自己说:"在文艺上,我一向是个孤独的人,我何敢多撄众怒?"(同前)

末一句是客气话,赞成施先生的其实并不少,要不然,能堂而皇之的在杂志上发表吗?——这"孤独"是很有价值的。

九月二十日。

*　　　*　　　*

〔1〕 本篇最初发表于1934年9月23日《中华日报·动向》。

〔2〕 "狭斯丕尔" 即莎士比亚。严复《天演论·导言十六·进微》:"词人狭斯丕尔之所写生,方今之人,不仅声音笑貌同也,凡相攻相感不相得之情,又无以异。"

〔3〕 梁启超(1873—1929) 字卓如,号任公,广东新会人,学者,清末维新运动的领导者之一。著有《饮冰室文集》。他在《小说零简·新罗马传奇·楔子》中说:"因此老夫想著拉了两位忘年朋友,一个系英国的索士比亚,一个便是法国的福禄特尔,同去瞧听一回。"

〔4〕 田汉（1898—1968） 字寿昌，湖南长沙人，戏剧家，左翼戏剧家联盟领导人之一。他翻译的莎士比亚的《哈孟雷特》、《柔密欧与朱丽叶》两剧，分别于1922年、1924年由上海中华书局出版。

〔5〕 见杜衡在《文艺风景》创刊号（1934年6月）发表的《莎剧凯撒传中所表现的群众》。参看本书《又是"莎士比亚"》。

〔6〕 拜服约翰生博士的教授 指梁实秋，当时任青岛大学教授。他曾在北京《学文》月刊第一卷第二期（1934年5月）发表译文《莎士比亚论金钱》，是根据英国《Adelphi》杂志1933年10月号登载的马克思《一八四四年经济学——哲学手稿》中的《货币》一段翻译的。约翰生（S. Johnson，1709—1784），英国作家、文学批评家。梁实秋曾著《约翰生》一书（1934年1月出版），并多次推崇约翰生，如在《文艺批评论》一书中说他是"有眼光的哲学家"、"伟大的批评家"。马克斯"牛克斯"，是吴稚晖在1927年5月写给汪精卫的信中谩骂马克思主义的话。

〔7〕 施蛰存在《我与文言文》中说："五年计划逐渐成功，革命时代的狂气逐渐消散，无产阶级逐渐沾染了资产阶级的'余毒'，再回头来读读旧时代的文学作品，才知道它们也并不是完全没有意思的东西。于是，为了文饰以前的愚蠢的谬误起见，巧妙地想出了'文学的遗产'这个名词来作为承认旧时代文学的'理论的根据'。"

〔8〕 "《文选》与《庄子》"里寻"词汇" 参看本卷第474页注〔6〕。

商 贾 的 批 评[1]

及　锋

中国现今没有好作品,早已使批评家或胡评家不满,前些时还曾经探究过它的所以没有的原因。结果是没有结果。但还有新解释。林希隽[2]先生说是因为"作家毁掉了自己,以投机取巧的手腕"去作"杂文"了,所以也害得做不成莘克莱或托尔斯泰(《现代》九月号)。还有一位希隽[3]先生,却以为"在这资本主义的社会里头,……作家无形中也就成为商贾了。……为了获利较多的报酬起见,便也不得不采用'粗制滥造'的方法,再没有人殚精竭虑用苦工夫去认真创作了。"(《社会月报》九月号)

着眼在经济上,当然可以说是进了一步。但这"殚精竭虑用苦工夫去认真创作"出来的学说,和我们只有常识的见解是很不一样的。我们向来只以为用资本来获利的是商人,所以在出版界,商人是用钱开书店来赚钱的老板。到现在才知道用文章去卖有限的稿费的也是商人,不过是一种"无形中"的商人。农民省几斗米去出售,工人用筋力去换钱,教授卖嘴,妓女卖淫,也都是"无形中"的商人。只有买主不是商人了,但他的钱一定是用东西换来的,所以也是商人。于是"在这资本主义社会里头",个个都是商人,但可分为在"无形中"和有形

591

中的两大类。

　　用希隽先生自己的定义来断定他自己，自然是一位"无形中"的商人；如果并不以卖文为活，因此也无须"粗制滥造"，那么，怎样过活呢，一定另外在做买卖，也许竟是有形中的商人了，所以他的见识，无论怎么看，总逃不脱一个商人见识。

　　"杂文"很短，就是写下来的工夫，也决不要写"和平与战争"（这是照林希隽先生的文章抄下来的[4]，原名其实是《战争与和平》）的那么长久，用力极少，是一点也不错的。不过也要有一点常识，用一点苦工，要不然，就是"杂文"，也不免更进一步的"粗制滥造"，只剩下笑柄。作品，总是有些缺点的。亚波理奈尔[5]咏孔雀，说它翘起尾巴，光辉灿烂，但后面的屁股眼也露出来了。所以批评家的指摘是要的，不过批评家这时却也就翘起了尾巴，露出他的屁眼。但为什么还要呢，就因为它正面还有光辉灿烂的羽毛。不过倘使并非孔雀，仅仅是鹅鸭之流，它应该想一想翘起尾巴来，露出的只有些什么！

　　　　　　　　　　　　　　　　　九月二十五日。

　　*　　　　*　　　　*

〔1〕　本篇最初发表于 1934 年 9 月 29 日《中华日报·动向》。

〔2〕　林希隽　广东潮安人，当时上海大夏大学学生。他在《现代》第五卷第五期（1934 年 9 月）上发表的反对杂文的文章，题为《杂文与杂文家》。

〔3〕　希隽　即林希隽。他在《社会月报》第一卷第四期（1934 年 9 月）发表的文章，题为《文章商品化》。《社会月报》，综合性刊物，陈灵

犀主编,1934 年 6 月在上海创刊,1935 年 9 月停刊。

〔4〕 林希隽在《杂文与杂文家》中说:"俄国为什么能够有《和平与战争》这类伟大的作品的产生? 美国为什么能够有辛克莱、杰克·伦敦等享世界盛誉的伟大的作家? 而我们的作家呢,岂就永远写写杂文而引为莫大的满足么?"《和平与战争》,应为《战争与和平》,俄国作家托尔斯泰的长篇小说。

〔5〕 亚波理奈尔(G. Apollinaire,1880—1918) 法国诗人。《咏孔雀》是他的《动物寓言诗》(《Le Bestiaire》)中的一首短诗。

中 秋 二 愿 [1]

白　道

　　前几天真是"悲喜交集"。刚过了国历的九一八，就是"夏历"的"中秋赏月"，还有"海宁观潮"[2]。因为海宁，就又有人来讲"乾隆皇帝是海宁陈阁老的儿子"[3]了。这一个满洲"英明之主"，原来竟是中国人掉的包，好不阔气，而且福气。不折一兵，不费一矢，单靠生殖机关便革了命，真是绝顶便宜。

　　中国人是尊家族，尚血统的，但一面又喜欢和不相干的人们去攀亲，我真不知道是什么意思。从小以来，什么"乾隆是从我们汉人的陈家悄悄的抱去的"呀，"我们元朝是征服了欧洲的"呀之类，早听的耳朵里起茧了，不料到得现在，纸烟铺子的选举中国政界伟人投票，还是列成吉思汗为其中之一人；[4]开发民智的报章，还在讲满洲的乾隆皇帝是陈阁老的儿子。[5]

　　古时候，女人的确去和过番[6]；在演剧里，也有男人招为番邦的驸马，占了便宜，做得津津有味。就是近事，自然也还有拜侠客做干爷，给富翁当赘婿，[7]陡了起来的，不过这不能算是体面的事情。男子汉，大丈夫，还当别有所能，别有所志，自恃着智力和另外的体力。要不然，我真怕将来大家又大说一通日本人是徐福[8]的子孙。

一愿:从此不再胡乱和别人去攀亲。

但竟有人给文学也攀起亲来了,他说女人的才力,会因与男性的肉体关系而受影响,并举欧洲的几个女作家,都有文人做情人来作证据。于是又有人来驳他,说这是弗洛伊特说,不可靠。[9]其实这并不是弗洛伊特说,他不至于忘记梭格拉第[10]太太全不懂哲学,托尔斯泰太太不会做文章这些反证的。况且世界文学史上,有多少中国所谓"父子作家""夫妇作家"那些"肉麻当有趣"的人物在里面?因为文学和梅毒不同,并无霉菌,决不会由性交传给对手的。至于有"诗人"在钓一个女人,先捧之为"女诗人"[11],那是一种讨好的手段,并非他真传染给她了诗才。

二愿:从此眼光离开脐下三寸。

九月二十五日。

＊　　　　＊　　　　＊

〔1〕　本篇最初发表于 1934 年 9 月 28 日《中华日报·动向》。

〔2〕　"海宁观潮"　海宁在浙江省钱塘江下游,钱塘江潮以在海宁所见最为壮观,每年中秋后三日内潮水最高时,前往观赏的人很多。

〔3〕　"乾隆皇帝是海宁陈阁老的儿子"　海宁陈阁老,即清代陈元龙(1652—1736),字广陵,号乾斋,康熙二十四年进士,曾任文渊阁大学士兼礼部尚书。关于这里所说的传说,记载很多,陈怀《清史要略》第二编第九章:"弘历(乾隆)为海宁陈氏子,非世宗(雍正)子也……康熙间,雍王与陈氏尤相善,会两家各生子,其岁月日时皆同;王闻而喜,命抱之来,久之送归,则竟非己子,且易男为女矣。陈氏惧不敢辩,遂力密之。"

〔4〕　1934年9月3日上海中国华美烟公司为推销"光华牌"香烟,举办"中国历史上标准伟人选举奖学金",共列候选人二百名,分元首、圣哲、文臣、武将、文学、技艺、豪侠、女范八栏,把成吉思汗列为元首中第十三人。

〔5〕　1934年9月25日《申报·春秋》"观潮特刊"上有溪南的《乾隆皇帝与海宁》一文,讲的就是这个故事。

〔6〕　旧时汉族称边境少数民族或外国为"番"或"番邦"。汉族皇帝出于政治上的需要,将公主嫁给外族首领,称为"和亲",民间称为"和番"。

〔7〕　拜侠客做干爷　指和上海流氓帮口头子有勾结,拜他们做"干爷"、"师傅"的市侩文人。给富翁当赘婿,指当时文人邵洵美等,邵是清末大官僚资本家盛宣怀的孙女婿。

〔8〕　徐福　一作徐巿,琅玡(治今山东胶南)人,秦代的方士。据《史记·秦始皇本纪》记载,秦始皇听信徐福的话,派他带童男童女数千人入海求仙,数年不得。《史记·淮南衡山列传》又载,徐福渡海,"得平原广泽,止王不来"。大概从汉代起,有徐福航海到日本即留日未返的传说。

〔9〕　关于女人的才力因与男性的关系而受影响的说法,见1934年8月29日天津《庸报·另外一页》发表署名山的《评日本女作家——思想转移多与生理有关系》一文,其中说:"女流作家多分地接受着丈夫的暗示。在生理学上,女人与男人交合后,女人的血液中,即存有了男人的素质,而且实际在思想上也沾染了不少的暗示。"同年9月16日《申报·妇女园地》第三十一期发表陈君冶的《论女作家的生理影响与生活影响》一文,认为这种观点是受了弗洛伊德学说的影响,文中说:"关于女流作家未能产生如男作家的丰富的创作,决不能从弗罗伊德主义生理的解释,获得正确的结论,弗罗伊德主义所闹的笑话,也已经够多

了！我们如欲找出女流作家不多及他们的作品不丰富的原因，我们只有拿史的唯物论来作解答的根源！"弗洛伊特说，奥地利精神病学家弗洛伊德(S.Freud，1856—1939)创立的精神分析学说。这种学说，认为文学、艺术、哲学、宗教等一切精神现象，都是人们受压抑而潜藏在下意识里的某种"生命力"(Libido)，特别是性欲的潜力所产生的。

〔10〕　梭格拉第(Sokrates，前469—前399)　通译苏格拉底，古希腊哲学家。

〔11〕　"女诗人"　指虞岫云，参看本卷第293页注〔10〕。

考 场 三 丑 [1]

黄 棘

古时候,考试八股的时候,有三样卷子,考生是很失面子的,后来改考策论[2]了,恐怕也还是这样子。第一样是"缴白卷",只写上题目,做不出文章,或者简直连题目也不写。然而这最干净,因为别的再没有什么枝节了。第二样是"钞刊文"[3],他先已有了侥幸之心,读熟或带进些刊本的八股去,倘或题目相合,便即照钞,想瞒过考官的眼。品行当然比"缴白卷"的差了,但文章大抵是好的,所以也没有什么另外的枝节。第三样,最坏的是瞎写,不及格不必说,还要从瞎写的文章里,给人寻出许多笑话来。人们在茶余酒后作为谈资的,大概是这一种。

"不通"还不在其内,因为即使不通,他究竟是在看题目做文章了;况且做文章做到不通的境地也就不容易,我们对于中国古今文学家,敢保证谁决没有一句不通的文章呢?有些人自以为"通",那是因为他连"通""不通"都不了然的缘故。

今年的考官之流,颇在讲些中学生的考卷的笑柄。其实这病源就在于瞎写。那些题目,是只要能够钞刊文[4],就都及格的。例如问"十三经"是什么,文天祥是那朝人,全用不着自己来挖空心思做,一做,倒糟糕。于是使文人学士大叹国学

598

之衰落,青年之不行,好像惟有他们是文林中的硕果似的,像煞有介事了。

但是,钞刊文可也不容易。假使将那些考官们锁在考场里,骤然问他几条较为陌生的古典,大约即使不瞎写,也未必不缴白卷的。我说这话,意思并不在轻议已成的文人学士,只以为古典多,记不清不足奇,都记得倒古怪。古书不是很有些曾经后人加过注解的么?那都是坐在自己的书斋里,查群籍,翻类书,穷年累月,这才脱稿的,然而仍然有"未详",有错误。现在的青年当然是无力指摘它了,但作证的却有别人的什么"补正"在;而且补而又补,正而又正者,也时或有之。

由此看来,如果能钞刊文,而又敷衍得过去,这人便是现在的大人物;青年学生有一些错,不过是常人的本分而已,但竟为世诟病,我很诧异他们竟没有人呼冤。

九月二十五日。

*   *   *

〔1〕 本篇最初发表于 1934 年 10 月 20 日《太白》半月刊第一卷第三期。

〔2〕 策论 封建时代考试的一种文体。即用有关政事、经义的问题为题,命应试者书面各陈己见。清光绪末年,曾两次下令废除八股,改用策论。

〔3〕 "钞刊文" 科举时代,刊印中试前列者的八股文章,以供应试人作揣摩之用,如《三场闱墨》之类,称为刊文。"钞刊文"就是在考试时直接钞袭刊文上的文章。

〔4〕 这里所说的刊文,指当时《会考升学指导》一类书籍。

又是"莎士比亚"[1]

苗 挺

苏俄将排演原本莎士比亚,可见"丑态";[2]马克思讲过莎士比亚,当然错误;[3]梁实秋教授将翻译莎士比亚,每本大洋一千元;[4]杜衡先生看了莎士比亚,"还再需要一点做人的经验"了。[5]

我们的文学家杜衡先生,好像先前是因为没有自己觉得缺少"做人的经验",相信群众的,但自从看了莎氏的《凯撒传》[6]以来,才明白"他们没有理性,他们没有明确的利害观念;他们底感情是完全被几个煽动家所控制着,所操纵着"。(杜衡:《莎剧凯撒传里所表现的群众》,《文艺风景》[7]创刊号所载。)自然,这是根据"莎剧"的,和杜先生无关,他自说现在也还不能判断它对不对,但是,觉得自己"还再需要一点做人的经验",却已经明白无疑了。

这是"莎剧凯撒传里所表现的群众"对于杜衡先生的影响。但杜文《莎剧凯撒传里所表现的群众》里所表现的群众,又怎样呢?和《凯撒传》里所表现的也并不两样——

"……这使我们想起在近几百年来的各次政变中所时常看到的,'鸡来迎鸡,狗来迎狗'式……那些可痛心的情形。……人类底进化究竟在那儿呢?抑或我们这个东方古国至今还停滞在二千年前的罗马所曾经过的文明底阶段上呢?"

真的,"发思古之幽情"[8],往往为了现在。这一比,我就疑心罗马恐怕也曾有过有理性,有明确的利害观念,感情并不被几个煽动家所控制,所操纵的群众,但是被驱散,被压制,被杀戮了。莎士比亚似乎没有调查,或者没有想到,但也许是故意抹杀的,他是古时候的人,有这一手并不算什么玩把戏。

不过经他的贵手一取舍,杜衡先生的名文一发挥,却实在使我们觉得群众永远将是"鸡来迎鸡,狗来迎狗"的材料,倒还是被迎的有出息;"至于我,老实说",还竟有些以为群众之无能与可鄙,远在"鸡""狗"之上的"心情"了。自然,这是正因为爱群众,而他们太不争气了的缘故——自己虽然还不能判断,但是,"这位伟大的剧作者是把群众这样看法的"呀,有谁不信,问他去罢!

十月一日。

*　　　*　　　　*

〔1〕　本篇最初发表于 1934 年 10 月 4 日《中华日报·动向》。

〔2〕　指 1933 年苏联室内剧院排演诗人卢戈夫斯科伊翻译的莎士比亚的戏剧《安东尼与克莉奥佩特拉》。"丑态",是施蛰存讥讽当时苏联文艺政策的话,参看本书《"莎士比亚"》一文。

〔3〕　马克思曾多次讲到或引用莎士比亚作品,如在《政治经济学批判·导言》及 1859 年 4 月 19 日《致斐·拉萨尔》信中,讲到莎士比亚作品的现实主义问题,在《一八四四年经济学——哲学手稿》及《资本论》

第一卷第三章《货币或商品流通》中,用《雅典的泰门》剧中的诗作例或作注;在《拿破仑第三政变记》第五节中,用《仲夏夜之梦》剧中人物作例,等等。

〔4〕 当时胡适等主持的中华教育文化基金董事会所属编译委员会,曾以高额稿酬约定梁实秋翻译莎士比亚剧本。

〔5〕 见杜衡《莎剧凯撒传里所表现的群众》一文。

〔6〕 《凯撒传》 又译《裘力斯·凯撒》,莎士比亚早期的历史剧,内容是写古罗马统治阶级内部的斗争。凯撒(G. J. Caesar,前 100—前 44),古罗马政治家、军事家。先后当选为执政官、独裁官。

〔7〕 《文艺风景》 文艺月刊,施蛰存主编,1934 年 6 月创刊,7 月停刊,上海光华书局发行。

〔8〕 "发思古之幽情" 语出东汉班固《西都赋》:"摭怀旧之蓄念,发思古之幽情"。

点 句 的 难[1]

张　沛

看了《袁中郎全集校勘记》[2]，想到了几句不关重要的话，是：断句的难。

前清时代，一个塾师能够不查他的秘本，空手点完了"四书"，在乡下就要算一位大学者，这似乎有些可笑，但是很有道理的。常买旧书的人，有时会遇到一部书，开首加过句读，夹些破句，中途却停了笔：他点不下去了。这样的书，价钱可以比干净的本子便宜，但看起来也真教人不舒服。

标点古书，印了出来，是起于"文学革命"时候的；用标点古文来试验学生，我记得好像是同时开始于北京大学，这真是恶作剧，使"莘莘学子"[3]闹出许多笑话来。

这时候，只好一任那些反对白话，或并不反对白话而兼长古文的学者们讲风凉话。然而，学者们也要"技痒"的，有时就自己出手。一出手，可就有些糟了，有几句点不断，还有可原，但竟连极平常的句子也点了破句。

古文本来也常常不容易标点，譬如《孟子》里有一段，我们大概是这样读法的："有冯妇者，善搏虎，卒为善士。则之野，有众逐虎。虎负嵎，莫之敢撄。望见冯妇，趋而迎之。冯妇攘臂下车，众皆悦之，其为士者笑之。"但也有人说应该断为"卒

603

为善,士则之,野有众逐虎……"的。[4]这"笑"他的"士",就是先前"则"他的"士",要不然,"其为士"就太鹘突了。但也很难决定究竟是那一面对。

不过倘使是调子有定的词曲,句子相对的骈文,或并不艰深的明人小品,标点者又是名人学士,还要闹出一些破句,可未免令人不遭蚊子叮,也要起疙瘩了。嘴里是白话怎么坏,古文怎么好,一动手,对古文就点了破句,而这古文又是他正在竭力表扬的古文。破句,不就是看不懂的分明的标记么?说好说坏,又从那里来的?

标点古文真是一种试金石,只消几点几圈,就把真颜色显出来了。

但这事还是不要多谈好,再谈下去,我怕不久会有更高的议论,说标点是"随波逐流"的玩意,有损"性灵",[5]应该排斥的。

十月二日。

*　　　*　　　*

〔1〕　本篇最初发表于 1934 年 10 月 5 日《中华日报·动向》。

〔2〕　《袁中郎全集校勘记》　载于 1934 年 10 月 2 日《中华日报·动向》,署"袁大郎再校",内容是指摘刘大杰标点、林语堂校阅、时代图书公司印行的《袁中郎全集》中的断句错误。

〔3〕　"莘莘学子"　语出晋代潘尼《释奠颂》:"莘莘胄子,祁祁学生"。

〔4〕　冯妇搏虎,见《孟子·尽心(下)》。关于这段文字的断句,宋

代刘昌诗《芦浦笔记·冯妇》中曾有这样的意见:"《孟子》'晋人有冯妇者善搏虎卒为善士则之野有众逐虎'云云……至今读者,以'卒为善士'为一句,'则之野'为一句。以余味其言,则恐合以'卒为善'为一句,'士则之'为一句,'野有众逐虎'为一句。盖其有搏虎之勇,而卒能为善,故士以为则;及其不知止,则士以为笑。'野有众逐虎'句意亦健,何必谓之野外,而后云攘臂也。"

〔5〕　这是对林语堂的讽刺。林在《人间世》第十二期(1934 年 9 月)《辜鸿铭特辑·辑者弁言》中说过:"今日随波逐流之人太多,这班人才不值得研究"的话。"性灵",是当时林语堂提倡的一种文学主张。他在《论语》第十五期(1933 年 4 月 16 日)发表的《论文》中说:"文章者,个人性灵之表现。性灵之为物,惟我知之,生我之父母不知,同床之吾妻亦不知。然文学之生命实寄托于此。"

奇　怪(三)[1]

　　"中国第一流作家"叶灵凤和穆时英两位先生编辑的《文艺画报》[2]的大广告,在报上早经看见了。半个多月之后,才在店头看见这"画报"。既然是"画报",看的人就自然也存着看"画报"的心,首先来看"画"。

　　不看还好,一看,可就奇怪了。

　　戴平万[3]先生的《沈阳之旅》里,有三幅插图有些像日本人的手笔,记了一记,哦,原来是日本杂志店里,曾经见过的在《战争版画集》里的料治朝鸣[4]的木刻,是为记念他们在奉天的战胜而作的,日本记念他对中国的战胜的作品,却就是被战胜国的作者的作品的插图——奇怪一。

　　再翻下去是穆时英先生的《墨绿衫的小姐》里,有三幅插画有些像麦绥莱勒[5]的手笔,黑白分明,我曾从良友公司翻印的四本小书里记得了他的作法,而这回的木刻上的署名,也明明是 FM 两个字。莫非我们"中国第一流作家"的这作品,是豫先翻成法文,托麦绥莱勒刻了插画来的吗?——奇怪二。

　　这回是文字,《世界文坛了望台》[6]了。开头就说,"法国的龚果尔奖金[7],去年出人意外地(白注:可恨!)颁给了一部以中国作题材的小说《人的命运》,它的作者是安得烈马尔路[8]"，但是，"或者由于立场的关系，这书在文字上总是受着赞美，而在内容上却一致的被一般报纸评论攻击，好像惋惜像马尔路这样才干的作家，何必也将文艺当作了宣传的工具"云。这样一"了望"，"好像"法国的为龚果尔奖金审查文学作品的人的"立场"，乃是赞成"将文艺当作了宣传工具"的了——奇怪三。

不过也许这只是我自己的"少见多怪"，别人倒并不如此的。先前的"见怪者"，说是"见怪不怪，其怪自败"[9]，现在的"怪"却早已声明着，叫你"见莫怪"了。开卷就有《编者随笔》在——

> "只是每期供给一点并不怎样沉重的文字和图画，使对于文艺有兴趣的读者能醒一醒被其他严重的问题所疲倦了的眼睛，或者破颜一笑，只是如此而已。"

原来"中国第一流作家"的玩着先前活剥"琵亚词侣"[10]，今年生吞麦绥莱勒的小玩艺，是在大才小用，不过要给人"醒一醒被其他严重的问题所疲倦了的眼睛，或者破颜一笑"。如果再从这醒眼的"文艺画"上又发生了问题，虽然并不"严重"，不是究竟也辜负了两位"中国第一流作家"献技的苦心吗？

那么，我也来"破颜一笑"吧——

哈！

十月二十五日。

*　　　*　　　*

〔1〕　本篇最初发表于 1934 年 10 月 26 日《中华日报·动向》。

〔2〕 叶灵凤(1904—1975) 江苏南京人,作家和画家,曾是创造社成员。穆时英(1912—1940),浙江慈溪人,作家。后任汪伪政府宣传部新闻宣传处长,被刺杀。《文艺画报》,月刊,叶灵凤、穆时英合编。1934 年 10 月创刊,1935 年 4 月停刊,共出四期,上海杂志公司发行。

〔3〕 戴平万(1903—1945) 又名万叶,广东潮安人,作家,"左联"成员。他的《沈阳之旅》发表在《文艺画报》创刊号。

〔4〕 料治朝鸣 日本版画家,1932 年 4 月创办《版艺术》杂志。鲁迅曾订购收藏。《战争版画集》为《版艺术》杂志的特集,1933 年 7 月出版。

〔5〕 麦绥莱勒(F. Masereel,1889—1972) 通译麦绥莱尔,比利时画家、木刻家。1933 年 9 月上海良友图书印刷公司曾翻印出版他的四种木刻连环画,其中《一个人的受难》由鲁迅作序。

〔6〕 《世界文坛了望台》 《文艺画报》的一个介绍世界各国文艺消息的专栏。

〔7〕 龚果尔奖金 是法国为纪念十九世纪自然主义作家龚果尔(通译龚古尔)兄弟而设的文学奖金。1933 年颁发第三十一次奖。龚古尔兄弟,即爱德蒙·龚古尔(E. de Goncourt,1822—1896)和于勒·龚古尔(J. de Goncourt,1830—1870)。

〔8〕 安得烈马尔路(A. Malraux,1901—1976) 通译安德烈·马尔罗,法国作家。《人的命运》,又译《人类的命运》,是一部以 1927 年上海四一二大屠杀为背景的长篇小说,1933 年出版。

〔9〕 "见怪不怪,其怪自败" 古谚语,宋代郭象《睽车志》曾引此语。

〔10〕 "琵亚词侣"(A. Beardsley,1872—1898) 通译毕亚兹莱,英国画家。作品多用图案性的黑白线条描写社会生活。叶灵凤曾模仿他的作品。

略论梅兰芳及其他(上)[1]

张　沛

　　崇拜名伶原是北京的传统。辛亥革命后,伶人的品格提高了,这崇拜也干净起来。先只有谭叫天[2]在剧坛上称雄,都说他技艺好,但恐怕也还夹着一点势利,因为他是"老佛爷"——慈禧太后[3]赏识过的。虽然没有人给他宣传,替他出主意,得不到世界的名声,却也没有人来为他编剧本。我想,这不来,是带着几分"不敢"的。

　　后来有名的梅兰芳可就和他不同了。梅兰芳不是生,是旦,不是皇家的供奉[4],是俗人的宠儿,这就使士大夫敢于下手了。士大夫是常要夺取民间的东西的,将竹枝词[5]改成文言,将"小家碧玉"[6]作为姨太太,但一沾着他们的手,这东西也就跟着他们灭亡。他们将他从俗众中提出,罩上玻璃罩,做起紫檀架子来。教他用多数人听不懂的话,缓缓的《天女散花》,扭扭的《黛玉葬花》,先前是他做戏的,这时却成了戏为他而做,凡有新编的剧本,都只为了梅兰芳,而且是士大夫心目中的梅兰芳。雅是雅了,但多数人看不懂,不要看,还觉得自己不配看了。

　　士大夫们也在日见其消沉,梅兰芳近来颇有些冷落。

　　因为他是旦角,年纪一大,势必至于冷落的吗?不是的,老十三旦[7]七十岁了,一登台,满座还是喝采。为什么呢?就因为他没有被士大夫据为己有,罩进玻璃罩。

名声的起灭,也如光的起灭一样,起的时候,从近到远,灭的时候,远处倒还留着余光。梅兰芳的游日,游美,[8]其实已不是光的发扬,而是光在中国的收敛。他竟没有想到从玻璃罩里跳出,所以这样的搬出去,还是这样的搬回来。

他未经士大夫帮忙时候所做的戏,自然是俗的,甚至于猥下,肮脏,但是泼剌,有生气。待到化为"天女",高贵了,然而从此死板板,矜持得可怜。看一位不死不活的天女或林妹妹,我想,大多数人是倒不如看一个漂亮活动的村女的,她和我们相近。

然而梅兰芳对记者说,还要将别的剧本改得雅一些。

十一月一日。

　　※　　　　※　　　　※

〔1〕　本篇最初发表于 1934 年 11 月 5 日《中华日报·动向》。

〔2〕　谭叫天　谭鑫培(1847—1917),艺名小叫天,湖北江夏(今武昌)人,京剧演员,擅长老生戏。1890 年(光绪十六年)曾被召入清宫升平署承值,为慈禧太后演戏。

〔3〕　慈禧太后(1835—1908)　清代咸丰帝妃,同治即位,被尊为太后,是同治、光绪两朝的实际统治者。"老佛爷",清宫中太监对太上皇或皇太后的称呼。

〔4〕　供奉　旧时对在皇帝左右供职者的称呼。清代也用以称进入宫廷的演员。

〔5〕 竹枝词 古代民歌,多为七言,历代文人常有仿作。宋代郭茂倩《乐府诗集》卷八十一:"竹枝本出于巴渝。唐贞元中,刘禹锡在沅湘,以俚歌鄙陋,乃依骚人《九歌》作《竹枝新词》九章,教里中儿歌之。由是盛于贞元、元和之间。"

〔6〕 "小家碧玉" 语出《乐府诗集·碧玉歌》:"碧玉小家女,不敢攀贵德"。

〔7〕 老十三旦 即侯俊山(1854—1935),艺名喜麟,山西洪洞人,山西梆子演员。因十三岁演戏成名,故称十三旦。清代申左梦畹生《粉墨丛谈》说:"癸酉(1873)、甲戌(1874)间,十三旦以艳名噪燕台。"当时梆子腔深受劳动群众所喜爱,士大夫则多抱歧视的态度,如李慈铭在《越缦堂日记》(清同治十二年二月一日)中说:"都中向有梆子腔,多市井鄙秽之剧,惟舆隶贾竖听之。"

〔8〕 梅兰芳曾于1919年、1924年访日演出,1929年至1930年访美演出。

略论梅兰芳及其他(下)[1]

张　沛

而且梅兰芳还要到苏联去。

议论纷纷。我们的大画家徐悲鸿教授也曾到莫斯科去画过松树——也许是马,[2]我记不真切了——国内就没有谈得这么起劲。这就可见梅兰芳博士之在艺术界,确是超人一等的了。

而且累得《现代》的编辑室里也紧张起来。首座编辑施蛰存先生曰:"而且还要梅兰芳去演《贵妃醉酒》呢!"(《现代》五卷五期。)要这么大叫,可见不平之极了,倘不豫先知道性别,是会令人疑心生了脏躁症[3]的。次座编辑杜衡先生曰:"剧本鉴定的工作完毕,则不妨选几个最前进的戏先到莫斯科去宣传为梅兰芳先生'转变'后的个人的创作。……因为照例,到苏联去的艺术家,是无论如何应该事先表示一点'转变'的。"(《文艺画报》创刊号。)这可冷静得多了,一看就知道他手段高妙,足使齐如山[4]先生自愧弗及,赶紧来请帮忙——帮忙的帮忙。

但梅兰芳先生却正在说中国戏是象征主义,[5]剧本的字句要雅一些,他其实倒是为艺术而艺术,他也是一位"第三种人"。

那么,他是不会"表示一点'转变'的",目前还太早一点。他也许用别一个笔名,做一篇剧本,描写一个知识阶级,总是专为艺术,总是不问俗事,但到末了,他却究竟还在革命这一方面。这就活动得多了,不到末了,花呀光呀,倘到末了,做这篇东西的也就是我呀,那不就在革命这一方面了吗?

但我不知道梅兰芳博士可会自己做了文章,却用别一个笔名,来称赞自己的做戏;或者虚设一社,出些什么"戏剧年鉴",亲自作序,说自己是剧界的名人?[6]倘使没有,那可是也不会玩这一手的。

倘不会玩,那可真要使杜衡先生失望,要他"再亮些"[7]了。

还是带住罢,倘再"略论"下去,我也要防梅先生会说因为被批评家乱骂,害得他演不出好戏来。[8]

十一月一日。

*　　*　　*

〔1〕　本篇最初发表于 1934 年 11 月 6 日《中华日报·动向》。

〔2〕　徐悲鸿于 1934 年 5 月应苏联对外文化事业委员会邀请,去苏联参加中国画展览会,曾在莫斯科中国大使馆举行的招待会上即席作画一竹一马。

〔3〕　脏躁症　中医妇科病术语。《金匮要略》:"妇人脏躁,悲伤欲哭,数欠伸,甘麦大枣汤主之。"

〔4〕　齐如山(1876—1962)　名宗康,字如山,河北高阳人。当时北平国剧学会会长,曾为梅兰芳编过剧本。杜衡在《文艺画刊》创刊号(1934 年 10 月)发表的《梅兰芳到苏联去》一文中说:"我以为他(按指梅

兰芳)最先的急务,是应当找几位戏剧意识检讨专家来帮忙,或竟成立一个脚本改编委员会。这些工作,恐怕像齐如山先生他们未必能够胜任"。

〔5〕　1934年9月8日《大晚报·剪影》载犁然的《在梅兰芳马连良程继先叶盛兰的欢宴席上》一文中,记录梅兰芳谈话说:"中国旧戏原纯是象征派的,跟写实的话剧不同"。

〔6〕　这些都是对杜衡等人的讽刺,参看本书《化名新法》。"戏剧年鉴"是影射杜衡、施蛰存合编的1932年《中国文艺年鉴》。

〔7〕　"再亮些"　杜衡著有长篇小说《再亮些》,载1934年《现代》月刊第五卷第一期至第五期和第六卷第一期(未刊完,出单行本时改题为《叛徒》)。篇首《题解》引用歌德临终时的话:"再亮些,再亮些!"

〔8〕　这里也是对杜衡的讽刺。杜衡曾于1932年说左翼批评家"蛮横",使他们不得不"永远地沉默,长期地搁笔"。参看《南腔北调集·论"第三种人"》。

骂杀与捧杀[1]

阿 法

现在有些不满于文学批评的,总说近几年的所谓批评,不外乎捧与骂。

其实所谓捧与骂者,不过是将称赞与攻击,换了两个不好看的字眼。指英雄为英雄,说娼妇是娼妇,表面上虽像捧与骂,实则说得刚刚合式,不能责备批评家的。批评家的错处,是在乱骂与乱捧,例如说英雄是娼妇,举娼妇为英雄。

批评的失了威力,由于"乱",甚而至于"乱"到和事实相反,这底细一被大家看出,那效果有时也就相反了。所以现在被骂杀的少,被捧杀的却多。

人古而事近的,就是袁中郎。这一班明末的作家,在文学史上,是自有他们的价值和地位的。而不幸被一群学者们捧了出来,颂扬,标点,印刷,"色借,日月借,烛借,青黄借,眼色无常。声借,钟鼓借,枯竹窍借……"[2]"借"得他一榻胡涂,正如在中郎脸上,画上花脸,却指给大家看,啧啧赞叹道:"看哪,这多么'性灵'呀!"对于中郎的本质,自然是并无关系的,但在未经别人将花脸洗清之前,这"中郎"总不免招人好笑,大触其霉头。

人近而事古的,我记起了泰戈尔[3]。他到中国来了,开坛讲演,人给他摆出一张琴,烧上一炉香,左有林长民[4],右有徐志摩[5],各各头戴印度帽。徐诗人开始绍介了:"唵!叽哩咕噜,白云清风,银磬……当!"说得他好像活神仙一样,于是我们的地上的青年们失望,离开了。神仙和凡人,怎能不离开呢?但我今年看见他论苏联的文章,自己声明道:"我是一个英国治下的印度人。"他自己知道得明明白白。大约他到中国来的时候,决不至于还胡涂,如果我们的诗人诸公不将他制成一个活神仙,青年们对于他是不至于如此隔膜的。现在可是老大的晦气。

以学者或诗人的招牌,来批评或介绍一个作者,开初是很能够蒙混旁人的,但待到旁人看清了这作者的真相的时候,却只剩了他自己的不诚恳,或学识的不够了。然而如果没有旁人来指明真相呢,这作家就从此被捧杀,不知道要多少年后才翻身。

十一月十九日。

*　　　*　　　*

〔1〕 本篇最初发表于 1934 年 11 月 23 日《中华日报·动向》。

〔2〕 当时刘大杰标点、林语堂校阅的《袁中郎全集》断句错误甚多。这里的引文是该书《广庄·齐物论》中的一段。鲁迅后来在自存初版《花边文学》书上,此处用笔添了一段话:"后由曹聚仁先生指出,谓应标点为'色借日月,借烛,借青黄,借眼;色无常。声借钟鼓,借枯竹窍,借……'所以再板上也许不再看见此等'语妙'了。"曹聚仁曾在 1934 年 11 月 13 日《中华日报·动向》发表《标点三不朽》一文,指出刘大杰标点

本的这个错误。

〔3〕 泰戈尔（R. Tagore, 1861—1941） 印度诗人。著有《新月集》、《园丁集》、《飞鸟集》等。1924 年到中国旅行。1930 年访问苏联，作有《俄罗斯书简》（1931 年出版），其中说过自己是"英国的臣民"的话。

〔4〕 林长民（1876—1925） 福建闽侯人，早年留学日本，曾任北洋政府司法部总长、福建大学校长等职。

〔5〕 徐志摩（1897—1931） 浙江海宁人，诗人，新月社主要成员。著有《志摩的诗》、《猛虎集》等。泰戈尔来华时他担任翻译。

读　书　忌^[1]

焉　于

记得中国的医书中，常常记载着"食忌"，就是说，某两种食物同食，是于人有害，或者足以杀人的，例如葱与蜜，蟹与柿子，落花生与王瓜之类。但是否真实，却无从知道，因为我从未听见有人实验过。

读书也有"忌"，不过与"食忌"稍不同。这就是某一类书决不能和某一类书同看，否则两者中之一必被克杀，或者至少使读者反而发生愤怒。例如现在正在盛行提倡的明人小品，有些篇的确是空灵的。枕边厕上，车里舟中，这真是一种极好的消遣品。然而先要读者的心里空空洞洞，混混茫茫。假如曾经看过《明季稗史》，《痛史》^[2]，或者明末遗民的著作，那结果可就不同了，这两者一定要打起仗来，非打杀其一不止。我自以为因此很了解了那些憎恶明人小品的论者的心情。

这几天偶然看见一部屈大均^[3]的《翁山文外》，其中有一篇戊申（即清康熙七年）八月做的《自代北^[4]入京记》。他的文笔，岂在中郎之下呢？可是很有些地方是极有重量的，抄几句在这里——

"……沿河行，或渡或否。往往见西夷毡帐，高低不一，所谓穹庐连属，如冈如阜者。男妇皆蒙古语；有卖干湿酪者,羊马者,牦皮者,卧两骆驼中者,坐奚车者,不鞍而骑者,三两而行,被戒衣,或红或黄,持小铁轮,念《金刚秽咒》者。其首顶一柳筐,以盛马粪及木炭者,则皆中华女子。皆盘头跣足,垢面,反被毛袄。人与牛羊相枕藉,腥臊之气,百余里不绝。……"

我想,如果看过这样的文章,想像过这样的情景,又没有完全忘记,那么,虽是中郎的《广庄》或《瓶史》[5],也断不能洗清积愤的,而且还要增加愤怒。因为这实在比中郎时代的他们互相标榜还要坏,他们还没有经历过扬州十日,嘉定三屠!

明人小品,好的;语录体也不坏,但我看《明季稗史》之类和明末遗民的作品却实在还要好,现在也正到了标点,翻印的时候了:给大家来清醒一下。

十一月二十五日。

*   *   *

〔1〕 本篇最初发表于 1934 年 11 月 29 日《中华日报·动向》。

〔2〕 《明季稗史》 即《明季稗史汇编》,清代留云居士辑,共二十七卷,汇刊稗史十六种,所记都是明末遗事,如顾炎武《圣安皇帝本纪》,记福王弘光朝事;黄宗羲《赐姓始末》,记郑成功收复台湾事;王秀楚《扬州十日记》、朱子素《嘉定屠城记略》,记清兵杀戮的残酷。《痛史》,乐天居士编,共三集,汇印明末清初野史二十余种,总题为《痛史》。民国初年上海商务印书馆出版。

〔3〕 屈大均(1630—1696) 字翁山,广东番禺人,文学家。清兵入广州前后,曾参加抗清活动,失败后剃发为僧,名今种。后又回俗,北游关中、山西。著有《翁山文外》、《翁山诗外》、《广东新语》等。清雍正、

乾隆间,他的著作都遭禁毁,直至 1910 年(宣统二年),上海国学扶轮社才翻印《翁山文外》十六卷、《翁山诗外》十九卷。

〔4〕 代北 古地区名,指现在的山西省北部、河北省西北部一带。代,地名,秦以前为代国,汉、晋时为代郡,隋、唐以后置代州(治今山西代县)。

〔5〕 《广庄》 袁中郎模仿《庄子》文体谈道家思想的著作,共七篇。《瓶史》,袁中郎研究花瓶与插花的小品,共十二章。这两种都收入《袁中郎全集》。